文学与当代史丛书

丛书主编
洪子诚

蜗牛在荆棘上

路翎及其作品研究

宋玉雯 著

北京大学出版社
PEKING UNIVERSITY PRESS

图书在版编目（CIP）数据

蜗牛在荆棘上：路翎及其作品研究 / 宋玉雯著 . — 北京：北京大学出版社，2024.3
（文学与当代史丛书）
ISBN 978-7-301-34816-1

I.①蜗… II.①宋… III.①路翎（1923—1994）—文学研究 IV.① I206.7

中国国家版本馆 CIP 数据核字（2024）第 038822 号

书　　名	蜗牛在荆棘上：路翎及其作品研究 WONIU ZAI JINGJI SHANG: LULING JIQI ZUOPIN YANJIU
著作责任者	宋玉雯　著
责任编辑	黄维政　黄敏劼
标准书号	ISBN 978-7-301-34816-1
出版发行	北京大学出版社
地　　址	北京市海淀区成府路 205 号　100871
网　　址	http://www.pup.cn　新浪微博：@ 北京大学出版社　@ 阅读培文
电子邮箱	编辑部 pkupw@ pup.cn　总编室 zpup@ pup.cn
电　　话	邮购部 010-62752015　发行部 010-62750672　编辑部 010-62750112
印刷者	天津联城印刷有限公司
经销者	新华书店
	710 毫米 ×960 毫米　16 开本　27 印张　348 千字 2024 年 3 月第 1 版　2024 年 12 月第 2 次印刷
定　　价	98.00 元（精装）

未经许可，不得以任何方式复制或抄袭本书之部分或全部内容。
版权所有，侵权必究
举报电话：010-62752024　电子邮箱：fd@pup.cn
图书如有印装质量问题，请与出版部联系，电话：010-62756370

目录

序 …………………………………………………… 黄子平 3

绪 论
"落后书写"的洞见与契机 …………………………………… 1

第一章
Passion：受难／激情的感觉结构 …………………………… 19

第一节　时代的篇什：路翎的写作历程　20
第二节　罗曼·罗兰与安德烈·纪德所寓示的两条道路　34
第三节　在俄苏文学的天空下　62
第四节　美学—政治：路翎创作的艺术特征　76

第二章
时代青年的歧途与大路：《财主底儿女们》…………………… 91

第一节　"影响说"的辨疑和再商榷：并读《约翰·克利斯朵夫》　92
第二节　知识分子的二重性　109
第三节　"不要说他的青春已经毁掉"：时代青年的灰色轨迹　128
第四节　革命与恋爱的赋格曲：兼论活在40年代的"娜拉"　143

第三章
前夜：40年代作品 ... 159

第一节　荆棘上的蜗牛：底层的复仇与幻想　　160
第二节　云雀翔过天空：落伍的故事与坏情感　　182
第三节　我们都是老鼠：后街人物，怪诞及其他　　198
第四节　阶级与性/别的双重饥饿　　217

第四章
前夜之后：50年代作品 ... 233

第一节　不合格的欢笑：工人形象的变化　　234
第二节　搬演不了的"明天"："失败的"工人剧作　　243
第三节　"我将一直记得"：朝鲜前线战争书写　　254

第五章
"我不反革命"：1955年之后的作品 ... 275

第一节　关押不住的春光：诗歌创作　　276
第二节　意识形态的伤疤？——晚年小说创作　　301
第三节　"一生两世"？——故人故事琐忆与未尽的评述　　310

结　语
但尘埃没有说话 ... 319

路翎著作年表 ... 333
参考文献 ... 404
与路翎相遇（代后记） ... 412

序

黄子平

研究路翎，宋玉雯选了一个难度很大的题目。书名《蜗牛在荆棘上》，取自路翎小说的篇名，亦为路翎苦难人生的形象概括。但本书完全超克了"作品—生平—时代"的传记式批评，而是借由路翎这一个案，展开了一系列深刻的理论探讨。玉雯广泛收集并掌握了路翎创作及当前学界相关研究的文本和史料，进行了扎实的文献整理，确然对路翎及其创作做出具有想象力和现实感的别样阐释。

路翎在20世纪40年代的中国文坛崭露头角的时候，人们一面惊叹一个天才作家的诞生，一面立即对其作品中的"不合时宜"做出严厉的批判。所谓"不合时宜"，并非说他逆时代潮流而动，或袖手于时代潮流之外，恰恰相反，路翎积极地身处时代潮流之中，同时处处显出深刻的"格格不入"。这种尼采意义上的"不合时宜"，使路翎及其创作成为时代矛盾的突出标志，使时代的"暗黑的光"得以闪现。

经由纪德和罗曼·罗兰在中国的翻译和传播以及对路翎的影响，玉雯在一种比较文学和世界左翼文化的视野下，把"青年—个人/人民—集体"的主题脉络引入讨论。由鲁迅译介的苏联作品《毁灭》，其中的人物创造和心理描写,也涓滴挹注于路翎的人物构造系谱。这正是思想史家李泽厚提出的"救亡压倒启蒙"在现代文学中的尖锐体现——路翎"在人们认为'合理性''正常性'的边缘上,以至边缘之外,他把问题以从未有过的刺眼的方式提了出来:要由怎样的道路,才可能使历史的进步不至于以'个性'的牺牲为代价,怎样的革命才能在自己的任务中包括了'个性解放''人的觉醒'?"(赵园语)路翎的处理非常复杂,玉雯指出,"路翎一方面洞察如蒋纯祖一类怀有个人英雄主义理想的青年的问题性,另一方面也深深懂得他的'忠实与勇敢'。蒋纯祖想努力靠近人民,回应时代的鼓声,但他的'积习'让他落在矛盾里,反复拉扯,至死未休。而蒋纯祖的问题和磨难并非只是他个人独有的,而是存在于时代与青年本身的矛盾(左翼组织演剧队里形形色色的革命青年也可为例证)。路翎不仅未加闪躲,单取其中一面,反而更进取朝向多面向叙写,拼命展现其中的复杂性,他同时投身于危机与契机,揭示涌动着的改变力量,也揭露涌动着的反作用力"。

布尔乔亚知识青年融入"普罗革命"的难题,正在于辨明这个革命的"主体"究竟何在?通常认为,在一个"阿Q已死"的时代,革命文学正参与将"工农大众"建构为中国革命"主体"的伟业,路翎却固执地延续鲁迅"国民性改造"的思路,书写劳苦大众身上"精神奴役的创伤"("原始的强力"和"病态的反抗"),书写其无法进入新时代的"灰暗"面。玉雯不太认同这一"过于轻便"的"国族寓意"论述,她指出,路翎写工农受到压迫与反抗的小说,是较为"落后"的一种革命叙事,不再依循民间化的书写特点,用曲折的情节刻画、彰显简单的善恶二元,而是转向剖析人物的矛盾心理。换言之,这些小说的内容与主人公的复仇情感是"落后的",落后于时代语境,也落后于理想的革命叙事的分类与重构,但其偏向人物内心的叙事方式却用了一种现代小说的笔法。这是路翎遭遇严厉批判的另一"不合时宜"之处。从"书写政治"的角度,玉雯想要追问的是:"进步/落后"的论述架构如何抹除了路翎笔下这些人物及其内心的存在,而这种抹除又将付出怎样的代价,谁在承受如此庞大的代价?路翎及其创作,包括胡风等人对路翎的高度肯定和辩护,正因此成为文学思潮和时代进程中激烈冲突的聚焦之点。

路翎的小说一再出现正统左翼文艺处理不了或根本无意处理的地方,这些底层人物的"复仇"心情,他们通常不能臻于改变现状的"幻想",以及他们不具公义性质的"想":错综复杂的心理周折,愤懑、悲痛与对于自身未来的擘画等。一一分析了路翎背离左翼正统的这些方面,玉雯进一步指出:"路翎小说的叙事方式更是受到诟病,那些半梦半醒之间'昏迷'般的表述,那些心理样态形容词'的的的'堆叠的不和谐长句。路翎着力描写的是人物的心理变化,而不是人物的'实践',更不是他们'觉醒'后的'公共实践',这本身即是对于正统左翼文艺的一种挑战。"路翎记下这些"阴暗的血迹"之所以重要,玉雯强调:"如果没有这些'阴暗的血迹',也无从想象'解放'的意义,进而言之,或许正因为这些'阴暗的血迹'太快地被抛弃/无法被抛弃,从而其复返,乃以更深沉的力道在日后一次次诉诸有力、昂扬的政治运动里生产出更多暗沉的血迹来。"

50年代路翎"自我革新"的努力及其"失败",乃至80年代路翎平反之后仍须延续对其作品"不真实"的讨论,使玉雯必得正面处理左翼文学论述或现实主义传统中纠缠不休的"真实性"难题。以"真实性"作为衡量与评价文艺作品优劣的准则,指涉的实为如何构筑文艺与政治的关系,在文艺批评之中所体现的毋宁说更是复杂的政治现实。玉雯指出,这正是重新思考路翎创作的"文学/政治性"的一大契机。解开这一理论死结的途径是跳出既有论述的窠臼,倾覆"客观/

主观"的二元框架,以"情感结构"的方法分析路翎作品,探究文本内部诸如语言、叙事、结构等美学特征,展示其"感受性"的一面,从而复杂化了将现实主义与现代主义判然二别的刻板论述模式,来看取那个"劳动、人欲、饥饿、痛苦、嫉妒、欺骗、残酷、犯罪,但也有追求、反抗、友爱、梦想所织成的世界"(胡风语)。

承受着"再现／代表的重负",对路翎的"知识语言"的论析是本书最精彩的章节。玉雯建议以一种吊诡的阅读方式:"用现代主义的美学来解读路翎的现实主义写作",读成一种"心理小说"。路翎所采用的叙事方式正有助于他所坚持的"心理描写",是为了适合情绪的表现。事实上,"情绪"与"感觉"可谓是路翎文艺创作观的核心,从他对于"大众化"的异议主张即可为一例证:"大众化的主要的工作应该是追击,并肃清旧美学底残余,在人民中间启发新的美学、社会学的感觉和情绪",也由于着重于"心理描写",路翎使用了大量表示情绪、情感或精神状态的形容词。从另一个角度来理解,路翎好用复杂的长句式,其实是对于准确性的追求,提防简化,在研究者认为情感泛滥的地方,玉雯认为这反而是写作时有意识地自我节制的一种方式。每一个叠加的形容词与副词都是尝试更贴近描写对象、澄清语义的一个步伐,通过繁复的修饰语框限语义是为了准确把握叙述的对象。还有独创的"生造词"和冷僻的词,还有悖反的情感修辞("冷酷而温柔""痛苦而甜蜜""亲密而又威胁的笑""忠实的狡诈",等等),是叙事对于情绪情感本身不稳定状态的一种刻意揭露或"展示"。进而言之,路翎的文体是他的"力即美"的美学追求的体现,也是对应一个"生涩的时代"的精心建构。

本书直接倾覆了"进步／落后""客观／主观"等既定的论述框架,依照"胡风分子"张中晓50年代的建议,改用"痛苦""欢乐""追求"与"梦想"的思路来阅读路翎及其作品的"受难"与"激情";深究路翎作品中群众/人民再现的复杂意涵，探讨个人（主义）与（革命）群体的关系；揭示路翎50年代朝鲜前线战争书写中的"国际主义/爱国主义"情感内容；透过具体论析路翎的晚年创作，而与主流的"一生两世"的论断商兑。无须说，这些都极大地拓展了现代文学一系列核心论题的讨论空间。

我在开头就说了，玉雯选了一个很有挑战性的课题，而且她完成得很好。

2019年10月于香港北角

绪　论　"落后书写"的洞见与契机

> 在现在的局面下，我感觉到真实是一定会获得胜利的，我就希望我自己能更好地工作而接近真实。①
>
> ——路翎

> 伟大的作家之所以伟大，是因为他吸取了自己时代和自己人民的隐秘的思想和愿望，反映了深刻的生活过程。他的创作是人的感情、探索、社会关系和历史变动的完整的世界，是刻画在艺术形象中的完整的世界。……他的创作是时代的文学过程的有机因素。因此，阐明天才作家所作的艺术概括的性质、艺术概括的内在统一和不同样式以及艺术概括的历史制约性，能使我们揭示文学过程和它的规律性的一定的方面。②
>
> ——赫拉普钦科

---

① 路翎1949年12月5日自南京致胡风信。路翎：《致胡风书信全编》，徐绍羽整理，郑州：大象出版社，2004年，第202页。

② [苏联]赫拉普钦科：《现实主义方法和作家的创作个性》（原刊于《文学问题》[苏联]1957年第4期），周若予译，载中国社会科学院文学研究所编《世界文学中的现实主义问题》，北京：知识产权出版社，2010年，第116页。

研究设想

作品被评论家唐湜喻为"一片阳光,有变幻莫测的光彩与灼人的热"①的路翎,主要活跃于20世纪40年代与50年代,是中国现当代文学有待重新评价的重要作家。路翎特别关切战乱和城乡变动中流徙的流浪汉与工农,多数小说专注描绘底层人民的生存和精神状态。在左翼文学的生产脉络里,以底层工农为描写对象并不特出,路翎所突出的是着力给予人物最大限度的感受性描写,笔下人物的内心总是曲曲折折,充斥着各种落后的"坏情感",这些溢出左翼革命叙事框架的小人物再现,作为一种"弱势书写",是路翎作品最为不合时宜之处,也是创作者路翎超越同代人的识见——写出了难以被正面或负面简单标定的人物与情感状态,为那些"落伍"已经变成身心的一部分,无法从容自在"站起来"走入伟大新时代的人留下了记录。

随着中国共产党革命成功的到来,路翎也意识到战争时期灰败创作的不合时宜,并诚恳地认为自己的创作也应随着新中国的诞生而有所变革,从1949年前后路翎笔下工人形象的转变可见一斑;50年代的路翎作品一再彰显出自我革新的努力,洋溢着不同于40年代作品的新气象。然而,在瞬息万变的诡谲政治气候里,路翎写作的调整依旧被认为是将知识分子的思想和形象强加于底层工农,是对于劳动人民不符事实的刻画。路翎作品一再面临"不真实"的评价,也让他在累次的政治运动中备受批判。乃至直到路翎平反,步入较能公允评价路翎作品的80年代以来,对于底层再现的"不真实"仍是路翎作品最常面临的质疑。文学作为一种经验方式,一种体制,参与国族打造和

---

① 唐湜:《路翎与他的〈求爱〉》,载杨义、张环、魏麟、李志远编《路翎研究资料》,北京:知识产权出版社,2010年,第80页。此文1947年11月刊于《文艺复兴》第4卷第2期。

精神创建的过程，也经历着社会性的变革，但不同时代的出色评论者对于路翎再现底层人物不够真实的批评，或许正隐约指出了路翎小说的表述方式依然潜藏着亟待重新思索的文学/政治性。

路翎作品在40年代发表后所面对的恶评，以及作品解禁后评论相对自由的80年代以降持续出现的"不真实"质疑，与左翼文艺理论对于"真实性"问题的讨论和争议有关。马克思文艺理论建立过程中存在的重大内部矛盾之一即是"真实性"的问题，而以"真实性"作为衡量与评价文艺作品优劣的准则，指涉的实为如何构筑文艺与政治的关系，在文艺批评之中体现的毋宁说更是复杂的政治现实。路翎的创作同其身历的动荡时代和政治变革密不可分，论析路翎作品之时，必须同步对照参看作家的创作历程，同时通过路翎的作品，也将得以对作家生平及其活动的时空产生另一种认识。

1955年路翎因"胡风反革命集团"案系狱，多年关押，出狱休养数年后重新提笔创作，诗歌和忆旧散文大致受到批评家肯定，而晚年总计高达550万字的多部中、长篇小说，据说复诵着过时的教条和僵化的意识形态，昔日以长篇小说博得文名的路翎，被概括为"一生两世"。多数评论者感叹政治迫害毁坏了路翎的身心，也扼杀了他的写作才情和锐意求新的反叛性，但这样的论断自当通过研究路翎晚年小说重新论析。综观路翎及其作品在不同时期获得的肯定与否定评价，隐隐浮现出一条在"反抗/不反抗"之间位移的批评轴线，路翎创作因而往复于"进步/落后"之间。而无论盛年或是晚年，路翎都因自身的创作追求，多数时候担受着"落后"的评价。

有别于我们一般对于左翼现实主义作家作品的认识，路翎的创作除了作品本身语言和叙事情节的匠心独运，处处显露着被划归于现代主义的美学特质，外延也可见诸如俄苏文学侧重挖掘内心和带着浪漫色彩的现实主义书写传统，以及法国作家罗曼·罗兰

(Romain Rolland)、安德烈·纪德（André Gide）的作品和思想对于当时中国知识分子作家的渗透，在在显示出个人和（革命）群体的交锋与张力。路翎作品和他所持守的创作观与文艺观，也为我们提供了思索左翼文艺对于底层再现的界线，知识分子对于（底层）人民的想象，意味着左翼文学内部书写的差异性和世界观的竞逐，而通过路翎作品及其创作历程，更引领我们进一步探问许多重要但未竟的课题，譬如：个人如何在革命中安顿，个人（主义）与集体（主义）的关系，现实主义与现代主义在怎样的历史语境中发生龃龉，以及如何面对左翼运动内部摆荡在人际关系与路线之争间不可避免的"运动伤害"，等等。质言之，"路翎及其作品研究"是一个可开拓出多方面深刻探讨的论题。

本书通过梳理路翎及其作品在各阶段的特点和遭遇，探索其中潜藏的主要课题，要者诸如：分析路翎作品的艺术特征与美学特质；探讨路翎作品中群众／人民再现的复杂意涵，个人（主义）与（革命）群体的关系；重探路翎50年代朝鲜前线战争书写中跃动的"国际主义—爱国主义"情感内容，通过路翎晚年创作和既定的"一生两世"论断进行对话；等等。最后，针对路翎书写一贯的"落后性"，重新诠释路翎创作的特质，并就路翎创作所处的"斜线地带"，再予深化阐述。书题"蜗牛在荆棘上"，即旨在表达路翎艰难的人生与文学跋涉，路翎始终像活在荆棘之上，承受着一重又一重的考验。扼要言之，本研究尝试有机地探讨路翎不同时期的创作，对其整体风格进行定位和概括，以"落后书写"作为标志路翎创作的核心论题。相较于先前侧重于路翎特定时期创作的专论，本书广泛收集并掌握了路翎创作及当前学界相关研究的文本和史料，进行扎实的文献整理，尝试就此把握有关路翎的创作历程和各时期作品的研究成果，以期对路翎创作做出浮映想象力和现实感的别样阐释。

研究概况

海外研究方面的成果不多,主要有:邓腾克(Kirk A. Denton)《中国现代文学中的自我问题:胡风和路翎》(*The Problematic of Self in Modern Chinese Literature: Hu Feng and Lu Ling*,1998)和舒允中《内线号手:七月派的战时文学活动》(2010)。前者以胡风和路翎为焦点,重新辨析中国现代性的核心问题,后者是首部讨论"七月派"的英文专书(*Buglers on the Home Front, The Wartime Practice of the Qiyue School*,2000;2010年中译本出版),并开辟专章论析路翎小说。邓腾克《路翎的文学技巧——〈饥饿的郭素娥〉中的神话和象征》("Lu Ling's Literary Art: Myth and Symbol in *Hungry Guo Su'e*",1986)讨论路翎名篇《饥饿的郭素娥》中的神话母题和道家思维的寓意;刘康(Liu Kang)《欲望、阶级与主体性的语言》("The Language of Desire, Class, and Subjectivity",1993)和《路翎长篇小说〈财主底儿女们〉中的混合风格与"成长小说"》("Mixed Style in Lu Ling's Novel *Children of the Rich Family* Chronicle and 'Bildungsroman'",1993),则主要运用拉康的精神分析理论和巴赫金的复调文学理论,解析路翎笔下人物曲折的心理样貌;罗鹏(Carlos Rojas)《死亡、亲属关系以及政治可能性》(2014)通过细读路翎小说《青春的祝福》《爱民大会》和《燃烧的荒地》中的"死亡与损失",尝试研议另一种看待政治的可能性。上述诸作对于本书构建研究思路和分析相关作品均有助益。此外,王德威《三个饥饿的女人》(1998)撷取身体论述相关理论,将路翎《饥饿的郭素娥》置入其所勾勒之饥饿女人文学系谱,与张爱玲《秧歌》、陈映真《山路》二作同论,极有新意,进一步将该文与施淑《历史与现实——论路翎及其小说》并读,恰可探析不同的批评系统/理论立场对于文学批评与作品评价的影响。

中国台湾关于路翎及其作品的研究成果极为有限,相关评述更是屈指可数。若以港台并观，迄今重要的学术研究有：施淑在 1976 年发表于香港《抖擞》杂志的《历史与现实——论路翎及其小说》，苏敏逸《个人、家族与集体的纠葛和矛盾：论路翎〈财主底儿女们〉》(2006)，香港中文大学的硕士论文——熊志琴《路翎〈财主底儿女们〉研究》(1999)。苏敏逸与熊志琴的研究，主要阐论《财主底儿女们》的主题内容和艺术特色，可为参考，但二者立论与本书的路翎及其作品研究之范围和切入点俱不相同；施淑的专论开路翎研究风气之先，从左翼文艺理论的视角论析路翎其人其作，别树一帜，对于路翎作品的阅读具有探针般的敏锐性，唯针对的是路翎 40 年代的小说，并未涉及其后的作品。

路翎平反后，部分作品在 80 年代重获出版，大陆学界亦开始重新阅读路翎作品并给予较为公允的评价，要者如：钱理群《探索者的得与失——路翎小说创作漫谈》(1981)、杨义《路翎——灵魂奥秘的探索者》(1983)，以及赵园《路翎小说的形象与美感》(1984) 和《蒋纯祖论——路翎和他的〈财主底儿女们〉》(1987)。前两文同样将路翎视为"探索者"，探讨其作品得失颇具见地，对路翎作品中"原始的强力"的再现，也有相似的批评，均认为路翎笔下人物的"病态"反抗和自觉的革命行动毕竟有别。换言之，两文这部分批评仍然未脱以"线性进程"判定优劣的评述方式，对于路翎作品中人物再现真实性的讨论也依旧陷于胶着。赵园的两篇专论分别从作品的艺术特征与作者的写作状态切入路翎作品中的人物描写，在美学层次上为探究路翎作品提供了坚实基础，从中也可管窥赵园对于知识分子心灵史的关注，此点之于我研究路翎其人其作深具启发。

80 年代末以来陆续出版了几本关于路翎生平的著作，要者有张以英编的《路翎书信集》(1989)，晓风编选的《胡风　路翎文学书简》(1994)，张晓风整理胡风的《致路翎书信全编》(2004)、徐绍羽整理路翎的《致胡风书信全编》(2004)，张业松选辑故旧追忆文字的《路翎印象》(1997)，以及朱珩青亲身走访路翎一生足迹后写下的《路翎：未完成的天才》(1997)和《路翎传》(2003)，丰富了对于路翎创作生活的背景认识。《路翎研究资料》(1993年初版)收录路翎作品历年重要评论，并附录翎著作年表和著作目录等资料，提供了40—80年代路翎作品的评论概貌；朱珩青编选路翎作品辑为《路翎小说选》(1992)、《路翎》(1994)、《路翎代表作：旅途》(1999)等①，以及张业松和徐朗合编《路翎晚年作品集》(1998)，与鲁贞银合编《路翎批评文集》(1998)，对路翎及其著述跃入研究者视野皆有推动之功。此后，大陆学界的长文短论激增，包括着重史料性质的研究，如载于期刊的吴永平《胡风与〈蚂蚁小集〉的复刊及终刊》(2009)、《〈泥土〉全目及其他》(2011)等，由于路翎多篇作品在《蚂蚁小集》和《泥土》上首发，研究辅以初次发表刊物的整体状况，有助于深化路翎作品的相关讨论。

  检视与路翎及其作品研究直接相关的学位论文，约有70篇，几乎均为2000年后所出版的硕士论文，此与"胡风反革命集团"平反后相关研究材料日益解禁的现象应有关联，唯泰半仍属初探、散论，诸多论题内容亦嫌重复，足资借镜之处主要在于数篇研究提出了值得深入的探勘视角，如时国炎《俄苏文学视野下的路翎研究论纲》(2004)、卜善芬《家族题材小说〈财主底儿女们〉与〈卡拉马佐夫兄弟〉比较研究》(2010)、樊丽《论路翎重庆时期的小说创作》(2012)、宗秋月《从〈财主底儿女们〉看罗曼·罗兰对路翎创作的影响》(2013)等，对我思考本研究之形构有所助益。

---

① 朱珩青历年编选路翎作品集甚力，包括：《路翎小说选》(北京：作家出版社，1992年)、《路翎》(香港：三联书店，北京：人民文学出版社，1994年)、《路翎代表作：旅途》(北京：华夏出版社，1999年初版，2008年重印)、《路翎作品新编》(北京：人民文学出版社，2011年)。

而本研究同其他相关论著亦有牵涉，如景春雨《纪德现代性研究》(2005)、段美乔《论1940年代中国文坛的"纪德热"与知识分子的精神境遇》(2006)、涂慧《罗曼·罗兰在中国的接受分析——以〈约翰·克利斯朵夫〉为中心》(2008)和严靖、杨联芬《论〈从苏联归来〉在1930年代中国的译介与影响》(2012)等，皆有助于润实本研究的骨架；贺桂梅《转折的时代——40—50年代作家研究》(2003)针对丁玲、沈从文、萧乾、冯至、赵树理的讨论也提供了重要参照。此外，王丽丽《在文艺与意识形态之间——胡风研究》(2003)、黄晓武《马克思主义与主体性——抗战时期胡风的"主观论"研究》(2012)，对理解影响路翎甚巨的胡风文艺思想，以及当时左翼知识分子围绕"主观论"发生论争的背景均有所帮助。

迄今针对路翎及其作品的研究专书有刘挺生《一个神秘的文学天才——路翎》(1997)、杨根红《论路翎文本创作的文化机缘与现代意识》(2010)、谢慧英《强力的"挣扎"与主体性"突围"——路翎创作研究》(2012)和周荣《超拔与悲怆——路翎小说研究》(2017)。四位论者各有侧重：刘挺生由思想、创作、影响三方面概论路翎其人其文；杨根红主要由心理现实主义着手探究路翎创作世界中的现代意识；谢慧英以"人民底原始的强力"为立论核心，注重创作中的主体性展现，是针对路翎40年代创作之扎实研究；周荣钻研路翎各时期的作品，从事"整体性考察和阶段性对照"，但对晚年作品较乏着墨。四本专著各有独到之处，唯与本研究进路有别；个人反倒可借以深化四位论者未竟之处，而身处台湾学界亦可能因两岸歧异的历史经验，容受思潮洗礼所造就的研究范式不同而生另一番见解。

概言之，本书受惠于先行者的研究成果，从路翎作品带给我的感应出发，把握作家的创作实际，追寻路翎现实人生的行程与艺术创作道路之间有着怎样的相关意义。但非直观地通过作家生平来解释作品，而是探究作家生平与作品间的复杂联系，同时从作品的创作语境来认识作家的活动时空，以厘清二者间千丝万缕的关系。并在与前人研究对话的基础上，尝试提出具说服力的分析角度和阐释框架，一方面深入大陆相关研究成果，另一方面借镜台湾经验，从相互参照的论述位置出发，梳理路翎生平与创作中具备文学史穿透性意义的左翼文学书写政治。

章节大要

本研究的主要任务在于：从另一条看见主体与主观的重要性、看重风格与语言及其作用的途径来解析路翎的作品，探究文本内部诸如语言、叙事、结构等美学特征，重新评价路翎创作。与此同时，路翎及其作品从40年代以降受种种批判、冷遇与热讽，也意味着"文学性"从来就不纯然内在于文本内部，而总是处于特定的权力关系之中，意识形态作为形构文学的重要组成，仍是无法回避的部分。事实上，身处不同时空的我们，也在自身研究中建构着我们对于文学经典的理解，借用特里·伊格尔顿的话来说即是："任何作品的阅读同时都是一种'改写'。"① 通过论析、重新评价路翎的作品，本书希冀丰富对于左翼文学的既定理解，挣脱将现实主义与现代主义判然二分的固化论述模式，从而打开路翎研究的崭新视野，为处于胶着状态的讨论注入另一种契机。

以下说明本书的章节安排，扼要介绍各章节内容大要和主要论点。

绪论《"落后书写"的洞见与契机》叙明研究设想，通过回顾重要文献呈现研究现况，借以勾勒出本书的主要立论，继而就章节安排、

---

① [英]泰瑞·伊果顿(Terry Eagleton, 特里·伊格尔顿)：《文学理论导读》，吴新发译，台北：书林出版有限公司，1993年，第26页。

内容大要与个别论点做出说明。

第一章《Passion：受难／激情的感觉结构》，为后续章节论析路翎作品的基础。

第一节概述路翎的写作历程。路翎的书写风格与其战乱的经历相系，他所面对的创作实际左右着他的创作选择。而路翎的创作也一再歧出于左翼文学的主流大势，路翎作品的不合时宜，或可谓"落后性"，始终贯穿着他的创作生涯。

第二节先由外部勾勒路翎所身历时代语境的变化及其对路翎创作的可能介入。一方面罗曼·罗兰与纪德其人其作通过译介进入中国后，对青年产生广大影响，罗曼·罗兰和纪德分别代表30年代以降中国隐然浮现的两种思潮（拥抱革命的青年醉心于罗曼·罗兰的现实主义，偏取自由主义思想者则较为欢喜纪德），寓示当时青年走向的两条分殊道路；另一方面罗曼·罗兰和纪德进入中国后"公共脸孔"的转变过程，特别是两人在30年代中期访苏后的不同选择，具有充分的时代性象征意义，为我们提供了探看评论者解读路翎及其作品的有效途径。

第三节进入路翎作品内部，探讨俄苏文艺在路翎创作历程中所起的作用，要者如《毁灭》《铁流》《当代英雄》等作品，以及高尔基、契诃夫和陀思妥耶夫斯基三位重要的俄苏作家，在人物形象与美学风格方面所给予路翎的创作启示；其中鲁迅对于俄苏文学的翻译与编述，之于路翎认识俄苏文学，有不可估量的影响。

第四节聚焦路翎作品的艺术特征。相对于通过作家生平来解读作品，路翎的作品实际上也以一种经过艺术手法转化后的文学性形式，体现出他动荡的生命经历，路翎及其作品，都紧紧绑缚于受难／激情的时代巨轮，随之转动，磨耗坏损，却也在颠簸中不懈前行。

第二章《时代青年的歧途与大路：〈财主底儿女们〉》，论析被胡风誉为其出版是"中国文学史上一个重大的事件"的鸿篇巨制《财主底儿女们》。

第一节先行澄清学界通行的一种说法，即罗曼·罗兰《约翰·克利斯朵夫》影响路翎创作《财主底儿女们》，之后并置阅读两部长篇小说，探讨二者在"影响说"之外可能存在的启发性创作关系。

第二、三节锁定"知识青年的追寻与困蹶"主题，从处于"时代风暴"中心的"时代青年"切入讨论。《财主底儿女们》情节虽由蒋家三兄弟辐射而出，但路翎同时安置了数种不同类型的知识青年，不同类型之间的区别则与时代关键词"人民"的关系密切。我认为这是《财主底儿女们》最为核心的关切和再现，循此脉络重新阅读《财主底儿女们》，更显其时代性意义，在此阅读轴线中的《财主底儿女们》，不啻为一部知识青年的人民之书。除了《财主底儿女们》这部80多万言的鸿篇巨制，中篇《青春的祝福》《谷》、短篇《旅途》《人权》等小说与剧作《云雀》也都触及了同一课题，即知识青年在迎向人民革命的集体性年代里的追寻与困蹶之课题。就此而言，这些作品形同路翎对五四以降知识分子与人民（群众）关系课题所做出的文学性回应。

第四节则通过《财主底儿女们》的相关情节，探析步入40年代之后，意识形态和个体化入集体过程的冲突结点——恋爱——在小说叙事中的张力和变异，从而持续按图索骥，借以阅读知识分子与革命／人民的关系；同时通过"知识青年—恋爱—革命／人民"的讨论路径，探索存在于路翎小说中的性／别课题。《财主底儿女们》中形色不一的知识分子人物，对于恋爱、婚姻和家庭的看法，不仅映照出从20年代到40年代人们对于"婚姻家庭连续体"的复杂想象及其变化，更为我们提供了探看小说文本和论述生产与再生产间关系的可能性。

第三章《前夜：40年代作品》，主要择选路翎40年代关于底层工农的作品进行论析。

文学史通常将路翎划归为40年代国统区代表作家,一般将1937年、1949年视为40年代文学的起讫,本书大致依循前例,唯复按路翎创作历程略加调整。具体而言,以初刊于1940年5月《七月》第5集第3期的《"要塞"退出以后:一个年青"经纪人"底遭遇》(写于1939年9月26日)始,以载于1949年7月1日出刊的《蚂蚁小集》第七辑"解放号"《中国,你笑吧》的《泡沫》(写于1949年5月11日)终。理由大致如下:相对于现存的《朦胧的期待》①与《在游击战线上》②,《"要塞"退出之后》臻于成熟,通过胡风筹办的重要文学刊物《七月》,"路翎"初次进入评论家与文学史视野,带有关键起点的性质;1949年7月2日在北平召开中华全国文学艺术工作者代表大会(第一次全国文代会),路翎以南京代表身份与会,而《泡沫》于第一次全国文代会前一天出刊的《蚂蚁小集》之七"解放号"面世,这样的时间点,有其重要的历史象征性意义,《中国,你笑吧》作为此辑刊物名称,恰预示了路翎作品此后的转变。更为重要的是,与《泡沫》同著于1949年5—6月间的集外小说《车夫张顺子》《兄弟》与《喜事》,从叙事方式到内容都有明显分别。以内容论,《车夫张顺子》描写了解放前夕的混乱,底层车夫的觉醒,结尾处解放军进城了,《兄弟》与《喜事》述及工人的自省与受压迫者的反抗;就表层结果来看,这三则小说也均属"快乐的结局"。

路翎40年代小说可谓是一种"穷人文学",多数作品都以"穷人"

---

① 《朦胧的期待》发表时署名"流烽",刊于《大声日报·哨兵》(合川),1939年1月8日、15日、22日和2月5日分四次连载,多年后首度见于朱珩青撰述的《路翎传》(郑州:大象出版社,2003年),收为该书"附录二",而《路翎全集》(路翎著、张业松编,上海:复旦大学出版社,2014年)则未见收录。

② 《在游击战线上》发表时署名"流烽",刊于《大公报·战线》(重庆),1938年12月19—20日,开头有标题"(一)郑司令之死",但全篇未见其他(二)(三)等标题,疑连载未完,后收入《路翎全集》第4卷,第127—131页。

为主角,既有回应时代号声的"工农兵",也有形形色色的乡场人物和市井小民,小公务员与乡村教师,同在底层挣扎、载沉载浮。路翎写于1947年11月的短篇小说《送草的乡人》,通过进城送草的乡人刘福山的目光,叙事引领读者看见穷人视野里"水底的景色":

> 这街上有半数以上的人,是穿着破烂的衣裳,赤着腿,在紧张地奔忙着的。他们是那些车伕,小贩和苦力。虽然他们底数目是这样多,却不大容易被注意到,他们似乎显得比那些漂亮的人们矮些,一个穿红衣裳的小姐穿过街道的时候差不多所有的人都看到了,但那样多的穷人们人们却不看见,他们不仅是似乎矮些,而且他们没有颜色和光芒——因此人们才觉得这大街是美丽的和灿烂的。①

第三章即尝试讨论路翎40年代小说中所再现的"水底的景色"。路翎在作品里专注描绘那些沉在下层的"水"——穷人,也批判那些上层浮泛着"漂亮华美的颜色"的"油"——富人,以及那些在油光水色之间沾沾自喜或深思多疑而困顿于实践的知识分子。

第一节锁定小说人物的"复仇"与"幻想",讨论以矿区生活为背景的矿工故事,如名篇《卸煤台下》和《饥饿的郭素娥》,但不限于此,以佃农张老二与返乡的"兵渣子"郭子龙为主角的长篇小说《燃烧的荒地》也在讨论之列。对于人物内心的理性剖析是路翎小说最为突出的特色,其构造情节的方式,多数时候是通过人物情绪和情感的跌宕来加以驱动的,"复仇"便是演绎情节、显现戏剧性的一种重要情感,而

---

① 路翎:《送草的乡人》,载《路翎全集》第2卷,上海:复旦大学出版社,2014年,第194页。此小说1948年5月刊于《中国作家》第1卷第3期。

结构人物"复仇"情绪、感知报仇意念的不同情节内容，暗示出距离革命路途的远近，蕴含着路翎对于"革命"与"解放"的态度，以及他如何看待人民和革命、解放间关系的看法。

第二节聚焦经常受到批评的中篇小说《罗大斗底一生》与《蜗牛在荆棘上》，从文本内部叙事和结构方面来阐释这两篇作品的重要性，与将之定位为知识分子幻想的批评对话，并通过这两篇充满"负面性"、饱受恶评的作品，讨论溢出左翼革命叙事框架的底层再现和"政治不正确"的"坏情感"书写所可能带给我们的启发。

第三节锁定路翎小说中的"后街人物"，特别关注其中带着"怪诞"气息的作品，主要针对先前较乏评论关注的《秋夜》《天堂地狱之间》和《祷告》展开论述，三篇小说的主角都带着显而易见的疯狂性，叙事以夸张的笔调引领读者观看人物言行的"不正常"，同时对人物的"不正常"注入特定的时代内容：活在40年代的战乱动荡里，他们的疯狂有着"民不聊生"的框架，这三则小说的"疯狂叙事"，是另一种洋溢着现代小说笔法的现实主义战争书写，其共通的怪诞美感，让左翼文艺美学政治的结构隐约浮现。

第四节则继续探索路翎40年代小说中的"性/别"课题，聚焦以底层工农为描写对象的著名中篇《饥饿的郭素娥》，通过讨论郭素娥的"双重饥饿"，思考路翎小说中的欲望、性和无意识驱动力，论析向来受评论家关注的所谓"原始的强力"问题，进而借此管窥往复于阶级与性别之间的革命叙事。

第四章《前夜之后：50年代作品》讨论路翎50年代的作品。大体而言，50年代路翎作品的调性，渐渐从背阳面走到了向阳地；描绘人物的觉醒与蜕变，是路翎50年代小说的一个基本特征，那是一种从"旧"到"新"，从"落后"到"进步"的"集体化"转变过程。这样的变化，主要通过人物的内心转折予以呈现，亦即，路翎始终专注于刻画人物的内心世界，对于人物情绪和情感跌宕起伏的关注一如既往。而通过那一则则不无延续性的"落伍的故事"，路翎创作始终注重对于"进步性"内涵的复杂再现，只是笔墨浓淡不一。

第一、二节讨论1949年前后的"工人书写"，包括《朱桂花的故事》所收录的短篇小说与剧作《迎着明天》（原题《人民万岁》）、《英雄母亲》和《祖国在前进》等作品，主要分析其中工人形象相较于40年代工人题材作品的变化；同时对照路翎与胡风书信往来中的删修讨论，考察面对复杂的政治变化，路翎的创作主张落实至文本后所呈现的张力，以及作品一再受到批判的内外构造因素。而从另一个角度来看，路翎50年代的作品，仍探索着包含中间阶层如智识阶级和资本家在内的"改造"问题。

概言之，这些1949年后创作的工人题材作品色调明亮，可谓是"车间文学"的先声。① 从中可照见，路翎力图观照不同的社会位置、地域、阶级、世代等要素在人们与新社会接轨时所起的作用，特别是描绘了各种"落后"者对于进入新时代、新生活的疑惧，以及对于自己的不自信。就此而言，路翎50年代的作品其实延续着40年代小说中对于"烂渣渣"的关注，那些落伍的、掉队的、"站不起来的"，都属于革命本身，那些负面的情绪和情感，结构着革命的真实，路翎不仅无意割舍，而且倾注全力在作品里加以描绘。

第三节论析路翎朝鲜前线的"战争书写"，包括特写报告和志愿军题材的小说创作，从"生活叙事""成长叙事"等界面切入，并着重

---

① 路翎在1949年秋冬至南京被服厂、南京浦口机车修理厂，1950年至上海申新九厂、天津国棉二厂"体验生活"。参见朱珩青：《路翎传》，第216—217页。上述路翎的"田野成果"在50年代的短篇小说集《朱桂花的故事》与描写工人护厂斗争的剧本《英雄母亲》等作品中都有所展现。实际上，早于新中国成立后的政策号召，路翎即早作了相关题材，对于工人、工厂的观察与记录，已显露在40年代对于矿场、矿工的再现成果中，由此亦可见路翎在开拓新文学主题上的先驱性。

探访路翎朝鲜战争叙事核心的"国际主义—爱国主义"情感内容，之后通过讨论创作和评论间的"时间差"，以期仅被视为意识形态书写的路翎50年代作品，能获得重新评价的可能性。

细读这时期朝鲜前线志愿军题材的作品，可察觉路翎的写作技术有了明确的翻新，他愈益纯熟地活用直白浅显的语言，刻画人物的情感变化，熟练地运用被配给的诸种"新的思想武装"，书写朝鲜前线的志愿军与战火下的朝鲜人民，塑造新人物、正面光明的英雄人物，同时一贯表现生活里的矛盾和冲突，不放弃向来注重的心理描写。路翎投身抗美援朝的文艺宣传队伍，以作品为弹药，一同壮大战斗的声势。但在一篇篇作品里，总有掩蔽不住的创作个性——关键仍是路翎向来毁誉参半的"情感书写"：对于人物内心的状写，不合抗美援朝文学生产线的标准规格。这系列生动描写朝鲜前线战事的"报废品"，正表述出文学生产与国家意志之间的复杂关系。

第五章《"我不反革命"：1955年之后的作品》讨论路翎的晚年创作，分别就诗歌、散文和小说的艺术性做出论析，同时借此与逾越生平而牵涉作品评价的"一生两世"主导性论断进行对话。从路翎和多数政治受难者截然不同的"幸存者"身份意识，以及晚年整体创作可能呈现的"后卫视野"等观点，提出对于路翎晚年创作"落后性"的不同看法。

第一节由"透现的春光""抽搐的黎明"和"火焰般的心脏"等重要意象讨论路翎的晚年诗作，这样的分类大致相应于创作时序先后，但未必尽然如此。路翎的晚年诗歌，诗意生发和诗句建构"生活化"，主要以日常生活与寻常人事入诗，充满着一种清新朴实的道德感和历史感，更不时透现出一种磊磊的尊严感，或有流露出往昔的负重与沧桑，但更多是对于未来的期待，愿膺重任继续前行的自我期勉。约略归纳，路翎多数诗作都可谓是对于生活的礼赞与讴歌，而特定时期的历史因缘，创作日常生活"颂歌"的路翎又一次"掉队"了。实际上，先前评论采用"颂歌"一词便蕴含贬义，即便其中也有黯然神伤与愤激不平，为了长年政治高压碾碎了路翎的创造力，当年作家和作品让人激赏的反抗性尽去，被剪断了羽翮的翱鹰不再能雄飞，"复出"文学旅途的路翎只能一再复诵过时颂歌。但本节盼能通过讨论，为诗人与诗的"过时"一辩。

第二、三节讨论路翎晚年的小说和散文。散文大致可为两类（但这两种类型的篇章时有混同，并不截然二分），一类即一般所谓的"美文"，写日常生活中的感知见闻，另一类则属"回忆录"性质的散文，在文学感受性的意义之外，尚具史料与理论价值，对于理解路翎的文学历程，包括其作品、创作活动和文学观具有不可或缺的重要性，也有助于深化对于"七月派"、胡风以及路翎关于理论和创作思考的文学史认识。路翎晚年用力最深的是中、长篇小说，惜在绝大多数作品尚未公开，仅有家属和少数前行评论者因编辑或研究工作得以接触并阅读到小部分内容，因此关于路翎晚年小说创作的讨论，目前只能就所见的有限材料，做一个初步考察和极具限度的评述，希冀他日待包括三卷晚年小说的《路翎全集》下编出版后，能补强这部分讨论的不足。

《但尘埃没有说话》作为结语，重新梗概路翎创作历程和本书关键论点，对路翎的"落后书写"做出总体评价。路翎"前半生"的"穷人文学"或谓"底层书写"，被众多左翼评论家批判为将知识分子的心灵投影于底层工农人物，"后半生"的多数作品则被视为吟唱着"过时颂歌"，文学作品成了精神分裂者被意识形态轧印过后的谵言呓语，或是供人探看国家暴力的病历表。路翎一生创作所受到的肯定与否定，在不同时期的文艺/政治批评系统间反复，摆荡在反抗/不反抗的标尺两端。进步话语政治中的路翎创作像是一抹胭脂欠缺真实的血色，而如若，我们不以定调此后新中国文艺方向的毛泽东《在延安文艺座谈会上的讲话》(1942)来审视路翎创作，而是援引青年张中晓在1955年关于现实主义的思考，将《讲话》中"暴露"和"歌颂"的分类准则与评论思路，改写为"痛苦""欢乐""追求"与"梦想"来阅读路翎及其作品，那么路翎的创作不曾"转向"，胭红并不虚假，血色也未必更真。路翎创作不为"进步／落后，现实主义／现代主义，集体／个人"等二元对立的论述框架所囿，那存在于两端之间的"斜线地带"(／)，可能才是路翎创作所坐落的位置。

第一章　Passion：受难/激情的感觉结构

> 艺术作品的严整性并不在于构思的完整，并不在于人物的刻画等等，而在于那渗透整个作品的作者本人对待生活的态度的鲜明性和明确性。①
>
> ——托尔斯泰

> 其实每个人都知道，瓦连卡，穷人比一块破布都不如，得不到任何人的尊重，不管他们怎么写！他们这批蹩脚的作家，不管他们怎么写都是一个样！穷人身上的一切还是原来的模样。那么，为什么还是原来的模样呢？这是因为照他们看，穷人的一切一定都露在外面，心里一定不会秘藏任何东西，至于什么自尊心就绝对不该有！②
>
> ——陀思妥耶夫斯基

---

① 原文出自托尔斯泰撰述的《文学遗产》，转引自赫拉普钦科《现实主义方法和作家的创作个性》，载中国社会科学院文学研究所编《世界文学中的现实主义问题》，第104页。
② [俄]陀思妥耶夫斯基：《穷人》，磊然译，载陈燊主编《费·陀思妥耶夫斯基全集》第1卷（长篇、中短篇小说集），磊然、郭家申译，石家庄：河北教育出版社，2010年，第87—88页。此处为《穷人》主角基层小官吏/城市贫民杰武什金在写给另一主角瓦连卡的书信中所言。

第一节　时代的篇什：路翎的写作历程

　　路翎，1923年1月23日生于苏州，本名徐嗣兴。3岁时父亲赵振寰自戕，举家偕同外祖母蒋秀贞迁往南京，母亲徐菊英带着路翎与他妹妹徐爱玉改嫁。1927年夏路翎入读南京莲花桥小学，1935年小学毕业，秋天考入江苏省立江宁中学，1937年抗战全面爆发，与家人随难民潮流徙，先至武汉，再投奔继父张济东湖北汉川乡下老家，其间撰写散文《古城上》与《一片血痕与泪迹》投稿《弹花》获登。之后一家返回汉口，按"流亡学生登记处"分配，路翎1938年春入读重庆华蓥山区文星场的四川中学——其后改为国立第二中学，校址迁至合川县文庙。战时教师员额不足、课程有限，路翎常到生活书店等地"打书钉"，广泛阅读各种书籍，并开始向《时事新报》副刊《青光》与《大公报》副刊《战线》投稿，应合川的民营报纸《大声日报》约请而主编副刊《哨兵》。1939年初因编副刊和在课堂上阅读课外读物与国文老师起冲突，被学校以思想左倾为由开除学籍，时年17岁正在念高二的路翎，就此中辍学业。①

　　离开校园后的路翎，曾加入三民主义青年团演剧队，亦曾由胡风介绍至陶行知筹办的育才学校文学组工作数月。1940年夏经继父张济东介绍，至国民政府经济部设于重庆北碚区的矿冶研究所会计室任办事员。1942年因与矿冶所庶务员打架离职，由舒芜介绍到南温泉国民党中央政治学校图书馆当助理，其间曾在黄桷镇文昌中学兼课，教授初中国文。1944年辞去图书馆工作后，通过张济东介绍至国民政府经济部的燃料管理会任职，后分配到黄桷镇码头任办事员。正是在长期工作不稳定的状态下，路翎大步迈向文学行程，至1946年6月离渝

---

① 本节叙及之路翎作品，详见本书《路翎著作年表》。关于路翎生平细节，请参见张以英编的《路翎书信集》（桂林：漓江出版社，1989年）与朱珩青撰述的《路翎传》二书所附《路翎年谱简编》，部分疑难或遇二书未臻之处，另行参酌其他相关著作。

的 8 年间，身处国统区大后方的路翎写下多部重要作品，包括邵荃麟认为"在中国的新现实主义文学中""放射出一道鲜明的光彩"①的中篇小说《饥饿的郭素娥》，以及胡风称誉"是中国新文学史上一个重大的事件"②的长篇巨作《财主底儿女们》。

青春的诗

路翎最初在胡风主编的左翼刊物《七月》上崭露头角，之后作为"七月派"的代表性作家拥有一席之地。

作为现代文学史里形象分明的文学流派，"七月派"活跃在三四十年代抗战时期的国统区，成员主要为汇聚在胡风编辑的《七月》与《希望》杂志，以及《七月诗丛》《七月文丛》《七月新丛》等丛书周边的作家写手，路翎正为其中一员。1937 年 10 月《七月》在上海创刊，刊名复印了鲁迅手迹，是"唯一的表示纪念的意思"③，有继承鲁迅精神之意，以周刊形式出了 3 期④，之后移至武汉，改为半月刊⑤，至 1938 年 7 月，武汉期间的《七月》半月刊共出版了 18 期，从第 13 期开始，以

---

① 荃麟（邵荃麟）：《饥饿的郭素娥》《青年文艺》第 1 卷第 6 期，1944 年），载杨义、张环、魏麟、李志远编《路翎研究资料》，第 54 页。

② 胡风：《财主底儿女们·序》（写于 1945 年 7 月 3 日），载路翎《财主底儿女们》上册，北京：人民文学出版社，1985 年，第 1 页。此篇胡风序言，曾另以"青春底诗——《财主底儿女们》序"为题，刊于 1945 年 9 月《文艺杂志》新 1 卷第 3 期。

③ 胡风：《胡风全集》第 7 卷（集外编Ⅲ），梅志、张小风整理辑注，武汉：湖北人民出版社，1999 年，第 353 页。

④ 作者群包括当时同处上海的萧军、萧红、曹白、彭柏山、艾青、李桦、力群等人，内容包括散文、诗歌、纪实文章与木刻作品等。

⑤ 在武汉出版的《七月》半月刊，首期选收了在上海的三期小周刊部分内容，加上新作辑为一期。参见《胡风全集》第 7 卷（集外编Ⅲ）的第五辑"回忆录"第三章《在武汉》，第 362 页。武汉期间的《七月》以散文和报告为主，作者群加入聂绀弩、邹荻帆、田间、欧阳山等人，"七月派"另两位指标性作家丘东平与阿垅也于此时登场。

6期为1集，即第13期为第3集第1期。1938年12月胡风一家撤退至重庆，《七月》停刊，1939年7月复刊，改为月刊，是为第4集第1期（总第19期），战乱中经常迟刊，其中第6集第1、2期与第7集第1、2期均为合刊。而路翎即是在1940年5月《七月》第5集第3期，以小说《"要塞"退出以后——一个年青"经纪人"底遭遇》(1939年9月撰)正式进入评论家与文学史视野，之后持续在《七月》发表新作，《饥饿的郭素娥》《青春的祝福》《蜗牛在荆棘上》《财主底儿女们》等40年代重要作品，也均列入《七月文丛》或《七月新丛》出版。

1941年初皖南事变后，5月胡风转赴香港，《七月》终究未能免于停刊。《七月》在重庆期间出版了14期（共12本），若不计上海出版的3期小周刊，4年间共出版了32期。1943年胡风回到重庆另行筹办新杂志，原题《朝花》，登记时屡遭留难，改以《希望》，取只余"希望和幻想"之意。① 胡风向来热爱鲁迅，也力图继承鲁迅的精神，但从胡风以"朝花"传达乐观新气象的理解来看，征兆式地显露出胡风与鲁迅的思想距离。胡风汲取较深的是鲁迅不惧劳瘁勇进的"明天性"的一面，而路翎在未必自意中承袭较多的，则是鲁迅闪烁幽冥鬼火般的离奇洞见——着眼于黑暗闸门的另一面，是"带露折花"的"不能够"②的那样一种"现在性"。就作品观之，路翎对于始终存在于

---

① 据胡风回忆："'希望'二字本是去年准备出版刊物时曾提出过的名字，后来觉得还是'朝花'好，因为当时对前途还是抱有乐观的，愿意从此能有一种新气象。现在，碰了多次壁，就只剩下了希望。记得希腊神话中说，潘多拉的盒子揭开后，各种祸害都飞出来了，赶快盖上时，只有'希望'还来不及飞走，还有那胆小的'幻想'躲在角落里。现在决定用希望，表示我们只留下了'希望'和'幻想'。"参见《胡风全集》第7卷（集外编III）的第五辑"回忆录"第七章《再返重庆》，第606页。
② "前天，已将《野草》编定了；这回便轮到陆续载在《莽原》上的《旧事重提》，我还替他改了一个名称：《朝花夕拾》。带露折花，色香自然要好得多，但是我不能够。便是现在心目中的离奇和芜杂，我也还不能使他即刻幻化，转成离奇和芜杂的文章。"鲁迅：《朝花夕拾·小引》，载止庵、王世家编《鲁迅著译编年全集》第8卷（一九二七），北京：人民出版社，2009年，第101页。此文写于1927年5月1日，1927年5月25日刊于《莽原》半月刊第2卷第10期。

鲁迅思想中的"无聊"内里有所体会，于此亦显露了路翎与胡风文艺思想有别之迹。

历经波折后，《希望》第1期在1945年1月出版，本着《七月》办刊时的想法，胡风愈加着意培养新进作家。《希望》在重庆出版了4期，1946年2月胡风回到上海，先是翻印了重庆期间的4期《希望》，1946年5月出版《希望》第2集第1期，至1946年10月第2集第4期出刊后，《希望》也走向了停刊之路，从重庆到上海，《希望》总计出版了8期，期期都有路翎作品，第1集第2期更一口气以"有'希望'的人们"为小说集题名，刊发了6篇短篇小说。① 同时，路翎也以笔名"冰菱"发表评论，此外又有多则散文或散记式的报告性文字；常有数篇路翎作品在同期《希望》上发表，显见当时路翎充沛的创作力。而在《七月》与《希望》停刊期间和停刊之后，重庆的《诗垦地》、北平的《泥土》、成都的《呼吸》与《荒鸡小集》、南京的《蚂蚁小集》等刊物，都有"七月"同人穿梭的身影，其中多期《泥土》和《蚂蚁小集》刊发了路翎的小说新作和评论，《泥土》第5辑（1948年3月）更载有路翎难得的长诗《致中国》。

《七月》与《希望》出刊地随着战事的变化西移，从上海到武汉再往内陆重庆撤退，战后则由重庆返回上海，"七月派"作者群的移动轨迹，也同样随着战争情势驿动。"七月派"的青年作家，在三四十年代的战争时期，泰半过着颠沛流离的生活，或因战争流徙被迫中辍学业，多人学历不高，甚或有不得温饱、贴近底层辗转的深刻体会，抗战结束后紧接着国共内战，长年战事胶着和战况炽烈的交替里，他们

---

① 《希望》第1集第2期以"有'希望'的人们"为题刊发6篇小说，即《感情教育》《可怜的父亲》《秋夜》《瞎子》《王老太婆和她底小猪》《新奇的娱乐》；第1集第4期以"胜利小景"为题，另刊发了4篇小说即《中国胜利之夜》《翻译家》《英雄与美人》与《旅途》，前述10篇小说后收入路翎短篇小说集《求爱》（《七月文丛》I），上海：海燕书店，1946年。《希望》第2集第4期以"平原集"为题，登载了《平原》《易学富和他底牛》《张刘氏敬香记》三篇，后收入路翎短篇小说集《平原》，上海：作家书屋，1952年。

的青春在前途茫茫的不安与献身理想的昂奋中更迭起落,这样的生命历练与情感强度也体现为共通的创作特点:passion(激情)——在胡风使用的语义里既指"热情",也指"受难"。"受难"的语义源自基督教,首字母大写的"Passion"系指耶稣基督最后的受难与死亡。胡风在《略论文学无门》(1937)一文中,曾着重指出作家创作的态度问题,艺术的悲剧在于失却了"'经验'生活的作者本人在生活和艺术中间受难(Passion)的精神",高度的艺术真实正显现在创作者和人生与艺术"拥合"之中,这样的创作活动也即是追求人生。这实际上触及作家世界观与创作方法发生矛盾的问题,胡风并提出后来备受攻讦的"真实的现实主义的创作方法,能够补足作家的生活经验上的不足和世界观上的缺陷"①的说法。这样一种生活与艺术创作紧紧相系的文学观背后,无疑也有着特定的社会性构造:passion,一种特定的时代印记。

"七月派"的青年作家正是在受难与激情中生活、创作,在作品中体现如是的受难与激情,而路翎作为"七月派"引人注目的多产作家,在他创造力惊人的小说里,特别是40年代的作品,在在可征验到此一特定历史时期特殊的战争生活经历与暴雨骄阳式的情感样态。胡风为路翎《财主底儿女们》所作的序中也曾如此概括:是"时代底passion产生了作者底passion和他底人物们底passion",而"欢乐,痛苦,追求",正是"'我们时代的热情'(借用那个蒋纯祖底用语)还没有找出适当的表现语的那个passion所必有的含义"②。实际上,作为"七月派"的掌舵者,胡风的诗歌与评论也浮映着"passion"的色泽。

唐湜在《诗的新生代》(1948)中揭示了40年代突出的两个现代诗新浪峰,将之分别喻为现代的哈姆雷特与唐吉诃德(现通译堂吉

---

① 胡风:《略论文学无门》,载《胡风全集》第2卷(评论I),第427页。此文写于1937年4月5日,1937年4月20日刊于《中流》半月刊第2卷第3期。

② 胡风:《财主底儿女们·序》,载路翎《财主底儿女们》上册,第3页。

诃德），两者诗风都有点夸大：一是由穆旦与杜运燮们所掀起的浪尖，这群风格内敛凝重的诗人们，私淑 T. S. 艾略特（Thomas Stearns Eliot）、奥登（Wystan Hugh Auden）与斯彭德（Stephen Spender）等人，是"自觉的现代主义者"，追求贯彻个性的诗表现；另一则是由绿原等人所组成的果敢进击队，承袭的是鲁迅"崇高、勇敢、孤傲"的尼采主义精神，气质狂放，有着健旺的原始生命力，"要一把抓起自己掷进这个世界，突击到生活的深处去"。唐湜也读到绿原们诗里所表现出的"独特的个性"，一样是"用身体的感官与生活的'肉感'（sensuality，依卞之琳的译法）思想一切"，"掷出一片燃烧着的青春的呼喊与崭新的生活感觉"[①]。在唐湜这则精彩的诗论中，被以哈姆雷特与唐吉诃德代称的两群年轻诗人，前者有自由派的倾向，后者则是以现实主义为帜，"七月派"绿原等人的诗作为现实主义的变格，体现出"欢乐、痛苦、追求"的"Passion"，一种受难与激情的浓烈时代个性。

　　唐湜的观察也提醒我们，两个浪峰之间存在着相互渗透的汇流，现实主义阵营的绿原们与现代派的穆旦和杜运燮们并不判然二分，而是同样表现出鲜明的个性，从"七月派"主要小说家丘东平文学追求的自况中，也显露出这样的复杂度："我的作品中应包含着尼采的强者，马克思的辩证，托尔斯泰和《圣经》的宗教，高尔基的正确沉着的描写，鲍特莱尔的暧昧，而最重要的是巴比塞的又正确、又英勇的格调。"[②] 丘东平的自况显示出其阅读与所受熏习的广泛，虽有社

[①] 唐湜：《诗的新生代》，载《新意度集》，北京：生活·读书·新知三联书店，1990年，第21—24页。此文1948年刊于《诗创造》第1卷第8期。

[②] 转引自郭沫若：《东平的眉目》，载《沫若文集》第8卷，北京：人民文学出版社，1958年，第390—395页。此文写于1935年11月17日，另收入《沫若自传》第3卷《革命春秋》，香港：三联书店，1978年。郭沫若在此文中也引述了一段关于丘东平的自述："我是一把剑，一有残缺便应该抛弃；我是一块玉，一有瑕疵便应该自毁。因此我时时陷在绝望中……我几乎刻刻在准备着自杀。"（第395页）

会主义理论与现实主义文艺创作的纲领性追求，却也尊崇着尼采的强悍，托尔斯泰宗教性的人道主义，更且推崇了绽放恶之华的现代派巫觋波德莱尔的暧昧，打破了一般对于左翼作家仅止于（社会主义）现实主义美学信仰的归类。而这样看似矛盾冲突的复杂性并非丘东平所独具，若观诸鲜明的创作个性，对于现代主义的习染，"七月派"青年作家的作品里皆有所展现，而路翎或可谓是其中最为突出的一个，我们在他始终坚持现实主义的小说创作中，经常可感受到勃发的现代派气息。

历史的葛藤

路翎在渝期间曾徙居乡下、煤矿区、市镇、码头等地，主要的活动与居住地点，均属重庆北碚区域，包括文星场、后峰岩、黄桷镇、东阳镇、白庙子等乡场。一方面，实业家卢作孚1927年以来进行的乡村建设运动，奠定了北碚的实业与文化建设基础，1938年作为陪都重庆的迁建区，被称为"小重庆""小陪都"的北碚，短时间内涌进了大量的人口，成为昆明与桂林之外另一个大后方新兴文化圈，持续向路翎输送"现代化"的思想资源，也给他提供了参与论争和发表创作的空间。另一方面，位于川东丘陵的北碚，土地贫瘠，历来经受旱灾、水患与瘟疫侵袭，处于崇山峻岭之间三不管地带的文星场、后峰岩、白庙子，常有匪患，路翎一家长期租住的刘家大院，主建筑两端的碉楼有可架设枪炮的洞眼，即为了防备盗匪的一种特殊建筑形式。再者，哥老会的袍哥系统遍及社会各阶层，与各地乡场乡绅结合成的势力，左右着乡场里的利益分配。简要地说，蜀地险恶的自然环境，剽悍的民风，"边""荒""蛮""昧"的文化传统，给予出身江南、熟悉现代都市"文明"的路翎截然不同的感受，也充实了路翎的创作。①

矿山、乡场、旷野，作为重要的叙事场景与意象，一再出现在路翎40年代小说里；路翎在生活中接触到各阶层形形色色的人物，贩夫走卒，市井小民，矿工、农民、船夫和纤夫，地痞流氓和恶徒恶霸，小商人、新旧式地主和保长，一一在其小说现身，那是一个"劳动、人欲、饥饿、痛苦、嫉妒、欺骗、残酷、犯罪，但也有追求、反抗、友爱、梦想所织成的世界"②。路翎的工作地点一度邻近天府煤矿的出口码头，他经常在矿区徘徊，也曾在朋友的协助下参访工人宿舍、坟墓，甚至数次下到矿井，从他多年后的回忆中，我们可以看到这些令人印象深刻的见闻与经历，纷纷挹注于在那期间创作的小说。③《家》《黑色子孙之一》《祖父底职业》与《何绍德被捕了》反映了路翎的考察成果，《卸煤台下》深入描写矿区工人与包工、资方的冲突，《饥饿的郭素娥》和《破灭》也均以矿区生活为背景。这个时期的路翎创造出"流浪汉——工人"这样一种崭新的人物形象，而矿工与矿区的系列作品，作为路翎文学行程的首批成果，不仅显示出他开拓新文学题材的先驱性，更显示出他对底层工农不同于时代重音的认识。对于压迫者与被压迫者阶级性的复杂再现，让路翎小说的起手式便显得与众不同。

青年知识分子在大时代的追寻与困踬，蕴含着路翎自身和周遭友朋的生命经验，带有反身观照的意义，也寓有路翎对于智识阶级种种

---

① 参见陈刚：《北碚文化圈与1940年代文学》，博士学位论文，吉林大学，2005年；樊丽：《论路翎重庆时期的小说创作》，硕士学位论文，重庆师范大学，2012年。
② 胡风：《饥饿的郭素娥·序》，载路翎《路翎全集》第1卷，上海：复旦大学出版社，2014年，第201页。此序写于1942年6月7日，曾收入路翎《饥饿的郭素娥》，桂林：南天出版社，1943年。
③ 参见路翎：《〈路翎小说选〉自序》，载张业松编《路翎批评文集》，珠海：珠海出版社，1998年，第235—242页。此序写于1984年3月9日，载路翎《路翎小说选》（《当代作家自选丛书》），成都：四川文艺出版社，1986年。

弱点的批评与自我批评。在那样一个各种思潮交锋、尘埃将落但犹未底定的年代，路翎通过文艺创作介入现实，参与着种种论辩，《财主底儿女们》即为最鲜明的例证，《青春的祝福》《谷》《旅途》《人权》等篇，也剖析青年知识分子的际遇与抉择，就中都承载着路翎的思考轨迹。在这部分的作品里，一样可以看到乡场文化与旷野意象所占据的重要性，而中篇《罗大斗底一生》《蜗牛在荆棘上》和《嘉陵江畔的传奇》，以及离渝后创作的长篇《燃烧的荒地》，比较集中地呈现了乡场文化，旷野也是安置人物心情的常设场景。此外，路翎创作了一批速写式的短篇，或是揭露小人物趋炎附势、虚荣造假与诸如"看客"一类的心理状况，或是关注底层人物被贫苦反复碾压过后的极端精神状态。随着路翎在1946年春夏之交离渝返宁，部分篇章的背景也从北碚乡场挪至南京市街，这一类如短匕般锋利的再现，之后结集出版为《求爱》与《平原》两本小说集。在《〈求爱〉后记》中，路翎将这样的生命故事喻为"攀住历史底车轮的葛藤"，既是葛藤自不免要拖延历史巨轮的前进，但在路翎看来，这些平庸世界里的人生战斗，也有着"历史力量底本身"，正是"我们时代底诗"[①]。要言之，无论题材和篇幅，对于人物内心景象与精神状态的矢志深描，让路翎的创作逸脱一般现实主义文学想象的律则正轨，对于"葛藤"的关注也显见路翎横出时代竞逐"新人"主干之外的历史观与文艺观。

1946年5月底路翎回到南京，失业，辗转各处寄居，直到1947年初，经张济东介绍到国民政府经济部燃料管理委员会的南京办事处业务科任办事员，与先前在黄桷镇相似，工作地点都在一个煤栈里。南京期间的创作，除了陆续写下的短篇小说，篇幅分量较沉的有1947年的剧本《云雀》（曾于同年6月12日在南京演出），以及1948年下半年

---

① 路翎：《〈求爱〉后记》，载张业松编《路翎批评文集》，第206—207页。此后记写于1946年7月20日南京，载《求爱》（《七月文丛》I），第203—204页。

创作的长篇小说《燃烧的荒地》。两部作品基本延续路翎北碚时期对于青年知识分子与底层农民、"流浪汉—工人"两类题材的关注,另外值得一提的里程碑是《财主底儿女们》在 1948 年出版(上部再版)。路翎同时也在《蚂蚁小集》《泥土》《呼吸》和《荒鸡小集》等刊持续发表短篇小说与文艺评论,并创作了剧本《故园》、重写了长篇小说《吹笛子的人》,但此两部未发表的作品均在"文革"期间佚失。随着国民党的节节败退,1948 年秋燃管会南京办事处解散,路翎又一次失业在家,从 12 月上旬至翌年 3 月初写作的《危楼日记》,记录了其间生活动荡不安的小市民情感。

星火与窒烟

1949 年 4 月 23 日南京解放,经胡风推荐,路翎至南京军管会文艺处任创作组组长。5 月 1 日南京文工团演出路翎的剧本《反动派一团糟》,7 月,路翎以南京代表的身份到北平参加全国文代会,为"文协"成员,秋冬期间到南京被服厂"体验生活"、浦口机车修理厂访问。1950 年初,同样通过胡风举荐,路翎调任北京中国青年艺术剧院,同样担任创作组组长,后转任副组长。1949 年前的路翎即尝试配合新中国成立后的喜悦情绪和文艺议程调整自身创作,1949 年 5—6 月间的集外小说《车夫张顺子》《兄弟》与《喜事》的情节趋于明朗,而剧本创作方面,《迎着明天》从故事情节到叙事语言也一改先前的晦涩,1950 年初到上海申新九厂、10 月至天津国棉二厂"体验生活"后,回北京分别写了《英雄母亲》和反映抗美援朝的《军布》,同年年底完成《祖国在前进》,1951 年随团赴大连访问志愿军伤员医院期间赶写成《青年机务队》(又名《祖国儿女》)——路翎卖力接连创作的这几个剧本都不获上演,解放初期改弦易辙创作的一系列工人短篇小说,结集为《朱桂花的故事》,也屡受批评。

1949年7月在北平参加第一次全国文代会期间写就的《〈在铁链中〉后记》,形同公开宣告自我创作的变革,路翎一方面坚持自己之前所写的"零星的火苗""窒息着的浓烟",与"燎原的大火"是相互联系的,另一方面也表白希望此后"能够更有力气追随着毛泽东底光辉的旗帜"①。然而,从前述几出剧本均无法上演,1950年至1952年小说与剧本新作在全国性报刊上连番受到批评的结果来看,路翎的调整显然不受肯认。②事实上,1948年3月至1949年3月,六辑《大众文艺丛刊》在香港出版,意味着重整文艺队伍,而以胡风为首的"七月派"正是主要的整顿对象,路翎首当其冲,第一辑《文艺的新方向》刊载胡绳《评路翎的短篇小说》,即批判路翎将自身知识分子的形象强予工农人物。③面对批判,路翎也尝试辩诬,为《云雀》公演所写的"解释"(1948年5月)文中,路翎说明此际描写知识分子现实斗争的重要性,在《祖国在前进》单行本的出版后记(1951年8月)中,路翎也为此作被攻击为美化资本家做出了详细回应。就中的关键在于,无论主角是小说中占据时代正确性的工人农民,或是剧本里"不合时宜"的知识分子与民族资本家,路翎都尝试描写人物与"旧负担"搏斗、内心矛

---

① 路翎:《〈在铁链中〉后记》,载张业松编《路翎批评文集》,第213页。此后记写于1949年7月18日北平,载路翎《在铁链中》,上海:海燕书店,1949年,第297—298页。
② 参见贾霁:《剧本〈迎春明天〉歪曲和诬蔑了中国工人阶级》,《人民戏剧》1951年第8期;石丁:《评路翎的〈祖国在前进〉》,《光明日报》1952年3月22日;企霞:《一部明目张胆为资本家捧场的作品——评路翎的〈祖国在前进〉》,《文艺报》1952年第6号;舒芜:《从头学习〈在延安文艺座谈会上的讲话〉》,《长江日报》1952年5月25日,后转载于《人民日报》1952年6月8日;舒芜:《致路翎的公开信》,《文艺报》1952年第18号;吴倩:《评路翎的短篇小说集〈平原〉》,《人民文学》1952年第9期;陆希治:《歪曲现实的"现实主义"——评路翎的短篇小说集〈朱桂花的故事〉》,《文艺报》1952年第9号。
③ 参见胡绳:《评路翎的短篇小说》,载荃麟、乃超等《文艺的新方向》(《大众文艺丛刊》第一辑),香港:大众文艺丛刊社,1948年,第61—72页。

盾挣扎的转变过程，但在一个追求"新人"的新时代里，那些旧人破事已是不堪再造的历史灰烬。1952年舒芜发表自己与"七月派"切割的《从头学习〈在延安文艺座谈会上的讲话〉》和《致路翎的公开信》，进一步将路翎与"七月派"诸人推落"旧习"难改必须彻底批判的处境，两文前都另附"编者按"，严词批判胡风与路翎所属的"文艺小集团"倡导小资产阶级的个人主义，《致路翎的公开信》的"编者按"更厉声指出这个"小集团""基本路线上是和党所领导的无产阶级的文艺路线——毛泽东文艺方向背道而驰的"[①]。

1952年上半年路翎调至剧协剧本创作室担任创作员，12月末主动响应号召前往朝鲜前线"深入生活"。从1953年初至7月27日签订《朝鲜停战协议》期间，路翎在战地写下多则散文与报告文学，之后结集为《板门店前线散记》在1954年出版。返回北京后路翎陆续创作了短篇小说《战士的心》《初雪》《你的永远忠实的同志》《洼地上的"战役"》[②]，之后着手长篇小说《朝鲜的战争与和平》，9月在第二次全国文代会仍被选为作协理事。1954年继续写《朝鲜的战争与和平》，1954年8月完稿，共50余万字。[③]然而从1954年5月开始，各大报刊接连批判路翎上述关于前线志愿军题材的小说，长篇已无出版可能；11月路翎在《文艺报》发表3万余字的《为什么会有这样的批评？——关于对〈洼地上的"战役"〉等小说的批评》陈抒自己的创作意见同批评

[①] 参见舒芜：《从头学习〈在延安文艺座谈会上的讲话〉》《致路翎的公开信》，载《舒芜集》第1卷，石家庄：河北人民出版社，2001年，第236—242页、第243—269页。

[②] 《战士的心》《初雪》《洼地上的"战役"》，三文依序刊于《人民文学》1953年第12期、1954年第1期、1954年第3期；《你的永远忠实的同志》，刊于《解放军文艺》1954年第2期。

[③] 1955年路翎因"胡风反革命集团案"被捕后，《朝鲜的战争与和平》文稿被没收，结果遗失了第一、二章，剩下不到40万字的稿子在平反后发表，1981年先后在《江南》《创作》《雪莲》《北疆》等地方刊物刊发部分章节，之后易题为《战争，为了和平》，于1985年12月由中国文联出版公司出版单行本。

者辩难。① 紧接着,1955年1月《人民日报》《光明日报》等重要报刊发文猛烈批判胡风,路翎同在受批判之列②,《文艺报》第1、2号合刊并随刊附发《胡风对文艺问题的意见》供批判。③ 5月13日《人民日报》发表舒芜的揭发信件,直接启动了针对所谓"胡风反革命集团"的一连串逮捕行动,5月13日至6月10日的《人民日报》陆续公布关于"胡风反革命集团"的三批材料,并加上毛泽东所写的序言和编者按语。

1955年5月16日路翎被停职,在剧协宿舍隔离反省,之后移送西总布胡同与钱粮胡同继续隔离反省,其间因高声抗议不时受到捆绑、戴手铐等惩罚,1959年6月因撰写反驳材料及和看管人员起冲突入昌平秦城监狱,1961年至1963年在安定精神病院治疗,1964年1月保释就医返家后,陆续写了30余封信向党中央申诉,1965年再系秦城监狱,后转安定精神病院至1966年10月,因先前写信上诉,"文

---

① 参见路翎:《为什么会有这样的批评?——关于对〈洼地上的"战役"〉等小说的批评》,载《路翎全集》第6卷,第425—457页。此文写于1954年11月10日,1955年连载于《文艺报》第1、2号合刊(1955年1月30日)、第3号(1955年2月15日)、第4号(1955年2月28日)。它一开始即罗列五篇批评者的文章,包括晓立:《从〈瓦甘诺夫〉联想到〈洼地上的"战役"〉》,刊于《文艺月报》(上海)1954年5月号;侯金镜:《评路翎的三篇小说》,刊于《文艺报》1954年第12号;宋之的:《错在哪里?——评路翎的小说〈洼地上的"战役"〉》,刊于《解放军文艺》1954年8月号;荒草:《评路翎的两篇小说》,刊于《文艺月报》(上海)1954年9月号;刘金:《感情问题及其他——与一个朋友的谈话》,刊于《文艺月报》(上海)1954年9月号。当时对路翎小说持肯定意见的,比如巴人:《读〈初雪〉——读书随笔之一》,刊于《文艺报》1954年第2号。
② 参见魏巍:《纪律:阶级思想的试金石——谈路翎的小说:〈洼地上的"战役"〉》,《解放军文艺》1955年第3期;杨朔:《与路翎谈创作》,《文艺报》1955年第5号;陈涌:《我们从〈洼地上的"战役"〉里看到什么?》,《人民文学》1955年第5期。
③ 1954年7月,胡风提出习称"三十万言书"的《关于解放以来的文艺实践情况的报告》,原为呈交中共中央参考的报告书,分为四个部分,文前并附给党中央及领导毛泽东、刘少奇、周恩来的信函,但在未经作者同意之下,其中的第二部分"关于几个理论性问题的说明材料"与第四部分"作为参考的建议"被公开发表,即此处《文艺报》1955年第1,2号(合刊)随刊附发的《胡风对文艺问题的意见》。

革"期间被以"反革命罪"押回秦城监狱,直到 1973 年宣判"反革命罪"徒刑 20 年,从 1955 年隔离反省起计。届临刑满的两年间,移至北京第一监狱塑料鞋厂劳动大队劳改,做捆鞋工,1974 年 1 月又移至北京延庆监狱农场劳动大队改造,从事种植稻麦、葡萄、玉米等农务至 6 月 19 日获释,返回北京芳草地家中,此后以"监督分子"身份每天扫街,每月撰写思想改造汇报,1976 年经妻子余明英请求,被派为街道正式扫地工。1979 年 11 月上书党中央之"反革命罪"平反,摘除"监督分子"帽子,调回原工作单位剧协,每月领取不足 90 元的部分工资,在家休养;1980 年 11 月"胡风反革命集团"案平反,恢复原工资文艺四级级别。

多年牢狱,且多数时候单独监禁,毁坏了路翎的身体,其间外祖母受刺激过世,母亲与继父也相继离世,妻弟余明薪受牵累在 1955 年自杀,妻子余明英与三个女儿在穷困和政治歧视中服着同等的狱外刑罚。甫回北京芳草地家中的路翎几失语言能力,经过几年休养后,虽然仍需不时到屋外长嗷几声,也依旧执着地想要辨清究竟是"人民内部矛盾还是敌我矛盾"①,但 1981 年我们在报刊上重新看到了路翎作品,是诗歌,而久违了的短篇小说《拌粪》则于 1985 年的《中国》第 2 期发表,昔年的小说、剧作也陆续重新结集出版。② 路翎创作生涯中最后十多年的文学炭火,有冷寂中难得的热与光,他一如往昔坚持每日写作不辍,有诗歌、小说、散文见诸报章,忆述故旧的文字如怀念胡风与瘐死狱中的阿垅尤其动人。路翎并挑战着一部又一部的长篇小

---

① 参见化铁:《重逢路翎》,载张业松编《路翎印象》,上海:学林出版社,1997 年,第 113—123 页,引自第 117 页;贾植芳:《一双明亮的充满智慧的大眼睛——为〈路翎批评文集〉而序》,载张业松编《路翎批评文集》,第 4 页。
② 如辑收朝鲜前线战争题材的小说与报告文学的《初雪》(银川:宁夏人民出版社,1981 年)、《路翎剧作选》(北京:中国戏剧出版社,1986 年)、《路翎小说选》(成都:四川文艺出版社,1986 年)。

说，在小说原稿工整行文旁的空白处，散落着黑笔涂写的"狗屎、混蛋"等辱骂字眼①，那是"疯狂"与"正常"相依相处的日常时光，也是路翎两样书写并行的痕迹。② 1994年2月12日，路翎脑出血过世，直到死前几天，他仍在服用"冬眠灵"③，那是一种用以控制精神分裂症或其他精神病兴奋躁动、紧张不安、幻觉、妄想的药物，这或许也是后来的路翎在他人眼中总显得漠然与痴呆的部分原因。

第二节
罗曼·罗兰与安德烈·纪德所寓示的两条道路

路翎成长及其创作茁壮的40年代，罗曼·罗兰（1866—1944）与安德烈·纪德（1869—1951）可谓是对中国青年最具影响力的法国作家。半个世纪后，程抱一在1998年获法国费米娜文学奖的《天一言》里，通过叙事者"我"之口，描绘了如他一般的文学青年在抗日战争时期的阅读经验：

> 我们把所有出版的书都找来读，诗歌、小说、剧本和论述，不遗漏任何作家……但是，两位本世纪的法国作家，

---

① 参见刘大任：《路翎的悲剧》，载《冬之物语》，新北：INK印刻出版有限公司，2004年，第240—246页；朱珩青：《路翎传》，第139—140页。
② 极少数读过的亲友与研究者多半以为长年关押的"思想改造"与脱离人群，让路翎晚年的长篇小说复诵着过时的陈旧教条，被硬生生从生活拔离的结果是窒息了路翎的创造力，但这样的论断有待具体研究，详见本书第五章的相关讨论。
③ 参见绿原：《路翎走了》，载张业松编《路翎印象》，第155—157页。此文写于1994年2月19日路翎祭辰"头七"，原载《南方周末》1994年3月11日。

罗曼·罗兰和纪德,对我和浩朗,以及许多这一代的中国青年,确实产生了决定性影响。

  课停了,大家躲进在山坡上挖出来的防空洞里。对我们而言,这是意外的收获。在泥土和松香的气味中,我们任由微风吹动手中的书页,一连几个小时,沉醉在阅读中。陪伴我们的是约翰·克利斯朵夫,是普罗米修斯,是回头浪子。纪德的《地粮》我们看了又看。这些作品真的是文学的顶峰吗?我们不多过问,要紧的是它们直接和我们沟通。……纪德和一个中国人说话,就像这个回头的浪子和弟弟的恳切畅谈。他劝告他要从心底汲取自身的能源,找回热忱,扩大欲望,敢于突破家庭和社会铸成的枷锁,这正说进了所有在衰微古国里寻找理想的中国人的心坎。①

  在"我"充满时代气息的青春阅读里,被特别举引出来的是克利斯朵夫、普罗米修斯与"回头浪子",这些讲述揣着理想主义奋斗不懈的人物的故事,让兵马倥偬年代里激荡不安的青年,在阅读喘息后振作起继续前行的勇气。就"我"的叙述来看,他对于强调内心追寻自我的纪德有着更多共鸣,特别是在打破家庭与社会枷锁的方面,也奏响着早先五四青年追求的回音——"我",代表的是思想倾向自由派的青年。而相较"我"对于纪德的感应,创作伊始便坚持现实主义道路的路翎,在主观意愿上连带更深的显然是罗曼·罗兰,多年后路翎也曾述及"旧时代"有罗曼·罗兰与纪德表征着两种欧洲"文化观念流派"的流行说法。而罗曼·罗兰"热烈的对于现实的突破"与纪德"冷静的对正义、信念、爱情、智慧的虔敬"对青年路翎都有所影响,《窄

---

① 程抱一:《天一言》,台北:联经出版事业公司,2001年,第55—56页。

门》与《田园交响曲》吸引了路翎的注意,虽则他也认知到纪德"深刻的虔敬之情"里的"保守性"①。

目前的研究显示,罗曼·罗兰和纪德著述进入中国的旅程,都是在20年代正式开展译介,30年代渐具规模,40年代趋于成熟,对照二人在中国的"公共脸孔",也都是在30年代后半期发生关键性的变化。②纪德与罗曼·罗兰进入中国的译介历程,在不同知识分子群体间所引起的反响和分歧,均和中国20—40年代现实境况的变化相系,驻足这期间的思想论争,有助于摆脱"现代主义—个体 vs. 现实主义—集体"的二元对立的简化视野。实际上,就路翎1945年发表的几篇评论来看,在他对于罗曼·罗兰与纪德的看法中隐然浮现的,正是"现代主义—个体"与"现实主义—集体"之间的矛盾和张力,这样的矛盾和张力,也内嵌于路翎的文艺主张及其作品美学之中。而"个人主义"是纪德和罗曼·罗兰所引发的思想论争以及评论者谈论路翎及其作品的关键词,对于"个人主义"的歧见铺设了一条走入路翎作品的曲径,将路翎及其作品置入相关思想论争的时代背景,将是一个较为适切的阅读和评述起点。

---

① 路翎:《我与外国文学》,载张业松编《路翎批评文集》,第260—261页。此文写于1985年1月20日,原载《外国文学研究》1985年第2期。

② 本节关于纪德在中国的译介和研究的概述,参见景春雨:《纪德现代性研究》第一章,博士学位论文,复旦大学,2005年;北塔:《纪德在中国》,《中国比较文学》2004年第2期。关于罗曼·罗兰的概述,则参见涂慧:《罗曼·罗兰在中国的接受分析——以〈约翰·克利斯朵夫〉为中心》,硕士学位论文,北京师范大学,2008年。本节中的部分论说转折之轮廓勾勒,也受惠于涂慧的研究,但对于罗曼·罗兰思想历程的转变,另有在路翎创作脉络中的不同细论,详见本节后文讨论。

海与泡沫

纪德最早是由茅盾在1923年《小说月报》中的《法国文坛杂讯》加以介绍，1929年赵景深在《小说月报》中《现代文坛杂话》栏目的短文《康拉特的后继者纪得》，则将纪德的《刚果之行》（另译《刚果游记》）归于和康拉德异国情调小说相类的作品，但此书实为纪德在法属殖民地刚果期间的见闻纪行，载明着纪德对于帝国主义殖民恶行的批判。① 纪德几部知名作品在三四十年代有多种译本出版与重印，最早如诗人穆木天翻译的《窄门》（1928年出版）与《牧歌交响曲》（通译《田园交响曲》），作家丽尼则从英文版移译了《田园交响曲》。另一位在三四十年代热心翻译纪德作品的是卞之琳，1937年出版卞译《浪子回家》（1947年重印时附译者序并易名《浪子回家集》），卞之琳陆续翻译了《赝币制造者》（通译《伪币制造者》）、《新的粮食》（通译《新粮》）、《赝币制造者写作日记》和《窄门》等。纪德其他作品如《妇女学校》也有中译，王了一译为《少女的梦》（1931），金满成译为《女性的风格》（1947）。黎烈文也摘译过《田园交响曲》与《新的粮食》片段，后者曾以《"邂逅"草》为题刊于胡风主编的《海燕》1936年第2期。该期《海燕》以纪德为封面人物，同时刊登了黎烈文翻译的 A. Malraux（马尔罗）所著评论短文《纪德的〈新的粮食〉》。②

三四十年代对于纪德作品的研究，多赖于译者序和报刊文字，如卞之琳与黎烈文之译者序，最为可观的成果则见诸张若名和盛澄华。

---

① 沈雁冰（茅盾）：《法国文坛杂讯》，《小说月报》第14卷第1期；赵景深：《康拉特的后继者纪得》，《小说月报》第20卷第9期。民国报刊中，纪德又译作吉特、纪得等。

② A. Gide（纪德）：《"邂逅"草》，黎烈文摘译；A. Malraux（马尔罗）：《纪德的〈新的粮食〉》，黎烈文译。二文均刊于1936年2月《海燕》第2期，后收入北京鲁迅博物馆编《胡风主编期刊汇辑》第1册，北京：国家图书馆出版社，2010年。

张若名与周恩来等人同赴法国勤工俭学，以《纪德的态度》成为首位留法女博士。纪德极为肯定张若名的研究，谓通过此作，他"似乎获得了新生"①，《纪德的态度》1931 年即在北平出版了法文版，但直到 1996 年才有完整中译。张若名在法期间曾在 1922 年加入中国少年共产党，1924 年退党，但仍与共产党组织及成员保持友好关系，返国后从事教学和研究工作，1958 年在教师思想改造运动期间自尽。盛澄华 1935 年前往法国进修，热心钻研纪德作品，并经常向纪德请益，亦曾翻译多部纪德作品，如 1943 年出版的《地粮》②和 1949 年后重印的《伪币制造者》，专书《纪德研究》在 1948 年出版，收录历年 9 篇评论研究，另附有同纪德的通信和纪德近影、手迹等，二人的友谊持续到纪德 1951 年逝世。总括来说，张若名与盛澄华的纪德研究，固然也联系纪德生平及其文艺观和世界观来解析作品，但大致上均未深入纪德作品进行文学评价。

在纪德通过译介进入中国的旅程中，鲁迅的态度值得留意。《译文》在 30 年代几次刊发纪德文章的翻译，鲁迅本人在 1934 年也曾以笔名"乐雯"移译纪德的《描写自己》和石川涌的《说述自己的纪德》。鲁迅在译者附记中说"纪德在中国已经是一个较为熟知的名字了"，但他认为通过作家可靠的自述和明白的漫画或肖像画能帮助读者比较好地认识作家。③这样的看法或可与前一年鲁迅对戴望舒将纪德类比为

---

① 纪德 1931 年 1 月 12 日致张若名信。《安德烈·纪德给张若名的信》，载张若名《纪德的态度》，杨在道编，北京：生活·读书·新知三联书店，1996 年，第 1—2 页。
② 盛澄华翻译的《地粮》在 1943 年出版后，于 1945 年、1948 年、1949 年多次再版，参见杨义主编《二十世纪中国翻译文学史》（六卷本）中李宪瑜所编的《三四十年代·英法美卷》，天津：百花文艺出版社，2009 年；另参见钱林森：《法国作家与中国》，福州：福建教育出版社，1995 年。
③ 参见 A. 纪德著、乐雯（鲁迅）译《描写自己》，石川涌著、乐雯译《说述自己的纪德》，两文均刊于《译文》第 1 卷第 2 期。

"第三种人"的不同见解联系并观。1933年6月号的《现代》杂志《国外文艺通信》栏目刊发戴望舒的《法国通信》,"1933"这个特殊年份之于纳粹对外扩张的重要性自不待言,若再将目光望向东亚,1933年6月日共领导干部佐野学等人的"转向",或让鲁迅愈加敏感于在中国如何诠释纪德的重要性。戴望舒在通信中详细报道了法国革命文艺家学会3月大会上对德国法西斯的猛烈抨击,并翻译了纪德的现场演说,将纪德喻为法国文坛的"第三种人",认为纪德始终忠于自己的艺术,而忠于自己艺术的作家"不一定就是资产阶级的'帮闲者'",最后且指出中国的"左翼作家想必还是在把所谓'第三种人'当作唯一的敌手吧"①。鲁迅同年7月在《文学》杂志上发表《又论"第三种人"》,回应戴望舒的说法,认为就纪德的演说即可知"他并不超然于政治之外,决不能贸贸然称之为'第三种人'",鲁迅进一步说明所谓"第三种人"实际上是不存在的,就像人有胖瘦,理论上可有不胖不瘦的"第三种人",但事实上或近于胖或近于瘦,并不存在真正不胖不瘦者,一如文艺上的"第三种人"看似不偏不倚,实际上总有所偏向,在关键时刻就会有明确分殊,而纪德正是"显出左向来了"②。

《刚果之行》的出版,被视为作品向来关注内心、追寻自我完成的个人主义者纪德初次的政治转向,从殖民地归来后纪德潜心马恩著作,30年代身体力行支持共产主义,受到各地左翼知识分子欢迎,对苏联的拥护则被视为纪德的再次"左转"。纪德1936年5月受邀前往苏联,以贵宾身份在莫斯科红场高尔基葬礼上发表演说,但参访归

---

① 戴望舒:《法国通信——关于文艺界的反法西斯谛运动》,《现代》第3卷第2期。关于戴望舒留学法国期间译介欧洲左翼文艺的考虑和权衡,可进一步参见邝可怡:《黑暗的明灯——中国现代派与欧洲左翼文艺》,香港:商务印书馆(香港)有限公司,2017年。
② 参见鲁迅:《又论"第三种人"》,载止庵、王世家编《鲁迅著译编年全集》第15卷(一九三三),第178—182页。此文写于1933年6月4日,1933年7月1日刊于《文学》月刊第1卷第1号,后收入鲁迅编选《南腔北调集》,上海:同文书店,1934年。

来,纪德写下批评斯大林治下苏联现况的《从苏联归来》(另译《访苏归来》),这本小书出版后被右翼批判苏联和社会主义引为论据,左派知识分子则对纪德多所责难,甚至涌来谩骂,包括罗曼·罗兰也批判此作是"非常贫弱,肤浅,幼稚的反对者的书"①。纪德随即再以《为我的〈从苏联归来〉答客难》(下文简称《答客难》)回应所受的攻讦。在《答客难》一开始,纪德便说"《超于混乱之上》一书的著者,一定要严厉批评年老了的罗曼·罗兰。这个老鹰已经筑了它的巢;它在那里休息",并犀利指出:《刚果之行》和《从苏联归来》发表后所引起的批评是一样的,差别在于前者受到的攻击来自右派而后者则遭左派群起攻之,左、右派人士都反驳称,他在二本书里所指出的腐败是特殊现象,若以现况与先前(被占领前/"革命前")相较便足赞扬,或是一切弊病定有更为深刻的存在理由,而纪德对此则回敬"暂时的不幸,为着更大的幸福"是他所不能了解的。②

《从苏联归来》原著面世翌年即出版了郑超麟和戴望舒的两种中译。③郑超麟翻译时正因托派政治犯的身份被拘禁在国民党的中央军人监狱,出狱后他又翻译了《答客难》,二书依序在1937年和1938年出版,之后多次重印。据楼适夷回忆,当时他与郑超麟同在牢中,作为郑超麟译稿的首位读者,结果"挨了难友们的批评",但他对此是

---

① 转引自杨秋帆:《纪德所成就的》,《鲁迅风》1939年第19期。
② 参见[法]安德烈·纪德:《从苏联归来——附:答客难》,郑超麟译,沈阳:辽宁教育出版社,1999年,第81、83页。《从苏联归来》的郑超麟译本,原于1937年由上海亚东图书馆出版,译者署名"林伊文",万象书坊在1998年9月策划重印,并将《从苏联归来》(1937)和《为我的〈从苏联归来〉答客问》(1938)二书合为一册,书名另题《从苏联归来——附:答客难》。
③ 本书所参见之译本为昂德莱·纪德著、戴望舒译《从苏联回来》,连载于《宇宙风》第39—44期。而据景春雨的研究,戴望舒先前另有未署名之译本,于1937年5月由引玉书社出版,《宇宙风》是后出,译文更为流畅。参见景春雨:《纪德现代性研究》,第21页。

"不大服气"的。① 端详楼适夷一语带过的"不大服气",实际上含蓄表露出他不同于同党难友的看法,证诸纪德访苏所见,相对于当时欧美经济大萧条的惨况,苏联革命后快速工业化的成就,被世界各地的"左倾"人士视为实践了共产主义的模范乐园,但纪德《从苏联归来》的关键批评即在于苏联所谓的集体幸福完全消灭了个人的个性,例如并非人人都可入住的集体农场住宅不见任何个人的物品与纪念,只有同样的丑陋家具和斯大林肖像②,对于斯大林的狂热崇拜尤让纪德难以忍受,而在同样的国家机器宣传下,苏联人民对于外界的惊人无知则以一种流于自大的方式展现。③ 纪德举目所见的只有随声附和的言行,不是人人都安然顺受,但一切的安排让人无法"离众独异",而这样的附和主义又是从幼年时期就开始进行的"精神调练";更让纪德感到恐惧的是,"苏联没有阶级了",却有穷人,"很多的穷人",因政策而分化出另一种"贵族"社会阶层。④ 在《答客难》中,纪德进一步批判苏联正在形成的另一种"资产阶级",有着"我们的资产阶级的一切恶德。他刚从贫穷的地位爬起来,就已经看不起贫穷的人了";贫穷在苏联被隐藏起来,不再引起怜悯、救济,而是受到蔑视,而"所有不快乐的人都成了可疑人物,愁苦的人或至少现出愁态的人是极端危险的人

---

① 参见郑超麟:《六十年前一场世界性争论——译者新序》,载安德烈·纪德《从苏联归来——附:答客难》,第1—4页。郑超麟在此译者新序中说,当时系狱一同受命翻译外国军法的政治犯中,只有他是托派,其他都是中共方面的政治犯,而《从苏联归来》正是趁翻译军法的机会偷空译出的。楼适夷当时也是以中共政治犯身份系狱,难友当指同组织的其他中共政治犯。参见楼适夷:《记郑超麟——为〈玉尹残集〉的出版》,《新文学史料》1989年第1期。
② 参见安德烈·纪德:《从苏联归来——附:答客难》,第32—33页。
③ 另见本雅明的比喻:"俄罗斯对世界其他地区的无知很像十卢布的票子:在苏联很值钱,但在国外不被承认为通货。"[德]瓦尔特·本雅明:《莫斯科日记·柏林纪事》,潘小松译,北京:商务印书馆,2012年,第73页。
④ 参见安德烈·纪德:《从苏联归来——附:答客难》,第34、41—43页。

物",纪德悲叹又不无嘲讽地说,"俄罗斯不是诉苦的地方,要诉苦须到西伯利亚去"①。

对照罗曼·罗兰在纪德前一年访苏期间的《莫斯科日记》(1935年6月至7月),回到瑞士后写下的《莫斯科归来》与《莫斯科日记补记》(1938年10月至12月),可见罗曼·罗兰对当时苏联的观察与纪德多有切近之处,诸如革命特权阶层和共产党贵族的存在,政策导致新阶层分化,人为造出新的贱民阶级(政治异议分子的后代难以就业求学),对于斯大林的崇拜,官方意识形态的作用,言论钳制与思想检查,等等。差别在于纪德批判苏联直言不讳,罗曼·罗兰更多婉曲,试着同理解释。罗曼·罗兰参访时身历苏联高层政治角力的过程,也在日记中留下记录;对于高尔基的看法也不同于在其他公开文章的单取颂扬,而是显示出文学家罗曼·罗兰描写人物的出色才能,深入那个并未真正消失的"无政府主义者"高尔基在30年代苏联复杂政局中的忧郁心情,提供了对于苏联文学巨人高尔基的不同认识。②而罗曼·罗兰的《莫斯科日记》标明自1935年10月1日起50年期满前不予公开,于是当此作出版后,也在中国学人间掀起讨论热潮,罗曼·罗兰与纪德时隔60年后再次成为对比,部分讨论风向却同样胶着在二人的道德问题上,如终于还给纪德迟来的公道,谁更为真诚,等等。

20世纪前半叶中国知识界对于纪德的关注,从《从苏联归来》在法出版隔年即有两种中译本面世可见一斑。纪德对苏联发出的种种批评,在当时的中国知识分子之间引发热议,对之采取猛烈攻击者可以

---

① 安德烈·纪德:《从苏联归来——附:答客难》,第118—120页。
② 参见[法]罗曼·罗兰:《莫斯科日记》,袁俊生译,桂林:广西师范大学出版社,2003年。此书收有罗曼·罗兰的《莫斯科日记》《莫斯科归来》《莫斯科日记补记》三篇文章,及罗曼·罗兰和斯大林1935年6月28日会面的谈话记录,其中,根据罗曼·罗兰原注,《莫斯科归来》的部分章节曾发表在《公社》1935年10月号(第163页)。

1939年刊发于《鲁迅风》的《纪德所成就的》为例，杨秋帆此文责难纪德成了法西斯与托派的工具，认为从纪德的《朵思退夫斯基论》^①即可明白他绝非现实主义的小说家，最后更严词批评阶层性"上不沾天下不着地"的纪德，作为"一个唯心论的自由主义者，很难得不是一个彻头彻尾的个人主义者"，表面的不偏不倚（"不作决定"），其实是取决于自己内心的好恶与荣辱。^②相对于此，与鲁迅亲近的黎烈文则称纪德为一个"忠于自己良心的老人"，而他"读纪德的著作，既远在世人哄传一时所谓'转向'以前，现在也就不能因为这再度哄传的另一'转向'而失去对他的钦敬"^③。而纪德在《从苏联归来》的《自序》最后说，他始终确信苏联将会克服自己所指出的重大错误，为此，即便真理痛苦伤人，也是为了"医好他"^④。纪德的说法与鲁迅自陈写小说多取材病态社会的不幸人们，以"揭出病苦，引起疗救的注意"^⑤的用意实属一辙。

　　从前文的讨论，可见当时中国社会政治状态的复杂，即使泛属左翼群体，对于纪德拥苏或反苏的评议，对于苏联政治制度的理解都难以纳于一端。只是30年代后半期围绕纪德的这场争议不及深化，便随着抗日战争的全面爆发失却讨论温度。之后对于纪德作品的译介持续进行，1947年纪德获诺贝尔文学奖后曾掀起一波小热潮，而纪德所开启的问题在40年代中国知识分子之间也渐渐发酵，起着分殊与转

---

① 朵思退夫斯基即陀思妥耶夫斯基。关于纪德的《朵思退夫斯基论》，参见[法]安德烈·纪德：《关于陀思妥耶夫斯基的六次讲座》，余中先译，桂林：广西师范大学出版社，2006年。
② 参见杨秋帆：《纪德所成就的》。
③ 黎烈文：《邂逅草·前记》，载纪德等《邂逅草》，黎烈文译，上海：生活书店，1937年，第2页。
④ 参见安德烈·纪德：《从苏联归来·自序》，载《从苏联归来——附：答客难》，第16—17页。
⑤ 鲁迅：《我怎么做起小说来》，载止庵、王世家编《鲁迅著译编年全集》第15卷（一九三三），第75—77页。此文写于1933年3月5日，载鲁迅、郁达夫等著《创作的经验》（上海：天马书房，1933年）一书，后收入鲁迅编选《南腔北调集》（上海：同文书店，1934年）。

化的作用，爱好纪德作品的热心翻译者卞之琳的选择即为一例。

借镜段美乔在研究中对于卞之琳思考与创作的梳理，可让我们获得一个关于自由主义知识分子较为清晰的生存思考与变化选择的经验示例。^①卞之琳在1938年至1939年间一度从成都转道延安，并随着八路军前进太行山，此行在他人眼中，不啻为卞之琳的一次"左转"，四川大学也因此解除了卞之琳的教职。在延安待了半年后，卞之琳便返回四川，虽则卞之琳自认来去都在计划之中，只是时间长短之别，但他显然承受着来自各方的不小压力。而此时阅读纪德给予了卞之琳启示和力量。在《新的粮食》《浪子回家集》与《窄门》初版的译序中，卞之琳都讨论到了纪德的"转向"问题。^②要言之，相对于将写作《刚果之行》到《从苏联归来》的纪德视为一再转向的看法，卞之琳先是把纪德的思想历程喻为"一条螺旋式的道路"，继而进一步将之诠释为一种"螺旋式的进步"，看似不断变换方向的纪德，其实只是在曲线上蜿蜒前进，并比众人所能接受的前进稍快了些，而卞之琳认为这其实是纪德思想本身的特色。之后卞之琳在小说《山山水水》中安排了一个自觉追求融入集体同时无法摆脱艺术家表现自我取向的主角，这一定程度也反映出卞之琳自身面临的难题，在《海与泡沫》一章中，他以海和泡沫（即浪花）比喻集体与个人之间的关系，"海"是"集体操作"，"没有字的劳动"，"泡沫"则象征着知识分子个体的思索，而"海统治着一切"，个人的思想浪花终归要灭入大海。^③对照卞之琳50年

---

① 参见段美乔：《论1940年代中国文坛的"纪德热"与中国知识分子的精神境遇》，《徐州师范大学学报》2006年第3期。

② 参见卞之琳：《浪子回家集·译者序》，写于1941年11月11日；《新的食粮·译者序》，写于1942年11月20日；《窄门·初版译者序》，写于1946年11月6日。三篇译者序收入江弱水整理《卞之琳译文集》上卷，合肥：安徽教育出版社，2000年，第295—300页、第653—681页、第414—418页。该书《新的粮食》译作《新的食粮》。

③ 参见卞之琳：《山山水水·海与泡沫》，载《卞之琳文集》上卷，江弱水、青乔编，合肥：安徽教育出版社，2002年，第344—346页。

代焚毁《山山水水》小说稿,及其寄身于外国文学翻译和教学研究的后半生,我们仿若看到了浪花为海吞没的过程。

罗曼·罗兰的"个人主义"

罗曼·罗兰早纪德一步进入中国,1919 年底《新青年》与《新潮》便刊发了罗曼·罗兰 6 月在法国《人道报》发表的《精神独立宣言》。最初罗曼·罗兰引起中国知识界关注,源于他在第一次世界大战期间坚持独立思考的反战态度与同情弱小民族的精神,亦即罗曼·罗兰和平主义与人道主义思想付诸政治行动的一言一行,因此 20 年代对于罗曼·罗兰作品的译介主要集中在政论文章,20 年代后半期也陆续译介了罗曼·罗兰的戏剧、小说与传记书写,最负盛名的长篇小说《约翰·克利斯朵夫》在 1926 年的《小说月报》也有了敬隐渔的节译[①],而鲁迅主持的《莽原》杂志 1926 年第 7、8 期(合刊)的"罗曼罗兰专号"和敬隐渔的提议有关,先前敬隐渔亦曾将鲁迅《阿 Q 正传》译为法文,罗曼·罗兰读后在赞赏之余也推荐给《欧罗巴》杂志刊发。

罗曼·罗兰各种文类的著述在 30 年代受到译者广泛重视。移译罗曼·罗兰作品享有盛名的傅雷,30 年代中叶翻译了三大名人传中的两部,傅译《约翰·克利斯朵夫》第 1 册也在 1937 年出版,黎烈文对于《约翰·克利斯朵夫》第 4 册《反抗》的部分选译则刊登在 1934 年的《文学》杂志(第 2 卷第 3 期),之后收入黎烈文选译的《法国短篇小说集》(1936)。罗曼·罗兰的政论文字在 30 年代也持续受到关注,数篇涉及罗曼·罗兰思想历程的重要文章都在 1935—1936 年间译出,但常

---

① 参见罗曼罗兰(罗曼·罗兰):《若望克利司朵夫》(节译),敬隐渔译,《小说月报》第 17 卷第 1、2、3 期。民国报刊中,罗曼·罗兰又译作萝曼罗兰、罗曼罗兰等。

被三四十年代左翼评论家据为罗曼·罗兰思想转变分水岭的《向过去告别》，直到 1961 年才有完整中译在《世界文学》发表。[①] 40 年代绝大多数罗曼·罗兰作品都已中译，多部重要作品且不止一种译本。影响深远的《约翰·克利斯朵夫》也有了傅雷的四册全译本，之后傅雷因不满旧译又重译此作，重译的四册全译本陆续在 1952—1953 年间出版；1955 年 1 月号的《译文》则刊载了一系列关于罗曼·罗兰的文章，并以黄永玉绘作的罗曼·罗兰像作为当期封面。

从 20 年代到 50 年代的罗曼·罗兰研究主要见诸报刊所载的长论短评，而左翼评论界对于罗曼·罗兰思想状态从赞扬到褒中寓贬的改变，格外反映出历年政治气候的变化。1926 年《莽原》的"罗曼罗兰专号"刊发了 3 篇罗曼·罗兰的政论译文和 3 篇论罗曼·罗兰的文章，另附罗曼·罗兰画像与著作表，鲁迅并亲自翻译了中泽临川、生田长江的《罗曼罗兰的真勇主义》。该则评论指出罗曼·罗兰的英雄主义是"刚正的真实欲"和"宣说战斗的福音的努力主义"，并通过对《约翰·克利斯朵夫》的讨论肯定克利斯朵夫"永久地战斗的自由意志"[②]。1925 年杨人楩翻译茨威格的经典作品《罗曼·罗兰》，在《萝曼罗兰》一文中他表示翻译这部罗曼·罗兰传记是想借此安慰与鼓励在困苦中挣扎的青年，杨文中将罗曼·罗兰比为"兴奋剂"，希望借罗曼·罗兰之力让受五四运动鼓舞走出家庭之后却在现实中受挫、颓废了的青年"奋兴振作"起来。[③] 在《蕾芒湖畔》中，敬隐渔就曾描述自己在"精神

---

① 参见罗曼·罗兰：《向过去告别》，端木环译，载罗大冈编选《认识罗曼·罗兰——罗曼·罗兰谈自己》，北京：中国社会科学出版社，1988 年，第 147—183 页。《向过去告别》写于 1931 年 4 月 6 日复活节，根据罗曼·罗兰原注，最初发表在 1931 年 6 月 15 日的《欧罗巴》杂志。首篇完整中译另见罗曼·罗兰：《向过去告别》，吴达元译，《世界文学》1961 年第 4 期。

② 中泽临川、生田长江：《罗曼罗兰的真勇主义》，鲁迅译，《莽原》第 1 卷第 7、8 期合刊。

③ 参见杨人楩：《萝曼罗兰》，《民铎杂志》第 6 卷第 3 期。

建设完全破裂"之后遇见《约翰·克利斯朵夫》而重获力量①，从中也可证明罗曼·罗兰著述——特别是《约翰·克利斯朵夫》——带给彷徨青年的勇气。然而，20年代对于罗曼·罗兰普遍抱持高度肯定的中国知识界，在30年代开始出现不同声音，40年代则几近高举一个"左转了"的罗曼·罗兰形象，将罗曼·罗兰的思想历程一分为二，于是，被划归前期的克利斯朵夫，那一度被赞誉为"勇毅的新英雄主义者"（敬隐渔语），此后愈渐被标签为"个人主义""英雄主义"或"个人英雄主义"而受到厌弃。

与纪德相同，评论界对于罗曼·罗兰的理解在30年代开始发生转变。我们可在1933年发表的《和平主义者罗曼罗兰》一文中看到变化的迹象。夏炎德此文介绍了罗曼·罗兰的生平与著述，肯定罗曼·罗兰抱持世界主义与和平主义的政治行动，近者如1931年在《告法国智识分子书》中批评维护帝国主义行动的民主主义之虚伪，表达拼死为"列宁的苏联和孙逸仙及甘地的亚洲辩护"的主张，但在夏文最后，也指出罗曼·罗兰和平主义思想的根柢"含着小资产阶级与智识阶级的怀柔与不彻底的弱点"，只是这样的根柢是"固然不免"的。②夏文对于罗曼·罗兰的肯定即建基在罗曼·罗兰勇于克服自己小资产阶级与智识阶级的阶级意识之上。换言之，相对于20年代普世性的自由博爱的罗曼·罗兰，30年代对于罗曼·罗兰的评价开始出现了从"阶级"出发评判的向度。

在1936年罗曼·罗兰70岁生日前后，涌现一股"罗曼·罗兰旋风"，罗曼·罗兰的转变与否也成为话题。译介高尔基著述甚力的戈宝权，在《罗曼罗兰的七十诞辰》一文中，以《约翰·克利斯朵夫》之后

---

① 参见敬隐渔：《蕾芒湖畔》，《小说月报》第17卷第1期。
② 参见夏炎德：《和平主义者罗曼罗兰》，《读书杂志》第3卷第5期。

另一长篇巨作《幻变了的灵魂》①(1922—1933)作为罗曼·罗兰"左转"的指标性创作,指出罗曼·罗兰1923年写《甘地传》时仍未跳脱人道主义与不抵抗主义,直到30年代出版的《与过去告别》(1931)与《十五年来之苦斗》(1935)两部文集,才等于是罗曼·罗兰加入新阵营的宣告,而写于此间的《幻变了的灵魂》清晰呈现出罗曼·罗兰的转变。②黄源在《罗曼罗兰七十诞辰》文中则表达出不同看法,认为罗曼·罗兰与纪德一样,一生是为了"正义,人道,和平,自由"与众人的幸福向前奔跑,如今望及远处的一点光明,自然而然要迈步趋向:"无所谓转变"。③

让我们先回头检视罗曼·罗兰自身的说法,即同时期1935年至1936年间中译的几篇关键文章:罗曼·罗兰发表于1931年的《论个人主义和人道主义》《向高尔基致礼》,1935年的《我走来的道路》和1936年的《七十年的回顾》(另译《七十自述》)。④

在1931年2月回答两位苏联读者的公开信《论个人主义和人道主义》中,罗曼·罗兰不无自豪地承认自己是一个个人主义者和信赖人道的人。罗曼·罗兰分辩说,在当前国家主义专擅的世界局势里,

---

① 另译《迷惑了的灵魂》(亦光译:《我走来的道路》,1935)、《迷了的灵魂》(魏蟠译:《七十年的回顾》,1936)、《动人的灵魂》(茅盾:《永恒的纪念与景仰》,1945)、《魅人的灵魂》(戈宝权:《罗曼·罗兰的生活与思想之路》,1946)、《迷人的灵魂》(邵荃麟:《罗曼·罗兰的〈搏斗〉——从个人主义到集体主义的道路》,1948),80年代出版的罗大冈译本则译为《母与子》。下文讨论若涉及不同译文按具体译者译法,一般讨论则暂以《迷惑了的灵魂》一致称之。
② 参见戈宝权:《罗曼罗兰的七十诞辰》,《申报·每周增刊》第1卷第9期。
③ 参见黄源:《罗曼罗兰七十诞辰》,《作家》(上海)第1卷第1期。
④ 参见R.罗兰:《论个人主义和人道主义——给F.格拉格特珂夫和I.些尔文斯基的信》,陈占元译,《译文》新1卷第2期;R.罗兰:《向高尔基致礼》,陈占元译,《译文》新1卷第2期;罗曼罗兰:《我走来的道路》,亦光译,《质文》第1卷第4期;罗曼罗兰:《七十年的回顾》,魏蟠译,《质文》第1卷第5—6期(同文另可参见罗曼罗兰:《七十自述》,鹤逸译,《时事类编》第4卷第11期)。

坚持人道主义必须甘冒更大风险，个人主义与"卑下的自利主义"也不可混为一谈，罗曼·罗兰认为真正的个人主义是一种"奋斗的个人主义"，声言要为保卫苏联、附归苏联旗下而奋斗不懈，同时认为怀抱着自由意识的苏联朋友，也正是不自知的真正的个人主义者与护持人道主义的人。我们可以看到，此信与罗曼·罗兰在第一次世界大战期间所表陈的想法相通，个人主义与人道主义的价值仍然备受罗曼·罗兰肯定。然而，在同年5月10日写下的《向高尔基致礼》中，罗曼·罗兰释出了另一种说法，即个人主义是连最优秀的知识分子也竟挣脱不出的"断头路"①：

> 我们孤立的，仅凭我们个人的良心的指使以行事！这同时是我们的力量和我们的弱点。我们的独立和我们的无力都得自个人主义的。写这篇文章的人比谁都知道这一点。②

罗曼·罗兰从自身出发检讨个人主义知识分子的问题性，将自己在1919年发表《精神独立宣言》所呼号的"精神独立"，形象化地描述为"一株张开手臂向着天空的树"，但其根株却是完全离开土地，断定无法久活——如果未能移植到"劳动的民众的'黑压压的大地'"③。而这样能带来蓬勃生机的"黑土"，也即是罗曼·罗兰早年在《民众的戏剧》（另译《民众剧场》，约1900年作）④结尾处所吁求的"民众"：

---

① 参见R.罗兰：《向高尔基致礼》，陈占元译，《译文》新1卷第2期。同文另有赵蕤初译：《向高尔基致敬》，载罗大冈编选《认识罗曼·罗兰——罗曼·罗兰谈自己》，第184—186页。相较之下，赵蕤初的译文更为畅顺。"断头路"一词，赵译为"死胡同"。
② R.罗兰：《向高尔基致礼》。
③ 同上。
④ 参见罗曼罗兰：《我走来的道路》，亦光译，《质文》第1卷第4期。据该文罗曼·罗兰原注，《民众的戏剧》（亦光将此作译为《民众剧场》）一文为写作在"一九〇〇年以前"的论文。

> 一种秉有自由的精神的民众，一种不为贫贱，无休息的工作所压死的民众，一种不为种种迷信，种种惑溺弄到燥暴了的民众，一种能克己和在今日兴起的斗争里面得到胜利的民众！①

罗曼·罗兰充满情感地说，他多年来在西方遍寻不获的"民众"，如今终于在苏联找到，因此，他决意伸长自己的根须，穿越欧洲贫瘠的地壳与"苏维埃民众的丰饶的地层"会合，他相信在那地底工作的终点，将会与已和无产阶级意识合而为一的高尔基根株相连。

《我走来的道路》(1935)原是回复苏联文学青年的一封公开信，在此信中罗曼·罗兰也回顾了自身"个人主义"的思想历程。罗曼·罗兰称，对于19世纪末叶的青年知识分子来说，个人主义意味的是人类的最高价值，起着领导群众的作用，更抗衡着教会制度与大学教育等虚假权威所代表的反动势力，且自认所抱持的个人主义，已经超越了"无政府主义的自我主义"②。他深切意识到自身的存在乃是群体存在的一部分，但也坦承自己当时缺乏马克思主义的相关知识。之后他虽同情十月革命，却仍未放弃拥有超越各党派、民族的独立性，像"科学的天文台"一样引领人类进步的"伟大的个人主义"的希望③，1919年的《精神独立宣言》具现着罗曼·罗兰的向往。但在1920年至1930年间，他悄悄上演着不为人知的内心剧场，愤慨于大多数知识分子只是将精神独立作为特权使用，退却于实际之外也不愿对任何公众组织负责。他认知到，除了极少数如他一般为自身的"阶级根性"所苦，并且决心与寄生于"资本主义的法西斯蒂的市民阶级"的知识分

---

① 罗曼·罗兰：《民众的戏剧》，转引自R.罗兰《向高尔基致礼》。
② 罗曼罗兰：《我走来的道路》。
③ 同上。

子断绝关系的人，都不可期待。①1927年至1928年间各国法西斯动员"旧世界"的种种思想资源对于苏联的反扑，让罗曼·罗兰在1931年写下《向过去告别》，而在《迷惑了的灵魂》(1933)里，他尝试注入自己从"完全的个人主义"转出的斗争经验。

罗曼·罗兰在1936年1月29日生日当天撰述的《七十年的回顾》，也简要勾勒了自己从欧洲主义扩展，进一步走到站在苏联同一边的世界主义的心路历程，并提到这中间的意识进化可见于与《约翰·克利斯朵夫》有同等地位的《迷惑了的灵魂》。换言之，对照罗曼·罗兰在上述诸文中的说法，戈宝权等左翼评论家以《向过去告别》和《迷惑了的灵魂》作为罗曼·罗兰思想转折的关键节点确乎有其凭据。而黄源所主张的"无所谓转变"，则一如卞之琳将纪德的道路概括为"螺旋式的进步"，回顾罗曼·罗兰多年来的言行，其所信的战斗的态度始终一致，从跨越自身国境的欧洲主义到串连亚洲的世界主义，其国际主义的主张也没有改变。若再证诸《七十年的回顾》结尾部分，罗曼·罗兰总结他70年人生道路中起着良好引路作用的两个根本思想——一是要与一切人类结合，另一是思想与行动不可须臾分离——那么，罗曼·罗兰的路径确也有其一贯性。只是，罗曼·罗兰或纪德思想的一致或断裂，牵动的不仅是个人学思历程的变与不变，就如同上述诸篇罗曼·罗兰公开发表的文字，都形若一次次政治行动，包括他最重要的两部长篇小说，无论创作初衷为何，都是以文艺介入现实的举措。于是，我们也看到在30年代中期一前一后前往苏联的罗曼·罗兰与纪德，对于公开访苏期间的见闻记叙与否，他们做出了不同的政治决断。

在红色的30年代，黄源的声音相对微弱，多数左翼评论家更冀望

---

① 参见罗曼罗兰:《我走来的道路》。

召唤的，是一个抛弃西方资产阶级式人道主义和个人主义思想，转向革命与捍卫社会主义的罗曼·罗兰，一个能为彷徨于十字街头的知识分子充当领路向导的罗曼·罗兰，而罗曼·罗兰，显然也愿意从中发挥自己的政治效用。实际上，观诸罗曼·罗兰与纪德进入中国的译介过程，对于二人及其著述评价的变化，极大程度对应着不同年代知识分子自身的需求，间中自也为时代的转折所限定。如若我们再将视野拉阔，观察30年代世界各地共产党组织，包括中国共产党组织在内的状态与变化，那么，作为世界性作家的纪德与罗曼·罗兰，动见观瞻所意味的便绝不仅是个人思想变化的一程程路途标记，而是"转向"与否的终极政治定性，对于他们的诠释与取舍，触动的其实也是"转向"之于组织发展的敏感神经。

路翎的态度

1985年初，路翎发表《我与外国文学》一文[①]，历数44位外国作家及其作品，另外谈及8位外国文艺理论家，前者泰半是俄苏文学作家，后者出身俄苏的理论家占了7位，唯一的例外是日本的厨川白村。由此可知俄苏文艺作品与论述在路翎创作历程中的重要性（详见本章第三节）。与此同时，路翎也身受其成长年代蔚为大观的西方文学洗礼，特别是罗曼·罗兰与纪德的作品，前文已勾勒这两位作家通过译介进入中国的历程。至路翎创作活跃的40年代，罗曼·罗兰和纪德影响了不止一代的青年，中国青年的接受过程也隐然浮现两种思潮和相互对照的实践道路。大略而言，怀抱革命情怀的"左倾"青年

---

① 参见路翎：《我与外国文学》，载张业松编《路翎批评文集》，第251—263页；另参见李辉：《路翎和外国文学——与路翎对话》，《外国文学研究》1985年第8期。

醉心罗曼·罗兰的现实主义，偏取自由主义思想者则较为欢喜纪德，无疑地，路翎属于前者，从路翎1945年以笔名"冰菱"接连发表的评论《〈何为〉与〈克罗采长曲〉》《纪德底姿态》和《认识罗曼·罗兰》来看，罗曼·罗兰是路翎极为推重的一位作家，而他对纪德的批评则可见诸《纪德底姿态》一文。

然而，不同思想倾向的知识群体之间更有着细密的渗透与汇流，唐湜《诗的新生代》（1948）中的评析可为例证（详见本章第一节），从前述30年代刊载罗曼·罗兰与纪德争议的几个刊物，也可见到蛛丝马迹。

《译文》《作家》《质文》都是创刊于30年代中叶的重要左翼刊物[①]，《译文》由鲁迅和茅盾发起，是鲁迅晚年投入最深的杂志，前三期由鲁迅主编，之后交由黄源编辑。呈现出罗曼·罗兰两样"个人主义"看法的《论个人主义和人道主义》与《向高尔基致礼》，便刊载于1936年黄源主编期间的同一期《译文》，这样的并置或有"立此存照"以供读者一并对照阅读的用意，而同期刊载的"罗曼罗兰七十诞辰纪念"系列文章，还包括两篇法国批评家的评论，分别是黎烈文译的布洛克《法兰西与罗曼罗兰的新遇合》和陈占元译的亚兰《论詹恩·克里士多夫》，就四篇文章的内容、比重和其他期数刊发的文章篇目来看，《译文》的编辑方针一本鲁迅初创时期的想法，整体而言是较为开放的。同一年，黄源主张罗曼·罗兰"无所谓转变"的《罗曼罗兰七十诞辰》，

[①] 参见马良春、张大明：《三十年代左翼文艺资料选编》，成都：四川人民出版社，1980年。该书载有此段落提及的几种刊物各期目次与编辑、发行等扼要信息。另可参考"互动百科"的"民国期刊"栏目下对这几份刊物刊行始末的简要介绍，网页：http://www.baike.com/wiki/质文（最后浏览日期：2019年12月31日）。此外，与巴金、胡风、黄源等人一同为鲁迅扶棺的黎烈文和孟十还（参见鲁迅先生治丧委员会：《鲁迅先生逝世经过略记》，载鲁迅先生纪念委员会编《鲁迅先生纪念集（评论与记载）》，上海：上海书店，1979年，第3页），赴台工作后就此留在台湾，黄源则在1939年加入共产党。

则刊载于孟十还主编的《作家》。《作家》因其激进性与浓厚的抗战意识，在1936年冬便遭查禁，只存在半年许，刊发了8期。而不因舆论哄传的纪德转向与否而改易对纪德作品钦慕看法的黎烈文，主编另一份左翼刊物《中流》，也参与《译文》的编译工作。黎烈文和黄源、胡风都是晚年鲁迅亲近的青年，孟十还当时也是受到鲁迅提携的青年翻译家，二人曾商议共同翻译果戈理选集。至于刊发了《我走来的道路》和《七十年的回顾》的《质文》，在东京创刊时原名《杂文》，鲁迅为响应这个难得的左翼海外阵地，曾为之供文，并在与编辑的通信中肯定郭沫若在此刊物中持续发表文章的重要性，而无革命文学论争期间的意气；《杂文》因有"宣传共产"之嫌受到日本警视厅警告，在郭沫若提议下第4期起更名《质文》，但刊发了6期后仍遭查禁，"七月派"的代表性小说家丘东平在日期间也曾参与《质文》相关的出版工作。《质文》相对《译文》明显更为"左倾"，选择刊发《七十年的回顾》《我走来的道路》本身，便可做例证；《我走来的道路》文末的译者（或编者）附言还指出，罗曼·罗兰这封信"对于那至今还在喊着'自由'的'寄生的知识分子'，不无益处的吧"[①]，也可佐证。但细察《质文》历期刊发的篇章，却也不乏例外。

　　简要归纳，就上述几份左翼刊物的内容和其中的参与者而论，一方面可看到个别的倾向，但同时也有着混杂，这可谓是三四十年代左翼思想的一种特色。甚至可以说，从自由主义与社会主义思潮进入中国以来，面对长年严峻的社会现实，两者始终不是也很难是泾渭分明的。从不同群体知识分子往复二者之间思想的驳杂情形，或是上述例举的左翼刊物内容都可为证。个别刊物虽有主要追求方向，但壁垒并不绝对分明，经常可看到其中存在的芜杂性，而这样的芜杂性，将随

---

① 罗曼罗兰：《我走来的道路》。

着现实局势的逐日向左而被渐渐涤清。

40年代人们对于罗曼·罗兰思想转变与否的争辩，仍然延续着先前的歧见，但显然在变与不变之间，前者的声量益发盖过了后者。我们可以1945年至1946年间发表的几篇文章为例来说明。茅盾《永远的纪念与景仰》(1945)和30年代戈宝权《罗曼罗兰的七十诞辰》(1936)看法一致，都以文集《向过去告别》与小说《动人的灵魂》作为罗曼·罗兰思想转变的分水岭，罗曼·罗兰是从"精神的个人主义"变为"社会主义的战士"了，也因此，茅盾主张要告别《约翰·克利斯朵夫》的新英雄主义，以《动人的灵魂》取替。茅盾《永远的纪念与景仰》(1945)与戈宝权《罗曼·罗兰的生活与思想之路》(1946)，以及力夫（邵荃麟）《罗曼·罗兰的〈搏斗〉——从个人主义到集体主义的道路》(1948)是40年代持罗曼·罗兰"转变说"的指标性左翼评论，论述也均较30年代细致。邵文的论述力道特别集中在讨论《迷人的灵魂》第5卷《搏斗》，因为从这一卷开始清算"个人主义与自由主义"，同时也指出了"知识分子与劳动大众结合的道路"。为克利斯朵夫所苦恼的问题，《迷人的灵魂》里的主角做出了回答，邵文强调，这个答复不出于"主观精神"的作用，而是通过"斗争实践""与人民结合""自我批判"所做出的答复。而萧军的《大勇者的精神》与茅盾《永远的纪念与景仰》在《抗战文艺》同期刊发，萧军延续的是20年代中叶鲁迅翻译《罗曼罗兰的真勇主义》(1926)评论中的思路，仍然以"英雄的大勇主义者"肯定罗曼·罗兰。①

---

① 参见茅盾的《永远的纪念与景仰》、萧军的《大勇者的精神》二文，均刊于1945年6月《抗战文艺》第10卷第2、3期合刊本。另参见戈宝权：《罗曼·罗兰的生活与思想之路》，写于1946年4月19日，刊于1946年《文坛》第3期；力夫（邵荃麟）：《罗曼·罗兰的〈搏斗〉——从个人主义到集体主义的道路》，载荃麟等：《论批评》(《大众文艺丛刊》第四辑)，香港：大众文艺丛刊社，1948年，第63—77页。

舒芜《罗曼·罗兰的"转变"》则据罗曼·罗兰的《向高尔基致礼》一文展开论说,聚焦于"个人主义"的问题。舒芜认为,罗曼·罗兰的个人主义既然是以追求"积极的民众"作为个人主体的支撑,那么已经破坏了以"绝对超批判超逻辑的主体"作为个人或自我的个人主义,因此不能说罗曼·罗兰曾是个人主义者,罗曼·罗兰的走向集体主义也就不能说是一种"转变";舒芜语带嘲讽地质疑"自命已经是集体主义者的人",要他们好好探察自己究竟是从民众的黑土里直接生长出来的,还是移植过来的,若是后者,没有泥土的根须和枝叶固将枯谢,但连根须与枝叶都没有(即既无"个人"也乏"自我"),移植到黑土(民众)里岂非"活埋"?舒芜认为没有内心相应的"自我"或"个人"存在的话,也就无从感应投入新生的社会。胡风《罗曼·罗兰断片》以热情的笔调梗概罗曼·罗兰的一生行谊与重要创作,异议之处在于论说罗曼·罗兰当然是从个人主义与人道主义的道路搏斗而来,但罗曼·罗兰的个人主义和人道主义并非来自资产阶级的一类,而是为了反抗资产阶级以通往民众的战斗桥梁。胡风文间回荡的无疑是罗曼·罗兰在《论个人主义和人道主义》中分辨两种个人主义的区别之声。[①] 舒芜与胡风对于罗曼·罗兰是否曾为个人主义者的看法不同,但二文都以"个人主义"作为辨别罗曼·罗兰思想的纽结。而如何看待"个人主义"的问题,也正是以胡风为首的"七月派"受到左翼内部批判的关键之一,从胡风对罗曼·罗兰思想的论断来看,好的个人主义与资产阶级无涉,胡风认为好的个人主义也是一种进步思想,这点与茅盾等人力求将个人主义、个人英雄主义扫入历史灰烬的看法是完全相左的。

---

① 参见舒芜:《罗曼·罗兰的"转变"》(写于1945年2月24日),载胡风等《罗曼·罗兰》,上海:新新出版社,1946年,第5—7页;胡风:《罗曼·罗兰断片》(写于1945年7月18日),载《罗曼·罗兰》,第8—21页。

接下来，让我们来考察路翎对于罗曼·罗兰与纪德的看法。三则评论都是从"文学"（以书/作品为界面）进入当时的思想论争，不妨可试着理解为路翎首先是从创作者的角度看待罗曼·罗兰与纪德，亦即罗曼·罗兰与纪德之于路翎首先是以文学创作者的身份存在，这个细微之处显示出路翎和前述几位左翼评论家在理论思路上的关键分别，虽则路翎并不忘从文艺创作的"现实位置"评价罗曼·罗兰与纪德及其作品的思想内涵。《纪德底姿态》主要通过阅读纪德的《伪币制造者》，批评纪德及其作品只落籍于个人心灵角落的苦闷与灰暗，而看不到现实里战斗着的欧洲。[①] 评论一开始就针对《伪币制造者》译序 [②] 卷首所引述的纪德《地粮》的句子——"抛开我这书；千万对你自己说：这只是站在/生活前千百种可能的姿态之一。觅取你自己的"——做出破题批判，路翎认为纪德这几句动人的话语本身就首先是一种"姿态"。路翎明白这样一种"西欧的个人主义的姿态"与欧洲长远的文化传统和晚近发生的社会崩解关系，也懂得个人反叛封建主义背后对于新生的渴望与痛苦，但他认为纪德执着于文化概念的反抗视野里出现不了替代既有一切的"英雄的人群"，纪德的作品充其量只能作为知识分子的"心灵避难所"，纪德终其一生，也"只能做一个苦闷的智识阶级的代言人"；路翎虽然也认识到"纪德是反抗者，这反叛的本身是辉煌的"，但在这样的认识之后，路翎紧接着指出纪德那曾经为人高举的反叛旗帜，如今已然失去光辉，纪德过于热爱自己的投影而无法给予那投影一个"历史生活的位置"，因此，只能诉诸心灵的不安和灵魂的不安定之类模模糊糊的宣说。——路翎对于纪德的批评

---

① 参见路翎：《纪德底姿态》，载张业松编《路翎批评文集》，第15—19页。此文写于1945年8月5日，署名"冰菱"，刊于1945年12月《希望》第1集第4期。

② 据《路翎批评文集》第18页的编者注1，指的是盛澄华为《伪币制造者》完整译本（重庆：文化生活出版社，1945年）所写的译序。

是严厉的,从而也昭示了路翎的立场。但我们也可以看到,路翎的批判并非一种全盘否定式的陈述,而是处处跃动着辩证性质,这样的辩证性,让路翎的评论挣脱了既存的二元对立乃至于日渐倾向一元论的论述格局。

在《〈何为〉与〈克罗采长曲〉》中,路翎比较了车尔尼雪夫斯基的《何为》(通译《怎么办》)与托尔斯泰的《克罗采长曲》,在路翎眼中二者均为理想主义之作,前者带着政治的信仰,"昂起头来向着未来",后者则揭露着永恒的主题,"痛苦地向着过去",但两部小说都"未曾给予真实的艺术世界"。相对于此,路翎推崇的是如罗曼·罗兰的《约翰·克利斯朵夫》一般"伟大的诗",因为"向着未来的伟大的理想主义者",要"热情地与连系着社会矛盾的人生痛苦搏斗","不以单纯的理论为满足",这才是今时所需要的现实主义。在《认识罗曼·罗兰》中,路翎认为相较于写作了《战争与和平》的托尔斯泰,罗曼·罗兰是"更接近市民社会以后的一切热情的斗争者",并在提到《约翰·克利斯朵夫》之后,做出以下意味深长的一段评论:

> 对于英雄们底歌颂愈是热烈,他底现时的生命就愈是要觉得怀疑、痛苦的罢。罗曼·罗兰信仰人民底力量,但这人民的力量是被英雄们所象征化了的。克利斯朵夫是一个历史的冲动,人民底结晶,但无疑地更是一个个人底抱负。他怎么能是一个如我们在我们时代所理解的个人英雄主义者呢,在他底那个时代?他又怎么能是一个如我们在我们时代所理解的群众英雄呢,在他底那个时代?①

---

① 路翎:《认识罗曼·罗兰》,载张业松编《路翎批评文集》,第13页。此文写于1945年4月11日,曾收入胡风等《罗曼·罗兰》。《〈何为〉与〈克罗采长曲〉》,署名"冰菱",1945年1月刊于《希望》第1集第1期,后收入张业松编《路翎批评文集》。

这个段落的论述的层次是繁复的，有步步进逼的紧张感。罗曼·罗兰相信人民的力量，却未能直接以人民作为对象，而是创造出克利斯朵夫这样的英雄人物来象征人民的力量，于是当克利斯朵夫益发受到颂扬，信仰人民力量的罗曼·罗兰恐怕也要益发感受到自己在人物创造上的问题性，也必须面对自己坚信人民力量却无法创造出相应的人物的落差。但路翎并不就此否定克利斯朵夫这个人物（如戈宝权与茅盾等评论家），而是一方面肯定着克利斯朵夫是"人民底结晶"（并且，"人民底结晶"是伴随着前一刻的"历史的冲动"而来的）[1]，另一方面又从"个人底抱负"否定了这个人物，否定的分量相较于肯定又是更为沉重的。同时，路翎也清楚地认知到时代语境的差异，既不能以后见之明指责罗曼·罗兰的克利斯朵夫是一个落后于我们时代的"个人英雄主义者"，也不能用我们时代所企求的"群众英雄"来要求罗曼·罗兰所创造出来的这个人物。罗曼·罗兰与克利斯朵夫的局限不在于个人而更在于时代本身，而对于罗曼·罗兰在时代困局中的奋战不懈，对于罗曼·罗兰的战斗精神，路翎充分肯定。我们可以看到，路翎的论述允许矛盾并存，非此即彼不存在于路翎的选项，但他也绝非不偏不倚地超然其上，而是细致地刻画出在非此即彼之间存在着的可能性与复杂度，从中极有分寸感地表达出自己的定见。而这样复杂的话语进路，也具现在路翎的小说创作里，这是路翎书写本身的一种特色，也是他之所以突出于所处时代的关键。相对于日趋稳固的非此即彼那样一种表态站队式的话语模式，路翎复杂的立场与看法，在在都让他的作品与评论显得特立独行、与众不同，无法轻易分类也

---

[1] 路翎的作品中经常流露出这种看法，而这样的看法在主流左翼评论家眼中是"落后"的，这是路翎何以备受批评的关键，也是路翎的文艺思想与其他主导性左翼评论家如茅盾和邵荃麟等人的根本分别，同时也是理解路翎作品及其人物的要害，详见本书后文讨论路翎作品的相关章节。

难以简单归属,"路翎(思想情感与创作)的态度"之于延安文艺座谈会方向的左翼(文艺)思想,就像是人皮肤上的疙瘩,很有点碍眼很有点脏,势必要被从新时代的视野里剔除、清洗干净。

1948年3月至1949年3月,在香港陆续出版的6辑《大众文艺丛刊》,势同新中国成立前所进行的一场思想澄清行动:重整左翼文艺队伍,以马列主义和毛泽东观点统一文艺战线,而胡风及"七月派"正是《大众文艺丛刊》的批判重点。路翎及其作品作为左翼文艺的"思想疙瘩"首当其冲,第一辑《文艺的新方向》即刊载了胡绳的《评路翎的短篇小说》,批判路翎小说不将人民解放的力量放在"觉醒的人民的集体斗争"上,却偏去寻找什么人民的"原始强力",片面着重"个性解放"的问题[①]——我们再一次看到了先前关于罗曼·罗兰与纪德论争内容的回声;第三辑《论文艺统一战线》登载了露珠的《谈纪德》,基本复诵先前左翼评论家对于纪德"个人主义"的严厉批判[②];第四辑《论批评》则刊发了前文已然论及的力夫(邵荃麟)的《罗曼·罗兰的〈搏斗〉——从个人主义到集体主义的道路》。路翎和纪德的作品,以及罗曼·罗兰的《约翰·克利斯朵夫》,值此历史时刻没有分别地被同样归结为必须涤清的知识分子个人主义,路翎念兹在兹的个性解放问题已然过时,当今的左翼文艺政治议程是由人民/集体的解放之道铺设而成的。

从路翎关于纪德与罗曼·罗兰的评论可以看到,一方面,路翎作为左翼知识分子的一员,也加入了40年代"纪德热"中批评个人主义和知识分子顾影自怜之苦闷姿态的队伍,而他从"文学"出发及其评论内核的辩证性,明白显露出与左翼阵营主调论述的不同,对

---

① 参见胡绳:《评路翎的短篇小说》,载荃麟、乃超等《文艺的新方向》,第61—72页。
② 参见露珠:《谈纪德》,载萧恺等《论文艺统一战线》(《大众文艺丛刊》第三辑),香港:大众文艺丛刊社,1948年,第35—43页。

照路翎也一再面临左翼内部对其作品失于知识分子臆想与充斥个人主义质素的恶评，这样的分别尤显其重要性。另一方面，路翎《财主底儿女们》经常被与《约翰·克利斯朵夫》并举，甚至被认为受到罗曼·罗兰此作的巨大影响，主角蒋家第三子蒋纯祖即幻化自克利斯朵夫（详见本书第二章第一节），而上述1948—1949年间香港《大众文艺丛刊》的相关批判，已然预示1957年反右运动期间针对"个人主义"的一连串政治批判，由是引发的"批判性重读"是对于表现"人道主义与个人主义"的西方资产阶级文学重评的一部分，50年代后期克利斯朵夫迎来了与蒋纯祖相同的命运，就此被完全理解为一个个人主义式的人物而遭受根本否定，罗曼·罗兰《约翰·克利斯朵夫》作为影响深远的文学作品则被认定为导致青年走向右翼——一如1949年后郑超麟因翻译纪德《从苏联归来》获罪，被斥骂为阻止了许多青年投奔延安。①

此后罗曼·罗兰的《约翰·克利斯朵夫》在中国匿迹，直到1980年人民文学出版社重新印行，纪德的最后身影则出现在1957年的《揭穿纪德的"真诚"》中。② 而路翎，1955年被打成"胡风反革命集团"骨干分子长年系狱，被迫中止了他此前丰沛顽强的创造力，"路翎的态度"在共和国消失，抉除了疙瘩后的皮肤仿佛变得干干净净，然而，微凹的伤痕是疙瘩的另一种形态，表述的恰为光滑平整的不可能。

---

① 参见郑超麟：《六十年前一场世界性争论——译者新序》，载安德烈·纪德《从苏联归来——附：答客难》，第3页。
② 参见涂慧：《罗曼·罗兰在中国的接受分析——以〈约翰·克利斯朵夫〉为中心》，第12页；景春雨：《纪德现代性研究》，第22页。《揭穿纪德的"真诚"》一文，刊于《译文》1957年第9期《世界文艺动态》栏目。

第三节　在俄苏文学的天空下

在路翎广博的阅读经验里，各种思潮与世界古典文学都带来影响，而俄苏文学更给予路翎创作根柢性的滋养。除了时代性的构造因素让路翎在战乱流徙的生活里广泛接触并得以观察到各阶层各样式的人生，可以说路翎的创作基调与美学观点主要便是在对于俄苏文学的学习和借镜中形成的。80 年代路翎应邀写下《我与外国文学》，文中他细细回忆了俄苏文学作品和论述所带给他的启发与陪伴，特别提到"苏联文学的观点、感情内容"帮助他形成了自己的美学观。其中，路翎强调"浪漫性"之于现实主义的创造性功能，那样的"浪漫性"是以"作者的追求联结着更多的触须更多的联想、想象"，而那"想象的虹彩"应和着"时代的激荡"，不仅不会使得"现实性"消失，反而会让现实主义更为深刻地碰触到生活的各个角度。[①] 我们可以看到，路翎的创作观是："作者"在创作过程中占据关键位置，而"想象"在作品中也具有不可或缺的重要性，诸多重要的情节与意象均是通过诸如幻觉、梦境等"幻想"启动。若并读同时期撰述的《〈路翎小说选〉自序》与《〈燃烧的荒地〉新版自序》二文中关于创作经验的自述，路翎现实主义文艺观中所潜存的异质性更是展露无遗。

路翎认为"文学不做观念的表白"，而是"形象的思维"，"现实主义的文学的根本是在于描写人物"，并且是与"具体的历史相联的、社会的人物"[②]。相对于许多评论者认为路翎作品的缺失在于人物存在着刺眼的"非典型性"[③]——具体即是批评路翎笔下的底层工农人物有着

---

① 参见路翎：《我与外国文学》，载张业松编《路翎批评文集》，第 254 页。
② 参见路翎：《〈路翎小说选〉自序》，载张业松编《路翎批评文集》，第 241 页。
③ "刺眼的'非典型性'"是本书作者的概括用语。

如习见知识分子人物一般的复杂心灵再现——路翎创作伊始自许的奋斗目标便是描写"典型环境的典型人物"。他向往的典型形象是"高度概括性的",同时是"个别的",他视野里的典型环境则尽可在大的类别里细分出不同的次要类别。同样地,对于路翎而言,无论正面人物或反面人物,工人、农民或知识分子,都是多种多样的,路翎的"文学向往"是同时描写出他感觉里存在于生活中的积极性与消极性,"描写出生活里的形形色色",而这复杂多样的生活是通过各种各样"人物"的人生形象来呈现的。路翎还称,正面人物要连同蕴生这些人物的"土壤"一并描写,同时也要描写存在于"土壤"里的反面人物。[①]特别值得留意的是,路翎认为"不应该从外表与外表的多量取典型",而要"从内容和其中的尖锐性来看"[②]。在上述那些"同时"里的路翎文学观,扼要言之即是:

> 文学是以它所描写的人物,它的人物的内心世界的展开,它的艺术力量发生着作用的。理解社会的各样的人们的心理和内心世界,也就是增多了解人们的社会的各联系与各因素。[③]

路翎将自己与外国文学的关系简括为"在各年代奋力创作人物",他学习中外名著里的人物形象与美学境界及从中透现的创作方法以构筑自己的"美学温床",至于如何观察与描写,端视"作者在社会激动

---

① 参见路翎:《〈路翎小说选〉自序》,载张业松编《路翎批评文集》,第241页。
② 路翎:《一起共患难的友人和导师——我与胡风》,载张业松编《路翎批评文集》,第282页。此文写于1989年4月23日,曾收入晓风主编《我与胡风——胡风事件三十七人回忆》,银川:宁夏人民出版社,1993年。
③ 路翎:《〈燃烧的荒地〉新版自序》,载张业松编《路翎批评文集》,第244页。此序写于1987年5月26日北京,原载路翎《燃烧的荒地》,北京:作家出版社,1987年。

和社会斗争里的伦理学和美学的境界",关键在于"作家从什么样的美学探求和思想立场"①来描写人物。而大量的阅读让路翎体认到重要的文学作品均"展开了各类的人物的内心世界"的道理,这样的认知既有西方古典文学的作用,更不乏俄苏文学的深刻影响——例如路翎注意到法捷耶夫的《毁灭》对于人物和人物内心世界的着重②,并称自己赞成托尔斯泰,以及陀思妥耶夫斯基在《穷人》与《罪与罚》中的心理描写,但认为《卡拉马佐夫兄弟》的心理描写是有错误的③——特别是当西方古典文学使路翎"走到云雾霓虹与黑暗幽暗混合的人物与旧的时代的阵容里去了"的时候,俄苏文学让路翎能够"落到地面上来"④。

《毁灭》,鲁迅说

鲁迅的作品和其中所闪现的灵光,对于路翎创作无疑有着枢纽性的影响,路翎曾道:在他所眼见与想象的正面与反面人物的行伍里,也排列着鲁迅描写与记载下来的"实际的人生",鲁迅的作品与其内的人物形象有着"分明的旗帜",是指引他"前途的灯火"⑤。而鲁迅一生浩繁的著述里,翻译占去几近一半的篇幅,鲁迅对于俄苏文学作品与理论的翻译和编述,之于路翎认识俄苏文学,意必存在着不可轻忽的中介作用,不妨如此认定,路翎对于俄苏文学的热爱与他对于鲁迅著述包括翻译的衷心学习,在理路上是一脉相承的。法捷耶夫的《毁

---

① 路翎:《我与外国文学》,载张业松编《路翎批评文集》,第259页。
② 参见路翎:《〈燃烧的荒地〉新版自序》,载张业松编《路翎批评文集》,第244页。
③ 参见路翎:《一起共患难的友人和导师——我与胡风》,载张业松编《路翎批评文集》,第282页。
④ 路翎:《我与外国文学》,载张业松编《路翎批评文集》,第255页。
⑤ 路翎:《我读鲁迅的作品》,载张业松编《路翎批评文集》,第277页。另参见西北大学鲁迅研究室编:《当代作家谈鲁迅(续集)》,西安:西北大学出版社,1986年。

灭——新人诞生的诗》或许最能体现出这样的线索。鲁迅在《萌芽》译载的《毁灭》前两部，原据藏原惟人的日译《坏灭》改作《溃灭》，而原著书名 *Razgrom*，是"破灭"或"溃散"之义，鲁迅参校德、日译本并补译完第三部后出版的单行本易题为《毁灭》，书前附有藏原惟人《关于〈毁灭〉》与弗理契（V. Fritche）《代序——关于"新人"的故事》，书末则有鲁迅的译者《后记》，除了交代译本收录篇章与成书始末，更要言不烦地评述了小说中几位代表性的人物：三个小队长苦勃拉克（农民）、图幡夫（矿工）、美迭里札（牧人）；鄙薄农民的保守胆怯，自身也有许多缺点，但最后矢志战斗以身殉职的矿工木罗式加；队伍中最具知识涵养并勠力与穷困大众连结，象征着"新人"（"真实的英雄"）却也不免于动摇失措时候的队长莱奋生；中途加入游击队又临危潜逃的外来知识分子中学生美谛克。① 此外鲁迅虽未论及，但在《毁灭》所创造的人物群像中也占有一席之地的，还有性情奔放、勇于追求的看护女矿工华理亚。

《毁灭》的人物创造与对于人物内心的着意描绘，为路翎所注意，也涓滴挹注在路翎的作品里，援用鲁迅对于《毁灭》的评述，我们可较为简便地把握《毁灭》与路翎作品间的可能联系。例如鲁迅综合《毁灭》中关于美谛克的情节与形象塑造，扼要重述为："他反对毒死病人，而无更好的计谋，反对劫粮，而仍吃劫来的猪肉（因为肚子饿）。他以为别人都办得不对，但自己也无办法，也觉得自己不行，而别人却更不行。于是这不行的他，也就成为高尚，成为孤独了。"② 其中对

---

① 法捷耶夫的《毁灭》原著，写于 1925—1926 年间。藏原惟人一文原题《法捷耶夫的小说〈毁灭〉》，刊于 1928 年 3 月的《前卫》，洛扬（冯雪峰）中译，刊于《萌芽》。弗理契的序文则是"朱杜二君"从《罗曼杂志》刊载的原文译出。参见鲁迅：《毁灭·后记》，载 [俄] 法捷耶夫《毁灭——新人诞生的诗》，鲁迅译，台北：慧明文化事业有限公司，2001 年，第 269 页。

② 鲁迅：《毁灭·后记》，载法捷耶夫《毁灭——新人诞生的诗》，第 262—263 页。

于知识分子孱弱性格的针砭自不待言，而鲁迅与弗理契也均留意到，《毁灭》的叙事对于有害于革命队伍的美谛克也不无一股爱护之意。

关于美谛克的林林总总，让人联想起路翎笔下塑造的青年知识分子，譬如蒋少祖和蒋纯祖（《财主底儿女们》）或是林伟奇（《谷》）的人物塑造，不无《毁灭》中美谛克形象塑造所带来的火花。再如《毁灭》如此描述美谛克从军后的幻灭："周围的人们，和从他奔放的想象所造成的，是全不相同的人物。他们很污秽，黑野，残酷，不客气。"但叙事紧接着又说："因此他们就并非书本上的人物，确是真的活的人。"① 路翎对于蒋纯祖乡场生活在想象与感受间落差的处理，正与此处形同检验美谛克的叙写遥相呼应（详见本书第二章）。诚然，无论借镜经典作品或借道人物抒发己见，都是一种吸收与转化后的重新创造和独特性的积极生发，不同作品间人物形象塑造的关系也非单一对应式，毋宁说近似于一组复杂的形象叠合，相应之余更有绝难相符之处。比方，莱蒙托夫《当代英雄》里那个"带着创伤的、复杂的英雄"毕巧林②，若以人物形象的构造系谱来论，与蒋纯祖之间显然较美谛克有着更多的亲缘性，而罗曼·罗兰创造的约翰·克利斯朵夫则又比毕巧林更为丝缕相扣于蒋纯祖。与此同时，从路翎对于普希金和莱蒙托夫的比较评论，也可供我们思考创作者和笔下人物可能并存的相互联系：

> 说是，普希金自己并不是奥尼金，莱蒙托夫自己并不是毕巧林，当然是对的，因为诗人已经鲜明地把他们底人物写出来了；然而，奥尼金表白了普希金底人生迷惑及痛苦，毕巧林表白了莱蒙托夫底人生迷惑及痛苦，这个说法，也是

---

① 法捷耶夫：《毁灭——新人诞生的诗》，第 42—43 页。
② 参见路翎：《我与外国文学》，载张业松编《路翎批评文集》，第 259 页。

无疑的可以成立的罢。①

再者,《毁灭》里的莱奋生批评美谛克是"不结子的空花",并且从自身与美谛克的对照中生发出一种自信的尊严。莱奋生的批评也非归咎于个人而是代之以一种"社会性质"的解释:"只在我们这里,在我们的地面上,几万万人从太古以来,活在宽缓的怠惰的太阳下,住在污秽和穷困中,用着洪水以前的木犁耕田,信着恶意而昏愚的上帝,只在这样的地面上,这穷愚的部分中,才也能生长这种懒惰的、没志气的人物,这不结子的空花……"② 莱奋生的话里有对于"穷愚"的不满,也有因渴望新人与改变的意气用事,而《毁灭》的珍贵处便在于,叙事也同时看到"当几万万人被逼得只好过着这样原始的、可怜的、无意义地穷困的生活之间",是谈不上什么"新的、美的人类"③的追求的。路翎的小说叙事也看到了这一点,并努力描绘在"新""旧"之间沉浮的景象与人物。

路翎创作中对于农民与工人的呈现(前者较为懦怯,旧思想的负累也较为沉重;后者则较为果敢,也较易自我更新),与《毁灭》中的表现和诠释也属类近——但在人物创造形象上联系更为紧密的,应为高尔基笔下创造的流浪汉—工人与农民人物(详后)——或因为中俄幅员辽阔而人口组成均是以农民为主,两地有相似的帝国历史重担与崎岖革命旅程。对于"农工相轻"的情状(主要是工人轻视农民),《毁灭》里的工兵刚卡连珂这么说:"从我们的无论谁,人如果掘下去,在各人里,都会发见农民的,在各人里。总之,属于这边的什么,至

---

① 路翎:《〈欧根·奥尼金〉与〈当代英雄〉》,载张业松编《路翎批评文集》,第4页。此文写于1944年9月20日,署名"冰菱",原载1945年1月《希望》第1集第1期。
② 法捷耶夫:《毁灭——新人诞生的诗》,第191页。
③ 同上书,第191页。

多也不过没有穿草鞋……"①——这样的体认来自小说文本也来自鲁迅《后记》中的提示，料或也曾对路翎的创作有所提醒，路翎小说与《毁灭》看待农民人物"落后性"的态度，都带有反躬自省的意味，那是"自己"的一部分，不是能简单革除或驱逐完事的。路翎的小说更多驻足于农民的"挣扎"而非"觉醒"（详见本书第三章），革命"前夜"的黑是深沉的，虽则路翎对于农民的叙写也企图捕捉那暗夜之后的微光，但整体而言，路翎40年代小说的叙事总是复杂的，殊乏单向度的"趋光性"。

这样的创作选择，除了可能源于路翎当时身处国统区的环境因素（创作实际），我们或可从鲁迅对于俄苏文学的翻译中得到另一种参照性的解释。鲁迅1933年编选出版了两部俄苏文学的作品选集——并翻译了里头的多则小说——《竖琴》与《一天的工作》，前者属"同路人"作家作品集，后者收有八篇无产阶级作家作品及两篇"同路人"之作。而在翻译被归于无产阶级作家的法捷耶夫的《毁灭》之外，鲁迅同时期也翻译了"同路人"作家雅各武莱夫的代表作《十月》。在《〈十月〉首二节译者附记》中，鲁迅如此说道：这部中篇虽比作者的另一则短篇《农夫》在观念上"前进一点"，"但还是'非革命'的，我想。它的生命，是在照着所能写的写：真实"②。那"真实性"存在于雅各武莱夫描写了十月革命难以被讴歌的恐怖与战栗一面，而革命所许诺的光明前景与美好未来之中，也有血腥、死亡与欺瞒。"革命"内里的阴

---

① 法捷耶夫：《毁灭——新人诞生的诗》，第178—179页。
② 参见鲁迅：《〈十月〉首二节译者附记》，载止庵、王世家编《鲁迅著译编年全集》第10卷（一九二九甲），第3页。另据鲁迅：《鲁迅全集》（北京：人民文学出版社，2005年）第10卷注释。此文写于1929年1月2日，连同《十月》第一、二节译文一同刊载于《大众文艺》月刊第1卷第5期（1929年1月20日），后未收入单行本。《十月》原著作于1923年，鲁迅于1929年初开始翻译，1930年夏末译完，1933年由上海神州国光社出版，为鲁迅编《现代文艺丛书》之一。

郁面意味着社会与意识形态斗争的复杂和酷烈，且无可规避，而鲁迅看穿了这部分，只是在彻悟之中也有所决断，路翎亦然。

另外，《毁灭》里莱奋生和绥拉菲莫维支《铁流》里郭如鹤所代表的正面斗争形象，以及两部作品中浴血奋战的激昂情绪和战争杀戮的残酷性，在路翎的战争书写中也有或深或浅的吸收转化：《财主底儿女们》对于朱谷良经历的南京城破，以及蒋纯祖随同溃兵在战乱凋敝的江南旷野上的历险流亡，描写酷异而惨烈；50年代朝鲜前线志愿军题材小说关于各阶层战士熔铸入集体铁流般意志的刻画，以及创作于50年代但80年代方于佚失的头两章前补缀《引子》后易题出版的长篇小说《战争，为了和平》的人物造型等，都可为例证。在人物塑造方面，反面人物如自私的军官王标，正面人物如眷恋土地一心想离开军队但终于融入集体、"成长为真正的人民战士"的农民董富，以及那一个个纯洁正直，热爱祖国、人民，具有爱国主义、国际主义情操的军官战士，均不同于40年代作品的整体印象。而且，《战争，为了和平》中的牺牲壮烈感人，整体氛围热情而温暖。总括来说，50年代路翎的作品调性，渐渐从背阳面走到了向阳地。

"破抹布"的抗议

在其所热爱的俄苏文学里，路翎最为倾心的应为高尔基的作品。他几次提到高尔基作品对自己创作的影响：《在人间》《底层》和《草原故事》等作品都是路翎心爱的读物，也参与形塑着他的世界观，而高尔基对于"工人、流浪汉与下层社会生活"带着"现实主义的深刻性"的描写联结着路翎身处的动荡时代，帮助他形成了作品的"美学观点"与"感情样式"。打动路翎的主要是高尔基的"形象思维"（一种随着作家对于该"形象的深刻的美学感情和思想立场而活动着成长着"的文学形象,一种"活跃的、丰富的、生动的牵形力")与那"带着浪漫主义色彩的现实主义",高尔基通过"多量的词汇、意境和深刻的现实主义表现方式所构成的丰富的内容与色彩",传达出"激情"并塑造出"感人的形象"①——前述路翎对于高尔基作品的阅读,大致也可挪用来状述路翎的作品,从中也体现出路翎对于现实主义文学创作的核心观点。

路翎笔下有工人与流浪汉,有那恋栈土地私产、卸不下旧思想负担的农民("工人—流浪汉"与农民的对照并置),还有倔强不屈的劳动女性,亦即从对于"底层人民的社会生活"的再现与人物形象的打造来看,在在都可征验到高尔基作品之于路翎创作的"感染"。固然,若细致对看,两人作品间的差异必然大于共同之处,例如高尔基作品中的叙事语言大致较为简约明朗;但如就人物在旷野中的流浪意象,或是具体如高尔基被视为创造正面人物高峰的长篇小说《母亲》,第一章对于矿区和工人工作与生活的梗概,那种挣不脱低抑窒闷的无望状写,在路翎40年代关于矿区矿工生活的作品中有所复现;而《母亲》中小说人物的"奋起"和对于光明、真理的奔赴与信望的叙事基调,在路翎50年代的小说与剧作中也有似曾相识的表现。此外,如高尔基在《两个流浪汉》(特写)中,以流浪汉斯捷波克对于为了"熟悉"和"了解"短暂加入流浪生活的"报道者"是"极端的卑鄙无耻"的指责,揭露了知识分子自以为是的良善动机实是剥削着底层他者生命的伪善,在路翎关于知识分子的否定性叙写里也依稀可见。

契诃夫对路翎创作的影响,主要见诸收于作品集《求爱》与《平原》的那些速写式的短篇佳构。② 莫泊桑与契诃夫都是精擅短篇小说并卓然有成的名家,但路翎肯定契诃夫胜于莫泊桑,他曾对这两位创作者做出一针见血的比较:相对于莫泊桑冷静的书写态度,契诃夫"看

---

① 路翎:《我与外国文学》,载张业松编《路翎批评文集》,第251—252页。
② 参见路翎:《我与外国文学》,载张业松编《路翎批评文集》,第260页。

似冷静骨子里则是火辣辣的",个中的区野即在于作者契诃夫是参与到人物中间与人物同悲喜。①这样的看法也再次表述出路翎的创作观,他注重作者在创作过程所起的能动作用,主张作者要"介入"而非冷然旁观,并从这样的创作立场来评价莫泊桑与契诃夫的作品。在有限的篇幅里,准确捕捉小人物在日常一隅乏人在意的小事件与小情感,可见路翎对于契诃夫作品的用心钻研,但二人作品的叙事语言与透现的情感样式并不相同:路翎的文字与情感格式若是像激流般的奔涌,契诃夫则是在不觉中的缓缓漫溢;契诃夫的故事是在薄暮中的明明暗暗,而路翎是烈日当头浇溉,过度曝光的映像,即使二人在写同属讽刺性一类短制的时候。

在耿庸回忆当年自己与胡风关于路翎短篇小说的对话时,也提到路翎有着同契诃夫相似的"犀利的透视力和锐敏的感知力",能够举重若轻地发掘日常生活中小人物的性格特征及其内在的重大意义,并且一样"感同身受地体验一定性格的人物在特定环境特定事件中的心理反应",但应予同等注意的是,耿庸同时观察到两位创作者在叙事手法上的分别:同样面对人物对于事件的心理反应,契诃夫采取由人物相应的行为来表现或由人物自己来表达的方式,路翎则是"直接描写心理反应生发的瞬间情绪变化"②。小说之外,契诃夫的剧作同样带给路翎不同一般的启迪,冀汸即曾忆述路翎特别喜爱契诃夫的《海鸥》与《樱桃园》,而冀汸阅毕路翎首部剧作《云雀》初稿时的直接感受,便是《云雀》的"气质与风格太像《海鸥》了"。但这并无碍于分辨二

---

① 参见冀汸:《哀路翎》,载张业松编《路翎印象》,第202页。此文原载《新文学史料》1995年第1期。

② 耿庸:《枝蔓丛丛的回忆》,载晓风编《我与胡风(增补本)》,银川:宁夏人民出版社,2003年,第640页。此文写于1992年3月30日,耿庸谓此处的见解是针对路翎刊载于《希望》第2期的一组短篇小说而发。疑耿庸指的即是《希望》第2集第4期所刊发的路翎《平原》《易学富和他底牛》和《张刘氏敬香记》三篇,其后均收入路翎短篇小说作品集《平原》。

者，冀汸也清楚知道，两部剧作所反映的时代与人物的精神面貌均不相同：《云雀》描写的是"我们一代知识分子性格矛盾的悲剧"①。

相较于就高尔基作品的直抒胸怀，路翎对于陀思妥耶夫斯基作品的态度显然较为谨慎。路翎在《我与外国文学》中尝谓，当人们问他"哪些外国文学作品对他影响最深"，他通常回答"统统的翻译过来著名的文学作品"，而且无论哪种体裁他都喜爱，但在这篇对于中外作家点将录般的名著忆述里，只有陀思妥耶夫斯基的《穷人》和《罪与罚》，却不见陀氏《地下室手记》《白痴》《附魔者》（通译《群魔》）等名作，再者，路翎在《一起共患难的友人和导师——我与胡风》里曾提到赞同《穷人》和《罪与罚》的心理描写，但认为《卡拉马佐夫兄弟》的心理描写是有错误的。②这样的看法可能不仅牵涉对于叙事技巧优劣的评断，也与作品内容和其中所表露的立场有关。路翎向来关注"被侮辱与被损害的人"，其多数作品也均在处理这部分的人物与思维情感，《穷人》的内容明确属于这个类别，路翎也曾从"作者"的位置出发，以"人类是有替贫穷者、卑贱的被欺凌者，善良所呼号于各个路口的"说法肯定《穷人》与果戈理的著名作品《外套》③，《罪与罚》也涉及小人物被侮辱与被损害的题材。但诸如《地下室手记》《白痴》《附魔者》，以及被喻为"天鹅之歌"的陀氏最后绝唱《卡拉马佐夫兄弟》，这几部作品蕴含的政治意识和思想观点，以及小说人物的形象塑造，则与路翎抱持的现实主义创作观和倾向革命的世界观有所抵触，间中或也有路翎对于"着魔"式心理描写的警惕和有意疏离。换言之，对于陀氏这几部作品的留白不语，隐约透露出路翎的政治感知。一个间接性的依据见

---

① 冀汸：《哀路翎》，载张业松编《路翎印象》，第188—189页。
② 参见路翎：《一起共患难的友人和导师——我与胡风》，载张业松编《路翎批评文集》，第282页。
③ 参见路翎：《我与外国文学》，载张业松编《路翎批评文集》，第258页。

诸路翎《纪德底姿态》一文，路翎批评纪德笔下人物的精神状态对于陀思妥耶夫斯基的"模仿多于创造"，缺乏陀氏"那样的近于疯狂的向着灵魂的迫力"，但路翎紧接着直指："杜思妥也夫斯基，如人们在很多地方所看到的，是变成了现代的苦闷的智识人的慰藉了。"①

陀思妥耶夫斯基与路翎都是致志于心理描述的创作者，也都特别关注"流动中的生活"与在其中浮沉的人们及其内心世界，可谓是"更高意义的写实主义者"②，也均属思想型的小说家，偶尔也都不免因专注于倾倒个人思想而忽略艺术效果。二人在创作上确有高度的亲缘性，也经常可见论者将陀思妥耶夫斯基小说的"病态"人物和"疯狂"叙述与路翎小说中的人物和叙述相提并论，但特别是就人物的形象塑造与所谓的"疯狂叙述"而言，二者是形似而神不似的。例如宗教虔信之于构筑陀氏人物形象塑造的重要性，便不存在于路翎的小说中，相反地，路翎在《嘉陵江畔的传奇》《张刘氏敬香记》与《祷告》等作品中，对于宗教虔信有着显见的批判意味，路翎更不写顺受型的苦难人物。至于路翎作品中的"疯狂叙述"，与陀氏作品的表现方式或谓承担的叙事任务也明显有异，而且，"疯狂叙述"能否视为路翎作品的叙事特点，必须做更为明确的界定。路翎的确创造了一些疯狂人物与"疯言疯语"，叙事有时也呈现一种疯狂迷乱的状态，但这是为了相应于小说人物所做的叙事表现，而许多时候，路翎"激情性"的文体，便被简单地等同为"疯狂叙述"了，甚且经常不乏论者将这样的"疯狂叙

---

① 路翎：《纪德底姿态》，载张业松编《路翎批评文集》，第17页。
② 陀氏尝谓："他们说我是心理学家。这是不正确的，我只是更高意义的写实主义者；这就是说，我把人的灵魂中一切深沉的东西描写出来。"参见不著撰人：《杜斯妥也夫斯基的生平和著作》，载杜斯妥也夫斯基《地下室手记》，孟祥森译，台北：INK印刻文学生活杂志出版有限公司，2013年，第15页。另一种译文是："人们称我为心理学家。不对，我只是最高意义上的现实主义者，即描绘人的心灵的全部深度。"参见陈燊：《费·陀思妥耶夫斯基全集·总序》，载《费·陀思妥耶夫斯基全集》第1卷，第64页。

述"直接对应路翎生平，把作品诠释为作者的创伤性展演，或是寻求弥补人生缺憾的表现。①

路翎《天堂地狱之间》和《秋夜》两篇小说的主角，都是政府机关的基层小公务员，从人物的形象塑造到叙事风格都有"疯狂"运行的印痕，前者在失业后精神彻底崩溃了，后者则主要是言行举止带着"疯狂"。这两篇作品与陀思妥耶夫斯基《穷人》《化身》（另译《双重人格》）的人物设定颇为相似，但这类以小官吏/城市贫民为主角和"因贫病狂"的情节演绎也可追迹至果戈理的《狂人日记》和《外套》等作品，就此而言，果戈理与陀思妥耶夫斯基的人物形象塑造都是路翎参照的对象，从这几篇小说中也大致可以归纳出一种相类的虚构人物系谱，并或可援用陀思妥耶夫斯基的小说名以"地下室人"称之。杜勃罗留波夫曾分析《化身》的主角戈利亚德金的"疯病"，"是像破抹布一样的人对凌辱他和使他丧失人性的那种现实生活的一种最阴森可怕的抗议形式"②，这样的评论为虚构的文学作品注入了现实的意涵。"破抹布"原为陀思妥耶夫斯基的用语，系指"逆来顺受、受凌辱、丧失做人权利的人"③。我们或许可以将路翎作品中的底层穷人，均以"破抹布"喻之，然而，路翎倾向摹写的是"破抹布"的逆袭而非顺受。

将"疯狂"理解为一个普通的存在困境或是特殊历史境遇的隐喻，是此前文学与文化研究常见的两种进路，但从这两种进路来分析路翎

---

① 时国炎《俄苏文学视野下的路翎研究论纲》（硕士学位论文，南京师范大学，2004年），王志祯《论路翎小说主人公的"疯狂"》（《中国现代文学研究丛刊》1996年第1期）、《路翎："疯狂"的叙述》（《文学评论》2000年第4期）等，在分析路翎作品时都有这样的问题。而且，那样的"生平对应"本身便内建有特定的意识形态观点，亦即丧父或不愉快的童年，必然会扭曲人的性格、带来此后的不幸，并且必然会在创作中有相应的呈现，在此后的人生与创作中寻求补偿。

② 转引自张有福：《题解·化身》，载陈燊主编《费·陀思妥耶夫斯基全集》第1卷，第528页。

③ 参见陈燊主编《费·陀思妥耶夫斯基全集》第1卷第525页脚注1。

小说的"疯狂叙述"并不适切。"疯狂"作为某种主体状态，一种或隐或显的症状表现，有其特定的时空脉络，而路翎小说中的"疯狂"比较近似于一种政治效应，亦即是作为一种社会性/政治性的结果给以呈现，因此不会是一种削去个人生活处境、生而为人便可能偶然遭遇的存在困境。路翎的小说也并不将"疯狂"纯粹视为一种隐喻，而可谓是企图呈现疯狂的"物质性"，是怎样的作用力形构出疯狂，关键在于框架出疯狂的时代与文化语境；同时，更是通过疯狂的再现来梳理人物所处的特定历史社会脉络。① 只是，无论是杜勃罗留波夫对于《化身》主角戈利亚德金"疯病"的"破抹布"诠释，或是前文对于路翎小说"疯狂叙述"所做出的概括，都必须承认，在这样社会性的积极解读里，疯狂像是一把钥匙，开启了社会性质分析的空间，却不通向"疯狂"自身，虽则这似乎是无论采取何种诠释进路都难以避免的损失。

　　一册《毁灭》书封内里的作者简介，将法捷耶夫的作品特色概括为"将严格的现实主义、细腻的心理分析以及浪漫主义的激情，以抒情笔调铺陈开来"②。——路翎的作品特色约莫也可如此概括，就如同也可在路翎作品与高尔基、契诃夫和陀思妥耶夫斯基等作家作品之间归纳出相似的特质。因此，我们一方面需要认识到路翎对于俄苏文学（与其他西方古典文学著作）的学习，特别是在人物形象塑造的部分，另一方面我们更需要关注其中的差异，这方是路翎作品在承袭之外的独创性所在。下一节关于艺术特征的讨论，将特别专注于路翎突出的语言风格和叙事特点，届时亦将清楚照见路翎和其他作家在创作上的绝大分别。

---

① 我的博士学位论文口试版此段落旁的纸本空白处，施淑老师批点："疯狂的政治经济学！"谨记存念。
② 参见法捷耶夫《毁灭——新人诞生的诗》书封内里。

第四节　美学—政治：路翎创作的艺术特征

本节主要试图探究路翎作品的语言风格和叙事特点，以厘清先前研究者讨论中之歧见，同时亦欲借此申说我对于路翎作品的不同看法。路翎好用繁复的长句式和悖反的情感修饰语，特别是40年代的小说；聚焦于人物内心的心理刻画，经常采取诠释性的叙事模式，则一贯是路翎的创作特点。而"复调小说"和"知识语言"的问题，向来是研究路翎作品叙事的关键，本节也将加以深论。实际上，路翎的文艺观和美学立场与他的世界观和政治倾向，紧密相连而不能割席论议。

繁复的长句式与悖反的情感修饰语

路翎的小说叙事，特别是40年代的作品，最为鲜明的特点在于惯用复杂的长句式，缀连着许多形容词和副词修饰语，历年来不乏论者留心到此点，如40年代刘西渭将之形容为"长江大河，漩着白浪，可也带着泥沙"[1]。对于自身小说叙事语言显而易见的"弊病"，当年路翎曾如此回应："文句上的毛病，那起源是由于对熟悉的字句的暧昧的反感：常常觉得它们不适合情绪。"[2] 反感于"熟悉的字句"，也在于文艺创作本有求新求变的欲望，而这样的"求新"也契应着时代的节奏，对于"新人""新时代"的期盼与吁求。若尝试将此放置在关于现代主义作品的讨论中，不妨借镜彼得·盖伊（Peter Gay）对于西方现代主义的盘点，盖伊曾论及同一幅现代主义旗帜下所囊括的现代主义者的复杂性，即从保守主义到法西斯主义，从无神论到天主教，均可

---

[1] 刘西渭：《三个中篇》，载杨义、张环、魏麟、李志远编《路翎研究资料》，第69页。此文写于1946年7月28日，1946年8月刊于《文艺复兴》第2卷第1期，《路翎研究资料》收其"节录"版。
[2] 路翎1943年5月13日自重庆致胡风信。路翎：《致胡风书信全编》，第65页。

在现代主义者中找到支持者,因此,举凡政治立场或是宗教态度等形形色色的类别均不足以辨识一创作者是否为现代主义者,唯有以下两种态度共通于不同的现代主义者之间:一是"致力于摆脱陈陈相因的美学窠臼",另一是"积极投入于自我审视"①。实际上,盖伊所界定出的这两种现代主义者的态度,也可谓是现代主义作品所共通的美学追求或美学特征,即在表现手法与内容呈现上的不落俗套——"新",以及注重对内心自我的观察与描绘。换言之,路翎现实主义的创作完全可改由现代主义美学的标尺加以量度。再者,在创作手法之外,作为文学现象的交织,一种现代主义与现实主义难以泾渭分明的文学成果,路翎的作品也让左翼文艺里一个长期悬而不论的"空缺"再次凸现:如何面对诸如未来派、表现主义、超现实主义等被泛归为现代主义的先锋文艺与左翼现实主义的关系?

80年代杨义注意到路翎对于托尔斯泰长句式的学习,他引用契诃夫的观察:"您注意过托尔斯泰的语言吗?长得吓人的句子,彼此重叠堆砌。不要以为这是偶然的事,以为这是一种缺点。这是艺术,而且是经过苦功得来的艺术。这些长句子使人产生宏浑有力的印象。"杨义认为,路翎修长的文句,"有时把不同感情色彩的形容词一齐用在同一事物、同一心境的描绘上,使人觉得累赘而费解,有时句子冗长,子句和母句堆叠,令人有叠床架屋之感",不过杨义也肯定路翎的长句式使用大体是成功的,"没有现成的套语和滥调",让"繁复的景物和复杂的心理互相交融"②;在《财主底儿女们》的经典评论《蒋纯祖论》里,赵园则将路翎"异乎寻常"的叙事方式形象化为"生活像是

---

① [美]彼得·盖伊:《现代主义:异端的诱惑——从波特莱尔到贝克特及其他》,梁永安译,新北:立绪文化事业公司,2009年,第21页。
② 杨义:《路翎——灵魂奥秘的探索者》,《文学评论》1983年第5期。此文后收入杨义、张环、魏麟、李志远编《路翎研究资料》,第156—178页。契诃夫对于托尔斯泰的观察根据杨义,参见[苏联]贝奇科夫:《托尔斯泰评传》,吴均燮译,北京:人民文学出版社,1959年,第260页。

在他的叙述中一块块碎裂了，风化了，变成了一个个局部，片断，瞬间"，由于缺乏"整体感"，"像是阳光下一堆亮闪闪的玻璃碎片"。赵园认为，路翎的小说叙述"之所以显得破碎，跳宕，缺乏连贯性"，原因多半在于"容纳了过量的心理内容"，路翎"不是讲故事的人"，而是"人物心灵图像的不厌其详的解说者"①。

我们或许不应当将路翎小说的成与败同时归诸他的叙事方式，而是这样特殊的叙事本身，便涵括着一种莫衷一是的两面性。赵园在《蒋纯祖论》中曾指出"路翎关于心理过程的叙述"是与"他的小说的整体风格和谐"的，并赞美路翎具备"捕捉人物心理的瞬间变换"②的才能。邓腾克也称以《财主底儿女们》为主要代表的路翎小说，对于描绘人物内心世界的执着，远远超越了民国时期的其他小说，应更宜以"心理小说"（psychological novel）名之。③路翎所采用的叙事方式正有助于他所坚持的"心理描写"，是为了适合情绪的表现。事实上，"情绪"与"感觉"可谓是路翎文艺创作观的核心，他对于"大众化"的异议即可为一例证："大众化的主要的工作应该是追击，并肃清旧美学底残余，在人民中间启发新的美学、社会学的感觉和情绪。"④也因

---

① 赵园：《蒋纯祖论——路翎和他的〈财主底儿女们〉》，载《艰难的选择》，上海：上海文艺出版社，1986年，第324、339页。
② 同上书，第339—340页。
③ Kirk A. Denton, "Introduction," in *The Problematic of Self in Modern Chinese Literature: Hu Feng and Lu Ling*. California: Stanford University Press, 1998.
④ 路翎：《对于大众化的理解》，载张业松编《路翎批评文集》，第81页，此文1948年5月刊于《蚂蚁小集》之二《预言》，署名"冰菱"。它与1948年7月在《泥土》第6期刊载的《论文艺创作底几个基本问题》（署名"余林"），一定程度上可视为路翎对于胡绳《评路翎的短篇小说》（见香港《大众文艺丛刊》第一辑《文艺的新方向》）批判的回应，虽《论文艺创作底几个基本问题》开篇便说此文是针对乔木（乔冠华）《文艺创作与主观》（见香港《大众文艺丛刊》第二辑《人民与文艺》）与邵荃麟《对于当前文艺运动的意见》（见香港《大众文艺丛刊》第一辑《文艺的新方向》）提出讨论，而路翎对于"大众化"的主张，也体现出他作品叙事特点的源由，如为何采用"知识语言"，详见后文。

着重于"心理描写",路翎使用了大量表示情绪、情感或精神状态的形容词。从另一个角度视之,路翎好用复杂的长句式,其实是对于准确性的追求,提防简化、努力靠近,我认为这或可被理解为写作时尝试节制自我的一种方式——相对于先前许多评论者所认为的在修辞与情感上的毫无节制或不知节制——虽则未必成功;每一个叠加的形容词与副词都是尝试更贴近描写对象、澄清语义的一个步伐,通过繁复的修饰语框限语义是为了准确把握叙述的对象(人/物)。而为了更好地表现纠结错综的情绪、情感,路翎的小说常使用独创的"生造词"与相对冷僻的字词,特别是用以形容抽象的感觉。例如:情热、壮快、昏疲、钝迟、温怯、热乱……俯拾即是。近年有论者以"浓缩提纯拼嵌"来定义路翎的造词方法,意指择选合乎表达内容的词汇予以拼合重组,务使新的自造词嵌入多重含义而加剧字词的密度与力度,以增加情绪的跌宕起伏感。① 这样的字词重构,也是另一种矛盾并陈的"节制性"修辞,为了做出准确的表达,在有限的字词中扩充最大的情感幅度,用最少的字词容纳最为繁复的意义。如再进一步诠释:战乱中流离失所有其普遍性,创作者自身也亲历着无止境的变动与失去,复杂的长句式、层叠的修饰语、多重含义并存的字词重构……这样的创作特点仿若作者渴求着拥有语义,若再对照路翎作品注重心理描写、执着于表现人被"撕裂"的诸般样态,更显示出充分的时代征候性意义② ;如是的修辞倾向反映出青年作家路翎战乱流徙中的创作实际和可能的创作心理。

---

① 参见张梦瑶:《路翎小说"欧化"问题研究》,硕士学位论文,中央民族大学,2015年。张梦瑶的研究针对路翎40年代的作品,从《财主底儿女们》整理了路翎常用的生造词,详见其论文之第二章。
② 我的博士学位论文口试版此段落旁的纸本空白处,施淑老师批点"修辞的社会心理学/Cf. 创作观写人的'撕裂'"提醒了我,相对于修辞倾向,路翎注重人物内心的创作观,用以论证所谓"时代的征候性意义",更具说服力。

再者，路翎作品的繁复修辞，经常可见悖反的情感性修饰语并置，如"冷酷而温柔""痛苦而甜蜜""亲密而又威胁的笑""忠实的狡诈"等不胜枚举。这类"矛盾的形容"（比喻的矛盾语法）与"感情的误置"（乖异的矛盾语法）修辞法的运用①，也让人物的情绪情感溢出常态性的理解之外，加深了小说人物与叙事的非理性特质。如果说，路翎笔下的人物时常仿佛有种背离了所谓正常生活的精神激动，那极大程度是通过种种背离一般正常语法的修辞，包括拒绝我们所习惯或者执着追求的情感状态的一致性来表达的。时常为评论者所诟病的路翎笔下人物情绪情感的起伏骤转太露痕迹（或谓不合理），原因或也不在于作者的不胜笔力、无法驾驭或技巧不够纯熟，而是叙事对于情绪情感本身不稳定状态的一种刻意揭露或"展示"。并且，路翎的小说叙事经常追迹人物精神活动的变化，一方面人物的情感状态或许是混乱、充满矛盾的，外显为一种激动或疯狂、非理性的状态，但另一方面叙事也尝试不断解释、梳理人物的内心转折，乃至于不时也不免于说明太多、议论太过。这样一种聚焦于人物内心瞀乱与情绪情感的激烈变化，同时采取一种诠释性叙事的模式，是路翎小说极为显著的特点。应再予强调的是，路翎小说若有所谓的"疯狂叙述"，亦须通过理性化的叙事过程加以表现，路翎在小说语言上下了极大苦功，并非听凭笔端纵情任性而行，即便路翎的小说总括来看确为一种呼应其所处时代特质的"激情性文体"。

前述的修辞策略，在在显示出创作者为求充分表述人物情感复杂度所做出的叙事努力，路翎力图把握复杂样态的写作追求，不以为

---

① 高远东在《论七月派小说的群体风格》文中即提到"矛盾的形容"与"感情的误置"等修辞法的运用，造就了"七月派"小说"紧张的美学气氛"。此文刊于《文学评论》1988年第3期。关于"感情的误置"（乖异的矛盾语法），参见[美]勒内·韦勒克、奥斯汀·沃伦《文学理论》，刘象愚、邢培明等译，北京：文化艺术出版社，2010年，第219—220页。

森罗万象能够轻易把握，无论是对于现实事物或心理样态的描绘。当然，把握得好或不好，需要回归个别作品，无法一概而论，许多时候可能也更取决于个别读者，但就路翎的作品而言，确实能大致归纳出这样的叙事特点与或许潜存着的书写欲望。再者，长句式多重堆叠造成"滂沱"与"绵密"这两种看似矛盾的气势，至少产生了两种可能的叙事效果：让读者感受到叙事强度与张力，是一种"力求表现"的叙事手法，一方面语锋毕露，有强力的说服感，议论和抒情都热辣动人，另一方面，读者可能也因此产生抗拒，特别当叙事的评价与读者所持立场相左时——读者并非以一张白纸的状态进入作品，而必然携带着特定的经验，一种阅读的"前意识"，或谓"意识形态"。另外也形同设下屏障，让读者在跟随叙事的强力节奏大步迈进的同时，又受限于繁复的修饰语与长句式所造成的迟滞感。费解（但并非不可解）而或显拖沓的文句倾泻扑面而来，若不掩卷弃读，那么如是的修辞让读者既须疾步追赶又被迫要延迟阅读速度以掌握繁复、多重的文意，阅读时处于一种矛盾的紧张状态，承受叙事的冲刷与冲击的时间和量度也同时加增，茫然或酣畅，或者两种感受并存。这样的修辞手法，实际上与路翎的美学主张和政治立场相通。力即美，形式即是目的，路翎的作品殊乏婉约柔美，较常显露的是一种悲壮的美感。相对于"悲壮"通常只配对给英雄人物，路翎作品中的悲壮，却是通过小人物的苦斗而迸发，过时的说书人张小赖的故事（《英雄底舞蹈》）或可谓是最为典型的一例。而面对当时理念先行、左翼文学流于公式化和客观主义的倾向，"汪洋闳肆"/"泥沙俱下"的修辞性，也凸显出路翎的创作异见；同时，我们很难在路翎的作品中捕捉到一般概念里的"感伤"意涵，这或也意味着路翎有意疏远右翼保守的小资书写情调，即便这样的理解可能错失了"感伤主义的价值"，不过，这一定程度也是一种时代性总体趋向投射在路翎身上所造成的结果。要言之，通过在创作实际中不断地甄别与自我甄别，路翎摸索着也擘画出不自限于左、右翼之别的文艺主张，路翎小说突出的修辞与叙事手法，正为批评者提供了如此诠解的可能性。

第三人称叙事，"复调小说"和"知识语言"的问题

路翎的小说，包括50年代的作品，通常采取第三人称叙事，偶尔甚至会出现作者现身说话的解构性叙事。以路翎小说所矢志追求的"那些火辣辣的心灵在历史命运这个无情的审判者面前搏斗的经验"与在"历史事变下面的精神世界底汹涌的波澜和它们底来根去向"[①]来看，第三人称叙事确是较便于"陈列"人物的内心图像，讲述那些构织图画千丝万缕的各种因缘关系，亦即，就路翎小说侧重于以理性分析叙述人物精神世界及其所处社会的性质而言，第三人称叙事最能契应这样的功能。再者，一般用以呈现人物内心意识的主要叙事方法有二——"内心独白"与"自由间接文体"（free indirect style），路翎小说也均有应用。所谓"自由间接文体"指的是"作者以叙述说话的方式表达想法（第三人称，过去式），但是保留了适合各角色使用的词汇，删去一些比较正式的叙事法所需要的附加语，如'她想''她怀疑''她问她自己'等等"，运用此一手法的西方文学可追溯至简·奥斯丁，但现代小说家如伍尔夫方将之运用到前所未有的精湛程度。[②] 借此，亦将同时产生两种阅读文本的视角，既可从特定人物的限制视角观看，同时也可通过全知全能的叙事者总揽全局。简单地说，"自由间接文体"即是作者依笔下特定人物的思维与语言逻辑而进行叙事的一种方法，试举一例：

---

① 胡风：《财主底儿女们·序》，载路翎《财主底儿女们》上册，第1页。
② 参见[英]大卫·洛吉：《小说的五十堂课》，李维拉译，台北：木马文化事业股份有限公司，2006年，第65页。

> 但想到家乡，他底心是非常凄凉的。他底女人在六年前哭着送他出来，是确信已经和他永别。他曾经渴望报复的，但时间过去了，一切都不相干。回去了只会更痛苦，又有什么意义呢？但他仍然决定回去走一走。①

"回去了只会更痛苦，又有什么意义呢？"即是运用自由间接文体的手法将叙事焦点转移到人物的内心。事实上，这整个段落虽然是通过叙事者的声音来陈述，但这个叙事者的声音，却与人物王炳全的声音无缝接合——"他"的声音即是"我"的声音，这类叙事方式在路翎的小说中比比皆是。与此同时，如前文所论及的，路翎小说中的叙事者经常对人物及其感思进行议论与说明，此时二者的声音是分明可辨的，叙事者的诠释通常与人物的叙述并行，紧接在后的是提出思想情感评价，也时常呈现出一种相互杂糅的样态：

> "我埋葬了他！"走到大路上的时候，蒋少祖想。"一切就是这样偶然。几千年的生活，到现在，连一个名称也没有！但是我明白这个时代底错误，我认为象这样的死，是高贵的！"逃避那种空虚，他想，"有谁能明白这种高贵？每个人都有他自己底意义！所以这个时代，这样的革命，是浸在可耻的偏见中！一个生命，就是一个丰富的世界，怎么能够机械地划一起来。而这种沉默的、微贱的死，是最高贵的！"他想，觉得很真实，然而心里又不信任。但他并未意识到这种不信任。②

---

① 路翎：《王炳全底道路》，载《路翎全集》第 2 卷，第 46 页。此小说写于 1945 年 10 月，1946 年 6 月刊于《希望》第 2 集第 2 期，后收入《在铁链中》，上海：海燕书店，1949 年。

② 路翎：《财主底儿女们》上册，第 526 页。

这个段落主要以"内心独白"的手法呈现人物蒋少祖的内心意识，而除了人物的独白，也有叙事者对于人物感受的转述——"他想，觉得很真实，然而心里又不信任"，同时伴随着叙事者对于人物的批评——"逃避那种空虚"，"但他并未意识到这种不信任"。并且，在转述人物的"觉得很真实，然而心里又不信任"时并置了"但他并未意识到这种不信任"，在悖反中增添了叙事语义的复杂度。叙事一方面顺着人物的说话逻辑揭示了人物的思维状态，另一方面在转述人物感受之后也随之表达出叙事者与人物的不同调，这样一种同时包含"叙事者意向"与"人物意向"的两种声调并存的叙事特征，有研究者援引巴赫金的"混合语式"概念来加以解释。① 事实上，巴赫金的复调小说理论常被援引来解释路翎的小说，认为路翎的小说存在着大量"双声语"，例如看似单一话语结构的人物独白，往往针对着特定的对象发声，并且因应着潜在说话对象的不同有着修辞上的调整，故而显示出一种"对话性"的叙事特征，路翎的小说也因此可归于复调小说。②

对此，也有研究者持不同看法，争论的具体素材是路翎40年代的作品《财主底儿女们》。两种看法的主要歧异点在于小说中的叙事

---

① 参见谢慧英：《强力的"挣扎"与主体性"突围"——路翎创作研究》，北京：中国社会科学出版社，2012年，第59—62页。此书应由谢慧英2006年在北京师范大学的博士论文改写而成，是目前我所见对于路翎40年代创作最为深入的研究专著，其中运用巴赫金的理论分析路翎小说的部分特别值得参考。

② 参见 Liu Kang（刘康），"Mixed Style in Lu Ling's Novel *Children of the Rich Family* Chronicle and 'Bildungsroman'," *Modern Chinese Literature*, Vol. 7, No. 1, Spring 1993, pp.61—87; 杜云南：《疯狂与悲壮的精神历程——论路翎小说的复调》，硕士学位论文，湖南师范大学，2004年；杨根红：《论路翎文本创作的文化机缘与现代意识》，太原：山西人民出版社，2010年；饶虹：《路翎小说复调叙事研究》，硕士学位论文，南昌大学，2012年；谢慧英：《强力的"挣扎"与主体性"突围"——路翎创作研究》，北京：中国社会科学出版社，2012年。

者是否为强势叙事者,若为强势叙事者,那么与巴赫金通过论析陀思妥耶夫斯基小说所阐发的"复调"理论并不相合。① 巴赫金的复调理论究竟是如何看待强势叙事者的存在暂不深究,但显然,目前以复调小说定义路翎小说的评论者,大致都主张其中有着平等、开放的对话关系,而将之判定为强势叙事者的观点,则认为作者的主观作用彻底凌驾于人物之上。实际上,"作者的主观作用"的问题,涉及的不仅是路翎而且是"七月派"共通审美追求的问题。相对于传统现实主义小说对创作活动所主张的"观察",一种静态的再现,胡风的文艺理论与"七月派"所贯彻的现实主义是要通过作家肉身的"体验",因此80年代便有评论者尝试将此一在中国特定语境蕴生出的新形态现实主义,命名为"体验的现实主义"②。端详"七月派"所注重的"作家的主观作用",它追求的是对于对象的"扩张""突入"与"搏斗"那样一种动态的创作活动过程,因此以"主观"称之其实并不准确,那已是融入对象之后的一种"客体的主观":

---

① 舒允中认为《财主底儿女们》的叙事者是作者的代言人,"并在任何时候都代表了作者所认可的准则",而在叙述者随时可推翻其他人物观点的"认知权力的不平衡分布"的状态下,他不赞成刘康在《路翎长篇小说〈财主底儿女们〉中的混合风格与"成长小说"》(即前引注 Liu Kang,"Mixed Style in Lu Ling's Novel *Children of the Rich Family* Chronicle and 'Bildungsroman'")文中,将《财主底儿女们》视为如同巴赫金眼中陀思妥耶夫斯基一类的复调小说。参见[美]舒允中:《内线号手:七月派的战时文学活动》第六章,上海:上海三联书店,2010年,第140—141页。

② 严家炎:《中国现代小说流派史》,北京:人民文学出版社,1989年,第254页。另,James Wood 针对小说《白牙》(*White Teeth*)的书评"Human, All Too Inhuman"提出"歇斯底里的现实主义"(hysterical realism),从庞杂的故事、夸张的人物、狂躁的文风、繁复的修辞等特点来看,路翎的小说大概会被 James Wood 归于所谓"歇斯底里的现实主义",而 James Wood 对这一类的当代小说采批判态度。参见 James Wood,"Human, All Too Inhuman,"*The New Republic*, July 24, 2000。

> 这种客观性乃是透过主观性很强的客体即人物的活动辩证地实现的。单个人可能是主观的,甚至作者的化身,但一进入小说结构,"主观"的人物正好通过活动否定自己,形成客观。①

回到路翎作品来考察,路翎小说中确实通常存在显著的叙事者,但一方面叙事者并未全盘垄断人物声量,包括《财主底儿女们》这样一部叙事者形象鲜明的作品,另一方面小说中的人物与叙事者也非处于一种平等论辩的对话关系,有时叙事者显然对人物提出严厉批判,有时叙事者则确然站在人物那一边,就此而言,先前论者所持的那样一种"复调性"观点并不尽然适用于路翎的小说。路翎小说中的叙事者对于人物的思想情感未必赞同,叙事者与个别人物的声音通常并不一致,但也有十分近似难辨的时候;叙事有时嘲讽、有时针砭、有时辩护、有时难掩其偏爱也有时态度不明,端视不同的脉络而定,从个别小说整体的叙事安排与叙事装置来分析其叙事效果,方能获致比较妥切的论断。再者,就如虽同样运用了意识流小说惯用的"内心独白"和"自由间接文体"两种叙事手法以呈现人物的精神世界,但路翎的小说与诸如《尤里西斯》《达洛维夫人》等经典意识流小说或谓"心理现实小说"显然有所分别,并不需要将路翎的小说强行纳入复调小说或是比附为意识流小说。先前论者的评论欲望本身或许是更值得探索的。

另外,巴赫金的复调小说理论确也有足资借镜之处,例如,启发我们从另一个角度来探讨路翎底层工农小说中的语言问题。胡绳曾比喻路翎小说里的工人,"外形上是工人",里头跳跃着的却不是

---

① 高远东:《论七月派小说的群体风格》,《文学评论》1988 年第 3 期。

"工人的心",批判路翎对于工人的心理描写是一种知识分子作者的投射,反映的只是知识分子的思想感情。① 这类批判的关键在于路翎笔下工人和知识分子所使用的语言似乎没有分别。而在路翎回忆胡风的一篇文章里,路翎曾谈到当年他与胡风就"语言"问题发生的论辩。路翎认为,工农劳动者的内心存在着"各种各样的知识语言",会在心里使用知识语言思考,有时也不免脱口而出,固然受限于知识少,这样的状况相对少见,但是路翎主张"不应该从外表与外表的多量取典型",而"要从内容和其中的尖锐性来看",特别是当反抗的时候,便会有自发"趋向知识的语言"②。换言之,路翎对于自己所使用的叙事语言是有所自觉的,并且认为要就"内容和其中的尖锐性"来看。路翎所谓的"内容"与"尖锐性",可以理解为既是指路翎小说所呈现的工农反抗的内容,也是工农劳动者自身使用知识语言来表述的反抗内容,即便能够使用知识语言的工农相对少,但路翎作为一个创作者,承认这样的事实存在,并且力图在小说中呈现工农劳动者运用知识语言做出搏斗与反抗的可能性。——这是路翎的美学立场,也是他的政治伦理。

以前文引述的《王炳全底道路》小说段落为例,路翎与批判他的论者之间,龃龉的焦点可谓是"他"的声音是否准确地传达了"我"的声音,以及两者的声音是否可以等同,也即不仅在于第三人称叙事用知识语言叙述、分析人物内心层次的准确性,更在于如王炳全这样一个工农人物会否真的具有知识语言的"内心独白"。让我们参照这一段对于巴赫金小说理论的勾勒:

---

① 参见胡绳:《评路翎的短篇小说》,载荃麟、乃超等《文艺的新方向》,第 61—72 页。
② 路翎:《一起共患难的友人和导师——我与胡风》,载张业松编《路翎批评文集》,第 282—283 页。

巴赫金在这里为小说的语言做了一个划分：一种是风格化的语言，关心的是塑造典型人物的个性鲜明的语言，追求的是现实主义"逼真性"。另一种是复调、对话的语言，关心的是每一个主体的话语位置即其意识形态的立场和观点，追求的是语言背后的意识形态立场的互相冲撞、质询、对话和交流。陀思妥耶夫斯基小说的语言，如按第一种标准显得十分单调苍白，每个人物似乎都与叙述者说着同一风格的话。然而，在貌似单调、同一的语言中，巴赫金却敏锐地听到了各种语言的蕴涵的人生态度、生活经验、价值观念（用巴赫金的术语来讲即意识形态位势）的千变万化、语言杂多的交响乐。①

巴赫金指出的"意识形态位势"，启发我们重新评价路翎小说里的工农与知识分子均使用"知识语言"叙述的问题。就路翎的小说而言，貌似同一的知识语言叙述，蕴含的是不同的"人生态度、生活经验、价值观念"，不同的身份、阶级与社会位置，以及其中所存在的冲突与反抗，或不反抗，而这样的思考从另一个角度有力回应了路翎小说一再被视为知识分子幻想的批评。同时，分析时必须细致区分的，反而是如《财主底儿女们》这样以知识分子为主要人物的作品。其中不同知识分子之间"声音"的差异，包括谨慎对待作者与叙事者间的距离，不将特定人物的观点直接等同于作者的观点，可借用巴赫金对于作品与作者关系的见解来说：

作品的作者只存在于作品的整体之中，而不存在于从这整体解释出来的某一成分中，尤其不存在于脱离了整体的

---

① 刘康：《对话的喧声——巴赫金的文化转型理论》，北京：北京大学出版社，2011年，第134页。

作品内容中。作者处在作品中内容和形式紧密融合而不可分割的地方,而我们感受到作者的存在主要是在形式中。①

再者,关于前引巴赫金对于小说语言两种划分的第一种,路翎的小说并未放弃"塑造典型人物的个性鲜明的语言",他仍然追求所谓的"逼真性","知识语言"就是路翎为笔下工农人物所塑造的一种风格化语言,路翎关于底层工农小说的一个显著叙事特点即为:"他"/"我"的(不)反抗叙事是以知识语言表述的。

最后,要再补充说明两点。第一,关于"知识语言"的讨论,主要概括的是路翎40年代的小说,路翎50年代以降的作品,叙事与人物语言趋于简洁、直白,亦即,有朝向"大众化"时代主调倾斜的变化。第二,知识语言虽是路翎自觉的创作选择,但也与他的经历和创作条件相关。鲁煤忆述自己当年曾坦率批评路翎关于劳动人民生活的小说与剧本,缺乏"鲜活、生动的口头语言",而路翎接受鲁煤对于他作品语言问题的批评,并且解释说"他过去过着到处流浪的生活,没有长期固定的生活地区,因而就未能以某个地区的群众语言为基础来进行艺术加工,提炼文字语言"②。路翎的创作选择也不无截长补短之意,而我欲借此试着强调,面对路翎这样一个受限于时代又屡屡从时代突围而出、烙印着时代性细密刻痕的作家,我们需要更多地去理解他的创作实际,从他的创作选择(着重其"强项"而非苛求其已舍弃的技巧或表现手法)来评价他的创作成果,以其作品本身作为量度的标准。援用路翎对于普希金的评论来说即是:

---

① 参见[苏联]巴赫金:《人文科学方法论》,载《巴赫金全集》第4卷,钱中文主编,白春仁、晓河等译,石家庄:河北教育出版社,1998年,第378页。
② 张业松、黄美冰、刘云采写:《鲁煤谈路翎》,《新文学史料》2008年第2期。

无论怎样伟大的诗人,总要受着历史底限制的,虽然他有着一个热情的,想象的,属于未来的地盘。①

诗人底胜利,是在于诚实的,伟大的表白,批判,悲悼,和希望,他和历史的限制斗争,完成了现实主义的艺术。②

---

① 路翎:《〈欧根·奥尼金〉与〈当代英雄〉》,载张业松编《路翎批评文集》,第4页。
② 同上书,第5页。

第二章 时代青年的歧途与大路：
《财主底儿女们》

> 不要说他的青春已经毁掉。①
>
> ——涅克拉索夫

> 那瀑布强力，美丽，那在上面奔跑、狂歌的游泳青年们也强力，美丽。但不强也不美，却特有"风趣"(?)的，是那用捕虫网在狂泻的水流下接鱼的破衣服少年。他起先叉腿站着，不说一句话，愤怒地把网子击过去，不成，后来蹲下来，不说一句话，愤怒地射过网子去，还是不成，仅仅有一条鱼触及了网边，但还是跑掉了。但他无表情，沉默，仿佛知道了这瀑布，这世界底秘密似的，人不能不尊敬他底失败。②
>
> ——路翎

---

① 涅克拉索夫的诗《他分担了沉重的苦难……》中的句子。转引自契诃夫：《海鸥》，载《契诃夫戏剧集》，焦菊隐译，上海：上海译文出版社，1980年，第104页。
② 路翎1942年7月3日自重庆致胡风信。路翎：《致胡风书信全编》，第51页。

第一节
"影响说"的辨疑和再商榷:并读《约翰·克利斯朵夫》

"英雄们"的出版

《财主底儿女们》的成书过程一如作品内容与作者生平,都带有深刻的时代印记。

1940年,18岁的路翎着手撰写《财主底儿女们》前一版本《财主底孩子》,约20万字,1941年2月初写完,1941年4月中旬完成修改寄予胡风。[①] 1941年初皖南事变后,共产党组织安排国统区的亲左文人转赴延安和香港,胡风也于5月7日离开重庆前往香港,同年圣诞节前夕,《财主底孩子》在日本占领香港的战乱中失落。[②] 1942年7月至8月间路翎提笔重新撰写《财主底儿女们》,篇幅扩增,隔年7月中旬,路翎在给胡风的信件中提到写了20万字,约占第一部的二分之一[③],1943年11月完成《财主底儿女们》第一部。紧接着在11月26

---

① 参见路翎1941年2月2日、4月14日致胡风信。路翎:《致胡风书信全编》,第31、36页。
② 胡风1942年3月22日自桂林致信路翎,信中提到担心路翎没有留底稿(按:路翎确实经常不留底稿,同时种种缘故,多年来佚失了不少作品),希望路翎如保有底稿能尽快再托人抄写,因为"听说书店存在保险箱,但那箱子现在何尝能'保险',即令能'保',也不知何年何月才能见到天日"。参见胡风:《致路翎书信全编》,张晓风整理,郑州:大象出版社,2004年,第12—13页。80年代胡风回忆,1941年12月24日晚间,因见敌军已经占领附近街道,他与孙钿商议后决定将少数中、日文书与内地朋友的文稿,撕去姓名后分成小包捆放在小阁楼楼板上,翌日去看却已不见,包括"路翎寄来的长篇小说稿《财主的儿子们》[原文如此]"。参见《胡风全集》第7卷(集外编Ⅲ)第五辑"回忆录"第五章《奔赴香港》,第537页。
③ 参见路翎1943年7月15日致胡风信。路翎:《致胡风书信全编》,第69页。《财主底儿女们》出版时分上、下二册,但路翎和胡风在书信讨论中,以第一部、第二部称之,多数评论者亦然,故本书讨论采用"第一部""第二部"之说法。

日，路翎继续撰述第二部①，不到半年，路翎在 1944 年 5 月 13 日的信里告诉胡风："今天我结束了我底《英雄们》。并不快乐：反而有些忧郁。……目前我底内心状态有些险恶。十八天内写了十三万字。差不多每天都整天地写——从来没有这样猛烈地写过。关于'我们这一代'，我有了一点成绩，但很使我自己歉疚。"②相对于前一版《财主底孩子》初稿写就后的激动，急于和胡风分享③，路翎重写完《财主底儿女们》时的心情明显低沉许多，似乎这三年多来，对于摆在眼前的现实难局，路翎已经有了更多的体会，对于自身创作成果的评估，也具备了更为准确的目光。

《财主底儿女们》书稿完成后未能即刻出版，隔年抗战结束后的 1945 年 11 月，先在重庆希望社出版了第一部，第二部则在 1948 年 2 月由上海希望社出版，并同时再版第一部，两次出版共印行了 3000 余册。④ 出版过程也经历了不少波折：1948 年 2 月再版的第一部和初版的第二部，为了省钱在重庆排印花了一年多的时间，纸型印好后又因乏邮费迟迟未寄，路翎得知后寄了邮资款项并让胡风不用再归还⑤，而胡风收到纸型后发现多处规格不合和文字误植，数人分工校对⑥，并另行制作了勘误表，接着是刊载预购广告却漏了标明预购期限，路

---

① 参见路翎 1943 年 11 月 26 日致信胡风。路翎：《致胡风书信全编》，第 75 页。
② 路翎：《致胡风书信全编》，第 83 页。
③ 参见路翎 1941 年 2 月 2 日致胡风信。路翎：《致胡风书信全编》，第 31 页。
④ 冀汸在《哀路翎》文中提到，"这部被胡风称为'时间将会证明，《财主底儿女们》底出版是中国新文学史上一个重大的事件'的八十万字的长篇小说，解放后并没出过；解放前分上下两卷两次出版，一共只印了三千一百二十册"，此文写于 1994 年 5 月"路翎辞世后一个半月"。冀汸：《哀路翎》，载张业松编《路翎印象》，第 210 页。此文原载《新文学史料》1995 年第 1 期。
⑤ 参见路翎 1947 年 10 月 23 日、10 月 30 日致胡风信。路翎：《致胡风书信全编》，第 160、161 页。
⑥ 参见路翎 1947 年 11 月 24 日致胡风信。路翎：《致胡风书信全编》，第 163 页。

翎在信中并担忧被骗了 1000 多万，不知书印出来后的收益能否还清债务。① 更大的困难是，当时国民党政府施行纸张限量配售，平价纸难于购买，黑市纸价格过高，只能四处张罗借纸，直到 1947 年的最后一天，胡风仍在为纸事奔波。1948 年元旦，路翎、化铁、阿垅到上海，众人在胡风家花了一天时间一起校改第二部纸型的错字，接着仍是继续找纸借纸，好不容易纸张拉运来后还得再到纸厂将卷筒纸换成对开纸，才能送到印刷厂开印。农历年前夕胡风拿到样书，梅志提醒等春节印好后没那许多钱与印刷厂结账，于是胡风又赶紧四处收账筹款，上海书报杂志联合发行所结清了一笔不小的代销书款，刚好胡风也收到春明书店出版 3000 本《胡风文集》的版税，才顺利筹得印刷费。书稿完成近 4 年后，历经重重波折的《财主底儿女们》第一部与第二部终于完整面世。②

1948 年 3 月 17 日路翎给胡风的信里提到书价过高的问题："《儿女们》印出来了，却变成一种物质上的重累。纸头如不能弄到，如何是好？此地书店刚到就卖六十万，前两天八十万，如果是照二十几万给他们的，那他们就赚了双倍以上。这样贵，实在也少有人买得起的。"③ 确实如此，欧阳庄写给路翎的信里便说，在苏州他们十几个人只有一本"土本子"可轮流读，得限时一人三天内读完，而这也显示出《财主底儿女们》在青年间的阅读风潮④；野艾的忆述则提到，当年

---

① 参见路翎 1947 年 12 月 29 日致信胡风。路翎：《致胡风书信全编》，第 166 页。

② 出版过程的波折，请进一步参考胡风《胡风全集》第 7 卷（集外编 III）第五辑"回忆录"第八章《重返上海》，第 695—700 页；另参见《致胡风书信全编》所收的相关信件。此外，按 1948 年新旧历历年换算，该年除夕为新历 2 月 9 日，因此推估出版时间应在 2 月下旬，较原拟在 1 月 15 日农历年前的出版日期约晚了一个多月的时间。

③ 路翎：《致胡风书信全编》，第 171 页。

④ 参见欧阳庄：《给路翎的信》，载张业松编《路翎印象》，第 34—36 页。此信写于 1947 年 6 月 26 日。

《财主底儿女们》与罗曼·罗兰《约翰·克利斯朵夫》对于青年产生的影响力,让他们十几个同学投身解放区,走上革命的道路。①

《财主底儿女们》出版后,掀起评论界热议,获得许多读者的喜爱,也让路翎从此在文学史上稳稳占据一席之地,日后长年累次的政治批斗,这部长篇也成为路翎饱受攻讦的重量级标靶。1955年的大难致使《财主底儿女们》与路翎一起消失在读者眼前,直到1985年3月,人民文学出版社根据40年代初版的原本重新排印,并参照原书勘误表订正文字舛误之处后出版,印行了7.6万册。② 时隔30年,《财主底儿女们》终于重新进入读者视野。

一点厘清与补正

80年代中国大陆学界重新关注路翎作品,《财主底儿女们》备受瞩目。40年代已开始将《财主底儿女们》与罗曼·罗兰的名著《约翰·克利斯朵夫》并置同观,路翎80年代重回评论者视野之后,也大致延续着这样的认识,譬如以下两部广泛流通的重要小说史著作,如此简介《财主底儿女们》:

> 一九四三年路翎失业,经舒芜介绍,到国民党中央政治学校图书馆任助理员。在此期间,他研读托尔斯泰的《战

---

① 参见野艾:《对一个熟悉的陌生人的问候——向路翎致意》,载张业松编《路翎印象》,第66—72页。此文写于1980年10月,原载《读书》1981年第2期。
② 据《财主底儿女们》版权页所载,1985年3月北京第1版第1刷,字数为"794,000",1997年12月北京第1刷仍据1985年3月版,印数则为5000册。安徽文艺出版社1995年5月第1版第1刷也是印行5000册,版权页上的字数为"82万",而复旦大学出版社《路翎全集》第3卷收录《财主底儿女们》第一部与第二部,2014年第1版第1刷,版权页上的字数为"849,000",印量未载。或因版型有异、计数空格不同造成总字数的差异(版权页所示字数差异非实际字数差异)。

争与和平》、罗曼·罗兰的《约翰·克里斯朵夫》和一些哲学著作；经常以每天四五千字的速度，重写他在香港战事中丢失的长篇《财主底儿女们》，经三四年之久，终于完成了这部八、九十万字的巨著。①

八十九万言的长篇小说《财主底儿女们》（上卷，南天出版社1945年11月版；下卷，上海希望社1948年2月版），力求把托尔斯泰《战争与和平》的史诗笔触，和罗曼·罗兰《约翰·克利斯朵夫》的心灵搏斗的描写艺术融为一炉，形成一种政论、哲理和抒情诸多艺术要素相交织的浓重的艺术风格，从而波澜壮阔、又有点混浊芜杂地展示了大家族的破败、知识分子的心灵历程和自上海"一·二八"事变到苏德战争爆发这十年间我们民族的历史。②

上引的《中国现代小说史》著者杨义是较早关注路翎作品及其生平的学者，他发表于1987年并经常为后来研究者引用的《路翎传略》中有更为直接的陈述：

他读了托尔斯泰的《战争与和平》和罗曼·罗兰的《约翰·克里斯朵夫》，这两部巨著对他的创作产生了巨大的影响。《财主底儿女们》力求把托尔斯泰的史诗笔触和罗曼·罗兰的心灵解剖艺术熔为一炉……③

---

① 严家炎：《中国现代小说流派史》，第266页。
② 杨义：《中国现代小说史》第3卷，人民文学出版社，1998年，第175页。引述段落内的出版信息，请参照本书附录《路翎著作年表》相关条目。
③ 杨义：《路翎传略》，《新文学史料》1987年第1期。同页另谓"本来他（路翎——引者）在1940年已写成本书的第一稿二十万言"（第196页），根据《致胡风书信全编》应在1941年2月初写完，详见本节前文所述。

迄今考察路翎生平最为详实、深具参考价值，同样也是经常被引用的《路翎传》，在关于路翎撰写《财主底儿女们》过程的章节里，也可见到类似的说法：

> 同时我们也看到，人类文学史上两部伟大的作品《约翰·克利斯朵夫》、《战争与和平》，给了路翎以巨大的影响。①

然而，根据路翎与胡风的通信，胡风在1942年10月10日由桂林发给路翎的信件里，曾提及最近读了《约翰·克利斯朵夫》，推荐路翎与阿垅也读一读，胡风并且评论说："这是理想主义，甚至带有宗教的气息，但有些地方甚至使我觉得受了洗礼似的幸福。是，这是理想主义，但现实主义如果不经过这一历程而来，那现实主义又是什么屁现实主义呢！"②路翎在几天后的10月15日自重庆写给胡风的信件里则回复说：

> 《约翰·克利斯朵夫》没有读过，不知是谁的作品？然而我也有一种理想主义，洗礼的，或生活底童年幸福，这是我把《儿子们》放到滚动的多面的生活里去之后发生的，它们底生活显得美，小孩底装束和喊叫使我幸福——这就是我底理想主义。别人写他们底一面，判断他们没落，那空气沉闷，不像生活；我写他们多面，知道他们将来如何，觉得美。教条家不会愿意这样的——我预备挨打。

---

① 朱珩青：《路翎传》，第106页。朱珩青较前出版的另一路翎传记《路翎：未完成的天才》（济南：山东文艺出版社，1997年），也有几乎完全相同的陈述，不赘。

② 胡风1942年10月10日自桂林致路翎信。胡风：《致路翎书信全编》，第22—23页。

你来，我给你的礼物，就是它的第一部。①

路翎继续回应胡风来信中对于现实主义的看法，说："有些人幸福，有些人不幸，生活继续；在人家还没有敲到我底头的时候，我带着各种心情走路。现实主义容许各种心情，对么？"并提到自己"最近读了《战争与和平》和《野百合花》"②。直到抗战结束，回到南京半年多却仍处于失业，且居无定所迟迟无法与妻女安家落户的路翎③，在1946年12月14日给胡风的信里，我们读到他以昂奋的心情写道：

> 看完了《克利斯朵夫》。头脑胀痛，心情激荡，但天气又冷得使人发颤，连笔都抓不稳。我还记得这部东西是你在桂林来信向我和守梅说及的。今天毕竟把它吞下去了！它太强了，说句笑话，对于我们时代的神经衰弱的人们怕没有多少好处！
>
> 生命原是如此壮大的！我对于我周围的庸劣和悲苦换了一付眼睛来看了，人们能够在一下子得到无数的兄弟，但我不知道这种力量能支持多久。然而世界总是在扩大，这毕竟是好的！④

从前述相关信件所述的《财主底儿女们》完成时间点，对照其后

---

① 路翎：《致胡风书信全编》，第59页。
② 同上。《野百合花》作者王实味，1942年3月13日和3月23日连载于《解放日报》(延安)。
③ 1946年5月27日，路翎从重庆返抵南京，失业，住所不定，仍持续创作，直到该年底才找到工作，是"燃料管理委员会南京办事处"，准备翌年初上工。他在1946年12月25日的信件里同胡风说道："当成了公务员了，而且又是'煤炭'。真是命里注定的样子。"路翎：《致胡风书信全编》，第137页。
④ 路翎：《致胡风书信全编》，第136页。

结集成书在第一、二部书末结尾处所列的写作时间,两部分别于 1943 年 11 月、1944 年 5 月完成,应无疑义。而 1942 年秋天,正在撰述第一部的路翎对于《约翰·克利斯朵夫》尚一无所知①,直到第二部完稿超过两年半后,我们方在路翎给胡风的信件中,感受到他读完《约翰·克利斯朵夫》的昂奋心情。因此,若以创作和阅读的时序先后指认《约翰·克利斯朵夫》对于路翎创作《财主底儿女们》直接乃至于所谓"巨大的影响",恐怕是不确实的。那么,会否是在读完《约翰·克利斯朵夫》之后,路翎重新修改了《财主底儿女们》?

根据现存的路翎书信②,特别是与胡风的往来通信,从 1944 年 5 月 13 日路翎致信胡风告知写完第二部,直到 1948 年 2 月上海希望社出版第二部并同时再版第一部,其间仅有一处或有可能涉及修改:"但在风雨的夜晚看了蒋纯祖最后的那些节,重新被它擒回去了,有两天不能想到正在做的事。"③考虑路翎在这期间包括多则短篇小说、中篇小说《蜗牛在荆棘上》《嘉陵江畔的传奇》、长篇小说《燃烧的荒地》、剧本《云雀》等的庞大写作量,以及路翎通常会在信件中与胡风讨论正在写的作品,对修改《财主底儿女们》却未置一词而仅有所谓

---

① 舒允中也留意到"路翎在于一九四二年十月十五日写给胡风的信中提到他当时还没有读过《约翰·克利斯朵夫》"。舒允中:《内线号手:七月派的战时文学活动》,第 142 页注 1。舒允中后续的讨论则指出:"路翎在写作《财主底儿女们》的下卷时阅读了罗曼·罗兰的《约翰·克利斯朵夫》,因此他将约翰·克利斯朵夫作为蒋纯祖的楷模。"(第 156 页)但舒允中并未进一步提出此说的根据。
② 依出版时间,参见张以英编《路翎书信集》(桂林:漓江出版社,1989 年);晓风编《胡风 路翎文学书简》(合肥:安徽文艺出版社,1994 年);路翎《致胡风书信全编》(徐绍羽整理,郑州:大象出版社,2004 年)。路翎《路翎全集》(张业松编,上海:复旦大学出版社,2014 年)第 6 卷(书信、文论 1939—1993)中的书信,系根据张以英编《路翎书信集》与徐绍羽整理的路翎《致胡风书信全编》重新编校,并增补新见书信略加注释,亦为本文考察范围。此外并参见胡风《致路翎书信全编》(张晓风整理,郑州:大象出版社,2004 年)。
③ 路翎 1945 年 5 月 8 日致胡风信。路翎:《致胡风书信全编》,第 109 页。

"重新被它擒回去了",加以路翎在《财主底儿女们》题记所表白的自知作品存在许多"弱点",但"也由于事实上的困难,就没有再改掉它们"①,我认为路翎中辍进行中的各种写作题材,再腾出心思与时间重新修改、誊写《财主底儿女们》的可能性是微乎其微的。

路翎1945年春、夏与袁伯康的通信,则间接证实着路翎在《财主底儿女们》完稿前或有可能读过《约翰·克利斯朵夫》第一册。在4月17日、5月20日、×月16日、6月8日,路翎均表示想向袁伯康借阅《约翰·克利斯朵夫》,其中×月16日问道:"你说读了《克利斯多夫》,我很能想向你借一下。是全的么?否则除了第一本,第二、三、四本,都望你寄我一读。但假如是最近出版的《黎明》就算了。"6月8日则嘱托:"如借到《克利斯多夫》(后三本,或全部,商务版)带来的时候写明(北碚天津路三十七号交)或者在城里交给余明英。"②张以英在×月16日信件的注释中认为,路翎当时应已读过《约翰·克利斯朵夫》的第一部,而"后三部可能未读",并据此认为《财主底儿

---

① 路翎:《财主底儿女们》上册题记,第1页。
② 参见路翎:《路翎全集》第6卷,第254—256页,二处信件引述内容分别引自第255、256页。上海复旦版《路翎全集》将张以英编《路翎书信集》8月17日致袁伯康的该封信件日期更改为4月17日。×月16日信件由于没有写明月份,复旦版注释谓"根据内容"排于该处,而"我很能想向你借一下",张以英编《路翎书信集》无"能"字,"否则"二字开始并另起一段落。参见张以英编:《路翎书信集》,第45页。《约翰·克利斯朵夫》的所谓作者定本为1921年的四册本,最早也最为人知的完整中译则为傅雷所译。《约翰·克利斯朵夫》单行本第一册在1937年出版(包括《译者献辞》),第二、三、四册则于1941年在商务印书馆出版(第二册收有《译者弁言》)。40年代有长沙商务印书馆和上海骆驼书店出版这部小说,但傅雷的译本在战时"几乎绝迹,又不见重版"。当时其他人的译本则非全本也非从原著法文译出,而是从英译本转译。1950年北京生活·读书·新知三联书店推出傅雷译本,但傅雷不满意旧译,又重译,上海平明书店1952—1953年推出重译本,共四册,2342页,四册依序分别在1952年9月、1953年2月、1953年3月、1953年6月出版。1957年人民文学出版社也推出傅雷重译本四册,共1704页。参见涂慧《罗曼·罗兰在中国的接受分析——以〈约翰·克利斯朵夫〉为中心》第一章,第2—18页。

女们》"受到《约翰·克利斯朵夫》一书的某些影响",是"情理之中的事"①。我认为路翎当时理应已经读过《约翰·克利斯朵夫》第一册,至于"某些影响"一说则需要进一步的具体解释。

学界长期通行的罗曼·罗兰《约翰·克利斯朵夫》对于路翎创作《财主底儿女们》的"影响说",应即沿袭前述几部重要论著的相关说法,产生此种说法的关键则可能与路翎1985年所发表的《我与外国文学》有关。在该文中,路翎历数他通过学习其"创作方法"以"结构""美学温床"的中外名著,而撰写《财主底儿女们》之时,"罗曼·罗兰的《约翰·克利斯朵夫》和莱蒙托夫的毕巧林等"曾伴着他"走过一段行程"②。让我们再以杨义的研究为例,他在《我与外国文学》之前发表的《路翎——灵魂奥秘的探索者》③,对于《约翰·克利斯朵夫》与《财主底儿女们》的勾勒,相对于之后的《路翎传略》与《中国现代小说史》内的相关撰述,反而更恰如其分,值得再次引用参考:

> 《财主底儿女们》是路翎创作的高峰,是借鉴于托尔斯泰《战争与和平》的史诗性笔法写成的。……但是《战争与和平》主要是把历史性的战争描写和后方的风习素描融为一体,路翎则主要是在动乱的时代背景下描写蒋纯祖艰难痛苦的心灵搏斗(特别是小说的第二部),这种重人物的心灵、轻社会场景的倾向,类似于罗曼·罗兰的《约翰·克利斯朵夫》,因此当时的人们并没有称《财主底儿女们》为中国的

---

① 参见张以英编:《路翎书信集》,第45页。此信同页注2:"《黎明》:当时重庆的一个刊物。"但我认为,路翎指的是《约翰·克利斯朵夫》四册本之第一册《黎明·清晨·少年》卷一《黎明》。
② 路翎:《我与外国文学》,载张业松编《路翎批评文集》,第260页。
③ 原载《文学评论》1983年第5期,后收入杨义、张环、魏麟、李志远编《路翎研究资料》。

《战争与和平》,却称它为"中国的《约翰·克利斯朵夫》"。虽然这种比拟用的是广告的语言,并没有准确、全面地反映中、法两部巨著的价值和特征,但是它毕竟抓住了《财主底儿女们》的某些特点。《财主底儿女们》更像一首心灵的交响曲,而不是时代的社会的史诗。它的第一部横向展开家族和社会,第二部纵向展开主人公的心灵历程,形成一个"丁"字形的艺术结构。①

再者,路翎在40年代中期的两篇文论《〈何为〉与〈克罗采长曲〉》和《认识罗曼·罗兰》②当也参与了"影响说"的产制过程。此二则文论的写作时间虽在《财主底儿女们》完稿之后,公开发表却在《财主底儿女们》出版之前,在早年对于路翎生平与创作历程长期苍白的研究状态下,确实容易造成此一笼统印象,兼之张以英编的《路翎书信集》虽在1989年出版,但并未收录上述路翎与胡风关于《财主底儿女们》和《约翰·克利斯朵夫》往来的几封关键书信,至于路翎创作研究的重要参考《致胡风书信全编》则要到2004年才出版。③因此,本节对于"影响说"所做出的一点厘清,实际上也是占了后来研究者材料相对完备之便。但有鉴于近年依旧不乏立基于此"影响说"铺衍而

---

① 杨义:《路翎——灵魂奥秘的探索者》,载杨义、张环、魏麟、李志远编《路翎研究资料》,第168—169页。引文中的"广告",杨义举1947年9月《泥土》第四辑的新书预告栏将《财主底儿女们》喻为"中国的《约翰·克利斯朵夫》"为例。
② 《〈何为〉与〈克罗采长曲〉》,原刊于《希望》第1集第1期,1945年1月,署名"冰菱",后收入张业松编《路翎批评文集》;《认识罗曼·罗兰》,写于1945年4月11深夜,署名"冰菱",收入胡风编《罗曼·罗兰》(上海:新新出版社,1946年),后收入张业松编《路翎批评文集》。
③ 晓风编选的《胡风 路翎文学书简》虽在1994年出版,但亦未收录1946年12月14日路翎谓"看完了《克利斯朵夫》"的那封关键书信。

出的相关研究和论述[①]，在汲取前人研究成果的基础上，提出此一后见之明厘清事实、加以补正，仍有其必要性。又且，若真欲以"影响说"论断罗曼·罗兰《约翰·克利斯朵夫》与路翎创作之间的关系，我们需要考察的毋宁说是路翎1946年底读毕此一名作之后的作品，而根本的问题实在于，如此局限的"影响说"本身即有待重新商榷。

启发的创造性关系

《约翰·克利斯朵夫》对于《财主底儿女们》的"影响说"虽难以成立，但并不妨碍对二者进行比较性的阅读，以增进我们对《财主底儿女们》的理解。两部长篇小说之间确实存在着某些相似性，这或许源于路翎与罗曼·罗兰在各自的时代经历与创作过程中有着共通的思考，例如知识分子个人投入社会革命难免遭遇的问题：如何处理个体与群体之间的关系。换言之，若依从传统"影响说"的设想，我们可针对《约翰·克利斯朵夫》第一册与路翎《财主底儿女们》第二部做有限度的比较阅读，如改由"启发"的创造性关系看待《约翰·克利斯朵夫》与《财主底儿女们》，则更能开展出多面向的可能性。从"互文性"的观点，两部作品的对照阅读本不需严格受限于路翎事先完整读过《约翰·克利斯朵夫》的经验性事实，关键在于通过并置阅读，能否进一步深化对于两部作品的认识。

茨威格尝谓《约翰·克利斯朵夫》为一"无定规的作品"，"不只是一本叙事小说"，而"是一部试图包揽总体的创作，一部带有普遍性的

[①] 例如宋学智的《翻译文学经典的影响与接受——傅译〈约翰·克利斯朵夫〉研究》（上海：上海译文出版社，2006年），具体见第三章第二节《〈约翰·克利斯朵夫〉与路翎及其他作家》，以及宗秋月的《从〈财主底儿女们〉看罗曼·罗兰对路翎创作的影响》（硕士学位论文，上海师范大学人文与传播学院，2013年）。

百科全书，一部反复地论述全球性中心问题的巨著。它把对灵魂的深刻洞察与对时代的深入剖析结合在一起，是一部虚构的人物传记，又是我们整整一代人的画像"①。茨威格的评点，大致可挪用来形容《财主底儿女们》，特别是以蒋纯祖为转轴行进的第二部。鲁芩（绿原）在40年代将《财主底儿女们》喻为"'五四'以来中国知识分子底感情和意志的百科全书"②，在《希望》第1集第4期的广告页里，也以"现代中国的百科全书"③标记这部作品，施淑在70年代的评论里则将之称为"现代中国个人主义知识分子思想的百科全书"④。这两部大河小说，给人的共同印象正是"百科全书"式的书写气魄，涌现的人物形象难以简单计数，流泻四溢的情节也不易勾勒完全。

贯穿两部巨作的共通之处，还有鲜明的"情感性"叙事质地。罗曼·罗兰曾表达将《约翰·克利斯朵夫》整部作品改分为四册的编排想法："不以故事为程序，而以感情为程序；不以逻辑、外在的因素为先后，而以艺术的、内在的因素为先后；以气氛与调子（tonalité）来作为结合作品的原则。"⑤赵园也曾指出路翎小说"情节的戏剧性，往往让位给情绪的戏剧性"，充满着"感情的无穷转折（而且转得那样

---

① [奥]茨威格:《罗曼·罗兰》，杨善禄、罗刚译，合肥：安徽文艺出版社，2000年，第108页。
② 鲁芩（绿原）:《蒋纯祖底胜利——〈财主底儿女们〉读后》，载张业松编《路翎印象》，第29页。此文原刊于《蚂蚁小集》之四《中国的肺腑》，1948年11月。
③ 此广告页，刊于《希望》第1集第4期，1945年。《〈财主底儿女们〉（广告选登）》，载杨义、张环、魏麟、李志远编《路翎研究资料》，第65页。
④ 施淑:《历史与现实——论路翎及其小说》，载《理想主义者的剪影》，新北：新地文学出版社，1990年，第142页。此文1976年5月刊于香港《抖擞》杂志。
⑤ [法]罗曼·罗兰:《约翰·克利斯朵夫》，傅雷译，台北：远景出版社，1978年，第9页。此序原写于1921年1月1日巴黎。另需再加说明的是，或因1978年在台出版的时空条件不允许载明为傅雷所译，但略加对照即示译者为傅雷的桂冠版繁体中译本，除少数细节翻译略有不同，大体上可认定是同一译者的译笔无误；一个可能的推想是，远景版与桂冠版或分别采用傅雷的初译本与重译本印行。

'陡')与连续爆发"①，而除了情感性的行文特点，《财主底儿女们》也体现为"情感历程"。此外，对于人物内心图景的细密分析与翻然畅写，以及不时雄辩滔滔、掷地有声的大段落议论，都是两部作品明显的形似之处。

另外，《约翰·克利斯朵夫》谱写的背景是20世纪前后数十年间的欧洲社会，《财主底儿女们》所刻画的时间幅度则是从1932年上海"一·二八"事变到1942年底德国发动侵苏战争的十年间，若对比主要人物克利斯朵夫与蒋纯祖的年岁，克利斯朵夫是由呱呱坠地直到暮年老迈死去，而在《财主底儿女们》第一部首次出场的蒋纯祖就是一个"跳上了门槛"的"兴奋而粗野的少年"②，他亡逝的年纪则约在30岁，这也相应于路翎曾阅读过《约翰·克利斯朵夫》第一册的推估，如若罗曼·罗兰笔下的克利斯朵夫曾经启发路翎塑造蒋纯祖这个人物，那么与青年蒋纯祖神似的是第一册里年轻的克利斯朵夫，而非经历时光际遇淘洗过后背负人子涉渡的圣者克利斯朵夫。再者，《约翰·克利斯朵夫》起始几卷罗曼·罗兰借用贝多芬的形象塑造克利斯朵夫这个人物，而克利斯朵夫身上所带有的贝多芬性格随着成长淡化。实际上克利斯朵夫交织着多位音乐家的形貌③，一如蒋纯祖也叠映着毕巧林（《当代英雄》）与美谛克（《毁灭》）的身影，人物形象似曾相识的根本原因在于创作的行动本身，"每个形象都是由上百个不同的要素重新组织起来的"④，这是一种启发的创造性关系。

追究蒋纯祖的原型是否为克利斯朵夫（或者贝多芬）或有人物类

---

① 赵园：《路翎小说的形象与美感》，载《论小说十家》，上海：华东师范大学出版社，2014年，第207页。此文写于1984年1月。
② 路翎：《财主底儿女们》上册，第134页。
③ 请进一步参见罗曼·罗兰《约翰·克利斯朵夫》第112页以后的讨论。
④ 罗曼·罗兰：《约翰·克利斯朵夫》，第112页。

型的美学意蕴,但我更希望着重于蒋纯祖作为路翎笔下特定的人物典型——一个在 40 年代中国拒绝"凭信无辜的教条和劳碌于微小的打算"①的知识青年——在作品里所卷动的意义,但这部分的讨论详见后文章节,此处先针对两部小说共通的重要意喻、形象"贝多芬"为并读锁钥,再做论析。

孤伶的黄杏清,作为《财主底儿女们》主角蒋纯祖想象中的情感对象,是"仁慈,智慧,纯洁"的大写的"她"的具现,让蒋纯祖"深沉而勇敢,无视一切奢华和享乐,渴望孤独的,旷野的道路;这个旷野当已不是先前的旷野,这个旷野,是为贝多芬底伟大的心灵照耀着的,一切精神界流浪者底永劫的旷野"②。从这里的引文,我们可以看到《约翰·克利斯朵夫》里高贵的精神界流浪者象征贝多芬,成为辞章的组织要素被编织进《财主底儿女们》的语境之中,而在蒋纯祖的一番思想斗争之后,我们又一次看到在《约翰·克利斯朵夫》里贝多芬所意喻的明亮意象,通过乐音包裹着蒋纯祖:

> 蒋纯祖,感动而庄严,大步行走。事实是,他底心已不再需要黄杏清;那个温柔的,纯洁的梦,脱离了造作的感伤,脱离了"露西亚"底故事和中国底古老的故事的奇异的联想,成了光明的,永恒的纪念了。蒋纯祖在新的生活里获得了位置,于是脱离了痛苦的道学思想和奇怪的感伤,永不愿记起它们了。现在是,贝多芬底交响乐,喷泻出辉煌的声音来,蒋纯祖向前走去,追求青春的,光明的生活,追求自身底辉煌的成功。③

---

① 路翎:《财主底儿女们》上册题记,第 2 页。
② 路翎:《财主底儿女们》下册,第 829 页。
③ 同上书,第 862 页。

蒋纯祖蛇蜕般又脱去一层思想的绑缚，但这只是多次反复的其中一次，这一次，蒋纯祖在内心充盈的乐音里随着演剧队走向重庆，就像之前他偕同溃败的散兵走过战争席卷的萧索旷野一样，继续步向下一段旅程。① 这也是克利斯朵夫与蒋纯祖在故事设定中的截然不同之处：克利斯朵夫从德国到法国，再到瑞士、意大利，尔后再到法国的经历，小说是一部克利斯朵夫的生长记，我们明确看到人物在文本中的成长与蜕变，最后克利斯朵夫升华为一种理念性的存在；而蒋纯祖离开苏州，走向上海，经历江南平原的旷野逃亡，在汉口与家人重聚，加入演剧队前往重庆，然后是石桥场的挫败，短暂复归重庆的上流文艺界，临死前又挣扎着回到石桥场，蒋纯祖在一重又一重的颠沛生涯里反复着，每一次似乎都将彻底转变，但所有的破茧而出都只是为了迎来更多的细丝缠绕。蒋纯祖始终躁动不安，他奋力挣扎，却总有更多的蜕变等待着他，如果最后不是因为肺病（连这一病症都像是为了让故事有个终局）死去，蒋纯祖多半会扰动不安地继续追寻，就像在第一部通过少年蒋纯祖与陆明栋如此描写年轻生命的存在宛如浪潮，前方永远有呼唤的声音，而他们没有理由必须回应：

> 从强烈的快感突然堕进痛灼的悲凉，从兴奋堕到沮丧，又从沮丧回到兴奋，年轻的生命好象浪潮。这一切激荡没有

---

① 蒋纯祖逃离石桥场之后，曾前往二哥蒋少祖避居乡间的宅邸，这也是兄弟二人最后一次见面。当时的蒋少祖走向复古，咏陶渊明诗、唱京戏，而蒋纯祖听到传来的"胡琴和习戏的声音。这种声音，唤起了回忆的情绪，使他觉得悲凉。这种甜蜜的声音包围了他，使他坠入白日的梦境。但他突然发觉他厌恶这种声音，他想到那个辉煌的约翰·克利斯多夫，他听见了钢琴底热情的、优美的急奏,他站了起来"（路翎：《财主底儿女们》下册，第 1230 页）。这是克利斯朵夫唯一一次在《财主底儿女们》中出现。胡琴与习戏的声音喻指旧日和旧时代，而那钢琴声则指向光明的未来和新时代。此处出现的克利斯朵夫起着引领蒋纯祖不重蹈复古与怀旧道路的作用。

什么显著的理由,只是他们需要如此;他们在心里作着对这个世界的最初的,最灼痛的思索,永远觉得前面有一个声音在呼唤。①

然而,在前方呼唤着蒋纯祖们前进的并不是普遍性的躁动青春,而是特定的时代之声,在《财主底儿女们》后续愈益清晰的布局里,我们会更明白地看到这一点。最后,作为那一代布尔乔亚青年知识分子借代性存在的蒋纯祖,在临死之际"重新看见那一群向前奔跑的、庄严的人们",感到自己"被那件庄严的东西所宽容,一切都溶在伟大的,仁慈的光辉中"②,似乎象征着那一朵朵浪花,终将汇为海潮的一部分,只是,蒋纯祖并未能活着完成最终的蜕变,他的死亡仿佛也暗示着在群体性的年代坚持以个体性对峙的人的命运。

从《约翰·克利斯朵夫》和《财主底儿女们》"互文性"的角度出发,可再列举许多在模仿与继承关系之外更能相互对照并读的地方。譬如《约翰·克利斯朵夫》第一册卷二用了一个章节描写少年克利斯朵夫和奥多青涩但热烈的爱情,而《财主底儿女们》第一部也有数页写蒋纯祖和陆明栋之间的少年之爱。再比方:对于"邻人"的态度,对于小市民情感与上流文艺圈的批评,对于如何在创作上更靠近群众,对于组织运动复杂性的思考,坚持作为一个"人"而存在,等等。两部作品不约而同在各自社会的巨变时期关注着共通的时代课题,也皆显示着不同社会脉络中的结构性差异。

---

① 路翎:《财主底儿女们》上册,第478—479页。
② 路翎:《财主底儿女们》下册,第1317页。

第二节　知识分子的二重性

《财主底儿女们》对于蒋少祖与蒋纯祖两个主要人物的安排，大致可由胡风在《论现实主义的路》(1948) 中所批评的"知识分子的二重人格"，即知识分子的"游离性"与"革命性"角度来开展讨论。[①] 本节将锁定文本中触及蒋少祖、蒋纯祖与人民关系的重要情节，顺着人物经历重新讲述故事并予点评，借此展现小说叙事的主要观点。这样的观点并非稳固单一的，不时也显得自相矛盾或态度不明，但我们仍可推敲出其看待特定人物（蒋少祖与蒋纯祖）的批判立场。当然，批判是复杂的，对于蒋纯祖也是如此，并非站队式的简单否定——小说叙事经常在铺陈人物所思所想之后，加以评论与评价，而在描写（展示）或传达人物言行思想的时候，大致也能从叙事语调中征见叙事者的看法。通过这样的重新阅读，将有助于澄清知识分子和人民、革命（理论）的复杂牵系，特别是在漫长的时间里，这部作品被简单化约为"资产阶级个人主义的反动之作"，乃至于直接将小说人物等同于作者，认为其中充斥着对于人民、革命的否定和敌视，而忽略或刻意无视人物布置与情节安排的叙事意义。《财主底儿女们》中关于知识分子和人民关系的多重思考，无疑体现了当时复杂的社会状态，之于我们回顾未完的历史课题，或是审思今时的现实困境，仍有其无可取替的重要性。

---

① 参见胡风：《论现实主义的路》，载《胡风全集》第 3 卷（评论 II），第 527 页。此文完稿于 1948 年 9 月 17 日，最初由 1948 年 12 月上海青林社（即希望社）出版；1951 年 4 月另有上海泥土社版；1984 年收入人民文学出版社《胡风评论集》下册。

时代的退场人物蒋少祖

受过五四洗礼的少年蒋少祖，16岁时与父亲决裂，离家至上海读书，姊妹们以大量金钱资助蒋家这第一个叛逆的儿子，而当时蒋少祖所崇敬的进步人们，则"用那种被财产迷惑了的眼睛"接近他，提示他这笔财产"可以奠定一个伟大的事业底基础"，他也渐渐懂得了自己"顺利的境遇"是来自"财产和叛逆"①。大学毕业后蒋少祖曾与朋友合办报纸，但环境的灰暗让他忧郁，他去了日本，结婚，在"九一八"事变的前半年，即1931年春天回到上海。最初，他寄身社会民主党，但只是"暂时同路"，他认为社会民主党是"充满呆想，空想的东西"，里头的人是"平庸的"，而"正在激烈的变化里斗争着的另一个政党，则是那些在现代文明里面迷失了的人们所组织的，一种表征着苦闷的东西"，而且，这个左翼政党的"组织和权力使他嫉恨；他觉得它是阴暗、专制而自私"；蒋少祖感觉"自己是在单独地作战着"，确认自己要追求的是"激烈、自由和优秀的个人底英雄主义"②。之后蒋少祖以文化界名人与国际问题专家的身份活跃，积累的社会关系让他得以在1933年底加入"平津访问团"，但访问归来后各方的政治角力使他陷入疲惫，他愈益感到在中国"险恶和迷乱"的处境里，所有的人都没有出路，而青年们是"在暗红色的、险恶的背景——这是他底'神秘'底想象——中瞎撞，走向灭亡"，他的心灵开始"转向古代"，而此刻叙事者介入评议："人们爱古代，因为古代已经净化，琐碎的痛苦也已变成了牧歌。人们是生活在今天底琐碎的痛苦，杂乱的热望，残酷的斗争中，他们需要一个祭坛。"蒋少祖不无痛苦而颇有所悟地"宁愿抛弃民族底苦难和斗争"，走向他祭坛上所安放着的"心灵底独

---

① 路翎：《财主底儿女们》上册，第4—5页。
② 同上书，第6页。

立和自由"①。

但蒋少祖并未就此退出社会活动,反而持续著述、演讲,青年导师般受到新生青年的崇敬。如同那时许多的自由主义知识分子一样,蒋少祖思索着"革命"与"人民"的关系,也看见了尖锐地存在于社会内部的各种问题,但他却认为那是每个人都会有的痛苦,不以为存在着阶级问题,他也感受不到自己与民众间的关联性——叙事者由是发出了议论与针砭:

> 中国底民众,嫉恨,多半是羡慕上层阶级的人们底幸福的生活;上层阶级的人们,在他们底生活里没有民众。智识分子们,首先苦闷着需求解决的,是政治的,文化的问题;他们觉得在民众这一方面,道路已经确定,或问题已经解决;他们底生活里面同样的没有他们。他们很少能感觉到他们;他们不觉得他们存在;他们觉得他们是异类,但他们又感觉不到阶级底区分,因为他们所见到的,是陌生的路人和卑微的邻人。大家都是路人和邻人,心灵之间永远没有交通。而终于,那些智识分子们,就憎恶起这些构造出腥臭的市场和肮脏的街道的顽固的,愚笨的,无教养的路人和邻人起来。
>
> 蒋少祖确然没有从民众得到什么。他想不出来他和民众有怎样的关系;他想是有一种历史的,和抽象的关系。在历史的意味上,或在抽象的观念上,他,蒋少祖,领导了民众,为民众而工作。另一些智识分子们,则想到他们是出身于贫苦的民众。于是他们就满足了。②

---

① 路翎:《财主底儿女们》上册,第 370—371 页。
② 路翎:《财主底儿女们》下册,第 865—866 页。

西安事变、"七七"事变等重大事件的发生，让蒋少祖在个人和群体的进取与退守之间反复，而随着战事时间的拉长，在避居战祸的乡居岁月里，蒋少祖的思想起了进一步的变化，叙事细细罗列蒋少祖所曾接受的西欧文化：他曾经崇拜过伏尔泰与卢梭，以及席勒的强盗，尼采的超人，拜伦的绝望英雄们；他还了解过关于被压迫者的苦难，被歪曲民族生命的痛苦，贵族和布尔乔亚的荒淫无耻，以及社会主义与无政府主义的各种知识——那些苦行者与普罗米修斯们随着蒋少祖事业的成功和生活的稳定而早被忘却，成了遥远而浪漫的东西，他意识到"中国底固有的文明，寂静而深远，是不会被任何新的东西动摇的；新底东西只能附属它"①，蒋少祖转而热衷于版本搜集，"在那些布满斑渍的，散发着酸湿的气味的钦定本，摹殿本，宋本和明本里面，蒋少祖嗅到了人间最温柔，最迷人的气息，感到这个民族底顽强的生命，它底平静的，悠远的呼吸"②，并且，他的工作与高远境界博得了朋友的赞美，而这令他愉快。

蒋少祖回想自己早年与王桂英的婚外恋情，觉得是受到西欧自由主义、颓废主义与个性解放的影响，让他无视社会秩序，现在他认为"人应该懂得尊重社会秩序底必要"，因为"只有在社会秩序里，人才能完成个性解放"③，他对这桩不堪过往感到悔恨，领悟了"人生底道德和家庭生活的尊严"④的重要。蒋少祖也曾在深夜里反复思索着自己难道是走上了"复古"的道路？但他思索的结果：真理不是新旧的问题而是对错的问题，自己是在"批判地接受遗产"，是"五四运动底

---

① 路翎：《财主底儿女们》下册，第883页。
② 同上书，第884页。
③ 同上书，第901页。
④ 同上书，第1016页。

更高的发扬",是"学术思想的中国化"①。那几年里,由于仕途没有更上层楼,蒋少祖便这么一边做着参议员,一边愈发退守到他想象中的陶渊明式耕读生活里。他也曾上书最高当局建议"中国必须实施中国化的民主"②,但主要将精力投注于撰写一部中国文化的著作,生养了三个小孩,不时唱着京戏自娱,偶尔也为祖国的悲凉与百姓的不幸落泪。——扼要言之,蒋少祖这个人物被设定为从叛逆到复古的一类知识分子典型,情节叙事着力展示他在顾盼自得和顾影自怜之间的褊狭与迷误,通过剖析蒋少祖的思想状态,叙事者表达出对这一类走向复古道路的个人主义知识分子的不满:

> 中国底智识阶级是特别地善于悔恨:精神上的年青时代过去以后,他们便向自己说,假如他们有悔恨的话,那便是他们曾经在年青的岁月顺从了某几种诱惑,或者是,卷入了政治底漩涡。他们心中是有了甜蜜的矜籍,他们开始彻悟人生——他们觉得是如此——标记出天道、人欲、直觉、无为、诗歌、中年、和老年来;他们告诉他们的后代说,要注重修养,要抵抗诱惑……他们说,人生是痛苦的,所有的欢乐,都是空虚而浅薄的。假如在青春的岁月里,他们曾经肯定过什么的话,那么,到了他们底"地上的生活的中途",他们便以否定为荣了;假如他们确定有悔恨的话,那这种悔恨也只为当年的青年而存在——它并不为他们自己而存在。他们有悲伤,使他们能够理直气壮地鼓吹起那种叫做民族的灿烂的文化和民族底自尊心的东西来。③

---

① 路翎:《财主底儿女们》下册,第905页。
② 同上书,第1230页。
③ 同上书,第1016—1017页。

另外，对蒋少祖思想转变的剖析过程，也时时显示出现实的艰巨与问题的复杂，不时我们也可读到叙事借此赤裸揭示作为一种文化现象的政治正确式宣称与实际状态的落差，由此观之，借由铺衍蒋少祖这个人物的心理状态，路翎无疑也在进行着深刻的文化批评。例如蒋少祖对于青年的矛盾看法：他同时怀抱着好感与戒心，因为青年们常常有着惊人的才能和力量，也因为青年们"造成了他底荣誉与别人底更大的荣誉"①，蒋少祖以愉快的态度与青年们往来，但他其实憎恶着青年们的浮嚣、热烈，他告诉自己"应该因青年们而乐观"，却难以原谅青年们"幼稚的急进思想，强烈的虚荣心和浮薄的态度"，他并且发现"每一个人都说自己因青年们而乐观，但实际上并不相信"②。又譬如，对于"微贱的沉默"的不信任：返乡处理苏州宅院的蒋少祖，意外埋葬了在蒋家败落众人离散后仍死守宅邸的老管家冯家贵，冯家贵一生对老东家蒋捷三竭诚信守，最后在寒冬里的"简单的死"，让蒋少祖对"这个时代"与"这样的革命"发出了生命不能够机械划一的高论，因为"每个人都有他自己底意义"，而像冯家贵这样一种"沉默的、微贱的死，是最高贵的"，蒋少祖想着，"觉得很真实，然而心里又不信任"，并且，"他并未意识到这种不信任"。叙事者接着说明"特别是爱好个人底英雄事业的人"在这种时刻会"歌颂微贱的沉默"，进而给出了批判：

> 他们在一切微贱的沉默旁作这种思想，因为他们永远在战争，而惧怕失败。微贱的沉默，常常给自我的英雄们以慰藉；它使他们得到了一种武器。他们认为这种武器，对于当代，是致命的。但这里的所谓当代，是指他们底仇敌们而

---

① 路翎：《财主底儿女们》下册，第 790 页。
② 同上书，第 815—816 页。

言，并不把他们自己包括在内。他们，在心灵底最初的、丰富的感动以后，作着哲学底思辨，于是，尽可能地，把这种"微贱的沉默"的武器抓在手中。而因为这，他们更只觉得这个武器真实，而不去意识到自己心里的不信任。①

叙事通过勾勒蒋少祖的内心图景，从其对于青年和沉默的"微贱者"的不信任，直指有资源的智识阶级所不愿承认的实情：拥戴青年和"微贱者"，易于博得道德光环，有助于撷取政治资源；青年的乐观和微贱者的沉默，成为可供操弄的仕进利器，滋润而慰安心灵。——这些错落在故事情节之间探针式的观察与析论，显示出路翎对于知识分子游离性的深省，移时异地历久弥新，面对今日的现实，仍具有现时性的批判力度。

蒋纯祖的人民神曲

蒋纯祖与蒋少祖的形象，共有傲岸、狂放的一面，特别在面对群体的时刻。叙事借此强调两个人物作为"个人主义"知识分子孤芳自赏的典型特质，但随着情节的开展，特别是紧跟着两人对于"人民"的思考与互动，会清楚看见二者渐趋不同。就此而言，蒋纯祖与蒋少祖在《财主底儿女们》中恰为一组对照，呈现出知识分子个体摸索自我与"人民"关系的两种道路。而无疑，作者赋予蒋纯祖的任务更为艰巨：集中体现（布尔乔亚）理想青年走向人民的困顿与踬踣。

《财主底儿女们》第一部的时间轴结束在1937年抗战全面爆发后的8月底，南京告危，蒋家人准备向汉口撤退；第二部则以1937年

---

① 路翎：《财主底儿女们》上册，第526—527页。

秋中国军队退出上海为起点，蒋纯祖作为故事主要人物正式展开走向人民的旅程。第一部即将收束之际，蒋纯祖与蒋少祖关于"人民"有一场承上启下的关键谈话，蒋少祖质问要孤身前往上海参加救亡活动的弟弟蒋纯祖："你有信仰吗？你信仰什么？"

"我信仰人民。"蒋纯祖被哥哥刺激着，骄傲地回答——象一切一九三七年的青年一样地回答。满意这个字：人民。

蒋少祖冷笑了一声。

"你从哪里学到这个信仰？"

"我从生活，从这些人底生活。"蒋纯祖回答——象一切一九三七年的青年一样地回答。满意这个字：生活。

"你看一些什么书？"

"没有看什么书！"蒋纯祖坚决地回答。

"你走上了一条道路，别人领你去做牺牲。"蒋少祖说，并不真的以为"人民"和"生活"是无辜牺牲底标志，同时觉得弟弟的是被领去做牺牲的——他信仰他底这个感觉，因为觉得自己明白弟弟。他表面上安静、冷淡，心里却因了对弟弟的敌意而痛苦着。"你应该首先懂得，然后再信仰。你知道，我们都是吃这个亏的，现在轮到了你。"他微笑着，说。

"你吃过怎样的亏？"蒋纯祖怀疑起来，问。

有一种兴奋出现在蒋少祖底半闭的眼睛里，微笑留在他底脸上。

"人民是一个抽象的字眼，生活，又不是年青人所能明白的。"他说，弹着烟。"你要知道，假借人民底名义，各种势力在斗争，每一种势力都要吸收青年。当然，现在是除了汉奸以外每一种势力都支持战争，但这个世界你明白么？也许不能支持一年! 那时候就全国分裂了, 各种人都乘机取利, 各种人都要抓取你们青年, 各种人都说人民! ……我讨厌那批恶棍的阴谋!"他说。①

在这场关键的对话里, 我们可以掌握到兄弟二人对于"人民"截然不同的趋向, 叙事在讽刺蒋少祖那种"过来人"式自矜自喜的同时, 也微讽了年轻的蒋纯祖架空人民的概念式理解——以破折号和重复两次"象一切一九三七年的青年一样地回答"——也表述了在1937年民族危难的当口, 在"人民"已为时代关键词的历史时刻, 其时青年间普遍抱持的想象与信仰: 走向生活, 走向人民。而通过蒋少祖的回答则从一个侧面剑指复杂的政治现实: "人民"沦为用以劫掠青年热情的口号。同时, 叙事借由蒋少祖矛盾并存的情绪, 通过其口极有分寸感地指出: "人民"与"生活"不必然指向无辜牺牲, 但确实可能被用以引向无辜牺牲。最后, 这场谈话的结果也一如"一切一九三七年的青年"那样, 蒋纯祖决意走向他的想象, 《财主底儿女们》第二部便如同知识青年蒋纯祖的"人民神曲"②。

首先, 是在上海陷落后, 蒋纯祖惊惶地逃往南京, 经历了江南平原旷野上的流亡, 途经九江抵达汉口。逃亡过程, 蒋纯祖与出身于不同阶层的几名溃兵, 在严寒中走过战乱凋敝的农村, 体验了饥饿和死亡, 其间出场的关键人物为朱谷良。朱谷良是来自上海的工人, 有过丰富的斗争经验, 在"一·二八"战事里参与过组织义勇军的活动, 他饱经忧患, 失去了家人, 经历同伴惨死, 也曾出卖朋友, 对比毫无

---

① 路翎: 《财主底儿女们》上册, 第598—599页。
② 《财主底儿女们》初版本便是以但丁《神曲》的地狱篇作为封面。若对照文本结构, 但丁《神曲》的三段式架构分别为地狱篇、炼狱篇与天堂篇, 而《财主底儿女们》第二部, 若锁定主角蒋纯祖的旅程为故事主轴, 那么主要也是分为旷野流亡、演剧队、石桥场三个部分。

涉世经验徒具理念跃入现实的蒋纯祖，甫行过青年阶段的朱谷良是带着毁灭的心在阴暗里搏斗着，争取着他所不曾拥有过的胜利。这部分，最撼人心弦的是对于朱谷良亲历南京城破的描写。实际上，《财主底儿女们》第二部第一章至第四章的战争书写极为精彩，但乏论者关注，而路翎初次刊载于《七月》的作品《"要塞"退出以后》也是一则战争小说，在本书第四章讨论路翎的朝鲜前线志愿军题材小说时，将再从"战争书写"的面向切入来讨论路翎创作的变与不变。

朱谷良之死为蒋纯祖的江南旷野流亡画上句号。蒋纯祖自以为是的良善，间接害死了对他多所照应的朱谷良，而蒋纯祖弥补（与救赎自己）的方式，是用"谎言"为朱谷良复仇。在一幕幕无法以分明的是非善恶量度的死亡场景里，呈现出战争状态里生命的艰难，也狠狠打击了蒋纯祖走向人民的青春幻想。脱离旷野流亡的凶险后，蒋纯祖在码头偶遇因抗敌受重伤、性命垂危的姊夫汪卓伦，接着转赴汉口，寄居大姐蒋淑珍家中。在这段相对平和的日子里，蒋纯祖参与了一个救亡团体，一个左翼革命组织演剧队，并与外甥女傅钟芬发生了短暂的恋情。在情欲蒸然的夜里，他梦见了朱谷良。蒋纯祖尽情追忆着，并设想自己是经历了重重磨难的朱谷良，"在这个世纪底暴风雨中看见了本阶级底光明"，然而：

> 蒋纯祖愈想象，便愈不能感到朱谷良；他觉得这是可怕的事。这个时代发出了向人民的号召，蒋纯祖想象朱谷良是人民，感不到朱谷良；想象朱谷良是自己，有着和自己底同样的心，感不到人民；蒋纯祖有大的苦闷。[1]

---

[1] 路翎：《财主底儿女们》下册，第841页。

接着，蒋纯祖自问："我们为什么爱人民？"答案是"因为人民是纯洁的！因为历史底法则如此！为什么爱？因为人民是痛苦的，是悲惨的，是被奴役，是负着枷锁的"①。此时的蒋纯祖已察觉自身想象的虚妄，他无法代入朱谷良，而自己和朱谷良也无法进入人民——智识阶级与人民是有分别的，存在着感受性的距离，他无法简单地靠近人民。而他对于为何要爱人民所给出的答案，则显然仍处在一种概念化的抽象认知层次。之后在石桥场办学挫败的情节安排，将会带给蒋纯祖另一种更为切实的体会，但目前，在这个忧伤的春雨夜晚，蒋纯祖个人情欲的苦闷交织着思索时代和人民的大的苦闷，他激情地谱写乐曲以纪念朱谷良。

武汉安适的生活构筑成对蒋纯祖的诱惑，而汪卓伦身后留下的小记事簿与染着朱谷良血污的裤子，标志着"牺牲"——既是人民的牺牲，也是为了人民而牺牲——的重量，是驱策蒋纯祖再次走向人民的重要因素，他跟随演剧队前往重庆。

演剧队段落的情节演绎核心，常见说法是个人与集体的矛盾冲突，但诚然不限于此。蒋纯祖个人主义的"积习"确实在叙事过程中受到责难②，但对于左翼组织内部存在一个更高位阶的小集团，存在垄断真理的诠释权、行事神秘又专断的方式，以及（相对于小布尔乔亚蒋纯祖的）左翼革命青年的个人主义性质，叙事均予以抨击——值得

---

① 路翎：《财主底儿女们》下册，第841—842页。
② 经常被引述的段落是"他只注意他底无限混乱的内心,他觉得他底内心无限的美丽。虽然他在集团里面生活,虽然他无限地崇奉充满着这个集团的那些理论,他却只要求他底内心——他丝毫都不感觉到这种分裂。这个集团,这一切理论,都是只为他,蒋纯祖底内心而存在;他把这种分裂在他底内心里甜蜜地和谐了起来。在集团底纪律和他相冲突的时候,他便毫无疑问地无视这个纪律;在遇到批评的时候,他觉得只是他底内心才是最高的命令,最大的光荣和最善的存在。因此他便很少去思索这些批评——或者竟至于感不到它们"（路翎：《财主底儿女们》下册,第910页）。

留意的是，就叙事者的观点而言，似乎个人与集体之间不必然有矛盾冲突，问题的症结在于个体之间因各种"私情"存在几不可免的相互斗争。与此同时，对于"理论"和"最高原则"在"因人而异"的作用下流于负面态势的警惕与分析，叙事者也有着强劲的批评："理论，由于理论者总是带着某种感情底个人的缘故，很少是确定的"，特别是在当恋爱问题发生的时候，当"人们把一切行动都归纳到最高的原则里去"，最高原则"就不得不扩大自己，因而就不得不变得稀薄"；更大的问题还在于"原则被权威的个人所任意地应用"，而"年青的人们，在热烈的想象里，和阴冷的，不自知的妒嫉里造出对最高的命令的无限的忠诚来"①——这些在革命落地实践过程中必然要短兵交接的各种问题，都通过蒋纯祖在演剧队中的遭遇得以呈现，从而也显示了作者对于复杂的情势、情态的把握，聚焦于特定的人物典型，洞悉人情而发出敏锐批评。叙事者还直击了个人主义理想青年在革命集体中常有的几种暗黑动向：

> 这是这个社会，这个时代所产生的个人主义者。剧队里面的人们，多半是这种个人主义者。经验较多，而失去了那种强烈的热情的人们，就常常显出投机的面貌来。而那些缺乏心力，容纳着一切种类的黑暗的意识而不自觉的青年们，亟于一劳永逸地解脱自身底痛苦，亟于获得位置，就体会出对最高的命令的无限的忠诚来，抓住了这个时代底教条，以打击别人为自身底纯洁和忠贞底证明——人们本能地向痛苦最少，或快乐最多的路上走去，人们不自觉投机以拯救自己；这些青年们，在人生中，除了这种充满忠诚的激情

---

① 路翎：《财主底儿女们》下册，第 911 页。

的投机以外，再无法拯救自己；另一些青年们，在这个阶段上，他们底心灵在投机上面战栗，由于各种原因，以个人底傲岸的内心拯救了自己。人们并不是很简单就走到这个世界上来的，但人们又愿望自己是一劳永逸地变成适合于新的理论的，新人类；人们相信自己已获得了全新的生活，相信自己是最善最美丽的，如果突然失望了，人们就会痛苦得濒于疯狂。年青的人们不为自身底缺点而痛苦，因为他们善于想象，并且不愿看见；对于他们，虚荣心底痛苦高于一切。①

无疑，蒋纯祖代表着引文中以个人的傲岸内心自救的青年，而演剧队的领导王颖便代表着经验较多却缺乏心力的前一类革命青年，一种被"理论"，被"最高原则"训练而成的"贫乏的梦想家"②，也是《财主底儿女们》中所安置的又一种时代青年典型。在演剧队章节中的高

---

① 路翎：《财主底儿女们》下册，第914—915页。
② 小说中对于王颖的描述："他是这个社会，这个时代的青年，他有他底欲望，蛊惑，和痛苦。他所崇奉的那个指导原则，是常常要引起他底自我惶惑的，但现实的权威使他战胜了这种惶惑。较之服从原则，实际上他宁是服从权威。……他是一个很贫乏的梦想家，这种人，在社会上，是能够由各种条件的缘故而完成一种事业的，但他们带着那种贫乏的幻想走路，这些幻想，不妨碍他们底事业和理论，这些幻想刺激，并安慰他们底心灵。心灵贫乏的人，甘于这种分裂，他们几乎不能看到他们底幻想底庸俗。他们幻想妻子服从，并安慰自己，他们幻想一个革命的家庭，他们幻想舒适的，新的生活，他们幻想最高的权威底甜蜜的激赏。他们把一切融洽了起来，并且安适地找到了理论根据，因此他[们]很少反抗这些幻想，他们惯于小小地卖弄权威，他们愉快地屈服于他们底生活里面的现实的利害。假若权威离开，他们便会回到家庭里去做起主人来；但权威很少离开他们，因为他们是克己的幻想家，又是现实的人，能够不被幻想妨碍地去尽他们底职务。他们说，生活会训练他们，事实是，生活逐渐地洗除掉了他们底年轻的情热——在这种情热里，他们能够做最大的牺牲。生活逐渐地把他们底幻想训练得更平庸，并把他们训练得更圆熟和更刻板。生活替他们规定了几种快乐和痛苦，他们便不再寻求，或看到别的。"（路翎：《财主底儿女们》下册，第920—921页。）

潮,是王颖主导召开批判会,以清算队上的个人主义之名,斗争和其爱慕的女队员高韵交往的蒋纯祖。在这场特意布置的批判会上,先是拳拳不到肉的几个自我批评,接着王颖阵营针对蒋纯祖发出猛烈批判,蒋纯祖也毫不示弱地回敬,称他们为"会客室里面的革命家""笼子里面的海燕"。蒋纯祖激昂地回击:

> 我诚然是从黑暗的社会里面来,不象你们是从革命底天堂里面来!我诚然是小布尔乔亚,不象你们是普罗列塔利亚!我诚然是个人主义者,不象你们那样卖弄你们底小团体——你们这些革命家底会客室,你们这些海燕底囚笼!我诚然是充满了幻想,但是同志们,对于人类自己,对于庄严的艺术工作,对于你们所说的那个暴风雨,你们敢不敢有幻想?只有最卑劣的幻想害怕让别人知道,更害怕让自己知道,你们害怕打碎你们底囚笼!①

从"会客室里面的革命家""笼子里面的海燕"到"革命家底会客室""海燕底囚笼",是一步紧过一步,从个人层次的败坏到集体层次(左翼组织中的专制小集团)对于个人的禁制。这样的叙事揭露,是对于追求集体革命进步性内容的深刻警醒,而沿着情节的一路铺排,不仅逐步纠举出所谓个人与集体势不兼容的泛泛之论,更对存在于左翼革命内部深层的个人性问题提出了严厉批评。在场持不同意见的青年也发言声援,指责王颖等人搞神秘专断的小集团是"革命底贵族主义",说"革命里面也要有正义",蒋纯祖则"痛苦而恐惧地战栗"地想着:"果真革命判决了我,一个个人主义者吗?"②在双方的激辩中,

---

① 路翎:《财主底儿女们》下册,第933页。
② 同上书,第939—941页。

几个原本在看书和分吃花生米的人终于抬起头来,但有的听不懂王颖阵营成员胡林所称的分裂团体阴谋,有的认为同自己无关。最后,在队上最年长、斗争经验丰富而为众人敬爱的沈白静的发言里结束了辩论。沈白静同时批评了王颖、胡林与蒋纯祖,也责备那些散漫的人,要大家严肃、觉醒——作者不忘安排沈白静这么一个左翼革命青年典型的正面人物,作为王颖的对照。

蒋纯祖在演剧队经验了组织生活,石桥场则让他翻新了对于人民的感受性认识。

石桥场距离重庆两百里,是土地肥沃的产米区,各阶层群体在乡场里共同生活,有大大小小的地主,也有一两千个破落至无以为生的家庭,以及形形色色的犯罪与不幸。而怀抱着一贯的"个人底英雄主义"到石桥小学任教的蒋纯祖,那个叙事者口中罹着"特殊的忧郁病",并因而"对于平凡的生活,造成了冰冷的感觉"的蒋纯祖,不知道要怎么忍受乡场上那"一切怪诞的人,一切不幸的生活"。他的周围"有朴素的,优秀的乡下女儿,他看得出她们底好处,但不需要这种好处;有庸俗的乡场贵族的男女,他简直不知道他们怎么配是他,蒋纯祖底敌人;有昏天黑地的地主,他无法在他们身边坐五分钟"①。石桥场是"牧歌的世界",有"壮烈的,诗意的,最美,最善的生活",也是"异教的世界"——这是"中国人底世界"②;石桥场有着蒋纯祖抗拒却又渴望的一切。他想通过改革石桥小学,改变乡场民众麻木平庸的思想状态,但乡绅阶级和封建旧势力的顽固,让蒋纯祖的凌云壮志在现实里跌跌撞撞地下坠了。同时,他也感觉不到与人民的联系:

---

① 路翎:《地主第儿女们》下册,第 1046—1047 页。
② 同上书,第 1074 页。

蒋纯祖只感觉到个人底热情,他不知道这和大家所说的人民有怎样的联系。他每天遇到石桥场底穷苦的、疲惫的、昏沉的居民,在这些居民里面,每天都有新的事件发生,但总是不幸的那一类,他只是感到伤痛、凄凉,那是,用老太婆底话说,凡是有人心的人都要感觉到的。他竭力思索他们——他底邻人们在怎样地生活,但有时他和他们一样的穷苦,疲惫、昏沉,他不能再感觉到什么。①

更大的危机还在于石桥场长期沉闷的生活让蒋纯祖陷入焦躁,他幻想中的奋飞和伟大没有发生,只有日复一日浑浑噩噩地消磨青春。蒋纯祖痛苦地自我承认,这是"因为没有美丽的女人激赏他,因为当代的权威从未向他伸手"②。他疲惫,懒怠:

他始终觉得,蹲在这个石桥场,他底才能和雄心埋没了;但又始终觉得这种意识,是最卑劣,最卑劣的东西。他觉得前者是虚荣、堕落、妥协、对都市生活的迷恋,后者是历史的,民众的批判,然而对于他,是痛苦、厌恶、消沉。③

小说叙事剖析蒋纯祖内心的煎熬:他必须"强烈地过活","有自己底一切",而他"所想象的那种人民底力量,并不能满足他",他本能的自我完成还无法与他所追求的人民道路结合。叙事者进一步给予解释:"那个叫做人民底力量的东西,这个时代,在中国,在实际的存在上是一种东西,它是生活着的东西;在理论的,抽象的启示里又

---

① 路翎:《地主底儿女们》下册,第1065页。
② 同上书,第1102页。
③ 同上书,第1134页。

是一种东西,它比实际存在着的要简单、死板、容易:它是一种偶像。它并且常常成了一种麻木不仁的偶像,在偶像下面,跪倒着染着夸大狂的青年,和害着怯懦病的奴才们。"蒋纯祖持有一种居于外部的知识性理解:"知识分子们,应该摒弃一切鼓吹、夸张,和偶像崇拜,走到这种生活底深处去"①,但要真正地落实为身体性的认识却无比困难,他感觉自己初到石桥场时的梦想和热情已经被时代僵固的教条窒灭、被目光短浅的官僚们扑熄。蒋纯祖变得冷淡、无感,只觉厌倦、荒废与无聊。这次的消沉是巨大的,他直到看见赵天知母亲的劳动后才有所提振。蒋纯祖跟随着老农妇的目光:"看着在雨中刷翅膀的雄鸡,看着睡在屋檐下的小猪,看着坡下的给予寒凉的感觉的田野,眼里有泪水。"②——这是蒋纯祖第一次站到他所想象的人民的位置上去,进入人民的"生活和感觉",从人民的视野阅读那些存在于生活深处的诗。

之后,皖南事变发生,石桥场保守的旧势力趁机整肃石桥小学,蒋纯祖被迫逃亡,途中他向同行的伙伴孙松鹤说,此后"他将照着一个穷人的样式,平实地为人"③。然而,蒋纯祖的生命奏响的从来不是和谐的曲调,那也不是一个能让躁动不安的蒋纯祖安静下来的时代,他依旧反反复复不断地进行着内心的思想斗争。蒋纯祖逃回重庆浮华的生活,享受阔绰的生活和周遭青年崇拜他所带来的小小虚荣,也错失了珍爱他的万同华,但不久,他便怀念起那三年活在生活深处的石桥场时光了。而这时严重的肺病步步进逼,蒋纯祖拖着病体挣扎走回石桥场,想再见已被迫另外婚嫁的恋人万同华一面。垂危之际,他要求万同华为自己诵读苏德战争爆发后报上刊登的《斯大林文告》,迷迷

---

① 路翎:《财主底儿女们》下册,第1113—1114页。
② 同上书,第1137页。
③ 同上书,第1222页。

糊糊间,他仿佛看见"无数的人们在大风暴中向前奔跑,枪枝闪耀,旗帜在阳光下飘扬"。蒋纯祖觉得自己"一直忘记了这些人们。这是卑怯和罪恶",他接着自问:"我为什么不能跑过去,和他们一起奔跑、抵抗、战斗?"最后,在万同华的真挚告白里,蒋纯祖卸下他自觉的罪恶重担,重新感到了属于"生活的、爱人的、他底'胡德芳'底热情的声音",也重新看见"那一群向前奔跑的、庄严的人们",死前留下最后一句话:"我想到中国!这个……中国!"①

通过对蒋纯祖走向人民过程的情节铺叙,可以清楚看见叙事者的观点,而这样的观点,也相当程度表达出作者路翎的态度。路翎一方面洞察如蒋纯祖一类怀有个人英雄主义理想的青年的问题性,另一方面也深深懂得他的"忠实与勇敢"。蒋纯祖想努力靠近人民,回应时代的鼓声,但他的"积习"让他落在矛盾里,反复拉扯,至死未休。而蒋纯祖的问题和磨难并非只是他个人独有的,而是存在于时代与青年本身的矛盾(左翼组织演剧队里形形色色的革命青年也可为例证)。路翎不仅未加闪躲,单取其中一面,反而更进取朝向多面向叙写,拼命展现其中的复杂性,他同时投身于危机与契机,揭示涌动着的改变力量,也揭露涌动着的反作用力:

> 在这里,特别在热情而年青的人们里面,常常有自我底绝对的扩张。这个绝对的自我,以承担人间底一切不幸为使命,庄严而美丽——他们自己感觉到这个——站起来向全世界挑战。在这种精神状态里,有着一种朴素的、天真的愚昧,同时有着一种华丽的矫饰。……这种扩张和矫饰,过

---

① 路翎:《财主底儿女们》下册,第 1315—1317 页。

了日常底限度,每次总以个人底生命面对着生与死;事实底进展却常常并不如此,所以这些生命,这些自我,就常常迅速地从它们底高贵的世界里跌下来,变成罪恶的。而且,这一切常常是令人难堪的。①

《财主底儿女们》关于蒋少祖与蒋纯祖精神历程的叙写,具现知识分子摆荡在"游离性"和"革命性"之间的矛盾与冲突:蒋少祖更多地体现出此二重人格的负面性,从第一部到第二部所描述的10年间,逐步展演其作为历史退场人物的思想状态;蒋纯祖则在两者之间苦苦地挣扎与自我搏斗,从江南平原的旷野逃亡、演剧队到石桥场,他经验了一次又一次的锥心试炼。这个锤炼本身,即是走向人民的革命性锻造过程,蒋纯祖看似未能也未及通过试炼,但就中的关键更在于借由蒋纯祖走向人民的大路和歧途,他的追寻和困踬,充分说明了革命的进程本身便饱含着革命性衰减的因子,而蒋纯祖在两者间的求索徘徊,正是革命性的一部分。这个蒋纯祖夭亡了,但他"举起了他底整个的生命在呼唤着"作者路翎设定为对象的"那些蒋纯祖们"②,就此而言,《财主底儿女们》不啻为一部知识青年的人民之书,表现出路翎对于知识分子与革命关系的观察、考掘与复杂演绎。

---

① 路翎:《财主底儿女们》下册,第1076页。
② 路翎:《财主底儿女们》上册题记,第2页。

第三节
"不要说他的青春已经毁掉":时代青年的灰色轨迹

  1941年2月2日,在完成《财主底儿女们》前身《财主底孩子》的初稿之后,路翎在给胡风的信里告白创作心情:"我是在写这一代的青年人(是布尔乔亚底知识分子);他们底悲哀,底情热,底挣扎。我自己和蒋纯祖一同苦痛,一同兴奋,一同嫌恶自己和爱着自己。我太熟知它了。它假若真的,完完全全地变成我自己,这对我底创作就成了一个妨碍。我克服着。在整篇的东西快结束的时候,我底精神紧张得要炸裂,我病着。"路翎清楚认知,让他最后紧绷到病了的问题并不在于"创作本身",而在于"社会底生活底本身";年轻的路翎,已经认定包括他自身在内的青年未来应该走的道路,也清楚意识到这条道路的艰苦。然而,"要怎样去完成",如何在"心理上和行动上克服自己"①,路翎还没有答案,并且苦于自己没有足够的能力在作品中做出满意的表现。

  半个月后,在另一封常为论者引述,据以诠释路翎身世对于他创作影响的信里,路翎谈到了他的历史认识:"'五四'是进步资产阶级底斗争传统。今天,民族战争在实质上也是资产阶级民主的。在新的'人'从现实里被创造出来的时候,文艺底形式自然也跟着改变。"紧接着,路翎提问:"中国底民族战争是资产阶级的,它底本质是不是正在改变或是将要改变呢?在这一变质过程里,是不是对五四传统底蜕变呢?(这就是:在民族战争这一范围内的变化,它底变质是否将

---

① 路翎:《致胡风书信全编》,第31页。

突破民族战争这一形态?)"① 现存胡风与路翎间的通信,不见胡风对此的答复,但在下一封谈到当下的重庆正如之前的南京,因此预备在《财主底孩子》的最后增加一章"尽情地展开重庆"的信里,路翎感觉改变将届而抱着期待说:"我们是冀待着另一种性质(!)底出现的。大概这性质……不久就要出现了。"② 此刻的路翎预感民族战争的内容将转化为以无产阶级为革命主体,并将因而突破限定于民族战争的斗争格局。

从上述三封信里,我们可以明确看到路翎对于"时代风暴"与"时代青年"的关注,并努力通过作品加以呈现,如同胡风在《财主底儿女们·序》中指出的:"路翎所追求的是以青年知识分子为辐射中心点的现代中国历史底动态。"③ 在第一封信里,路翎明白说出,他所写的是布尔乔亚知识青年的悲哀、情热与挣扎。之后另起新稿的《财主底儿女们》,篇幅扩增,情节更形复杂,但此一创作初衷未变,只是如同本章第一节开头所提到的,1944年5月已写完《财主底儿女们》的路翎,对自己的作品有了更精准的判断,不妄自菲薄也未过分高估:自认"有了一点成绩",但也"很使我自己歉疚";此时的路翎

---

① 路翎1941年2月17日致胡风信。路翎:《致胡风书信全编》,第34页。关于路翎身世两个常见的引述段落是:"我没有父亲,我不知道他是什么样的人;长子或是矮子,快乐的或是愁苦的。他在我一两岁的时候就死去了。我只知道他姓赵(这个姓在祭祖的日子我家里就默默地记起它来。在母亲和祖母,她们是忌讳它的,它也使我感到痛苦)。这里的家是我母亲底后一个丈夫,他是一个公务员,是精神上的赤贫者,有小情感:愤怒、暴躁和慨叹。""我简直一点也不愿意提起这些,在小学的时候,我就有绰号叫'拖油瓶',我底童年是在压抑、神经质、对世界的不可解的爱和憎里度过的,匆匆地度过的。我的心理上和生理上都很早熟,悲哀是那么不可分解地压着我底少年时代,压着我底恋爱,我现在二十岁。"先前诸多评论者直接将路翎不愉快的童年视为一种"创伤",并以此作为他偏好描写人物扭曲内心与负面情感的理由,但这样的直接因果式诠释忽略了文本的中介性质,也无视那些所谓"扭曲"的叙事意义和所表达出的其他可能性。
② 路翎1941年3月17日致胡风信。路翎:《致胡风书信全编》,第35页。
③ 胡风:《财主底儿女们·序》,载路翎《财主底儿女们》上册,第1页。

虽仍年轻，也尚处于艺术创作的开端，但已非初出茅庐，而是具备一定写作经验，出版了短篇小说集《青春的祝福》和单行本《饥饿的郭素娥》的知名青年作家，因此，引述第一封信直接将之等同于路翎重写《财主底儿女们》时的写作状态，并且据以佐证《财主底儿女们》所显示出的"非理性"语言特点时，应更为谨慎。在我看来，即便创作《财主底儿女们》时的路翎依旧与笔下的人物一起"苦痛"与"兴奋"，仍然如3年前一般"狂喜和哭泣"地写着，但那些针对人物内心大段落的描述与评论，包括对于人物疯狂状态和言行的叙写，都是试图通过一种分析的手法呈现，除了路翎小说中常采用的复杂句式，造成读者阅读时与人物的距离感（或负面批评为刻画人物的失败）——无法轻易代入人物——正来自这样外于一般接受度的书写特点。一方面是激烈的心理转折，另一方面描绘激情状态的语言又有着理性叙述的反差，而这是突出于时代、为读者与评论者所陌生的一种小说叙事：路翎小说的抒情性是交替着议论而进一步开展的。

第二封信，路翎讲述完自己的过往（自传）后，接着提出了前文所引述的"大哉问"，对于路翎这样一个从创作之始就坚持现实主义的作家来说，密切关注现实并随时准备通过创作介入现实并不令人意外。路翎在小说里表露出他所感受到的困惑与思考，包括如何在"心理上和行动上克服自己"走完那一条艰巨的道路，特别在他关于布尔乔亚性质知识青年的小说里，路翎呈现着通往"大路"的各种可能取径，也毫不保留地批判着其中的欺罔与犹疑。此外，第二封信里一个值得留意的点是"个人"与"时代"的并陈——在叙述个人的过往经历之后，骤转为那些关于时代巨轮运行方向的提问。这样的并置或许只是个偶然，但这个偶然背后也有时代鼓声的隐然催动。

《财主底儿女们》此一鸿篇巨制，较常被关注的是主角蒋少祖和蒋纯祖如何在时代的变局里做出不同的选择、走向不同的道路，"个人主义"与"个性解放"（相对于"集体主义"与"封建家族"）是先前讨论脉络中的关键词，情节主线确实也锁定这两位布尔乔亚青年知识分子的精神历程，诚如赵园在《蒋纯祖论》这篇历久不衰的经典评论中的分析：路翎"在人们认为'合理性''正常性'的边缘上，以至于边缘之外，他把问题以从未有过的刺眼的方式提了出来：要由怎样的道路，才可能使历史的进步不至于以'个性'的牺牲为代价，怎样的革命才能在自己的任务中包括了'个性解放'、'人底觉醒'？"赵园也敏锐地指出：蒋纯祖的矛盾和痛苦"是现实的而非心造的"①。另外，《财主底儿女们》第一部也给予蒋家长子蒋蔚祖许多篇幅，着重描绘他与妻子金素痕的情感关系，蒋蔚祖无疑也是一个身处时代风暴中的知识青年。本节将继续"知识青年的追寻与困踬"的主题，讨论蒋蔚祖与其他几位不同类型的时代青年人物。

白色青年蒋蔚祖

蒋蔚祖在《财主底儿女们》中一登场，是"年轻而美丽"地跑着，白夏布长衫随风飘曳，"在白色里露出了他底洁白的小手和红润的，快乐单纯的脸"②。而随着和妻子金素痕关系的变化，蒋蔚祖的言行也日形癫狂。父亲蒋捷三死后，蒋蔚祖在房里构筑他的白色巢穴，四散的白色衣物与白色被单幻化成白色的浪涛，满室烛火照耀着坐在父亲太师椅上的蒋蔚祖，柔弱的他成了"侮弄人间的诗人和王者"，以"抨击的，夸张的态度"说着："奸淫就是爱情呀！抢劫就是孝顺呀！"③面对灵前的争产场面，蒋蔚祖"戴着礼帽，围着父亲的大围巾，背着手

---

① 赵园：《蒋纯祖论——路翎和他的〈财主底儿女们〉》，载《艰难的选择》，第335、336页。
② 路翎：《财主底儿女们》上册，第75页。
③ 同上书，第352—353页。

站在暗影里,投出了冷酷的注视",小说叙事描写蒋蔚祖"尖削的嘴边有了奇特的笑纹",发出"狂热"而"尖细"的骂声:"多漂亮,在死人面前敛财!借鬼敛财!替我都跪下!"①癫狂的蒋蔚祖透着几分鲁迅笔端狂人的气息,但他落籍的历史语境已然不同,他的狂态警语,不再具有五四时期对于传统封建制度的强劲批判力道,反而浮泛着落后于时代血色革命话语的苍白,似乎,在40年代的中国现代小说史上,狂人蒋蔚祖是个早该过时的人物;蒋蔚祖的疯狂提供不了揭露吃人礼教的功能,却可深化对于情爱关系中的嫉妒和无能为力的认识。

父亲死后为罪疚感所掳获的蒋蔚祖,是个清醒的疯人,他与金素痕移居南京后继续日复一日地相互折磨。一夜,蒋蔚祖想着返归苏州,为了不再留恋干脆烧了屋子,但下定的决心却也随着屋舍一同焚毁,他失去了回乡的力量。"为了寻求恩泽和饶恕,他走向毁灭,消失在南京底那一大批不幸的人们中间了,"叙事者说,"这些不幸的人们,是被南京当做它底渣滓而使用着的。"②蒋蔚祖再次流落街头,"醉着,穿着乞丐的破衣,疲劳而怨毒,干着下贱的生业"③。一日,十字街头有"收复国土"的游行,另一边是丧葬的队伍,行列前头"展览着穷苦的人们",蒋蔚祖是其中的一个,他衣不蔽体,脸上满是泥污与鼻涕,肩负王祥卧冰图"深怕落后",失神地蹒跚前行。而蒋蔚祖的妹妹蒋秀菊,一个衣着和神采都光鲜亮丽的女学生,望着肩扛二十四孝图的穷苦人们,感到讨厌,却突然发现众人以为已经死去的哥哥现身于出殡的队伍(从另一个角度来看,富家子弟蒋蔚祖确然已经死去)。叙事如此描绘蒋秀菊的内心感受:在认出哥哥蒋蔚祖的刹那,蒋秀菊产生了惊吓与恐惧——"一个教会女生,在这么多人面前,认一个乞

---

① 路翎:《财主底儿女们》上册,第364—365页。
② 同上书,第491页。
③ 同上书,第492页。

丐做哥哥,是可怕的"。她为自己的这个立即反应感到了"燃烧般的痛苦","为了这个宿命的感情,她底洁白的生命是有了一个痛苦的创伤",叙事者接着说,为了消除那"不洁的创痛",蒋秀菊抓住了"这个乞丐"①(蒋蔚祖)哭出声来。此处,叙事者通过蒋秀菊惊恐的情绪反应,刻画出底层与上流人士"宿命般"的距离,借此也微讽/白描出高尚的悲悯情怀在直面现实冲撞时的无力招架。那个"不洁的创痛",是蒋蔚祖货真价实的游民身份所产生的效应,小说叙事让蒋秀菊在惊恐取代了悲悯的片刻,泄漏了上层(智识)阶级自诩高尚的伪善。

　　蒋蔚祖两次落入底层的游民形象,质疑了时代语境里被布置得壁垒分明的阶级分野。蒋蔚祖游民身份的安排虽非侧重于社会动乱的直接影响,但他确也身处时代变局之中。蒋蔚祖各方面情感的挫败乃至于最后的投崖落江,与他在新旧交替时空里的进退失据有关。蒋蔚祖游民身份的时间并不长(如若他未巧遇蒋秀菊,或许他将就此长期以游民身份活在社会底层),他更多地以不成材的富家子弟和更为重要的身份——封建时代的引幡人/送终者——被认识,而如若我们同意路翎在流浪汉形象中希冀挖掘某种原始强力的再现系谱(详见本书第三章),那么蒋蔚祖也远远进不了这个强健的系谱。蒋蔚祖之死,作为封建阶级在新时代的瓦解象征业已成为通行文学史的共识。②在中国传统的伦理价值阶序里,蒋蔚祖是个不及格的继承人,担不起家业兴盛繁衍与父亲的期待,惑于也溺于金素痕的美丽和折磨的他,做不成封建家族里的孝子贤孙,穷其一生追求所得的是一无所有。在创造

---

① 路翎:《财主底儿女们》上册,第497页。
② 例如作为中国普通高等教育重点教材的《中国现代文学三十年》一书提及:"蒋捷三和长子蒋蔚祖之死,标志着封建家族制度崩溃的历史进程,在中国江南这个资本主义较发达的地区终于完成。前者是封建支柱式的人物,后者是促成封建阶级崩塌的子孙。"钱理群、温儒敏、吴福辉:《中国现代文学三十年》,北京:北京大学出版社,1998年,第505页。

新时代的革命队伍里同样没有他的位置，他过分细弱的声音不符合雄壮的时代主旋律；在紧邻着解放的新时代的黑暗区间里，蒋蔚祖走不到光明的彼岸，被视为封建象征的他，在解放了的社会里也只会是个失格者。

相对于蒋少祖与蒋纯祖在叙事安排和评论者的讨论中，经常与知识分子和人民关系的话题相系，蒋蔚祖似乎与"人民"这个时代性话语无关。小说里我们读不到蒋蔚祖对于人民与自身关系的思考和矛盾心理，"个性解放"似乎也不是他的追求，但无疑，蒋蔚祖也是个知识分子，只是从文本提供的线索看来，他接受的是旧式的书斋教育，能写极好的字与诗文，并未像两个弟弟一样，受过新式西方教育的（革命）思想启蒙。然而，蒋蔚祖却是三兄弟中唯一有过底层经验，曾经真正走进概念与实质上所谓人民的范畴，以穷苦人民的身份生活，干过"下贱的生业"，一起与"不幸的人们"被当成上流阶层／城市（南京）的"渣滓而使用"过的。

蒋蔚祖与金素痕纠缠的情感关系中最为迷人的段落，发生在一个向晚时分到深沉的夜里。蒋蔚祖依然坐在那张从苏州运来的父亲的太师椅里，一样是烛火摇曳的房间，蒋蔚祖谛听着窗外江流的呼吼，喝醉了的金素痕走进屋里，看着满室烛火里凌乱的一切，金素痕愤怒、忧伤，同时也感到一种欢快的战栗与恐怖。金素痕推打蒋蔚祖，咒骂着，也恳求着，而蒋蔚祖让金素痕安静，听孤独的屋外深远的风雨声。金素痕蜷卧在暗影里，叙事者说："没有任何言语，任何人间底言语都将破坏这个虚伪而又真实，疯狂而又自知的境界。"在这个迷幻的时刻，"在风里摇闪、倾斜的烛光"甚至开口说话："维持着这个时间吧！不要过去，留住！这是多么好！""想想吧，假若这个时间过去，会有什么到来？好可怕！"两人对峙和对话的尽头，"江流底悲惨的、遥远的呼吼"持续召唤，蒋蔚祖仰面说："听吧！你们听吧！"而金素痕站起身,"痛恨刚才的虚伪——她所追求的、无法理解的蒋蔚祖使她虚伪"。最后,叙事者小结:这个夜晚如同其他数不清的夜晚,"是充满着热情底暴发、绝望的疯狂的而显得虚伪的追求,是充满着疯人底冷酷的哲学,和金素痕底悲悔、哭泣、咒骂、哄骗、爱抚"①。

一如在苏州时,蒋蔚祖得知金素痕有其他关系后怨鬼似的整夜纠缠,金素痕最后只能以"温柔征服蒋蔚祖",蒋蔚祖却也因此想象她同样地拥抱其他男人而更加嫉妒。江流的呼吼为之后蒋蔚祖的投江埋下伏笔,只是那时的蒋蔚祖已经历过底层的穷苦。通过他投江前种种的城市映象,作者举重若轻地安排了警察临检的情节,小说叙事似乎有意借此让蒋蔚祖的死亡越过个人情爱范畴,注入另一层现时性的社会意义。

在另一个关于知识青年情爱纠葛的故事《谷》②里,我们再一次听见江底激流的回声。《谷》的主角林伟奇也是一个"正在走着艰难的时代所指定的道路"③的青年,与恋人左莎一起在乡野的小学里教书,小说主要人物和故事发生场景的设定,与石桥场时期的蒋纯祖及恋人万同华相似,但结构与情节相对简单,主要聚焦在两人的爱情上。林伟奇与蒋纯祖的气质雷同,都有着与生俱来的不安精神和苦恼灵魂,也不时反省着可能将自己从"新的人群里拖出去的可恶的根性"④。林伟奇"带着变化得强烈而急骤的容颜,每一分钟都狂放地做着追求"⑤,在一个暴风雨咆哮山谷和江流奔腾的夜里,小说叙事甚至将林伟奇讲述自身是如何"从中国底黑海里摸索出来"时"兴奋得抽搐的脸",比

---

① 路翎:《财主底儿女们》上册,第 420—425 页。
② 路翎的《谷》先后收入《青春的祝福》(重庆:南天出版社,1945 年)、《路翎全集》第 1 卷(上海:复旦大学出版社,2014 年)。
③ 路翎:《谷》,载《路翎全集》第 1 卷,第 190 页。
④ 同上书,第 168 页。
⑤ 同上书,第 173 页。

喻为"青铝底溶液","炽热地颤栗着,使人感到它就要溶流在他胸前的左莎底头发上"①,后来情欲涌动的林伟奇跃向左莎,左莎没有拒绝,"她喜悦而惊怖,喃喃地微语着。屋外,疯狂的雷雨击折了一棵松树,——一棵苍老的树发出了欢乐的惊叫而死去"②。将老树被雷雨劈折的声响比拟为"欢乐的惊叫",并且以之比喻高潮的瞬间,寥寥几笔描写充满怪诞的意象,实际上,路翎多篇小说之中,都可见到这样一种怪诞的描写突然介入又转瞬消失。而山谷和激流与两人的情爱聚散相始终,那在谷里湍湍急行的江流,除了直接指向两人的爱情如逝水不返,也象征着扰动不安的林伟奇将继续奔赴未知的未来——像奔腾的江水般仅此一次的未来。

《谷》的写作时间无法确知,推估约莫在1942年的2月至3月间。③1942年3月30日的信里路翎谈到《谷》,对于如何处理作品里的"个人的英雄主义"感到困惑,希望胡风能告诉他"应该怎样处置(作者底态度)",因为在最近写的"下层人民的中篇"④(指《饥饿的郭素娥》)里,他再度碰触到这个问题。几天后,路翎在信里又表达说:"我对林伟奇不冷酷,不安静,不揶揄,这是我失败的地方,以后写到'他'的时候,就要照着这么做。"⑤另一封关键信件写在4月30日,当时路翎正在重写原题《章华云》的《青春的祝福》,他告诉胡风,自己"嫌恶"这篇小说,但嫌恶却仍得继续这场"刑罚"的原因无他——"对过去不能猝然脱离也",他"不写不能安心,但写呢,又是那样软的题材,陈腐的主题","落在不可救药的两难里";路翎进一步提到写

---

① 路翎:《谷》,载《路翎全集》第1卷,第172页。
② 同上书,第173页。
③ 路翎在1942年3月15日致胡风信中提到:"改写后的《谷》,在今度兄那里,想你已见到了。"路翎:《致胡风书信全编》,第39页。
④ 路翎:《致胡风书信全编》,第40页。
⑤ 路翎1942年4月5日致胡风信。路翎:《致胡风书信全编》,第41页。

作这类题材时的"感情和思想差不多和以前完全不同了,才觉得对人民形象追求的重要",而已经完成的《饥饿的郭素娥》里又有那么多的"?"天天向路翎叫喊,"要求解答"①。

对照路翎在这两封信里对于创作实际的"自白",可以了解,当1942年夏天路翎着手重写《财主底儿女们》之时,他对于如何处置"个人的英雄主义",对于体现"人民形象"的重要性,以及身为作者的他的"态度",已经有过反复的考虑,即使尚未摸索到满意的答案,但相对于类乎《财主底儿女们》试笔之作的《谷》和《青春的祝福》,路翎对《财主底儿女们》主要人物蒋少祖与蒋纯祖——借用胡风的话来说,即"前一代青年知识分子底由反叛到败北,由败北到复古主义的历程,这一代青年知识分子底在个人主义的重负和个性解放底强烈的渴望这中间的悲壮的搏战"②——进行了更为冷酷也更为准确的剖析,字里行间不时可感受到叙事者的"揶揄"或讽刺。要言之,面对时代风暴里的时代青年,路翎已有了另一番认识并尝试更为复杂化地再现,对于蒋少祖和蒋纯祖精神历程的对照与刻画,我们比较集中地看到了路翎"感情与思想"转变后的成果,而从小说中的其他人物,我们也可观察到路翎对于各种不同类型的知识青年有着广泛而同样深刻的认识。

时代的幻见

主角蒋家三兄弟之外,《财主底儿女们》安置了多个同样为时代风暴席卷的知识青年,"那些青年们在这中间冲击着,他们问自己:属于

---

① 路翎:《致胡风书信全编》,第43页。
② 胡风:《财主底儿女们·序》,载路翎《财主底儿女们》上册,第5页。

谁？怎样做？未来是什么？对于这些问题，这个时代的理论的解答是鲜明的，但他们自己用各样的方式去解答"①，而这些解答，也显示出路翎所认为的民族战争变质过程与未来可能性究竟何在。

出现在《财主底儿女们》第一部里的报社记者夏陆，经常与蒋少祖讨论时局，两人经常意见相左，但彼此仍是时时往来的朋友。在蒋少祖抛弃王桂英后，产下女婴旋即又杀死她的王桂英来到上海，夏陆帮助了她，之后两人结合，夏陆与蒋少祖则形同陌路，而王桂英在进入电影圈不久后也离开了夏陆，王桂英喜欢繁华与时髦的生活，夏陆则痛苦地隐瞒着自己的贫穷。获知弟弟战死江西而自己又被王桂英抛弃的夏陆，绝望不堪地过了两个月，决心离开上海到南方去。临行前夕的夜晚，心情低落的夏陆在黄浦江畔的码头徘徊，骤起的风暴在他周遭呼啸着，他走下码头石阶，希望不被巡查的警察发现。夏陆抽着烟，反复思索着，问自己究竟应该做什么，为什么生存，与别人的生存又有什么关系，恍惚之间，他眼前出现了一幅幅幻见的场景：他感觉自己看见了全人类的活动"在灰色的透明的微光里进行着"，看见"人类相互残杀"，看见"动摇的家庭生活"，看见了"恋爱、失恋"。但当他试图捕捉这些印象思考时，那些景象却又消失了，他再次感到"风暴、严寒、江水、警察"的存在。最后浮现在夏陆幻见里的是"狂怒的、执着武器的群众"，"奔向人类底未来，旗帜在风暴里招展"，夏陆恍然觉察生在这样的时代还"记着自己是可耻的"②。他想起了自己贫穷的家，他与弟弟为了"探求真理"抛下老母，任凭母亲无依死去让邻居募钱埋葬，他想着自己的弟弟战死了，而自己活着，弟弟为什么死去自己又为了什么活着，他觉得自己走错了路。夏陆要自己永不

---

① 路翎：《财主底儿女们》下册，第1011页。
② 路翎：《财主底儿女们》上册，第261页。

第二章　时代青年的歧途与大路：《财主底儿女们》　|　139

忘记这个严寒起着风暴的冬夜，在"让一切不幸的人，残废的人，失去了人世底温暖的人，被夺去最后一文钱的人！让他们有个安身的地方吧！"①的喃喃祝愿里，夏陆起身走上石阶。直到《财主底儿女们》第二部，从走向复古道路的蒋少祖口中，读者简单获知了夏陆在江南战死的讯息。

孙松鹤是石桥场时期蒋纯祖身旁重要的朋友，家境富裕的他却总是穿着破旧的衣物，极为朴素地生活着。孙松鹤和蒋纯祖一起经历了办学的挫折与乡场保守势力的反扑，相对于蒋纯祖，孙松鹤的性格严肃、克己，常常谦逊地自我怀疑，抱持着"在世界上没有单独一个人走的道路"②的想法。刚来到石桥场的孙松鹤，其实正处在巨大的空虚与痛苦之中，他所献身的"事业"破灭了，而他多年来只为那个目的生存，因此生活于他也整个破灭了。他只简略地与蒋纯祖谈了一点他过去的工作，说他想着生与死的问题，而"死去的人，是不能复活的了"③，蒋纯祖明白他是在先前的政治活动里遭受了严重的失败。孙松鹤也想着自己是否还值得生存，如果"时代遗弃了他，他也不再感觉到时代的话"，如果他"已被断定是毫无价值的话"④；在石桥场的三年，孙松鹤一直处在自己是"背叛了"的恐怖里。从叙事语焉不详——或也是在国统区创作不得不的语焉不详⑤——的片段，可拼凑出孙松鹤

---

① 路翎：《财主底儿女们》上册，第262页。
② 路翎：《财主底儿女们》下册，第1208页。
③ 同上书，第1056页。
④ 同上书，第1059页。
⑤ 参见路翎1941年2月2日致信胡风，此信里便曾提到，《财主底孩子》并未留存底稿，若是"给检查官扣了就完账了"（路翎：《致胡风书信全编》，第33页）。国统区对于出版物的言论管制，在《财主底儿女们》里留下了多处痕迹，例如前文所提及的蒋少祖从日本归国后，在他所亲近的社会民主党之外的另一主要政党，只简单地说是"另一个政党"，但从叙事给予的线索可以得知即是指共产党（路翎：《财主底儿女们》上册，第6页）。

是曾经验过严酷斗争的革命青年,而我们所无法详确的具体挫败内容则带给他极大的情感伤害,每当他正面迎对那种被掏空的感受时,他漠然想着自己的生命会突然消失,一切存在,但他却不再存在,而"这种单纯的感觉底重复,唤起了恐惧的印象",接着他眼前便会浮现出一张"囚徒"的脸。小说叙事以孙松鹤的幻见来形象化地描述他所受到的"运动伤害":

> 这是一个被绑赴刑场的囚犯底面孔,他不十分知道这是他过去曾经看见过的,或是是从他底幻想产生出来的,然而一切都十分明确:这个囚徒看来是昏厥了,在他底前面吹着尖利的喇叭,在他底后面拥着无数的看客——他底同胞们。他是被两个兵士架着,他呆钝地看着灰沉的天空,他底腿飘摇着。但在走出城门的时候他叫起来了,因为他底鞋子掉了。他请求慢一点,以便让他穿好鞋子。他显然有些慌乱,不理解,但显然他感觉到鞋子:鞋子,应该穿在脚上,这是从生下来便如此的。这一点对于孙松鹤是特别重要的。兵士吼叫起来,说,马上就完了,还穿鞋子?这一点对于孙松鹤也是特别重要的。在吃饭的时候,在失眠的夜里,或是在看书的时候,总是最初有恐惧的,警告的情绪,然后这张死白的脸孔出现,它说了:鞋子,鞋子![①]

这个幻见的场景表现出孙松鹤的恐惧,那个恐惧,可能是同伴的惨死,也可能是朋友的出卖,就如同朱谷良所曾经历的那样一种无法言说的斗争失败,或者,对于死亡的恐惧,使得孙松鹤曾在关键时刻

---

① 路翎:《财主底儿女们》下册,第 1060 页。

怯懦，让他长时间处于自己"背叛了"的恐怖里。事实上，与蒋纯祖往来时的朱谷良与孙松鹤，都处在斗争失败后的忧郁里，而孙松鹤的忧郁与恐惧具象化为那张一再袭来的死白脸孔，难以建立明确语义连结的"鞋子，鞋子！"或许暗示着一种革命失败后的失语状态。

陆明栋崇拜略长他几岁的小表舅蒋纯祖，《财主底儿女们》第一部曾描绘两人少年时期的一个午后互动，叙事者说陆明栋"柔顺地服从"着骄傲的蒋纯祖，对他怀有一种"奇特的爱情"，而蒋纯祖则为"这种爱情，这种情欲苦恼，并且嫉妒"①，刻意寻衅和陆明栋吵架。在逃难的过程里成长的陆明栋，生活在强烈的幻想之中，热切关注着报纸杂志上的所有消息；叙事者说他像那个时代的所有少年一样，"对家人冷淡"，因为要对"旧有的一切"②冷酷，而从故事情节来看，陆明栋的别扭，与幼时父亲过世、母亲带着他和姊姊改嫁的变故有关，他与继父处得并不好。一天，他偷了姊姊的钱，报名参加一个救亡团体。离家那夜，陆明栋看着月光映照的江面，感觉船只在激浪中的摇荡，他"感激这个时代，感激这宽阔的，美丽的天地，感激一切"。在顺江行驶的渡轮上，陆明栋注视着两旁武汉三镇的灯火，进入了一种迷幻的状态，在奇思异想中创造出"他"——另一个"自己"，一个"勇敢、浪漫、内心悲凉"的自己；那个"他"，要"脱离家庭，投奔战斗；在战斗中受伤，濒死时为美丽的姑娘所爱"③。而决意离家前往北方战地的陆明栋，对"他"的投奔，也是想要打造另一个自己；与同时代的许多青年一样，最初是一种想象，之后是在实践中的检验。我们并不知道陆明栋未来详情如何，但在此刻，叙事者动情地肯定着。

---

① 路翎：《财主底儿女们》上册，第479页。
② 路翎：《财主底儿女们》下册，第801页。
③ 同上书，第802页。

如同夏陆、孙松鹤与陆明栋一般，出身于不同社会阶层却同样走向革命斗争的左翼青年，就像是黑色旷野里的点点星火，潜藏着燎原的契机。通过这些青年对于时代的"解答"，呈现出参差不齐的路径，因为人物的性格与际遇面对着不同的困难，但殊途同归，他们所追寻的是同一条大路，在中途夭亡的蒋纯祖也同样朝着那条大路前进；叙事者奋力讲述他们在旅途上的跌跌撞撞，使劲捕捉这些时代青年们心底的不同映像，他们的情感与思想变化，矛盾与挣扎——如何在"心理上和行动上克服自己"以走完那条艰苦道路，而这正是作者路翎解答时代的方式，也是青年路翎所给予时代的解答。

在蒋蔚祖头一次逃离金素痕的"拘禁"，想返回苏州的那个黎明，蒋蔚祖听见屋外嘹亮的鸡鸣声，而叙事者说蒋蔚祖感觉自己"处在一个奇异的世界里"，觉得"鸡鸣是一队矮小的兵士所吹的喇叭"：

> 他最近常常想到这一队兵士：矮小，活泼，庄严，灰色。他觉得这个奇异的世界正在进行什么神奇的事。①

蒋蔚祖回想起苏州落雪的庭院，苏州生活的温柔，在心里唱着妹妹旧时所唱的歌，"同时，他听到鸡鸣，那队矮小、活泼、但灰色，严厉的奇异的兵士在破损了的道路上开了过去"②。

身无分文的他后来决定从南京步行回苏州，走着走着，走回苏州的路途变成了走向乞丐的生活，他在寒冷的冬天里生病，讨饭，因偷窃挨打，渐渐"有了一颗为一个乞丐所有的狠毒的、执拗的心"，他觉得自己"已经在地狱里无耻地活过"，没资格再回到苏州的天堂。蒋蔚祖永远记得在那段日子里的每个早晨都有"鲜红的，短命的太阳，地

---

① 路翎：《财主底儿女们》上册，第315页。
② 同上书，第316页。

上有霜",而每次鸡鸣都让蒋蔚祖听到"那队矮小、灰色、严厉的兵士底喇叭"①。蒋蔚祖幻见里那队矮小、灰色、严厉的兵士,就像是本雅明儿时记忆里的"驼背小人",在历史的门槛上,对蒋蔚祖吹奏着嘟嘟的喇叭声。

第四节
革命与恋爱的赋格曲:兼论活在 40 年代的"娜拉"

丁玲 1929 年冬季以瞿秋白为人物原型的中篇小说《韦护》和 1930 年的短篇小说《一九三〇春上海》(之一、之二),采取了当时流行的"革命+恋爱"的叙事模式,表现"革命"和"恋爱"的冲突样态,而在 1931 年发表的中篇小说《水》则不啻可标志为丁玲左转的关键之作。晚近有研究者将丁玲这时期的创作转变,归结为"从表现自我转向表现都市知识群体之外的工人和农民",并试图以丁玲及其创作为个案深化问题,探问"个人主义话语与集体主义话语(也可转换为知识分子与革命、五四文学和左翼文学等)的过渡方式",并进而指出,在 1942 年《在延安文艺座谈会上的讲话》之后,这些创作上的问题,实际上牵涉的是"现代知识分子如何看待自我与革命的关系,以及如何克服自我分裂的苦恼"②。无疑,路翎《财主底儿女们》的重要内涵,特别是

---

① 路翎:《财主底儿女们》上册,第 320—321 页。
② 贺桂梅:《知识分子、革命与自我改造——丁玲"向左转"问题的再思考》,载《女性文学与性别政治的变迁》,北京:北京大学出版社,2014 年,第 33 页。此文原载《中国现代文学研究丛刊》2005 年第 2 期。

以蒋纯祖为主轴铺衍的情节，展现的正是出身于富裕家庭、智识阶级的知识青年，如何面对自我与革命、人民的关系，以及由此而生的种种苦恼，这在本章先前部分亦已有所讨论。

20年代晚期，时值向革命文学发展的阶段，茅盾曾将此时期同类型的普罗小说，以"革命+恋爱"概括，区分为三类——"为了革命而牺牲恋爱"，"革命决定了恋爱"，"革命产生了恋爱"，并不无贬抑地谓之为"革命和恋爱"的"公式"，指出这些小说对于现实的再现浮于表面，情节重复无创新可言。[①] 然而，若另从思想和意识形态层面考察这期间表现"革命+恋爱"的普罗小说，反复出现的"革命"和"恋爱"相冲突，并以"革命"战胜"恋爱"作结的叙事模式，呈现的实为深层的文化问题："五四时期和革命文学时期两种现代性话语之间的冲突。"[②] 具体而言，"恋爱"，或者"自由恋爱"，在五四启蒙话语中明确的政治性在于"不仅是关乎两个个体的'私人'问题，更是普遍性的'社会'问题，因为'自由恋爱'正是新道德和新意识形态的象征和具体实践方式"[③]，而知识分子与革命关系的理论空白，"正是'革命+恋爱'小说能够发挥其历史想象力的地方，同时也是造成其叙事上困境的原因"[④]。深究这时期"革命+恋爱"小说的目的也在于探究特定时期的历史主体，即"20年代后期转向革命的知识分子群体"，换言之："与经历了对'革命的浪漫蒂克'清算之后的普罗小说的最大不同在于，'革命+恋爱'小

---

① 参见茅盾：《"革命"与"恋爱"的公式》，载《茅盾全集》第20卷，合肥：黄山书社，2014年，第389—408页。此文原载于《文学》第4卷第1号，1935年1月1日。
② 贺桂梅：《性/政治的转换与张力——早期普罗小说中的"革命+恋爱"模式解析》，载《女性文学与性别政治的变迁》，第56页。此文原载《中国现代文学研究丛刊》2006年第5期。
③ 同上书，第57页。另参见李欧梵《中国现代作家的浪漫一代》，王宏志等译，北京：新星出版社，2005年，第268页。
④ 同上书，第64页。

说所书写的历史主体不是'工农大众',而是知识分子。"①

延续上述的思考角度,本节试图通过讨论《财主底儿女们》中的相关情节,一方面探析步入40年代之后,"恋爱"作为意识形态和个体化入集体过程的实践冲突,在小说叙事中的张力和变异,另一方面"革命＋恋爱"虽为过时的叙事套路,受到左翼文艺理论的批判,但仍不妨可以之为阅读知识分子与革命/人民关系的线索,从中照见30年代以降"启蒙"和"革命"话语争锋的余绪。路翎的文艺见解和创作,也曾一再被批评为因袭五四启蒙的错见。《在延安文艺座谈会上的讲话》主张"歌颂"的人民政略出台后,路翎着重黑暗与血污的"暴露"书写路线尤其刺眼,而路翎40年代小说刻画"知识分子"和"工农大众"两大群体并进,这样的含混不纯,也征兆性地显现了路翎创作上的"落后":着墨于落后的智识阶级,对于革命主体"工农大众"的描写也侧重于其落后于时代的性质。进而言之,路翎"背时逆行"的创作取向,显示出对于左翼文艺理论、文学创作和革命道路的不同想象,也是对日趋巩固的革命秩序发出异议之声。最后,借由"知识青年—恋爱—革命/人民"的联结路径,更可探索路翎小说中性/别课题的不同侧面。

40年代的"娜拉"们

《财主底儿女们》的叙事重点放在蒋蔚祖、蒋少祖和蒋纯祖三兄弟身上,若就人物塑造而言,小说中的女性角色在根本上是作为三兄弟人生的配角存在着的,主要承担着协助叙事的功能,包括借以表达叙事者的评议,而非叙事所着重的对象。但在关于各个女性角色的有

---

① 贺桂梅:《性/政治的转换与张力——早期普罗小说中的"革命＋恋爱"模式解析》,载《女性文学与性别政治的变迁》,第60页。

限篇幅中，路翎仍做出了殊异有别的精彩描绘，并且，不囿限于政治正确，也不避忌负面污损，甚至经常有超乎想象的破格呈现。同时，多位女性要角均可缀合鲁迅1923年"娜拉走后怎样"的思考轴线加以论析，如同通过小说的虚构叙事，演绎"娜拉走后怎样"的情节和现实命题，针对鲁迅当年的提醒做出40年代形色不一的回应。

王桂英是其中一位让人印象深刻的40年代"娜拉"。由于家世的无法匹配，在与蒋少祖开展的情爱关系里，她一如自身所预感的，落于被抛弃的一方。但故事并未依循一般想象来发展，王桂英不但拒绝了蒋家的帮助，直言其中的道德虚伪，对暴怒的兄长伸张自己有不受管辖的自由，而且一定程度上她从此割舍了所谓正常的婚姻家庭想象。王桂英要走自己的路，即使是一条不免于"堕落"的人生道路。在与蒋少祖短暂重逢的场景里，小说叙事安排王桂英以一种近乎自我解离的方式，轻蔑而欢快地说出自己已然亲手杀死了幼女，让读者又一次见证了那场"幼小的杀"：

> "你说你能担负残酷，我却不能，我身上沾满了血，我在畜牲中间杀死了我底女儿，我从畜牲中间逃出来，我又逃到畜牲底世界！我很高兴，因为又看见你，而你居然痛苦！最好你哭，但是我不哭，我看着，我杀死……"她底头突然地落在手心里。她底瘦削的肩膀颤栗了起来。①

由前后文的铺排，我们明白小说叙事其实是通过王桂英的"杀"和不无乖张的诉说，针砭蒋少祖一类受过五四洗礼的知识分子聚拢在"自由恋爱"旗帜下的虚矫，以表面犬儒式的讥诮遮掩的"利己主义"，

---

① 路翎：《财主底儿女们》上册，第218页。

一种"虚无而又带着深藏的势利"①。因此，面对那样幼小的死，读者所见证的其实是因阶级和性/别差等的"杀"，那是同情无济于事的决绝境地。王桂英的"我坚持要活"，是自由恋爱的意识形态/道德实践所难以涵括也规范不了的，五四的启蒙话语亦无法直面处理，只可能存在于热烈革命时代的彻骨冻寒，而鲁迅"救救孩子"的呐喊变成深谷的遥远回声，这或许也是路翎笔下的儿童和未成年人总弥漫着某种说不出的怪异感的原因，让人感到不对劲，文本中的再现没有我们所熟悉或以为本然必有的天真和童骏。30年代左翼电影《新女性》(1935)最后，阮玲玉所饰女角在"我要活啊！"的呼告声中死去，对照之下，40年代小说《财主底儿女们》的女性主角则无一不是活了下来，她们样式不一的"活"并不无辜，也不索要同情，更与纯真的话语无涉。今时看待王桂英这样的女性人物，在感于叙事者对她自欺自赏的批评之外，须并置另一种解读：王桂英善用自己的身体，在困顿的生活中求存，"她的生活"浮映着特定的时代刻痕。

出身于小康之家但因战乱迫近贫穷线的陆积玉，在《财主底儿女们》中是另一个脱离婚姻家庭连续体的"娜拉"。她不属于20年代冲破封建藩篱、追求恋爱自由的社会理论，也不是40年代怀抱理想走上革命征途的女青年。陆积玉的坚持离家，不是为了革命也不是追求妇女解放，她抱持旧式道德，不时新也不寄望未来，在叙事者口中甚至缺乏对于社会的感应和觉醒，但她确曾深切地经验战争时期的经济匮乏与家人间的不和乐，并看穿了其中的虚空，也有她不可忽视的代表性。陆积玉的反抗，她的弃家，是因为"再也不能忍受"，于是付诸"简单而明了"的行动：

---

① 系针对《云雀》中的人物王品群的批评，参见路翎《云雀·后记》，载《路翎全集》第4卷，第248页。此后记写于1948年5月20日。

> 在贫穷里，人底生活，变得这样的无聊。她想到，结婚和家庭，是可怕的；在她底周围，没有一个家庭是有真的爱情的。①

对于青年知识分子种种孤芳自赏和顾影自怜的情态，《财主底儿女们》的叙事从不轻放，但非不问就里地加以究责，而是多方探析其中的问题性，并借以发出评议。《财主底儿女们》时见连篇累牍的论说，乃至于过于频繁地深刻"介入"，不时有袭夺人物表现之虞，但也从而记录了当时纷杂的思潮与话语交锋，而"恋爱"与"革命"正是考察当时青年（知识分子）实践和思想冲突发生的关键节点。相对于"革命"所可能招致的言论禁制，环绕着"恋爱"蓄生的情节与叙事者的"点评"，在小说中获得了充分的展现。例如，叙事者通过演剧队时期的蒋纯祖纠结于和同剧团女团员高韵间的关系，对"恋爱"做出了以下的分析：

> 他，象这个时代的一切青年一样，始终梦想恋爱是纯洁而高贵的。在前些年，人们高呼恋爱是神圣的，这个时代是没有这样的呼声了，但人们认为恋爱是为自由的心灵和肉体所必需的，并且是为人生，为工作所必需的。对于恋爱各个国家和各个时代的优秀的人们和卑劣的人们下了无数的定义。但青年们不需要这些定义，他们首先是需要恋爱，而为了更勇敢，他们就轻率地抓取了一两个定义。由于这个时代底大量的热情和轻率，没有多久大家就在各样的公式里公认了一个定义了，就是，恋爱，是虚伪的。但事实只是：轻率

---

① 路翎：《财主底儿女们》下册，第1032页。

地相信了的恋爱底定义，是虚伪的。①

这段论析不将问题归诸个人，而是针对时代特质做出刻画和论断；那个"他"，指向的是时代性的青年（知识分子）群体，蒋纯祖只是大写（集体）"他"的缩影，而叙事者所批评的，与其说是"他"的轻率和"恋爱"，毋宁说是那个"定义"，或者说："主义"。从各种"主义"翻飞的20年代，到理论和实践、知与行更加充满张力的三四十年代，"恋爱"作为一种颠扑不破的意识形态，之于知识青年，始终不失其"纯洁而高贵"的属性。叙事者对此应当也有确认，其所批判的，是时代青年"轻信""主义"的脆弱和虚伪，而"恋爱"只是这个"轻信""主义"的多棱镜中最易为人感知的一面。蒋纯祖在演剧队期间的情节，格外显示出《财主底儿女们》对于此一时代课题的介入。

石桥场时期的蒋纯祖，徘徊于是否要以步入常态婚姻（与万同华结婚）作为挣脱愁闷生活的途径，小说是这么描写的："他看见胡德芳在那里面；他看见门楣上有诗人底名句：'到这里来的，一切希望都放弃。'"②此处的诗人指但丁，名句则是《神曲》地狱篇中地狱之门上所铭刻的"来者啊！快将一切希望扬弃！"的不同译法，《财主底儿女们》第二部以蒋纯祖为主轴的旅程，分为旷野流亡、演剧队、石桥场三段，正对应着但丁《神曲》地狱篇、炼狱篇与天堂篇的三段式结构。实际上《财主底儿女们》的初版本，便以但丁《神曲》的地狱篇为封面，两部作品间的遥遥呼应不言而喻，而《神曲》里陪同但丁走向天堂的贝雅特丽齐，对应的是《财主底儿女们》中的万同华。不妨也可进一步理解为，万同华的宽宥，让临死之际的蒋纯祖得以放下自感

---

① 路翎：《财主底儿女们》下册，第957页。
② 同上书，第1178页。

脱离人民的痛苦与罪恶。《神曲》和《财主底儿女们》两部作品在结构与人物上的各种对照饶富意味，其中尤具意味的是借此引出小说人物（不仅是主角蒋纯祖）对于恋爱、婚姻与家庭的看法。

《财主底儿女们》中的胡德芳是石桥小学校长张春田的妻子，对蒋纯祖而言"是残酷的、愚笨的现实底象征。是家庭生活底象征。是他底警惕，恐吓，和威胁，并且是一切热情的梦想底警惕、恐吓、和威胁"①。为什么胡德芳能对蒋纯祖的婚姻家庭想象发挥如此大的"干扰"和隐喻的作用呢？让我们回望胡德芳的"身世"：她是地主的女儿，多年前随同张春田出逃至上海读书，落脚于杭州和后来成为官僚、名流的知识分子相交游，二人曾在西湖畔共同写就一则浪漫的恋爱故事。易言之，胡德芳是一个勇敢出走的"娜拉"，而走进40年代的胡德芳和张春田在石桥场的底层过着落魄的生活。张春田懒惰了下来，生活逼使他变得懒怠，但他仍保有恨世的清高和忠厚，为了维持石桥小学的运营，一次次卖去田产，使得家境更趋贫困，也迫使胡德芳得不时拖着垂挂鼻涕的小孩到学校四处吵闹，向他要钱买米。在蒋纯祖不具历史纵深的目光中，总是带着病容、又饿又脏的女人胡德芳（还跟着三个孩子），让他感到一股"恐惧和厌恶相混合的情绪"，他甚至使用"胡德芳"来借代可怕的婚姻家庭生活：

> 作为生活底象征，他对她感到恐惧；作为一个女人，他厌恶她。他觉得她愚笨，可恶。这种情形是那样的强，他很多时候都用这个女人底名字来称呼这种情形，这种生活。他想，假如他要结婚的话，他便会被胡德芳包围、窒息、杀死！②

---

① 路翎：《财主底儿女们》下册，第1138页。
② 同上书，第1141—1142页。

胡德芳身心的窘迫，源自社会性因素的左右，但小说一样未于现实的表面止步，也不仅仅只诉诸"大叙述"作为解答，路翎不讲非黑即白和架空人物生活的故事，而是深入探寻人物的内心，追踪内外并存的真实轨迹。在灰败的生活中，胡德芳难以启齿的私隐是母亲抽鸦片，她则常抛下挨饿的母亲和小孩去打牌，那是她穷苦无欢的生活中唯一的喘息之机。即使伴随着无法言喻的罪恶感，胡德芳和母亲仍无法拒绝诱惑，并且由于厌恶自己而更加厌恶对方。某日在母亲偷走她借贷来的微薄金钱吸食鸦片后，胡德芳决定毒杀母亲。小说描绘了胡德芳内心的剧烈争斗和人物之间的矛盾情感，将戏剧性的张力开到最大，但最后并未授予一个悲惨的句点，而是在冲突的高潮之后，复返人间蝼蚁的凡俗日常，进而再一次打碎蒋纯祖自以为是的革命激情，同时也是借此深化、复杂化蒋纯祖对于人民和生活的认识。

　　胡德芳濒于逆伦临界点的哀歌，让蒋纯祖从累日的麻木中觉醒，他认为自己之前对于胡德芳"只是看到这种生活底外表"，现在"接触到了它底核心"，他怀着沉重的同情前去探望，期待看到胡、张二人对无告的生活反戈一击：

> 　　蒋纯祖是期待着那种隆重的悲惨，期待着那种壮严[原文如此]的，他期待看见一个全新的胡德芳，她站在心灵底光辉中：但他在这里看见了一个女人，她疲乏，对她[原文如此]生怯，对赵天知亲切，使一头狗舐小孩屁股。①

　　蒋纯祖以为经历了险些毒死母亲的天人交战之后，通过生死巨大试验的胡德芳将会是一个"全新的人"，但他看见的仍然是原来那个女

---

① 路翎：《财主底儿女们》下册，第1148页。

人,同样疲惫,同样举起小孩大便完的屁股让狗舔舐干净,张春田也未因这次严重的事件而如何重新"洗刷自己底生命"。失望且不满的蒋纯祖在野地里奔跑,一身泥污地跑回了阅报室,看见已显破烂的报面刊载着褒扬高韵和王桂英演出的相关信息,他感到嫉妒,感到自己被埋没在石桥场的孤独。——这始终是叙事者所着意批判的知识分子惯习:熟练于将个人欲望妆点为"志气",再以"不得志"作为宽谅自身懈怠的说辞,或是牢骚满腹,怨愤时不我与,或是就此抹去面目,转向随波逐流。在起伏不定的心绪里,蒋纯祖想着自己无法工作是因为没有爱情,他在心中呼唤着"亲爱的克力",向虚空中他所想象出的她祝祷:"给我力量和祝福,但不要给我胡德芳!"① 然后激动地冲去向万同华求婚:

> 他要告白。他不知道他究竟要去告白什么,当然,是爱情,是猛烈的爱情。但是不是"道德的生活"呢?是不是"我们这一代"呢?是不是"不要一朵花"?显然都不是,又显然都是。②

透过这次"胡德芳事件",叙事者再度批评蒋纯祖对于人民和革命的自以为是。蒋纯祖将自身的冀求寄托于他人对于悲苦生活的反抗,他幻想通过恋爱,通过婚姻和家庭寻得解答,重建他自己也无法确定向往的究竟是什么的生活。蒋纯祖渴望与人民一同前进,但他并不清楚那到底意味着什么,他应当如何走近那条大路,真实的日子里并不存在任何救赎,蒋纯祖临终前所幻见的人民群像,方是叙事者所

---

① 路翎:《财主底儿女们》下册,第1159页。
② 同上书,第1160页。

暗示的"未来"。《财主底儿女们》第二部演绎的即是时代青年蒋纯祖在人民/革命与自我间的矛盾、冲突和苦恼,而活在这部40年代巨帙中的女性知识青年也有着各自不同的选择与际遇,但她们无论如何都不同于五四世代出走的"娜拉",即使是在剧作《云雀》中面貌最神似上一世代"娜拉"的陈芝庆亦然,在路翎笔下,她们都不自甘于续演启蒙话语所召唤生成的戏码。

大写的时代之"她"

本章第一节《"影响说"的辨疑和再商榷:并读〈约翰·克利斯朵夫〉》中,曾讨论到《约翰·克利斯朵夫》和《财主底儿女们》间的"互文性",本节后续部分将再触及此两部作品间的对照比较,借以探讨《财主底儿女们》中虚构与再现的逆写笔法,以及其中关于大写的时代之"她"的叙述。

少年克利斯朵夫初次经验的异性恋爱对象是比邻而居的贵族少女弥娜,有意思的是,两人的爱情并非被描写成情节烂熟的"纯纯的爱",引发两人热恋的除了身体的碰触,更多依循着两人所阅读的小说情节,他们的情感体会重复着他们的阅读经验,小说叙事赤裸地揭露"他们爱情中大部分是纯粹书本式的。他们想起读过的小说,自以为具有某些实在是没有的情操","如小说一般"作态地对彼此搬演情人的角色,而两人的阶级差异,更让恋情的受阻倍添"才子佳人的小说色彩"①。叙事者嘲讽着,但也说出那些诗意的时光并不虚假,两人的感官领受到平日所不曾察觉的万物温柔,也分别陷入真切的烦恼和愁苦。而蒋纯祖与外甥女傅钟芬为时短暂的"乱伦畸恋",也渲染着由

---

① 罗曼·罗兰:《约翰·克利斯朵夫》,第181、185、188页。

小说建构而出的爱情颜色，傅钟芬的人物设定以及她对于爱情的看法与弥娜相似，爱情的炽烈要素都在于要添加家庭反对的柴火，小说也同样响奏着嘲讽的调子，只是放回到作品整体来看，我们依然清楚察觉二者的不同。在《财主底儿女们》里，个人与群体的关系并不仅落于主要人物蒋少祖与蒋纯祖以知识样态组织的言说和思想里，多处对于人物情感关系的呈现也映射着这个关切。例如，在傅钟芬认为"爱情底关系愈不平凡、愈反抗家庭和社会，便愈美丽、愈动人"的叙述之后，叙事者紧接着极具意味地说明：

> 但常常的她是没有什么观念的：这个时代有很多这样的美丽的例子——她觉得它们是美丽的——对于一个热情的少女，是那样的富于刺激。这个时代给她提供了一个"她"；她觉得这个"她"是有着忠实的心，热烈的恋情，和勇敢的行动；她常常地就是这个"她"。而"她"底那个"他"，是富于才能，有着光荣，忠实而勇敢的。她不懂得蒋纯祖为什么不是这样。①

这个时代是特定的时代，这个时代性的"她"，落籍于特定的群体——生活在中国40年代的小布尔乔亚家庭出身的女性知识青年。

对照上述《约翰·克利斯朵夫》和《财主底儿女们》让现实里的情爱逆向成为小说再现的叙事处理，似乎隐约证实了罗曼·罗兰《约翰·克利斯朵夫》对于路翎创作的影响，但如果秉持的是路翎写作《财主底儿女们》第一部时并未读过任何一册《约翰·克利斯朵夫》的推想（详见本章第一节的相关讨论），那么我们可再列举《财主底儿女

---

① 路翎：《财主底儿女们》下册，第824页。

们》第一部里王桂英的叙述作为某种程度的反证：

> 王桂英和很多女子一样，是从小说和戏剧里认识了这个时代的。她不满意她底生活，因为她确信，只要能够脱离这种生活，她便可以得到悲伤的、热烈的、美丽的命运。象小说和戏剧里的那些动人的主人公们一样，她将有勇敢的、凄凉的歌。她觉得，在这个时代——多么惊人的时代！——人们是热烈地、勇敢地生活着的。因此一切平常的生活于她毫无意义，她不理解它们。①

换言之，王桂英对于这个时代的"现实性"认识，极大程度是通过虚构性质的小说和戏剧而获得的，这与傅钟芬通过小说理解、在现实中操演爱情的途径如出一辙，叙事也同样不无嘲讽之意。而在另一处，第二部蒋纯祖与孙松鹤的一场谈话，蒋纯祖如此批判他人也批判自己：

> 当人们不再相信一切传统的时候，人们便得当心自己；最可笑的，是对革命，对自己的轻信；还有可笑的，是我们都从书本里得到一切：自由是书本式的自由，恋爱是书本式的恋爱，道德又是书本式的道德——几乎我底一切动机，都是从书本里找到根据的。②

并置这几个违背"将小说视为现实再现"规律的段落，或许我们

---

① 路翎：《财主底儿女们》上册，第63—64页。
② 路翎：《财主底儿女们》下册，第1058页。

可以试着这么理解：这是路翎对于当时的青年知识分子（也包括他自己）的一种深刻观察与反思，而罗曼·罗兰对于年轻人的恋爱也有类似的观察与体会，因此，两位创作者不约而同地通过文学手法加以呈现。同样是在《财主底儿女们》第二部，蒋纯祖甫脱离旷野流亡、生命告危的状态不久，衣着破烂还带着血污的他走进书店兴奋地翻阅着书籍杂志，感到快乐，而叙事者怀抱着同样的激情如此议论：

> 这个时代的青年们，大半是在站在书店里的那些时间里得到人生底启示和天国的梦想的。那些站在一起的青年们，是互相地激起了一种肉体底紧张的苦恼和心灵底兴奋的甜蜜——是互相地激起那种狂热的竞争心来。在这些时间里，那些字句是特别地富于启示，它们要永远被记得。所以，这些书店，便成为天才底培养所，和狂热的梦想者底圣地了。在那些书架和书桌旁边，这个时代底青年们，他们底腿和手，是在颤抖着，他们底脸孔充血，他们底眼睛，是放射着可怕的光芒。①

这个段落的描写，再现了战争时期知识青年共通的生命经验，路翎也是其中一个，靠着站在街边书报摊和书店里"打书钉"的长久阅读，拮据的路翎学习前人的创作成果也形构着自己对于现实世界的认识。就如同把路翎的书信也视为一种文本，书信与小说往复在所谓现实与虚构之间的互文性，会让我们更深刻地认识到，曾经有过那样一个生活在40年代中国的知识青年（路翎），在苦苦地思考与创作着；书本作为知识的贮藏槽与叙事的集散地，有时反而逆向支配着生

---

① 路翎：《财主底儿女们》下册，第756页。

活,让现实成为虚构的拟仿之物,一如前文所讨论的《财主底儿女们》几个片段。而青年张扬的情绪起落,带着虚矫的表演性,问题是,痛苦是真的,眼泪也是真的,那是拿生命拼上的,死亡发生了,无可逆反;这些浮夸但又真挚的激烈情感迸发着种种冲突与矛盾,蕴生出不可挽回的错误,时常也软弱着,弃守了应有的道义,但行动力却也由此而生——路翎的小说试着捕捉的正是这样的情感。

路翎小说中的"性/别"是一个有待深入探析的课题。《财主底儿女们》中的人物(不限于主角蒋家三兄弟——蒋蔚祖、蒋少祖和蒋纯祖,也包括本节所讨论的女性角色),对于恋爱、婚姻和家庭的看法,映照出转折年代里人们对于"婚姻家庭连续体"理解的鲜明演变及改造的过程,让我们得以探看小说文本和论述生产与再生产之间的关系。就路翎笔下关于知识青年题材的小说而言,《谷》《青春的祝福》和《旅途》,以及剧本《云雀》,亦明显具有相类的刻画、呈现及重要性,谱写着"知识青年—恋爱—革命/人民"的联结叙事,而本节所论及的40年代的"娜拉"们亦同在其中,呈现出大写的时代之"她"的不同倒影,共同创造了"她"。

路翎同处久经战乱而激情又匮乏的40年代,同为青年智识阶级的一员,他几乎不带距离地描写着同时代青年男女的矛盾和挣扎,《财主底儿女们》百科全书式的描写,为后来者探索40年代社会史和知识分子心灵史提供了出色文本。无论"他"或"她"是如何浅薄又脆弱,如何在自矜自傲的幻想中跌跌撞撞,路翎始终努力刻画着这些浅薄、脆弱,这些跌跌撞撞中艰苦盛放的"庄严的花朵",一如《财主底儿女们》的叙事者对于人物陆明栋的如下诠说:

> 陆明栋是到了奇异的世界中。他兴奋地感到悲伤和甜蜜。陆明栋陶醉着,和他底那个"他"奇异地混合了。在武

汉，有无数的青年，和他们那个"他"奇异地混合，如人们所爱说的，从他们底痛苦的、平凡的生活中被时代底风暴吹走了。少年们所经历到的那种强烈的、悲凉的、光明的恋爱之情，是痛苦了多年的中国所开放的庄严的花朵。①

---

① 路翎:《财主底儿女们》下册，第812页。

第三章　前夜：40年代作品

> 现实主义容许各种心情，对么？①
>
> ——路翎

> 当我是奴婢的时候我有奴婢的感情。
> 当我是主人的时候我有主人的感情。
> 当你是爱人的时候你有爱人的感情。
> 当你是敌人的时候你有敌人的感情。
> 我们永不必担心我们没有感情，
> 我们是什么便是什么样的感情。②
>
> ——姚一苇《孙飞虎抢亲》

---

① 路翎1942年10月15日自重庆致胡风信。路翎：《致胡风书信全编》，第59页。
② 姚一苇：《孙飞虎抢亲》，载《姚一苇剧作六种》，台北：书林出版有限公司，2012年，第148页。此剧写于1965年。

第一节　荆棘上的蜗牛：底层的复仇与幻想

前行如陈涌、赵园、钱理群与杨义等研究者，均已注意到路翎主要写作两种类型的工人："一种是由农民转化而来的工人；一种是带有流浪汉经历和气质的工人"，"流浪汉—工人"是"路翎在40年代文坛中新开拓的生活土层"①。40年代的路翎，确然大致写出了两种工人典型：一是农民出身的工人，性格较为软弱，不善争夺，因而受着最大的剥削，可谓是被侮辱与被损害的最深者，例如《卸煤台下》工伤断腿、精神崩溃而最后贫穷至让妻的许小东；另一类型的工人则带着狠劲、强悍，不是能轻易被欺负的工人，他们四处流浪，阅历丰富，或是有长久当城市工人的经验，参与过罢工斗争，甚至当过兵打过游击战，最典型者即是《饥饿的郭素娥》中的张振山。路翎不仅创造了"流浪汉—工人"这般崭新的人物形象，并常在结构上采用一种双生并立的人物模式以对照呈现，诸如《黑色子孙之一》（1940）、《饥饿的郭素娥》（1942）、《卸煤台下》（约1942）、《王炳全底道路》（1945）与《燃烧的荒地》（1948）等作品，而路翎关注矿区生活，立意描绘发生于其间故事的方式，则主要通过展演人物的内心世界。路翎在所开拓的生活土层里勤加耕耘，他专注于描写角色的精神样态，笔下的人物泰半有着疾风骤雨般的性格，情感激烈，起伏不定，他所描写的底层工农，经常近似于人们对于知识分子的一般印象，何绍德（《何绍德被捕了》，1941）便是这样一个青年工人。

何绍德一出场，叙事者便概括他是"一个阴郁的人"，"脸上蕴藏

---

① 杨义：《路翎——灵魂奥秘的探索者》，载杨义、张环、魏麟、李志远编《路翎研究资料》，第166、167页。

着愤懑"。何绍德是一个很出色的矿工,逃离军队后又辗转进入矿区继续挖煤;何绍德不时深深思索着他所遭际的一切人事,他的"灵魂里有着更多的愤怒"①:

> 他孤独,悲凉,世界在他眼前展开,他带着光辉的年青在这世界上行走;然而总是什么东西压迫着他,使他不能满足他底欲求,使他苦痛,他所要求的东西是多么不容易得到啊,现在是,又回到贫苦的黑色的生活里来了;贫苦就首先使他底愤恨燃烧:"为什么他们这样蠢笨,这样可怜呢,为什么他们要糊里糊涂地生活,在井里跌死呢……"②

何绍德这样一个青年工人,有些神似于路翎剧本《迎着明天》(1949年7月初稿,1950年11月整理)中的李迎财,也带有几分《饥饿的郭素娥》中张振山的气息,但我们仍可明确感受到这几个工人人物性格间的分殊:例如李迎财较多犹豫不决,张振山更为狠辣凶暴,而伤兵何绍德赌着青年人的气魄面对昔日副连长的缉拿不愿逃走。就像同样是农民出身的工人,《卸煤台下》的许小东,《黑色子孙之一》的金承德,《饥饿的郭素娥》的魏海清,《破灭》的张叙贵,均可见明显差异。他们在战乱年代的身世相近,都离开了故乡耕作的土地来到市镇成为产业工人,贫穷,受到包工克扣工钱,日夜艰辛地劳动却难以温饱,他们对于所受到的剥削都有着身体性的认识,对于剥削结构的整体认知则或深或浅。这些工人,有尝试组织起来串联罢工的,如《卸煤台下》的孙其银;也有工伤疯残而无力挣脱绝境的许小东。或是无

---

① 路翎:《何绍德被捕了》,载《路翎全集》第1卷,第22页。
② 同上书,第25页。

法确知他未来会否投身革命,但从文本的字里行间,读者确实嗅知到种种可能性,如《黑色子孙之一》的矿工石二,始终闷烧着"复仇"的意念。在摔落矿井死去的同伴金承德坟前,石二裹着拒绝参与矿区里河南人和湖南人斗殴却仍受到伏击的头伤,朝向旷野上矗立的烟囱与厂房"伸出他底强壮的手臂",哑着嗓子说"要报仇的"①,而已经看见"社会结构"之坏的矿工何连甚至这么对石二说:

> 人生就是这么样一个东西;苦痛连着苦痛,比方,在你想着什么,也许是想着将来罢——在你回家去的时候,你底老婆突然难受地和你说,米吃完了,于是你刚才所想的一切,一切快乐和希望,就散了,我们被压迫着,因为要吃饭,整个的社会构造是这么坏!②

路翎小说在理性剖析人物内心起伏的同时,还如赵园在《路翎小说的形象与美感》中所一语中的地指出的:"情节的戏剧性,往往让位给情绪的戏剧性"③。路翎小说构造的方式,多数时候正是通过人物情绪、情感的跌宕来驱动情节,"复仇"便是演绎情节、显现戏剧性的一种重要情感,而结构人物"复仇"情绪、感知报仇意念的不同情节内容,更暗示出距离革命路途的远近,就中可能蕴含路翎思想中对于"革命"与"解放"的态度,以及如何看待人民与革命、解放间的关系之看法。

路翎小说可常见"抓壮丁"情节,如《罗大斗底一生》(1944)、《蜗牛在荆棘上》(约1943)、《王兴发夫妇》(1945)、《王炳全底道路》(1945)等,反映着当时普遍的社会现象。《王兴发夫妇》的主角王兴发在乡村

---

① 路翎:《黑色子孙之一》,载《路翎全集》第1卷,第64页。
② 同上书,第52页。
③ 赵园:《路翎小说的形象与美感》,载《论小说十家》,第207页。

间四处流浪,打了20年工才靠着攒下的些许积蓄连同借款娶了翠珠,在负债中好不容易盖起了一间小屋,靠着耕种一块永远偿还不清东家欠债的小田地勉强养活一家子,而当抓壮丁的变故袭来,那本已摇摇欲坠的幸福顿时崩垮。逃脱镇公所卫兵看守的王兴发回了家,用斧头击杀欺压、追捕他的杨队副报了仇。王兴发决意告别翠珠奔出家门,但当他走过自己耕作的水田,却还是因离不开田地而颓坐田边束手就缚。《王炳全底道路》的主角王炳全受到有钱姑父张绍庭陷害替代其子当了壮丁,他怀着仇恨的心离去,两年军旅生涯因患重病被队伍抛弃,侥幸活下来之后,在城市里四处做工,木材厂、砖瓦窑、机器厂,王炳全在几年间成为一个熟练工人,寄回家乡的信却毫无回音,染上了城市工人酗酒、赌博习气的他漠然相信自己的妻女死了,但终于,王炳全决定返乡看一看再出来重新开始自己的生活。回到故乡的王炳全,得知田地已被张绍庭夺去,小女儿病死,走投无路的妻子左德珍在张绍庭的安排下改嫁年长的农民吴仁贵。但故事最后,王炳全并未报复败落了的张绍庭,在看见左德珍已经重新开始的生活后,他毅然决定离去。王炳全对着心怀愧疚的吴仁贵——朴实苦守田地的吴仁贵,对照离乡离土远走的王炳全——宣告,也是对着读者宣告:"你要晓得,在这个世界上各人有各人的路,不是你我都能够做庄稼人过一生的,也不是你我都能够——"他指着山下,"走这条路的!"王炳全"勇敢地,但是有点慌张地"奔赴属于他的命运。[①]《燃烧的荒地》的主角张老二,是一个"爱惜田地就像爱惜自己底亲人一般"[②]的佃农,恶劣的地主吴顺广设计夺去他的屋子和田地,原本的东家郭子龙强占他的妻子何秀英,但张老二却继续为郭子龙耕种那根本不属于他的土地,小说叙事描绘

[①] 参见路翎:《王炳全底道路》,载《路翎全集》第2卷,第69页。
[②] 参见路翎:《燃烧的荒地》,载《路翎全集》第2卷,第466页。

张老二如何在那舍不下的即将收割的田地里感到绝望，直到故事最后，张老二愤然提起斧头走过乡场，大喊着"报仇"手刃了吴顺广，行刑前对何秀英喊着："不怕的，秀英！报仇啊！"而枪响后乡场的旷野"长久地寂静着，好像凝结起来了"。好像那个悲壮的声音仍然在它的上空震荡着，喊着："报仇啊！"①

有研究者在分析20年代革命小说的叙事形式时区分出四种叙事的结构类型，指出"劳动者受压迫及其抗争的革命叙事"里的劳动者，"焦虑的仅是自己的生活困境，所欲望的也仅是正常、合理的生活"，这些劳动者的革命叙事，变成"表现劳动者不幸生活的文本，成为替劳动者诉苦的文学"，"没有充分理解无产阶级革命是为建设现代国家这个历史任务而服务，反把它叙述为是替劳动者谋幸福和合理生活的民间草莽行为"②；而"现代革命者的成长叙事"里"主人公的欲望是为被压迫阶级的解放和人类自由的国家革命"，"由反抗的自发性走向革命的目的性和自觉性，使革命叙事由民间化转向国家的历史叙事"③。路翎关于底层工农受到压迫及其反抗的小说，接近上述分类中的"劳动者革命叙事"，也是较为"落后"的一种革命叙事，不同的是，路翎的小说不再依循民间化的书写特点，用曲折的情节刻画、彰显简单的善恶二元，而是转向剖析人物的矛盾心理。亦即，路翎小说的内容及其主人公的复仇情感是"落后的"，落后于革命的时代语境，也落后于理想的革命叙事的分类与重构，然而路翎偏向人物内心的叙事方式却是一种现代小说的笔法。

我们若略加比较一下故事中王兴发、王炳全和张老二的人物设定，对照他们所展现出的三种"人生道路"，不难发现，三则小说通过描绘

---

① 参见路翎：《燃烧的荒地》，载《路翎全集》第2卷，第490—491页。
② 王烨：《二十年代革命小说的叙事形式》，昆明：云南人民出版社，2005年，第89页。
③ 同上书，第122页。

三个农民的选择，分别给出了不同的革命可能性。若依创作时序并读这三则农民的故事，可尝试诠释为路翎在创作过程中摸索如何应对农民解放与革命的道路：不同层次的复仇意念卷动不同程度的革命动能，而相关的情节演绎寄寓着作者路翎的主观期待和历史判断。一方面，路翎承袭了鲁迅通过小说创作显示农民与中国革命道路关联性的尝试，赵园即曾指出："把农民的觉悟看做社会变革的必要条件，从这个角度开拓农民题材，鲁迅是第一人。"①另一方面，这样的创作演绎进程，可谓是路翎在当时的社会语境中通过小说虚构逐步做出的具体回应，而这点和毛泽东对于中国革命道路判断的方向一致。②路翎小说切实反映出革命的动能取决于农民群体对于自身境况的认知与决断，即便在个人层次上都有偶然性，路翎仍然花了很大力气去描绘这样的"偶然性"——发生在广大土地上的一个个故事断片，当断片串连，众多偶然性聚合并同时迸发，意谓社会性质的结构性变化，即革命的到来。

路翎笔下的农妇，往往有着杂草般的粗野韧性，她们即使陷入极端的贫苦绝境，也能倚靠某种本能的身体感活存下来，在寻常的生活里寻求改变，以一种看似麻木的姿态在静默中展现复仇意志。例如《卸煤台下》一则，相对于镇日烂醉，老拄着拐杖在厂区对人宣讲"福

---

① 赵园：《鲁迅与俄国现实主义文学》，载《论小说十家》，第301页。
② 1945年4月24日，毛泽东在中国共产党第七次全国代表大会的报告中以农民为土地问题的核心：农民是"中国工人的前身"，也是"中国工业市场的主体"，只有农民"能够供给最丰富的粮食和原料，并吸收最大量的工业品"，农民也是"中国军队的来源"，"士兵就是穿起军服的农民"，同时，农民也是"现阶段中国民主政治的主要力量"，"中国的民主主义如不依靠三亿六千万农民群众的援助，他们就将一事无成"，农民也是"现阶段中国文化运动的主要对象"，"扫除文盲""普及教育""大众文艺"与"国民卫生"，离开了广大的农民只是空话。参见毛泽东：《在中国共产党第七次全国代表大会上的口头政治报告》，载中共中央文献研究室编《毛泽东文集》第3卷，北京：人民出版社，1996年，第303—355页。另参见毛泽东：《论联合政府》，载《毛泽东选集》第3卷，北京：人民出版社，1991年，第1029—1100页。

音",说等孙其银他们回来就要好了的许小东(也是借由疯人—先知预言了美好的未来,而此时的人们还无法相信,因为"物质基础"尚未充分到足为凭信),许小东的女人被卖给长工当老婆后,还挂记着找人送钱给许小东而被长工毒打,小说最后结束在"呆钝的含恨的女人,总是每天从地主底山头上遥望着卸煤台"的目光里。① 这种日日面向卸煤台的恨恨凝望,似乎诉说着这个原本一心只想回乡种地的妇人,不甘屈服于那夺去她一切的"什么",即使她无法说出那究竟是"什么",但她知道恨意所应该投注的方向。

《王兴发夫妇》中另一种对于"复仇"的描写,则是通过"幻想"来进行的。王兴发刚被押至镇公所的时候,妻子翠珠跟着在镇公所外蹲了一整天,在疲惫的半梦半醒之间,她听见街角传来傀儡戏的锣鼓声响,接着她"仿佛是梦见了这一切"——翠珠看见女傀儡在台上奔跑、寻找着什么,而翠珠明白她是在寻找杀害她与丈夫的凶手,并且找到了:

> 王家么嫂[翠珠]紧张着,甜蜜而痛苦。这个冤魂,在一阵绝对的寂静之后,举起她底手来发出了一个复仇的声音。同时从什么地方发出了一个更可怕的复仇的声音,从天上投下一条红布来,勒住了她底仇敌底咽喉。从天空,从极深的地下,发出了更多的叫声,喊声,可怕的声音,这个复仇的幽灵就战抖着,举起她底尖刀来。②

小说接着描写翠珠"突然地吓醒了,寒战了一下。强烈的快乐混合着恐怖,她觉得不明了,她觉得自己就是那一个复仇的幽灵"。这

---

① 参见路翎:《卸煤台下》,载《路翎全集》第1卷,第119页。
② 路翎:《王兴发夫妇》,载《路翎全集》第2卷,第35页。

样的情节安排,这样的"幻想"自然是"落后"的,但之于没有出路、陷于绝望境地的"底层"如翠珠来说,却蕴藏着撑持她们继续下去的力量(接下来的情节是惊醒后的翠珠拖着小孩奔入镇公所,叫唤似乎已经睡去的王兴发趁着没有守卫看守时快些逃走),固然,不合时宜的"幻想"情节殊乏革命的力道,恐怕不符解放区延安文艺企求的"进步"左翼叙述。而路翎这则小说,通过戏台上女傀儡的复仇行动,通过翠珠恍惚中将自己等同于"复仇幽灵"的幻想情节,形同悄悄借用了鲁迅在1936年《女吊》中面对"落后性"判断所做的回答:"自然,自杀是卑怯的行为,鬼魂报仇更不合于科学,但那些都是愚妇人,连字也不认识,敢请'前进'的文学家和'战斗'的勇士们不要十分生气罢。我真怕你们要变呆鸟。"[①]更进一步地,小说叙事的复仇声响并不仅仅出自女傀儡／翠珠,而是从天上地下四面八方涌来,此处的描写犹如展现着从特定的个人反抗到面目模糊的集体奋起,与此同时,集体的声量是"可怕的",而"杀"的复仇快感,总也是混合着恐怖,路翎的小说不期然地也铭记了个人在集体中的危殆不安。

路翎小说中的人物,除了多拥有复杂矛盾的情绪情感并常在疯狂或疯狂边境辗转之外,最为突出的一项特征是充满幻想。而当"幻想"着落于底层人物身上时,会格外碰触到当时左翼文艺范式的敏感神经,"幻想"不是底层人物典型的想象所应具有的特质。相对于前述王家么嫂翠珠那样一种构筑着复仇意味的"幻想",路翎部分小说中对于人物幻想的描绘,是为了在合理指向未来有可能实践的想象之后,毫不留情地打碎人物先前的幻想,而这一方面直指出人物所幻想的正是其所得不到的,让读者必须进一步追问为什么,另一方面也让有关

---

① 鲁迅:《女吊》,载止庵、王世家编《鲁迅著译编年全集》第20卷(一九三六),第258页。此文写于1936年9月19日至20日,原刊于1936年10月5日《中流》半月刊第1卷第3期,曾收入鲁迅选编的《且介亭杂文末编》。

受苦者借助幻想以脱离当下苦境的诠释无处容身：人物终究无法通过幻想置换掉他/她所身处的困境。例如《罗大斗底一生》中罗大斗的母亲，幻想自身幸福的晚年：

> 她想着她底媳妇怎样地走进房来，怎样地听她底话，做一切事情，并且把儿子劝进了正当的道路。她想着，她怎样地和年轻而柔顺的媳妇坐在门前的阳光下，安静地纺着线，周围有嘹亮的鸡啼和愉快的笑声。她想到了美丽的孙儿和她底幸福的老年。①

但随着情节的行进，读者都将知道罗大斗的母亲不仅没有媳妇，连儿子都失去了，最后拥有的不是一个幸福的未来，而是一个疯狂的晚年。再如《棺材》中的木匠李荣成的妻子李嫂：

> 这女人就这样痴站着，在幻想自己对它一点常识也没有的远方豪华世界和炮火世界，或根本不属于人类的世界——在那世界里，自然也要木匠造房子，但那些木匠都不穷苦，不凶暴，自然也有一个李嫂，不过她并不替人家喂猪扒地……②

在这个世界里的李嫂，丈夫就是穷苦而凶暴的，她就是得要替人"喂猪扒地"。在《棺材》的叙事者揭露李嫂曾经是一个地主女儿的之前和之后，对于她贫困的叙述不异于任何贫穷的底层人物，她与李

---

① 路翎：《罗大斗底一生》，载《路翎全集》第 2 卷，第 8 页。
② 路翎：《棺材》，载《路翎全集》第 1 卷，第 78 页。

木匠之间的亲密关系同样被粉碎在贫病交迫的生活困境里,而他们对此并非一无所知。此处试图说明的有二:第一,"阶级"并非路翎小说着重的唯一轴线,对于复杂万象的生活再现也不可能如此简化,而这样复杂化的书写本身,正区别出不同的文学主张和左翼政治光谱;第二,这些幻想,不仅意味着人物的欲望,而且回过头来建构出人物在小说中的存在,这些人物正因为他们的"欠缺"与"失落"而立体化,并得以演绎出故事情节,借此我们也得以认识到他们所存在的环境和身历的苦痛。

《棺材》中的李嫂,逃离原生家庭,其婚后穷苦的底层生命,仿佛隐隐重省鲁迅1923年女师大演讲《娜拉走后怎样》[①]的提醒。而这部分小说叙事的复杂度,体现于我们在读到李嫂哭着说"我丑,我穷,我破烂,我偷"[②]时同感于穷人的无措与富人的不义,以及伴随着"深刻诠释"而来的对社会结构的抨击、对黑暗政治的控诉,等等。由于她再也不可能拥有"黄金的女儿生活",李嫂"多么愿意"离家前那种"素朴的淑静的、多幻梦的生活"不再继续存在——如若那样甜美的生活仍然存在于她所放弃的世界,那么之于她此际的穷困、她的破烂与偷窃,不是更大的难堪与羞辱吗?再者,路翎在这则故事里,写富人欺负穷人也跳脱了通常的刻板印象,虽可明白读出小说中对于富人的嘲讽与批判,但小说叙事也同时描绘出王氏兄弟的"富"并非唾手可得而是有其锱铢必较、抉心钻营的一面。简要地说,路翎的小说复杂地写出了不同的生存处境,并不示以即刻的道德评价或是非论断。

底层人物的"幻想",似乎经常误触特定阶级道德情感的界线。

---

① 《娜拉走后怎样》讲于1923年12月26日在北京女子高等师范学校文艺会,原刊于北京女子高等师范学校《文艺会刊》第6期(1924年),经鲁迅订正后转载于《妇女杂志》(上海)第10卷第8号(1924年8月1日),后收入杂文集《坟》(北京:未名社,1927年)。

② 路翎:《棺材》,载《路翎全集》第1卷,第79页。

而底层人物的"想"常常仅被视为出于贫苦的一种"算计",与懂得"计划"的知识分子阶层不同,即使被同情式地理解、将之好意诠释为一种结构性压迫下的不得不然,依然是一种不被肯定的思考样态。底层人物的"想"若要受到肯定,往往得承载着较多的"大我"内涵,带有革命前瞻性的"觉醒"——底层往往得向人提供同情和悲悯的生产素材,励志上进的精神来源,或是穷困的教训,朴实无知的人物形象,甚至是觉醒和革命的契机等社会性的情感劳务,这是无比沉重的"再现的重担"①。换言之,底层工农必须要适切地表现出知识人和革命理论家对他们的想象,而那些想象的内容往往也装填着为多数人包括底层自身所肯定的特定正面价值(比方勤劳纯朴,却少见优雅聪慧)。然而,路翎的小说竭力呈现底层人物"不为人知"的幻想与"想",例如砖瓦工人徐吉元(《泥土》)和米坊工人林福田(《歌唱》),改变窒闷劳苦生活的"渴望"让他们频频"幻想"着,也让他们想着许多事,但底层人物的"想",怎么想,并不重要:

> 村子上的人们都高兴他,都说他好,老实、勤勉;他也就竭力地做到老实、勤勉,从来不说多话,从来不惹是非,也从来不喝酒和赌钱;一吃过晚饭,就躺到他底老板后院里的一间小房里去了。他在这些悠长的孤寂的晚上,在他底可怜的小房里究竟想些什么,是从来没有人想到过的,因为对于别人,这是丝毫不相干的,只要他老实、勤勉,就足够了。②

---

① 酷儿学者海涩爱曾著文探讨社会他者所背负的"再现的劳务"(labor of representation),指出底层的边缘主体不仅必须再现自己,"承载自身在社会意义上的残缺或不合格的标记",还需提供诗人们代入(vicarious)受苦的机会(指诗人们通过想象他者的苦难产生情感的能量)。参见[美]海涩爱:《活/死他者》,林家瑄译,载刘人鹏、宋玉雯、郑圣勋、蔡孟哲编《酷儿·情感·政治——海涩爱文选》,新北:蜃楼股份有限公司,2012年,第73—84页。
② 路翎:《泥土》,载《路翎全集》第2卷,第173页。

徐吉元明白人们对于好工人的想象与要求是什么，扮演着一个好工人该有的样子：老实、勤勉，不多话，不喝酒赌钱。林福田警惕着不要像同乡刘大海一样"变坏"——跟穿着高跟鞋的时髦女人勾着手在街上走，林福田对于刘大海只想着赚钱，喝酒赌钱，以及"怎样地爬到城市生活底高的阶梯上去"感到不满，但他同时也意识到自己回不了家乡，终究会成为这个城市的"奴隶"与"主人"。难得不用工作的休假夜晚，林福田在城市里四处走逛，"这肮脏的，这充满着粪便和垃圾的河流在月光下显得这样地纯洁而柔美"，让他感动，他不停地想着走着，发呆，沉思，幻想，悲愤地觉得自己就像是广场上那匹衰老的拉车的马，曾经是那样"壮健而年青"，如今却"浑身都是创痕"，但通过幻想的运作，衰疲的老马挣脱了重载，拉着"车底残骸向旷野飞奔"，"向着明亮的美丽的河水慢慢地跑去了"①。林福田在自己的幻想中得到了宽慰，结束感伤的一晚，回到窄小的工作棚后立刻就睡熟了。对照《泥土》，《歌唱》更多地呈现出底层人物"幻想"里的保守性质，其中的残酷性则在于，仿若本雅明笔下城市漫游者的林福田，在驰骋幻想之后，依然是一个穷苦的工人，而这显然寄寓着路翎的批判。扼要地说，路翎对于底层工人的再现参参差差相互对照，他尽力描写着各色各样的底层人物与人生道路，而不仅仅摹写一个符合革命道路的觉醒工人模板。

相对于工人徐吉元的"自觉"，雇佣他的小厂主刘树彬则希望不仅拥有徐吉元的劳动力，也要拥有徐吉元对于劳动的想象：

> 他实在是非常愤恨。也非常苦痛，他要他底工人快活起来，他要占有他底工人底心。他要徐吉元感激他，对他忠

---

① 路翎：《歌唱》，载《路翎全集》第 2 卷，第 182—187 页。

诚,勤勉安份而且常常快乐;他渴望把徐吉元心里的一切非份的思想和敌视他的东西都赶出去。①

工人徐吉元清楚地知道,代表着他所理解的世界的"人们"并不关心他究竟在想些什么,只要他能保持一个老实、勤勉,具有生产力的好工人状态就够了,他也知道自己其实并不安分守己,他渴望着建立属于自己的家业而不是为了他人奔忙一辈子(追求私产的"落后"心理);小说叙事揭露也肯定着底层人物的"想"与通过上层审视的能力,而面对徐吉元不干了的反抗背影,刘树彬感到"恐惧而又厌恶",他对徐吉元嚷着说:"主人呀,他妈的,我看你要做主人呢!"②是的,奴隶希冀做主人向来都让人感到"恐惧而又厌恶"。文本此处呈现了"恐惧而又厌恶"这样一种权力关系里上层(虽然刘树彬也是在穷苦边缘辗转,并不属于有资源的上层)对于下层常有的情感状态,在《燃烧的荒地》里也有类似的叙述。大地主吴顺广能体谅同样地主出身却败落的郭子龙,但对跟随郭子龙一起反对自己的贫农张老二却感到真正的愤怒,强夺张老二的土地时手段也更加狠辣,对于这样的情感落差,叙事者小结说,吴顺广的敏感是一种"真正的社会阶级底敏感"③;在另一处,叙事者则借郭子龙的口对张老二说:"仁义忠厚,是为了我们这些人打算的。"又说:"你从来都不晓得,你们这些人要是联在一起的话,会有多么骇人!我带过兵,晓得的!仗是哪个打的?兵打的!兵是哪个?兵就是你们这些人!我打他们,骇他们,叫他们仁义,我统治他们,可是我怕他们!"④而在充分的篇幅蓄积之后,《燃

---

① 路翎:《泥土》,载《路翎全集》第2卷,第178页。
② 同上书,第180页。
③ 路翎:《燃烧的荒地》,载《路翎全集》第2卷,第406页。
④ 同上书,第464—465页。

烧的荒地》的叙事者更进一步揭示出奴隶不能想、不敢想、不显示所想（于是惯常被理解为没有思想），乃至于在许多时候确实也无法想的理由。叙事者对这样的情感状态提出了结构性的解释：

> 这个奴隶爱护他底统治者，赞叹着他底统治者底良善和宽大。这是因为，一切的社会力量都指示着、强制着这种感觉；这个社会随处都强制着奴隶们去感觉统治者底漂亮的面貌，并且要人们把他们底罪行当做无辜的弱点去怜恤，而奴隶们则是生活在黑暗中，被强制着不能感觉到他们自己底地位。①

路翎的小说一再出现其时企求进步和光明未来的正统左翼文艺观处理不了或根本无意处理的地方，这些底层人物的"复仇"心情，他们通常不能臻于改变现状的"幻想"，以及他们不具公义性质的"想"：错综复杂的心理周折、愤懑、悲痛和对于自身未来的擘画等。而路翎小说的叙事方式更是受到诟病，那些半梦半醒之间"昏迷"般的表述，那些心理样态形容词"的的的"堆叠的不和谐长句。路翎着力描写的是人物的心理变化，而不是人物的"实践"，更不是他们"觉醒"后的"公共实践"，这本身即是对于正统左翼文艺的一种挑战。路翎在小说中剖析人物内心的复杂，或许不尽成功，但他的努力通常仅被视为作者主观的过度介入、知识分子的幻想投射，等等。这样的一笔勾销或即因对于底层既有想象的局限，以及对于底层心理的向来缺乏关注。比喻来说，路翎小说企图介入和竭力书写的是向晚的"逢魔时刻"，而不是佶长的光昼白日，即使后者更是我们所熟知的"常态"也更为长

---

① 路翎：《燃烧的荒地》，载《路翎全集》第2卷，第471页。

久。路翎笔下的底层落于其时冀求的工农典型人物之外,他们不英雄也不是英雄,而底层竟然有思想更让人难以想象,特别是路翎的小说着重再现那些之于革命的集体解放无益的纠结难解的心理状态,那些庞杂的负面情绪、情感——许多时候,是比可能提炼出革命能量的悲伤、愤怒愈形秽恶的嫉妒、懒怠,等等——是逐日势成的主导性左翼文艺范式所无法容受也更难于肯定的部分。

赵园在《路翎小说的形象与美感》中曾指出路翎对于工人的关注:"在现代小说中,这样多地描写产业工人,而且是赋有英雄气概的产业工人,路翎也是值得注目的一个。他强调的,正是产业工人的阶级特质。最初是朦胧地,然后愈来愈清晰、强烈地,他由存在于、活跃于现代生活中的这个人群那里,具体地感受到了人的'雄强'。而人们往往记住了他笔下的'流浪汉',忽略了这'产业工人'。"[①] 在路翎50年代的小说和剧本中,我们可以看到更多洋溢着英雄气概的工人形象,而在40年代作品中的产业工人,路翎为新文学所创造的"流浪汉—工人"则是迸发着复杂情绪和情感的崭新工人类型。赵园并且准确地观察到路翎的作品表现出中国现代小说中"稀有的美感":"在整个现代文学的三十年间,还不曾有过一个人,以这样的浪漫情调写工厂、矿山,表现出对于大工业壮阔境界的陶醉。……路翎给文学引入了一种陌生的意象和美感。"[②] 事实上,路翎描绘景物的能力并不亚于他对人物内心的刻画才华,从小镇市街(如《路边的谈话》),乡场旷野(如《谷》)到矿区矿山,路翎对于环绕着人物的景物都有绝佳的把握,并呼应着故事情节和角色的情绪、情感,只是较乏论者留意到他对景物描写的细致,但无论是人物的内心或外部景物,对于细节与细微变化的呈现,是路翎作品能带给读者丰富的感官刺激的关键。他在

---

① 赵园:《路翎小说的形象与美感》,载《论小说十家》,第194—195页。
② 同上书,第193页。

40年代以矿区为背景的作品,即关注工人、工厂、工业(化),对于压迫与被压迫、剥削与被剥削范式的"劳动现场",展开了不同以往的充分描绘。《饥饿的郭素娥》便是一个绝佳的例子。

放慢速度阅读《饥饿的郭素娥》,不难发现路翎描绘景物的细腻,值得留意的是,他运用舒缓的文学笔调描述向来被视为嘈杂纷乱的工厂矿区。小说开头如此描绘入夜后的厂区:"在铁工房底平坦的屋脊上,白汽从蒸气锤机底上了锈的白铁管里猛烈地发着尖锐的嘶声喷出来;夜快深的时候一切都寂静了,只有那大铁锤底急速而沉重的敲击声传得很远。深秋的月亮在山洼里沉静地照耀着。"[①] 下一段接着叙说机器房里的车床、钻眼机,以及下工的晚班工人。又如:第二节叙事描绘静卧在月光下的厂房、工人宿舍、洗衣房、米库……如何"用它们底微眬的窗户窥视着月光照耀着淡绿色的雾的潮湿的氤氲的山野,和月亮在白色而透明的云底湖沼里浮泛,星星在薄纱似的云片里碎金子似的闪烁着的高空"[②]。这些厂区、厂房,机器与工人,是此前作家鲜少投注目光的一部分,却在路翎笔下成为充满文学性的主要叙写对象,在《饥饿的郭素娥》和同期数篇以矿区为背景的小说中,路翎均给予了非比寻常的描写与记录,从而,我们对于矿山与厂区有了不同于既往的认识。并且,这样的描写与记录,在许多时候又是与人物的情感状态绾合在一起的。

例如《饥饿的郭素娥》第四节描绘张振山内心情绪起伏的同时,也交错叙写了张振山视野里的景物,如"风压迫着柳树,在水池里激起沉重的波浪,带着黑暗的潮气疾吹了起来。工厂底大躯体和严厉的黑云连结在一起,似乎在疾风里战栗,逐渐沉到地下去。但不久,当

---

① 路翎:《饥饿的郭素娥》,载《路翎全集》第1卷,第204页。
② 同上书,第210页。

空气突然短促地变明朗的时候,它又显露出它底坚强的,高大的姿影。最后,灰尘从空场上暴躁地升腾了起来,盖没了一切。远处,卸煤台底电灯在煤尘底涡卷里微弱地摇闪着"①的描写,呼应着张振山纠结的心情和动荡的情绪,柳树所受到的压迫感,水池里被激起波浪的沉重,灰尘的暴躁升腾,卸煤台电灯的微弱摇闪,在在都象喻着张振山沉郁又激烈的心情。

第五节在描写郭素娥黎明晨起田中劳作之前,则用了一个段落的篇幅描绘早晨的厂区,这也是此篇小说中几乎只存在于夜间的厂区,难得的白日时分的描摹。在晨间晴朗的蔚蓝色天空下:

> 工厂底巨大的烟突矗立在微紫色的,逐渐在阳光底照耀下散去的雾霭中,——有一条长而宽的透明的雾带纱一般地爱抚地环绕着它——喷着愉快的黄色浓烟。二号锅炉底汽管在山壁下强力地震颤着,它所喷出的辉煌的白汽遮盖了山坡上的松林,腾上低空,和乳白的温柔的绵羊云联结在一起。早班的工人吹啸着,抖擞着肩膀,跨过交叉的铁道,进到厂房里去。在翻砂房旁边的生铁堆中间,年青的伙子向明亮的天空吆喝,翻砂炉底强猛的火焰在阳光里颤抖着蓝紫色,腾起来了。②

紧接着这个段落的是郭素娥在阳光下坚实的劳动,但她此刻愉快的情绪,很快地在之后偶遇年轻农妇的过程里彻底消散,"短锄和新垦地不再像黎明时那样,以一种芳芬的力量和渺茫的希望引诱她了,

---

① 路翎:《饥饿的郭素娥》,载《路翎全集》第1卷,第224页。
② 同上书,第226页。

它们现在在她底眼睛里转成了可恶的存在。即使阳光和下面的辉煌的厂区也不能再给她以青春底自觉；她成为憔悴的，失堕的了"①。我们可以看见，描绘晨间充满希望的明亮厂区的部分目的，是为了带出之后郭素娥情绪跌落的反差。这一节也呈现了郭素娥在每日忍饥受饿的生活里反复经受的辛酸与绝望，恶意的邻人，需索无度甚至要她去卖淫供养自己吸食鸦片的丈夫，凡此种种都衬托出厂区在阳光下转瞬即逝的辉煌所象征的希望的无用。

另外，对于厂区爽朗气象的描写，却也有其耀眼的特殊性。例如相对于侧重工人异化劳动的认识，路翎在此也谱写出了另一种明亮的可能性，不同于城乡对立书写范式中对于工业化的敌意和原乡农田土地的怀恋，在这个段落里连烟囱喷出的黄色废气都是愉快的，锅炉冒出的白汽和天空中的绵羊云交融（而不是空气污染），工人精神抖擞而非恹恹无生气，我们在此看到了对于工业与工厂生机勃勃的讴歌。再以《破灭》为例，矿工张叙贵原本不佳的情绪，为厂区里人与物的律动所鼓舞：

> 他从窗户望出去，就看见了坡上的成群的矿工，从梳槽下面疾驰出来，横断宣文场而飞奔出去的，成列的煤车，以及矗立在坡上的锅炉房和电机房底雄壮的建筑。梳槽底巨大的白石槽被雨水洗净，显得那样的美丽，电机底颤动声是那样的悦耳。②

赵园的研究已留意到路翎作品中对于大工业的颂扬，认为这是

---

① 路翎：《饥饿的郭素娥》，载《路翎全集》第 1 卷，第 228 页。
② 路翎：《破灭》，载《路翎全集》第 2 卷，第 109 页。

与路翎对于大自然"力与美"的追求相一致的,她也认为路翎有时忽略了"这一种社会化的'力'"的"社会性质",并列举下述《家》中描绘"河南人"(一个与妻子因战乱流离、四处做工为生的工人)的段落,批评这类"诗意"的"感应"只能属于作者而非那些"机器的奴隶"[①]:

> 把他底身体歇在一颗[棵]发散着香气的桃树干上,他底眼睛向工场凝视着。铁底击响,火底高歌拥抱,马达底轰震,电灯底辉耀,——春夜里的灿烂,喧闹,炽热,使他底结实的身体热辣起来。他高高举起粗短的手臂,攀住了一根桃枝;一些饱满着液汁的叶子被他撕落;他把清香而潮湿的桃汁拿到鼻子上去,张开大鼻孔重新清朗地笑了;这笑声仿佛两块钢铁底急速的敲击。[②]

赵园的批评是深刻的,但这样的深刻根植在对于工人典型性的不同认识之上。显然,工人与机械间的关系,那些工厂中的铁与火、马达与电灯,不会有正面的热烈交融,钢铁的急速敲击也难以与工人的清朗笑声相互联系,机器运行的声响听起来怎么可能会是"悦耳"的?然而,在另一个历史语境里,例如路翎50年代再现工人护厂或劳动的小说和剧本,对工人与机器之间深厚情感的正面描写,有其试图趋近主导性文艺政策的创作努力,只是这仍不足以让路翎作品豁免于严苛的批评。再者,路翎有时也会通过放大描写男性工人的身体来呈现他所偏好的力与美,仍以《家》为例,叙事者如此描绘敌机空袭前后仍在奋力工作着的矿工金仁高:

---

① 赵园:《路翎小说的形象与美感》,载《论小说十家》,第192—193页。
② 路翎:《家》,载《路翎全集》第1卷,第14页。

> 这里是锅炉房,四张方方的大红嘴吞着煤。火焰在炉肚里轰轰地咬嚼着,撕打着,抱住了黑色的煤末,炉子底铁门打开的时候,血底红色就喷在工人底头发上,手臂上。……红亮底火光喷照在他底潮湿的胸脯上,额角上。他底手挥动着,连续地向大嘴里送着煤,大嘴用疯狂的歌唱来沉醉他。①
>
> 他底从纱布里袒露出来的瘦削的脸,和他底疯狂颤抖的胸膛,在火底沐浴里仿佛一座凶猛而又美丽的雕像。他挥舞着铁的通条,把它一直捣到炉肚底最深处。火焰为这外来的挑拨者而互相绞打着,黑色的煤被烧成疲乏的灰。②

在这两个段落里的劳动中,人与机器的亲密仿若进行着激烈的交媾。

回到《饥饿的郭素娥》第五节,和路旁年轻农妇的偶遇,让郭素娥苦笑自语着"我们过得真蠢"。郭素娥作为一个乡下女人,一个饱受欺压、无法温饱、无知无识的农妇,究竟可不可能对自己的处境有如此深刻的自我认识?多位评论者认为这里再次流露了知识分子作者自我意识的代入,"这无论如何不像是她自己的话"③,但如若郭素娥发出的"她捱不下,她痛苦……"的尖锐高音能为人所辨识与理解,那么此处她对于自身处境的敏锐认知,似乎并不那么令人惊奇。在第九节中描写郭素娥以久违的"细致的心情"收拾屋子的段落,小说叙事便如此直言解释何以郭素娥失却了这样的情感:

---

① 路翎:《家》,载《路翎全集》第1卷,第8页。
② 同上书,第10页。
③ 赵园:《路翎小说的形象与美感》,载《论小说十家》,第198页。

> 几年来，郭素娥在饥饿穷困里变得粗野而放肆，从不曾有过这样细致的心情；几年来，女人无抵御地跌在险恶的波浪里，所有的一切全溃烂，声音也成为昏狂的，从不曾在心里照耀过这样像田园底早晨阳光似的温煦的光明。①

"细致的心情"与温煦的晨光心境需要余裕，而这之于长年陷落在饥饿穷困中的郭素娥是太过奢侈的情感。小说叙事在此细细铺叙了这样一个底层女性的精神世界，虽则这样的"黎明"曙光更多是为了对照之后"黄昏"时刻向她袭来的大难。如同工人能否拥有细致情感，机器与工人之间的关系是冰冷或炽热，再现的正确性取决于时代的特定政治议程与我们的视野。而综观路翎在这篇小说中对于工厂和工人的描绘，对于"像一条愤怒起来的，肮脏，负着伤痕的美丽的蛇"②的郭素娥的种种心理描写，小说家路翎并未执着于单一的可能，也未服膺于当时左翼政治正确的书写议程。直到1989年路翎忆述当年《饥饿的郭素娥》出版后受到"这种欧化的心理笔法不合'中国国情'，是'歇斯底里与不健康'"的批评时，他仍然认为中国人民是有这些"不健康"的东西的，对于心理描写的坚持，正因他"寻求而且宝贵的"，是"在重压下带着所谓'歇斯底里'的痉挛、心脏抽搐的思想与精神的反抗、渴望未来的萌芽"③。而关于"典型人物"的看法，在多年后重新编选的《路翎小说选》自序中，他再次重申自己的创作目标：

> 现实主义的文学的根本是在于描写人物，与具体的历史相联的、社会的人物，"典型环境的典型人物"。典型的环

---

① 路翎:《饥饿的郭素娥》，载《路翎全集》第1卷，第244页。
② 同上书，第232页。
③ 路翎:《一起共患难的友人和导师——我与胡风》，载张业松编《路翎批评文集》，第287页。

境,大的类别里是又分出次的类别的,所以大的类别里有很多种环境。所以工人、农民、知识分子是有很多种的;正面人物和反面人物,也是各有很多种。社会生活里的多样性、丰富性、复杂性。我的文学向往是描写出生活里的积极性,也指出我所感觉到的消极性;我的文学向往是描写出生活里的形形色色,也就是很多类别的人物以及他们,这些人物,这些形象的倾向;我的文学向往是描写出这时代的正面人物,连同着生长他们的土壤;连同着他们的土壤也描写出反面人物。……文学不做观念的表白,是形象的思维……我向往典型的形象是高度概括性的,同时是个别的,即具体的、活跃的、热血的生命……①

路翎对于现实主义文学的创作主张,再次回应了历年评论者对于溢出"典型人物"想象的批评。就《饥饿的郭素娥》和其他题材相仿的小说而言,路翎对于工人与工厂的描写,正是试图呈现出"社会生活里的多样性、丰富性、复杂性"以及"多种的"工人与农民,例如魏海清与张振山正是路翎经常描绘的两种工人典型,也同时有着在此故事中的"个别性";在《饥饿的郭素娥》中,路翎既描写了深夜里过度劳动后佝偻的工人身体,也描写了朝阳下早班工人生机勃勃的吆喝声,厂区既是工人蒙受资方、包工层层剥削的处所,同时也是寄寓着生存希望让工人竭尽全力拼搏的地方。当然,这篇小说的"主题思想"一方面更多地呈现出产业工人在"劳动大海"里载浮载沉的样态,最后以一行"第二天,年青人开始上工了"②简短作结,更表述出一种沉郁

---

① 路翎:《〈路翎小说选〉自序》,载张业松编《路翎批评文集》,第241页。
② 路翎:《饥饿的郭素娥》,载《路翎全集》第1卷,第278页。

的讽刺性。熟悉路翎小说的读者不难即刻将这个卖力担着篓里旧锅旧铺盖和几只碗的离乡年轻工人对应到《卸煤台下》的许小东,而与他一起放弃土地、离开农村的妻子,那个揣着"我们会好些"想象的年轻妇人,最后被迫离开疯残的许小东跌落到更令其无措的穷困里。另一方面,对于郭素娥的惨死和所受迫害的呈现,带着五四新文学反封建的典型性,而从文本中对于郭素娥肉体上双重"饥饿"的直面揭露,或是当张振山以粗暴的声调问她"你要钱吗",郭素娥拉长音调同样粗暴地回答"我——要",等等,我们也看到了这样的形象超出了既有的五四文学视域,是另一种属于40年代工业化城镇边缘的"具体的、活跃的、热血的生命"。

第二节　云雀翔过天空:落伍的故事与坏情感

就路翎小说中众多神经质或显露着莫名狂想、奇想之疯狂性的底层人物,40年代以降的评论家常常将其批评为小资产阶级知识分子对于劳动人民不符事实的幻想描绘,将(小资产阶级)知识分子的思想与形象强加于底层工农的身上,看似写作工农,实际上再现的是(小资产阶级)知识分子。胡绳《评路翎的短篇小说》便持这样的一种批判观点:

> 不管作者所写的是什么矿工,但所反映了的却是一种知识分子的心情,要写工人的恋爱,但写出来的恰恰是一种知识分子的恋爱;要写工人的思想,但写出来的恰恰是一种知识分子的思想!

他的太强的主观妨碍了他去认真地写出他所看到的工人，而使他宁愿从意想中探索工人的"精神世界"，以致把他似乎是寓以希望的工人也写成是和某些知识分子一样地是"精神闪烁的神经质者"了。①

王瑶在1953年也提到，"这本质上是一种小资产阶级知识分子的个人主义思想，因此很难写出人民群众的真实面貌来"，"盲目的个人主义精神""歪曲了群众的面貌"②。面对同时代评论家的批评，路翎当年便曾力陈异议和这类批评论辩，在1948年12月9日的《危楼日记》序里也说："现在新的、伟大的时代已经鲜明在望，我就有一种愿望，要记下这些破砖、鬼影、泥土、人形、悲哭、欢笑和舞蹈的万木底简略的形态来。"③在1989年怀念胡风的文章《一起共患难的友人和导师——我与胡风》中，路翎又一次提到，当年胡风转述向林冰认为路翎的作品"衣服是工人，面孔、灵魂却是小资产阶级"的意见时，路翎说自己"还是浪漫派"，"将萌芽的事物'夸张'了一点"④。而针对批评的意见，路翎忆述自己当时在与胡风的讨论中回答道：

不应该从外表与外表的多量取典型，是要从内容和其中的尖锐性来看。工农劳动者，他们的内心里面是有着各种各样的知识语言，不土语的，但因为羞怯，因为说出来费

---

① 胡绳：《评路翎的短篇小说》，载荃麟、乃超等《文艺的新方向》，第64、67页。
② 王瑶：《中国新文学史稿》下册，上海：上海文艺出版社，1982年，第116、118页。
③ 路翎：《危楼日记》，载张业松编《路翎批评文集》，第179页。《危楼日记》署名"冰菱"，原载《蚂蚁小辑》之五《迎着明天》（1948年12月）、之六《歌颂中国》（1949年5月）与之七解放号《中国，你笑吧》（1949年7月）。
④ 路翎：《一起共患难的友人和导师——我与胡风》，载张业松编《路翎批评文集》，第282、283页。

力,和因为这是"上流人"的语言,所以便很少说了。……他们是闷在心里用这思想的,而且有时也说出来的。我曾偷听两矿工谈话,与一对矿工夫妇谈话,激昂起来,不回避的时候,他们有这些词汇的。……当然,这种情况不很多,知识少当然是原因,但我,作为作者,是既承认他们有精神奴役的创伤,也承认他们精神上有奋斗,反抗这种精神奴役的创伤的。①

人们说作者的主题思想"不健康",因为中国人民是没有这些的。……我认为是有这些的。我十分坚持心理描写。正是在重压下带着所谓"歇斯底里"的痉挛、心脏抽搐的思想与精神的反抗、渴望未来的萌芽,是我所寻求而且宝贵的;我不喜欢灰暗的外表事项的描写。②

从40年代到50年代中期对于路翎作品的凌厉批判,除了源自文学创作根本的看法与立场不同,更多地和其时左翼文学、政治主调所主张与欲显扬的工农形象有关,特别是在1949年之后,那些所谓的"精神奴役的创伤"或是被生活重担所压垮的落败、寒伧精神样貌和溃烂的负面情感样态格外显得不合时宜,不健康的工农形象必须被抛弃,昂扬才是合乎革命胜利的正确表情。在这样的政治氛围里,路翎及其作品所受到的严苛批判和不近情理的否定不难想见。

事实上,对于自己战争时期的创作,新中国成立后的路翎也意识到了其中的不合时宜,并诚恳地认为自己的创作应该有所变革,从50年代的作品,如收录于《朱桂花的故事》的短篇小说,或是剧本《迎

---

① 路翎:《一起共患难的友人和导师——我与胡风》,载张业松编《路翎批评文集》,第282—283页。
② 同上书,第287页。

着明天》《英雄母亲》和《祖国在前进》均可见其调整的轨迹。而写于1949年7月18日北平那即将迈入"伟大的时代"进程的《〈在铁链中〉后记》,路翎更表白自己"对于过去无所留恋",也希望能"追随着毛泽东的光辉的旗帜而前进",但其叙述的语气是:希望"能够更有力气"地追随,而"不再像过去追随得那么痛苦"①。——或许其时的路翎难以安然地与"昂扬"的时代同调,或许向来崇尚原始强力与壮阔雄奇的他在"伟大的时代"中不无气弱也无法不假思索地同行,他并不认为那些痛苦的过往能够那样轻易地揭过不看。同样是在《〈在铁链中〉后记》里,他提到收录其中的小说:

> 都是在抗日战争的后期,在国民党的黑暗统治下面,在那些窒息的日子当中写出来的。……这些里面所写的,多半是在横暴的封建统治下的人民和加在他们身上的重压相搏斗的壮烈的状况,因此,也就留下了阴暗的朦胧的痕迹。对于在那样的境地里生活过来,经历过和苦难的人民一道求生的迫切的愿望的人们,对于自己的负担的弱点而感到斗争的危急的人们,这大约是可以理解的罢,但对于光明的,在新的天地中的快乐的健壮的人们,我就要觉得非常歉疚。我所奉献出来的是我们土地上阴暗的血迹,而在这解放了的大地上,这是已经快要成为陈旧的回忆了。这样的一些斗争状态,这样的一些题目,已经快要不存在了。
> 在解放区的辉煌的天空下,在毛泽东的旗帜下,劳苦的人民不是像我这里所写的这样无望地生活,这样壮烈地反抗,这样满身血痕,到处要直对障碍而搏击的,在解放了的

---

① 路翎:《〈在铁链中〉后记》,载张业松编《路翎批评文集》,第213页。

这广大的土地上，人民是已经成为历史的主人和新世界的创造者了。但我也相信，这里所写的这些零星的火苗或者窒息着的浓烟原是和燎原的大火相联的。①

在上文引用的叙述里，我们看到国统区与解放区的两样感觉结构，身处国统区的路翎，感受到的是黑暗与重压，而"到了阳光中，我身上的创疤就明显地暴露出来了"②，他甚且因为自己所奉献出来的"阴暗的血迹"而必须发自内心地对光明新天地里"快乐的健壮的人们"感到歉疚，或许光是显露出那些痛苦与卑弱之于快乐与健壮就是一种"冒犯"，即使这些"阴暗的血迹"转瞬就将成为"陈旧的回忆"。写作这则后记时的路翎是矛盾的吧，在"伟大的时代"与"解放了的大地"裸裎自己的伤疤，招致的是不满和厌恶而非同情与理解，然而伤疤的实存，并不是只要不看便会消失不见的，正因为这些"阴暗的血迹"与"斗争状态"的即将消逝／无法消逝，路翎40年代小说中所记录下的一切更为重要：如果没有这些"阴暗的血迹"，也无从想象"解放"的意义，进而言之，或许正因为这些"阴暗的血迹"太快地被抛弃／无法被抛弃，从而其复返，乃以更深沉的力道在日后一次次诉诸有力、昂扬的政治运动而生产出更多暗沉的血迹来。

本节将讨论经常受到批评的两篇路翎小说：《罗大斗底一生》（1944）和《蜗牛在荆棘上》（约1943）。③ 前者中的罗大斗被理解为一个充斥着各种糟糕情感的彻底负面人物，后者从40年代到80年代，一再被优秀的评论者摘选出同一段落作为路翎描写"不真实"的例证。以《蜗牛

---

① 路翎：《〈在铁链中〉后记》，载张业松编《路翎批评文集》，第212—213页。
② 同上书，第213页。
③ 路翎1943年11月26日致信胡风，提到"《蜗牛》已改写，改得并不多"，参见路翎《致胡风书信全编》，第75页。据此推估，《蜗牛在荆棘上》的写作时间约在1943年。

在荆棘上》与《罗大斗底一生》为例，本节尝试讨论溢出左翼革命叙事框架的底层再现，以及这些"政治不正确"的"坏情感"书写所可能带来的启发，同时，这两部作品也提供着如许线索，让我们得以思索左翼文艺书写政治再现底层的界线。

《罗大斗底一生》中的罗大斗，在路翎笔下的流浪汉队伍里，是一个难以纳入"正典流浪汉"（即不同于张振山、孙其银那样的"正港男子汉"）而被正面看待的角色。罗大斗是一个跌落底层的破落户子弟，而且似乎是因为"自甘堕落"才变成流浪汉。罗家并非富商巨贾，在罗大斗的父亲那一代更已败落，对于过去曾经富有的怀想让后来的贫困变得更加难以忍受，罗大斗的父亲40岁那年吞食鸦片死去，靠着罗大斗母亲长年艰辛的劳动维持全家生计。在贫穷中成长的罗大斗，他的一生依循的不是贫户子弟刻苦励志的向上情节，相反地，叙事安排罗大斗一步步向下走往社会的更底层。

罗大斗显然不是也不可能是一个革命叙事里所欲求的标杆人物。他常说谎，爱吹牛，有着各式各样卑怯而无赖的行径，犹如活在40年代的阿Q，故事情节似乎也可以寄寓着鲁迅式的改造国民性思考（正为一些评论者所采取的诠释），但罗大斗毕竟不是阿Q，罗大斗的一生也非阿Q正传，《罗大斗底一生》的叙事无法被收束到改造国民性的单一寓意里，罗大斗在底层挣扎的辛酸苦楚也无法进入既有改造国民性的评论视角。罗大斗与母亲的"亲密关系"是通过持续地相互挤压来完成的，由于父亲对于罗大斗的溺爱，从小罗大斗便总是挨着母亲的毒打，是母亲泄愤和嫉妒的对象。觉得自己比邻人高级的罗大斗母亲，总是"痛苦地挣扎着，企图升到那个高高的位置上去"①，她捡拾被富人丢弃的香水瓶一类的东西，擦拭得干干净净后摆设在房里，以

---

① 路翎：《罗大斗底一生》，载《路翎全集》第2卷，第9页。

此显示自己与邻人间的差别；罗大斗痛恨母亲这种"捡渣渣"的行为，他不怎么轻蔑邻人，反倒轻蔑着母亲。母子之间为了娶亲一事争执而彼此推打，但在抢亲事件发生后，被打昏的罗大斗被抬回家里，他跪向母亲以眼泪表述自己的无能，母子两人抱头痛哭。在罗大斗被卖壮丁后，罗大斗的母亲四处哭求，最后在丧子的遽变中神智失常。

在《罗大斗底一生》里，我们看到底层家庭家人间的相互折磨以及艰难万分地显露出的彼此关爱，事实上路翎在多篇小说中都反复描绘着这样爱恨交织的情感状态。有些故事比较能被正面解读，譬如《黑色子孙之一》的石二夫妇、《卸煤台下》的许小东夫妇、《在铁链中》的何老汉和妻子何姑婆、《平原》的胡顺昌夫妇，等等，或许由于这几篇小说中的底层人物都直白地说出了对自身艰困处境的认识：石二说"我们是人"，许小东屡屡意识到自己已经"不像人"，何老汉说"我们都是受苦的人"，胡顺昌"绝望地觉得他已经不像一个人了"，因此这些人物的矛盾与挣扎，较容易被诠释、察觉为社会结构的重压压垮了人物的精神（陷入疯狂或表现出疯狂的言行），也压碎了彼此的情感；贫穷日日夜夜磔伤着亲密关系，让底层家庭家人间相互倾轧、彼此伤害。而《罗大斗底一生》虽也呈现着前述种种，但由于罗大斗言行的负面性，他在道德上大大小小的缺失，他的毫无自我"病识感"乃至于他所抱持的"恃强凌弱"的人生观，遮蔽了他所身历的艰难，也让许多评论者从"奴性"来加以认识，从而借由否定他演绎出改造国民性的企图。然而小说叙事的复杂并未全然以所谓"奴性"来否定罗大斗，尽管开头引述拜伦的题词说："他是一个卑劣的奴才／鞭挞他呀！请你鞭挞他！"[①]但在小说的尽头（也是罗大斗一生的尽头），叙事陡然翻转，"贪生怕死"的罗大斗两次撞击大石头死去，于是通篇对于罗大

---

① 路翎：《罗大斗底一生》，载《路翎全集》第2卷，第3页。

斗一桩桩愈益卑怯的言行描绘，似乎反过来可能可以被读成是为了映衬他最后的"反抗"。虽则那样的一死提炼不出革命能量，以至于不免仍被视为是"软弱无力"的"落后"，但小说叙事最后谓罗大斗为"冷酷的疯狂"所掳获的再现，让整则小说像是迂回地回应开头的题词：正如我们不愿活罗大斗的一生，我们也无权鞭挞他。

　　在早年乃至于后来的评论里，罗大斗被视为受到封建意识毒害的人物，对其的否定，通常也意味着罗大斗被当作封建意识本身的一部分，而如果不以受到封建意识毒害为之辩护，或是对之抱持所谓同情的理解，如果罗大斗最后只是顺从地跟随兵士离去，那么我们要如何更复杂化地看待路翎所关注的像罗大斗这类进不了新时代的"旧人物"、落在革命队伍之外的存在——这些刮除不去、粘在"伟大的时代、解放了的大地"上的"烂渣渣"？（一如路翎在小说中努力尝试并往往被批评为失败的再现。）如若我们不要太快地深刻化解读为路翎是借此控诉黑暗的政治与社会结构的压迫，或是为了检讨所谓的"国民性"——我不太倾向于将罗大斗直接套用为40年代的阿Q，或是将《罗大斗底一生》全然理解为路翎对于40年代国民性的揭露。《阿Q正传》《罗大斗底一生》两部小说对于人物阿Q和罗大斗的处理很不一样，叙事手法也很不同，似乎，罗大斗撑不起"改造国民性"那样一种大叙述里的国族寓意，这样的一个人物在故事里担负不起如此的重责大任。我也有点抗拒将罗大斗的故事简单阅读为一种"精神奴役的创伤"（即使作者本身有此书写意图，或者评论家总不乏这样的评论欲望），因为创伤经常伴随着某种"修复"或"同情性的理解"，都是为了让"创伤"的状态不见，但"不见"的目的往往却是为了服务比较高位的强势论述。再者，鲁迅写阿Q被赞扬是因为写出了对于国民性的反省，但从路翎长年一再"挨骂"来说，就算将他写的罗大斗放在改造国民性的脉络中阅读，显然也不被认可。

我认为这涉及对于革命叙事的特定需求，而当时并不需要对于负面国民性的深刻认识，那些幽暗、绝望的人与事对革命和建设无用也不值得写。然而，假使我们不要太快地用国民性的套语阅读罗大斗，那么我们可看到人物的复杂心理样态在叙事与意象中被大幅度呈现，对照其后日益刻板化的人物摹写，恰能显现出路翎创作的价值，同时也展现出另一种书写政治。

进入 80 年代的路翎获得平反，评论界也重新讨论了他四五十年代的创作而给予较为持平的评价，不再仅从宗派性与争夺文学/政治话语权的书写位置不加分殊地全面扑杀路翎及其作品，譬如 80 年代前半期的钱理群《探索者的得与失——路翎小说创作漫谈》和杨义《路翎——灵魂奥秘的探索者》，同样将路翎视为"探索者"，探讨其作品的得与失，路翎及其作品终于得到了应有的公允讨论。而在这两篇精彩的评论中，对于路翎作品中"原始的强力"的再现，发出了相似的批评，认为路翎笔下人物"扭曲的、病态的反抗""带有极大的盲目性与自发性"，与"自觉的革命存在着原则的区别"[①]，"自发的反抗行为自然不能同自觉的革命运动相比拟"[②]。我们似乎还是很难挣脱以"线性进程"判定优劣的评述方式，也依然胶着于路翎作品中的人物再现真实与否的讨论之中。关于后者，让我们通过《蜗牛在荆棘上》进一步讨论。

下面引述的段落，从 40 年代到 80 年代均被评论者据以作为小资产阶级知识分子的幻想、路翎失败的不真实描写而加以批评：

---

① 钱理群：《探索者的得与失——路翎小说创作漫谈》，载杨义、张环、魏麟、李志远编《路翎研究资料》，第 142 页。此文原载《中国现代文学研究丛刊》1981 年第 3 期。

② 杨义：《路翎——灵魂奥秘的探索者》，载杨义、张环、魏麟、李志远编《路翎研究资料》，第 162 页。

秀姑衣服被撕破，脸都青肿了；不理解自己为什么挨打，但觉得一切都不会错：阳光、蚂蚁、丈夫、荆棘，都不会错。在黄述泰底拳头底闪耀下，秀姑看见了淡蓝色的辉煌的天空，并看见一只云雀轻盈地翔过天空。秀姑看见，于是凝视，觉得神圣。秀姑咬着牙打颤，挣扎着，企图使丈夫注意阳光和天空，而领受她心中的严肃和怜惜。在她底痛苦中，她是得到了虔敬的感情。

她停止了挣扎。黄述泰放开她的时候，她闭上眼睛，躺在荆棘上，觉得为了她所受的苦，那个温柔、辉煌、严肃的天空是突然降低，轻轻地覆盖了她了。她觉得云雀翔过低空，发出歌声来。

在她嘴边出现了不可觉察的笑纹。①

上述情节描述务农的黄述泰离家当兵（被拉壮丁）后，妻子秀姑受到嫂嫂的虐待逃离夫家，而黄述泰寻到秀姑当女仆的主人家后开始捶打秀姑；在黄述泰出现之前，秀姑正"敬畏而欢喜"地看着荆棘旁的蚂蚁打架。以下四则深具代表性的重要评论不约而同地认定这部分对于秀姑的再现是"不真实"的（下划线为引用时所加）②：

但是我们必须指出，即使神经质的人物吧，小资产阶级知识分子的神经质的情绪和劳动人民中的神经质的情绪也还是不同的。——罗大斗和秀姑的变态心理<u>不外是小资产阶</u>

---

① 路翎：《蜗牛在荆棘上》，载《路翎全集》第1卷，第380—381页。
② 四则都是极具见地的路翎作品研究，而近年对于路翎作品再现底层"真实性"的评述，大致仍未脱如是的评论视野。

级知识分子的幻想。①

这种被虐狂的心理,如果真的存在于中国人民的心灵底层,恐怕连胡风所谓的中国人民的"精神奴役的创伤",也要瞠目结舌道不出其所以然了。这样的描述显然是一种想象的游戏,它正如马克思恩格斯所说的不是"想象某种真实的东西",而是"真实地想象某种东西"。②

我们可以大体"猜"出作者的意图:他是在挖掘"追求美好生活"的"人性"与安于压迫、忍受痛苦的"奴性"互相融合的独特心理状态。但这却没有任何现实根据:不用说秀姑这样的农妇,就是一般身心正常的知识分子都绝不可能有这类"独特"的心理。这样矫揉造作的描写,不能给我们以任何真实的美感。③

秀姑是单纯而无知的农村少妇,依据她逃离家庭的经历看,应该是倔强的,但她挨了粗暴的丈夫的毒打时,不置一词,却幻见云雀在天空飞翔,希望丈夫也能见此蓝空。这就有点用知识分子的主观幻想代替农妇的真实思想之嫌了。④

我试图论辩的,并非对于秀姑再现的真实与否,实际上,我们也

---

① 胡绳:《评路翎的短篇小说》,载荃麟、乃超等《文艺的新方向》,第71页。
② 施淑:《历史与现实——论路翎及其小说》,载《理想主义者的剪影》,第153页。
③ 钱理群:《探索者的得与失——路翎小说创作漫谈》,载杨义、张环、魏麟、李志远编《路翎研究资料》,第150页。
④ 杨义:《路翎——灵魂奥秘的探索者》,载杨义、张环、魏麟、李志远编《路翎研究资料》,第165—166页。

无从确认这样的一个底层农妇会否有这样的"幻想",因此意不在指几位出色的评论者都读错了。我所关注的,不仅是这篇小说中的秀姑。对于路翎作品中再现的底层工农,经常被认为"不真实",是知识分子或小资产阶级知识分子的主观幻想,然而这样的指责也泄露出我们似乎都不太能想象底层小人物会有曲折的内心,就像上一节讨论到的《泥土》和《歌唱》的工人主角。小人物好像通常都是心灵很简单的,或是朴实,或是无知,似乎呆呆的才好被同情,丰富的心灵好像只能分配给知识分子,但显然路翎并不这么认为,而是"因为羞怯,因为说出来费力,和因为这是'上流人'的语言"。我认为,这正是路翎一再被指责为不真实的"弱势书写"所带来的最大启发,他对底层的描写,溢出我们的既有想象,让我们得以重新思考左翼文学创作和评述乃至文艺政策的问题性,而通过这些存在于文学文本界面的"问题",也折射出种种置于现实犹待深究的政治效应。

试想在这个自己被当成垃圾的世界里,所谓的弱势或底层人物——这些满布路翎40年代小说中的穷人——需要多少的曲折才能活下来,他们怎么可能没有复杂的心境,又怎么会没有一些手段、一些方法来应付这个不是为了他们而建构的世界?又怎么会不时时地感到许多的羞辱?《蜗牛在荆棘上》的叙事者如此描述秀姑:"秀姑是玩弄着小小的狡猾,小小的愚蠢,小小的懒惰,在心里沉睡着可怜的、畏怯的爱情,而生活着。"①"狡猾、愚蠢、懒惰",不就是底层常常在承担着的指控?在接续描述秀姑是很糊涂的文本段落里这么说:"她以为任何别的地方,都是和她所生活的这个场合一模一样,她是不相信别的地方,别样的生活,别样的情感会存在的——即在今天,她也不以为工程师夫妇的生活是存在的:她以为它是好玩的,马上便会

---

① 路翎:《蜗牛在荆棘上》,载《路翎全集》第1卷,第378页。

不见了。"①我们要怎么阅读此处所说的秀姑的"无知"呢？如若仅只从"字面义"来阅读小说对于人物的描写，那么我们难以读到文本企图呈现的复杂与"讽刺"：底层人物要怎么"相信"，她相信就死定了，秀姑怎么能够不是有点怀疑，又怎么能够不是纯洁？那种飘忽在信与不信之间的怀疑状态，那样的一种"真诚"，其实正是故事里的秀姑能够存活下来的心理机制。

面对前引不同年代的评论家均批评为不真实的段落，我不太倾向于将秀姑的幻想读成是为了脱离当下挨打的苦境，或者说不仅仅如此。那样的"转移"可能是人物面对挨打时调动的应对方式之一，但不是全部——小说同时描写了蚂蚁打架，蚂蚁也是在那里求生存，蚂蚁活得并不容易，而路翎并未那么轻易地使用"被天空覆盖抚慰"那样将受苦的情感神圣化或者升华的书写策略，否则不会在看着云雀飞过天空"觉得神圣"后接着写"秀姑咬着牙打颤，挣扎着"。秀姑所受的苦并没有被消解，并且虽则小说反复说秀姑不懂自己为什么挨打，但她对于黄述泰的打，同时也有着一种"严肃和怜惜"的感情，也想试着让丈夫"领受她心中的严肃和怜惜"。而挨完打后，"秀姑坐起来，眩晕着，痛苦而悲伤地向丈夫微笑了，不知道自己犯了什么罪，但希望丈夫饶恕她。而突然地，不管被饶恕与否，她在疲劳中感到那个温柔的、辉煌的天空，觉得异常的满足。她叹息了一声"②。这里的描述呈现出一种矛盾并陈的情感状态，有痛苦，悲伤却又满足，不在我们（对于底层）所熟悉的理解里。从这两三页对于秀姑挨打的描写来看，秀姑挨打时并不愉悦，并不存在所谓被虐狂的心理，我们很难从虐与被虐的分析框架做出充分解释，更不能简单地就用她因为被打或是受

---

① 路翎：《蜗牛在荆棘上》，载《路翎全集》第1卷，第378—379页。
② 同上书，第381页。

到天空的抚慰而感到满足来消解苦难。我认为，小说所呈现的是，秀姑对于黄述泰的打和自己的挨打是有理解的，并且隐隐约约知道这一切是怎么一回事（特别是对照最后一节，明白呈现黄述泰与秀姑的彼此理解），在这一页叙述的最后，秀姑所感到的"黑暗"也不是因为挨打，而是黄述泰要跟她分开。将这部分"打与被打"的情节，太快地指责为人物乃至于作者的心灵扭曲，负面理解为不真实的描写，或是进行道德式地判定对错（路翎在多则小说都写到底层工人打老婆的情节），曝现的或许更是批评者自身特定的道德情感／文学理念受到冒犯，以及对于底层生活的感知局限。

　　上述的诠释并非要否定先行评论者的见解，而是尝试提出另一种诠释可能性，如果路翎的书写中有些知识分子的想象也是不可免的，重新阅读也不是为了将路翎创作中的知识分子痕迹全部清除干净。路翎曾著文忆述早年所受到的外国文学滋养①，他当年读过甚或熟读雪莱的经典诗篇《致云雀》应为合理推想。秀姑在挨打后，觉得有"云雀翔过低空，发出歌声来"②，她眼中的那一只云雀，按一种合于左翼文艺主导性论调的正向读法，或许就像是雪莱诗中那一只自由歌唱的云雀。作为重要的文学象征，它寄寓的是知识分子作者的特定想象，例如将诗句"我们最甜美的歌唱叙述的是那些最悲伤的忧虑"（Our sweetest songs are those that tell of saddest thought）授予农妇秀姑的视野与感受之中。而路翎的剧作《云雀》(1948) 则借用了音乐家舒伯特的名作《听，听，云雀》③，路翎又一次运用了云雀在天空自由歌唱的意象，却主要用以比喻该剧出身小康之家，摆脱原生家庭束缚，有艺术

---

① 参见路翎：《我与外国文学》，载张业松编《路翎批评文集》，第251—263页。
② 路翎：《蜗牛在荆棘上》，载《路翎全集》第1卷，第381页。
③ 《财主底儿女们》里，高韵也曾要蒋纯祖唱舒伯特的这曲《听，听，云雀》给她听。参见路翎：《财主底儿女们》下册，第963页。

涵养，充满幻想情怀，浪漫，却未曾真正经历现实严酷斗争的女性知识分子陈芝庆——一个40年代从家庭出走的"娜拉"。在这两部作品"云雀"所出现的语境中，我们可以读到路翎对于阶级和文化资本高低有别的两位女性人物的分殊——两人在同是向往自由如云雀般优游欢鸣的天空下的差异性。其中，也自有路翎所持守的左翼立场，但就此处引述和讨论《蜗牛在荆棘上》中关于秀姑的段落而言，我认为，即使带有知识分子的幻想成分，那也是一种好不容易才出现的关于底层人物的"优质幻想"。

更为重要的是，路翎在写作技术上采取了比较复杂的手法，而非泥沙俱下、放任自己的想象奔驰，比方在前述备受批评的秀姑挨打的段落，叙事聚焦就一直变动着，路翎运用着小说技艺，有开始、高潮以及在曲曲折折之后表述出相互理解的结局，等等。再者，路翎在描述时常常并陈语义完全悖反的词汇，常有评论者据此认为呈现出路翎修辞过度铺张、自相矛盾的弊病，但让我们再以《蜗牛在荆棘上》为例讨论。当叙事描写秀姑偷偷弹琴被女主人责难后，她"狡猾而又忠实"地问女主人要不要烧火，那个"狡猾而又忠实"，非常贴近地写出了秀姑在她生存位置上的状态，秀姑知道自己位置的低，就像罗大斗知道自己打不过，于是就不停地道歉、求饶，而他的道歉、求饶又会被当成软弱、没有道德。然而，对于不同的社会位置，不同的身份位阶，要求一样的尊严展现并不公道，并且，罗大斗这样的人物又会因为自己缺乏自尊的言行而更被讨厌。我们很难喜欢、遑论认同罗大斗这样的负面人物，这样的角色在那个雄壮的历史时刻更不会是被欲望的对象，甚至是连改造都未必可欲的对象。但在这些"不正确"的故事里，小说描绘出那样的情感和人物曲曲折折的复杂状态，在我读来，并不以一种简化的悲悯，或是试图以改造、批判的严厉态度对待这些人物，也未让人物寄寓高尚的微言大义——即便作者曾如此宣称或可能有这样的意图,而是"真实地"描写了种种的挣扎与纠缠。我们可以看到,路翎对于笔下的底层人物,如李嫂、罗大斗、罗大斗的母亲,或是秀姑和黄述泰都有着比较复杂的呈现,而这正体现出路翎作为一个小说家超越同代人的识见,他写出了难以被正面或负面地简单标定的人物与情感状态。

毛泽东在1949年9月21日中国人民政治协商会议第一届全体会议上的开幕词以《中国人从此站立起来了》为题,里头提到:"我们有一个共同的感觉,这就是我们的工作将写在人类的历史上,它将表明:占人类总数四分之一的中国人从此站立起来了。中国人从来就是一个伟大的勇敢的勤劳的民族,只是在近代是落伍了。这种落伍,完全是被外国帝国主义和本国反动政府所压迫和剥削的结果。……我们的民族将再也不是一个被人侮辱的民族了,我们已经站起来了。……随着经济建设的高潮的到来,不可避免地将要出现一个文化建设的高潮。中国人被人认为不文明的时代已经过去了,我们将以一个具有高度文化的民族出现于世界。"① 路翎在40年代所写的许多小说,叙述的或许就是那些"站不起来"的故事,那些跟不上革命队伍、落伍的故事——这些旧人旧事都是路翎视野里"革命"的一部分。也许像毛泽东所说的,那是"外国帝国主义和本国反动政府所压迫和剥削的结果",但我们要怎么面对那些"落伍"已经变成身心一部分的状态?那些1949年后仍然"站不起来"的怎么办?在步入伟大的新时代后,那些无法从容自在地站起来的又是如何被对待的?

如若故事是我们理解世界的一种方式,那么路翎小说的不见容于时代,也是因为路翎所理解的世界,跟当时革命—建设的叙事框

---

① 毛泽东:《中国人从此站立起来了》,载中共中央文献研究室编《毛泽东文集》第5卷,第343—345页。

架，跟党组织和文艺政策所主张的世界观不同吧。路翎所认知的世界里的工农兵，是会打老婆的（如《棺材》《卸煤台下》《蜗牛在荆棘上》《罗大斗底一生》《在铁链中》《燃烧的荒地》等作品都有这样的情节安排），会怯懦，会不知所措，裹足不前，会偷窃撒谎，会痛苦绝望，但上述种种却又未必能推动他们反抗、团结而建立一个新世界。有些底层工农就是爬不到社会主义新人的位置，而我们要如何面对这些解放了的大地上的"烂渣渣"？略过不看或是假装不存在，都不是路翎的选择，他选择了"睁大眼看"，为那种种的曲折、纠结，不为人所喜的情绪、情感、言行、作为，为那些步向伟大时代但仍然翻不了身的人留下记录。

第三节
我们都是老鼠：后街人物，怪诞及其他

让路翎入籍文学史的鸿篇巨制《财主底儿女们》，向来是读者和研究者们讨论的热点，但小说中对于乡场人物——那些"滑稽的小人物"——的描写，尚未见到有从"怪诞"的美学角度加以论析的。例如叙事者如此介绍抗战时期石桥小学的教师群：

>   石桥小学底初级部的教员，都是一些奇奇怪怪的人物。这种人物在石桥乡场上可以找到一大堆。一个男教员从前是做道士，替人家跳鬼的；另一个是乡公所底师爷；第三个，教体育的，专门会模仿女人们底动作创造跳舞。这显然是一种奇异的、令人恶心的天才，他梦想袍哥底光荣，在不能够

加入的时候他就冒充,以致于挨了打。一个三十岁左右的,生病的,难看的女教员追求那位忠厚的、有家室的师爷。师爷用公文的格式和她写情书。敬贺者:"接奉大函……等因,准此……"师爷在这些等因准此里面描述人生底沉痛。两个女教师里面有同性恋爱,时常喷发妒嫉底火焰。某一次宴会里,喝了一点酒,这个追求师爷的女教师哭了,她说,她不过长得老,她实际上到十八岁还差三个月。她讲到她底身世,她哭得很伤心。虽然事后大家觉得可笑;但在当时,大家都感到痛苦。①

又如,叙事者用一个偌长段落描写乡场上的地主们,其中有一个曾组织军队、自立为王,做了六个月的"皇帝";有一个"以贩卖妓女起家",是"婊子们底女王"②;又有一个孤独的女地主对待20岁女儿的"疯狂"行径,则散发着同时期张爱玲小说《金锁记》主角曹七巧的气息。蒋纯祖的经历是《财主底儿女们》第二部的主轴,但环绕着蒋纯祖的石桥场叙述中,不时散落着似乎不影响情节行进却又启人疑窦、引人深思的小小角色和零碎叙述,这些"滑稽小人物",甚或只存在于字里行间的寥寥几笔,乍现即隐,却让那部分的叙述氛围,仿若浮映出巴赫金论述中的点点色泽。

路翎40年代的小说主要关注两类群体:一是青年知识分子,《财主底儿女们》的蒋纯祖是其中最为知名的代表性人物,《青春的祝福》《谷》《旅途》等篇亦属此类;另一是底层工农,譬如本章前两节关于矿区矿工和乡场人物的《卸煤台下》《王炳全底道路》《饥饿的郭素娥》《燃烧的荒地》《蜗牛在荆棘上》《罗大斗底一生》等重要作品。路翎善

---

① 路翎:《财主底儿女们》下册,第1071页。
② 同上书,第1073页。

于描绘青年知识分子的昂奋激情，也善于刻画社会动荡里欠缺资源的穷人如何不得安生，而收录于小说集《求爱》（1946）和《平原》（1952）的作品，短小精悍，多篇以小城镇里的"庸众"和"后街人物"为写作对象，切片式的速写直透纸背，如个中翘楚《预言》一则。

《预言》中年近七十的老迈算命师胡顺运，为不得温饱的儿孙憎恶，不愿成为儿孙累赘的他靠着算命摊苦撑，小说叙事的笔触辛辣，直接指出邻人们如何"害怕"看见胡顺运"和命运苦斗的悲惨的景况"，害怕"看见他坐在板凳上，在阳光下露着白发的头，两只手抱着一大块饼啃着的样子"①，因为他们对这样被遗弃的生命使不上力。胡顺运无告的存在变成了"不幸"本身，邻人忐忑不安、担忧沾染不幸，益发感到嫌恶。《预言》中的胡顺运并非善良无依的可怜人，而是被设定为一个"邪恶"的生灵，他将自身的酸楚报复在一个面容姣好的妇人身上，因为她的丰满与青春触怒了这个衰败的老人（提醒了他究竟有多么不幸）。面对前来测字的女工郭吴氏，胡顺运诅咒般的灾祸预言，让这个年轻妇人在失神中当场被车撞死，而胡顺运打开她遗落摊上的家书，发现她原来是一个处境艰难的寡妇。被罪咎浸渍的胡顺运，当晚就死去了。而人们认为胡顺运生前灵验的预言是天启的结果，小说最后讽刺地结束于人们十分遗憾未能及时找胡顺运算命。施淑在《历史与现实》一文中曾如此准确地概括胡顺运和路翎笔下其他有类似复仇心情的人物，如罗大斗和《英雄底舞蹈》里的说书人张小赖："这种奇异的精神上的绝症，这种渴望试一试自己对人间的权力的心理，普遍发生在那被时代无形打垮的、在历史洪流中和旧的农业经济基础一道飘零的人物身上。不过他们并不像这算命老头那样疯狂邪恶，而是

---

① 路翎：《预言》，载《路翎全集》第2卷，第260页。

在极端的败北感中，绝望地想对社会、对人间进行他们的报复，但最后付出代价的仍是他们自己。"①

《预言》扼要地汇集了路翎这部分作品的特点：以"后街人物"②为写作对象，褴褛的生命推搡着相互间痛苦的生活内容，以及有着"庸众"质素、无所不在的讨厌邻人；小说叙事一方面对于人物种种的精神"恶质"不假辞色，另一方面也揭示出这些个人层次的不幸实际上是一种社会性痛苦。小说叙事并不宽谅，也不施以不付代价的泛泛同情，而是偏拗地反复敲击着，谛听人物痛苦挣扎的回音，借用鲁迅对陀思妥耶夫斯基的评论即是：

> 到后来，他竟作为罪孽深重的罪人，同时也是残酷的拷问官而出现了。他把小说中的男男女女，放在万难忍受的境遇里，来试炼它们，不但剥去了表面的洁白，拷问出藏在底下的罪恶，而且还要拷问出藏在那罪恶之下的真正的洁白来。而且还不肯爽利的处死，竭力要放它们活得长久。而这陀思妥夫斯基，则仿佛就在和罪人一同苦恼，和拷问官一同高兴着似的。③

---

① 施淑：《历史与现实——论路翎及其小说》，载《理想主义者的剪影》，第 137 页。
② 后街人生，是被光鲜亮丽的大街前景遮蔽的种种负面存在，也即路翎以"水底景色"所喻比的穷人世界。可对照阅读袁水拍写于1939年香港九龙的《后街》一诗。参见陈智德编：《三、四〇年代香港诗选》，香港：岭南大学人文学科研究中心，2003 年，第 99—103 页。另参见陈映真：《后街——陈映真的创作历程》（写于1993年，署名"许南村"），载《父亲》，台北：洪范书店有限公司，2004 年，第 51—69 页。
③ 鲁迅：《陀思妥夫斯基的事——为日本三笠书房〈陀思妥夫斯基全集〉普及本作》，载北京鲁迅博物馆编《胡风主编期刊汇辑》第 1 册，北京：国家图书馆出版社，2010 年，第 263 页。本文写于 1935 年 11 月 20 日，1936 年 2 月 20 日刊于《海燕》第 2 期。根据文末编者附记，鲁迅此文原登于1936年2月号的日本杂志《文艺》，中译则刊于同年2月号的《青年界》，获鲁迅同意后转载。

路翎作品中的力与美或谓"荒诞不经",常常正是通过"在社会和历史底压力下撕裂他们"的残酷方式让读者感到震慑,路翎偏爱的是"在悲凉中欢笑,而意识着失去的一切,这是力量"①。相对于路翎投注强烈情感、叙写复杂的"知识青年的追寻与困踬"系列,在《求爱》与《平原》两本小说集中,同样以知识分子为主要人物但笔法直接、讽刺意味浓厚者,有《感情教育》(1944)、《翻译家》(1945)、《人性》(1947)、《爱好音乐的人们》(约 1947)和《客人》(1947)诸篇,针砭人物毫不迟疑,批判毕露,明白传达出作者对这款知识分子的不满;另有多则不仅止于纯然讽刺的作品,如《秋夜》(1944)、《天堂地狱之间》(1946)、《祷告》(约 1949)三篇,则格外彰显出心理小说的叙事张力,故事主角均是小公务员,即学校教师和县政府初级文员,同样铺张夸写人物的精神世界,但显然不只是为了鞭挞人物、寄托讽喻,而是仿若 40 年代路翎版的三则《地下室手记》,人物设定漾荡着特定时空的"畸零人"残影,呈现出某种"怪诞"的美学形态。

"怪诞"常被误解为奇特怪异,其实怪诞是恐怖与好笑的错谬并存,马克思便曾指出"英国悲剧的特点之一就是崇高和卑贱、恐怖和滑稽、豪迈和诙谐离奇古怪地混合在一起"②,而后来通行的西方文艺理论一般区分出"优美、崇高、悲剧、滑稽、怪诞"五种审美形态,"怪诞"需要通过与另四种美学形态加以比较方能详释其意义。优美作为一种常见的美学形态不难理解,怪诞、崇高与悲剧相对于"优美"则都有着"丑恶"的质素,差别在于悲剧和崇高的美学形态中,丑恶只是正义的短暂受挫,最终将体现正义的本质,因此我们可以感受到

---

① 1947 年 8 月 6 日路翎由南京致胡风信。路翎:《致胡风书信全编》,第 155 页。
② 马克思:《议会的战争辩论》,载中共中央马克思恩格斯列宁斯大林著作编译局编《马克思恩格斯全集》第 10 卷,北京:人民出版社,1962 年,第 188 页。此文写于 1854 年 4 月 4 日,原刊于 1854 年 4 月 17 日《纽约每日论坛报》第 4055 号。

正义获胜后涌现的一种悲剧或是崇高的美感,但怪诞的丑恶无法引领人获得一种严肃的正义之美,而是让人感到可笑、荒唐。简单地说,优美、悲剧与崇高都是一种常态性的美感,而怪诞与滑稽则"以反常化为构成方式",两者虽同样有着可笑的形式,但"滑稽反映的内容是有益无害的小问题及丑陋,怪诞处理的却是害人、害社会的丑恶,虽然它们的丑陋、丑恶都因反常遭到读者正常经验笑的否定,但滑稽的笑是轻松、自信、愉快,怪诞的笑却是震撼、恶心、痛苦"[①]。援用上述的怪诞美学说法,《秋夜》《天堂地狱之间》和《祷告》的怪诞美感,在让读者发噱的同时,更令其感到"震撼、恶心、痛苦",感到惊惧、恐怖,或也可被理解为另一种崇高与卑贱矛盾并现的悲剧叙事美学,而这正是路翎的作品所经常展露的。

《秋夜》《天堂地狱之间》与《祷告》三篇小说的主人翁都是有着许多幻想的"孤独者":贫贱让他们感觉疏离,他们孤立存在着;他们受到孤独和贫贱的折磨,而他们的幻想,如前面章节所讨论的,不仅表现出他们的欲望,也表述了他们的失落;同时正是欲望与失落建构出他们的幻想,回头落实了人物的存在,成为推动情节的叙事动力;而且,人物的欲望、失落与幻想的内容,并非天马行空而是体现出特定的社会性刻痕。

《天堂地狱之间》较具备所谓的"故事性",熟悉果戈理作品的读者,当能即刻联想起《狂人日记》和《外套》中的情节。《天堂地狱之间》的主角王静能是县政府的一个录事,和果戈理两篇知名作品的主角同是有着许多幻想的低阶小公务员,也同样因贫穷而为同僚所轻视、嘲弄。王静能有着波普里希金式的癫狂,也和阿加基一样窘迫,连一件像样的衣服都没有。在逼人的贫贱里,王静能搜集各种钱币,

---

① 刘法民:《怪诞的美学研究与兴起》,《哲学动态》2006年第11期。

抚弄金钱让他快乐，他更搜集报载的各种贪污新闻，计算着那一笔笔贪污的数字可供他花用多少年。在与金钱相关的"热烈的幻想上"，王静能"建立了他底空中楼阁。以与现实的贫困和痛苦抗衡"，那些"本来是由于对这个社会的嫉恨的"贪污剪报"奇怪地变成了他底慰藉"[①]。入不敷出的王静能，夜晚在街上四处走逛，看见酒楼和大宅里光鲜的身影，希冀能加入豪奢的富人天堂，经过脏污河岸两旁贫苦的棚屋人家，又怜悯着那些活在地狱比他更为卑贱的人。在天堂与地狱之间忽高忽低的激烈往复中，痛苦扯咬着王静能，他日益狂热于发财的幻想，决心一旦发财就要"毫不留情的报复"那些侮辱他的人。小说将王静能精神的崩坏过程逐步展现在读者眼前，窃回被迫捐赠的礼金终于成为最后一根压垮王静能的稻草，他被开除后病倒了，贫病交迫。祈求恢复原职却被赶出办公室的他疯狂哭喊着，在暴雨中的街上奔跑于"天堂地狱之间"，直到他的母亲惶然寻来。想投河寻死的王静能对母亲叫喊："妈呀！我这一生不发财我是不想活的，穷人是活不了的呀！"这时，那些棚户里的穷人向他们奔来。小说叙事描述王静能又狂暴地嚷着："他是穷人，所以他要死，他希望他们，也是穷人的，能够原谅他。"崩溃了的王静能被比他更为贫贱的穷人们拦阻，大哭大笑。故事最后，"一个衰老的女人痛哭她底垂亡的儿子的声音"在街道间飘荡，而王静能，那个濒死的疯人，则躺在床上紧抱着他"那一本用红线装钉着的剪报"，在叹息中"狞笑着"说："都来发财啊！中国是不会亡的呢！"[②]

《祷告》是像匕首般锐利的一则短篇。主角是 50 岁的小学教员刘芸普和他眼中失学后"变得有些怪异"的女儿刘凤英，两人困守在战

[①] 路翎：《天堂地狱之间》，载《路翎全集》第 2 卷，第 323—324 页。
[②] 同上书，第 334 页。

争即将袭来的动荡与穷苦里。刘芸普和刘凤英都充满幻想。刘芸普不断想起死去的妻子与儿子,无论他如何告诉自己妻儿已经在快乐的天堂,却总是幻见"地狱底苦难和一切惨淡的景象"。刘芸普试图用祷告弭平一切痛苦,不时唱着赞美诗,并且要女儿刘凤英时时同他一起向耶稣祷告,叙事者如此诠释:"他底憎恶和愤怒是从赞美诗里唱出来的"①。青春的刘凤英则在幻想中经营着自己的恋爱,把英文教员友谊式的鼓励视为爱情的承诺:

> 女儿刘凤英在房里乱走、跳跃,并且高声唱歌。她心里奔腾着热烈的幻想。时常给她来信的,是她底一个英文教员。那些信是简单的、友谊的、鼓励的;但是不幸的女子却从它们里面看出了别的来,看出了美丽的爱情,浪漫的五月的夜,和高贵的、英雄的许诺。是幸运还是不幸呢?她可是读饱了杜格涅夫和巴金底小说的。她因这些小说来思索世界,构造悲剧,正如她底父亲用耶稣来思索世界,构造悲剧一样。②

如同本书第二章第四节针对《财主底儿女们》傅钟芬、王桂英和蒋纯祖等人物情感的讨论,小说文本不作为现实的再现,而是现实成为小说虚构的演示,刘凤英也是从小说来构筑自己对于爱情的想象。在路翎几篇小说中的相关展现,更宛若小说对于现实的"逆袭"。当刘芸普任职的小学校因时局变坏将解散,面临失业的刘芸普心绪益劣,更加大声祷告,唱赞美诗以对抗那些或是阔气享乐或是逃难受罪而让他感觉备受侵扰的邻人。而刘凤英则背着父亲谋划到上海升学,

---

① 路翎:《祷告》,载《路翎全集》第 4 卷,第 149 页。
② 同上书,第 151 页。

她转向圣母祷告自己的理想与爱情完满。但最终刘凤英"还是像她的父亲",她失却了勇气,此时叙事描写从外头奔入的刘芸普仓皇激动地对她大叫:"凤英,世界上任何人的话都不可信!祷告!""我有罪,我跟校长吵架了,有罪,我偷看了你底私信,有罪,祷告!乱世来了,快祷告!"刘凤英也激动地跪下向父亲告解:"爸爸,我有罪,我想丢开你跑掉!"于是这对父女兴奋地一起大声唱着"耶稣战胜魔鬼"的赞美诗。接着,突然想起自己的爱情的刘凤英哭着呼喊:"圣母的眼泪是膏油。"而"邻人们全体受惊,跑到门前来静静地看着"①,故事结束。

《秋夜》的主角张伯尧和王静能一样,都是县政府的低阶文员,全篇小说的叙事时间就发生在一个夜晚:张伯尧受到县长晨间苦学成功演讲的鼓舞,也希望能靠苦学翻转自己的命运,他从图书室借来《古文观止》与《会计学入门》,就着从办公室拿来的算盘,用功到深夜,感到这是自己"有生以来最美好的时光"②。小说笔法夸张地描绘他大声诵念书本的内容,想起从"抗战军兴"以来自己已经离乡背井四年了。思绪飘忽的他,先是幻想起日后的功成名就,接着又想念起家乡的父母,不觉流下泪来,此刻一只老鼠出现了,"以它底怀疑的黑眼睛看着他"。后半篇小说便是描写张伯尧杀鼠的过程。他欢喜而有兴致地用门"压老鼠",看着老鼠挣扎,发出尖锐的叫声,接着兴奋地拿出钉锤、剪刀与大铁钉,叙事者描写他笑了一下对老鼠说"判决死刑",继而又说他"显然希望提起兴致来,但笑容是恐惧的":

> 在这种深沉的静寂与荒凉里,老鼠底尖利的叫声,挣扎

---

① 路翎:《祷告》,载《路翎全集》第4卷,第152页。
② 路翎:《秋夜》,载《路翎全集》第1卷,第334页。

声,它底急速地抖动着的,发白的后身,以及张伯尧自己底神经紧张引起了恐惧。然而正是这恐惧鼓起了杀伐的决心与勇气,这已经变成了一件深刻的苦闷,毫无兴致可言了。①

老鼠挣扎的叫声和抓挠声在寂静的深夜里回荡,胆怯的张伯尧拿起油灯,"那个从门缝里倒挂着的、乌黑的活的东西,和两只滚圆乌黑的、发亮的眼睛"望着他,他战栗着打翻了油灯,慌忙找到火柴又燃起蜡烛。"不行,我是一个男子汉!"他想。于是他鼓勇用锤子狠敲八下,流着血的老鼠,"两只突出的、乌黑的眼睛,仍然在看着他",他又敲了三下,老鼠落了下来。他慌乱地躲到床上用被子蒙住头,"觉得那两只突出的、发亮的眼睛仍然在看着他",他跳着起床又大声诵念起书本的内容,从《出师表》到会计报表。突然,他听到了老鼠叫声,"渐渐地周围全是老鼠叫:吱吱吱",他怀疑老鼠没死,要纠众来报复他了,想着:"老鼠会不会咬死人?人家说老鼠有毒,不然怎么会有鼠疫?"于是他更高声地诵念起现金表上的数字,打起算盘,最后他叫唤隔壁房里的表哥:"'吓,你来看,我打死了一个老鼠!'他说,快乐了起来。"②

三篇小说的主角都带着显而易见的疯狂性,夸张的笔调引领读者看见人物言行的"不正常",同时小说对人物的"不正常"注入了特定的时代内容:活在40年代的战乱动荡里,他们的疯狂有着"民不聊生"的框架,这三则小说的"疯狂叙事"正是一种洋溢着现代小说笔法的"现实主义战争书写",而其中共通的怪诞美感,也让左翼文艺美学政治的限度若隐若现。路翎创作所奉行的无疑是现实主义美学,但他

---

① 路翎:《秋夜》,载《路翎全集》第1卷,第335页。
② 同上书,第336页。

作品备受批评的主因简括来说也正是不够"现实主义",不被当时左翼主导性的现实主义美学认可。而路翎自身对于这样的"怪诞性",或也有所迟疑。1948年10月13日路翎致信胡风,内容述及已经编妥短篇集,即后来于1952年1月初版的小说集《平原》,并提到:"还有三四篇新写的,在手边,这次不编进了。有几篇不好的已去掉,但《天堂地狱之间》《初恋》等,也觉得不好的,却又犹豫着没有去掉,希望你能看看决定。"①《天堂地狱之间》和《初恋》两篇最后仍然被编入《平原》,而初刊于1949年2月《新中华》杂志的《祷告》②,则无法确定是属于新写暂不编进还是胡风看后决定不收入之列。《祷告》日后也未在任何路翎的小说选集中出现,在对于研究者十分重要的《路翎研究资料》所附的《著作年表》中也不见踪迹,直到2014年复旦版的《路翎全集》方归为"集外小说"收入,这样的"遗漏"值得深思。路翎迟疑收入集子与否的《天堂地狱之间》,以及多年来消失在读者与研究者视野中的《祷告》,或许也多少指向了这二则小说和《在延安文艺座谈会上的讲话》以降的左翼主流文艺观的距离。

至于这三篇小说中写作时间较早的《秋夜》,确然被收入了1946年12月出版的短篇小说集《求爱》,但此作似乎也一直未能进入左翼文学的讨论视野。《秋夜》的写作时间是1944年9月15日,对照在此之前路翎和胡风的通信,1944年9月12日路翎自重庆致信胡风,信的最后提到:"前夜有一老鼠自米口袋跃出,被我恰好关在门缝中,欣赏颇久之后,用小板凳击毙。'残酷'真是颇有'趣'的事也。"③胡风隔天从重庆的回信中则说:"'残酷'之说不确,对老鼠之类有何残酷可

---

① 路翎1948年10月13日自南京致胡风信。路翎:《致胡风书信全编》,第182—183页。
② 1949年《新中华》第12卷第4期,《新中华》是半月刊,推估应在1949年2月出刊,因此写作时间应在此之前。
③ 路翎:《致胡风书信全编》,第89页。

言。"① 换言之,《秋夜》的杀鼠情节或载入了路翎现实生活里和老鼠的"真实遭遇";主角张伯尧被设定为县政府小雇员,狂打算盘、不断诵念《会计学入门》内容的情节安排,或也融入了作者路翎的个人生平,在 1949 年前的数年间,路翎主要便在不同的政府与公家单位当个小会计或记账员。

本书先前的章节已讨论到,路翎小说最令人印象深刻的特点是修辞繁复,着重人物情绪与情感的奔腾流泻。相对来说,路翎的小说不太注重经营所谓的"结构",不卖力用戏剧性的情节来取悦读者,他几乎将所有心力投资于人物的"惊心动魄"。这样的选择应与路翎对于创作的看法密切相关:

> (三)我的小说里穿插少,那意思是,写人生第一。不必为故事而写,那样会牺牲很多人生的内容的。
>
> (四)小说的本质部分。汸兄的意思是:行为的场面是本质部分。我的意思是,对于作者,行为的根源、过程,是本质部分。两者都重要的,因此我们的意思并无不同。②

且从另一个角度来揣想路翎小说较乏戏剧性与故事情节的创作实际。之于路翎这样一个关注底层的创作者,面对战乱连年映现在生活中的残酷性和生灵的苦难,路翎的创作回应是探勘人物行为的根源与过程,他选择专注于人物的心理,而非苦心孤诣经营戏剧性的情节和精巧的结构。路翎通过摹写人物的精神状态来彰显现实的残酷,从而进一步演绎出人物行为的根源与过程,在命如草芥的卑贱性中从精神

---

① 胡风 1944 年 9 月 13 日自重庆致路翎信。胡风:《致路翎书信全编》,第 39 页。
② 路翎 1947 年 12 月 24 日致逯登泰信。张以英编:《路翎书信集》,桂林:漓江出版社,1989 年,第 92 页。

层面拔高人物存在的意义。而这样的存在意义，不是一般受到欢迎的英雄人物的那样一种崇高性，悲剧、崇高美学里的正义体现并未出现在这些小人物的生命之中，他们的生活在崇高的另一面。即使以"怪诞"的美学形态处理穷苦人物的文学再现，势将落在当时左翼主导性的现实主义文艺之外。

实际上，细数路翎 40 年代的小说，多部关于"底层之死"：中、长篇《饥饿的郭素娥》《燃烧的荒地》《嘉陵江畔的传奇》，短篇《黑色子孙之一》《棺材》《罗大斗底一生》《王家老太婆和她底小猪》《英雄的舞蹈》《滩上》《悲愤的生涯》《重逢》《易学富和他底牛》《饥渴的兵士》《屈辱》《在一个冬天的早晨》《码头上》《预言》《爱民大会》……"底层之死"是路翎 40 年代小说的重要主题。战乱年代的死亡看似无论身份，不分何种年纪、性别，但从路翎的"死亡纪事"简括来看，死亡是有阶级特定性的：人终不免一死，但死亡并不平等，穷人远比富人靠近死亡，死得多，死得痛苦，也活得痛苦。而通过这些"死亡纪事"，路翎的创作让死人"复活"，让穷人的生活进入读者的视野。这些悲惨故事的内容沉重，但叙事手法并不单一，譬如同样描写人物死前经历的短暂时光，《在一个冬天的早晨》《王家老太婆和她底小猪》与《饥渴的兵士》的笔调便完全不同，《滩上》和《易学富和他底牛》则像是"边城"的落荒版。综观路翎 40 年代的小说，叙事视角也不定于一尊，如《王家老太婆和她底小猪》和《易学富和他底牛》，尝试通过小猪与牛的动物视角来观看受难的人物。而细究路翎 40 年代的小说，我们也很难找到符合一般理解中"快乐的结局"的作品。[①] 这点，则可与他对于文学大众化的主张进行参看：

---

① 作于 1949 年 5 月至 6 月间的《车夫张顺子》《兄弟》和《喜事》之外，或仅只有《平原》《契约》与《凤仙花》三篇，可谓为"快乐的结局"。

> 大众化的主要的工作应该是追击,并肃清旧美学底残余,在人民中间启发新的美学、社会学的感觉和情绪。①
>
> 如果说,读者是要求大团圆的,但大团圆应该是非团圆不可这才大团圆的。大团圆实在是旧美学里的最害于妥协性的东西,因为,被压迫的人民在旧社会里生活得太苦,太无指望了,就总喜欢在艺术里面得到一种安慰,不管这安慰是否脱离现实或有害的;而统治者的文艺就本能地利用了这一点,用大团圆的结局来麻醉人民。②

易言之,路翎对于人物心理负面情感的关注,他作品中的殊乏"快乐结局",他的创作与他的政治立场紧紧相系。

路翎小说叙事的残酷性,前文已然论及形同通过反复拷问人物的方式来呈现,但在《秋夜》里张伯尧"杀鼠"的残酷性本身,依稀有让人难以接受的"和拷问官一同高兴"的层面,而不在一般"和罪人一同苦恼"③的合乎情理之中。对照路翎书信中的自况,或许也不尽然可将动乱时代的惨烈缩影为主角张伯尧"扭曲"的心境,以提供深刻的社会性解释。虽则我们读到了这篇小说怪诞美感中的"震撼、恶心、痛苦",但对于(弱小生物)恐惧惊惶的"欣赏",残酷之"乐"与"趣",却未必能提炼出社会性意义。从另一方面再看,如同胡风回信中所说

---

① 路翎:《对于大众化的理解》,载张业松编《路翎批评文集》,第81页。
② 同上书,第85—86页。
③ 鲁迅:《陀思妥夫斯基的事——为日本三笠书房〈陀思妥夫斯基全集〉普及本作》,载北京鲁迅博物馆编《胡风主编期刊汇辑》第1册,第263页。另,美学家埃尔肯拉特曾试图解释人何以热衷于观看受难场面:"观看受难场面获得的快感,在我看来是由于战争而产生的人类残酷性情的结果,而战争对原始部族说来曾经是必要的,往往也是他们的习惯。自卫和报仇的必要产生了伤害别人的乐趣。……在人们从流血场面、斗牛、斗狗、斗鸡、狩猎或讲述悲惨故事获得的快乐中,仍然可以找到这种本能的痕迹。"原文出自埃尔肯拉特的《美学教程》,此处转引自朱光潜:《悲剧心理学》,合肥:安徽教育出版社,1989年,第63—64页。

的，对于"老鼠之类"是谈不上什么"残酷"的。长久以来，现实生活与文化秩序对于"鼠辈"的态度就是轻贱与嫌恶，老鼠不应存在，其生命不值一顾；老鼠是有破坏性的，咬坏家具、偷吃食物，传播病菌、致命鼠疫，在比喻的层次也常指向负面的贪婪与投机，而那个"投机"，当与知识分子的两面性接合，即为知识分子的投机性。下文尝试将"老鼠"视为隐喻，讨论其可能产生的其他意义。

先将时间拉到1957年，在这年的9月到隔年4月下旬，茅盾写了长文《夜读偶记——关于社会主义现实主义及其它》，此文针对的是1956年9月《人民文学》刊发何直（秦兆阳）的《现实主义——广阔的道路》，以及何文发表后至1957年8月在当时八种主要文艺刊物引起的"社会主义现实主义创作方法问题"相关讨论（共约50万字）。茅盾在该文中认为，现代派文艺反映的是"两次世界大战之间，在资本主义压迫下的一大部分小资产阶级知识分子的'精神状态'，他们不满意于资本主义社会秩序，可又不信赖人民的力量，他们被夹在越来越剧烈的阶级斗争的夹板里，感到自己没有前途，他们像火烧房子里的老鼠，昏头昏脑，盲目乱窜"①。相较于迈向光明理想、斗争目标明确一脉的左翼文学，现代主义者及其文学作品中所再现的混乱昏暗的心迹、裹足不前的犹疑与恐惧，自然要被涤清，而路翎作品里的人物，无论是底层工农、后街人物或知识分子，一样布满了混乱昏暗的心迹与裹足不前的犹疑和恐惧。关于在路翎作品中尖锐化的现实主义与现代主义的关系，特别是左翼文学内部如何面对现代主义作品所催化的

---

① 茅盾：《夜读偶记——关于社会主义现实主义及其它》，载《茅盾全集》第25卷，北京：人民文学出版社，1996年，第181页。题首注："本篇最初发表于一九五八年第一、二、八、九、十号《文艺报》。同年七月经作者修改后，八月由百花文艺出版社印成单行本。后收于《茅盾评论文集》和《茅盾文艺评论集》时，又都分别作了修改。为保持全文原貌，现据《文艺报》所载原文编入。"（第121页）

矛盾问题,是庞大的课题,有待另文探讨,此处暂先撷取茅盾此文中所做的一个比喻,亦即,将小资产阶级知识分子喻为"火烧房子里的老鼠"。

姚一苇1965年的剧作《孙飞虎抢亲》里也有"老鼠"。这部从戏曲《西厢记》改编出来的新剧,虽同时采集了《北西厢》与《南西厢》的内容,但与原剧完全不同,而是一出有着古典戏剧外壳其实不然的现代剧作。最具启发性的,是让原本的坏蛋、强盗孙飞虎变成张生张君锐的"double"(分身),一种镜像的存在。小姐崔双纹和丫鬟阿红也是彼此的一种"double",这个"double",在西方戏剧中有长久的演变过程。①而弗洛伊德《诡奇》(The uncanny)所论述的"double",则是在讨论死亡的恐惧与再现之间的关系中提到其起源:那个"原本是为了对抗自我(ego)的破坏所做的保险措施,是'对死亡力量的有力拒认'"的分身,却"从达到不朽的保险措施,变成令人不寒而栗的死亡预告者"②。借此喻抒论,让《秋夜》的张伯尧感到惊惧的,或即是那个分身(老鼠)不死的反复凝视,以及在凝视中让他恍若看见了自己的死亡,叙事深层的怪诞性和恐怖感,也由此而生。

《孙飞虎抢亲》里的"角色"对换,是通过调换衣服来完成的,调换衣服也就调换了小姐/丫鬟与书生/强盗的身份和社会位置,让他们变成了截然不同的人。通过调换衣服,崔双纹与阿红经验了一次比一次强烈的主奴反转,丫鬟阿红先是执行了小姐崔双纹对换衣服保命的命令,而在第三幕,阿红、崔双纹和张君锐三人之间有这么一段对话:

---

① 本节对于姚一苇《孙飞虎抢亲》的相关讨论,请进一步参见陈传兴:《暗夜中的掌灯者——姚一苇与1960年代》,《人间思想》2015年夏季号(第10期)。

② Sigmund Freud, "The Uncanny," in *The Standard Edition of the Complete Psychological Works of Sigmund Freud*, Vol. XVII, ed. and trans. James Strachey, p. 235. London: Hogarth Press, 1955. 此处中译转引自海涩爱:《活/死他者》,载刘人鹏、宋玉雯、郑圣勋、蔡孟哲编《酷儿·情感·政治——海涩爱文选》,第70页。

阿红：将来，我从来不曾想过，想到它干什么？

崔双纹：（自言自语）想到它干什么？

阿红：想到它干什么？我曾经是你们所谓的奴婢，我现在是一位小姐；你曾经是一位小姐，而现在是我的奴婢，你想到过吗？

崔双纹：（掩面）啊——！

张君锐：（迷惑地）你的感情？你没有感情吗？

阿红：哈哈。

（诵）**当我是奴婢的时候我有奴婢的感情。**

当我是主人的时候我有主人的感情。

当你是爱人的时候你有爱人的感情。

当你是敌人的时候你有敌人的感情。

我们永不必担心我们没有感情，

我们是什么便是什么样的感情。①

在崔双纹换下衣服感到不安而想要恢复小姐身份时，阿红勉强接受换回衣服，但当崔双纹再一次想要跟阿红调换衣服保命时，阿红拒绝了。前引粗体字的台词，或许意在传达多重的反讽性：阿红的回话揭穿了主人总是要求奴隶要有奴隶的情感的真相，阿红循此逻辑给了同样的回应——不能再向如今是主人的她索要奴隶的情感，因为情感是有阶级性的，主人有主人的情感，奴隶有奴隶的情感；与此同时，阿红回应里所含带的嘲讽，又挑战了情感阶级性的存在，乃至于通过调换衣服即调换了阶级的安排，彰显出她对于阶级性情感的质疑；而且，这样矛盾并存的状态，进一步表达出对于情感、阶级的认识必须

---

① 姚一苇：《孙飞虎抢亲》，载《姚一苇剧作六种》，第147—148页。

转趋复杂。而阿红回应中的几重翻转,启发我们回看路翎备受批评地将知识分子的形象和情感套入底层工农:路翎小说中底层工农的知识分子映像,他对于底层人物情绪与情感"着魔"般地书写,描绘出了"这个时代有多少条路啊"①——而不是仅有一条大道——的事实,他的作品在质疑了譬如"农民淳朴因为他是农民,农妇无知因为她是农妇,农民情感简单因为不是知识分子"的僵化左翼文艺再现政治的同时,也隐约质疑了对"阶级性"的本质化理解。路翎及其作品的一再面临批判,或也部分源于作品包含如此的叙事效应。

孙飞虎—张君锐与崔双纹—小红屡次调换衣服的过程逐步催生出的戏剧高潮,在于孙飞虎说出"但是当我们脱去衣服的时候,我们便一样了"之后产生的一个"崩溃点"②。让我们在此"崩溃点"驻足:那个崩溃的结果或者崩溃本身,是四个主角(崔、红、孙、张)紧接着不断重复前一个人的话,反复涌念着"我们没有哭过、笑过、爱过、希望过! // 我们没有选择,也没有被选择。// 我们不能辨别,不能思,不能了解。// 我们只是躲在一道高墙的里面! // 我们只是躲在我们的衣服里。// 我们是躲在洞里。// 我们是老鼠。// 老鼠老鼠老鼠老鼠"③,最后反复的"老鼠老鼠老鼠老鼠",是语义、身份、情绪、情节、角色与人物的彻底崩解——我们都是老鼠。

鲁迅《铸剑》也是以一只老鼠开场的,眉间尺憎恨老鼠每夜咬家具吵得他不能睡觉,但要溺死跌落水瓮的老鼠时又觉得它可怜,反复在一杀一救之间。力竭的老鼠被眉间尺夹出水瓮,突然苏醒而似乎要逃走,眉间尺不觉提起左脚踏下,他蹲下查看,老鼠口角上有微红鲜

---

① 路翎1944年1月17日自重庆致胡风信。路翎:《致胡风书信全编》,第77页。
② 参见陈传兴:《暗夜中的掌灯者——姚一苇与1960年代》。
③ 即以"//"间隔的每句均重复四次。参见姚一苇:《孙飞虎抢亲》,载《姚一苇剧作六种》,第160—162页。

血,"大概是死掉了"。眉间尺感觉自己做了大恶,难受得站不起身。而除了《秋夜》,路翎小说中的另几只"老鼠":《财主底儿女们》里的陈独秀在房里不断走动,在同他会面的蒋少祖眼中"奔跑好像笼中的老鼠","小眼睛闪烁着","小的尖削的头伸向前"①;《家》中贪苦的寓公刘耀庭有着"老鼠一样的眼睛"②;《黑色子孙之一》中向矿工金承德索要少给的五块钱嫖妓费而不得的"皮条客"瘦家伙"仿佛一只老鼠一般地霎着眼睛"③;《学徒刘景顺》中17岁的少年刘景顺在破败的酱园里当学徒,他把捉到的老鼠倒吊在桌旁,打死或放掉都舍不得,一度打了老鼠一巴掌发泄怒气,但最后他放了老鼠,"放你自由了,朋友"④;还有一只"老鼠"从《卸煤台下》奔跑而过,大雷雨山洪暴发,"场坪和路床变成了河流",工人们兴奋地全挤进棚里,在滂沱雨势的昏朦中还有工人"掷响工具"跑过,"尖叫着,像一匹被追的老鼠"⑤;最后一只让人挥之不去的"老鼠"也出现在《黑色子孙之一》中,矿工石二贫病交迫的女人被喻为"饥饿的老鼠","瘦小的女人贫弱地在电光底下走动着,仿佛一个饥饿的老鼠,她悄悄地,似乎怕触坏什么东西一般地移动着饭碗"⑥。

  作为隐喻的"老鼠"一词,在路翎的书写中指向繁复的语义空间,启人深思,而"metaphor"(隐喻),在现代希腊文中又意为移动行李的载运工具,例如:推车。路翎的文学探索,正像是一辆推车,载运着左翼文学的诸般可能性,引领着我们思考左翼文学的边际。

---

① 路翎:《财主底儿女们》下册,第868页。
② 路翎:《家》,载《路翎全集》第1卷,第17页。
③ 路翎:《黑色子孙之一》,载《路翎全集》第1卷,第56页。
④ 路翎:《学徒刘景顺》,载《路翎全集》第2卷,第242页。
⑤ 路翎:《卸煤台下》,载《路翎全集》第1卷,第93页。
⑥ 路翎:《黑色子孙之一》,载《路翎全集》第1卷,第47页。

第四节　阶级与性/别的双重饥饿

路翎小说中的"性/别"一直是个有待深入琢磨的课题。《财主底儿女们》中诸多人物对于恋爱、婚姻和家庭的看法，映照出转折年代里有关"婚姻家庭连续体"理解的鲜明变造过程，让我们得以探看小说文本和论述生产与再生产间的关系。就路翎笔下关于知识青年题材的小说而言，《谷》《青春的祝福》和《旅途》，以及剧本《云雀》，亦有相类似的呈现及重要性（参见本书第二章）。而以底层工农为描写对象的《饥饿的郭素娥》《破灭》《王炳全底道路》等作品，"婚恋"与"婚姻家庭"也是其中的关键内容，矛盾纠葛的情感同样推动着情节演绎。实际上，可能是路翎最为知名的中篇小说《饥饿的郭素娥》，原题即为《恋爱的小屋》，这样的小说命题有其象征性，篇题的改动即隐约寓示出叙述轴线的一种偏移，"革命"是呼之欲出的共通时代背景。本节主要聚焦于《饥饿的郭素娥》，讨论郭素娥的"双重饥饿"，一方面继续探究路翎小说中的性/别，欲望、性和无意识的驱动力，另一方面也借此探看解放道路上阶级与性/别交会却未能携手同行的历史。

恋爱小屋里的郭素娥

郭素娥，拥有"褐色的大而坚实的乳房"[①]，通过情人张振山和恋慕她的魏海清的目光，我们看见一个红润健美的女人。小说的第一节，简单交代了"强悍而又美丽的农家姑娘"郭素娥何以来到五里场：逃荒半途为父亲抛下的她，因为战乱和饥馑，成了鸦片鬼刘寿春的女

---

① 路翎：《饥饿的郭素娥》，载《路翎全集》第 1 卷，第 205 页。

人。当工业化的脚步踏入乡镇时，郭素娥也在厂区摆起香烟摊，叙事直指郭素娥"敢于大胆而坚强地向自己承认"摆摊的目的，这样描绘坐在摊位后的郭素娥：

> 她底脸焦灼地烧红，她底修长的青色眼睛带着一种赤裸裸的欲望与期许，是淫荡的。①

郭素娥要摆脱穷困交迫的生活，在厂区摆香烟摊也是为了物色一个男人，好脱离无望的泥坑，她以一种展示而迹近贩售自己的方式，企盼着与下一个可能性相遇。当张振山如她所愿的出现后，她也一再主动地表示希望张振山带她走。郭素娥的期盼和努力，不能仅视为她对男人或者笼统的父权体制云云的被动依附，她在生活与生命的各种匮乏中仍主动探求着改变的契机。叙事也通过她与张振山的互动，显示她在性和无意识的驱动之下的"力与美"，她的彷徨无助，她的痛苦和思索，她的喜悦和欲望。农妇郭素娥，一个在40年代工业化边缘的乡镇挣扎求存的女人，通过路翎的小说，从历史中活转了过来，真实地浮现在知识分子的视野里。写农妇，路翎当然并非首例更非孤例，郭素娥也不是路翎深刻叙写的第一个摆荡在城乡变迁边际的农妇（路翎笔下另一个备受瞩目的经典农妇是《蜗牛在荆棘上》里的秀姑，详见本章第二节），然而却是路翎笔下最有"身体"的一个女性人物。并且，郭素娥的存在感，她"主体/性"的显露，在许多时候，是通过叙事一次次着墨于她的身体和她在性爱中的感受，即透显出她的性和欲望的性质而变得鲜明的。例如在一个晴朗早晨劳作着的郭素娥：

---

① 路翎：《饥饿的郭素娥》，载《路翎全集》第1卷，第206页。

> 她底脸颊红润,照耀着丰富的狂喜。在她底刻画着情欲的印痕的多肉的嘴唇上,浮显了一个幸福的微笑。当她把手臂迅速地挥转,寻觅短锄的时候,她底牙齿在阳光里闪着坚实的白光,她底胸膛急遽地起伏着。①

或者,在回击他人时,郭素娥绝不柔弱,即使明知不敌,她仍要全力一搏:

> 她是一瞬间变得那样狠毒,像一条愤怒起来的,肮脏,负着伤痕的美丽的蛇。②
> 突然,一个恶魔出现了。这恶魔甩着头发,喷着口沫,张牙舞爪地扑在老妇人底颈子上,扼住她底脆弱的喉管。③

狠毒的蛇与张牙舞爪的恶魔,这样的文学性比喻近乎陈腔滥调,但此处用喻的特别,在于用以形容一个通常缀连着"粗鄙"一词的底层妇女,而非具备一定社会或知识位阶的精致女性。"负着伤痕的美丽的蛇",作家看见了身处底层的郭素娥们的美丽和伤痕,而我们无疑清楚知道,在故事的整体谱写中,那伤痕是一种社会性的损伤。并且,通过这样的负面形容,叙事明白地告诉读者:郭素娥不是一个驯服、顺从的传统女人,她有她的追求和主张。一如胡风当年在《饥饿的郭素娥》序言里所说的:现实人生向新文学要求分配座位的另一些人物,带着活的意欲登场了。④郭素娥不是占据五四以来新文学要角

---

① 路翎:《饥饿的郭素娥》,载《路翎全集》第1卷,第226页。
② 同上书,第232页。
③ 同上书,第256页。
④ 参见胡风:《饥饿的郭素娥·序》,载《路翎全集》第1卷,第201页。

的知识新女性，她是不识字的"愚妇"，但无法被简单放于听凭知识人表现悲悯的位置，她也有如同"新女性"一般饱满的"现代情欲"，乃至于是"淫贱"而不为人所喜且难以怜悯的，她倾尽全力地求生存，殚精竭虑地要为自己开凿出另一片天空。在路翎笔下，我们看见一个崭新的女性形象，她模糊了阶级和性/别所刻板对应的人物摹写界线。这个郭素娥失败了，但她直至倒下之前还觉得自己要活、还可以活，而其他饥饿的郭素娥们仍在路上，继续担受着非议和艰辛，逼问新世界和新文学的政治议程能否容受那身体、那呼之欲出的性和欲望。

从《恋爱的小屋》到《饥饿的郭素娥》，是一个更为切合故事内容的易题改动，同时，这样的"切题"似也添加了某种"左"的况味，更贴近或者说迎合了人们一般对于左翼文学作品再现的忖度和想象。然而，小说留给读者的深刻印象，并非郭素娥如何地"饿"——文本并未真正深入郭素娥的"吃不饱"，对"饿"加以描绘，而更偏向于将"饿"作为一种原因表述出来；所描写的郭素娥身体，也难以设想为饱受饥饿的体态，对郭素娥丰满肥腴的摹写，甚至强化了其欲求不满的诱人性——而是将郭素娥的饥饿与情欲结合，作一种复合式的展现，描绘她如何因为逾越/愉悦的情欲而惨死。郭素娥的死，彰显了乡里间依旧稳固的封建秩序对于不贞的惩戒。一方面，叙事揭露礼教的暴力和表达对于郭素娥的同情，几乎形同复诵了五四文学常见的批判主题，但郭素娥在张飞庙中被虐杀的过程，本应是故事铺排的最高潮，却反而是全篇小说创造性最薄弱的一部分，或许这也显示着，面对"郭素娥"这一类活在40年代的"新人物"，五四以来反封建主题的情节已不足以表现；另一方面，叙事似乎也不期然地让读者追问：郭素娥如若未死，如若她活存了下来，"新世界"能否容忍她不合格的婚外情欲？但郭素娥毕竟死了，我们无从揣想她的未来会如何，唯一能确定的是郭素娥被虐死，"恋爱的小屋"被她的情人张振山一把火烧毁在烈焰中，而这样的结局极具征兆性。此后，个人情欲在左翼文学土地上渐次消退，直到80年代方借另一种"女性文学"的体面得以破土而出。

解放道路上的阶级、性/别与情感

路翎创造了一个在中国现代文学史中占据特殊地位的女性角色郭素娥，她的"饥饿"，通常被80年代以降的论述益发娴熟地理解为既实指肉体上的饥饿，也隐喻着情欲的匮乏，而这样的"双重饥饿"进一步带出了解放道路上始终难解的性/别与阶级问题。中国的民族解放与阶级运动试图整合而非排除妇女解放运动，但妇女的解放似也总是让位给更为重要的民族解放和阶级运动。在此对照同时期身处解放区延安的丁玲在1942年3月所写的杂文《"三八节"有感》，相信是有效的参看。李陀认为丁玲写《"三八节"有感》，呈现了妇女解放如何（拒绝）被编排入新的国族解放话语与文化秩序之中①；贺桂梅在《"延安道路"中的性别问题》则以丁玲为个案（从五四时期寻求个性解放的知名女作家到步上以党性为最高原则的改造大道的忠贞党员），勾勒了左翼革命话语对于现代女性话语的强势整合。贺桂梅与李陀的看法大致相类，但贺文同时更借学者艾里斯·杨（Iris Young）对于将性/别与阶级判然二分的理论的不满，质疑把妇女解放运动和阶级运动对立的论述逻辑。② 现实中的性别问题确然并不孤立存在，而是与诸如阶级、种族等问题同时发生，在前人论述所喻的"马克思主义＋女性

---

① 参见李陀：《丁玲不简单——毛体制下知识分子在话语生产中的复杂角色》，载《昨天的故事——关于重写文学史》，北京：生活·读书·新知三联书店，2011年，第133—158页。此文原载《今天》1993年第3期。丁玲：《"三八节"有感》，载张炯主编《丁玲全集》第7卷，石家庄：河北人民出版社，2001，第60—63页。此文原刊于1942年3月9日《解放日报》（延安）。
② 参见贺桂梅：《"延安道路"中的性别问题——阶级与性别问题的历史思考》，载《女性文学与性别政治的变迁》，第101—119页。此文原载《南开学报》2006年第6期。

主义＝不愉快的婚姻"之后，我们仍然必须面对如何更为复杂化地看待阶级与性别交织的难题。

　　丁玲的《"三八节"有感》准确地指出了解放道路上的不公，女性穿梭于公私领域，同时承担着家庭内外的职务，却无论进入婚姻家庭体制与否都动辄得咎，在（不）婚恋过程中遭受各种流言蜚语——丁玲此文是从性/别视角，在革命秩序内部所发出的挑战之声，短小精悍，直指问题核心。而并读《饥饿的郭素娥》和《"三八节"有感》，在参照中也显示出另一个性/别问题的向度，亦即，丁玲笔下的解放区"女同志"与身处国统区的"郭素娥"所受的"压迫性质"不同，相对来说，"女同志"的痛苦、不满，之于长年身处阶级和性别双重饥饿之中的郭素娥，是得要等到下一阶段的"新世界"到来才可能产生、拥有的"坏情感"，但路翎笔下的郭素娥并没有机会走到新世界。这样的对照，呈现出知识分子妇女/启蒙女革命家和底层"无知"妇女，着落在"阶级"与"性别"间（包括文化资本上）的诸种差异，彰显出阶级与性别交会时的复杂度。《"三八节"有感》发表后的效应，显露的则主要是国族解放话语（也是左翼革命话语）在打造新一轮的文化秩序过程中，如何一边援用又一边遏制性/别解放的话语，以阶级整体涵括性别，重定主次。而此外，若由"郭素娥"的位置，放长历史区段来看，问题更为复杂。

　　以 1943 年的《四三决定》①为指标，从陕甘宁边区开始施行的一系列与妇女相关的重要政策，一方面提高了妇女的地位，动员农村妇女投入经济生产，另一方面仍旧维系传统家庭和乡村伦理，农村妇女

---

① 1943 年 2 月由中央妇女委员会起草、毛泽东修正后公布的《中国共产党中央委员会关于各抗日根据地目前妇女工作方针的决定》，简称《四三决定》。参见 1943 年 2 月 26 日《解放日报》；另参见［美］马克·赛尔登：《革命中的中国：延安道路》，魏晓明、冯崇义译，北京：社会科学文献出版社，2002 年。

在新政策的施行下一定程度"翻身"了,但与性/别相系的若干问题失去了深入讨论和改变的可能性。而路翎涉及婚姻家庭与婚恋的小说,一定程度保留了当时复杂的历史状态,让我们得以重新思量阶级与性别的交织一体。

创作于1945年10月间的《王炳全底道路》晚于《饥饿的郭素娥》,主角王炳全的设定,夹杂着人物张振山和魏海清的些许因子,在一进一退的人物性格之间,王炳全的言行表现得较为矛盾。王炳全被抓壮丁,而后当了逃兵,在城市里辗转成为技术工人。收不到妻小的回信也无法下定决心返乡的他,在城市里过着荒颓的生活,终于鼓起勇气回乡。换言之,这则小说即如同王炳全返乡之旅的记录。由于亲戚的设陷,也因为穷困,幼女在病中得不到救治死去,妻子也被迫改嫁,王炳全面对着虽已心理准备多时但仍无从措手的人事变易,他想着报复,但终于没有,最后决意再次离乡走自己的路。相对于《饥饿的郭素娥》,这则小说一个饶有深意的安排,是让王炳全的妻子左德珍安于改嫁年长的贫困农民吴仁贵后的生活。实际上,左德珍形同是被王炳全的姑父张绍庭卖给吴仁贵,但左德珍感激吴仁贵的忠厚对待,也在艰辛的劳作中重新寻回自己在世界中的位置。面对返乡的王炳全,左德珍虽激动不舍,但仍选择了和吴仁贵一起生活,而王炳全在矛盾纠葛的心绪中,最后以一种带着苦涩的决意,宽慰吴仁贵说:

"你要晓得,在这个世界上各人有各人的路,不是你我都能够做庄稼人过一生的,也不是你我都能够——"他指着山下,"走这条路的!"①

---

① 路翎:《王炳全底道路》,载《路翎全集》第2卷,第69页。

从故事情节给予的线索来看，小说隐约暗示着再次投入劳动大海的工人王炳全将蜕变为一个运动的组织者，而留在故乡的左德珍则和吴仁贵继续安土重迁的庄稼生活。从写作的时间次序，再对比《饥饿的郭素娥》和《王炳全底道路》的情节安排，似乎两篇小说中的婚姻家庭故事，也隐隐然反映出由根据地向外推行的政策变化，不再鼓励女性离异或是勇于反抗翁姑离家，而是不逾稳固家庭、乡里生活的底线，提升劳动产能，推进革命解放的大业。而左德珍的人物塑造，也不同于郭素娥或《蜗牛在荆棘上》里的秀姑，虽都是农妇，但左德珍性格温暖、正面，不像郭素娥与秀姑不时出现过激或出格的举止言行。左德珍"安分"，安于社会给定的位置，她所表现出的情感，也较合于人们一般对于底层农妇的想象。王炳全虽也不时有着周折时想自弃的心情，但不似张振山那样暴躁、不受控制，也不像魏海清一般怯懦，相对而言，王炳全的个性设定更接近于"新人"想象，也更有可能顺利地接轨进入新世界。另外，若细究小说人物的对话，《王炳全底道路》较《饥饿的郭素娥》和《蜗牛在荆棘上》生动灵活，也更接近左翼文艺通常刻画的乡土人物。总括来说，40年代的路翎执着于摹写"农民工"的情感，连带着记录了新国族打造过程中现代婚姻家庭想象所受到的（制度性）影响，创作力丰沛且文学表现与时俱进。

"破烂龙"和舞龙者

先前关于《饥饿的郭素娥》中魏海清的讨论，多半将之视为平行于男主角张振山的角色，以烘托张振山人物性格的剽悍，而较少深入探讨魏海清同为故事要角的意义与可能性。实际上，在张振山离去、郭素娥惨死后，小说余下近四分之一的篇幅，均环绕着魏海清开展情节，无论就篇幅或叙述内容来说，魏海清在故事中的重要性，于过往的评述显然估量不足。

相对于张振山的外放暴烈，魏海清的性格较为软弱退怯。魏海清原是佃农，田地被收回后到矿区做工谋生，他不信任外省来的人，也不信任"机器工人"。面对郭素娥的拒绝自己和另投张振山怀抱，魏海清卑懦地向刘寿春告发郭素娥的偷情失贞作为报复，当郭素娥被强行押走之时，他即使预知不幸即将发生，却仍旧无法鼓勇干预，眼睁睁看着心爱的人陷落死局。尔后，他揣着悔憾度过严寒冬日，在自责中衰颓，直到年节正月十五那天，他决定重回五里场。初回故乡的第一个场景，是魏海清遭遇镇口土坡上练习舞龙的队伍，熟悉的乡友怂恿他加入。魏海清也不犹豫地解下长衫，擎起龙头的长柄：

> 在锣鼓底喧嚣里，破旧得成为黑色，而且失去了一只蛋壳做成的眼睛的穷苦的龙昂起头，忍耐地，兴奋地翻舞起来了。它逐渐迅速地缠绕着舞着它的汗流浃背的汉子们，冲上炫耀着阳光的天空又滚在地下，搧起春天底醉人的尘埃，从远方望去，仿佛在骚乱的斑斓的群众上奔腾着一团紫黑色的，风暴的，狂响的浓云。①

魏海清受到喝彩，他感觉到故乡的可亲宜人和无可取代，但接下来走访的场景、相遇的人们，那些庸腐不堪让魏海清再次感到五里场的可憎和无望。过午，被另一舞着"破烂但却快乐的龙"的队伍吸引着，他走到了郭素娥丧命的那一座张飞庙，并且和当时奸杀郭素娥的黄毛狭路相逢。这回魏海清不再示弱，他卸下了内心的恐惧，复仇的烈焰催促着他挺身向前。在（众人坐视的）激烈斗殴后，魏海清被黄

---

① 路翎：《饥饿的郭素娥》，载《路翎全集》第1卷，第263页。

毛击杀,黄毛则被村人捆绑报官。倒在血泊中的魏海清,临死前嘱托朋友老郑毛,让儿子小冲"去上工",这个"去上工",不妨可读为魏海清舍却"旧思想"、正面回应了新时代的召唤,也是叙事者代入响应革命巨轮的一个主观期待和注记。

《饥饿的郭素娥》的最后一节,最富意味的是舞龙的场景再一次进入故事画面的中心。这一回,有衣着堂皇的年轻绅士和粮户擎着火花筒向赤膊的舞龙青年喷射火花,更有多个舞龙队伍交会、交缠、共舞,而那一条经历张飞庙斗殴后摇摆着"已经被挤毁一半的巨大的头"的"破烂龙",显然是叙事关注的焦点:

> 在火花底狂乱交织的白色的壮丽的光焰里,龙底大破布条带着醉人的,令人抛掷自己的轰响急速地狂舞起来了。那残破的龙头奋迅地升上去,似乎带着一种巨大的焦渴,一种甜蜜的狂喜在沉默地发笑!哦,它似乎就要突然脱离木杆,脱离白色的焰火和群众底轰闹飞升到黑暗而深邃的高空里去,把自己舞得迸裂!①

魏海清的死,黄毛的受捆报官,乡民正义的匡复,似乎添加了狂欢的薪火,但在这高潮的一景之后,叙事显然带着批判的眼光描写了乡人们接下来的言行,五里场镇民如同鲁迅笔下的"看客",无论郭素娥还是魏海清,成为他们口中有关不幸和训诫后生的谈资,叙事在讽刺之外也依稀漾着"哀其不幸,怒其不争"的愤懑。

让我们试着将魏海清这个人物及其遭际视为《饥饿的郭素娥》整则故事的节点。"原始的强力",向来是讨论(与长年批判)路翎作品的

---

① 路翎:《饥饿的郭素娥》,载《路翎全集》第1卷,第274页。

关键词；针对郭素娥，经常被引述的，是路翎在1942年写给胡风的信中所谈内容：

> "郭素娥"，不是内在地压碎在旧社会里的女人，我企图"浪漫地"寻求的，是人民底原始的强力，个性底积极解放。但我也许迷惑于强悍，蒙蔽了古国底根本一面，像在鲁迅先生底作品里所显现的。我只是竭力扰动，想在作品里"革"生活底"命"。事实也许并不如此——"郭素娥"会沉下去，暂时地又转成卖淫的麻木，自私的昏倦……①

多年后，在路翎忆述胡风的长文里，再次出现关于《饥饿的郭素娥》的创作自述："我是企图用描写'原始的生命强力'来反对'精神奴役创伤'的。"②

在《饥饿的郭素娥·序》这篇对于路翎作品的重要评论里，胡风引述路翎写给他的信件内容（即前文引述的1942年5月12日信件段落）后，另有一番"事实也许'并不如此'"的诠释。在胡风对路翎的阅读里，路翎的"每一步都放在祖国底明天，也就是他底人物们底明天"，落实于《饥饿的郭素娥》这部作品，即是"郭素娥死了，她底命运却扰动了一个世界。……这劳动世界底旋律，带着时代底负担，带着被郭素娥底惨死所扰起的波纹，却在辉煌的天空下面继续前进"③。易言之，胡风强调的是一种刚健的"明天性"，但在我的阅读里，较多感受到的，路翎作品是像《旧约·以赛亚》守望人的回答，"早晨将至，黑夜依然，你们若要问就可以问，可以回头再来"，我认为就其整体

---

① 路翎1942年5月12日自重庆致胡风信。路翎：《致胡风书信全编》，第45页。
② 路翎：《一起共患难的友人和导师——我与胡风》，载张业松编《路翎批评文集》，第284页。
③ 胡风：《饥饿的郭素娥·序》，载《路翎全集》第1卷，第202页。

而言，路翎作品更多着重在人物过不去的"现在性"上。一个可资佐证的线索是路翎在忆述中曾提到，不赞成胡风《饥饿的郭素娥·序》中所认为的"'小冲与青年长工这两个明天性的人物没有取得应有的表现，存在简单的明天性'这见解"（胡风序言中确切的文字是"例如这里面的小冲和青年长工，这两个明天的人物，就不曾在应有的形象里面出现"），后来胡风也同意路翎的意见，但两人当年对此的通信已经失落。①

前行研究者已关注到路翎对于以鲁迅为代表的五四文学传统的着意继承，路翎亦曾自述鲁迅对他的影响。② 大体而言，鲁迅书写开拓了知识分子与人民的关系问题，这点在路翎作品中有显著的反响，而随着三四十年代革命语境的改变，也有研究者认为在路翎的创作里，鲁迅"知识分子与人民"的论题已转化为"人与人民"的关系。③ 鲁迅作为中国现代文学与文化及民族脊梁的大写存在，其写作所凝烁出的"正面能量"向来备受颂扬，相对于此，鲁迅其人其作幽暗阴冷的一面，那漠然的忧郁与种种负面情感状态，虽被留意，但多是经过转化而与大义嫁接，借以承载时代和历史的重量。路翎确然有意学习"鲁迅"，或者说，路翎确然受到鲁迅及其作品的"影响"，但这个"鲁迅"的构成是复杂的，在路翎作品中也折射出繁复的意义。

鲁迅曾在《古小说钩沉》中辑选眉间尺的故事，其后将它铺衍变

---

① 参见路翎：《一起共患难的友人和导师——我与胡风》，载张业松编《路翎批评文集》，第292页。

② 回忆性质的散文如路翎1986年撰述的《我读鲁迅的作品》，有所谓"薄明的天色"。参见张业松编《路翎批评文集》，第273—277页。典出鲁迅之"在刀光火色衰微中，看出一种薄明的天色，便是新世纪的曙光"。参见鲁迅《随感录 五十九 "圣武"》，载止庵、王世家编《鲁迅著译编年全集》第3卷（一九一八至一九二〇），第181—183页。此文1919年5月刊于《新青年》第6卷第5号，署名"唐俟"。

③ 参见谢慧英：《强力的"挣扎"与主体性"突围"——路翎创作研究》。

化为小说《眉间尺》，1927年4月25日、5月10日发表于《莽原》杂志，收入《故事新编》时易题为《铸剑》①；相较于收录在相传曹丕所著的《列异传》之时的神怪性，这则复仇故事在鲁迅的改写中更趋怪诞，那样的瑰丽与奇想，是通过现代小说的笔法铺叙原始性的神怪内容来呈现的，三颗头颅在鼎镬中的撕咬、合纵连横，揶揄的笑闹里漾着恐怖，其讽刺与批判或一望即知，就中的深意却朦胧不明。我认为，这则小说恰如引子，喻示出路翎对于鲁迅另一面的继承。在本章前文的讨论中，我试着将鲁迅精神和作品较难被肯定的部分作为思考的背景，在讨论时化为理解路翎创作的关键。"铸剑式"的"复仇"与"幻想"即为本章讨论路翎40年代作品的重要词汇，我并尝试以"复仇"和"幻想"注记所谓的"人民底原始的强力"（详见本章第一节）。当然，这样的承袭必然是在40年代社会语境之中的"路翎式"重构，而作者的写作企图也未必能在作品中如意呈现。

就《饥饿的郭素娥》而言，路翎小说中所谓的"原始的强力"，经常与郭素娥的性和欲望、张振山暴烈而难以捉摸的性情相互连结得到讨论，这点确为此则小说的解读关键，但是，那无意识的驱动力，如何着落于魏海清这个人物，则殊乏析论。而我认为，紧随小说中关于魏海清的情节蜿蜒（他内心的起落转变，从怯懦到不惜与死相迎，以及前文所引述的舞龙场景），从另一个角度益发呈现出路翎在小说中寻求以人民"原始的强力"对峙"精神奴役创伤"的复杂力道，相对于郭素娥（和张振山）的性和欲望的较易为人理解，如何解读这部分的无意识驱动力更加举足轻重。

---

① 参见鲁迅：《铸剑》，载止庵、王世家编《鲁迅著译编年全集》第8卷（一九二七），第58—74页。此小说写于1926年10月，原题《眉间尺——新编的故事之一》，连载于1927年4月25日、5月10日《莽原》第2卷第8、9期，改题《铸剑》收入《鲁迅自选集》（上海：天马书店，1933年），后收入鲁迅《故事新编》（上海：文化生活出版社，1936年）。

在郭素娥冤死、张振山出走后，魏海清在小说中的轮廓愈见显明。在《饥饿的郭素娥》的第十二节，叙事者代入魏海清，说明他面对情敌张振山时的矛盾心绪，一方面他嫉妒、痛恨也惧怕张振山，另一方面他也钦佩张振山，因为张振山让他明白自己的"褊狭和软弱"。而有别于他既有生活的困乏，由张振山而生的各种情绪都散发着热力，就像那晚"在夜风里被点燃的不幸的小屋子底鲜明的火焰那样蓬勃"①。沿着叙事线索进一步解读，在经历了张振山介入生活的挑战、郭素娥被害身亡的悔憾，那恋爱小屋仿佛焚而不毁地点燃了魏海清体内的星火，在他可能也未必明白的感奋里，在一种无意识驱动力的涌动中，重回五里场的他展现了另一番生存姿态，那是逼近张振山所象征的那种无惧状态，也是路翎通过小说叙事所企图寻求的一种原始强力的振发状态。然而，小说叙事并未简化地证成原始强力和反抗精神奴役创伤的关系，那条"破烂龙"瓦解了二者不证自明的直接对应关系："破烂龙"在魏海清手中昂奋，那团奔腾的紫黑色风暴，下一个现身故事的时刻，是摇摆着半毁的龙头，在赤膊的青年们手中翻腾，焦渴中带着甜蜜的狂喜发笑，像要挣脱木杆飞升，把自己舞得迸裂。这样狂欢怪诞的场景，可带入巴赫金理论再赋诠说。而这样的"未完成"，那样莫名所以、不知所终的力与美，是无意识驱动力在《饥饿的郭素娥》中最为鲜明的文学表现。

1946年春天，当时仍处四川的路翎写了一篇散文《舞龙者》，于同年充满象征意涵的5月4日在《希望》杂志发表，文中描述自己随着人群观看舞龙队伍：

> 后来我不再想看清楚他们了。单调的鼓声在弥漫的烟雾和热闹的人声之间响着，它本来是那么苍凉的，现在却突

---

① 路翎：《饥饿的郭素娥》，载《路翎全集》第1卷，第262页。

然地迸发了勇壮和快乐。好啊,快乐!我想,于是我们前进,经过光亮的街又经过黑暗的街。

…………

……那条破烂的龙在烟火中好像获得了生命,因飞腾而变成了壮丽的。突然的他们一面舞着一面喊叫,狂歌起来了。……他们不停地狂歌了,那些赤膊的青年们!破烂的龙灯就在猛烈的烟火中,继续地飞腾着。①

"破烂龙"4年后又一次现身路翎笔下,有着几近相同的高歌、狂舞和恣肆飞腾,1946年苍凉的破烂龙,也迸发了"勇壮和快乐",与"我们"在光亮或黑暗的街头一同前进。在文章的最后,路翎探问读者也是自我探问,而未给出明确答复:"它也能飞上高空吗?"对照1942年出现破烂龙的《饥饿的郭素娥》的上下文,无疑,1946年《舞龙者》中的破烂龙有着更多爽朗飞扬的可能性,路翎仿佛给予了未来更可期待的开放性。郭素娥的人物原型,来自路翎在矿区所见的一位摆设香烟摊的妇女,而创作《饥饿的郭素娥》的路翎,不就像是小说中打着赤膊、手擎木杆、高歌狂舞的青年"舞龙者"的一员?《饥饿的郭素娥》作为"破烂龙故事"的一隅,所刻写、记录的阶级与性/别的"双重饥饿",不仅止于郭素娥,也同样属于没有资源、穷困的底层男性魏海清,而这样的"双重饥饿"又何尝真正在历史中消失。

追迹路翎从40年代到50年代关于"性/别"的作品及其题材变化,可以发现路翎笔下的人物,渐渐没有了"身体"。不拘男女,我们很难在路翎50年代的作品中读到和40年代小说中同等强度的精彩身体叙述,路翎"力与美"的叙事风格愈益通过人物强大的精神与心灵(而非

---

① 路翎:《舞龙者》,《希望》第2集第1期。此文写于1946年3月15日,署名"冰菱"。

身体)加以呈现。在解放前后创作的剧本《迎着明天》[①]中李迎财与刘冬姑的恋情,是路翎笔下涉及情欲的最后摹写,而这样的创作变化无疑和其时的历史语境紧密牵系,路翎作品的写实特性,也可视为其对现实的一种复杂回应与介入。

设若"现代性"和"革命"两个关键词捕捉或代表着20世纪中国的执迷或谓困境,那么路翎写在抗日战争与国共内战之间的作品,正反映出中国现代文学内在的对抗与矛盾性质,诚如刘康所指出的:路翎作品的边缘化,正因其以自然主义的方式描绘性驱动力,扭曲了工人阶级和革命角色的英雄形象。[②]绕开欲望的心理状态,我们无法真正深入20世纪的中国(文学)叙述,并且可能错失论辩重大问题的契机,从另一个角度来看,也可谓通行的"现代性"和"革命"两大叙事范式,遮蔽了人们对于欲望的心理状态和无意识原始驱动力的探索与讨论。然而,欲望、性、无意识的驱动力,正是组构"现代性"和"革命"的重要一环,重返路翎的作品正暴露出既有讨论的不足和种种矛盾。

---

① 参见路翎:《迎着明天》,北京:天下出版社,1951年。
② Liu Kang, "The Language of Desire, Class, and Subjectivity in Lu Ling's Fiction," in *Gender and Sexuality in Twentieth-Century Chinese Literature and Society*, ed. Tonglin Lu, pp. 67—83. Albany: State University of New York Press, 1993.

第四章　前夜之后：50年代作品

> 在这个时代，能够越过自己底死尸前进的，才是真正的人。"欢乐"总还在我们底心中，但它底味道却是相当悲苦。好在我们虽然孤单，却不是无告的。即使在荒野中我们也看得见人群。①
>
> ——路翎

> 工人不过是牛，是马，是畜生，动动手的，哪里有什么脑筋，哪里有什么心肠？给他几个钱，叫他饿不死就行啦，工人哪里配有什么感情？他也不晓得疼他底亲人，也不晓得敬他的朋友，看见他兄弟死了伤了他也不晓得难过！哭的时候不晓得哭，笑的时候不晓得笑——屁！王八羔的！就拿我们大铁罐子来说吧，它在我们心里还是有哭有笑哩。你们姑娘们说说看，那个布机间里头，你们听听去！那些布机间在哭哩，哭了几十年，一直哭到解放，哭那些死在它眼前的年纪轻轻的姑娘们！②
>
> ——路翎

---

① 路翎1950年7月17日自北京致胡风信。路翎：《致胡风书信全编》，第224—225页。
② 路翎：《英雄母亲》，载《路翎剧作选》，北京：中国戏剧出版社，1986年，第252—253页。此剧1951年9月曾在上海泥土社出版。

第一节　不合格的欢笑：工人形象的变化

1945年11月29日，抗战结束后的第一个冬天，路翎在重庆写下《乡镇散记》，记录了邻近煤矿工人在严寒冬日里的罢工事件。没有惊动官厅与厂方的声势，也没有激烈的肢体冲撞或情绪宣泄，这些抗争中的工人忸怩羞怯，仿佛为自己打扰了原有的宁静而不好意思。三三两两来到罢工现场的工人看起来"简单，老实，笨拙"，似乎已经习惯了平日可怕劳动中的沉默以对，在颟顸的官员离去后却又用恶作剧般的大唱大叫相互推搡着散开。工人争取被拖欠的微薄工资时，红着脸说话，因为害羞，也因为长久以来被贬抑轻视而生成的羞辱、恐惧与愤怒，他们万分艰难地表达出自己的意志。路翎如此描绘：

> 这好像不是一个集体，这是一些怕羞的，自觉卑微的人们。他们都是臃肿的乡下人。但是他们却是那样执拗的，渐渐地情绪集中，表露出来了，渐渐地激动了，而在忽然的一阵宣告，一种肃静里，你可以感觉到一种不可侵犯的东西。①

这些大抵来自乡村的矿工，没有城市工人熟练的抗争身姿，也不属于路翎笔下自信果敢、流徙经验丰富的"流浪汉—工人"张振山、何绍德和孙其银一脉，相对而言，他们可能较近似于农民出身、被工业化的洪流卷入产业的许小东。但路翎察觉到了这些羞怯工人执拗中的不屈和不可冒犯，他们像在黑暗地底盘紧土壤的根苗，是有力量生长的。抗争翌日，矿厂的工棚下一个强壮的工人低头弹琴，几个工人躺在一旁轻轻唱歌，抱着小孩的衣衫褴褛的妇人呆立望着他们，路翎

---

① 路翎：《乡镇散记》，《希望》第1集第4期。

感觉三弦琴声流露着寂寞与凄凉,但在写下这则罢工记事的深夜里,路翎最后说:"我倒也觉得生命底迫来的。"①——从这则散记中跃然而出的是一种路翎式40年代工人的形象,一种在重负、压抑与苦痛中撕扯的奋激与悲壮。前行评论者已留意到路翎对于"流浪汉—工人"类型健旺生命力的偏爱,但另外,对于由农民转化的工人的关注,让路翎作品中的描绘殊为深刻有力。这类型的工人数量庞大,精神样态趋向复杂,有着所谓旧思想的负担,恋栈土地私产,同时又在工业化的大势中载沉载浮。辗转城乡之间的疏离与隔膜,种种的变化重新形塑着他们的情感结构。同时,"农民工"也是革命进程的关键组成部分,而路翎的作品在呈现他们蒙受苦难身影的片刻,也感受并企盼着破土而出的"转变"契机——那尚未成形的无声群体顽强生命的真正迫现。

1945年冬天的《乡镇散记》,为路翎40年代的工人书写留下了一则重要的创作注解。而1948年8月创作的《屈辱》,那无告的绝望更为狠烈地袭击"笨拙而痛苦"的乡下工人何德银,让他最后发狂摔死自己甫出世的新生儿。《屈辱》是路翎最后一幅深描工人的黑色图画,同年8月创作的《码头上》仍有死亡,但浮现出隐约的亮光,而在翌年南京解放(1949年4月23日)后6月份创作的集外小说《兄弟》和《喜事》,"语言"便与路翎40年代的工人小说明显有别,如"一个阶级的受苦的兄弟姐妹"和"跟着共产党活了"等叙述说法,是路翎在50年代小说方经常采用的用语修辞。亦即,早于次月写在北京参加第一次文代会期间、形同宣告自我创作变革的《〈在铁链中〉后记》,路翎已在《兄弟》和《喜事》两篇试笔之作中摸索着不同的工人形象。实际上,在1949年5月底的信中,胡风便曾嘱咐路翎调整创作方向:一是"要写积极的性格,新的生命",二是"叙述性的文字,也要浅显

---

① 路翎:《乡镇散记》。

些，生活的文字"，三是"不回避政治的风貌，给以表现"，路翎的回答是可以做到。①《兄弟》和《喜事》与被收录在《朱桂花的故事》中的小说，便是路翎从创作实践上所给予的进一步肯定答复，胡风在看了刊出的《朱桂花的故事》之后，也盛赞小说里充满着那么多读着让人喜悦感动的东西，认为是打了一个胜仗："这个仗我们要打下去，从黑浪中把这个时代美好的东西显示出来，创造新的生活。"②

路翎在新中国成立后创作的工人题材小说色调明亮，可谓是"车间文学"的先声。如若其后车间文学为人诟病的是对于生产竞赛和车间生活浮于表象的公式化摹写，那么路翎50年代的工人书写注重人物的内心世界，给予一定的关注与表现，正避免了这样的缺失。同时，路翎50年代小说最显著的特征是从"个人"到"集体"的叙事模式。本节将通过短篇小说集《朱桂花的故事》，来讨论路翎笔下工人形象不同于40年代作品的变化，以及上述的叙事特色。

从"个人"到"集体"的叙事模式

《朱桂花的故事》主要收录路翎新中国成立前后所创作的短篇小说，写作时间从1949年6月至1950年4月。③收录的作品除了描绘

---

① 胡风1949年5月30日自北京致路翎信，路翎1949年6月7日由南京回胡风信。参见晓风编：《胡风 路翎文学书简》，合肥：安徽文艺出版社，1994年，第152—153页。
② 胡风1949年12月1日自北京致路翎信。晓风编：《胡风 路翎文学书简》，第184页。胡风在读了刊载于《起点》创刊号的路翎小说《荣材婶的篮子》（写于1949年10月30日，刊于《起点》第1集第1期[1950年1月20日]）之后，在1950年1月27日给梅志的回信里也夸赞这篇小说"非常好"。参见晓风选编：《胡风家书》，上海：复旦大学出版社，2007年。
③ 路翎《朱桂花的故事》于1950年10月由天津的知识书店初版，收有10篇小说；于1955年3月由北京的作家出版社再版，增补《英雄事业》（1950年3月初稿，1951年11月整理），总计收有11篇小说。后据《朱桂花的故事》初版排印，补入再版增补的《英雄事业》，收入张业松编的《路翎全集》第4卷。

地主与佃农关系转变的《试探》一则,主要均以工人的车间生活为内容。在这些故事里,我们见到许多路翎40年代小说殊乏的词语:新人,党教育,识字班,学习小组,觉醒,翻身,国家的主人,希望,共产党,毛主席,等等。特别是与"落后"并置而频繁出现的"改造","落后分子"相对于"积极分子",拉大着新与旧的断裂,"国民党反对派""旧社会""反动时期"作为新时代的对立面被谴责、控诉,更是被厌弃和必须超克的对象。包括写于1950年的剧本《英雄母亲》与《祖国在前进》,我们也见到多数故事均有设置进步的共产党人,比方军事代表,相对于40年代小说共产党人出现时的闪烁不明,路翎50年代作品中的共产党人面目鲜明,泰半拥有明朗坚毅的性格以及与新时代相应的种种进步性,此外,故事场景几乎都设定在工厂,经常通过选拔劳动模范和生产竞赛而铺排情节。这些小说的字里行间提供了非常多的信息,除了前述种种,官僚主义、封建意识也是其中常见的批判语词,小组讨论,提意见,请亲友、同事"批评"自己,都是建构走向团结一致的正面情节的叙事手法,也留下了特定时期的时代记录。

描绘人物的觉醒与蜕变,以及从"个人"到融入"集体"的叙事模式,是路翎50年代作品的基本特征。那是一种从"旧"到"新",从"落后"到"进步"的转变过程,而这样的变化,主要通过人物的内心转折来呈现,亦即,路翎始终专注于刻画人物的内心世界,对于人物情绪、情感跌宕起伏的关注一如既往。就这个时期所创作的工人题材小说,我们可以《朱桂花的故事》中的《替我唱个歌》和《劳动模范朱学海》为例说明。

《替我唱个歌》的主角是"旧人"冯有根。他是个经历过"旧社会"苦楚的老工人,而走进"新时代"的他感到时不我与又不被理解,于是用一种油滑不合作、闹别扭的曲折方式表达自己被抛在"新生活"

之外的落寞与恐惧；"老工人"在新中国成立后的心思，用《"祖国号"列车》里张富荣的话来说，就是一种"带着满身的伤疤，就要被留在后面了"①的无措。《替我唱个歌》尝试描绘老工人冯有根面对新世界的调适过程，让冯有根对着众人自白说："各位积极分子，小组长，要真的起模范，光是挖苦人，光是扭秧歌，不好！要原谅我们这些旧社会……我说，日本人灌我凉水，反动派打我，共产党爱护我，叫我翻身了，我才想起过往的种种事情来，不过呢，我们工人是硬汉子！我们不叫苦！"甚且描写冯有根激动地大喊："我从今以后再不往后看，我要往前头看，前头是什么？……是共产党，毛主席！"最后在众人宏亮整齐的《东方红》歌声中，"年轻的勇敢力量，和人的尊严"②重新在冯有根的心底生长。

《劳动模范朱学海》中对于青年工人朱学海纠结心理的描绘更为精彩。朱学海在"旧社会"当学徒时受尽虐待，年少的他总幻想着"杀死老板，分割他底尸首"，这样的幻想是他"悲惨的生活里的唯一的娱乐"③，支撑着他度过七八年的辛酸岁月，成年后的他面对厂里流氓监工的掌掴依旧不敢反抗，残存的羞辱记忆，在新中国成立后不时作祟。朱学海走不到新生活里面，也无法像其他人一样自信地认为自己是工厂的主人，而面对他的"落后"，他的未婚妻，一个勇敢的女工对他说："在旧社会里哪个没有受过苦？工人阶级哪个不是走火里头水里头站出来的，你就不能站起来吗？"④小说谱写着朱学海纠结的心情，但终于，工厂"雄壮的汽笛声重新在他底心里响起来了"，叙事者进一

---

① 路翎：《"祖国号"列车》，载《路翎全集》第4卷，第45页。此小说写于1949年12月19日，初刊《起点》第1集第2期与收入1950年10月天津知识书店初版《朱桂花的故事》时，"祖国号"三字并未加引号，1955年3月作家出版社再版时，方加上引号。

② 路翎：《替我唱个歌》，载《路翎全集》第4卷，第13—14页。此小说写于1949年9月20日。

③ 路翎：《劳动模范朱学海》，载《路翎全集》第4卷，第53页。此小说写于1949年12月。

④ 同上书，第60页。

步解释说:"他也能是这英雄的事迹的创造者,不过却害怕着,一直不曾明了;拒绝了新的生活。"最后朱学海恢复了勇气,重新变成了"美丽的青年"①;整篇小说便像是熨烫着朱学海层层叠叠的复杂情绪,让它平整,焕发光彩。而人物的"幻想"作为推动情节的手法,在路翎50年代的小说里仍不时可见,"幻想"始终是路翎作品中的关键叙事要素。再如这则小说中的老工人陈正光,小说叙事描绘病中的他在半梦半醒间三次听见工厂汽笛的鸣响,前两次伴随汽笛声出现的是"旧社会"里的悲惨记忆,最后一次的汽笛声透显出欢乐的力量,汽笛声在文本里是"有情绪的",担负着表达陈正光心情转变的叙事任务,而伴随着欢乐的汽笛声,连厂里的细纱车都通体放光,微笑着的"毛主席"拉起了跌倒的他。——在人物邃暗幻想尽头闪现的光,作为一种"希望"的象征,往往以"毛主席"代表其中的喻义,这些与情节相关的人物叙述,也记录了当时的社会变化。

不同社会位置的人如何融入"工人阶级"领导的"新中国"这个大熔炉,是《朱桂花的故事》所收小说另一个共通的描写焦点,写于北京的《"祖国号"列车》,便十分形象地勾勒出步入新时代的不同社会出身的典型。工人李春华领会到,城市的解放是靠农村出身如陆传宝这样的人牺牲才获得的,他对小资产阶级出身的张玲则带着疑虑:"她真的像她说的那么真吗?"而曾经在"反动派底腐烂的公务机关混了好一些年,并且结了婚又被丈夫抛弃"的张玲则对新社会有着浪漫的幻想,充满希望也充满苦恼,叙事者代入张玲的自忖:"她真的还能够在这个伟大的新时代里贡献自己吗?她底心里受过那么多的伤,她真的还能重新生活吗?"当张玲热诚地对着车厢里相遇的工人们说:"我现在心里有希望,这样伟大的革命时代,哪个心里没有希望呢?

---

① 路翎:《劳动模范朱学海》,载《路翎全集》第4卷,第61页。

共产党把我们救出来了,叫我们醒了。不过我一睁开眼睛,就又很害怕。我有时候觉得我很年青,什么事都能做,但过不了一下,我就害怕了。我想,只要毛主席给我一个命令——你们不要笑——叫我去死,我就马上去死!不过我究竟能做些什么呢?"年轻的司机回答她:"为咱们中国,大家干吧!"小说接着描写众人"注视着前进的'祖国号'。他们现在所看到的不是任何个别的人们,而是整个的列车,我们庄严的国家"①,完成了从"他们"到"我们"(叙事者甚至不避越俎代庖之嫌地频频"代言"个别人物的内心声音)。从"个人"到"集体(祖国)"的发展路径——在路翎50年代的作品里,包括朝鲜前线的志愿军题材小说,大致都可见这样的一种叙事模式。

无法骤归平整也没有可能平整的情绪、情感

《朱桂花的故事》也尝试捕捉当时"农工相轻"的普遍现象,反映出城乡之间包括文化资源在内的各种问题,如《"祖国号"列车》与《女工赵梅英》等篇都有所触及。《"祖国号"列车》中的工人李春华意识到自己有着工人阶级的骄傲,瞧不起乡下人,《女工赵梅英》里贫农出身的干部朱新民则感觉自己欠缺文化,而《锄地》一篇对于农村出身的干部与城市工人的文化冲突更有着细致的观察,路翎也一样着力于描写人物的自省与内心百转千折后的蜕变。例如积极分子女工吴秀兰对念过初中而瞧不起他人文化水平低的女工赵惠珍说:"人家是怎样为革命的?""我们念过两天书,就了不起了吗?工人阶级不是这样子的!"②而贫农家庭出身的干部刘良面对城里的工人,先是自卑于"自己是乡

---

① 路翎:《"祖国号"列车》,载《路翎全集》第4卷,第50—51页。
② 路翎:《锄地》,载《路翎全集》第4卷,第67页。此小说写于1950年2月20日。

下孩子,没有念过书,业务学习不好,又没有文化"①,后来拿起锄头参与工人锄地后,才强烈感觉到"这里的一切人们,都是他底兄弟"②。在《锄地》开头起冲突的吴秀兰与刘良,在共同锄地的时刻彼此和解,读者看到一个希望涌现的结局;而《林根生夫妇》中的夫妻关系,也随着解放进程和时局政策发生变化,林根生和何凤英在"进步"和"落后"之间的相互拉锯,以一同学习识字象征"这一对夫妇间的新的关系出现了"③作结。然而,即使各篇小说最后都给出了一个寄寓新时代某种"进步性"的快乐结局,但叙事过程中通过对各人矛盾情绪的描绘,点出了不同社会出身的"人民"在新时代倡行的集体主义浪潮中所思所想的差异,而这些存在于小说人物身上的犹疑与不信,在新中国团结一致的声浪中弥足珍贵;路翎的作品保留了那些无法骤归平整也没有可能平整的情绪、情感,而这正传达出当时社会的复杂状态,在生活中种种悍然林立着的"真实"。《锄地》的叙事者如此描写刘良的想法:

> 虽然学习过理论,知道工人阶级在革命中的重要地位,知道工厂工作的重要性,但总是和工人们搞不好;好像这些工人并不是理论中所说的那些工人。……他甚至有些害怕这些工人,有时候就憎恨他们。……他们农民为了解放中国流了这么多的血,工人们舒舒服服地享受革命的果实,还要被称为革命的领导阶级,这是他心里时常想不通的。④

叙事者的声音在此准确地揭示了城市工人与农民干部的矛盾,也

---

① 路翎:《锄地》,载《路翎全集》第4卷,第65页。
② 同上书,第66页。
③ 路翎:《林根生夫妇》,载《路翎全集》第4卷,第77页。此小说写于1950年3月11日。
④ 路翎:《锄地》,载《路翎全集》第4卷,第64页。

尖锐地指出了理论与实践的不尽重合。从《朱桂花的故事》里的故事中，我们可以看到路翎力图关照不同的社会位置、地域、阶级、世代等要素在人们与新社会接轨时所起的作用，特别是描绘了各种"落后"者对于进入新时代、新生活的疑惧，以及对于自己的不自信。就此而言，路翎50年代的作品其实延续着40年代小说中对于"烂渣渣"的关注，那些落伍的、掉队的、"站不起来的"，其实都属于革命的本身。对于路翎来说，那些负面的情绪、情感，结构着革命的真实，他不仅无意割舍，并且倾注全力地在作品里描绘着这部分。50年代的作品语言与叙事或许勉力配合着时代文艺方向的要求而趋于简单明朗，也试图创造更多"正面人物"和文本氛围的开朗气象，但路翎对于人物内心矛盾、瞀乱的状写，依旧保有着他独到的锋芒，从其作品发表后所遭受的抨击也可见一斑。

总括而言，路翎50年代初期的作品，由小说集《朱桂花的故事》到剧作《英雄母亲》和《祖国在前进》，记录了阶级情感和认同的打造过程，文字不再那样纠结缠绕，叙述较为简易直白，书写对象则锁定为新中国成立后的新兴工人阶级。路翎用心刻画工人如何倾尽全力脱去身上所黏附的落后性而迈向进步的另一端，这样的创作倾向或正显示出，路翎希冀通过作品参与打造工人的集体认同与阶级意识的历史进程，这是一个活在共和国初创时期的现实主义作家的自我期许，及其对于所崇爱人民的允诺。但从此前此后累次袭来的批判看来，"人民万岁"的话语组成里，不需要那些矛盾纠结的负面情感构造和牺牲，一如革命颂歌《东方红》再没有丝毫曲调前身陕北民歌中那粗鄙但真挚的男女情爱痕迹，"东方红"的神圣意象里并不应许"黑"的意念与存在，之于那样一个追求"新人"、以"新人"为尚的"新时代"，诸种旧人旧事更是不堪再造的历史灰烬，作家自身也连同笔下人物一同被归于应当扫除的历史灰烬。然而，如果我们能够感受灰烬中未曾尽灭的余温，或许宛若时代负片的路翎创作，将有机会在他时异地显影，重新图说那一则则仍然充满启发的"落伍的故事"。

第二节　搬演不了的"明天"："失败的"工人剧作

目前已知的路翎剧本有《云雀》、《故园》、《反动派一团糟》、《军布》、《迎着明天》（原题《人民万岁》）、《英雄母亲》、《祖国在前进》和《青年机务队》（又名《祖国儿女》），但保存迄今仍可完整阅读到的仅余《云雀》《人民万岁》《英雄母亲》和《祖国在前进》四部，其他均已佚失。①

《云雀》的创作时间在 1947 年 4 月至 7 月间，并曾于 1947 年 6 月在南京公开上演、1948 年 11 月在上海出版；故事背景设定在 1946 年春夏间的一座小城，描写当时青年知识分子的追寻和蹒跚，内容并涉及了"四十年代'娜拉'"从恋爱到婚姻家庭的矛盾及冲突，基本上延续着路翎此前小说对于历史巨变中青年知识分子的关注，探究这些欠

---

① 《云雀》写于 1947 年 4 月至 7 月，1948 年 11 月上海希望社初版；《故园》（佚失）约写于 1947 年；《反动派一团糟》（佚失）写于 1949 年 4 月，曾于该年 5 月 1 日由南京文工团演出，同年 11 月再做修改；《军布》（佚失）写于 1950 年 10 月，取材自天津国棉二厂的体验；《迎着明天》（原题《人民万岁》）1949 年 7 月初稿，1950 年 11 月整理，1951 年 8 月北京天下出版社初版；《英雄母亲》约完稿于 1950 年 8 月，1951 年 9 月上海泥土社初版；《祖国在前进》写于 1950 年 12 月北京，后记写于 1951 年 8 月大连，1952 年 1 月上海泥土社初版；《青年机务队》（又名《祖国儿女》，佚失）写于 1951 年 7 月，为随团去大连访问志愿军伤员医院期间赶写而成。1986 年中国戏剧出版社出版的《路翎剧作选》，收有现存的《云雀》《人民万岁》《英雄母亲》和《祖国在前进》四出剧作，是自 1955 年的政治风暴之后，路翎剧作首次结集出版。

缺资源辗转于社会底层的智识阶级如何应对"人民的困苦和命运""民族的前途"和"安置自己"①（详见本书第二章）。而路翎剧作及其中的人物，正同80年代胡风对路翎作品一如既往的准确评论所概括的：

> 路翎剧本都是从一定的角度反映了运动中的历史内容，因而，都是突出地表现出了特定的思想主题的。但是，他的人物决不是主题思想的传声筒，而是各个从社会生活养成的，具有一定特点的性格。②

不仅限于剧本，路翎的作品始终相应着特定的历史变化，落籍于特定的社会语境，探索人物在具体生活中的可能表现，无所避忌，由是并触及当时各种重要的思想议题。实际上路翎的创作不啻为重要的社会文本，同时也顺着时序刻载了他的思考轨迹。本节集中讨论路翎1949年至1950年间创作的三部工人剧作——《人民万岁》《英雄母亲》和《祖国在前进》，探讨剧作内外曲折的生成条件。

"人民万岁"语义的限度

后来易题为《迎着明天》的剧作《人民万岁》，故事设定在1948年秋冬一个官僚资本的工厂，背景是解放军正欲进军淮海地区，国民党政权接近崩溃的时期。这部作品的写作时间跨越新中国成立前后，无论就路翎个人的创作生涯或是历史时期而言，都极具转折意味。相较于之后的剧作《英雄母亲》和《祖国在前进》，《人民万岁》较多地觉

---

① 胡风：《我读路翎的剧本（代序）》，载路翎《路翎剧作选》，第5页。此序写于1984年4月14日。
② 同上书，第5页。

察与体现人物的矛盾挣扎和负面性,当然,就中应有路翎对于转折时期特定主题与人物形象的想象和创造,而新中国成立后创作的《英雄母亲》与《祖国在前进》更为趋向乐观、朗澈的情节和人物表现,则可谓是对于写作环境的改变与外部要求所做出的创作回应。

《人民万岁》的主角李迎财是一个有"好手艺"(技术好)的工人,用当时的语汇来说,剧本的主轴也在于描写李迎财如何从个人主义式的单打独斗,到认识组织的重要、融入集体的过程。李迎财最后在罢工时被捕枪杀而献出生命。与他有情感纠葛的刘冬姑是故事中的另一个主角,也是这出剧本里最受批评的一个人物,作者对之给出了浓烈的笔墨。刘冬姑是出身于流氓家庭的一个女工,性格冲动、情绪外放,剧本描绘她屡屡感受到众人对她的排斥和不信任,觉得其他人嫌弃她"脏"。在第一幕与李迎财争吵时,刘冬姑说:"你好吧,你是干净的,你不要弄脏了吧!我不够资格,我配不上你,这是良心话——你愈是干净我愈是恨你,你滚吧,远走高飞吧。……唉!我总指望个好人,不过我是一塘臭,我走来走去,疯疯癫癫的,人家都说:'看她这个女光棍!'其实我是想做一个好人啊,有哪个晓得我的心啊!"① 刘冬姑有血性,也是比较"有身体"的,与收录在《朱桂花的故事》中的《女工赵梅英》主角赵梅英,人物形象的塑造相似,也有当时一定程度的普遍性和代表性,但这样的"典型"却也引起评论家诸多批评。

在与李迎财分合、争吵的过程里,刘冬姑在"升华"(转变为觉醒的工人,积极加入集体斗争)与"堕落"(继续和流氓哥哥反派人物刘齙牙往来,沉浸在自卑、自毁的辗转的哀愁里)之间徘徊,但她参与抗争似乎尽属个人义愤而不是出于对集体斗争的深刻认识。当她知道李迎财被枪毙后,癫狂,自责,懊悔,孤身要奔往工厂抗争。讲

---

① 路翎:《人民万岁》,载《路翎剧作选》,第 112 页。

求顾全抗争策略的共产党人张胡子拦阻她时,她说:"我也没得个大道理,不过是这一点儿儿女之情。"① 最后她在冲突中死于刘龅牙的枪下。刘冬姑死前跟李迎财一样,终于放下了"个人 / 自己"喊出了"人民万岁",这样的情节安排似乎表示出连刘冬姑这样一个摇摆不定的人物也将融入"我们 / 集体"的熔炉。另外,刘冬姑"迎财他虽说一句话也没说到我,不过他说人民、人民什么的,这就比如说到我。我做苦工,我受欺受害,我不是人民吗?"② 的诘问,反映出作者如何看待刘冬姑这样一个典型人物的立场。而从不寻求"大道理"只要"儿女私情"的角度、一个可能更契应人物性格设定的剧情安排来看,刘冬姑死前嘶哑的"人民万岁"——完整的句子是"迎财啊,……(狂热地挣扎着,推开一切人)人民……人民万岁"③,从说白里并置对李迎财与人民的呼唤和括号里动作说明的"推开一切人"——仿佛也暗示着,对于冬姑来说,或许只有将自己摆入李迎财口中的"人民",才拥有了李迎财对她永远的惦记。换言之,路翎的创作总是开放着不止一种的诠释可能。

然而,即使作者安排刘冬姑在斗争中献出生命,牺牲了,这样的刘冬姑还是被拒于"人民万岁"的语义之外。这出剧本前后被压了一年多,经过反复的开会讨论、修改,最终还是未获排演,过程里上级说刘冬姑太坏,"不配占斗争中的重要地位",共产党人张胡子对刘冬姑"太宽容了,有失立场",路翎同意修改,"努力去掉冬姑的'坏'"④;至于与演员意见相近的宣传部长则说"不合政策",又说"要写解放前的东西,只有写护厂胜利这一点","刘冬姑是没有道理的。

---

① 路翎:《人民万岁》,载《路翎剧作选》,第 198 页。
② 同上书,第 199 页。
③ 同上书,第 201 页。
④ 路翎 1950 年 3 月 16 日自北京致胡风信。晓风编:《胡风 路翎文学书简》,第 203 页。

要写落后工人的改造，只有写解放后，如《红旗歌》。男女关系是不好的，最后的牺牲是完全不好的"①，路翎表示愿意修改细节，但绝不放弃原本的主题、人物、动机与思想要求，最后重写了第四幕，改为罢工完全胜利，冬姑受伤但未死，第三幕则去掉了冬姑过激的举动。②而态度相对较为支持的中国青年艺术剧院领导廖承志对路翎转述当时周恩来总理的话："写活生生的现实的东西是困难的，而且现在是差不多不能写的。没有办法的时候，写写过去，演演历史的东西"，"现在需要愉快一点的东西"。最后路翎在信里这么告诉胡风："从大家都不满意于刘冬姑李迎财的悲痛的斗争的这事实对照来看，这意思是很有价值的。"③ 从路翎与胡风在1950年的通信中，可知两人拒绝不要牺牲的"无冲突论"的立场，而这正与党组织左翼的文艺主张相冲突。④

活在祖国的一隅

由路翎这几出以"工人阶级"为主角的剧作名，即可感知到一种应和时代神圣性关键词的意味。这些剧作在内容情节的铺排上也都是气势雄伟的，差别在于带着过渡性质的《迎着明天》(《人民万岁》)倾向于呈现人物性格的纠结和矛盾，《英雄母亲》和《祖国在前进》的人物形象则有着更多抽象化后的明晰性，后两出剧作也更有响应时

---

① 路翎 1950 年 3 月 20 日自北京致胡风信。晓风编：《胡风　路翎文学书简》，第 205 页。
② 参见路翎 1950 年 3 月 27 日自北京致胡风信。晓风编：《胡风　路翎文学书简》，第 207—208 页。
③ 路翎 1950 年 4 月 13 日自北京致胡风信。晓风编：《胡风　路翎文学书简》，第 212 页。
④ 本段落所提到的相关修改，如冬姑未死、罢工完全胜利，在剧本结集出版时均被改回，本节引用的《路翎剧作选》，与复旦大学出版社据初版重排的《路翎全集》第 4 卷 (小说、话剧　1938—1951)，亦保留了路翎这部分的剧情原貌，但过程中是否有删减"冬姑的坏"和其他部分则无法确知。

代的宣传性质。

　　《英雄母亲》以1950年初一家公营纺织厂为背景，描绘工人团结一心抵御"美帝国主义和他的走狗蒋介石"的毁厂轰炸。[①]此剧塑造了一个在新中国成立前即参与护厂斗争的资深女工周引弟，在人物和情节的编织上让人联想起路翎所热爱的高尔基及其长篇小说名作《母亲》。胡风虽肯定《英雄母亲》令人感动，却也一再提醒路翎修改时要赋予主角周引弟一个"平常女人"会用的"生活的语言"[②]。而女工频繁出现在路翎50年代初期的小说与剧本中，除了作为城乡变迁总体现象的部分投影，也与路翎调访南京被服厂（1949年秋）、上海申新九厂（1950年5月）和天津国棉二厂（1950年10月）等以女工为主要成员的纺织厂经验有关。路翎尝试呈现第一线观察到的女工印象，诸如收录在《朱桂花的故事》中的《朱桂花的故事》《女工赵梅英》和《粮食》等小说都是以女工为主角，也约略触及"解放"所引起的家庭变化。然而，描写带着旧时代"落后性"奋力"转变"、期盼与新社会一同前进的《女工赵梅英》屡受批评，端上了有完美工人阶级品格的女工周引弟的《英雄母亲》也不获排演，因为此剧一并端上了"牺牲"——周引弟的儿子朱大年在轰炸中为了保护锅炉而受伤殒命——即便在故事最后英雄纪念碑揭幕致辞时，作者不无让步地，让周引弟随着群众的鼓掌而狂热呼喊，甚至真挚嚷出了"哪个敢再来碰我们一根毫毛，我们就要打烂他的狗眼！毛主席万岁！"[③]的过火台词。这样的说白多少显示出一种文学的预见性，这类带着强烈攻击性意涵的暴力话语，在日后激烈的批判运动中愈益普遍。

---

① 参见路翎：《英雄母亲》，载《路翎剧作选》，第297页。
② 参见胡风1950年8月9日自上海致路翎信。晓风编：《胡风　路翎文学书简》，第235—236页。
③ 路翎：《英雄母亲》，载《路翎剧作选》，第298页。

1950年10月中国派遣志愿军投入朝鲜战争，而1950年12月竣稿的剧本《祖国在前进》，早于路翎1953年初动身前往朝鲜战地及相应创作的一系列特写报告与小说，是现存路翎最早响应"抗美援朝"的作品，也是路翎的朝鲜战争书写中唯一一部以中国境内作为故事发生地的作品。相较而言，《祖国在前进》和前一部同样未获排演的剧作《英雄母亲》，可谓是路翎创作中宣传意味最为浓烈的作品，而以民族资本家为主角的《祖国在前进》，尝试探索中间阶层的"改造"问题，其后成为路翎创作的又一重大"政治错误"。

《祖国在前进》与"抗美援朝"的全国动员同步，背景置于1950年11月抗美援朝战争期间，主要描写民营纺织厂老板郭锡和从固守个人利益"转向"以国家大局为重的变化过程。"爱国主义"的情感动员无法孤立存在，必须凭借外部"新民主主义经济政策"的引动，亦即路翎通过此剧来响应当时团结民族资本家的政策主张①，并以此作为推动情节的"物质基础"。这出剧作尝试反映"中间阶层"和"小资产阶级"在融入新中国大熔炉过程里的矛盾与不安，具体而言，则主要表露资本家（郭锡和）与知识分子（教授张寿安和工程师刘建良）的惶惑，用郭锡和的话来说，即"问题就是我们这些人将来究竟会怎么样"②。相对于时代的主体"工农兵"，路翎企图在剧中呈现这些"既得利益者"激烈的新旧自我斗争，时代性的话语就是广大中间阶层复杂的"改造"问题，而一个工人阶级领导的国家要如何看待这些"新中国人民的一分子"？通过剧中的正面人物"志愿军同志"黄迈的态度间接回答了这一点。面对郭锡和的苦恼，黄迈说："我想你总能了解我们这些人的思想情感。我们并不是很机械地来理解事情的……很公平地讲起来，你

---

① 路翎1952年3月27日由北京致胡风信。晓风编：《胡风　路翎文学书简》，第279—280页。
② 路翎：《祖国在前进》，载《路翎剧作选》，第314页。

今天所处的环境，所进行的斗争，特别以你这样的经验和年龄的人来说，也应该是很严酷的。"①借由黄迈柔软而富于弹性的同理心，剧作展现了党组织的团结立场。而吴秀华的母亲，一个老女工在表达了对郭锡和的仇恨后要求回厂工作、一同守护工厂，这一情节安排则象征性地呈现出工人与资本家为了"咱们中国"携手前进的阶级大和解。

关于如何塑造人物形象，路翎的见解与当时的文艺主调显然相左。在1951年8月撰述的《祖国在前进·后记》里，路翎已试图回应1950年以来人们针对《朱桂花的故事》和几出剧作的批评，诸如"在人的斗争过程里面，任何一个问题都不是孤立的，都是联系着整个的历史内容的；所谓问题，不过是某一历史内容的具体形式而已"②的看法，仿佛回荡着百年前马克思《路易·波拿巴的雾月十八日》的声音："人们自己创造自己的历史，但是他们并不是随心所欲地创造，并不是在他们自己选定的条件下创造，而是在直接碰到的、既定的、从过去承继下来的条件下创造。"③路翎主张人物的斗争应置于历史环境的具体结构之中，他拒绝让作者的主观意图凌驾一切，认为塑造人物不能无视既有的限制，而是要在斗争的过程中显示人物的变化，通过人物来具现社会斗争的内容。然而，路翎在《后记》中的创作说明，并不为当时左翼主流评论家所认同，在1952年的批判声浪中，《祖国在前进》仍然被恶评为"明目张胆为资本家捧场"，甚至，在批评家的眼中，"几乎是所有剧本中的各色人物，都是围绕着为资本家捧场这一

---

① 路翎：《祖国在前进》，载《路翎剧作选》，第373页。
② 路翎：《祖国在前进·后记》，载《路翎剧作选》，第409页。此后记写于1951年8月大连。
③ 马克思：《路易·波拿巴的雾月十八日》，载中共中央马克思恩格斯列宁斯大林著作编译局编《马克思恩格斯全集》第8卷，北京：人民出版社，1961年，第121页。此文写于1851年12月至1852年3月，原刊于《革命》（纽约）1852年第1期。

目的而存在，而活动的"①。

路翎与胡风在1952年春天曾多次通信讨论如何回应连番袭来的批判，1952年3月27日给胡风的信里，路翎表示，此刻尽量不谈理论问题，而要谈一个历史问题："抗美援朝初期国家为什么要提出一个争取民族资本家的问题来，并且见诸行动呢？"系因时局严峻，需要一致对外，而资本家的离心力量是严重的问题，路翎自认为创作《祖国在前进》正是为了"服务于这一具体目的"，剧中也提出了"改造"的问题②；胡风回信赞同并给予具体的写作建议，在5月19日的信中胡风又强调："刘冬姑、李迎财不是'否定人物'，郭锡和也不是'否定人物'，他们都是一种肯定人物，特定历史环境和历史内容的肯定人物，为了更前进的肯定人物。"③上述讨论明白表露了路翎与胡风对于如何塑造人物形象的见解和当时左翼主流大势的根本分别，而在《祖国在前进·后记》第四节最后部分，路翎提出了他对于塑造"典型人物"的看法：

> 现实斗争是具有很复杂的相貌的，如果说，在作品中，某一阶级仅仅只能由一个人物来代表，阶级内部的各种人物的不同仅仅是单纯的个性的不同，而不是社会斗争的各种活的因素的结合状态不同，那就是不符合现实的，那人物就必定是概念的。④

---

① 企霞：《一部明目张胆地为资本家捧场的作品——评路翎的〈祖国在前进〉》，《文艺报》1952年第6号。

② 参见路翎1952年3月27日自北京致胡风信。晓风编：《胡风 路翎文学书简》，第279—280页。

③ 胡风1952年5月19日自上海致路翎信。晓风编：《胡风 路翎文学书简》，第301页。

④ 路翎：《祖国在前进·后记》，载《路翎剧作选》，第416页。

上述路翎对于典型人物的看法，涉及的不仅是文艺创作上的人物形象塑造问题，他对于典型人物流于概念化的批评，无疑是不合时宜的巨大冒犯。路翎已然意识到自己被主流评论的敌意笼罩，在《后记》末尾，他通过说明剧名，表达了自身创作的局限性："那意思只是，这里所写的祖国这一个角落里的斗争，也是通向祖国全体，并且也反映着祖国的前进的，虽然反映得很微小。并不是说：这里所写的一切就等于祖国的全体，祖国的前进仅仅表现在这一些上。……能够代表伟大祖国的最前进的事物的形象，能够代表祖国全体的形象，我是没有力量来表现的。"甚至，在末段进一步输诚般地述说着能"在伟大的共产党的领导下，在毛主席所指示的方向下"做一名兵士的"无限幸福"①。

观诸路翎50年代的创作，大致仍延续着40年代他对于"落后人物"及其"落后性"的关注。不论主角是占据时代正确位置的工农兵，或是无法吻合"新中国"进步量尺的知识分子与民族资本家，路翎都尝试在作品里描写人物与"旧负担"搏斗、内心矛盾挣扎的转变过程，从另一个角度来说，也即是在探索"改造"问题。概言之，路翎的创作总是锚定特定时空，试图介入现实的政治议程。无论描绘的是新中国成立后的新兴工人阶级，或是带着游离性与革命性二重性格而犹疑不定的（小资产阶级）知识分子，路翎始终倾心刻画人物如何用尽全部心力脱去身上所黏附的落后性，通过一则则"落伍的故事"来呈现"进步"的复杂内涵。只是，一如路翎1952年的反批评文章终未获《文艺报》刊载，路翎的创作主张不被接受，《祖国在前进》所呈现的共和国开阔的"和解"气象，也随着瞬息万变的政治局势而销声匿迹，乃至于成了路翎"反革命"的罪证。

---

① 路翎：《祖国在前进·后记》，载《路翎剧作选》，第421页。

回看路翎在新中国成立前后的作品，他卖力写下的《迎着明天》（《人民万岁》）、《英雄母亲》和《祖国在前进》三出工人题材剧本都未获准上演，新中国成立初期改弦易辙的一系列工人短篇小说也饱受批评。从 1950 年至 1952 年间小说和剧本在全国性报刊上受到连番批判来看，路翎在创作上的努力调整和配合始终不获肯认，他笔下工人所绽放的永远是不合格的欢笑。1952 年初夏，舒芜发表自己与"七月派"切割的《从头学习〈在延安文艺座谈会上的讲话〉》和《致路翎的公开信》，将路翎与"七月派"进一步推落险境，二文前都另附"编者按"，《致路翎的公开信》的"编者按"更厉声指称路翎"基本路线上是和党所领导的无产阶级的文艺路线——毛泽东文艺方向背道而驰的"[①]。其时已被调至剧协剧本创作室担任创作员的路翎，面对险恶的局势，响应号召前往朝鲜战地以寻求另一番创作生机。在远离京城的批评风暴之后，路翎如同朝鲜山野中生命力顽强的金达莱花，迎来了另一个创作生涯的春天，生长出一系列动人的特写报告和小说（详见本章第三节）。

　　胡风作为路翎的文学前辈，既是发掘路翎才华的伯乐，也是路翎无其他人可取代的知音。胡风昔年曾写下三篇关于路翎作品的重要评论，分别是《饥饿的郭素娥》和《财主底儿女们》的序言（《一个女人和一个世界》和《青春底诗》），以及《为〈云雀〉上演写的》，他对于路翎作品的深刻认识与评论，长年无人能出其右；而胡风晚年所写下的最后一篇文学评论，应是为《路翎剧作选》所作的序言《我读路翎的剧本》。时隔多年，即使没有条件重读作品，并且因为多年的关押和迫害而不时身心失序，但胡风对于路翎剧本人物与情节的记忆和评述，仍然清晰准确。从 1939 年 4 月 24 日路翎初次致信胡风，至 1953 年 6

[①] 舒芜:《致路翎的公开信》,《文艺报》1952 年第 18 号。

月10日胡风由东北大赉发信给身处朝鲜战地的路翎,往来的数百封信件,显示出二人动荡岁月里的珍贵友谊,也见证着彼此持续不懈的写作生涯。① 二人现存的最后通信,是在距离前一封通信30余年时光的1983年11月28日,胡风在这封信里说:

> 我只是没有更坏。每时每刻都在幻听幻视中。自有记忆到现在,横的遍全世界,都在脑子里出现形象,而且都是颠倒错乱的情节。你小说剧本中的人物和情节,也经常在脑子里活动,表演。②

第三节 "我将一直记得":朝鲜前线战争书写

为了"帮助作家自我改造和克服创作贫乏现象",继1952年春组织作家"体验生活""参与实际斗争",中华全国文学工作者协会③同年冬天又组织了第二批作家分别前往工厂、农村、矿区与朝鲜前线,并先于北京进行为期一个月的学习,以廓清文艺创作思想上的问题,务

---

① 根据晓风编的《胡风 路翎文学书简》,以及路翎著、徐绍羽整理的《致胡风书信全编》二书,胡风所作四篇路翎作品评论:《饥饿的郭素娥·序》,写于1942年6月7日桂林西晒楼,另以《一个女人和一个世界——序〈饥饿的郭素娥〉》为题,刊于《野草》第4卷第4、5期合刊,1942年9月;《财主底儿女们·序》,写于1945年7月3日渝郊避法村,另以《青春底诗——〈财主底儿女们〉序》为题,刊于《文艺杂志》新1卷第3期,1945年9月;《为〈云雀〉上演写的》,写于1947年5月15日上海,收入胡风《为了明天》,上海:作家书屋,1950年;《我读路翎的剧本(代序)》,写于1984年4月14日北京,收入《路翎剧作选》,北京:中国戏剧出版社,1986年。另有胡风代路翎小说集《平原》于1952年1月16日作《后记》一则。
② 胡风1983年11月28日自北京致路翎信。晓风编:《胡风 路翎文学书简》,第340页。
③ "中华全国文学工作者协会"简称"全国文协",1949年7月23日在北平成立,1953年10月更名为"中国作家协会",简称"中国作协"。

使作家在前往"实际生活"之前获得"新的思想武装"。其间并着重讨论如"写新人物、创造典型、运用文学语言"等问题,林默涵与胡乔木也针对文艺工作的现况和文艺创作的问题进行报告,回答与会作家所提出的"写新人物与矛盾斗争""如何写党的领导""创造典型与人物的个性"等问题。林、胡二人代表党的文艺政策立场,一方面批判"无冲突论",而肯定作品对于生活矛盾和冲突的表现,另一方面认为"写英雄也要写缺点"的意见是荒谬的,作家应当坚持创造光辉的典型人物,并着意指出"创造英雄人物与写冲突"并不矛盾,英雄也是从斗争中成长并始终处于斗争之中的。[1]

这次"创作研习冬令营",凭借党组织的力量,重新整顿了当时文艺创作的关键"思想问题",为作家指明了明确的创作方向,也要求作家遵循相应的思想态度与创作方针。然而,落实到具体的创作活动与作品本身,从两年后路翎作品遭受的猛烈批斗,以及路翎自我辩诬的长文《为什么会有这样的批评?——关于对〈洼地上的"战役"〉等小说的批评》,反映出政策理解和作品诠释之间依然有极大落差。紧接着发生的"胡风反革命集团"事件,演绎着文艺和政治的剧烈交锋,对之后的文艺创作活动影响深远。但无论如何,因工人题材作品在1952年经历连番批判的路翎,主动响应全国文协的冬日号召,前往朝鲜前线"深入生活"。从1953年初至7月27日签署停战协议,他在战地前沿写下多则特写式的报告文学,于1954年结集为《板门店

---

[1] 参见《全国文协组织第二批作家深入生活》,《文艺报》1952年第24号。本则报导中的"新的思想武装",包括研读斯大林《论苏联社会主义经济问题》、在联共第十九次大会上的演说、《马克思主义在语言学中的问题》,马林科夫在苏联共产党(布)中央委员会的报告,毛泽东的《矛盾论》《在延安文艺座谈会上的讲话》,日丹诺夫《关于〈星〉与〈列宁格勒〉两杂志的报告》,法捷耶夫在联共第十九次大会的发言与苏联《真理报》的专论《克服戏剧创作的落后现象》,等等。

前线散记》出版①；返回北京后他则接连创作、发表了《战士的心》《初雪》《你的永远忠实的同志》《洼地上的"战役"》等志愿军题材短篇小说②，并写下了后来易题为《战争，为了和平》的长篇小说《朝鲜的战争与和平》。③

这一波的"朝鲜战争书写"，让路翎越过饱受批判而无所适从的创作低谷，攀上写作生涯的又一高峰。相对于新中国成立早期仍处于调整与摸索阶段所创作的工人题材小说和剧本④，路翎对于人物的精神状态与"背阳面"情绪、情感的处理，虽依旧出色精彩，但较多延续40年代作品的叙事技法。虽也尝试改行"大众化"的语言形态，但运用"口语"微露滞涩，特别是描绘人物和情节的光明转折时觉呆板，显见创作者路翎与他笔下的人物一同适应着"新气象"。而从这时期关于朝鲜前线志愿军题材的作品中，可察觉路翎的写作技术有了明确的翻新，他熟练地运用被配给的诸种"新的思想武装"，书写朝鲜前线的志愿军和战火下的朝鲜人民，服膺国家文艺政策的思想要求，创造新人物、正面光明的英雄人物，同时一贯表现生活里的矛盾和冲突，不放弃向来注重的心理描写。他愈益纯熟地活用直白、浅显的创作语

---

① 参见路翎《板门店前线散记》（北京：作家出版社，1954年）所收诸文。

② 《战士的心》，写于1953年10月4日，刊于《人民文学》1953年第12期；《初雪》，写于1953年10月16日，刊于《人民文学》1954年第1期；《你的永远忠实的同志》，写于1953年10月26日，刊于《解放军文艺》1954年第2期；《洼地上的"战役"》，写于1953年11月5日，刊于《人民文学》1954年第3期。

③ 路翎在80年代出版的《初雪·后记》提到，同时期还有同样题材的短篇小说《节日》，未发表，已佚失。参见路翎：《初雪·后记》，载《初雪》，银川：宁夏人民出版社，1981年，第241页。此后记写于1981年3月23日，原载《文汇月刊》1981年第7期。而路翎撰写的《朝鲜的战争与和平》在80年代方出版，但原稿前两章已佚失，书名并易题为《战争，为了和平》（北京：中国文联出版公司，1985年）。

④ 主要指《朱桂花的故事》（天津：知识书店，1950年）收录的短篇小说，以及剧作《迎着明天》（原题《人民万岁》；北京：天下出版社，1951年）、《英雄母亲》（上海：泥土社，1951年）。

言来刻画人物的情感变化,并尝试另一种叙事方法,经常使用"好像说""仿佛说""他想"等句式带出简括说明,引领读者一同揣摩人物的内心波澜。①这些朝鲜前线的战争书写,依然采用第三人称叙事,但叙事者的姿态与此前不同,较近似于一个"说故事的人",娓娓道来。叙述间仍可见鲜明的情绪涌动,也不乏随着人物、情节激动的叙事时刻,但显然叙事的声音较为明快、爽朗,符合所讲述内容的动人的英雄主义革命情怀。扼要言之,路翎关于朝鲜前线战事的作品,语言和情节都趋于明晰,呼应了当时"抗美援朝"政策寻求的宣传功能。

"抗美援朝文学"作为新中国成立后首次大规模政治动员的文学生产运动,毋庸讳言,路翎的朝鲜战争书写,也隶属于这场体现国家意志的"意识形态"构建工程的一部分。就作品具体而言,最明显的例子是对于韩军和美军的"贫弱"描写,比方鲜少着墨李承晚军队士兵,偶一出现则仅于涎着脸面讨好中国志愿军索要香芋、鞋子等物品;对于美军的"丑化"和"鬼化"亦然,特别在描写美军军官时,怯懦虚荣,两相对照,毫无朝鲜人民军和中国人民志愿军为了人民战斗的节操。②这样流于表面化的浮泛呈现,无疑削弱了作品本身艺术创造的个性与深度,却从而提供了更为有力的意识形态叙事功能,催动军民的战斗意志,让这场抗美援朝的战争具备更为崇高的道德正当性。例如小说《战士的心》,一度通过初临战场的志愿军张福林的目光,看见对方年轻美军眼底的恐惧,对于战争枪口下青春生命的刹那消逝,有依稀的痛惜,同时叙述表现上即刻打消了张福林的迟疑,他

---

① 路翎此时期的小说与特写报告都采用这样的方式,以小说《你的永远忠实的同志》为例,叙事时便常使用"好像说"。参见《路翎全集》第5卷,第38—39、43、47、51、55、60页等。
② 前行研究者亦已留意到路翎的朝鲜叙事中对于美军的丑化和韩军的"相对淡化、粗疏化,甚至缺席化"描写。相类的讨论可参见常彬、杨义:《百年中国文学的朝鲜叙事》,《中国社会科学》2010年第2期;另可参见常彬:《抗美援朝文学叙事中的政治与人性》,《文学评论》2007年第2期。

紧接着想："谁叫你到朝鲜来的！"①《朝鲜的战争与和平》也约略触及黑人士兵与白人军官之间的阶级和种族问题，但仅止于"全世界的无产者，联合起来"的基调，并未深入刻画。简括来说，路翎确然尽力回应国家政策的要求，加入抗美援朝的文艺宣传队伍，以作品为弹药，一同壮大战斗的声势，但在一篇篇作品里，总有掩蔽不住的创作个性，那是溢出作家意识、国家主义与文艺政策要求的"文学空间"，而进入这个空间的关键仍是路翎向来毁誉参半的"情感书写"：对于人物内心的状写，突出于同时期的类型作品，不合乎抗美援朝文学生产线的标准规格。就此而言，路翎这系列生动描写朝鲜前线战事的"报废品"，正表述出文学生产与国家意志的复杂关系。

置身于死亡之侧的"生活叙事"

相较于前一波工人题材作品聚焦车间的集体生活，鲜少触及人物在工厂之外"个人层次"的家庭日常，这时期路翎关于朝鲜前线的战地书写，从特写报告到小说创作，均呈现出对于"普通生活""日常生活"的着意把握，亦即，路翎的朝鲜前线战争书写，"生活叙事"是"战争叙事"的重要组成，并经常作为支撑情节转折的关键。

特写报告《从歌声和鲜花想起的》《记李家福同志》《记王正清同志》《从七月二十七日下午十时起》几则都有关于在战地"安家"的叙述；《春天的嫩苗》写家园和学校都毁于战火中的学童，在山坡上、树林里，"在凡是有人民和土地的一切地方"②，继续顽强地学习；而《从歌声和鲜花想起的》与《板门店前线散记》更呈现出日常生活在战地的

---

① 路翎：《战士的心》，载《路翎全集》第 5 卷，第 11 页。
② 路翎：《春天的嫩苗》，载《路翎全集》第 5 卷，第 93 页。此文写于 1953 年 3 月 20 日朝鲜战地。

力量。《从歌声和鲜花想起的》中年轻的朝鲜女游击队员，用心装饰暂住小屋旁的一切，费劲整地，装设白色木栅栏门，砌花圃，植上远处移来的松树，筑木桥，在枯木挂上粉红杏花时欢呼，即使冬天过后她们就将移往不同的战线——路翎记述这些年轻女队员为生活所创造的一切，礼赞她们劳动时的欢笑，歌声里的青春——"她们的生活本身，就是一个光彩夺目的景象"①。《板门店前线散记》详细记录战地里持续进行的"各种普通的、日常的事情"，例如：因为对岸的人需要吃豆腐，新鲜的豆腐，于是在敌人炮火的封锁下，豆腐房的班长耿国泰如常背起30公斤的豆腐，泗向激流的另一端；志愿军在泥泞的坑道口晾晒衣物，照常煮食肉罐头烧面片，过着"我们自己家庭式的生活"②。这些战地特写对于"日常生活"的强调，有路翎在战地前沿的体验，他见证"普通的事"如何支撑着被战争袭夺了原有生活的军民，度过战争时期这样的"例外状态"，就因为原有的生活已经不在，在战地重建日常生活变得格外重要。而在朝鲜前线战争书写/革命叙事里，这类的"生活叙事"一方面提供着安定的力量，另一方面也唤起战斗的心，激发保卫和平生活愿望的功能。斗争的日常，日常的斗争，当斗争与日常结合，也意味着绵长持久的力量，只要生活在，斗争便可持续，只要斗争持续，便能确保生活常在/复返，在"人民的生活是不可征服的"③的口号式宣说里，内建的是胜利必将到来的意涵。

　　小说《初雪》也以"日常生活"的重要性开启叙事，激烈的战火里，居民的草席盆罐似乎微不足道，但《初雪》正以翻转此想开场，

---

① 路翎：《从歌声和鲜花想起的》，载《路翎全集》第5卷，第96—97页。此文写于1953年4月28日朝鲜战地。
② 路翎：《板门店前线散记》，载《路翎全集》第5卷，第131—133页。此文写于1953年6月至7月板门店前线，1953年9月北京整理。
③ 路翎：《从歌声和鲜花想起的》，载《路翎全集》第5卷，第99页。

细致描写资深驾驶兵刘强坚持帮朝鲜妇女把各种生活用品搬塞上车的场景，因为"老百姓过日子什么都有用的"①。之后，在刘强疲困与负伤坚持驾驶的两段路程里，通过他对家乡和亲人生活的回忆及其与妻子在想象中的对话，铺陈出日常潜在而深沉的作用力。相对于特写报告直击式的叙述，"生活叙事"在小说中以另一种"想象"性质的样态呈现，亦即志愿军对于远方家乡日常生活的遥想内容（"生活叙事"）支持着他们此际的战地生活，并使他们生发出更为充沛的战斗力量。以《战士的心》为例，在战场和班上弟兄一同向前冲时，与战友的情感连结让廖卫江感觉自己"整个地溶解到这个战斗里面了"，叙事者说他的内心充满柔情，因而变得更为强大；在那满怀的柔情里，先是"闪过了毛主席的笑容"，然后是无数家乡生活的熟悉片段：在田地里拔草的姊姊，邻家女孩的笑，参军前一天摸鱼的清澈小河……零碎的印象交织成"一个不能分开的整体"，"一个炽热一团的感情"，这些生活里光明而热烈的形象，引领年轻的廖卫江前进，"欢腾的战斗热情"甚至让他不曾想象过自己会中枪，而在被击倒后，"要见毛主席，要去摸鱼"的想望，支撑着廖卫江奋力跃起，朝敌人的碉堡投掷出人生的最后一枚手雷。②

《洼地上的"战役"》的生活叙事，则主要通过年轻的志愿军王应洪与朝鲜姑娘金圣姬之间的"青春叙事"来表述。热诚的王应洪，经常帮部队寄住屋舍的朝鲜老大娘与金圣姬打水劈柴，参与她们"家庭的日常劳动"；喜欢上王应洪的金圣姬，则想象有一天战争过去，两人将一起建立和平、劳动的家庭生活。单纯的王应洪虽曾几次出现"甜蜜而惊慌的感情"，但直至战死，他都恪守纪律，一心只想在战

---

① 路翎:《初雪》,载《路翎全集》第 5 卷,第 20 页。
② 参见路翎:《战士的心》,载《路翎全集》第 5 卷,第 7—8 页。

场上建立功绩。王应洪不理解金圣姬以渴望建立和平劳动生活来表述的爱情，他对金圣姬最为亲密的幻想，发生在他身负重伤而陷落敌人阵地的时候。在伤口的灼烧疼痛中迷糊睡去的王应洪，梦见敌人包围的战场，梦见摇着纺车的母亲……最后梦见金圣姬在北京天安门跳舞给毛主席看，舞蹈完的金圣姬，扑到和毛主席并立的王应洪母亲跟前，喊她"妈妈"，说："我是你的女儿呀！"毛主席则对此微笑，看了看王应洪对他点点头，于是梦里的王应洪向毛主席敬了个礼，"坚强而快乐"地继续向敌后出发。① 前述的情节安排，似乎意味着王应洪对于金圣姬的情感内容偏于中朝人民一家的集体性想象，是一种第三世界人民相互连结的素朴情感。考察"辉煌"这个形容词在文本中的使用脉络，也可清晰看出小说欲表陈的主要观点：金圣姬的"辉煌"是因为对王应洪的喜爱，脸上出现了"辉煌的幸福表情"②，王应洪的"辉煌"则是愿为"第一次参加的战斗有这么辉煌"③而牺牲。无论是前述廖卫江眼前闪现的毛主席笑容，或是王应洪梦里微笑的毛主席，路翎50年代作品里的"毛主席语境"，可谓当时普遍社会现象的文学性复现，而"毛主席"或者"毛泽东"作为特定时代的革命符码，一如"金日成"在朝鲜，也意味着"穷人翻身"和为此进行的艰苦斗争，指向对于公义或理想的追求与实现，并涵括着在连年战祸动乱中人民对于和平（具有连续性的"日常生活"）的渴盼与想望。譬如《从歌声和鲜花想起的》来自中国的叙事者"我"和年轻时参与金日成游击队的朝鲜老大娘，不谙彼此语言的简略对话，便极具这样的象征性意义：

---

① 参见路翎：《洼地上的"战役"》，载《路翎全集》第5卷，第88页。
② 同上书，第75页。
③ 同上书，第83页。

"金日成!"我说。

"毛泽东!"她说,安详地笑着。

我们的谈话真是太简单了。但也等于所有的话都说出来了。①

包括《从歌声和鲜花想起的》在内的路翎朝鲜战地特写,概属"报告文学"应无争议,而前文之所以特别以"叙事者'我'"为措辞,是欲强调这些报告文学篇章也存在着"虚构性"的叙事向度,就如同路翎朝鲜前线志愿军题材的小说创作,也有其"纪实性"的层次。这不仅表现在——如朝鲜两代女游击队员的互动景象(《从歌声和鲜花想起的》),来自东北的苹果给予前线志愿军的鼓励和李家福查新兵张国斌哨的过程(《记李家福同志》),筑坑道时借比赛打大锤刻意落败来鼓舞新兵(《记新人们》),前线士兵悉心爱护载有祖国与毛主席消息的一纸旧报(《板门店前线散记》)等记述都成为创作素材,化为铺陈小说(如《洼地上的"战役"》与《战争,为了和平》)叙述的重要情节;也表现在——《战士的心》与《洼地上的"战役"》行文间的"我军"②措辞,显露作者与叙事者发话位置的一致,二者都与小说人物(中国人民志愿军)身处同一阵线。这点与路翎40年代小说常见的"叙事者意向与人物意向"不同声调并存的叙事特征形成对照。其他朝鲜志愿军题材小说虽未如此明白地以"我军"为措辞,但文本的叙事者意向与人物意向仍然声气相通,因此,这批作品未曾从敌对的一方(韩军、美军、"联合国军队")开展叙述,也未创造"非典型"的敌对人物做矛

---

① 路翎:《从歌声和鲜花想起的》,载《路翎全集》第 5 卷,第 98 页。
② 前者有"企图阻拦我军的前进"与"我们的向着敌人的纵深发射着的炮火转移了一部分力量",后者为"我军的重炮向着敌人纵深里的重炮阵地,以及附近的这个迫击炮群还击了"。《路翎全集》第 5 卷,第 9—10 页、第 88 页。

盾谱写,这样立场分明的小说叙事本身即满载着"纪实性",记录了当时的现实政治及由其统摄的朝鲜战争书写政治,由是也充分反映了路翎对于体现国家意志的抗美援朝文学战线的响应姿态。

回到对于《洼地上的"战役"》的讨论。相对于王应洪的不理解,爱护王应洪的班长王顺,反而对金圣姬"和平劳动的热望"多有感应,金圣姬建立和平劳动生活的渴望让王顺回想起远方的和平生活,而且,在王顺的理解里,正是那已经遥远了的和平生活,让他引领勇敢的王应洪走上战场[①],他们的战斗是要为了如金圣姬一般渴望和平劳动的朝鲜人民"奋斗出一个和平的生活来"[②]。换言之,一如直至80年代方出版的长篇小说——从较具"实体感"、中性记录性质的书名《朝鲜的战争与和平》,易题为多了几分"断言性质"、表陈理念与战斗立场的《战争,为了和平》,"战争,为了和平"可谓是贯穿路翎朝鲜战争书写的主题思想。如若并读路翎40年代在《七月》初试啼声的作品《"要塞"退出以后——一个年青"经纪人"底遭遇》[③]与50年代朝鲜时期的小说,则明显可见路翎创作上的变化。主要是叙事技法的转变,特别是心理描写的处理,《"要塞"退出以后》遍布文本的"黑色"意象也可见其与50年代作品的分殊,虽则譬如《你的永远忠实的同志》描写班长朱德福"用这严厉来表示他对于他的班的喜悦"[④],"他愤怒地叫着——用这个来掩藏他心里的亲爱的激动"[⑤]及朱德福负伤后兜兜转转、曲曲折折的心绪,或是写张长仁"这话里面有一种苦恼的严厉"[⑥],等等,仍不时

---

① 参见路翎:《洼地上的"战役"》,载《路翎全集》第5卷,第75页。
② 同上书,第87页。
③ 路翎:《"要塞"退出以后——一个年轻"经纪人"底遭遇》,载《路翎全集》第4卷,第132—140页。此文在《七月》发表时副题为"一个年青'经纪人'底遭遇"。
④ 路翎:《你的永远忠实的同志》,载《路翎全集》第4卷,第53页。
⑤ 同上书,第55页。
⑥ 同上书,第59页。

展露出路翎具现情感复杂度的锋芒。

若从同属"战争书写"的范畴论较,《"要塞"退出以后》写主角沈三宝"细致的面孔,闪动着黑绿色的流质"①,不时沉浸在一种"异样的情感"里,与朝鲜前线志愿军人物明朗的形象截然不同;理由不明或说可多方解读的三场关键"杀人"情节安排,及最后带着几分开放式结局质素的暧昧叙事:沈三宝的死(第三个杀人场景)是否为杨连副所杀?杨连副所感伤的"冤枉啊,一个好人啊!"②指的究竟是沈三宝杀死的长官金主任,或者是沈三宝本人,再或者其实是每一个死于战争的亡魂?上述种种都让《"要塞"退出以后》隐然浮现出存在主义一类质疑战争甚或些许"反战"的况味,乃至于沈三宝的存在竟宛若"死亡"本身,预示也笼罩着路翎40年代的整体创作,由此经纬连缀,我们不妨将路翎40年代的作品视为亲历/再现抗日战争与国共内战的"战争书写"。此外,《财主底儿女们》蒋纯祖在旷野流亡时偶遇的散兵游勇,各个人物形象偏于负面但又有多层次的不同塑造;通过朱谷良之眼描写的南京城破景象,对比朝鲜前线诸多战役的叙写,虽一样有战争里汹涌的死亡与牺牲,但后者强调崇高的壮烈气象,前者则主要营造沉沉笼罩的酷烈氛围。总之,对比路翎40年代与50年代的战争书写,叙事手法有变也有不变之处,但思想基调确是截然不同,关键差异似乎便在于"理念"本身概念化的有无,那"理念"既存在于人物的形象刻画本身,同时也为叙事者与作者所共有。而美好生活叙事作为朝鲜前线战争书写的关键构成,却也吊诡地总依傍着死亡,置身于死亡之侧,与死亡俱在。

---

① 路翎:《"要塞"退出以后——一个年轻"经纪人"底遭遇》,载《路翎全集》第4卷,第134页。
② 同上书,第140页。

"国际主义—爱国主义"的情感连带：在融入集体的心理叙事模式之外

本章第一节讨论路翎新中国成立早期的工人书写时已指出，路翎50年代作品的基本特征是描写人物的觉醒与蜕变，以及从"个人"到融入"集体"的叙事模式，并且主要通过描写人物的心理转折来完成"集体化"的叙事历程。朝鲜前线志愿军题材的小说亦然，主要即是专注于叙写军人战斗当下倾覆的内心世界与幻想，而就现存的短篇小说《战士的心》《初雪》《你的永远忠实的同志》《洼地上的"战役"》与长篇小说《战争，为了和平》来看，若非以年轻战士为主角即是以之为重要的叙写对象，描绘他们在战斗中的蜕变，这部分的情节铺展或可试以"成长叙事"指称；长篇小说《战争，为了和平》有70多个出场人物，故事轴线较为复杂，但其余四则短篇，不妨进而将之视为"成长小说"的一种变形。

《战士的心》中头一次参加战斗的新兵张福林，从一开始的慌张，到战事中途转为振奋，觉得自己"就是全班，一个建制，一个集体"[①]，在接连失去战友后更挺身独力完成了任务，叙事者并为读者做出明白清楚的注解：张福林的心灵"经历了曲折的、严酷的过程"[②]。《初雪》中的新手驾驶兵王德贵，在经历了一夜抢送朝鲜妇女到安全地带的艰险任务后，原先的孩子气、幼稚的思想融入了庄严的战斗心情。《你的永远忠实的同志》里年轻的赵喜山，原本调皮轻佻，之后懂得了战斗的严肃性，故事里的老班长朱德福也同样经历着蜕变，从自认为文化低，战术不高，在战场的军事生活里"已经是一个不新鲜的人物"，

---

① 路翎：《战士的心》，载《路翎全集》第5卷，第14页。
② 同上书，第16页。

"是革命战争里的老人"①,到重新肯定自己,斗志昂扬,最后受重伤截去一条腿,在战地医院里显露出深沉思想,同时升起光明的想望,期待着返乡后的新生活。《洼地上的"战役"》里的王应洪,初临战场执行侦察任务时,静寂无声里所感到的孤单与恐怖,在他脑海中蕴生出许多奇思异想,在敌人走近的响亮脚步声里彷徨难决,最终是"纪律的意识"让他赫然清醒:

> 这就是,他意识到:他完全不属于自己,甚至也不属于自己的热情和勇敢,他的热情和勇敢必须绝对地属于伏在小路周围的黑暗中的他的班,而他的班属于他的连,他的团……绝对的寂静正好对他证明了他的班的威严的存在,他现在能够清楚地意识到他的班长和同志们的眼光和动作。于是他觉得他是十倍、百倍地强大,寂静和孤单的感觉完全没有了,他有手榴弹和冲锋枪,在等待命令。这样,他的头脑就变得冷静而清楚,浑身都是无畏的力量——由于纪律的意识,他就从那个幻想着的热烈的青年,变成了真正的战士。②

这个段落形象化地显现出路翎朝鲜前线志愿军题材小说的创作特点:融入集体的心理叙事,并且是层层相依的小集体汇入更高一级的大集体,个人在"集体化"的过程中拥有渐趋强大的力量,最后拥有最强大力量的"想象共同体"即"祖国"③。而小说叙事的过程也是人物

---

① 路翎:《你的永远忠实的同志》,载《路翎全集》第5卷,第50页。
② 路翎:《洼地上的"战役"》,载《路翎全集》第5卷,第79页。
③ 另参见关于赵庆奎的这段描写:"那种他还不曾经验过的强大的意志力量控制着他,压下了其他的一切感情,这强大的意志似乎也并不是他原来就有的,而是他的国家,他的上级,他的部队,他后面的这些人们所赋予他的。"路翎:《战争,为了和平》,第206页。

内心的变化过程，表现个人如何在战斗中生长出集体意识，对阵杀敌所演绎的主要是人物与自我搏斗、消灭"个人"的内心叙事，如此方能蜕变为祖国与人民所需要的"真正的战士"。概言之，在前文所提到的"生活叙事"之外，"成长叙事"是路翎朝鲜前线"战争叙事"的另一关键构成。包括后来的长篇小说《战争，为了和平》，农民出身本想逃兵回乡的董富如何抛开土地私产的念想，与伙伴产生亲密的情感连结，在战斗中成长为"真正的人民战士"的叙事过程，也大致遵循着相同的"成长叙事"模式。

《你的永远忠实的同志》主要人物二炮手张长仁的"成长"，在于"永远忠实的同志"对他显现出的不同意义。家乡的未婚妻徐桂芳和他在通信中彼此署名"你的永远忠实的同志"，回荡的是偏向个人之间的儿女私情，随着情节的推进，"永远忠实的同志"成为跨越彼方的中国和此际的朝鲜，跨越地域国族、识与不识、上级下属、血缘亲情的一种集体连带。张长仁之前并未深想过"永远忠实的同志"究竟是什么意思。最后小说叙事通过张长仁传达的是一个横跨过去、现在与未来，包裹着繁复情感经验的答案，即张长仁在战场和家乡所见的一切亲爱的人们——他的爱人徐桂芳，老班长朱德福，战地医院里的朝鲜女医生，还有朱德福的儿子黑蛋将来长成的大人——与他们的"生活"，这就是张长仁素朴的话语无法回答，但在他的感受里存在的，"你的永远忠实的同志"所表述的"那一条困难、幸福、英勇的道路"①，通往和平的普通日常劳动生活。

《洼地上的"战役"》里的王顺，与身受重伤的战士王应洪困守阵地时，从金圣姬赠予王应洪的一条手帕——"青春叙事"作为"生活叙事"的引信——想起他六年不见的妻女，回忆老婆絮叨的点滴，家人

---

① 路翎:《你的永远忠实的同志》，载《路翎全集》第5卷，第63页。

来信里提到上了小学的女儿已经认得了121个字,而他在女儿这个年纪时是一个字也不识的。于是,在那身处危险战地的瞬间,王顺感悟了其中的意义,他想象女儿,那个已经认得了121个字的小女孩,在他曾经耕种的田地旁奔跑("还背了一个书包!")。在命悬一线的生死关头,王顺恍然"比任何时候都更深、更鲜明地感觉到他所从事的战斗的伟大意义"①,并且,叙事精巧地转合,指明这场战斗正是为了朝鲜人民的战斗。正是在朝鲜战场上那个回忆和想象中刹那间出现的感悟,让王顺得以回头对那曾用"地主的皮鞭"抽打过他的"家乡",重新产生了深刻的情感连带,感到未曾有过的亲爱之情。亦即,向外扩展的情感力量,反过来也缝缀着对内连结的断裂,生产出一种"国际主义—爱国主义"的集体性情感连带,而这样的情感连带在《初雪》中有更为纤细的表现。

《初雪》里的资深驾驶兵刘强,在顶着寒风赶路的困累和艰险中,想着车上载运的朝鲜妇女仅穿着单薄的衣物,想起妻子来信里说起预备好了冬衣。他在想象中与妻子对话,说起战场上这些朝鲜妇女蒙受的苦难,絮叨着她们要如何艰辛地重建她们的生活,因此那些衣服、席子、锄头、锯子都很重要,他甚至溢出内心幻想的情境,对一开始抱怨他非把那些生活什物都装进车里太婆妈的王德贵脱口而出说:"你以为老百姓安个家是容易的吗?"②之后刘强负伤驾驶的疲乏感,在朝鲜妇女敲击车顶示警敌机来临的片刻,因感觉到彼此之间同生共死的情感而转为振奋,这样亲密的情感连带又让他脑中涌现出一幕幕家乡的景象:有陈年"生活气味"的奶奶房间里甜睡的孩子,妻子沁着汗水操作着车间的织布机。③叙事借此表现刘强的念想,同时高明地

---

① 路翎:《洼地上的"战役"》,载《路翎全集》第5卷,第87页。
② 路翎:《初雪》,载《路翎全集》第5卷,第25页。
③ 同上书,第32页。

联系眼前的集体斗争，以过往的"日常叙事"联系此刻的"战争叙事"。在刘强的"幻想"里，远方的妻子看见落在旁人肩上未融的雪花，想着"下雪了"，记挂着刘强久未来信不知是否已穿上棉衣。接着叙事场景回转到刘强眼前，车窗外依旧是险峻的路途，杨树笔直朝向天空生长，车子越过山头后，景象突然开阔：

> 下面是平原。远处的天和地分不清楚，但平原里这里那里地闪耀着的像萤火似的无数的车灯，映出了这一片辽阔苍茫的景象，并使人感到活跃的生命。这一片土地是醒着的，它在呼吸并且活跃，无论是敌机或是严寒都不能制服它。两年来千百次地看到过这种景象了，但每次见到都不能不激动。散布在平原各处的，一闪一闪地亮着的车灯，那是他的同志们。他们也会看见高山上的这一盏闪亮着的车灯的。而且，在看不见的尽头，那里是祖国，也有无数的车灯在闪耀，向着朝鲜前线驶来。①

小说叙事先谱写刘强内心的起伏变化，寓情于景，接着展现大片个人融入集体的无垠映像，"国际主义—爱国主义"在路翎文学性的描写里，以一种联动的方式彼此依靠、共同存在，昔年巴人即尝谓《初雪》展示着"国际主义与爱国主义相结合的那种精神"，并给予了"描写是真实的，所以也有诗意"②的评价。

---

① 路翎：《初雪》，载《路翎全集》第5卷，第32—33页。
② 巴人：《读〈初雪〉——读书随笔之一》，《文艺报》1954年第2号。《初雪》对于王德贵驾车段落的描写，同样以过往的"日常叙事"联系此刻的"战争叙事"，小说中的表现相应于人物设定，与正文的引述一般诗意动人："他目不转睛地盯着前面的公路，心里充满了庄严的幸福的感情。意识到自己所参与的是伟大的事业，觉得自己能够胜任，能够贡献自己的一份力量——这是怎么样的一种幸福？积起雪的、白色的公路像河流似的出（转下页）

评论的"时间差"

1954 年 8 月完稿的长篇小说《朝鲜的战争与和平》，汇集了路翎所有朝鲜前线战争书写的特点，理想主义、浪漫主义、英雄主义、国际主义、爱国主义、民族主义、集体主义……在本节所讨论的种种叙事特色，都在其中获得了更为深刻、生动的表现。路翎在 40 年代的两部长篇巨作《财主底儿女们》和《燃烧的荒地》，分别叙写知识分子与底层工农，50 年代的《朝鲜的战争与和平》则以朝鲜前线的中国志愿军为主角，就创作题材而言，路翎仿若完成了"工农兵"的书写连线。然而，自 1954 年 5 月开始，各大报刊又一次连线批判路翎朝鲜志愿军题材小说，《朝鲜的战争与和平》已无出版可能。1955 年初《为什么会有这样的批评？——关于对〈洼地上的"战役"〉等小说的批评》于《文艺报》连载，路翎此文直面《战士的心》《初雪》《你的永远忠实的同志》《洼地上的"战役"》4 篇志愿军题材小说于 1954 年遭遇的连番批判，抒陈自己的创作意见与各方批评辩难，指出评论家们实际上操持的是一种"无冲突论"的创作观，并一再将"凡是个人生活的"都歪曲为"都是个人主义的"；路翎在文中多次以"'左'的言词"指称批评家的教条立场，指责他们在"'左'的激情"下罗织罪名，戕害文学创作的生机，最后强调批评家们是以"政治结论和政治判决代替创作

（接上页）现在车灯的光带里，从他的脚下涌了过去，简直好像不是车子在走，而是公路自己在向后奔跑似的。公路上的新鲜的、没有一点斑痕的积雪使他愉快。路边上闪过去的披着雪的松树也使他愉快。有一颗圆顶的松树，像是戴上了一顶白色的柔软的帽子，它迎着车灯，发着光，好像是在舞蹈着向他跑来，好像是向他鞠了一个躬，就隐没在黑暗里了。小时候，曾经在这样的落雪天爬到树上掏雀子窝，——那些小孩子干的事情真没意思啊。但虽然这样想，虽然因意识到自己的成人的、从事着重大事业的、庄严的思想而愉快，却仍然忍不住想起了，有一次，掏出了四个喜鹊蛋，那些喜鹊蛋是多光滑，多有趣啊。又有一棵戴着白色的柔软的雪帽的弯曲的松树迎着他舞蹈着一直过来了，向他鞠了一个躬就隐没在黑暗中了，愈来愈洁白的公路在车灯下面出现，快乐地向着他涌了过来。"路翎：《初雪》，载《路翎全集》第 5 卷，第 34 页。

上的讨论"①。然而，这篇辩诬长文未能产生激发创作讨论的积极效用，反倒成为论敌抨击的又一材料。而1955年针对胡风袭来全国性的批判恶浪，路翎同处风口浪尖，及至同年5月16日被关押，从此被迫离开他心心念念的现实主义创作与评论志业，直到1982年方以诗歌重回读者和研究者的视野。

描写朝鲜战役的巅峰之作《朝鲜的战争与和平》在政治风暴中沉寂多年，1985年12月方易题为《战争，为了和平》，以失却了前两章另补《引子》的状态首度出版。面对这部迟来的英雄"史诗"，谓之为抗美援朝文学"扛鼎之作"应不过誉，但在80年代出版这样一部著作是另一种不合时宜，80年代的《战争，为了和平》无法像40年代的《财主底儿女们》让那许多读者由衷地情感激动，在研究者的阅读里，也很难豁免于意识形态写作的批评，或者，不免要有已然过时的沉默吧。然而，在又一个30年之后，我们或许应尝试重新潜探打捞"战争，为了和平"（路翎的朝鲜战争书写）这艘摄人心魄的意识形态沉船里值得珍视的残骸？

作品与作者创作人格形成的时代不同于之后的时代，然而，这样的"时间差"却经常不进入评论家的视野。后来的我们占据有利的时空位置，用一种后来者的知识性理解，无法体会路翎生活时代的情感结构，也不再能感知民族主义与爱国主义在特定历史脉络中所闪现的

---

① 路翎：《为什么会有这样的批评？——关于对〈洼地上的"战役"〉等小说的批评》，载《路翎全集》第6卷，第425—457页。此文写于1954年11月10日，连载于《文艺报》1955年第1、2号合刊（1955年1月30日）、第3号（1955年2月15日）、第4号（1955年2月28日）。它一开始即罗列5篇批评者的文章，包括晓立《从〈瓦甘诺夫〉联想到〈洼地上的"战役"〉》（《文艺月报》1954年第5期）、侯金镜《评路翎的三篇小说》（《文艺报》1954年第12号）、宋之的《错在哪里？——评路翎的小说〈洼地上的"战役"〉》（《解放军文艺》1954年第8期）、荒草《评路翎的两篇小说》（《文艺月报》1954年第9期）、刘金《感情问题及其他——与一个朋友的谈话》（《文艺月报》1954年第9期）。

"理念",径直谓为"盲目、非理性、情绪化"(或许不那样偶然且让人深思的,这也是路翎笔下人物当年经常遭遇的评价)。但对于路翎一代人来说,民族主义与爱国主义是时代性人格体质养成的一部分,内在于也参与组构着他们的精神样态与世界观,有其对抗帝国主义从文化到资本殖民侵略的指涉和正面能量。

面对路翎这样一个为时代性深深烙印的作家,或许我们应该具备多一点的"历史感",试着体会路翎朝鲜战争书写里涌动的民族主义、爱国主义情感究竟意味着什么?那不尽然是受到国家机器"操纵",仅仅是被灌输的"错误"意识形态。局外人式的全盘否定只是加剧相互的断裂,无助于认识路翎作品里那或未随着事过境迁消逝,却已是我们如今生活的世界里少有的品格:那种人我之间的情感连带,那种相信为了他人能够拥有美好生活,相信为了保卫世界和平,牺牲个人宝贵生命在所不惜的动人"理念"。路翎朝鲜战争书写里与民族主义、爱国主义一同跃动着的国际主义思想内核,似乎值得我们重新思量,特别是在这样一个充满"不信"、应当"不信"、以"不信"为贵的年代里,除了以不信的姿态抵抗这个世界,或许还有其他的处方?

在警惕假借"主义"之名不断膨胀、发展的暴力的同时,是否可能并存另一种思考维度——就因为那难以计数的生命亡丧和苦难不应被简化——在否定批判的同时,重探其中的复杂度也有其同等的必要性。从后来者便利性知识位置发出的"后见之明"并不符合历史实际,且可能就此错失进入路翎作品的契机:路翎的朝鲜前线战争书写固然是国家意志情感动员的文学生产/意识形态写作,但与此同时,这批不合抗美援朝文学标准规格的"报废品"也提供了一个可能性,让我们有机会甄别根柢相异的创作观和世界观,重新拥抱那难能可贵的国际主义思想情怀,特别是在这个理想溃败的"左派忧郁"年代,我们早已遗忘了"当世界年轻的时候"①可以是怎样的一番图像,而重新阅读路翎作品正能给予我们早已忘却的提醒。

路翎 1955 年入狱后中止的创作轨迹,相应于抗日战争、国共内战和朝鲜战争的时代背景,而 80 年代"重回人间",首先面世的便是接续前缘的朝鲜战地书写《初雪·后记》②,晚年留诸读者的休止符则是未刊稿《忆朝鲜战地》——战争,特别是朝鲜前线的战争书写,之于路翎及其创作的重要性不言而喻,那不仅是他前半生创作"最后的辉煌",路翎晚年创作的起点与终点也都在"朝鲜"。他从未将朝鲜前线的战地书写视为个人创作和生涯中的"失足"或"污点",也不曾因而表示懊悔或做出任何辩解,并且,他始终怀念着关于朝鲜的一切。在 1992 年冬天完稿的《忆朝鲜战地》最后部分,路翎记叙 1953 年的自己曾经这么说:

> 我将一直记得。我十分激动,刚才也正在想,将来,在我老年的时候,几十年后,我也会记忆。③

---

① 援用倪慧如、邹宁远《当世界年轻的时候——参加西班牙内战的中国人(1936—1939)》(台北:人间出版社,2015 年)一书的书题和题旨。"左派忧郁"则可参见 Brown, W., "Resisting Left Melancholia," in *Without Guarantees: In Honour of Stuart Hall*, eds. P. Gilroy, L. Grossberg & A. McRobbie, pp. 21—29. London & New York: Verso, 2000.

② 路翎的《初雪·后记》写于 1981 年 3 月 23 日,于《文汇月刊》1981 年第 7 期刊发。为路翎自 1954 年 11 月 10 日完成的反批评长文《为什么会有这样的批评?》于 1955 年《文艺报》第 1—4 号连载之后,相隔 26 年,首度公开发表文章。

③ 路翎:《忆朝鲜战地》,载张业松、徐朗编《路翎晚年作品集》,上海:东方出版中心,1998 年,第 448 页。此文写于 1992 年 11 月 21 日。根据《忆朝鲜战地》的"编者附记",此文为"现有材料中写作时间最晚的路翎一个短篇作品","文中个别细节因人物行为过于离奇,疑系作者幻觉,兹按家属意见,在不影响文意的前提下,在这些地方略有删节,所删之处已见脚注"。路翎:《路翎晚年作品集》,第 449 页。

第五章 "我不反革命":1955年之后的作品

我这里已经有跳蚤在咬,蚊子已开始唱歌,耗子们仍旧在奔驰。但昨夜对面院子里的槐花香透了空气而流来,并且朦胧的月光下有杜鹃底柔和、短促的歌叫声。那一刹那间,世界是异常的完整,美好。我躺着而觉得很是"幸福"。你听:又是这样的叫声!但现在是白天里,原来是我窗下的一个滑伕叫了一声而醒来了。人们说,一个燕子不能造成春天,我却想,一个燕子一定能造成春天的!①

——路翎

与火结合,我走着,在那与空气溶汇的不定的纸张里,那未经整备的大地。我把手臂借给风。

我的路程不超越过纸。很远的前头,它充塞谷壑,再远一些的田野里,我们渐为平等。满盖半膝的石块。

附近有人说创伤,有人说树,我认知自己,未疯,我的眼睛变得弱如大地。②

——安德瑞·杜·布舍

---

① 路翎1946年4月12日自重庆致胡风信。路翎:《致胡风书信全编》,第122—123页。路翎致信之时,胡风一家已经先行离渝返沪,而路翎仍寄身国统区重庆一带,在这封信的最后,路翎问:"你们是在'春天'里生活吗?你们好吗?"
② [法]安德瑞·杜·布舍:《白色的马达》(节译),载艾吕雅、策兰等《众树歌唱——欧洲与拉丁美洲现代诗选译》增订版,叶维廉译,台北:台湾大学出版中心,2011年,第83页。此处引述为该诗第六节。安德瑞·杜·布舍(Andre du Bouchet),又译作安德烈·杜·布歇。

第一节　关押不住的春光：诗歌创作

　　1974年夏天，被关押了20年的路翎，离开北京延庆监狱农场劳动大队，返回北京芳草地家中。1975年至1979年初，他以"监督分子"身份扫街，工作很辛苦，每日得从凌晨三点扫到中午时分，按月到各户人家收取微薄工资。生活穷困，但远离了监狱与劳改场的管束重回"人间"，回到多数人的普通生活，与一般人一起感受生活的行进，之于路翎具有多么重大的"解放"意义不言而喻，而那几年扫地工生活的见闻感知，是启动路翎晚年创作的关键，其后的诗歌、散文与小说中都有所表现。① 1979年冬，路翎的"反革命罪"获得平反，第一份平反书内谓"因精神病所有'攻击'言论均不作反革命言论"，第二份平反书则进一步称"无论有无精神病，所有'攻击'言论均不作反革命论"，他摘除"监督分子"的帽子，调回原工作单位剧协，但基本上因病在家休养，领取部分工资，并未真正回到工作队伍；1980年冬，"胡风反革命集团"案也获得平反，路翎恢复原工资文艺四级级别，在此前的6月份，身份转换后的他，得以和妻女从蜗居的芳草地陋室搬进有两间半房的单位住房。②

　　路翎晚年的创作"复出"，便是在生活相对安适后，于1981年7月写下诗歌三首：《果树林中》《城市和乡村边缘的律动》和《刚考取小

---

① 涉及"扫地工生活"的诗有《黎明》（约1982）、《拔草》（1984）；小说有《野鸭洼》（1985年初稿，1986年整理）；散文有《愉快的早晨》（约1985）、《天亮前的扫地》（约1984）、《垃圾车》（约1985）和《错案20年徒刑期满后，我当扫地工》（1991），另可对照阅读《杂草》（1991）一则。各篇发表时间和登载刊物，详参本书《路翎著作年表》。

② 参见张以英编《路翎书信集》与朱珩青著《路翎传》二书所附《路翎年谱简编》，分别见第251—254页与第220—221页。

学一年级的女学生》。①就现存的近百首路翎诗作来看②，除了1942年冬日创作的长诗《致中国》，其他均撰于1981—1990年的9年间。路翎的晚年诗歌，诗意生发与诗句构作的语词构筑了一种"生活化"的特色，不时也有出人意表的词语运用，主要以日常生活和寻常人事入诗，充满一种朴实稚拙的道德感与历史感，有时流露出往昔的负重和沧桑，但更多是对于未来的期待，愿膺重任继续前行的自我期勉。若不避疏漏而约略归纳，大多数的诗作可说都是对于生活的礼赞与讴歌，而特定时期的历史因缘，创作日常生活"颂歌"的路翎又一次"掉队"了。实际上，许多评论使用"颂歌"一词便蕴含贬义，即便其中也有黯然神伤和愤激不平——为了当年作家和作品让人激赏的反抗性尽去，被剪断了羽翮的翱鹰不再能雄飞。

本节将通过细读路翎的晚年诗歌，来尝试为诗人与诗的"过时"辩解，立意不在于判断何种评价更为"正确"，而是借以对路翎创作的"落后性"提出不同看法。

路翎的晚年诗作可略分为三类，大致相应于创作时序，但不断然如此：（一）"透现的春光"，诗意结构相对单纯，有惊蛰时蠢动的生机盎然，也有静观暮春花落的宁谧，而乐观的吟咏里也偶有"损伤和伤痛"的"呻吟"和时见愤懑激昂的"啸吼"，如对于诸如"成功的克服了回头的痉挛"③这样的诗句，也能赋予"回头的痉挛"和"成功的克服"同等的语意重量；（二）"抽搐的黎明"，1984年夏的《池塘边上》初见

---

① 此前路翎仅在1981年3月23日写《初雪·后记》一篇，刊于《文汇月刊》1981年第7期。
② 参见张业松、徐朗编《路翎晚年作品集》。据《路翎晚年作品集》内的诗作计，包括附录的40年代长诗《致中国》，而组诗《在阳台上》有20首但其中第19首原缺，此外尚有刊登于《中国作家》1985年第3期的《烟囱》，及《扬子江诗刊》2006年第4期以《旧时记忆——遗诗二首》为题的《卖花女》和《蝙蝠》二首。
③ 路翎：《白昼》，载张业松、徐朗编《路翎晚年作品集》，第17页。此诗原刊于《青海湖》1982年第1期。

诗中浮泛暗黑回忆,此后也有诗歌似是遥记昔年的小说创作,而念想之间,或与焦心于失去早年健旺的创造力、盼望于有所追挽相关;(三)"火焰般的心脏",从 1984 年夏天"穿透心脏的早晨的痛苦"(《乌鸦巢》)开始,时序愈后愈频繁地使用"心脏"这个词,特别是后期长诗《旅行者》(约 1988)、组诗《在阳台上》(1990),及辞世后故旧方以《诗七首》(1990)①为题代为发表的遗作,"心脏"一词有显见的重要性。若以特定诗作为大略分界,则可考虑 1982 年在《星星》诗刊发表的《桥》和 1986 年 5 月 2 日写就的《残余的夜》,理由在于这两首诗包括诗题在内的象征性意涵。但这不是绝对性的切分端点,更无法由此产生论断性的意义,例如,后期的长诗和组诗虽可佐证诗人笔力的有效"复苏",但如与组诗《在阳台上》同在 1990 年 3 月间创作,却诗性锐减的《宇宙》和《泥土》,所谓"复苏"并不指向此前或此后的判然二分——路翎始终与复杂的创作困境搏斗着。

透现的春光

80 年代头两年创作的诗歌,路翎常选取"春天"的意象或描绘春天的景象,如"湖沼解冻,柳树发绿",少年叫喊的声响在"富于弹力的空气里"②传到远方——诗题本身或即蕴藉着路翎未尝明言的政治思索,在重启创作的一开始,写作以"解冻"为题的诗歌,对应的应不仅是物我之间的感知,而且是也寄寓着路翎蠢动不安的政治判断。或许我们可将 80 年代初的路翎诗歌,理解为诗人借以自我疗愈、唤醒沉睡感受力的一批诗作,从《刚考取小学一年级的女学生》(1981)、《春

---

① 包括《落雪》《雨中的街市》《雨中的青蛙》《马》《蜻蜓》《盗窃者》和《失败者》七首,均写于 1990 年 3 月。
② 路翎:《解冻》,载张业松、徐朗编《路翎晚年作品集》,第 24 页。

来临》(1981)、《黎明》(约 1982)、《解冻》(约 1982)、《早晨》(1984)等诗题观之,犹若长眠后的"惊蛰",显露启动自我的渴望。种种新生的意象,并不限于自然景色,也有通过诸如厂间"机器颤动"一类比拟"工作的萌芽"(《月芽》,约 1982),之于创造力与创作欲旺盛却被迫停笔多年的路翎来说,这样"新的时间是新的工作时间"。间中也不乏宛如"奉命文学"的时刻,如:"中国共产党推进的生活沸腾着"(《城市和乡村边缘的律动》,1981),"中国共产党牵引着生活前进。/因为街头行走着邓小平与陈云"(《阳光灿烂》,1981)。而初期最为出色也最能代表路翎"生活化"诗作特点的是《刚考取小学一年级的女学生》(1981 年 7 月 10 日)与《槐树落花》(1982 年作;1984 年 10 月 26 日整理)。

《刚考取小学一年级的女学生》的诗情是兴奋又带着些许忐忑不安的,长短不一的诗节和诗行对应着诗中那小女学生的雀跃心情,忙碌、蹦跳着的一举一动:先是整理幼儿园时期的画册、习字本和算术本,将撕破了的有错题的算术本摆在一旁,而习字本里涂抹墨团多的放在最底下——为了和过去告别;接着整理平时玩耍的小物件,积木玩旧了摆在中间,最多能跳上十五下的橡皮筋"往后还有用",另外还有一个小皮球和洋娃娃。她试穿红色花衣裙,又一件件脱下后折好收在枕头底下,然后在床上翻了个快乐的筋斗,又换穿上有大朵白色、红色蔷薇花的裙子,拉开裙子对着镜中的自己宣告:她总分 98,"考取了一年级"!小女生浮想联翩,想象有两种老师,一种严格,那就得把两腿并拢坐好,一种温和,那么就可以坐得轻松些,她还练习着谨慎的与心满意足的"两种笑容",而"总之是有点害怕",因为想起有生字,算术也有点困难。最后这小女生踏步歌唱,高声唱着还鞠了躬,"她拉开裙子,高声,尖锐的高声唱"①。

在久别重逢的友朋眼中,路翎像座"冷却已久的火山"②,但休眠火山内里的熔浆温热还在,休养数年后重新提笔创作的《刚考取小学一年级的女学生》,喷发出如此活泼的诗意,诗里仍然是路翎向来擅长与偏爱的情绪情感叙写,充满想象/幻想和激情,并且,若将这首诗理解为高度对应着路翎的心迹,应不是太过附会的诠释:他盘点自己过往的成绩,对于再写作、能否再写作有期待,但也有高度的紧张和不安,知道有很大、很多的困难,同时又有无比的兴奋和快乐,此外他对于外界还有着不同层次的应对;久失笑容的他③,面对再创作的心情是既谨慎又心满意足的,而最后,也是最为我们所熟悉的"路翎叙述",是整首诗结束在那小女生拉开裙子,高声尖锐的歌唱声里——一种透着怪诞气息的激情叙述。

同样写于 1982 年、在 1984 年 10 月修改或整理的几首诗歌,诗意结构和初期的诗作相类,大致可归于同属,《槐树落花》便是其中让人印象深刻的一首。相对于《刚考取小学一年级的女学生》的怪异激情,《槐树落花》含蓄隽永,是路翎对前些年扫地工生活的追忆与诗性复现,"写实"地传达出老扫地工"路翎"的心情:老扫地工坐着抽烟,他看着落满槐花的胡同,眼前槐花静静飘落,邻近有新建尚未完工的高楼,

---

① 路翎:《刚考取小学一年级的女学生》,载张业松、徐朗编《路翎晚年作品集》,第 7—10 页。
② 参见牛汉:《重逢第一篇——路翎》,载张业松编《路翎印象》,第 135 页。牛汉另一个形象化的比喻是"像一堆燃烧过的灰烬,无论怎么拨弄也不再冒火星"。(转引自冀汸:《哀路翎》,载张业松编《路翎印象》,第 216 页。)
③ 路翎的二女儿徐朗曾纪录路翎久违了的微笑,那是在 1984 年 12 月,路翎以中国作协理事的身份出席第四届全国作家代表大会,那天路翎的大女儿徐绍羽到会议驻地的京西宾馆送行:"父亲高兴地用不轻易流露而显得不大自然的微笑,主动向大姐道了声'再见'。大姐真是异常的兴奋。"徐朗:《心灵解放的春天——父亲的晚年》,载张业松、徐朗编《路翎晚年作品集》,第 471 页。

晨间鸽子绕着大树与将完工的"13层的楼房和塔形起重机/飞翔";暮春的槐花香让老扫地工快乐,乡里的建设更让他的心温暖,"因为新时代/逐渐显出它的/强大"①。在这首交织着多种感官知觉的诗里,老扫地工/路翎感受着他每日生活和工作的空间,槐花蕴藉怀想,象征着希望与收获,而少见入诗的楼房和起重机也加入这暮春时节的宁谧抒情,与胡同口的大树、纷纷飘落的槐花,同存于美好的诗性空间。

路翎诗中别具特色的一点是工业、工程(建设)以及与机器相关的词语频繁出现,显示出诗人对此的关注。例如也是写于1982年、在1984年修改的《颂建筑工地》,工地的声响在诗人耳中不是噪音而是都市的欢乐声,诗中出现起重机、钢筋、水泥块板等,对于建筑工地的描绘实是在写施作工程的工人(钢筋工、建筑工、电焊工),无疑是对劳动和建设的讴歌。对工业工厂、厂区车间、机器机械的关注,在路翎40年代的小说(如《饥饿的郭素娥》)中便经常可见,其晚年诗歌更有交通工具(火车、汽车、飞机)和林立的楼房屋宇。如1984年创作的《昼与夜》,写高楼窗户(高楼与窗户常入路翎诗作),还有机器、公文和商品,邮件包裹与银行汇款,借种种办公物件礼赞生活——工作与劳动的生活。鲜少有诗会用这类物件或相关意象表述诗意,或者较为常见的是借以传达疏离的感受,但路翎诗里奋力生长的是另一番景象与意念,由衷肯定各种"建设":盖房子,高楼,工厂,烟囱,街车……路翎偏爱描绘厂间与机械,一如当年——那个众人眼中已然逝去的路翎文学盛世——只是往昔着迷的似为景象的壮美雄奇,如今诗作执着谱写的则是对于"现代化生活"油然而生的喜悦。

路翎晚年的诗歌,经常表述的诗情和意念是如"蹦跳的压土机在工作了"(《看一座房屋盖起来》,1987)与"掘土机激昂地工作"(《从

---

① 路翎:《槐树落花》,载张业松、徐朗编《路翎晚年作品集》,第68页。

湖边望过去》,约 1987),在 1990 年——也是路翎从事诗创作的最后一年——《新建区域》则写到了女售货员、油漆工、电焊工,有建筑工人和农民建筑队完工撤离工地与新建区域的景象:"几幢特别高的、孤立的、魔鬼和神祇似的楼房,/它倾向太空的胴体和魂魄,/亲密着空间"[①]。或即因为这般的诗歌现象,许多评论者将路翎的诗视为高度意识形态化的单向度"颂歌",但就诗本身观之,之所以经常使用这样的"意象群"来表现建设者对建设的激情,是为了借此表述人们的奋斗和挣脱苦难,"高层楼房讲述着它来自整世纪的痛苦的窒息的烟中的人们的奋斗"[②],一如《月亮停留在屋脊上》(1987)的诗节一再反复地提问,高楼上闪耀的灯光、灯火通明的大街、巨大的机动车包括车灯、街头灿烂的橱窗等"是什么意义",并做出了回答:那是"各时代的年轻人长途生活的意义"[③]。都市的"明亮"讲述的是"往现代化前去的理想的庄严和灿烂",而所对比的是过往"人们的眼睛曾痛苦地/在他们的骷髅里遥望与盼望"[④]这样雄伟美丽的新建区域,只是这样的"意义"已经很难为同时代的评论家所领会和赞同,路翎的诗坐落在不同的日常生活经验体系之中,也因此被指为"过时""落伍"。

特别值得一提的是与《槐树落花》同一年创作并在同一时间整理的《杏枝歇鸟》(1982 年作,1984 年整理)。这是一首很古怪的叙事诗,就"怪异"而言较靠近《刚考取小学一年级的女学生》。不过,《杏枝歇鸟》的节奏淡然,不像《刚考取小学一年级的女学生》倾泻着激扰不定的情感,而是平铺直叙地讲述一个故事,一个像是儿歌《妹妹

---

① 路翎:《新建区域》,载张业松、徐朗编《路翎晚年作品集》,第 148 页。
② 路翎:《高层楼房》,载张业松、徐朗编《路翎晚年作品集》,第 97 页。
③ 路翎:《月亮停留在屋脊上》,载张业松、徐朗编《路翎晚年作品集》,第 101—104 页。
④ 路翎:《新建区域》,载张业松、徐朗编《路翎晚年作品集》,第 148 页。

背着洋娃娃》①的奇怪童话。这个故事大概是这样的：夏日午后，一只停在杏树上啼叫的黄鹂鸟，认出了一个做糖制杏枝歇鸟的老农民，这个老农民正在教孙子播种，还和年轻人辩论经济学问题，"论的是'价值与价格同一'和'价值与劳动者的劳动等值'等高深的名词"。而认出了老农民是那做糖"杏枝歇鸟"的人之后，黄鹂鸟"便觉得自己很美丽"——没有任何理由。最后一节在几个诗行的"田园牧歌"描绘后，作为构筑午后恬适乡村景象一部分的黄鹂鸟开始鸣啼："黄鹂鸟啼唱，确认黄豆种植者农民老头上月曾做了20个'枝头歇鸟'[原文如此]，并揣想自己是从那些里面飞出来的。"②

全诗便结束在这个没有理由的"揣想"里。《杏枝歇鸟》从黄鹂鸟的位置看世界，这样的视角并不特出，让人意外的是，这只黄鹂鸟不仅揣想，而且揣想的还是自己是20只糖制杏枝歇鸟的其中一只。这样的奇想透着几丝诡异，颠倒了一般对于真实与再现的想象，原来糖制黄鹂鸟才是"真身"，而现实世界里的黄鹂鸟是它的拷贝副本，甚至，人们的耕读世界，那一派祥和闲适的牧野风光，是由这只糖制黄鹂鸟的幻想构筑而成。如果再推进一步，将这首诗放在对于书写/创作和物我关系的思考中，那么其颠覆性更是多重的，糖制黄鹂鸟相应于诗人的写作位置与存在（而诗人竟创造了这样一只糖制黄鹂鸟象喻自己的书写位置，栖息在自己的诗里啼唱！），乃至于取替了诗人的位置，这首诗与诗人的存在都是这只糖制黄鹂鸟的幻想。——这几乎是将路翎昔年一贯用为叙事要素的"幻想"功能推向了极致，接续了其蜿蜒不断的书写轨迹。

---

① 这首儿歌的歌词只有四句，"妹妹背着洋娃娃/走到花园来看花/娃娃哭了叫妈妈/树上小鸟笑哈哈"。叫妈妈的可能是洋娃娃，也可能是被哭了的洋娃娃吓到的妹妹，而树上的小鸟对此的反应是哈哈大笑。
② 路翎：《杏枝歇鸟》，载张业松、徐朗编《路翎晚年作品集》，第62页。

路翎80年代初期的诗作,也有多首呈现出发远飚的诗念,"憧憬于人生和展望远大的前程"(《河滩》;1982年作,1984年改)。而《红梅》(1982年作,1984年整理)里"行路者仿佛要去到什么遥远的地方"与"梅花,一株是红色的,还有一株也是红色的"①的诗句,则仿佛向鲁迅《野草》里《过客》(1925)以及《秋夜》(1924)小园里那"一株是枣树,还有一株也是枣树"的诗语致敬;诗人一如信守桥下水漫灭顶亦不去的尾生,"风雪中蓬放着的红梅的温暖的语言般的温暖的语言"②一句,更是对于语言来归的呼唤与企盼。《桥》(1982)一诗也是描绘春天,以静态的意象启诗,桥旁结着花朵的桃李树枝条舒展,接着写形形色色过桥的行人,转为有声有色的动态意象,最后一节仅有两句,却是诗旨的扼要所归:"春天的太阳照耀着,/白石头的桥顽强地跨越着河面。"③——诗人似也告白着自己将如白石桥一般顽强地跨渡此际。而桥,既是中介、过渡,让行人得以提步迈向远方,又是联结着另一端点的过去,通往行人也未必知晓的"他处",但桥本身并不离开也无法离开。在路翎接下来创作的诗里,我们将读到与温暖、明亮同在的凛冽和灰败,如同1984年的《早晨》,在小学生"甜畅的、激昂和渴望的"晨间朝歌里,也"啸吼"着关于"早年的诗情和誓言"④、狂飙与激情。

抽搐的黎明

若以路翎作品所附的写作时间来罗列其著作,那么1983年的留

---

① 路翎:《红梅》,载张业松、徐朗编《路翎晚年作品集》,第52—53页。
② 同上书,第53页。
③ 路翎:《桥》,载张业松、徐朗编《路翎晚年作品集》,第28页。
④ 路翎:《早晨》,载张业松、徐朗编《路翎晚年作品集》,第29—30页。

白之后，1984年3月写就的《〈路翎小说选〉自序》象征性地开启了路翎与自身记忆的对话，尔后的诗里开始有过往闪现，固然是经过诗艺的转化，但也提供着依稀的亮光，得以照见路翎被关押年间的些许经历与感受。此后除了诗歌，路翎也开始重新提笔撰写散文和小说。①

这期间路翎的诗歌，在新生与前进的声调中经常混有沉郁和呐喊的杂音，那是过往记忆的翻涌，诗意结构较前期诗作复杂，诗性也往往是较为饱满。《池塘边上》（1984年8月7日）最早显现出这样的特色。首节谓池塘水传说"来自古树的根须拔起的汹涌的地下泉"，古树的根须被强力拔起，涌出的地泉让人有血色的联想，既是暴力的血腥也是伤口的殷红，即这首诗从起始便是以一种怪异、怪诞甚至是恐怖的意象起兴。全诗看似乡村歌咏队青年男女练唱的声音占据诗的主述位置，但一旁的池塘也在歌唱、倾诉，那是"愤激的殉难者"的歌声，几欲压过了当令青春的声量，池水荡出的"旧时的豪杰与凄伤"与欢乐的吟咏同步行进，更且"在咆哮，作今日的激烈的抒情"，让池边的"古松树和大树野枣树战栗着"，"各色的野花和野草在太阳光和歌声里被抚慰着"②——战栗与抚慰或即是诗人同时经验的状态，一种貌似矛盾却也并不矛盾的情感并存。终于，在鼓舞和抚慰之外，诗人述说了春光温暖拥抱中的颤抖，战栗依旧在。

在路翎近百首诗作当中，《拉车行》（1984年11月8日）与《葡萄》（1985年11月改旧作）两首可能表现出诗人关押年间的劳改生活，从此二诗来看，诗人对于自身长年受锢的理解是因"知识"获罪，是"被

---

① 参见张以英注、路翎校订的《路翎年谱简编》，1983年的条目中虽谓路翎该年有写作诗和散文（张以英编：《路翎书信集》，第257页），但对照路翎作品最后所附之写作时间并不相应，当然，也可能有些作品是从1983年起笔之后才定稿。而徐朗在《心灵解放的春天——父亲的晚年》中曾提到，路翎晚年精神处于最佳状态，亦即晚年创作的高峰期"可能始自1984年前后"（张业松、徐朗编：《路翎晚年作品集》，第471页），此一说法可提供参照。

② 路翎：《池塘边上》，载张业松、徐朗编《路翎晚年作品集》，第33—35页。

陷谋"的"冤案错案"。《拉车行》的主角，是在凛冽的冬日顶着狂暴的寒风拉车而行的囚徒，他是一"被陷谋"，"因知识而'犯罪'"的文弱中年教师。全诗共七节，每一节均以冬阳的照耀作结，但这枚贯穿全诗的冬阳，随着知识分子囚徒在那"生死场"（监狱劳动场）的遭遇与心境不同而有所变化。首节是黄昏时分"红色的、冷的、严峻的"落日，但随着诗节行进，知识分子囚徒结识了一同劳改的农村小伙子囚徒，两人成了亲密的朋友，"友情的火焰"让知识分子囚徒的心温暖，他想着自己能够奋斗到刑期结束，而且"还要有为，建设中国的现代化"，那一刻知识分子囚徒如此"想象"着未来的自己将会如何想：

> 将来他这样想：中国的现代化的车
> 有的是从监牢里出来的囚徒拉的。
> 监狱里的太阳冷静地照耀着，
> 从地平线升起来了①

热诚的青年农民囚徒则说出狱后要继续"提倡现代化农业"，还说"中国的工业是有许多被陷害的囚徒们扛几块砖的"。两人结伴拉车而行，汗水的交融表示知识分子与农民的相知相惜，也象喻个人到集体的联结，只是，这是一种不被认同的被囚"罪人"的集体性。"每个人心中有灶灶中有火焰"，囚徒内心的暖流滋生，最后一节的太阳不再朝向地平线落下，转为在空中缓缓升起照耀着"生死场"的一颗"温暖的、严肃的"②太阳。《拉车行》以日落的苦寒启诗，以日出的乐暖作结，对应着诗中囚徒心情趋向明朗的变化。

---

① 路翎：《拉车行》，载张业松、徐朗编《路翎晚年作品集》，第 71 页。
② 同上书，第 72—73 页。

路翎晚年诗歌一再重复的诗语，在《葡萄》中有洗练的呈现。《葡萄》的语言质朴，但述说的情感极为细腻：塞上劳改场的冬夜，"冤案错案的犯人"听见葡萄被风吹动的声音，那声响不仅来自风的吹拂，也是葡萄的枝叶轻轻生长的声音，而读诗的我们明白，诗中冤错案的犯人必然是无眠的，才可能听见这样细微的声响。葡萄经冬历春，在夏季熟成，犯人随着季节的流转而感受到葡萄生长的韵律，"累累的果实在大的叶子间出现／累累的果实在心中闪耀"，葡萄在漫长难捱的岁月里带给犯人生机，犯人甚至感觉风吹来了"司法官的叹息"——惋惜着犯人在狱中年华老去。第三节结束在"冤案错案的犯人的感伤和快乐的葡萄"的惆怅里，但下一节旋即转为一种有力的情绪，肯定"逝去的年华在出狱时有它的意义"，因为"荒凉的塞上有正直的被冤的农民难友／有司法官的同情的注视"，最后收束在"白昼有有力的风／在成熟的、葡萄成熟的季节"①。《葡萄》的语言和诗念都如诗中的夏日葡萄般成熟，对于葡萄的生动描写，植入了路翎那些年的耕作经验。以"农村富了"为题旨的另一首诗《姊妹》(1984)也写到葡萄，首节那有关"因过分快乐而羞怯的葡萄"②的描写表达了由衷的欣悦。而若对照1985年10月回忆性质的散文《种葡萄》，《葡萄》所表述的诗语，那"冤案错案的犯人"心情与路翎在塞上种葡萄的生活和感受相契合。

　　1981年夏天写就的《刚考取小学一年级的女学生》一诗可释为路翎的自况，《老枣树》(1985年11月28日改旧作)与《红果树》(1986年4月13日)亦然，诗人写树，其实是以树自喻。《老枣树》只有一节二十一行，前三分之一，表现"静静的"老枣树：黑绿色的老枣树

---

① 路翎：《葡萄》，载张业松、徐朗编《路翎晚年作品集》，第77—78页。
② 路翎：《姊妹》，载张业松、徐朗编《路翎晚年作品集》，第31页。

"有着狰狞的外貌／度过峥嵘的岁月",夏季的艳阳底下老枣树繁茂的枝叶像撑开的帐篷,冬雪的日子里老枣树无声地"啸叫",忧郁的时光中老枣树悄然伫立,而从第八行宣告"快乐的日子现在进行着了"之后,主要通过拆旧房建新屋的劳动来传达热闹的都市景象,最后城市的心脏与老枣树的心脏一起在"新的快乐"①里跳跃。这样的诗歌叙述所呈现的情绪转换,类似于摇晃出旧日时光的《拉车行》等诗作,都是先窒郁后舒朗,只是《老枣树》窒郁的表现诗意盈盈,转折后的舒朗的表现则诗意顿弱。相对于此,《红果树》殊为深挚动人:"干枯的红果树在昼与夜静默着／别的树都长了树叶了／羞惭的红果树／用它的魂魄在挣扎着",风和泥土在旁加油,杨树、枣树则对于自己"膨胀的树浆"感到"羞惭",而红果树"沉默着";第三节的红果树感觉"太阳照耀很欢快／发出金色的箭镞／夜晚有有力的风／红果树听见自己枝干内／有顽强的声音又中断了／它发出痛楚的叹息",而屋里沉睡的孩童,周围的树木、泥土、花草、蜜蜂,还有远处的江流和城市边缘鼓动着的车轮都在为红果树呐喊加油。第四节受到鼓舞的红果树,"树干内又起了颤动了／它用它的魂魄奋斗着",树叶形成了,泥土又为它补充了绿色,树干灌满了新树浆,"它的花的形态在激动里形成／而果实还连着果核的形态／连着对下一代的预想／含着爱情痉挛着形成"。一夜之间,处处都"不缺红果树"②,红果树加入了众树歌唱的行列。

《红果树》准确而又形象地描述了路翎80年代重启创作的顿挫和努力,对亲友的问候与鼓励神情漠然的路翎,通过这首诗表达出他的感受,以作品做出有力的回应。而同时期创作的《平原》(1984年8月9日)、《月亮》(1984年8月11日)和《护士》(1984年10月25日)等

---

① 路翎:《老枣树》,载张业松、徐朗编《路翎晚年作品集》,第76—77页。
② 路翎:《红果树》,载张业松、徐朗编《路翎晚年作品集》,第81—83页。

诗，则似乎与过往的小说创作有某种隐秘联系。

《平原》写天色未明的平原、黎明时分的市镇。平原瓜果盛产，每株稻子都挺立，诗里有俊朗的青年骑着自行车，搭载神情愉快的妻子一同去赶市集。路翎40年代也有一则同名小说《平原》(1946)，写的是穷困的胡顺昌夫妇，为了妻子桂英把家里仅剩的几斗米缴纳征粮，二人发生了一场激烈的情感斗争。《护士》写一个"嘴唇锋利，声音清楚的谈论笼罩病房"的年轻护士，她知晓每个病人的情况，谈论各式各样的事，诗中似乎微微讽刺这名护士的聒噪，却又不然，而且这个年轻护士"热爱她的建设着的祖国"。《护士》里存藏诗谜的"树洞"，或许就在"她最近就看小说高尔基的《母亲》，/ 她还说有些建筑工程一个工伤的也没有"①的诗句里。

路翎早年重要小说《青春的祝福》(约1942)中的主角章华云也是一个护士，就读于天主教医院高级护士班并在医院里服务，小说第五节她所阅读的正是高尔基的《母亲》。那是1940年跨渡1941年的新春，医院寒假不供应伙食，章华云得用仅剩的九块钱度过两星期，连续三天，她每日只吃两次大饼，读着《母亲》，过午便在床昏睡，镇日忍受着饥饿；第四天，章华云与《母亲》里的人物进行了一场对话，青年伯惠尔问她是否能勇敢、牺牲，章华云给予肯定的答复，又朝着炊煮茶食的书中人物笑，于是她们递来浓汤和面包，章华云快乐地咀嚼着；在一种"半梦半现实的奇异的错觉"里，她感觉自己在高声歌唱，然后醒来，面对的是阴惨的黄昏，寒冷与饥饿。章华云"带着野性的神情俯视自己底青春的胸脯"想着："我要去吃，我要不顾一切……宁愿明天，明天死！"章华云在饥饿的昏眩中冲出房门，但从小"酷爱积蓄"的她残存着最后一点理性，舍不得花钱的她偷进医

---

① 路翎：《护士》，载张业松、徐朗编《路翎晚年作品集》，第63—65页。

院的厨房。在恐怖惊慌中添盛第二碗时,医院的厨妇突然进门,明了眼前的一切,她不敢看章华云,"粗笨地走近",让章华云配榨菜慢慢吃。厨妇且突然流下泪来,托言要上街,让章华云记得关灯后离开。章华云关上灯,继续"残酷地吞饭",然后走出厨房。① 寥寥几页的小说叙述,青年路翎的才气及其对于革命复杂度的犀利洞视表露无遗,而《护士》诗中这活泼的年轻护士会否就像是章华云的未来/下一代人,喻示着暮气沉沉 40 年代到朝气蓬勃 80 年代的变化?路翎眼中的世局,那一首首的"颂歌",或即因为在他看来,从 40 年代的章华云到 80 年代的年轻护士,生活确有了天翻地覆的变化,"胡顺昌夫妇"终于过上丰衣足食的愉快生活,那是诗人盼望已久的"建设的时代"。

《月亮》起兴于一轮"黄色的大的月亮升起在屋脊上",诗行的中途有"旧时候的梦境在骚扰",那时的月亮是"旧时候的凄凉的月亮照耀在旅途上",不知不觉多年过去,但"旧的梦惊悸"仍在,还有"老头牙齿脱落而愤愤地劈木柴,也表示着痛恨当年的损伤"。最后的诗节也是在这一轮从河旁屋端升起的"又大又圆的月亮"照耀下,"新生的婴儿啼叫,被小河的水洗涤,/而八九岁的男女孩叫喊于人生的初欢"②。这首诗的意象也是由窒郁转趋舒朗,从"牙齿脱落"愤愤痛恨的老头,到"啼叫"的新生婴儿和"叫喊"人生初欢的稚童,诗人在诗里赎回了失去的创作时光,重获"叫喊"的能力。但与此同时,读者明白,一如诗人自身明白,失去的永不再返,那牙齿脱落的老头仍然必须日复一日地与损伤相处,愤恨地劈着柴薪,"康复"并非完成式的状态而永远是现在进行式。至于诗中高挂的那一轮明月,或许也曾在路翎 1945 年的小说《旅途》中落下疏影,照耀着从

---

① 参见路翎:《青春的祝福》,载《路翎全集》第 1 卷,第 147—149 页。
② 路翎:《月亮》,载张业松、徐朗编《路翎晚年作品集》,第 42—43 页。

颓坐中起身前行的何意冰。路翎始终记得高尔基《草原故事》里升起的"又大又圆的月亮"①，通过这个意象，路翎不同时期的作品发生了一种或许并不那样偶然的联系。遗作《落雪》（1990年3月5日）诗中则明确有着朝鲜战地小说《初雪》的残影，而"残影"，本是一种光的轨迹，可以是有意再创造的结果，也可能是操控不了的现象，流落在路翎的晚年创作里。

再看《残余的夜》（1986年5月2日），这首诗写黎明前开平台车送货的豆腐房女工（强壮的女工），写平台三轮车途经的街道景物，"残余的夜里从各家的窗户有幻想飞翔"②，"残余的夜人们看见男孩和女孩/像树叶子和刚开的花一样/舒适地抽搐着也突然长大"，于是残余的夜里"人们预感着是一日将有奇迹产生"。就像红果树的"痉挛"，"抽搐"带来了突然的"长大"与"壮实"，而这必须经过今昔的相互"啃咬"，白昼与黑夜原是同一车辐转动的压痕：

　　残余的夜和黎明相啃咬
　　而黎明也抽搐一下突然地壮实
　　是一日的黎明留着昨日的车辙和产生今日的行驶的欲望③

路翎曾忆述自己当年与胡风讨论的场景，人们说他的作品"主题思想'不健康'"，当时他如此回应："我十分坚持心理描写。正是在重压下带着所谓'歇斯底里'的痉挛、心脏抽搐的思想与精神的反抗、

---

① 路翎曾说："《草原故事》里高尔基写的，'又大又圆的月亮升起来了'是我始终记得的句子。"路翎：《〈路翎小说选〉自序》，载张业松、徐朗编《路翎晚年作品集》，第296页。
② 可与《像是要飞翔起来》（1984年8月9日）一诗对照参看。诗中写闪烁的星光、刺目的街灯、楼顶的窗户，以及寂静、深沉的夜"像是要飞翔起来"，带着一点怪异趣味的是，连婴儿的笑都"像是要飞翔起来"。参见张业松、徐朗编：《路翎晚年作品集》，第40—41页。
③ 路翎：《残余的夜》，载张业松、徐朗编《路翎晚年作品集》，第89页。

渴望未来的萌芽,是我所寻求而且宝贵的;我不喜欢灰暗的外表事象的描写。"① 这段文字是路翎对早年创作的一个简明概括,固然,这是时隔多年后的回忆重述,但"抽搐"与"痉挛"确是路翎偏爱的用词与意象,而上述路翎对自身的创作概括也依然适用于他晚年的诗歌。

火焰般的心脏

接下来将通过路翎晚年诗作中经常使用的一个词语"心脏",进一步陈述对于路翎晚年诗歌的不同理解及肯定。"心脏"是进入和把握路翎晚年诗歌创作的关键意象,在其诗中,特别是在后期的长诗《旅行者》、组诗《在阳台上》以及《诗七首》中,不时蹦跳着一颗火焰般的心脏。

《旅行者》的编者附记说明:这首诗初稿所署的写作时间是 1987 年 11 月 24 日,长约 300 行,收录在《路翎晚年作品集》中的篇幅,则已扩展到超过 600 行;而据诗稿最后所载的纸张与笔迹判断,《旅行者》主要写于 1988 年初,但一些修改的笔迹则同于 1992 年 11 月底的散文《忆朝鲜战地》原稿,亦即很可能直到 1994 年路翎离世,《旅行者》仍未删修改定。② 这首经年累月始终处于写作中的诗歌,是理解路翎晚年创作活动的重要作品,可能也是最为袒露诗人内心隐秘感受的诗篇。《旅行者》是一首第三人称的叙事长诗,五个诗节,写一无名的旅行者离开其原本工作的水泵厂和城市,走向"阳光泛滥"的秋日旷野。旅行者一路漫游,驰骋"想象",穿越不同的城镇,不断启程走向一个又一个旷野,也在旧时的记忆中徘徊。水泵即是 pump, 或作"帮

---

① 路翎:《一起共患难的友人和导师——我与胡风》,载张业松编《路翎批评文集》,第 287 页。
② 参见路翎:《旅行者》,载张业松、徐朗编《路翎晚年作品集》,第 114—139 页,编者附记见第 138—139 页。

浦",此诗以一种流体做功的机械为全诗的核心意象,同时这水泵又象喻着人体的心脏、诗心、创作的内核。诗人的创作活动就像是水泵厂经年不停的劳作工程,《旅行者》即形同帮浦作用下漫溢的气体(液体),在朦胧的雾色中隐约透现着诗人一生勤恳的工作与生活,以及感受。诗人守护着内心的水泵厂,仿佛也以此诗默默宣说着:"我没有疯,我只是/心情恶劣了二十年。"[①]而"旷野",是诗人毕生钟爱的意象,曾经出没在路翎40年代小说里的"过客",多年之后又回到了他的诗里,在旷野中继续上下求索的旅程。

  《旅行者》第三节是情绪特别愤激的一节,涉及较多"苦难的回忆",并以"我"与"旅行者"交错叙事,呈现"我"与"旅行者"混述、叠合的声调,而取得一致的方式,是在情感张力拉到最大的"我"的叙述中,间中插入一句冷静的"旅行者这样说"或"旅行者如此说",诗歌叙述者主体从第一人称短暂回归到第三人称以拉开和叙述内容的距离,让处于高温状态的诗(与诗人)能稍稍冷却下来,继续行进讲述,避免溃堤断弦。诗人/旅行者/"我"的"心脏是血液盈满穿着多层火焰衣服的火焰",幻想使"他们"进入"过去时代与新时代综合的炼狱"。"我愤怒而且蹦跳,/敲击着我的鼓,/和吹响我的喇叭",不许痛苦的时代再回来,"我"要把"地狱的门永远关上","我"咒骂着,搏斗着,"我"一再地"想象",倚靠想象,想象便是诗人身上的盔甲。面对黑暗的地狱,"我便想象从有火焰的巨大的房屋建筑起,/我便想象开凿河流","我的想象我的市集。/市集是有着甲胄的,/大城和市集是国土与旷野上的钟声"[②]。

[①] 此二句典出卜洛克(Lawrence Block)的侦探小说"马修·史卡德(Matthew Scudder)"系列。转引自郭品洁:《尤里西斯》,载《我相信许美静》,新北:蜃楼股份有限公司,2010年,第70页。
[②] 路翎:《旅行者》,载张业松、徐朗编《路翎晚年作品集》,第125—129页。

从上述摘录的诗句，可以感觉到情绪情感的暴动，或许也解释了何以在路翎其他的晚年诗作里，遍布着如此多的高楼和"市集"，那是一种情感对抗的诗歌模式。但这样的诗歌模式可能远较所能想见的更为复杂，不仅是一种假面的策略，也是真心的倾诉。相对于路翎晚年绝大多数诗作、散文和小说中关乎自身"苦难叙述"的"节制"，这颗"越过炼狱"的心脏，是一"穿着多层火焰衣服的，内核是极强的火焰的、血液盈满的心脏"，放恣地鼓动着诗人的"想象"：

> 我的存在决定我的意识
> 我的意识是奇特的渴望
> 我有旌旗与带着刀刃
> 我的意识是我的心脏越过炼狱时的凶狠的冷静的火焰，
> 我便前行，
> 我思维，想象，有辨析的逻辑——我们是巨大的存在。
> 旅行者这样说。①

诗人自认在思维与想象中有着"辨析的逻辑"，他无疑还更拥有逼近语言坍塌极限、驱策想象的优异能力。而带着仇恨和理想的刀子在诗里四处逡巡的诗人，于亢奋之中，也表述了/承受着另一种心脏强烈跳动的恐怖感受：

> 我因欠时间的债而心跳恐怖，
> 我因劳动力被迫丧失
> 或无人来雇佣而痛苦战栗，
> 我行走在黑色死亡的空间，②

---

① 路翎：《旅行者》，载张业松、徐朗编《路翎晚年作品集》，第130页。
② 同上书，第126页。

第五章 "我不反革命":1955年之后的作品 | 295

"行走在黑色的死亡空间",与"骑在时代的巨风的一片翅膀上而飞翔"①的旅行者,是同一个"我",都是构筑诗人与诗意存在的某个侧面。相对于组诗《在阳台上》中的《成功的医生》《女排球手》《女歌唱家》《女诗人》《青年工程师》《农业技师》《空军军官》等诗,第十二首《经过了患难》描写的是"由于心脏跳动"而来到阳台上的"年老的从患难中复苏的建设者男子与妇女"("路翎"的集合),直接地抒发着诗人的心情:"多年的被阴谋的监狱十分痛苦;/夜间的睡眠里有心脏的那时的痛苦的战栗形成的恶梦"②。然而"过去苦难"的庞大也对应着"都城建设"的庞大,年老的建设者将:

> 旧事转化为有纵深的思索与
> 有着勇敢的精神。
> 每日和恶梦搏斗,
> 行进于适时的雨、雪、晴朗与工作与想象中,
> 过去的年代死难了,
> 过去的年代鬼魂时时显影,
> 徘徊在现时的雨、雪、晴朗与工作与想象
> 与对这想象的想象中,
> 出现着恶魔的战斗精神;③

"善良的建设者自己的成就与死难了的年代恶魔的形影"在"高大的幻象里"并存、相互搏击着④,这是一场持续进行、永不歇停的动态

---

① 路翎:《旅行者》,载张业松、徐朗编《路翎晚年作品集》,第122页。
② 路翎:《在阳台上·经过了患难》,载张业松、徐朗编《路翎晚年作品集》,第166页。
③ 同上书,第167页。
④ 同上。

过程，诗人的"心脏"不做尘埃落定的跳动。在1990年3月——路翎诗创作最后一波迸发——所写的数首关于动物、昆虫的诗歌里，也存在着诗人火焰般的心脏："马的心脏知觉着经过的空间——危急的空间，/和时间，紧张的时间；/马的心脏有红色的火焰与白色的闪光外溢，/它自己看见。"①"蜻蜓的心脏是有豪杰的火焰的蜻蜓的，/蜻蜓。"②"心脏有着春的火焰的蜜蜂。"③红色的火焰与白色的闪光，豪杰的火焰，春的火焰，这样高度紧张的创作状态是因为失去的时间不可复得，必须尽可能抓紧每一刻："想到过去的苦难有过的地狱的深度，/出门和进门十分珍惜时间，紧张到有时拘谨；/生命的火焰焕发了呀。"④而与生命火焰的焕发并存的，也有长年"穿透心脏的早晨的痛苦"⑤和夜里睡眠心脏痛苦所形成的恶梦相伴，不时感受到"沉重的心和血液都如同干燥的铅块，/火焰熄灭着的心脏痛苦"，怀疑着自己"心中还剩有多少火焰，/心中还有多少搏击的力量"⑥。在阳台上的诗人：

> 在幻觉中呆站，又走回去找寻。
> 终于走回来了；
> 告别了，
> 丧失了，
> 一切路上再没有了，
> 大地在冬季总是要回到春季，

---

① 路翎：《马》，载张业松、徐朗编《路翎晚年作品集》，第184页。此诗写于1990年3月6日。
② 路翎：《蜻蜓》，载张业松、徐朗编《路翎晚年作品集》，第185页。此诗写于1990年3月7日。
③ 路翎：《蜜蜂》，载张业松、徐朗编《路翎晚年作品集》，第199页。此诗写于1990年3月7日。
④ 路翎：《旅行者》，载张业松、徐朗编《路翎晚年作品集》，第136页。
⑤ 路翎：《乌鸦巢》，载张业松、徐朗编《路翎晚年作品集》，第46页。此诗写于1984年8月13日。
⑥ 路翎：《失败者》，载张业松、徐朗编《路翎晚年作品集》，第189页。此诗写于1990年3月10日。

> 而丧失了的死者不能再归来——连一瞬间前在幻觉里
> 寻觅也没有找到；
> 可能有一次大地从冬季回到春季，
> 而这亲密的人归来——
> 有时候有这种幻境的，
> 从夜生活的盼望来的，
> 有力的幻想。①

这是组诗《在阳台上》原缺第十九首之后的第二十首——《丧失者》的部分诗行。从《丧失者》的表述，可以看到诗人清楚"幻想"和"生活"是两种法则，他期待着热力的生命法则能带回"心脏的新的繁荣"，弥补丧失，能升起"有心脏诚恳联结的共同的炊烟"。但共同的欢乐与悲伤仍然在空气里战栗着，诗人的"心脏痛苦了，孤单了"，战栗地"想着生命的法则"，末节两句："丧失者痴呆着，/ 有着他的实感与幻觉，找寻着法则来到阳台上了。"②不同于组诗《在阳台上》前十八首，《丧失者》与同一天创作的《失败者》的诗意结构类近，吐露着相似的诗语，表达着相仿佛的情感状态："事业失败，生活挫败者沿着朦胧、似乎变异的路归来，/ 来到阳台上凝望命运了。"如若再对照组诗中其他乐观的、主要表述奋进有成的诗，来阅读《失败者》的"譬如战争的失败有枉痛苦，/ 工程师的工程倒塌，/ 歌唱家喉咙与心脏锁闭，/ 运动手败阵，而原来信心盈满，/ 医生未挽救成可救的病患者，/ 自信的著作家被退稿"③等诗句，诗人每天在稿面进行的激烈斗争，以及在振作和挫败之间反复的状态跃然眼前：

---

① 路翎：《在阳台上·丧失者》，载张业松、徐朗编《路翎晚年作品集》，第177页。
② 同上书，第178—179页。
③ 路翎：《失败者》，载张业松、徐朗编《路翎晚年作品集》，第189—190页。

失败者失败于他的事业,——这失败者从事着他心爱的事业,

两边的路似乎是人间的其他的路了,

从这其他的路走去,

走进心中的陌生的街,

然而失败仍旧是痛苦,

但将来的路似乎显现。

仍旧要追逐自身的星球。

阳台上苦痛地凝望,

知道自己的星球似乎尚未被消灭,

仍旧存在。①

诗人明白囿限的恒在,被扼住想象的喉咙无法歌唱的感受他毫不陌生;诗人也奋斗着不为限度所囿,许多时候失败了,但也有许多时候成功突围了,而这些都没有保留地在作品里呈现。诗人晚年的创作活动便如同一颗"火焰般的心脏",耐受着一次又一次的试炼,只是锻造出来的成果,经常被认知为一种"战废品"。相对于一般评论,张新颖《路翎晚年的"心脏"》②是少数的例外,该文肯定路翎晚年诗歌的价值,留意到"心脏"在路翎晚年诗歌中的重要性,据此做出了颇具见地的评述。他也为路翎晚年作品所受的忽视和否定提出抗辩,而其所对抗的,是一种"为了'时代灾难'的充分展示和表现",以个人苦难的深重("天才作家路翎竟然被彻底摧毁了!"),召唤对时代灾难的"集体性痛恨、深刻的反省和强有力的批判"的历史叙事模式。③张文

---

① 路翎:《失败者》,载张业松、徐朗编《路翎晚年作品集》,第189—190页。
② 张新颖:《路翎晚年的"心脏"》,《南方文坛》1999年第1期。
③ 同上。

且认为，路翎晚年的诗里，"时常跳出一些刺眼的词汇、句子，表露创伤尚未完全恢复时的意识和思想形态，乃至于呈现已经结了口、定了形的伤疤"是很自然的事。① 下文接续张文的有力抗辩，再抒陈部分不同的意见。

张文中所谓"刺眼的词汇、句子"，若限定在曾出现"心脏"一词的路翎晚年诗作，那么他所肯定的"心脏"并不包括那些被以"颂歌"明确概括的诗里，亦即，那些颂歌式的诗或诗句在张文的论辩语境里，意谓的是尚未痊愈的"伤口"，或是已经结口定形的"伤疤"。具体来说，例如："便有欢喜堆满他的心脏"（《秋》，约 1986），"有人们的心脏的新的撞击声升起了"（《从湖边望过去》，约 1987），"有心脏的欢喜的跳跃"（《白昼》，约 1988），"用他们热烈的心脏作民族的歌唱"（《新建区域》，1989 年 3 月 12 日），"美丽的头发的甜蜜渗透到心脏"（《京剧女演员》，1990 年 3 月 1 日），"高亢、心脏震动，/低声，亲切，心脏甜美"（《中学老教师》，1990 年 3 月 1 日），"心脏的从灵魂的火焰和人类的奋斗的历史来的韧力一样"（《青年工程师》，1990 年 3 月 2 日），"晴朗的路，心脏沉醉"（《空军军官》，1990 年 3 月 2 日），"想着动力和心脏的动力、情感敏感而有零乱；/想着心中的意识是生产力存在的反映，/因而快乐"（《工厂的统计师》，约 1990 年 3 月），"所唱的歌里有岩石的心脏也在跳动"（《通俗女歌唱家》，1990 年 3 月 3 日），等等。我认为将路翎的"颂歌"全然归诸一种"伤疤"的形态，并不适切。一方面，入狱的经历对路翎创造力的戕害无可否认，但另一方面，路翎确实肯定建设，追求现代化的工业，颂歌所表达的感受并不"虚假"。就像当年人们看不到路翎念兹在兹的"黑暗"，后来人们也看不到路翎"偏见"的"光明"。

---

① 张新颖：《路翎晚年的"心脏"》。

1953年的《板门店前线散记》里，路翎曾饱含激情地说道："在我的亲爱的人们、同志们工作着和生活着的北京的街道上，将要出现我们自己制造的、华丽的街车。将来我要去乘坐这街车——我要一下子拥抱许多年的工作，并且懂得，在我们的土地上，每一分钟都会给人们带来什么！"①在那签署停战协议的前一刻，路翎"兴奋而快乐"地宣说着："生活着，工作着，是多么美丽啊！"②而我们都知道，不及两年路翎即"被迫远行"，长年"因劳动力被迫丧失/或无人来雇佣而痛苦战栗"③，不仅未能"拥抱许多年的工作"，更且在关押期间"精神受挫"④而被转送至安定医院，每日接受数次电疗，长期服用药物。之于这样一个在创造力勃发的盛年被强行带离"人间"的创作者，能够重返生活，能够工作（写作）所具有的重大意义，是他人所难以想象的——"生活着，工作着，是多么美丽啊！"路翎的晚年诗歌皆取材自日常生活的种种琐碎物事，邻近的楼房与窗，川流不息的街车，邮寄的包裹，银行的汇款，甚至是化学原料与空气调节器，这些装载着生活气息的物件纷纷进入路翎的诗歌，意味的是诗人异常珍视复返的日常生活一景一物，就像阿尔都塞通过比喻所表达的感悟："为什么塞尚随时都在画圣维克图瓦山呢？这是因为每时每刻的光线都是一种馈赠。"⑤

路翎对于生活与工作的热爱始终没有变易，而那些诗中回荡的过时"颂歌"曲调，或许我们应尝试将它理解为诗人对于此前丧失的生

---

① 路翎：《板门店前线散记》，载《路翎全集》第5卷，第125页。
② 同上书，第128页。
③ 路翎：《旅行者》，载张业松、徐朗编《路翎晚年作品集》，第126页。
④ "精神受挫"应为路翎择定的用语，意谓他对自身精神状态的理解，参见张以英编、路翎校订《路翎书信集·路翎年谱简编》的"1961年（39岁）"条目（张以英编：《路翎书信集》，第245页）。朱珩青撰述的《路翎传·路翎年谱简编》也沿用"精神受挫"这个说法（朱珩青：《路翎传》，第213页）。
⑤ [法]路易·阿尔都塞：《来日方长：阿尔都塞自传》，蔡鸿滨译，上海：上海人民出版社，2013年，第293页。

活与工作的继续,要以一种被褫夺了超过四分之一个世纪的欣喜语调(也不仅是欣喜的语调),接续述说他所懂得(却被视为老掉牙与无知)的"在我们的土地上,每一分钟都会给人们带来什么"!只是,这样的诗情并非"拨乱反正"的 80 年代所寻求和肯定的一种文学体验。

第二节 意识形态的伤疤?——晚年小说创作

"一生两世"作为梗概路翎人生与文学表现的说法,最初应源自路翎昔年友朋冀汸所写的悼念文《哀路翎》:

> 一九五五年那场"非人化的灾难",将你一个人变成了一生两世:第一个路翎虽然只活了三十二岁(一九二三——一九五五),却有十五年的艺术生命,是一个挺拔英俊才华超群的作家;第二个路翎尽管活了三十九岁(一九五五——一九九四),但艺术生命已销磨殆尽,几近于零,是一个衰弱苍老神情恍惚的精神分裂患者。[①]

冀汸"一生两世"之说,何以成为此后建构路翎生平和艺术创作的"经典叙述"?这与路翎获释后,较早去探访的友人所做记述[②]及老朋友

---

① 冀汸:《哀路翎》,载张业松编《路翎印象》,第 187 页。
② 参见牛汉:《重逢第一篇——路翎》,载张业松编《路翎印象》,第 130—136 页。此文原载《随笔》1987 年第 6 期,曾收入牛汉《萤火集》。另见牛汉口述、何启治和李晋西编撰的《我仍在苦苦跋涉:牛汉自述》(北京:生活·读书·新知三联书店,2008 年)的第九章《我与胡风及"胡风"集团(下)》的"路翎——文学史上应该留名的人"一节。

们对晚年路翎的追忆①几重加乘的推波助澜有关。多年的牢狱关押和折磨,让久别的友人讶异、痛惜,曾经那样英挺俊朗又有才华的路翎,变得苍老佝偻、迟钝呆滞甚至言行失常,闪烁光芒的美好记忆和久别重逢时相貌举止大异的黯淡形象,两相对照更加深了这样的印象与断裂感。

针对"一生两世"的"路翎叙述",搜罗、编辑了包括评论集和晚年作品集等多部路翎著述的张业松有不同看法。②他指出以"一生两世"表达路翎关押前后的变化应无争议,但质疑以此彰显"第二个路翎"的艺术生命已然消磨殆尽的看法。张文认为,冀汸的说法之所以广泛流传,是因为早年路翎的文学表现太过突出,使得人们对遭逢大变后的晚年路翎,要求一如当年般"卓特"的文学表现,以至于路翎晚年"正面"的人生和文学形象被"强制遗忘"了。张文引述曾卓1979年9月初次重见路翎时的回忆,"说话很有条理,看不出任何精神病兆"③,并举引曾卓另文对于路翎"重返文坛"的五首晚年诗之肯定,佐证路翎晚年文学风采的重新焕发:

> 这里没有任何伤感,他歌唱的是今天的生活。这里没有任何矫揉造作,他朴实地歌唱着在生活中的感受。这里没有感情上的浮夸,他的歌声是真挚、诚恳的。④

---

① 参见绿原:《路翎走了》,载张业松编《路翎印象》,第155—157页。绿原在此文中说:"然而,路翎放下扫把,准备重新拿起笔来,却发现他的记忆力、判断力、审美力、创作力,他当年的超人天赋,已被几十年所谓'不公正待遇'消磨殆尽了。"
② 参见张业松:《"一生两世"与强制遗忘——关于"路翎叙述"的叙述》,《当代作家评论》1997年第4期。
③ 曾卓:《重读路翎》,载张业松编《路翎印象》,第152页。此文曾收入《曾卓文集》第2卷,武汉:长江文艺出版社,1994年。
④ 曾卓:《读路翎的几首诗》,载张业松编《路翎印象》,第78页。此文原刊于《青海湖》1982年第6期,曾收入《曾卓文集》第3卷,评论了路翎诗《果树林中》《城市和乡村边缘的律动》《刚考取小学一年级的女学生》《月芽》和《白昼》。

曾卓并且赞美路翎"能够在平凡的生活中发现诗,这是需要热爱生活的心灵。能够将平凡的生活提升到诗的境界,这是需要敏锐的感受力和高度的表现力"①,张文最后更是抄录路翎的诗歌《红果树》作结,肯定路翎晚年存在着的"巨大诗性"——以"关于'路翎叙述'的叙述"有力反拨了"一生两世"之说。

对于路翎晚年创作文学价值的肯定,主要集中在诗歌方面。既有的评论肯定路翎晚年诗歌,纵使其中亦不乏褒贬参半或据以注解今昔路翎"前后不一"的创作变化。本章第一节已深入评述路翎的晚年诗歌,而若深究"一生两世"成为概括路翎生平与创作"经典叙述"的进一步"发散",则宜进一步考察路翎晚年创作的散文和小说,特别是关于路翎晚年小说的评价,惜因绝大多数的小说迄今尚未公开,可据以评述的素材十分有限。本节仅能先就目前掌握的有限材料,针对路翎晚年的小说做一极具限度的评述,下一节将接续讨论路翎晚年散文/回忆录,与逾越生平而牵涉作品评价的"一生两世"论断做进一步对话。

路翎晚年用力最深的是中、长篇小说,总数11部,累计超过550万字②,但除了中篇《横笛街粮店》曾有片段发表,其余中、长篇均未公开。家属之外,仅有少数评论者因编辑或研究工作得以接触并阅读到部分内容,而他们对于路翎晚年小说的文学价值几乎都抱持否定的看法:

> 他已失去了那属于他的艺术灵气,即使再作挣扎,也难以找回久已被人们熟悉了的那种专属于他个人的魅人的文采了!③

---

① 曾卓:《读路翎的几首诗》,载张业松编《路翎印象》,第78页。
② 参见徐朗:《路翎晚年未刊小说简介》,载张业松、徐朗编《路翎晚年作品集》,第473—475页。
③ 罗飞:《悼路翎》,载张业松编《路翎印象》,第173页。此文写于1994年3月12日,原刊于《黄河文学》1994年第3期。罗飞读的是路翎寄来的几则短篇小说,为之转发其他报刊均未获接受。

> 你的艺术创造力可惊地萎缩了,你的审美力也同样可惊地衰退了,我更痛惜的是你的思绪像一匹脱缰的野马在方寸之地的稿纸上随意东突西窜,留下来的只是一片混乱的蹄痕。①

> 他的思维、心理状况,已不允许他架构小说特别是长篇小说这一形式。同时,他的语言方式,也难以摆脱年复一年经历过的检讨、交代的阴影,大而无当或者人云亦云的词汇,蚕食着他的思维,蚕食着他的想象力。②

撰述《路翎传》并和路翎一家长期互动的朱珩青,曾阅读路翎写于1985年前后的第二部长篇小说,即以"文革"后期北京某小区几个扫地工为主角的《野鸭洼》,朱珩青的感想是:"那个坚持真理、绝不妥协的路翎已经死了!"她并且引述路翎旧友何满子痛心的说法,谓路翎"像一个勇士在高位截瘫以后还要强行舞刀";阅读了路翎1993年10月完成的最后一部长篇《英雄时代和英雄时代的诞生》的部分手稿,看见稿面修改处和字迹相对清晰的内文并置着以"杂乱的、粗笔道"所写的"大狗、小狗、二狗、狗屎、特务之类"咒骂之后,朱珩青认为路翎晚年"经历着两个路翎的撕扯":"一个说,要正面写,不能写阴暗面,要塑造英雄形象","一个说,要写真实,没有真实文学就没有生命"。她喟叹道:"到了后期,路翎的创作已经进入焦灼不能自持、趋于崩溃的边缘了。"③

---

① 冀汸:《哀路翎》,载张业松编《路翎印象》,第218—219页。冀汸文中提到他选了两篇中篇小说,但最后仍然未被采用。
② 李辉:《序:灵魂在飞翔》,载张业松、徐朗编《路翎晚年作品集》,第3页。此序写于1996年9月9日。
③ 朱珩青:《路翎传》,第139—140页。何满子的说法则请参见其所著之《鸠栖集》,上海:华东师范大学出版社,1998年。

相对于前文所引述的几家说法,长年从事路翎研究的张业松则认为:在"总数百分之九十以上的中、长篇小说仍然未能公开发表,亦即不能为我们所置身的当代文化环境中的文学体制的'正常'动作所吸纳和接收"的状况下,"对此一巨大的文本和精神存在作出全面检视之前,任何先期结论恐怕都是要暂且存疑的"①。我倾向于呼应这样的看法,因此下文关于路翎晚年小说创作的讨论,仅能就已公开的文本做一个初步考察,即针对曾于报刊发表过的五则短篇小说《拌粪》《钢琴学生》《雨伞》《海》《画廊前》,以及首次于《路翎晚年作品集》公开的中篇小说《横笛街粮店》片段,做极为有限的评述。②

《拌粪》1985年在丁玲与牛汉主持的《中国》文学双月刊第2期发表,这是阔别了30余年后,读者得以重见路翎久违的小说创作。《拌粪》讲述一个"被陷害"的"反革命分子"中学语文教师李顺光在劳改场的经历,安排了反派人物"刁滑的罪犯"朱毕祥和跟班刘武欺负不善劳动的李顺光,但李顺光并不孤单,另一个也是受到陷害的"劳改犯"王富经常帮助他,劳动大队长李应也明白李顺光的处境,态度友善,最后出面还诸"正义",小说便结束在李顺光继续挑着一担担的粪便,"稳当地、有弹力地"踏着步子,在黄昏的太阳照耀下,"排在这一队人中间"的叙述里。

《拌粪》的情节结构和约莫同时期创作的小说体叙事诗《拉车行》类同,诗中主角也是一个受到谋陷的中学教师/知识分子囚徒,有同样受到陷害的青年农民囚徒的友谊支持,也有友善的劳动大队副队长

---

① 张业松:《"一生两世"与强制遗忘——关于"路翎叙述"的叙述》。
② 《拌粪》,初稿写于1982年,整理于1984年9月,刊于《中国》文学双月刊1985年第2期;《钢琴学生》,写于1986年8月17日,刊于《人民文学》1987年第1、2期合刊;《雨伞》,刊于《精神文明报》(成都)1987年2月11日;《海》,刊于《北京晚报》1987年8月23日;《画廊前》,刊于《文汇月刊》1987年第9期。《横笛街粮店》,完成于1988年2月9日。上述六篇小说作品,均收入张业松、徐朗编《路翎晚年作品集》。

帮忙他拉车;《葡萄》一诗亦然,"冤案错案的犯人"因为"荒凉的塞上有正直的被冤的农民难友/有司法官的同情的注视"而感到宽慰,在葡萄成熟的夏日里,感受到"白昼有有力的风"。并读小说《拌粪》和《拉车行》《葡萄》两首诗,可见内里一致的创作心情,其中或许闪烁着路翎劳改生活里的几片亮羽,也可能透露出路翎的一种主观意愿,如朱珩青即认为:"路翎晚年的生活似在水里,也似在岸边"(典用胡风所说的,生活是水,游泳需在水里,但在水里不等于游泳)。特别是路翎的"监狱琐忆",朱珩青指出一些细节并非事实,而是反映出"路翎的内心痛苦:他多么想大家支持他一下啊"①。企盼在作品中赎回些许失去的什么,或许不仅关乎"命运对己的不公",也有着"不信公理唤不回"的信念,其中谅必有借此支撑自我继续提步前行的作用;在路翎重返小说创作的路途上,从此类心情的回顾与再造出发,并不难想见。

1987年陆续发表的短篇小说《雨伞》《海》《画廊前》,写日常生活中人际偶遇的"小故事",情节容纳的时代性与关押期间的艰辛沉重截然不同,题材和内容都是较"轻"与"松"的,但字里行间也有对于"明亮"之类的呼唤。《雨伞》和《海》或为迁就报纸刊登的方寸之地,篇制更为短小。《画廊前》相对而言人物和情节较为复杂,一个小细节是故事里小男孩黄兰获选的画作,画的是一架有飞行员的飞机,而黄兰母亲王源珍感到那飞机"有飞翔的、豪杰的线条"。这让人联想起路翎的其他作品,如早年青涩的短篇小说《朦胧的期待》,主角曹井即是一位日本空军飞行员,晚年的诗作《像是要飞翔起来》,对于飞翔的叙写见证着诗人奔放的想象力——"飞翔是他潜在的渴望"②,而这样的渴望变形转进路翎不同年代各种类型的作品,似乎也隐约提示着路翎长年受限于各种创作困境,他持续不懈地奋力突围。

---

① 朱珩青:《路翎传》,第 184—186 页,另可对照该书第 138—140 页。
② 李辉:《序:灵魂在飞翔》,载张业松、徐朗编《路翎晚年作品集》,第 6 页。

创作于1986年夏的《钢琴学生》，同样是一则"小日子"里的寻常故事，写小男孩李国强独自搭公交车前往钢琴教师家的过程，小说借公交车女售票员的声音说他是"顽强的小孩，90年代的人物"，这是路翎晚年小说对于"新人物"的创造。文本的整体映像似夏日晚风，微温，但也予人一种新颖爽飒的清凉感，运笔灵便、叙述流畅，是目前得见的路翎晚年小说中较为突出的一篇。与路翎同在40年代崛起、之后"成功复出"的汪曾祺，曾撰文表达自己读到路翎这篇"久别重逢"的小说后的喜悦。《钢琴学生》交织着现时的路翎生活，以及路翎的过往作品和路翎过往阅读经验的回声，小说里学琴的小男孩有路翎外孙的"影子"，也飘忽着《财主底儿女们》关于蒋纯祖的速写和《约翰·克利斯朵夫》主角畅想音乐的小小激情；情节且安排让小男孩在沉默中以"想象"（自己如何谨慎地过马路、奔跑进钢琴老师的住所）来反对公交车上嘲弄他的青年，而小男孩对于都市街景和汽车运转所显露的欣喜之情，传达的是叙事者"闹市的深处有未来的萌芽"[1]的念想，这是经常贯穿路翎晚年创作的主题叙述；小说最后写奔跑着的小男孩"两条赤裸着的腿很快地闪动着"[2]，形象化地表现出人物所象征的闪动着的未来与人物朝向未来的奔赴。

根据编者附记，《横笛街粮店》文末所署的写作日期是1988年2月9日，这是一长约8万字的中篇小说，《路翎晚年作品集》所选收的片段确如编者所言，"可以见出作品基本的人物身份、性格定位和矛盾类型、冲突方式"，从中也可得知"作者对新形势下的社会生活的熟悉程度和心理期待"[3]。在十页的小说断片里，可观察到它依旧维持着路翎小说一贯的叙述特点：着重人物的情感与幻想，不时跃动着激烈

---

[1] 路翎：《钢琴学生》，载张业松、徐朗编《路翎晚年作品集》，第261页。
[2] 同上书，第262页。
[3] 《横笛街粮店》编者附记，载张业松、徐朗编《路翎晚年作品集》，第289页。

的情绪,采用欧化的句式,偶尔还是有长句出现,出没在字里行间的叙事者则提供"说明"。然而,虽有上述一贯的特点,这则小说的叙述和路翎往昔的小说相较,却予人不同的"语感",不是路翎40、50年代小说语言艰涩和浅白间的分别,而是透现着一种语言叙述的陌生奇异感。至于小说文本所呈现的社会生活样态与从中所欲彰显的"题旨",是否一如先前评论者所谓的才气尽失,只是复诵着过时的教条,不具路翎往昔作品的反抗性与文学价值,实难以就如此有限的篇幅论断。

写于1984年3月9日的《〈路翎小说选〉自序》,之于研究路翎及其创作,无疑具有显著的重要性,这是作者阔别创作多年重新调养后所写就的一篇述记。路翎语调平实地回顾当年的创作生涯和文艺主张,几乎可谓是做出了一则不带情绪的说明和报告,直到文章的最后,才终于流露了些许"心情":路翎认为自己过往的写作成绩"是很有限的","很寒伧的"[①]。而在1987年5月26日写就的《〈燃烧的荒地〉新版自序》中,路翎回顾自己40年前创作的这部长篇小说,最后将之放回"历史的长河",认为是"显得很微小而有着粗糙的"[②]。

将这两篇重版小说的序言/回忆录,放回路翎的著述年表,可见《〈路翎小说选〉自序》写于路翎创作力复苏的1984年春天,对照同年夏季创作的诗歌——如《池塘边上》(8月7日)、《平原》(8月9日)、《月亮》(8月11日)、《井底蛙》(8月12日)和《乌鸦巢》(8月13日),可知当时路翎回顾、整理过往的创作,在低语中不时有着时不我与的伤感和愤懑,证诸诗句如:"有些人在有些时候有过一次奋斗"(《井底蛙》)、"穿透心脏的早晨的痛苦"(《乌鸦巢》),等等(详见本章第

---

① 路翎:《〈路翎小说选〉自序》,载张业松、徐朗编《路翎晚年作品集》,第302页。此序另见《路翎小说选》(《当代作家自选丛书》之一),成都:四川文艺出版社,1986年,第1—8页。

② 路翎:《〈燃烧的荒地〉新版自序》,载张业松、徐朗编《路翎晚年作品集》,第368页。此序另见《燃烧的荒地》,北京:作家出版社,1987年。

一节)。但同时,从路翎持续不懈的创作中,我们也看到了他的努力和成果,受到肯定的诗歌和散文接连出现。路翎终于重新回返创作队伍。而在写作的进展中,路翎也开始朝向往年最受好评的文类"小说"迈进,1985年初便完成了约25万字的长篇小说《江南春雨》,然后是1985年底初稿、1986年4月整理的《野鸭洼》(33万字的另一部长篇小说),其间还有1982年秋初稿、1987年夏初整理的2万余字小说《袁秀英、袁秀兰姊妹》。只是,后来的我们知道,路翎晚年的中、长篇小说投稿后都不受青睐,仅有本节所论及的寥寥几则短篇小说刊出。1987年《〈燃烧的荒地〉新版自序》中的路翎,对当年的这部长篇小说一样不满意,虽则所给予的评价也十分"路翎式",实事求是/举重若轻地将之放置在"历史的长河"中加以审视。

直到生命的尽头,路翎始终坚持写着一部又一部被认为是"改造"成功的颂歌小说,路翎在与自身种种创作难题拉锯的同时,面对着他人未必明言的诸如"多年的政治高压压碎了路翎的创造力"一类的评述。我们无从得知路翎"真实"的"心情",或许,就如同曾与路翎有过较多接触的编辑李辉所说的:"在路翎的精神世界里,有我们难以透彻理解的东西。其实,我们很难与他对话。"[①] 我们所能做的是继续努力,尝试开辟更为复杂的阅读与理解路径,而非直接将路翎晚年的小说创作,简单划归精神分裂者被意识形态轧印过后的谵言呓语,或是供人探究国家暴力的病历表。[②]

[①] 李辉:《序:灵魂在飞翔》,载张业松、徐朗编《路翎晚年作品集》,第7页。
[②] 曾有评论者呼吁,希望有资源、有魄力的出版社能出版路翎的全部著作,"包括晚年所写的那些难以发表的长篇小说"。参见钱理群:《精神界战士的大悲剧——说〈路翎——未完成的天才〉》,《读书》1996年第8期。而出版的目的不在于"文学价值",而在于"政治意义",用我的话不避简化来说即是:路翎的晚年小说载满了意识形态的伤疤,可供以检讨国家暴力。然而,评论者良善的立意,对于创作者来说却仿佛铺设了一条通往地狱之路。

第三节
"一生两世"？——故人故事琐忆与未尽的评述

路翎晚年的散文，大致可分为两类：一类是一般所谓的"美文"类型散文，写日常生活中的感知见闻，最初均于1984—1986年间在《北京晚报》和天津《今晚报》两份报刊发表；另一类则属"回忆录"性质的散文，在文学感受性的意义之外，兼具史料和理论价值。但这两种类型的篇章并不截然二分，例如前一类里的《天亮前的扫地》《垃圾车》和《愉快的早晨》，都与路翎从事街道扫地工时期的生活有关，实际上也具有回忆录的性质。

回忆录性质的散文部分，序跋类的《〈初雪〉后记》《〈路翎小说选〉自序》和《〈燃烧的荒地〉新版自序》，以及《我与外国文学》《我读鲁迅的作品》等篇，对于理解路翎的文学历程，包括其作品、创作活动和文学观具有不可或缺的重要性；写故旧知交的部分以对于胡风的相关忆述为主，其中《一起共患难的友人和导师——我与胡风》与怀念瘐死狱中的"七月派"诗人、理论家的《忆阿垅》，分外恳挚动人。上述几则关于过往的追忆记述，对于推进"七月派"、胡风和路翎关于理论与创作思考的文学史认识，深有助益。而对于关押岁月向来寡言少语的路翎，在《红鼻子》《种葡萄》《安定医院》和《喷水与喷烟》中难得摊开了"苦难记忆"，这些作品除可补白路翎生平的阙空，略知其关押期间的经历和感受，也为我们提供了进入路翎晚年创作的参照性意义。此外，《错案20年徒刑期满后，我当扫地工》一则，可从内容中获知路翎出狱后几年间的扫地工生活，其行文的用语与句式也极具特色，文字语言有种粗糙感，有棱有角，但非滞涩或错谬，而是具有一种不为人们所熟悉的叙述结构——不妨可将之视为不同于既往的另一种创作开端,叙写出了一种奇异的抒情性。其实路翎晚年的多则作品都有这样突出的叙述特点,只是这一篇格外鲜明。写于1992年11月的《忆朝鲜战地》,是现存路翎晚年创作篇什中的最后一则作品,援用此文的编者附记来说,即是:"从中可见晚年路翎的内心在'战地'记忆上的寄寓之深,是一篇非常珍贵的原始文献。"①

50年代的朝鲜战地书写重新整编成作品集《初雪》,于80年代初出版。路翎在1981年3月为此书所撰的600多字《后记》,被谓为路翎"'文学晚年'的起点"②,距离前一篇在1955年1月公开发表的文字《为什么会有这样的批评?——关于对〈洼地上的"战役"〉等小说的批评》已逾四分之一个世纪,而路翎创作生涯的最后一篇作品也是关于朝鲜的未刊稿《忆朝鲜战地》。易言之,路翎晚年创作的起点与终点都在"朝鲜",都是关于朝鲜的叙述,在此前研究具主导性的"一生两世"说法里,路翎"前一世"创作最后的辉煌也在"朝鲜",这样的巧合实属偶然,却也隐然指出了路翎朝鲜书写的重要性。这样的重要性不仅在于个人创作生涯的特殊位置:朝鲜前线战争书写意味着路翎创作的巅峰,或者诉诸其生平可姑且称之为一种"情结",即这批作品成为批判的具体素材更加坐实了路翎身为"胡风反革命集团骨干分子"的罪证,他最后因此案入狱多年,于是为这批作品"平反"之于路翎变得格外意义深重;更重要的或许在于,对于路翎朝鲜书写的既

---

① 路翎:《忆朝鲜战地》编者附记,载张业松、徐朗编《路翎晚年作品集》,第449页。
② 张业松:《编集说明》,载张业松、徐朗编《路翎晚年作品集》,第7页。另,《初雪》的编辑罗飞尝谓,从路翎拿来的《后记》原稿便可知"他运笔的困难和艰辛"。参见罗飞:《悼路翎》,载张业松编《路翎印象》,第172页。撰述《〈初雪〉后记》时,路翎刚获平反不久,写作之于当时的他应仍十分艰难,但不过几个月后,我们看到路翎写下《果树林中》《城市和乡村边缘的律动》和《刚考取小学一年级的女学生》三首诗歌,并于同年10月在《诗刊》发表,路翎的毅力与创作力显见一斑。

有评价,会否存在某种判断误区,以至于我们始终读不到路翎多年之后仍然心心念念的意义与价值。如何重新进入路翎的朝鲜系列书写,是此际理解与评价路翎创作的关键。特别是,路翎从未表示忏悔或做出任何辩解,他不曾后悔自己的那些作品,并且始终怀恋着关于朝鲜的一切。

关于路翎晚年的散文创作,李辉给予"清新,细腻"的评价,称路翎"用一种难得的平静,描述自己对往事的回忆和对市井生活的观察";路翎对于扫地工期间生活片段的拾掇与记述,则写得"委婉、温馨",并不以一种"伤痕性的记忆"呈现,但文章背后所隐含的悲哀跃然纸上,当时为路翎文章配制插图的画家丁聪,便描绘了一幅"眉头紧锁,嘴巴紧抿,满脸悲愤与疑惑"的路翎画像。[①] 耕耘路翎著述多年、做了许多重要基础编集工作的张业松则认为,路翎的回忆性文字是"就其自我向世界作出的最为恳切的人生和文学告白",抱憾的是,这些文字"似乎始终不曾得到相应的对待"[②]。我认为,李辉与张业松对于路翎晚年散文的肯定性评价与感受是准确的。

按一般通行的观点,第一人称的散文叙述较多对应着作者的直抒胸臆,路翎这些散文篇章的笔墨却并不用于宣泄苦难,那里头没有戏剧性的天翻地覆。对于那些年的"生活",包括经过另一层艺术转化的诗歌作品,与目前得见的寥寥数篇虚构性小说,路翎几乎不曾表露出类似于同时期所涌现的"文革"记忆和伤痕文学的叙述激情。对照路翎四五十年代撼动人心的"激情文体",路翎的"苦难叙述"在在显示出非比寻常的节制,乃至于让人不禁揣想,闭锁书斋、追赶时间创作的路翎,对于80年代的"文学景观"或谓潮流当真一无所知、一无所感?

---

① 参见李辉:《序:灵魂在飞翔》,载张业松、徐朗编《路翎晚年作品集》,第3—4页。

② 张业松:《编集说明》,载张业松、徐朗编《路翎晚年作品集》,第8页。

先前的评论者多认为，正是因为"无知"，才让路翎的晚年创作继续禁锢在过往的文学标准里，而无视于文学景致和社会现实的变化。然而，若谓1955年入狱的作家，因多年与世隔绝而无法走出50年代文学/政治理论的囿限，这样的看法有待商榷。我认为路翎40年代的创作实践及其对于文艺理论的认识已超前同时代人许多，他50年代的"转向"也非完全被迫屈从，那是一种没有全对的事可做的选择与调整，又且，50年代的路翎作品即屡屡逸脱当时的创作规范。质言之，路翎早年的文学见解，未必会逊于他晚年创作之时、在80年代各种创作实验与理论爆炸的"众声喧哗"。

以"意识形态写作"评议路翎晚年作品的看法认为，多年"改造"，写检讨、写交代、写汇报，戕害了路翎的想象力与创造力，让一个风华正茂的青年作家变为一个精神分裂的糟老头。对此我则想试着分说，路翎身受的磨难与"悲剧性"毋庸置疑，但这类论述所说明的是政治斗争的残酷和时间的无情，指向的是要如何批判性地重新反思那个"错误而疯狂"的年代，却无法应对路翎"个人"在狱中的悍然不屈与随之而来为作家自身所认定的"精神挫伤"。殊为关键的是，这样的"大叙述"不仅处理不了作家的个人感受，更增添了评价路翎晚年作品的难度。或者说，路翎晚年的创作成果将轻易为这样的"批判性"论述模式所抵消（特别是针对那些绝大多数尚未公开发表的中、长篇小说），似乎只能含蓄、委婉地指称路翎的晚年创作（相对于当年）"成就不高"，将之归诸长年政治磨难的结果，补上一句"不忍苛责"。然而，之于一个倾尽一生心力的创作者（路翎）来说，这样的好意过于恐怖，不啻为更大的羞辱。我想试图申说的是，路翎在创作上的"转向"确实有政治力的介入，多年关押的事实与作家身受的戕害不可磨灭，但过度政治性的诠释却也阻碍了对于路翎晚年作品文学性的探究，较诸往昔苦难更为沉重不堪的，或即是被上述说法所弱化的晚年创作成就和被限缩在特定框架中的评述空间。

　　无论如何，这样一个遭际如此"酷烈"的创作者，本有雄厚的"政治受难资本"供其言诠，但就晚年的作品观之，路翎拒绝戏剧化的陈述，不以个人苦难作为重回文学道路的通行证，在他节制有度乃至时现漠然的叙述姿态里，呈现出另一种"幸存者"的身份意识。路翎的热衷和冷淡，"恰如其分而饱含尊严"①。路翎晚年作品的棱角或许未必那样分明，但粗糙、密实一如既往，存在着一种磊磊的尊严感——这是路翎晚年创作所给予我的整体感受。我认为，路翎并非不述说苦难，也非美化苦难，而是尽其所能地选择了另一种呈现苦难、迎对生活的叙述，只是在被化约为"人性论"和"阶级论"对抗关系加以表述的80年代主导性话语里，盘桓于路翎晚年作品中的社会主义理想，面对"文革"后以伤痕文学表述的集体创伤情境，被直接辨认为重复着先前集体主义式的阶级论教条，无疑是落后的。但路翎以漠然的姿态悄然表述的，可能是对于将个人视为超越阶级关系的绝对价值主体那样一种进步的人道主义"人性论"的拒绝。

　　于是，在"伤痕文学"当令的"怀疑"时代，路翎晚年创作的表述又一次（被认为）不与时俱进，像是掉落在时光夹缝中的宣说，"左派理想"成为老掉牙的旧调子。晚年的路翎再度担受了"落后分子"的"罪名"，在"不信"的年月表述"相信"，在纷纷"控诉"的时代坚持叙说当下生活的美好。"他觉得阴暗啊，创疤啊，创伤；/但他仍旧心中

---

① 参见兹比格涅夫·赫伯特（Zbigniew Herbert，另译齐别根纽·赫伯特，1924—1998）的诗《卵石》（Kamyk）："卵石 / 是一种完美的造物 // 不多不少于它自己 / 心怀自己的界限 // 确实充满 / 卵石那磊磊的意义 // 带着某种气息不会勾人想起任何东西 / 不会吓走任何东西不会激发欲望 // 它的热衷和冷淡 / 恰如其分而饱含尊严 // 我感到一股沉重的愧疚 / 当我把它握在手中 / 而它贵重的身躯 / 被造作的温热渗入 / ——卵石不能被驯化 / 到终了它们都将看着我们 / 用平静且清澈异常的目光"。中译引自郭品洁，从 Peter Dale Scott 和 Czeslaw Milosz 的英译版 Pebble 移译而成，见郭品洁 2016 年 4 月 25 日发送给我的电子邮件。

继续激荡着和不屈服,/激荡着社会主义的理想"①——这是有着"实感与幻觉"的"丧失者"路翎晚年写下的诗句,一如写在黑暗的40年代,于新中国成立前夕发表的早年长诗《致中国》,年轻的"我"即便尝尽忧患却还是述说着:"但我们仍然相信着呀,/从未彻底地诅咒!"②在阳台上的老诗人依旧申说着内心的盼望:

> 盼望着各样的正直事业取胜,
> 盼望着新来者和归来者叩门和出行者启程,
> 盼望着升起新时代的信号,
> 盼望着找到旧时代的钥匙,
> 盼望着读完市场的重要书籍和预先知道明日人类的著作。
> 口渴的时候盼望水,
> 忧愁和快乐的时候盼望酒和永远的青春。
>
> 盼望与亲爱的朋友,
> 与闯开新的道路者,
> 开劈新的路。
> 坚持和持恒奋斗者,
> 瞥见新的闪电和知觉到新的风雨
> 在新的丛山峻岭、平原同行
> 盼望于中国平原的最深处。③

---

① 路翎:《在阳台上·青年工程师》,载张业松、徐朗编《路翎晚年作品集》,第159页。"实感与幻觉"的"丧失者"的语意则撷取自《在阳台上·丧失者》(《路翎晚年作品集》,第179页)。
② 路翎:《致中国》,载张业松、徐朗编《路翎晚年作品集》,第451—452页。此诗完稿于1942年11月7日,1948年3月15日发表于《泥土》第5辑。
③ 路翎:《盼望》,载张业松、徐朗编《路翎晚年作品集》,第145页。此诗原刊于1989年1月3日《人民日报·大地》。

回归作家的创作实际，路翎就像通常担纲防守的足球后卫，这样的"盼望"，难道不值得给予和场上策动攻势的前锋同等的肯定？况且，正如同足球后卫通常拥有优异阅读赛事进程的能力，相对于备受瞩目的"先锋性"，"后卫视野"之于我们理解路翎的晚年作品与文学观，乃至于"文革"后的文艺与政治交锋，据有不可轻忽的关键位置。路翎晚年创作的重要意义，即部分体现于这样一种"后卫视野"，复杂化了新时期文学的内涵，构成另一介入当代文学与历史叙述的突破口，而路翎一生因创作所累次承受的"落后"批判，更辩证地揭示了文学与政治批评同一的"进步/落后"这类二元对立批判修辞框架的欺罔内涵。[①]

概言之，"一生两世"——从路翎被横生截断的人生来看或许是有其合理性，就他的创作生涯而言却难以如此论断。路翎晚年创作成果主要在诗，但我们从不会为一个诗人未能写出耀眼的长篇小说而感到憾恨，或者因而替诗人觉得憾恨不平。是的，就路翎个人的艺术追求来说，他以长篇小说成名，在文学史上烙下不可磨灭的重要性，也以此开拓了评论家与读者的视野，他自身最为看重的也应属长篇小说的创作；如未被关押多年，路翎极有可能写出更多为人赞叹惊异或者愤恨怨诋的作品。这是无可弥补的损失。而这样一个逝水时光般不可追挽的损失要求我们，必须去认识是在怎样的政治结构下的境遇，硬生生礳伐了一个有才华的勤恳创作者——但这是评论者而不是创作者的任务。若因此而贬抑路翎晚年创作的成果，淡看他未曾言弃的搏斗、挣扎与用力绽放，那么这样的评价与憾恨是不真实的。

[①] 晚年的丁玲及其著述也有相似的"后卫视野"意义。另一值得留意的对照是，陈映真90年代在和大陆知识分子作家（如阿城、查建英与张贤亮等人）的会面过程中，彼此发生了一种"精神错位"现象。参见查建英：《八十年代访谈录》（香港：牛津大学出版社，2006年）所收之《阿城》篇，第7—9页。另参见刘继明：《走近陈映真》，《天涯》2009年第1期。

香港诗人淮远在1979年写下一首以《跳蚤》为题的诗:"我看见一群跳蚤攀附着风/风说我不想带着尘埃旅行。//风说得对/事实上跳蚤和尘埃一样/但它们说://我们想你吹掉/我们身上的尘埃。"① 路翎盛年时的作品,或可类比为诗里攀附着风的一群跳蚤,被风拒绝,欠缺对于自身不过是尘埃的认识,还妄想让风吹掉身上的尘埃,而其晚年的创作,则像是诗里没有说话的尘埃,我们不确定当尘埃开口言说,会说些什么。当我们跟随"我"的位置,指认跳蚤没有自知之明,意味着同时否定了跳蚤与尘埃的存在和想象,然而,在那个有权力指称"风说得对"的"我"的目光之外,从跳蚤与尘埃的位置又将看见什么?

---

① 淮远:《跳蚤》,香港:文化工房,2015年,第32页。

结　语　但尘埃没有说话

> 我讨厌"暴露","歌颂"(这含义应该与"暴露"相对)这类说法,我觉得,应该换写为痛苦,欢乐,追求和梦想,我觉得,现实主义应该驱逐这些庸俗的恶劣的说法。[①]
>
> ——张中晓

> 我厌恶"诉苦",那是勉强的,至少是不好的。前天,一位司机说着他的苦,情绪激动,一直说到解放后的苦,似乎现在更苦,哭了起来。这个简直就压杀了工人阶级底战斗气魄和英雄气魄。工人们见面时常带有小市民性和少爷性,封建的手工业性,而诉苦正发扬了这个。今天接触的有几个工人就是"学生式"的。但他们不喜欢《板话》。[②]
>
> ——路翎

---

① 张中晓1951年8月22日致胡风信。转引自:《关于胡风反革命集团的第三批材料》,载《人民日报》编辑部编《关于胡风反革命集团的材料》,北京:人民出版社,1955年,第110—111页。这段话系针对毛泽东《在延安文艺座谈会上的讲话》(1942)而陈述的对于文艺问题的不同看法。
② 路翎1949年8月18日自南京致胡风信。路翎:《致胡风书信全编》,第192页。《板话》指赵树理被誉为解放区文艺代表作的中篇小说《李有才板话》,1943年12月列入《晋冀鲁豫边区创作小丛书》由华北新华书店发行。

胡风在 1942 年曾经如此赞誉路翎书写的开创性："在路翎君这里，新文学里面原已存在了的某些人物得到了不同的面貌，而现实人生早已向新文学要求分配坐位的另一些人物，终于带着活的意欲登场了。向时代底步调突进，路翎君替新文学底主题开拓了疆土。"① 那时路翎约莫已完成了十则短篇小说，在香港战乱中丢失的长篇《财主底儿女们》前一稿，以及中篇《饥饿的郭素娥》。总括现存收入《路翎全集》的路翎作品，在 1955 年入狱被迫辍笔之前，路翎创作了包括小说与剧本在内的共百余则故事。②

路翎创作的"落后性"

衡诸现存这一百多部作品，正如胡风所概括和预见的，路翎刻画出既存典型人物的另一番面貌，特别是青年知识分子在大时代里的追寻与困踬，也勾勒出诸如存处于市镇边缘"流浪汉—工人"的崭新形象，更让一个个散落在生活角落的"后街人物"带着"活的意欲"跃上文学前台。尤为突出的是，路翎着力给予人物最大限度的感受性描写，如绝望、痛苦这类在描写知识分子时所常见而近乎诗意的专属词，在路翎的作品里却是杂糅着乖戾和怀疑而为底层人物所有；路翎笔下的人物内心总是曲曲折折，充斥着各种落后的"坏情感"。质言之，路

---

① 胡风：《饥饿的郭素娥·序》，载《路翎全集》第 1 卷，第 201 页。
② 此处的统计主要依据复旦大学出版社《路翎全集》（上编前 6 卷在 2014 年 6 月出版，下编第 7—9 卷和附卷计划出版中），另计入笔者觅得而复旦版未收之遗珠《饶恕》（刊于 1947 年 2 月 4 日《大公报》第 6 版《文艺》）、《理想主义的少爷》（写于 1947 年 9 月 8 日，刊于 1948 年 3 月《荒鸡小集》之四《血底蒸馏》，第 8—10 页）两则短篇小说和文论一则《诗底风格》（署名"冰菱"，刊于 1948 年 3 月《荒鸡小集》之四《血底蒸馏》，第 2 页），并将 3 万至 10 万字者列入中篇，如下：短篇小说 85 则，中篇小说 10 则，长篇小说 3 则，话剧 4 则；佚失不计，如 50 年代初描写前线青年工人的剧本《青年机务队》，"文革"期间丢失的剧本《故园》和长篇小说《吹笛子的人》，等等。

翎所关注的并非新中国成立过程中所需要的前进革命主体，而是进不了伟大的新时代的旧人物——沾在解放了的大地上刮除不去的"烂渣渣"。作为一种"弱势书写"，这是路翎40年代作品最为不合时宜之处。

在路翎步入文坛的40年代，战乱流离，农民离土离乡、卷入工业化的洪流，工人受到剥削，是普遍的社会处境。"七月派"青年作家"passion"（受难／激情）的生命体验，也是共通的时代处境所致，而这样的处境深深感染着他们的创作，路翎即是其中极为突出的一个，他们说故事的方式与他们的处境相系，是充满张力的激情叙事风格。路翎40年代的底层文学，或谓"穷人书写"，面对战乱流离的时代处境，很不同于我们所熟悉的现实主义文学脚本，虽则都关注穷人、在底层挣扎的小人物，但路翎作品最显著的特点是极力给予人物最大限度的感受性描写，关注穷人的内心世界——并且往往是充斥着负面性的精神状态。路翎的小说总有独特的视角，故事里的主角通常不似左翼文学脚本的典型人物，不合乎一般对于底层、穷人纯朴善良（与无知）的想象。例如时常被引为批判论据的人物罗大斗（《罗大斗底一生》，1944）和秀姑（《蜗牛在荆棘上》，约1943），反而较偏向于各种类型的"穷凶极恶"。路翎不写心思简单的工农和小人物，他的人物心灵通常很复杂，不时显现着"恶质"的精神状态，通常并不那样"无辜"。

同一时代的左翼评论家认为路翎的穷人书写是将知识分子的心灵代入底层农工的内心，而这样的看法似乎也意味着底层拥有复杂心灵不符一般想象，"丑恶"的穷人内心难以被当时主流的左翼评论家所接受。相对于此，路翎对于知识分子的检视与批判，特别在那些讽刺性短篇里的知识分子形象，较易为人接受，但那样的呈现就艺术创作的个性来说反而较为刻板化；并且，路翎关注个人与群体，特别是知识分子与人民的关系，但路翎小说中的多样展现，却一再被化约、等同为作家个人主义的错误表现，最著名的例子便是《财主底儿女们》

(1943—1945)。路翎笔下的孩童与未成年人物的形象也"非比寻常"：毫不天真，性格"扭曲"，充满着异样的激情，例如《闲荡的小学生》(1947)、《罗大斗底一生》(1944)、《路边的谈话》(1947)，等等，晚年诗作《刚考取小学一年级的女学生》(1981)里那个拉开裙子高声尖锐歌唱的小女生亦然。而如果尝试采用一种不避附会的积极解释，那么，路翎创作不把人物"幼儿化"，无论是底层工农或小孩，这或许也是不取"启蒙"高位的一种对等、平视的创作展现。

路翎40年代的创作，一个关键的视角转移，是试着描写底层穷人眼中的世界。路翎在小说中通过书写底层人物的故事来透现社会结构的崩坏，并非一种直接的内外对应关系，我们无法全然将路翎这部分的小说读为社会批判书写。相对于路翎的创作经常被批判为个人主义，他作品中的批判却通常不在或不仅在个人层次运作，可是，虽说更多指向的是人物存在的"土壤"，或表达人物生存环境的险恶，但他确实也没有放过个别的小说人物。或许应该这么说：路翎的作品，比较倾向于坐落在个人与社会之间，描绘其间交会杂沓的痕迹。路翎的底层书写与穷人文学，在我读来，最为独特的意义在于让那些芜杂无告、一点儿也不美丽的失败与伤口得以言说，特别是那些"坏情感"，他的作品总不厌其烦地奋力述说着其中可能存在也可能不存在的社会性，如同在教我一种阅读方法：从穷人的眼睛看世界，以一种复杂的理解进入穷人的困境，即使那不免也混杂着知识分子式的体会与再现。

路翎用一种全新的视角重看现实主义文学所惯常描绘的底层小人物，让我们得以对那些左翼文学脚本里耳熟能详的穷人生活、穷人样貌，有了另一番认识，世界也因此变得截然不同。但路翎并非无视于底层的苦难，只顾强调"丑恶"，刻意夸大"穷凶极恶"的部分，而是路翎的小说视角不避忌那些污损与负面性，将我们模模糊糊、表述不清楚的生活感受，形象化、复杂而精准地呈现在故事里。路翎创作中对于穷人和穷人世界的再现，不是阶级斗争的时代框架所能容纳的。他笔下那些时代的正确主体工农兵，那些现实主义作品所向来关注的穷人与小人物，会怯懦，会不知所措、裹足不前，会偷窃撒谎，会痛苦绝望，但上述种种却又未必能推动他们反抗、团结，建立一个新世界，他们爬不到社会主义新人的位置，而这显然不是当时革命——建设叙事所要的故事。就此而言，路翎的论敌并没有错看他的作品，路翎的小说确实充满颠覆性。

路翎 50 年代的小说相应着时代语境，不同于先前，他运用不同规格的语言，从所谓比较"知识化"调整为比较"生活化"，作品调性从背阳地走到了向阳面，从叙述语言到人物设定，都试着追击新时代的鼓点，写旧人到新人的转变过程，具体可见诸工人形象的变化。在短篇小说集《朱桂花的故事》（1950）里的人物，不再是既往的忧郁和暴烈工人，但与此同时，在这些觉醒的新人故事里，路翎也着重刻画各种"落后"者进入新时代、新生活的疑惧和不自信。就此而言，路翎 50 年代的作品其实延续着 40 年代小说对于"烂渣渣"的关注，也许语言和叙述因勉力配合时代文艺方向的要求而趋于简单，也创造了更多"正面人物"与文本氛围的开朗气象，但路翎对于人物内心的状写，依旧保有其独到的锋芒。而朝鲜前线战争书写[①]，写志愿军人物，着重表现个人如何在战斗过程中生长出集体意识，对阵杀敌所演绎的是人物与自我搏斗——消灭"个人"的内心叙事，通过描写人物的心理转折来完成"集体化"的叙事历程；如何进入路翎 50 年代的朝鲜书写，特别是如何理解那心理叙事模式内核的"国际主义—爱国主义"

---

① 主要见诸 50 年代出版的《板门店前线散记》（1954）与写于 50 年代、80 年代方结集出版的《初雪》（1981）和《战争，为了和平》（1985，原题《朝鲜的战争与和平》）。

情感连带,是重新评价路翎创作的关键。

路翎的著述在 80 年代"重回人间"。晚年的路翎写诗,也写散文,着力最深的则是小说,然而累计约 550 万字的十余部中、长篇小说无处发表。阅读过部分内容的少数研究者认为作品是复诵过时的教条,路翎的创造力在经年累月写检讨、写汇报的过程中被摧毁殆尽。至于诗与散文,大致受到肯定,但更常见评论者谓路翎的诗"美化现实",认为经多年关押"改造"成功,路翎作品里曾让人激赏的反抗性尽失,他写出了一首首过时颂歌。

意味深长的是,路翎早年创作在 80 年代的重获肯定和晚年作品的迟迟不受批评家青睐,竟许是同一运营逻辑:路翎 40 年代的"底层文学"和"穷人书写"不与当时以延安文艺为范式的主导性左翼文学想象同声调,作家作品因其不合时宜的"反抗性"在 80 年代重获肯认,此后主要以 40 年代国统区代表性作家进入文学史册,为人记忆;50 年代工人系列小说、剧本和朝鲜前线叙述,事过境迁后被视为国家意识形态建构工程的一部分被检视检讨,但其中"国际主义—爱国主义"的复杂情感内容还未被明白揭示,几出工人题材剧本更是殊乏讨论[①];晚年创作的诗歌与散文所领受的赞美则多少出于对作家苦难人生的同情,部分诗歌和晚年小说中对于体制的"归附",对于现代化改革道路的颂扬,被评论家善意理解为多年改造所留下的"伤疤",是"落后"于时代话语的一种创作表现。

路翎及其早年作品,因政治污名被长久拒斥、刻意遗忘,80 年代重新进入评论界视野,获得较为公允的讨论和评价,相关的肯定有着不能再以政治批判替代文学批评的集体反思欲望背景,但如此

---

① 包括 80 年代收于《路翎剧作选》的《迎着明天》(又题《人民万岁》,1949—1950)、《英雄母亲》(1950)与《祖国在前进》(1950)。

拨乱反正的一种肯定，一定程度上依旧限缩了对其作品意义进行揭示的空间；路翎晚年作品迟迟未能等到同等的契机，部分原因固然在于其绝大多数晚年小说仍藏诸名山，但其晚年创作不为新时期文学正视，不尽然可归诸欠缺讨论素材，毋宁说更受限于80年代"反叛"的文学视野。

路翎早年作品的价值，长年受到特定文艺/政治批评系统的屏蔽，其中所蕴含的意义仍未被充分表述，晚年作品则如冰山一角，海面下犹有广大部分亟待认识。而在现存的多数评论中，路翎的作品经常被视为"暴露"，或是被归于"歌颂"，在"暴露"与"歌颂"之间，他始终不"与时俱进"又总是不够到位。路翎一生创作所受到的肯定与否定，在不同时期的文艺/政治批评系统间反复，摆荡在反抗/不反抗的标尺两端。"左"派进步话语政治中的路翎创作像是一抹胭脂欠缺真实的血色，而如若，我们不以定调此后新中国文艺（政策）方向的毛泽东《在延安文艺座谈会上的讲话》（1942）审视路翎的创作，而是援引青年张中晓的现实主义思考（1951，即本章开篇所引文字），将《讲话》中的"暴露"和"歌颂"的概括准则与评论思路，改写为"痛苦""欢乐""追求"与"梦想"来重新阅读路翎及其作品，那么他一生的创作轨迹，在不同时期有转变，更有其一致性。路翎的创作不曾彻底"转向"，胭红并不虚假，血色也未必更真，包括被视为意识形态写作的50年代工人书写与朝鲜战地系列，亦非完全地被迫屈从，而是尝试回应时代，勉力做出调整。

狐狸的叫声

本书在先行者的研究基础上，尝试进入那些疆彼界之间犹待探勘的"斜线地带"，从路翎作品带给我的感受出发，尝试把握作家的创作实际，追寻路翎现实人生的行程与艺术创作道路之间有着怎样的关系，但非直接通过作家生平来解释作品，同时也从作品来认识作家生平境遇和作家活动的时空。诚如作家的世界观与创作可能存在矛盾，具体的作品虽总是从实际的生活生发，但放归现实生活并无从完全透现作品的意义，那其中还存在着应许作者与读者介入填补的文学性罅隙；好的作品允诺不定于一尊的诠释，始终开放着更多的可能性，意义永不会穷尽，但意义也不会预先存在，静待后来的研究者去"发现"。究其实，本书对于路翎及其作品的阅读势必难免于某种动态改写，是携带着错觉也不无一厢情愿的再生产过程。

　　本书追迹路翎的写作历程，路翎的创作与其所经历的动荡时代紧紧相系，路翎现实主义的创作坚持，也与其俄苏文学的教养有着密切的关联性，而同样广泛阅读西欧文学的路翎，在罗曼·罗兰和纪德的文学创作与政治行动的参差对照之间，也有所学习。从路翎40年代对这两位著述行谊存在广大影响力的作家的几篇评论，可见路翎对于个人与群体关系的关注，从中也显示出路翎思维与论述的辩证特质。但路翎作品中所描绘的纷繁的个人与群体关系，一再被简化、等同为作家个人主义的表现。关键或不在于路翎及其作品"个人主义"与否，而是在打造新中国的文艺生产过程里，个人必须消隐于群体，以"群体"的标准来丈量"个人"，"个人"永远有所缺失，只会是不合格的存在，"个人主义"的特定时代映像布满负面性。

　　40年代的路翎创作，敲击出时代的重音，被论敌认为是对即将来临的"新世界"吹送诅咒的乐声。实际上，激情的调子里流泻的是沉郁的共感，路翎的现实主义创作和主导性的延安文艺范式虽有分别，二者的距离却也不那样遥远，实为左翼内部不同世界观与创作观的彼此竞逐。路翎笔下人物常见的"悲剧性"，以及人物对于生活的阴险之深刻体认和悲剧意识，说明了小说人物的现代意识与个人主义性质。而路翎作品的"不可取",也在于如果被压迫者认知到自身的悲惨,指向的却不是革命"左"派或党组织所要的"群起反抗",那么如此无用的"觉醒",除了归罪于作者知识分子式的投射或是对于底层人民的诋毁,似乎也很难再有其他的归咎方式。能够被接受的嫉妒、仇恨、觉醒等情感在于可激发集体反抗的行动,相应的再现隶属于主导性的美学意识形态与文学范式,而路翎在新文学开拓的新土层(写"流浪汉—工人",写"兵渣子"与"后街人物"),反复摹写"落后"人物的"倒退情感",是不被接受的"新"。

路翎40年代到50年代作品叙事语言的调整,体现了另一种引人驻足的意义,仿佛在探问执着于描绘底层内心的"非知识分子式"语言所可能存在的问题性,提醒我们不再摆荡在不同"体质"创作语言的两端:"知识化"与"生活化"的语言不在方向悖反的同一轴线,而是存处于不同向度,有其不同的创作考量与希冀达致的艺术效果。现实主义作品的"大众化"追求不一定就意味着"口语",现代主义的叙述也未必采用繁复的句式和叙事结构,值得探究的或许是将"非知识分子式"的语言划归现实主义。或者说,追求使用"非知识分子式"的语言来表现"人民"这一背后的想象、预设、欲望与目的是什么?现实主义作品语言的优劣判准无本质性的好坏之别,端视作家的艺术想象与特定的时代要求、不同的文艺风尚与文学体制之间的纠葛拉锯,文艺无法孤绝于创作环境,而语言的"艺术性"在供给"政治性"功能取用的前提下,经常成了裁判作者德性高低的量尺,文艺总是十分"政治",这在路翎的创作历程中有特别清晰的呈现。路翎的作品提供了一个可资对照的范例,他在40年代与50年代作品中采用两种不同规格的创作语言,前者偏向于"知识化",后者倾向于"生活化",孰优孰劣无法一概而论,也不完全取决于使用何种形式的创作语言,甚至并不取决于作品本身,就如同作家自身有其创作选择,同时创作选择也不全由作家个人决定，那是内外往复的互动过程，而那样你退我进的往来互动，渐渐成了单向度的领受，失却了相互协商的可能性。

以下，再从路翎与胡风40年代通信的几处细节来探讨路翎重要的文艺观点和创作追求，借此勾勒处在"进步/落后，现实主义/现代主义，集体/个人"之间的路翎创作所可能体现的多重意义。

首先是对于黄若海的剧本《祖父》的看法。路翎批评黄若海："太溺爱他底人物了，不能在社会和历史底压力下撕裂他们！"反观路翎的作品，正是全力将人物安置在社会和历史的压力下，让人物承受着撕裂般的痛苦，尔后迸发出一种暴烈甚至自我毁灭的力量。这是路翎40年代小说叙事的一项主要特征，我们在其50年代的小说里，仍然可以见到类似的情境与人物设定，也许强度减缓，人物也从"向后看"到"向前看"，蜕变为领受集体主义价值的"明天性"人物。路翎在此信中，也表达了自己所偏爱的是"在悲凉中欢笑，而意识着失去的一切，这是力量"①——这恰为路翎创作观的准确注解，也是路翎作品极为显著的一种"风格"。总括路翎的创作个性乃至于包括晚年作品在内的整体艺术追求，正是张中晓所主张的"痛苦""欢乐""追求"与"梦想"的那样一种现实主义。

另一处意味深长的细节，在于路翎以丁玲的小说《夜》对比李季的长篇叙事诗《王贵与李香香》："人民现在崇拜文字，有大的知识——识字的饥渴。这并不就是那文字是怎样的东西。我相信，人民将来会爱读如丁玲的《夜》这样的作品的。那里才是他们底真正的现实。《李香香》只能是初级课程。这还是包含着妥协因素最少的一篇。"②丁玲的《夜》写一个根据地的农村干部（"新人物"）如何以一种

---

① 路翎1947年8月6日自南京致胡风信。路翎：《致胡风书信全编》，第155页。
② 路翎1948年3月23日自南京致胡风信。路翎：《致胡风书信全编》，第172页。

新形态的思维要求/道德操守来压抑自身的情欲("咱们都是干部,要受批评的。"),将个人的情感需要转化为投入集体革命工作的动能。①《夜》显然拥有远比《王贵与李香香》敏感的触角,深入人物内心翻涌的情绪和思想矛盾,做出复杂的表现;《夜》的语言文字与叙述形式,较之于残存着"旧形态"的《王贵与李香香》也更为"现代"。而路翎并置两篇作品的表述,传达了不将"提高"与"普及"相互对立的大众化理解:只有在"提高"之下的"普及"才具备实质性的普及意义;他认为语言文字与情感表现更为细致灵动的《夜》才是人民"真正的现实","降低思想水平"以"争取群众",是"走不通的路",因为小市民与革命的思想要求,在本质上完全不同——如此方是真正"相信群众底创造力量"②。在《对于大众化的理解》一文中,路翎也指出大众化的主要工作在于启发人民"新的美学、社会学的感觉与情绪"③。换言之,路翎作品繁复的长句式和悖反的情感修饰语,以及40年代作品格外显著的"知识语言"等艺术特征背后,也有他对于"大众化"的不同见解的支撑。路翎并不认为一定要通过"土语"或浅显的句式才能表达人民的情感和思想,而对于"感觉"与"情绪"的专注表现,更是贯穿路翎一生的创作历程。这些艺术上的特征,体现出路翎的现实主义创作观点。路翎的现实主义作品不避忌"现代"的笔法和意识、情绪和情感,尽可能地以"现代主义"("求新")的创作精神来壮大现实主义的内容——这是路翎作品的"前卫意义",而我们也无法以与"现代主义"成对出现的一种"纯粹的"的现实主义来框限路翎的作品,那是论

---

① 丁玲的《夜》写于1941年6月,刊于《解放日报》1941年6月10—11日,署名"晓菡",后收入《我在霞村的时候》(桂林:远方书店,1944年)。参见丁玲:《莎菲女士的日记》,王中忱导读,崔琦、蔡钰凌校订,台北:人间出版社,2015年,第339—347页,此书辑合丁玲所著之《在黑暗中》(1928)和《我在霞村的时候》(1944)两部小说集之初版本并重新校订。
② 路翎1950年7月25日自北京致胡风信。路翎:《致胡风书信全编》,第227页。
③ 路翎:《对于大众化的理解》,载张业松编《路翎批评文集》,第81页。

述所构筑出的想象,并不符合路翎的创作真实。

路翎曾批评方然主编的《天堂底地板》一书,显示出与友朋间同中存异的分别,以及他踏行文学之路的胆识和开阔的现实主义信念:"出出气有时自然是痛快的,但却把自己底存在漏掉了,没有了广阔的信念。好像挡住自己底路的只是文坛上的这一批人,好像是他们挡住自己底文学之路的。其实这些首先是社会的存在,单是知识分子式的厌恶和高傲的感情不能把握什么东西的。"① 由是观之,路翎在左翼内部的异质性著述,无法简化为宗派冲突间的个人意气。而对于1949年前后发挥团结阶级阵线功能的普遍"诉苦"现象,路翎更表达了他的异议。路翎认为"诉苦"是不好的,"简直就压杀了工人阶级底战斗气魄和英雄气魄",并且不以为工人阶级必然先验地具备"工人性",反而时常表现出"小市民性"与"少爷性","诉苦"更是如同散发着封建气息的一种政治宣传活动。对照经验了多年身心禁锢,路翎晚年创作的"苦难叙述"却成分稀薄。路翎的创作坚持与思想要求可谓一如既往,路翎晚年创作"后卫视野"的关键价值,即在于"以身为学",揭示了文学与政治批评同一的"进步/落后"批判修辞的保守性。

综观路翎一生的文学实践,或许身为评论者和读者的我们更该珍视,为这样一位备受时代局限的创作者屡屡突围而出所留下的动人作品喝彩,不只是在个人层次上肯定一个经历多年苦难的作家的坚持和成就——并且往往是肯定人生坚持胜于文学成就——而是因为如同回

---

① 路翎1947年9月15日自南京致胡风信。路翎:《致胡风书信全编》,第157页。《荒鸡小集》(成都)共四集,为罗洛等人主编,依序为《孤岛集》(1947年8月)、《诗与庄严》(1947年10月)、《城市底呼喊》(不详)和《血底蒸馏》(1948年3月)。《荒鸡丛书》则仅出版过一册,即方然主编的《天堂底地板》(重庆,1947年8月)。参见吴永平《几近被忘却的"荒鸡文艺丛书之一:天堂的地板"》,《中国现代文学研究丛刊》2009年第6期(吴文书名有误)。

望顷刻变为历史的盐柱一般,路翎所始终伫立在文学的位置,为某个我们并不确知是什么的未来,留存了眼下矛盾并存、转瞬即逝的情绪和情感。没有路翎和路翎的作品,这个世界还是会照常运作,很可能还会拥有更为完美无瑕的秩序,但对于曾经为他的作品所深深扰动的读者来说,这无疑是一种缺憾。而那些活在他作品里被轻贱的队伍与落后的系列、那些现实生活中形形色色被厌弃的存在,其生命也将恢复成他人眼中的无比单调。就如同沼泽迷迭香这种植物一样,灰扑扑看似枯燥乏味的表面实际有百种颜色交叠,路翎仔细感受并尝试在作品里透现单调中的斑斓,描绘其中的痛苦、欢乐、梦想与追求,为那一株株沼泽迷迭香悲愤,也为那一株株朝向同一个太阳绽放细小花朵的沼泽迷迭香狂喜,只是在特定的政治光谱里,他人眼中所看到的始终只有满眼的灰,最后作家也仿若一株单调的沼泽迷迭香,在孤立中兀自劲放。① 而在那恒常被忽略与压抑的单调里,还有着否定、讪笑,以及多数创作者和评论家不愿驻足的偌长寂寞。

路翎晚年写了多首包括禽鸟昆虫在内的"寓言"诗,《狐狸》是其中一首鲜少引起讨论的作品。诗中的狐狸抗拒自己被视为制造"不幸"的造物(creature),承认自己曾做过一些"不祥的事情",但对此也感到"异常委屈";狐狸想要改变自己的名誉,激动着想转变为"纯真的善良"。然而,在继续不祥地告诉旅人错误的道路,或是变为善良做正确的指示之间,狐狸摇摆不定:

它又因为被善良征服有苦恼——但又觉得也有良好,
然而它

---

① 此处"沼泽迷迭香"的比喻,受海涩爱解读 Sarah Orne Jewett 小说"Marsh Rosemary"的启迪。参见海涩爱:《妇女/道歉的辩护书——莎拉·奥恩·朱艾特的老处女美学》,杨雅婷译,载刘人鹏、宋玉雯、郑圣勋、蔡孟哲编《酷儿·情感·政治——海涩爱文选》,第 109—140 页。

> 又再认为这不很适宜——它时常是如此——
> 而发出意义模糊的叫声。①

  这首诗,仿佛是路翎回顾自身创作历程所做出的含蓄比喻,寓示着路翎一生的创作困境,而那个困境是由复杂的历史境遇结构而成,既彰显出革命的进步话语政治的问题性,也表白了路翎个人对此的体会与回应。与其说,路翎的作品摆荡在"不祥"和"善良"之间(反抗/不反抗),不如说,是我们一直未能听明白狐狸所发出的"意义模糊的叫声",或者,那"意义模糊的叫声"意谓的是对于各种二元(进步/落后,现实主义/现代主义,集体/个人……)评论方式的拒绝。而且,如若阅读路翎作品时感到它们不是那种比较精巧的结构,或许我们可以尝试将之读成一种"messy story"②,而那样的杂乱与不齐整,或许也在于:生活本来就不是一种工整的叙述,人物的情绪、情感亦然,而历史,也从来不是一种工整的叙述。"进步/落后,现实主义/现代主义,集体/个人"之类成对出现的二元对立论述框架,囿限不了路翎的作品,在此疆彼界之间的"斜线地带",可能才是路翎创作所坐落的位置。

  诗的最后,狐狸发出意义模糊的叫声,而这回,在人们耳中又将被听成是不祥或是善良呢?

---

① 路翎:《狐狸》,载张业松、徐朗编《路翎晚年作品集》,第 202—203 页。此诗写于 1990 年 3 月 8 日。

② 以"messy story"来释解路翎的小说,是因为相对于"正统"延安文艺范式诉求的单纯、齐整,路翎的小说总有点"脏",但又不至于到"dirty"的程度,而是倾向于一种凌乱、纷杂的状态,同时也呼应着其经常性的流离失所和不稳定的生活,带有"游击"式的因地制宜的成分。

路翎著作年表
(2023 年 5 月修订)

1. 本表按"写作时间"排序,无注记者则参酌目前所知最早发表时间与相关材料旁证推估,并加一"约"字作为区别。

2. 本表之"发表出版"以初刊本为主,另附重要结集版本(包括复旦大学出版社《路翎全集》)收录状况,唯《路翎全集》下编(包括诗歌、散文与晚年小说共四卷,附卷《路翎生平及研究资料》)尚未出版,部分篇章有待完备。

3. "署名"仅载发表当时所用路翎之外的笔名。

4. 星号(*)为对写作时间和发表情形之补充说明。

5. 制表过程,陈筱茵提供诸多修改建议,陈冉涌、吴宝林、张婧、温思晨协助查确信息,谨致谢忱。

《古城上》

- 散文,署名待查,约 1937 年作。
- 刊于《弹花》。

  *待查。据《路翎书信集·路翎年谱简编》"一九三七年(十五岁)"条目:"这一年,路翎曾向赵清阁主编的《弹花》文艺半月刊投稿散文《古城上》一篇,在该刊预刊号上发表。"(第 199—200 页)

《秋在山城》

- 散文,署名"烽嵩",约 1938 年 1 月作。
- 1938 年 11 月 3 日,刊于《时事新报》(重庆)第 4 版。

《夜渡》
- 散文，署名"烽嵩"，约 1938 年 1 月作。
- 1938 年 11 月 8 日，刊于《时事新报》（重庆）第 4 版。

《给店友们》
- 散文，署名"丁当"，约 1938 年 1 月作。
- 1938 年 11 月 14 日，刊于《大声日报》第 4 版副刊《哨兵》第 46 期。

《遥寄天边的朋友》
- 散文，署名"烽嵩"，约 1938 年 11 月作。
- 1938 年 11 月 14 日，刊于《大声日报》第 4 版副刊《哨兵》第 46 期。

《哨兵》
- 诗歌，署名"丁当"，1938 年 11 月作。
- 1938 年 11 月 17 日，刊于《大声日报》第 4 版副刊《哨兵》第 48 期。

《在空袭的时候》
- 散文，署名"莎虹"，1938 年 11 月作。
- 1938 年 11 月 17 日，刊于《大声日报》第 4 版副刊《哨兵》第 48 期。

《血底象征》
- 诗歌，署名"莎虹"，1938 年 11 月作。
- 1938 年 11 月 17 日，刊于《大声日报》第 4 版副刊《哨兵》第 48 期。

《在襄河畔》
- 散文，署名"烽嵩"，约 1938 年 11 月作。
- 1938 年 12 月 1 日，刊于《时事新报》（重庆）第 4 版。

《致死者》
- 散文，署名"丁当"，约 1938 年 12 月作。
- 1938 年 12 月 4 日，刊于《大声日报》第 4 版副刊《哨兵》第 50 期。

《一片血痕与泪迹》
- 散文，署名"烽嵩"，约 1938 年 12 月作。
- 1938 年 12 月 6 日，刊于《弹花》第 2 卷第 2 期。

《高楼》
- 散文，署名"烽嵩"，约 1938 年 12 月作。

- 1938 年 12 月 7 日，刊于《时事新报》（重庆）第 4 版。

《在游击战线上》
- 短篇小说，署名"流烽"，约 1938 年 12 月作。
  * 此篇为集外小说。
- 1938 年 12 月 19 日至 20 日，连载于《大公报》（重庆）副刊《战线》。
  * 只见《（一）郑司令之死》。疑连载未完。
- 2014 年 6 月，收入《路翎全集》第 4 卷，上海：复旦大学出版社。
  * 收有《（一）郑司令之死》。

《国防音乐大会》
- 散文，署名"莎虹"，1938 年 12 月 30 日作，合川。
- 1939 年 1 月 1 日，刊于《大声日报》第 4 版副刊《哨兵》第 55 期。

《朦胧的期待》
- 短篇小说，署名"流烽"，1939 年 1—2 月作，合川。
  * 此篇为集外小说，亦未收入《路翎全集》。
- 1939 年 1 月 8 日、15 日、22 日与 2 月 5 日，连载于《大声日报》第 4 版副刊《哨兵》第 56、57、58、60 期。
- 2003 年 11 月，收入《路翎传·附录二》，郑州：大象出版社。

《二摩论》
- 杂文，署名"未明"，约 1939 年 2 月作。
  * 学者廖伟杰认为此篇非路翎之作，详见廖伟杰：《路翎笔名"未明"考》，《现代中文学刊》2022 年 5 期。
- 1939 年 2 月 20 日，刊于《时事新报》（重庆）第 4 版。
- 1939 年 2 月 28 日，刊于《祖国》（重庆）第 11 期。

《欢迎新伙伴——写给"山野"》
- 散文／书信，署名"哨兵"，约 1939 年 3 月作。
- 1939 年 3 月 5 日，刊于《大声日报》第 4 版副刊《哨兵》第 62 期。

《响应义卖现金活动》
- 散文，署名"莎虹"，1939 年 3 月 10 日作，合川。
- 1939 年 3 月 12 日，刊于《大声日报》第 4 版副刊《哨兵》第 63 期。

《我们底春天》
- 诗歌，署名"莎虹"，约 1939 年 3 月中旬作。
- 1939 年 3 月 26 日，刊于《大声日报》第 4 版副刊《哨兵》第 65 期。

《告别了"哨兵"》
- 散文，署名"莎虹"，1939 年 3 月 15 日夜作，濮岩寺。
- 1939 年 4 月 2 日，刊于《大声日报》第 4 版副刊《哨兵》第 66 期。

《援救天津五同胞》
- 杂文，署名"未明"，约 1939 年 8 月作。
- 1939 年 8 月 16 日，刊于《时事新报》（重庆）第 4 版。

《有备无患》
- 杂文，署名"未明"，约 1939 年 8 月作。
  *学者廖伟杰认为此篇非路翎之作，详见廖伟杰：《路翎笔名"未明"考》，《现代中文学刊》2022 年 5 期。
- 1939 年 8 月 21 日，刊于《时事新报》（重庆）第 4 版。

《畜界无奸论》
- 杂文，署名"未明"，约 1939 年 8 月作。
  *学者廖伟杰认为此篇非路翎之作，详见廖伟杰：《路翎笔名"未明"考》，《现代中文学刊》2022 年 5 期。
- 1939 年 8 月 23 日，刊于《时事新报》（重庆）第 4 版。

《"要塞"退出以后——一个年青"经纪人"底遭遇》
- 短篇小说，首次以笔名"路翎"发表作品，1939 年 9 月 26 日作。
- 1940 年 5 月，刊于《七月》第 5 集第 3 期（总第 25 期）。
- 1992 年 9 月，收入《路翎小说选》，北京：作家出版社。
  *此篇小说首次入集。
- 2014 年 6 月，收入《路翎全集》第 4 卷，上海：复旦大学出版社。

《评〈突围令〉》
- 评论，约 1940 年 4 月作。
  *据 1940 年 4 月 15 日信："感觉很惭愧，对于《突围令》，我不能再认识得怎样深一点。而且有许多说不出的意思我不知道怎样用语句来安排。希望你帮我修改一下或告诉我一下你底意见。"（《致胡风书信

全编》，第 15 页）
- 1940 年 5 月 3 日，刊于《新蜀报·蜀道》。
- 1998 年 10 月，收入《路翎批评文集》，珠海：珠海出版社。
- 2014 年 6 月，收入《路翎全集》第 6 卷，上海：复旦大学出版社。

* 据 1998 年 10 月广东珠海出版社版《路翎批评文集》重编重校。

《家》

- 短篇小说，1940 年作。
- 1941 年 4 月，刊于《七月》第 6 集第 3 期（总第 29 期）。
- 1945 年 3 月，收入《青春的祝福》(《七月新丛》)，重庆：南天出版社（初版）。
- 1945 年 7 月，收入《青春的祝福》(希望社《七月新丛》4)，上海：生活书店（渝初版）。

* 据《路翎研究资料·著作目录》补此书目，而据 1947 年 5 月上海希望社再版版权页，上海生活书店为"代发行"。

- 1947 年 5 月，收入《青春的祝福》(《七月新丛》4)，上海：希望社（再版）。
- 1986 年 3 月，收入《路翎小说选》，成都：四川文艺出版社。
- 2014 年 6 月，收入《路翎全集》第 1 卷，上海：复旦大学出版社。

* 据 1945 年 3 月重庆南天出版社初版排印。

《祖父底职业》

- 短篇小说，1940 年冬天作。
- 1941 年 9 月，刊于《七月》第 7 集第 1、2 期（总第 31、32 期）合刊。
- 1945 年 3 月，收入《青春的祝福》(《七月新丛》)，重庆：南天出版社（初版）。
- 1945 年 7 月，收入《青春的祝福》(希望社《七月新丛》4)，上海：生活书店（渝初版）。

* 据《路翎研究资料·著作目录》补此书目。

- 1947 年 5 月，收入《青春的祝福》(《七月新丛》4)，上海：希望社（再版）。

- 2014 年 6 月，收入《路翎全集》第 1 卷，上海：复旦大学出版社。
  * 据 1945 年 3 月重庆南天出版社初版排印。

《黑色子孙之一》

- 短篇小说，1940 年冬天作。
- 1941 年 9 月，刊于《七月》第 7 集第 1、2 期（总第 31、32 期）合刊。
- 1945 年 3 月，收入《青春的祝福》（《七月新丛》），重庆：南天出版社（初版）。
- 1945 年 7 月，收入《青春的祝福》（希望社《七月新丛》4），上海：生活书店（渝初版）。
  * 据《路翎研究资料·著作目录》补此书目。
- 1947 年 5 月，收入《青春的祝福》（《七月新丛》4），上海：希望社（再版）。
- 2014 年 6 月，收入《路翎全集》第 1 卷，上海：复旦大学出版社。
  * 据 1945 年 3 月重庆南天出版社初版排印。

《何绍德被捕了》

- 短篇小说，1941 年 2 月 14 日夜作。
- 1941 年 6 月，刊于《七月》第 6 集第 4 期（总第 30 期）。
- 1945 年 3 月，收入《青春的祝福》（《七月新丛》），重庆：南天出版社（初版）。
- 1945 年 7 月，收入《青春的祝福》（希望社《七月新丛》4），上海：生活书店（渝初版）。
- 1947 年 5 月，收入《青春的祝福》（《七月新丛》4），上海：希望社（再版）。
- 2014 年 6 月，收入《路翎全集》第 1 卷，上海：复旦大学出版社。
  * 据 1945 年 3 月重庆南天出版社初版排印。

《财主底孩子们》

- 长篇小说，约 1940 年 12 月至 1941 年 4 月作。
  * 据 1941 年 2 月 2 日、4 月 14 日信件，1941 年 2 月初完成初稿，4 月中旬左右完成修改（《致胡风书信全编》，第 31、36 页）。另，1940 年 × 月路翎致胡风信中述及"本来预备星期日（廿四日）来找你的"，"我

预备写一个长篇写一个老财主家庭底溃灭——他底儿子、'新时代'等等"（《致胡风书信全编》，第30页）。查1940年周日为24日者，仅有3月和11月，而按路翎与胡风其间的通信脉络，疑该信写于11月24日。即，《财主底孩子们》约创作于1940年冬至1941年春。

- 初稿约20万字，交由胡风，但在香港战争中遗失。重写扩充篇幅为《财主底儿女们》，上册完成于1943年11月，下册完成于1944年5月，《财主底儿女们·题记》则写于1945年5月16日，曾以《自白——〈财主底儿女们〉题记》为题，刊于1945年9月《文艺杂志》（桂林）新1卷第3期，第56—57页。

《棺材》

- 短篇小说，约1942年2月至3月间作。
  *据1942年3月15日信："有一篇写地主等的《棺材》在海兄那里。"（《致胡风书信全编》，第39页）海兄指欧阳凡海，时任重庆《新华日报》编辑与《群众》编委。
- 1943年5月，刊于《文学报》（桂林）第1期。
- 1945年3月，收入《青春的祝福》（《七月新丛》），重庆：南天出版社（初版）。
- 1945年7月，收入《青春的祝福》（希望社《七月新丛》4），上海：生活书店（渝初版）。
  *据《路翎研究资料·著作目录》补此书目。
- 1947年5月，收入《青春的祝福》（《七月新丛》4），上海：希望社（再版）。
- 2014年6月，收入《路翎全集》第1卷，上海：复旦大学出版社。
  *据1945年3月重庆南天出版社初版排印。

《谷》

- 中篇小说，约1942年2月至3月间作。
  *据1942年3月15日致胡风信："改写后的《谷》在今度兄那里，想你已经见到了。"（《致胡风书信全编》，第39页）
- 据胡绳《评路翎的短篇小说》："《青春的祝福》初版于1945年3月，但所包含的八篇短篇小说大概都是作者开始发表他的小说的最初两三年间（1940—1942）所写的。八篇小说被分成两部分，第

一部分六篇,第二部分两篇。"(1948年3月《大众文艺丛刊》第一辑《文艺的新方向》)第二部分两篇指以青年知识分子为主角的《青春的祝福》与《谷》。

- 据张以英编注《路翎书信集·路翎年谱简编》,1941年路翎将此稿寄给聂绀弩在桂林主编的《山水文艺丛刊》,后获发表(第206页)。疑有误。
- 1945年3月,收入《青春的祝福》(《七月新丛》),重庆:南天出版社(初版)。
- 1945年7月,收入《青春的祝福》(希望社《七月新丛》4),上海:生活书店(渝初版)。

  *据《路翎研究资料·著作目录》补此书目。

- 1947年5月,收入《青春的祝福》(《七月新丛》4),上海:希望社(再版)。
- 2014年6月,收入《路翎全集》第1卷,上海:复旦大学出版社。

  *据1945年3月重庆南天出版社初版排印。

《饥饿的郭素娥》

- 中篇小说,1942年4月作。
- 1943年3月,《饥饿的郭素娥》(《七月新丛》),桂林:南天出版社(初版)。

  *《路翎研究资料·著作年表》载"1943年3月希望社桂林初版",《路翎研究资料·著作目录》载"上海生活书店,1943年3月桂初版"。

- 1944年11月,《饥饿的郭素娥》,桂林:南天出版社(重印本)。
- 1946年1月,《饥饿的郭素娥》(《七月新丛》),上海:希望社(再版)。
- 1988年2月,收入《饥饿的郭素娥 蜗牛在荆棘上》,北京:人民文学出版社。
- 2001年1月,收入《饥饿的郭素娥 蜗牛在荆棘上》,北京:人民文学出版社。
- 2014年6月,收入《路翎全集》第1卷,上海:复旦大学出版社。

  *据1944年11月桂林南天社重印本排印。

《青春的祝福》

- 中篇小说，原题《章华云》，约 1942 年春夏间作。

  *据 1942 年 5 月 11 日信："短篇集写好了《章华云》，现在立意重写《卸煤台下》。"1942 年 5 月 30 日信又提到："《章华云》已改写好了，但尚未能动手抄。现在在重弄《卸煤台下》。"1942 年 11 月 13 日信中提到："你说本月内来，那么《章小姐》就不能够寄了。我每次抄，总要更动，时间又少，三四万字恐怕要花两个星期……但我先动手再说，在重庆交给你也是一样的。"(《致胡风书信全编》，第 44、46、61 页)

- 1945 年 3 月，收入《青春的祝福》(《七月新丛》)，重庆：南天出版社(初版)。

- 1945 年 7 月，收入《青春的祝福》(希望社《七月新丛》4)，上海：生活书店(渝初版)。

  *据《路翎研究资料·著作目录》补此书目。

- 1947 年 5 月，收入《青春的祝福》(《七月新丛》4)，上海：希望社(再版)。

- 2014 年 6 月，收入《路翎全集》第 1 卷，上海：复旦大学出版社。

  *据 1945 年 3 月重庆南天出版社初版排印。

《卸煤台下》

- 短篇小说，约 1942 年春夏间作。

  *据 1942 年 5 月 11 日信："短篇集写好了《章华云》，现在立意重写《卸煤台下》。"1942 年 5 月 30 日信又提到："《章华云》已改写好了，但尚未能动手抄。现在在重弄《卸煤台下》。"(《致胡风书信全编》，第 44、46 页)

- 1944 年 12 月，刊于《抗战文艺》第 9 卷第 5、6 期合刊。

- 1945 年 3 月，收入《青春的祝福》(《七月新丛》)，重庆：南天出版社(初版)。

- 1945 年 7 月，收入《青春的祝福》(希望社《七月新丛》4)，上海：生活书店(渝初版)。

  *据《路翎研究资料·著作目录》补此书目。

- 1947 年 5 月，收入《青春的祝福》(《七月新丛》4)，上海：希望社(再版)。

- 1986 年 3 月，收入《路翎小说选》，成都：四川文艺出版社。
  *篇末写作时间 1941 年，本表排序据路翎 1942 年 5 月 11 日、30 日信，定为约 1942 年春夏间作。
- 2014 年 6 月，收入《路翎全集》第 1 卷，上海：复旦大学出版社。
  *据 1945 年 3 月重庆南天出版社初版排印。

《致中国》

- 诗歌，1942 年 11 月 7 日作。
- 1948 年 3 月 15 日，刊于《泥土》第 5 辑。

《蜗牛在荆棘上》

- 中篇小说，约 1943 年 11 月作。
  *据 1943 年 11 月 26 日信："《蜗牛》已改写，改得并不多。"(《致胡风书信全编》，第 75 页)
- 1944 年 5 月，刊于《文学创作》第 3 卷第 1 期。
- 1946 年 3 月，《蜗牛在荆棘上》(《人民文艺丛书》)，上海：新新出版社。
- 1988 年 2 月，收入《饥饿的郭素娥　蜗牛在荆棘上》，北京：人民文学出版社。
- 2001 年 1 月，收入《饥饿的郭素娥　蜗牛在荆棘上》，北京：人民文学出版社。
- 2014 年 6 月，收入《路翎全集》第 1 卷，上海：复旦大学出版社。
  *据 1946 年 3 月新新出版社版排印。

《财主底儿女们》（上）

- 长篇小说，1943 年 11 月作。
- 1945 年 11 月，《财主底儿女们》(上)，重庆：希望社（初版）。
  *《路翎研究资料·著作年表》载"1945 年 11 月希望社初版"，《路翎研究资料·著作目录》载"南无（南天——引者）出版社，1945 年 11 月初版"。
- 1948 年 2 月，《财主底儿女们》(上)，上海：希望社（再版）。
- 1985 年 3 月，《财主底儿女们》(上)，北京：人民文学出版社。
  *版权页载："《财主底儿女们》分上下两部，由希望社分别于 1945 年 11 月在重庆、1948 年 2 月在上海初版。初版下部时，又再版上部，无改动。现予重排，并参照原书勘误表，对书中多处文字舛误作了改正。"1997 年人民文学出版社版仍据此版排印。
- 1995 年 5 月，《财主底儿女们》（上），合肥：安徽文艺出版社。
- 2014 年 6 月，收入《路翎全集》第 3 卷，上海：复旦大学出版社。
  * 据 1948 年 2 月上海希望社再版本排印。

《财主底儿女们》（下）
- 长篇小说，1944 年 5 月作。
- 1948 年 2 月，《财主底儿女们》（下），上海：希望社（初版）。
- 1985 年 3 月，《财主底儿女们》（下），北京：人民文学出版社。
  * 据 1948 年 2 月上海希望社初版重排，1997 年北京人民文学版仍据此版排印。
- 1995 年 5 月，《财主底儿女们》（下），合肥：安徽文艺出版社。
- 2014 年 6 月，收入《路翎全集》第 3 卷，上海：复旦大学出版社。
  * 据 1948 年 2 月上海希望社初版排印。

《罗大斗底一生》
- 中篇小说，1944 年 8 月作。
- 1945 年 1 月，刊于《希望》（重庆）第 1 集第 1 期，1945 年 12 月上海重版。
- 1949 年 8 月，收入《在铁链中》，上海：海燕书店（初版）。
- 1954 年 7 月，收入《在铁链中》，上海：新文艺出版社。
  * 版权页载"据海燕书店 1949 年 8 月版本重排"，本书曾印四次，1954 年 7 月上海第一次印刷。
- 2014 年 6 月，收入《路翎全集》第 2 卷，上海：复旦大学出版社。
  * 据 1949 年 8 月上海海燕书店初版排印。

《感情教育》
- 短篇小说，1944 年 9 月 11 日夜作。
- 1945 年 5 月，刊于《希望》（重庆）第 1 集第 2 期《有"希望"的人们（小说集）》，1946 年 1 月上海重版。
- 1946 年 12 月，收入《求爱》（《七月文丛》I），上海：海燕书店。
  * 版权页载"1946 年 12 月初版"，而《路翎研究资料·著作目录》载"1947 年初版"，与 1954 年 7 月上海新文艺版版权页所载相符。

- 1954年7月，收入《求爱》，上海：新文艺出版社。
- 2014年6月，收入《路翎全集》第1卷，上海：复旦大学出版社。
  * 据1946年12月上海海燕书店版排印。

《可怜的父亲》
- 短篇小说，1944年9月12日作。
- 1945年5月，刊于《希望》（重庆）第1集第2期《有"希望"的人们（小说集）》，1946年1月上海重版。
- 1946年12月，收入《求爱》（《七月文丛》I），上海：海燕书店。
- 1954年7月，收入《求爱》，上海：新文艺出版社。
- 2014年6月，收入《路翎全集》第1卷，上海：复旦大学出版社。
  * 据1946年12月上海海燕书店版排印。

《秋夜》
- 短篇小说，1944年9月15日夜作。
- 1945年5月，刊于《希望》（重庆）第1集第2期《有"希望"的人们（小说集）》，1946年1月上海重版。
- 1946年12月，收入《求爱》（《七月文丛》I），上海：海燕书店。
- 1954年7月，收入《求爱》，上海：新文艺出版社。
  * 版权页载"据海燕书店1947年纸型重印"，本书曾印两次，1954年7月上海第一次重印。
- 2014年6月，收入《路翎全集》第1卷，上海：复旦大学出版社。
  * 据1946年12月上海海燕书店版排印。

《〈欧根·奥尼金〉与〈当代英雄〉》
- 评论，署名"冰菱"，1944年9月20日夜作。
- 1945年1月，刊于《希望》（重庆）第1集第1期，1945年12月上海重版。
- 1998年10月，收入《路翎批评文集》，珠海：珠海出版社。
- 2014年6月，收入《路翎全集》第6卷，上海：复旦大学出版社。
  * 据1998年10月广东珠海出版社版《路翎批评文集》重编重校。

《对舒芜〈论主观〉的几条意见》
- 评论，1944年9月27日作。

- 1945年1月,刊于《希望》(重庆)第1集第1期,1945年12月上海重版。

  * 原无标题,作为舒芜《论主观》附录发表。
- 1998年10月,收入《路翎批评文集》,珠海:珠海出版社。

  * 题名《对舒芜〈论主观〉的几条意见》,为《路翎批评文集》编者所加。
- 2014年6月,收入《路翎全集》第6卷,上海:复旦大学出版社。

  * 据1998年10月广东珠海出版社版《路翎批评文集》重编重校。

《瞎子》

- 短篇小说,1944年10月作。
- 1945年5月,刊于《希望》(重庆)第1集第2期《有"希望"的人们(小说集)》,1946年1月上海重版。
- 1946年12月,收入《求爱》(《七月文丛》I),上海:海燕书店。
- 1954年7月,收入《求爱》,上海:新文艺出版社。
- 2014年6月,收入《路翎全集》第1卷,上海:复旦大学出版社。

  * 据1946年12月上海海燕书店版排印。

《王家老太婆和她底小猪》

- 短篇小说,1944年10月作。
- 1945年5月,刊于《希望》(重庆)第1集第2期《有"希望"的人们(小说集)》,1946年1月上海重版。
- 1946年12月,收入《求爱》(《七月文丛》I),上海:海燕书店。
- 1954年7月,收入《求爱》,上海:新文艺出版社。
- 2014年6月,收入《路翎全集》第1卷,上海:复旦大学出版社。

  * 据1946年12月上海海燕书店版排印。

《新奇的娱乐》

- 短篇小说,1944年11月14日夜作。
- 1945年5月,刊于《希望》(重庆)第1集第2期《有"希望"的人们(小说集)》,1946年1月上海重版。
- 1946年12月,收入《求爱》(《七月文丛》I),上海:海燕书店。
- 1954年7月,收入《求爱》,上海:新文艺出版社。
- 2014年6月,收入《路翎全集》第1卷,上海:复旦大学出版社。

＊据1946年12月上海海燕书店版排印。

《谈"色情文学"》
- 评论，署名"冰菱"，1944年11月28日作。
- 1945年5月，刊于《希望》（重庆）第1集第2期，1946年1月上海重版。
- 1998年10月，收入《路翎批评文集》，珠海：珠海出版社。
- 2014年6月，收入《路翎全集》第6卷，上海：复旦大学出版社。
　　＊据1998年10月广东珠海出版社版《路翎批评文集》重编重校。

《一封重要的来信》
- 短篇小说，1944年11月作。
- 1946年12月，收入《求爱》（《七月文丛》I），上海：海燕书店。
　　＊《路翎研究资料·著作年表》谓"载1945年5月《希望》第1集第2期"，但查此期《希望》，并未收录此篇小说。
- 1954年7月，收入《求爱》，上海：新文艺出版社。
- 2014年6月，收入《路翎全集》第1卷，上海：复旦大学出版社。
　　＊据1946年12月上海海燕书店版排印。

《〈何为〉与〈克罗采长曲〉》
- 评论，署名"冰菱"，约1944年12月作。
- 1945年1月，刊于《希望》（重庆）第1集第1期，1945年12月上海重版。
- 1998年10月，收入《路翎批评文集》，珠海：珠海出版社。
- 2014年6月，收入《路翎全集》第6卷，上海：复旦大学出版社。
　　＊据1998年10月广东珠海出版社版《路翎批评文集》重编重校。

《人权》
- 短篇小说，约1945年1月作。
　　＊据1945年1月14日信："寄上《人权》。就是用管兄底信作材料的那篇。这次可轮到我用他来作模特儿了，但也不尽然的。内容甚少，有铺张之嫌，你看看罢。"（《致胡风书信全编》，第99页）
- 1946年1月20日，刊于《文坛月报》第1卷第1期。
　　＊《路翎研究资料·著作年表》："预计发表于1945年6月初版的《抗

战文艺》第 10 卷第 4、5 期合刊，已发稿，因国民党破坏而未出版，收入《求爱》。"（第 183 页）
- 1946 年 12 月，收入《求爱》(《七月文丛》I)，上海：海燕书店。
- 1954 年 7 月，收入《求爱》，上海：新文艺出版社。
- 2014 年 6 月，收入《路翎全集》第 1 卷，上海：复旦大学出版社。
  *据 1946 年 12 月海燕书店版本排印。
  *第 368 页所载之写作时间"1943 年"，为路翎 1992 年 3 月所补填，本表排序据路翎据 1945 年 1 月 14 日信，定为约 1945 年 1 月作。

《两个流浪汉》
- 中篇小说，1945 年 1 月作。
- 1945 年 8 月，刊于《希望》（重庆）第 1 集第 3 期，1946 年 3 月上海重版。
- 1949 年 8 月，收入《在铁链中》，上海：海燕书店（初版）。
- 1954 年 7 月，收入《在铁链中》，上海：新文艺出版社。
  *版权页载：据海燕书店 1949 年 8 月版本重排，本书曾印四次，1954 年 7 月上海第一次印刷。
- 2014 年 6 月，收入《路翎全集》第 2 卷，上海：复旦大学出版社。
  *据 1949 年 8 月上海海燕书店初版排印。

《〈淘金记〉》
- 评论，署名"冰菱"，1945 年 3 月 1 日作。
- 1945 年 12 月，刊于《希望》（重庆）第 1 集第 4 期，1946 年 4 月上海重版。
- 1998 年 10 月，收入《路翎批评文集》，珠海：珠海出版社。
- 2014 年 6 月，收入《路翎全集》第 6 卷，上海：复旦大学出版社。
  *据 1998 年 10 月广东珠海出版社版《路翎批评文集》重编重校。

《青春的祝福》
- 小说集。
  *本集收有：《家》《何绍德被捕了》《祖父底职业》《黑色子孙之一》《棺材》《卸煤台下》《青春的祝福》和《谷》。
- 1945 年 3 月，《青春的祝福》(《七月新丛》)，重庆：南天出版社（初版）。

- 1945年7月，《青春的祝福》(希望社《七月新丛》4)，上海：生活书店(渝初版)。

  *据《路翎研究资料·著作目录》补此书目。
- 1947年5月，《青春的祝福》(《七月新丛》4)，上海：希望社(再版)。

  *据1945年3月重庆南天出版社初版排印。

《认识罗曼·罗兰》

- 评论，署名"冰菱"，1945年4月11日深夜作。
- 1946年5月，收入《罗曼·罗兰》(胡风等著)，上海：新新出版社。
- 1998年10月，收入《路翎批评文集》，珠海：珠海出版社。
- 2014年6月，收入《路翎全集》第6卷，上海：复旦大学出版社。

  *据1998年10月广东珠海出版社版《路翎批评文集》重编重校。

《王兴发夫妇》

- 中篇小说，1945年5月6日作。
- 1946年5月4日，刊于《希望》(上海)第2集第1期(总号第5期)。
- 1949年8月，收入《在铁链中》，上海：海燕书店(初版)。
- 1954年7月，收入《在铁链中》，上海：新文艺出版社。
- 2014年6月，收入《路翎全集》第2卷，上海：复旦大学出版社。

  *据1949年8月上海海燕书店初版排印。

《财主底儿女们·题记》

- 序跋，1945年5月16日夜作。
- 1945年9月，刊于《文艺杂志》(桂林)新1卷第3期。

  *刊出时题为《自白——"财主底儿女们"题记》。
- 1945年11月，收入《财主底儿女们》，重庆：希望社(上部初版)。
- 1948年2月，收入《财主底儿女们》，上海：希望社(上部再版，下部初版)。
- 1985年3月，收入《财主底儿女们》，北京：人民文学出版社。

  *版权页载："《财主底儿女们》分上、下两部，由希望社分别于1945年11月在重庆、1948年2月在上海初版。初版下部时，又再版上部，无改动。现予重排，并参照原书勘误表，对书中多处文字舛误作了改正。"1997年北京人民文学版仍据此版排印。

- 1995年5月，收入《财主底儿女们》，合肥：安徽文艺出版社。
- 1998年10月，收入《路翎批评文集》，珠海：珠海出版社。
- 2014年6月，收入《路翎全集》第3卷，上海：复旦大学出版社。

  *据1948年2月上海希望社初版排印。

《市侩主义底路线》

- 评论，署名"未民"，1945年6月作。
- 1945年8月，刊于《希望》（重庆）第1集第3期，1946年3月上海重版。
- 1998年10月，收入《路翎批评文集》，珠海：珠海出版社。
- 2014年6月，收入《路翎全集》第6卷，上海：复旦大学出版社。

  *据1998年10月广东珠海出版社版《路翎批评文集》重编重校。

《破灭》

- 中篇小说，1945年6月作。
- 1945年9月，刊于《文艺杂志》（桂林）新1卷第3期。
- 1949年8月，收入《在铁链中》，上海：海燕书店（初版）。
- 1954年7月，收入《在铁链中》，上海：新文艺出版社。
- 2014年6月，收入《路翎全集》第2卷，上海：复旦大学出版社。

  *据1949年8月上海海燕书店初版排印。

《棋逢敌手》

- 短篇小说，约1945年7月上旬作。

  *《路翎小说选》和《路翎全集》篇末所载写作时间均为"1945年7月"，另据1945年7月6日信："今晨寄的《棋逢敌手》以及以前寄的束君的论文不知收到了没有？"（《致胡风书信全编》，第111页）

- 1945年9月12日，刊于《新华日报》（重庆）副刊。

  *刊出时副标题为《"后方小景"之二》。

- 1946年12月，收入《求爱》（《七月文丛》I），上海：海燕书店。
- 1954年7月，收入《求爱》，上海：新文艺出版社。
- 1986年3月，收入《路翎小说选》，成都：四川文艺出版社。
- 2014年6月，收入《路翎全集》第1卷，上海：复旦大学出版社。

  *据1946年12月上海海燕书店版排印。

《草鞋》

- 短篇小说，约 1945 年 7 月上旬作。
  *据 1945 年 7 月 6 日信："寄上序和《草鞋》"（《致胡风书信全编》，第 111 页）。《路翎全集》篇末所载写作时间"1945 年"，则为路翎 1992 年 3 月补填。
- 1945 年 7 月 25 日，刊于《新华日报》（重庆）副刊。
- 1946 年 12 月，收入《求爱》（《七月文丛》I），上海：海燕书店。
- 1954 年 7 月，收入《求爱》，上海：新文艺出版社。
- 2014 年 6 月，收入《路翎全集》第 1 卷，上海：复旦大学出版社。
  *据 1946 年 12 月上海海燕书店版排印。

《英雄底舞蹈》

- 短篇小说，约 1945 年 7 月 9 日作。
  *《路翎小说选》和《路翎全集》篇末所载写作时间均为"1945 年 7 月 9 日"，另据 1945 年 7 月 9 日信："寄上《魔鬼的舞蹈》。算是和这个压迫我的现实开一个小小的玩笑。"（《致胡风书信全编》，第 112 页）信中的《魔鬼的舞蹈》即《英雄底舞蹈》。
- 1945 年 8 月 15 日，刊于《新华日报》（重庆）副刊。
  *刊出时副标《"后方小景"之一》。
- 1946 年 12 月，收入《求爱》（《七月文丛》I），上海：海燕书店。
- 1954 年 7 月，收入《求爱》，上海：新文艺出版社。
- 1986 年 3 月，收入《路翎小说选》，成都：四川文艺出版社。
- 2014 年 6 月，收入《路翎全集》第 1 卷，上海：复旦大学出版社。
  *据 1946 年 12 月上海海燕书店版排印。

《江湖好汉和挑水夫的决斗》

- 短篇小说，1945 年 7 月 18 日作。
- 1946 年 4 月 1 日，刊于《文汇半月画刊》创刊号。
  *刊出时题为《决斗》。
- 1946 年 12 月，收入《求爱》（《七月文丛》I），上海：海燕书店。
- 1954 年 7 月，收入《求爱》，上海：新文艺出版社。
- 2014 年 6 月，收入《路翎全集》第 1 卷，上海：复旦大学出版社。
  *据 1946 年 12 月上海海燕书店版排印。

《纪德底姿态》
- 评论，署名"冰菱"，1945年8月5日夜作。
- 1945年12月，刊于《希望》（重庆）第1集第4期，1946年4月上海重版。
- 1998年10月，收入《路翎批评文集》，珠海：珠海出版社。
- 2014年6月，收入《路翎全集》第6卷，上海：复旦大学出版社。

* 据1998年10月广东珠海出版社版《路翎批评文集》重编重校。

《滩上》
- 短篇小说，1945年8月9日作。
- 1946年2月，刊于《中原、文艺杂志、希望、文哨联合特刊》（重庆）第1卷第3期。
- 1946年3月20日，刊于《书报精华》第15期。

  *《书报精华》：原载《文联》。
- 1946年7月1日，刊于《中原、文艺杂志、希望、文哨联合特刊》（北平）第1卷第3期。

  *《中原、文艺杂志、希望、文哨联合特刊》分北平版与重庆版，北平版首期1946年5月。
- 1946年12月，收入《求爱》（《七月文丛》I），上海：海燕书店。
- 1954年7月，收入《求爱》，上海：新文艺出版社。
- 1986年3月，收入《路翎小说选》，成都：四川文艺出版社。
- 2014年6月，收入《路翎全集》第1卷，上海：复旦大学出版社。

* 据1946年12月上海海燕书店版排印。

《悲愤的生涯》
- 短篇小说，1945年8月10日作。
- 1946年1月，刊于《中原、文艺杂志、希望、文哨联合特刊》（重庆）第1卷第1期。
- 1946年5月，刊于《中原、文艺杂志、希望、文哨联合特刊》（北平）第1卷第1期。
- 1946年12月，收入《求爱》（《七月文丛》I），上海：海燕书店。
- 1954年7月，收入《求爱》，上海：新文艺出版社。

- 2014 年 6 月，收入《路翎全集》第 1 卷，上海：复旦大学出版社。
  * 据 1946 年 12 月上海海燕书店版排印。

《翻译家》
- 短篇小说，1945 年 8 月 17 日作。
- 1945 年 12 月，刊于《希望》(重庆)第 1 集第 4 期《小说集：胜利小景》，1946 年 4 月上海重版。
- 1946 年 12 月，收入《求爱》(《七月文丛》I)，上海：海燕书店。
- 1954 年 7 月，收入《求爱》，上海：新文艺出版社。
- 2014 年 6 月，收入《路翎全集》第 1 卷，上海：复旦大学出版社。
  * 据 1946 年 12 月上海海燕书店版排印。

《中国胜利之夜》
- 短篇小说，约 1945 年 8 月底作。
  * 据《路翎小说选》篇末所载写作时间。
- 1945 年 12 月，刊于《希望》(重庆)第 1 集第 4 期《小说集：胜利小景》，1946 年 4 月上海重版。
- 1946 年 12 月，收入《求爱》(《七月文丛》I)，上海：海燕书店。
- 1954 年 7 月，收入《求爱》，上海：新文艺出版社。
- 1986 年 3 月，收入《路翎小说选》，成都：四川文艺出版社。
- 2014 年 6 月，收入《路翎全集》第 1 卷，上海：复旦大学出版社。
  * 据 1946 年 12 月上海海燕书店版排印。

《旅途》
- 短篇小说，1945 年 9 月 8 日作。
- 1945 年 12 月，刊于《希望》第 1 集第 4 期《小说集：胜利小景》，1946 年 4 月上海重版。
- 1946 年 12 月，收入《求爱》(《七月文丛》I)，上海：海燕书店。
- 1946 年 2 月，刊于《人民文艺》(北平)第 2 期。
- 1954 年 7 月，收入《求爱》，上海：新文艺出版社。
- 2014 年 6 月，收入《路翎全集》第 1 卷，上海：复旦大学出版社。
  * 据 1946 年 12 月上海海燕书店版排印。

《英雄与美人》

- 短篇小说，1945 年 9 月 13 日作。
- 1945 年 12 月，刊于《希望》第 1 集第 4 期《小说集：胜利小景》，1946 年 4 月上海重版。
- 1946 年 12 月，收入《求爱》(《七月文丛》I)，上海：海燕书店。
- 1954 年 7 月，收入《求爱》，上海：新文艺出版社。
- 1986 年 3 月，收入《路翎小说选》，成都：四川文艺出版社。
- 2014 年 6 月，收入《路翎全集》第 1 卷，上海：复旦大学出版社。

  * 据 1946 年 12 月上海海燕书店版排印。

《林语堂博士在美国搞些什么？》

- 杂文，署名"余林"，约 1945 年 9 月至 10 月间作。
- 1945 年 10 月 16 日，刊于《文萃》(上海) 第 2 期。

  *《文萃》：选自昆明《民主周刊》。
- 1946 年 2 月，刊于《文艺生活》(桂林) 新 2 号 (光复版第 2 期)。
- 1998 年 10 月，收入《路翎批评文集》，珠海：珠海出版社。

  * 据 1946 年 2 月《文艺生活》版本。
- 2014 年 6 月，收入《路翎全集》第 6 卷，上海：复旦大学出版社。

  * 据 1998 年 10 月广东珠海出版社版《路翎批评文集》重编重校。

《俏皮的女人》

- 短篇小说，1945 年 10 月 31 日作。

  * 据《文坛月报》篇末所载写作时间。
- 1946 年 3 月，刊于《草莽》创刊号。

  * 疑刊印错误，第 8 页小说未完。
- 1946 年 4 月 10 日，刊于《文坛月报》第 1 卷第 2 期。
- 1946 年 5 月 20 日，刊于《书报精华》第 17 期。

  *《书报精华》：原载《文坛》第 2 期。
- 1946 年 12 月，收入《求爱》(《七月文丛》I)，上海：海燕书店。
- 1954 年 7 月，收入《求爱》，上海：新文艺出版社。
- 2014 年 6 月，收入《路翎全集》第 1 卷，上海：复旦大学出版社。

  * 据 1946 年 12 月上海海燕书店版排印。

《王炳全底道路》
- 中篇小说，1945年10月作。
- 1946年6月16日，刊于《希望》（上海）第2集第2期（总号第6期）。
- 1949年8月，收入《在铁链中》，上海：海燕书店（初版）。
- 1954年7月，收入《在铁链中》，上海：新文艺出版社。
  *版权页载：据海燕书店1949年8月版本重排，本书曾印四次，1954年7月上海第一次印刷。
- 2014年6月，收入《路翎全集》第2卷，上海：复旦大学出版社。
  *据1949年8月上海海燕书店版排印。

《程登富和线铺姑娘底恋爱》
- 短篇小说，1945年11月9日作。
- 1946年6月1日，刊于《文艺复兴》第1卷第5期。
- 1949年8月，收入《在铁链中》，上海：海燕书店（初版）。
- 1954年7月，收入《在铁链中》，上海：新文艺出版社。
- 1986年3月，收入《路翎小说选》，成都：四川文艺出版社。
- 2014年6月，收入《路翎全集》第2卷，上海：复旦大学出版社。
  *据1949年8月上海海燕书店版排印。

《乡镇散记》
- 散文，1945年11月29日作。
- 1945年12月，刊于《希望》（重庆）第1集第4期，1946年4月上海重版。

《一个商人怎样喂饱了一群官吏》
- 短篇小说，1946年1月10日作。
- 1946年3月，刊于《中原、文艺杂志、希望、文哨联合特刊》（重庆）第1卷第4期。
- 1946年7月16日，刊于《中原、文艺杂志、希望、文哨联合特刊》（北平），第1卷第4期。
- 1946年12月，收入《求爱》（《七月文丛》I），上海：海燕书店。
- 1954年7月，收入《求爱》，上海：新文艺出版社。
- 2014年6月，收入《路翎全集》第1卷，上海：复旦大学出版社。

* 据 1946 年 12 月上海海燕书店版排印。

《舞龙者》
- 散文，署名"冰菱"，1946 年 3 月 15 日作。
- 1946 年 5 月 4 日，刊于《希望》(上海)第 2 集第 1 期(总号第 5 期)。

《老的和小的》
- 短篇小说，1946 年 4 月 1 日作。
- 1946 年 12 月，收入《求爱》(《七月文丛》I)，上海：海燕书店。
- 1954 年 7 月，收入《求爱》，上海：新文艺出版社。
- 2014 年 6 月，收入《路翎全集》第 1 卷，上海：复旦大学出版社。

  * 据 1946 年 12 月上海海燕书店版排印。

《女孩子和男孩子》
- 短篇小说，1946 年 4 月 2 日作。
- 1947 年 1 月，刊于《呼吸》第 2 期。
- 1952 年 1 月，收入《平原》，上海：作家书屋(初版)。

  *《路翎研究资料·著作目录》载"上海：联营书店"，而据《平原》版权页，"联营书店"为经售处。
- 2014 年 6 月，收入《路翎全集》第 2 卷，上海：复旦大学出版社。

  * 据 1952 年 1 月上海作家书屋版排印。

《求爱》
- 短篇小说，1946 年 4 月 3 日作。
- 1946 年 6 月，刊于《中原、文艺杂志、希望、文哨联合特刊》(重庆)第 1 卷第 6 期。
- 1946 年 8 月 20 日，刊于《书报精华》第 20 期。

  *《书报精华》：原载《联合特刊》。
- 1946 年 12 月，收入《求爱》(《七月文丛》I)，上海：海燕书店。
- 1954 年 7 月，收入《求爱》，上海：新文艺出版社。
- 2014 年 6 月，收入《路翎全集》第 1 卷，上海：复旦大学出版社。

  * 据 1946 年 12 月上海海燕书店版排印。

《肥皂泡》
- 短篇小说，约 1946 年 4 月作。

＊此篇为集外小说。
- 1946年5月1日，刊于《民主世界》第3卷第1期。
- 2014年6月，收入《路翎全集》第4卷，上海：复旦大学出版社。

《幸福的人》
- 短篇小说，约1946年4月作。
- 1946年5月10日，刊于《文坛月报》第1卷第3期。
- 1946年12月，收入《求爱》(《七月文丛》I)，上海：海燕书店。
- 1954年7月，收入《求爱》，上海：新文艺出版社。
- 2014年6月，收入《路翎全集》第1卷，上海：复旦大学出版社。
　　＊据1946年12月上海海燕书店版排印。

《关于绿原》
- 评论，约1946年4月作。
　　＊参见《两个诗人》条目。
- 1946年5月15日，刊于《骆驼文丛》第3期。
　　＊与《两个诗人》一文的首个小标题"绿原"内容大致相同，见1947年4月，复旦大学新年代文学社社刊《文艺信》第5期。
- 1947年8月，收入《荒鸡丛书》之一《天堂底地板》，重庆：自生书店。

《嘉陵江畔的传奇》
- 中篇小说，1946年5月4日离开神圣的四川之前作。
　　＊《路翎全集》谓，据1946年9月8日至11月11日上海《联合晚报》连载排印，《旅途》篇末则标记原载上海《联合晚报》1946年9月8日至10月10日；比对二版收录内容，俱分为14节。经查上海图书馆胶卷，连载确有阙漏，唯资料不全，有待详查。
- 1946年9月8日至11月11日，连载于《联合晚报》(上海)《夕拾》专栏，第2、3版。
　　＊连载有误。另据1946年11月2日信："《传奇》不知登完了没有。缺七、二十、二十四及二十八以后。其中有两个十六，是印错了。"(《致胡风书信全编》，第134页)
- 1999年1月，收入《路翎代表作：旅途》，北京：华夏出版社。

- *1999 年《路翎代表作：旅途》初版为此篇小说首次入集。
- 2008 年 10 月，收入《路翎代表作：旅途》，北京：华夏出版社。
- 2014 年 6 月，收入《路翎全集》第 1 卷，上海：复旦大学出版社。
  *据《联合晚报》连载排印。

《从重庆到南京》

- 散文／日记，署名"冰菱"，约 1946 年 6 月上旬作。
  *据 1946 年 5 月 27 日、6 月 1 日、6 月 6 日信，路翎 5 月 27 日返抵南京，6 月 1 日信中述及想追记，6 月 6 日信则告诉胡风："没有写字的地方，旅途上东西凭记忆在茶馆里写成了，但恐怕潦草凌乱得要命。"（《致胡风书信全编》，第 124—125 页）
- 1946 年 7 月，刊于《希望》（上海）第 2 集第 3 期（总号第 7 期）。
- 1999 年 1 月，收入《路翎代表作：旅途》，北京：华夏出版社。
- 2008 年 10 月，收入《路翎代表作：旅途》，北京：华夏出版社。

《我憎恶》

- 散文，署名"冰菱"，1946 年 6 月 9 日作。
- 1946 年 7 月，刊于《希望》（上海）第 2 集第 3 期（总号第 7 期）。

《求爱·后记》

- 序跋，1946 年 7 月 20 日作，南京。
- 1946 年 12 月，收入《求爱》（《七月文丛》I），上海：海燕书店。
- 1954 年 7 月，收入《求爱》，上海：新文艺出版社。
- 1998 年 10 月，收入《路翎批评文集》，珠海：珠海出版社。
- 2014 年 6 月，收入《路翎全集》第 1 卷，上海：复旦大学出版社。
  *据 1946 年 12 月上海海燕书店版排印。

《天堂地狱之间》

- 短篇小说，1946 年 7 月 30 日作。
- 1947 年 6 月 1 日至 10 日，连载于《时代日报》第 2 版、第 3 版。
  *疑连载有误，6 月 2 日、9 日未见。
- 1952 年 1 月，收入《平原》，上海：作家书屋（初版）。
- 2014 年 6 月，收入《路翎全集》第 2 卷，上海：复旦大学出版社。
  *据 1952 年 1 月上海作家书屋版排印。

《高利贷》
- 短篇小说，约 1946 年 8 月中旬作。
  *据 1946 年 8 月 14 日信："另寄上《重逢》、《高利贷》两篇。"（《致胡风书信全编》，第 130 页）
- 1946 年 11 月 1 日，刊于《呼吸》创刊号。
- 1952 年 1 月，收入《平原》，上海：作家书屋（初版）。
- 2014 年 6 月，收入《路翎全集》第 2 卷，上海：复旦大学出版社。
  *据 1952 年上海作家书屋版排印。

《重逢》
- 短篇小说，约 1946 年 8 月中旬作。
  *据 1946 年 8 月 14 日信："另寄上《重逢》、《高利贷》两篇。"（《致胡风书信全编》，第 130 页）
- 1946 年 12 月 × 日，刊于《新民报》（南京）。
  *待查。据 1946 年 12 月 7 日信："看到南京《新民报》上载着《重逢》，是割碎了的，没有见完全，不知是怎么回事。"（《致胡风书信全编》，第 135 页）
- 1952 年 1 月，收入《平原》，上海：作家书屋（初版）。
- 2014 年 6 月，收入《路翎全集》第 2 卷，上海：复旦大学出版社。
  *据 1952 年 1 月上海作家书屋版排印。

《契约》
- 短篇小说，1946 年 8 月 15 日作。
- 1952 年 1 月，收入《平原》，上海：作家书屋（初版）。
- 2014 年 6 月，收入《路翎全集》第 2 卷，上海：复旦大学出版社。
  *据 1952 年 1 月上海作家书屋版排印。

《小兄弟》
- 短篇小说，1946 年 8 月 29 日作。
- 1946 年 10 月 15 日，刊于《大公报》副刊《文艺》。
- 1946 年 12 月 20 日，刊于《书报精华》第 24 期。
  *《书报精华》：原载《大公报文艺副刊》。
- 1952 年 1 月，收入《平原》，上海：作家书屋（初版）。
- 1986 年 3 月，收入《路翎小说选》，成都：四川文艺出版社。

- 2014 年 6 月，收入《路翎全集》第 2 卷，上海：复旦大学出版社。
  * 据 1952 年 1 月上海作家书屋版排印。

《张刘氏敬香记》
- 短篇小说，1946 年 8 月 30 日作。
- 1946 年 10 月 18 日，刊于《希望》（上海）第 2 集第 4 期（总号第 8 期）《平原集（小说集）》。
- 1952 年 1 月，收入《平原》，上海：作家书屋（初版）。
- 1986 年 3 月，收入《路翎小说选》，成都：四川文艺出版社。
- 2014 年 6 月，收入《路翎全集》第 2 卷，上海：复旦大学出版社。
  * 据 1952 年 1 月上海作家书屋版排印。

《平原》
- 短篇小说，1946 年 9 月 2 日作。
- 1946 年 10 月 18 日，刊于《希望》（上海）第 2 集第 4 期（总号第 8 期）《平原集（小说集）》。
- 1952 年 1 月，收入《平原》，上海：作家书屋（初版）。
- 1986 年 3 月，收入《路翎小说选》，成都：四川文艺出版社。
- 2014 年 6 月，收入《路翎全集》第 2 卷，上海：复旦大学出版社。
  * 据 1952 年 1 月上海作家书屋版排印。

《易学富和他底牛》
- 短篇小说，1946 年 9 月 4 日作。
- 1946 年 10 月 18 日，刊于《希望》（上海）第 2 集第 4 期（总号第 8 期）《平原集（小说集）》。
- 1952 年 1 月，收入《平原》，上海：作家书屋（初版）。
- 2014 年 6 月，收入《路翎全集》第 2 卷，上海：复旦大学出版社。
  * 据 1952 年 1 月上海作家书屋版排印。

《在铁链中》
- 短篇小说，1946 年 9 月 8 日作。
- 1949 年 8 月，收入《在铁链中》，上海：海燕书店（初版）。
- 1954 年 7 月，收入《在铁链中》，上海：新文艺出版社。
- 1986 年 3 月，收入《路翎小说选》，成都：四川文艺出版社。

- * 篇末写作时间 1945 年，本表排序据收入《在铁链中》篇末所载写作时间，定为 1946 年 9 月 8 日。
- 2014 年 6 月，收入《路翎全集》第 2 卷，上海：复旦大学出版社。
  * 据 1949 年 8 月上海海燕书店版排印。

《求爱》

- 小说集。
  * 本集收有：《王家老太婆和她底小猪》《瞎子》《新奇的娱乐》《草鞋》《滩上》《悲愤的生涯》《老的和小的》《棋逢敌手》《英雄底舞蹈》《俏皮的女人》《幸福的人》《江湖好汉和挑水夫的决斗》《一个商人怎样喂饱了一群官吏》《翻译家》《英雄与美人》《秋夜》《可怜的父亲》《一封重要的来信》《求爱》《感情教育》《旅途》《人权》《中国胜利之夜》和《后记》。
- 1946 年 12 月，《求爱》（《七月文丛》I），上海：海燕书店（初版）。
- 1954 年 7 月，《求爱》，上海：新文艺出版社。

《人性》

- 短篇小说，1947 年 1 月 15 日作。
- 1947 年 3 月 10 日至 13 日，连载于《时代日报》第 3 版。
- 1952 年 1 月，收入《平原》，上海：作家书屋（初版）。
- 1986 年 3 月，收入《路翎小说选》，成都：四川文艺出版社。
- 2014 年 6 月，收入《路翎全集》第 2 卷，上海：复旦大学出版社。
  * 据 1952 年 1 月上海作家书屋版排印。

《饶恕》

- 短篇小说，约 1947 年 2 月作。
  * 此篇为集外小说，亦未收入《路翎全集》。
- 1947 年 2 月 4 日，刊于《大公报》第 6 版副刊《文艺》。

《蠢猪》

- 短篇小说，约 1947 年 2 月作。
- 1947 年 3 月 1 日，刊于《呼吸》第 3 期。
- 1952 年 1 月，收入《平原》，上海：作家书屋（初版）。
- 2014 年 6 月，收入《路翎全集》第 2 卷，上海：复旦大学出版社。

*据 1952 年 1 月上海作家书屋版排印。

《爱好音乐的人们》
- 短篇小说，约 1947 年 2 月作。
- 1947 年 3 月 15 日，刊于《书报精华》第 27 期。
  *原载待查。
- 1952 年 1 月，收入《平原》，上海：作家书屋（初版）。
- 2014 年 6 月，收入《路翎全集》第 2 卷，上海：复旦大学出版社。
  *据 1952 年 1 月上海作家书屋版排印。

《两个诗人》
- 评论，署名"PL"，约 1947 年 3 月作。
  *参见《关于绿原》和《关于亦门》条目。
- 1947 年 4 月，刊于复旦大学新年代文学社社刊《文艺信》第 5 期。
  *此文内有二小标题："绿原"与"S.M"，分别与《关于绿原》（1946 年 5 月 15 日，《骆驼文丛》第 3 期，第 7 页；1947 年 8 月《荒鸡丛书》之一《天堂底地板》）和《关于亦门》（1947 年 8 月《荒鸡小集》之一《孤岛集》，第 3 页）二文内容大致相同。
- 1998 年 10 月，收入《路翎批评文集》，珠海：珠海出版社。
- 2014 年 6 月，收入《路翎全集》第 6 卷，上海：复旦大学出版社。
  *据 1998 年 10 月广东珠海出版社版《路翎批评文集》重编重校。

《关于亦门》
- 评论，约 1947 年 3 月作。
  *参见《两个诗人》条目。
- 1947 年 8 月，刊于《荒鸡小集》之一《孤岛集》（成都）。

《〈王贵与李香香〉》
- 评论，署名"未明"，1947 年 4 月 6 日作，北平。
  *学者吴永平认为此篇非路翎所作。详见吴永平：《张业松编〈路翎批评文集〉之误植》，《博览群书》2012 第 2 期。廖伟杰则考证此篇为祝宽所作。详见廖伟杰：《路翎笔名"未明"考》，《现代中文学刊》2022 年第 5 期。
- 1947 年 4 月 15 日，刊于《泥土》第 1 辑。
- 1998 年 10 月，收入《路翎批评文集》，珠海：珠海出版社。

- 2014 年 6 月，收入《路翎全集》第 6 卷，上海：复旦大学出版社。
  * 据 1998 年 10 月广东珠海出版社版《路翎批评文集》重编重校。

《这个家伙》

- 短篇小说，1947 年 4 月作。
- 1947 年 12 月 14 日，刊于《时代日报》第 3 版。
- 1952 年 1 月，收入《平原》，上海：作家书屋（初版）。
- 2014 年 6 月，收入《路翎全集》第 2 卷，上海：复旦大学出版社。
  * 据 1952 年 1 月上海作家书屋版排印。

《云雀》

- 剧本，1947 年 4 月至 7 月作。
  *《后记》写于 1948 年 5 月 20 日。
- 1947 年 6 月 12 日，在南京初次上演，由南京国立戏剧专科学校附属剧团演出，导演洗群，演员孙坚白、路曦、黄若海、张逸生等。
- 1948 年 11 月，《云雀》，上海：希望社（初版）。
- 1986 年 2 月，收入《路翎剧作选》，北京：中国戏剧出版社。
- 2014 年 6 月，收入《路翎全集》第 4 卷，上海：复旦大学出版社。
  * 据 1948 年 11 月上海希望社初版排印。

《路边的谈话》

- 短篇小说，1947 年 7 月 12 日作。
- 1947 年 9 月 17 日，刊于《泥土》第 4 辑。
- 1947 年 10 月 22 日、24 日、26 日，连载于《时代日报》第 2 版。
- 1952 年 1 月，收入《平原》，上海：作家书屋（初版）。
- 2014 年 6 月，收入《路翎全集》第 2 卷，上海：复旦大学出版社。
  * 据 1952 年 1 月上海作家书屋版排印。

《闲荡的小学生》

- 短篇小说，1947 年 7 月 15 日作。
- 1947 年 12 月 20 日，刊于《人世间》第 2 卷第 2、3 期（总第 8、9 期）合刊。
- 1952 年 1 月，收入《平原》，上海：作家书屋（初版）。
- 2014 年 6 月，收入《路翎全集》第 2 卷，上海：复旦大学出版社。

*据 1952 年 1 月上海作家书屋版排印。

《凤仙花》
- 短篇小说，1947 年 7 月作。
- 1947 年 9 月 17 日，刊于《泥土》第 4 辑。
- 1952 年 1 月，收入《平原》，上海：作家书屋（初版）。
- 1986 年 3 月，收入《路翎小说选》，成都：四川文艺出版社。
- 2014 年 6 月，收入《路翎全集》第 2 卷，上海：复旦大学出版社。

*据 1952 年 1 月上海作家书屋版排印。

《客人》
- 短篇小说，1947 年 8 月作。
- 1947 年 10 月，刊于《荒鸡小集》之二《诗与庄严》（成都）。
- 1952 年 1 月，收入《平原》，上海：作家书屋（初版）。
- 2014 年 6 月，收入《路翎全集》第 2 卷，上海：复旦大学出版社。

*据 1952 年 1 月上海作家书屋版排印。

《理想主义的少爷》
- 短篇小说，1947 年 9 月 8 日作。

*此篇为集外小说，亦未收入《路翎全集》。

- 1948 年 3 月，刊于《荒鸡小集》之四《血底蒸馏》（成都）。

《送草的乡人》
- 短篇小说，1947 年 11 月作。
- 1948 年 5 月，刊于《中国作家》（上海）第 1 卷第 3 期。
- 1952 年 1 月，收入《平原》，上海：作家书屋（初版）。
- 1986 年 3 月，收入《路翎小说选》，成都：四川文艺出版社。
- 2014 年 6 月，收入《路翎全集》第 2 卷，上海：复旦大学出版社。

*据 1952 年 1 月上海作家书屋版排印。

《吹笛子的人》
- 长篇小说，约 1947 年重写。
- 未刊稿，已佚失。

*据《路翎传·路翎年谱简编》："又写剧本《故园》、长篇小说《吹笛子的人》（两稿"文革"中均佚失）。"（第 216 页）；另据《路翎书信

集·路翎年谱简编》:"路翎还写了剧本《故园》和长篇小说《吹笛子的人》(重写的),这两部手稿都在后来的文化大革命浩劫中遗失了。"(第225页)

《故园》

- 剧本,约1947年作。
- 未刊稿,已佚失。
  * 参见《吹笛子的人》条目。

《在一个冬天的早晨》

- 短篇小说,约1948年1月作。
  * 据1948年2月14—16日信:"上次寄的短稿《在一个冬天的早晨》,收到没有?""上次"指1946年1月30日。(《致胡风书信全编》,第169—170页)
- 1948年5月16日,刊于《新中华》复刊第6卷第10期。
- 1952年1月,收入《平原》,上海:作家书屋(初版)。
- 2014年6月,收入《路翎全集》第2卷,上海:复旦大学出版社。
  * 据1952年1月上海作家书屋版排印。

《初恋》

- 短篇小说,1948年1月31日作。
- 1948年7月10日,刊于《人世间》第2卷第5、6期(总第11—12期)合刊。
- 1952年1月,收入《平原》,上海:作家书屋(初版)。
- 2014年6月,收入《路翎全集》第2卷,上海:复旦大学出版社。
  * 据1952年1月上海作家书屋版排印。

《歌唱》

- 短篇小说,1948年2月4日作。
- 1948年3月7日,刊于《时代日报》第2版。
- 1952年1月,收入《平原》,上海:作家书屋(初版)。
- 2014年6月,收入《路翎全集》第2卷,上海:复旦大学出版社。
  * 据1952年1月上海作家书屋版排印。

《预言》

- 短篇小说,1948年2月5日作。

- 1948 年 5 月，刊于《蚂蚁小集》之二《预言》（南京）。
- 1952 年 1 月，收入《平原》，上海：作家书屋（初版）。
- 2014 年 6 月，收入《路翎全集》第 2 卷，上海：复旦大学出版社。
  *据 1952 年 1 月上海作家书屋版排印。

《诗底风格》
- 评论，署名"冰菱"，约 1948 年 2 月作。
- 1948 年 3 月，刊于《荒鸡小集》之四《血底蒸馏》（成都）。
  *未收入《路翎全集》。

《敌与友》
- 评论，署名"未明"，约 1948 年 2 月作。
- 1948 年 3 月，刊于《蚂蚁小集》之一《许多城都震动了》（南京）。
- 1998 年 10 月，收入《路翎批评文集》，珠海：珠海出版社。
- 2014 年 6 月，收入《路翎全集》第 6 卷，上海：复旦大学出版社。
  *据 1998 年 10 月广东珠海出版社版《路翎批评文集》重编重校。

《对于大众化的理解》
- 评论，署名"冰菱"，1948 年 4 月作。
- 1948 年 5 月，刊于《蚂蚁小集》之二《预言》（南京）。
- 1998 年 10 月，收入《路翎批评文集》，珠海：珠海出版社。
- 2014 年 6 月，收入《路翎全集》第 6 卷，上海：复旦大学出版社。
  *据 1998 年 10 月广东珠海出版社版《路翎批评文集》重编重校。

《燃烧的荒地》
- 长篇小说，1948 年 5 月 1 日作。
- 1950 年 9 月，《燃烧的荒地》，上海：作家书屋（初版）；1951 年 5 月，上海：作家书屋（再版）。
  *《路翎研究资料·著作年表》载"1951 年 5 月上海作家书屋再版"，而《路翎研究资料·著作目录》载"上海联营书店，1951 年 5 月再版"。联营书店应为经销处。
- 1987 年 10 月，《燃烧的荒地》，北京：作家出版社。
- 2014 年 6 月，收入《路翎全集》第 2 卷，上海：复旦大学出版社。
  *据 1951 年 5 月上海作家书屋再版排印，此版所附《正误表》内容已

在文中勘正并加注。

《泥土》

- 短篇小说，1948 年 5 月 4 日作。
- 1948 年 8 月，刊于《蚂蚁小集》之三《歌唱》(南京)。
- 1952 年 1 月，收入《平原》，上海：作家书屋 (初版)。
- 2014 年 6 月，收入《路翎全集》第 2 卷，上海：复旦大学出版社。
  * 据 1952 年 1 月上海作家书屋版排印。

《饥渴的兵士》

- 短篇小说，1948 年 5 月 15 日作。
- 1948 年 7 月 20 日，刊于《泥土》第 6 辑。
- 1952 年 1 月，收入《平原》，上海：作家书屋 (初版)。
- 1986 年 3 月，收入《路翎小说选》，成都：四川文艺出版社。
- 2014 年 6 月，收入《路翎全集》第 2 卷，上海：复旦大学出版社。
  * 据 1952 年 1 月上海作家书屋版排印。

《云雀·后记》

- 序跋，1948 年 5 月 20 日作。
- 1948 年 11 月，收入《云雀》，上海：希望社 (初版)。
- 1986 年 2 月，收入《路翎剧作选》，北京：中国戏剧出版社。
- 1998 年 10 月，收入《路翎批评文集》，珠海：珠海出版社。
- 2014 年 6 月，收入《路翎全集》第 4 卷，上海：复旦大学出版社。
  * 据 1948 年 11 月上海希望社初版排印。

《论文艺创作底几个基本问题》

- 评论，署名"余林"，1948 年 5 月 26 日作，在旧中国的一个乡村。
  * 文末另有一则《廿九日夜附记》
- 1948 年 7 月 20 日，刊于《泥土》第 6 辑。
- 1998 年 10 月，收入《路翎批评文集》，珠海：珠海出版社。
- 2014 年 6 月，收入《路翎全集》第 6 卷，上海：复旦大学出版社。
  * 据 1998 年 10 月广东珠海出版社版《路翎批评文集》重编重校。

《爱民大会》

- 短篇小说，1948 年 8 月 2 日作。

- 1948 年 11 月，刊于《蚂蚁小集》之四《中国的肺脏》（南京）。
- 1952 年 1 月，收入《平原》，上海：作家书屋（初版）。
- 1986 年 3 月，收入《路翎小说选》，成都：四川文艺出版社。
  *篇末写作时间 1947 年，本表排序从初刊《蚂蚁小集》之四《中国的肺脏》篇末所载写作时间，定为 1948 年 8 月 2 日。
- 2014 年 6 月，收入《路翎全集》第 2 卷，上海：复旦大学出版社。
  *据 1952 年 1 月上海作家书屋版排印。

《学徒刘景顺》

- 短篇小说，1948 年 8 月 7 日作。
- 1952 年 1 月，收入《平原》，上海：作家书屋（初版）。
- 2014 年 6 月，收入《路翎全集》第 2 卷，上海：复旦大学出版社。
  *据 1952 年 1 月上海作家书屋版排印。

《评茅盾底〈腐蚀〉兼论其创作道路》

- 评论，署名"嘉木"，1948 年 8 月 10 日作。
- 1948 年 12 月 31 日，刊于《蚂蚁小集》之五《迎着明天》（上海）。
- 1998 年 10 月，收入《路翎批评文集》，珠海：珠海出版社。
- 2014 年 6 月，收入《路翎全集》第 6 卷，上海：复旦大学出版社。
  *据 1998 年 10 月广东珠海出版社版《路翎批评文集》重编重校。

《码头上》

- 短篇小说，1948 年 8 月作。
- 1948 年 11 月 1 日，刊于《泥土》第 7 辑。
- 1952 年 1 月，收入《平原》，上海：作家书屋（初版）。
- 2014 年 6 月，收入《路翎全集》第 2 卷，上海：复旦大学出版社。
  *据 1952 年 1 月上海作家书屋版排印。

《屈辱》

- 短篇小说，1948 年 8 月作。
- 1949 年 5 月 20 日，刊于《蚂蚁小集》之六《歌颂中国》（上海）。
- 1952 年 1 月，收入《平原》，上海：作家书屋（初版）。
- 2014 年 6 月，收入《路翎全集》第 2 卷，上海：复旦大学出版社。
  *据 1952 年 1 月上海作家书屋版排印。

《从"名词的混乱"谈起——文艺杂谈之一》
- 评论,署名"冰菱",1948年12月14日作,危楼。
- 1949年1月1日,刊于《展望》第3卷第9期。
- 2014年6月,收入《路翎全集》第6卷,上海:复旦大学出版社。

《谈朱光潜底"距离的美学"——文艺杂谈之二》
- 评论,署名"冰菱",1948年12月16日作。
- 1949年1月8日,刊于《展望》第3卷第10期。
- 2014年6月,收入《路翎全集》第6卷,上海:复旦大学出版社。

《文化斗争与文艺实践》
- 评论,署名"冰菱",1949年1月14日作。
- 1949年5月20日,刊于《蚂蚁小集》之六《歌颂中国》(上海)。
- 1998年10月,收入《路翎批评文集》,珠海:珠海出版社。
- 2014年6月,收入《路翎全集》第6卷,上海:复旦大学出版社。
  * 据1998年10月广东珠海出版社版《路翎批评文集》重编重校。

《吃人的和被吃的理论》
- 评论,署名"木纳",1949年1月18日作。
- 1949年7月1日,刊于《蚂蚁小集》之七(解放号)《中国,你笑吧!》(上海)。
- 1998年10月,收入《路翎批评文集》,珠海:珠海出版社。
- 2014年6月,收入《路翎全集》第6卷,上海:复旦大学出版社。
  * 据1998年10月广东珠海出版社版《路翎批评文集》重编重校。

《祷告》
- 短篇小说,约1949年2月前作。
  * 此篇为集外小说。
- 1949年2月,刊于《新中华》第12卷第4期。
- 2014年6月,收入《路翎全集》第4卷,上海:复旦大学出版社。

《危楼日记》
- 散文/日记,署名"冰菱",约1948年12月至1949年3月间作。
  * 依序为1948年12月9日、10日、13日、15日,1949年1月13日、14日、17日、27日,2月13日、19日,最后一则载"三月六五日"。

- 连载于：1948 年 12 月 31 日，《蚂蚁小集》之五《迎着明天》（上海）；1949 年 5 月 20 日，《蚂蚁小集》之六《歌颂中国》（上海）；1949 年 7 月 1 日，《蚂蚁小集》之七（解放号）《中国，你笑吧！》（上海）。
- 1998 年 10 月，收入《路翎批评文集》，珠海：珠海出版社。
- 1999 年 1 月，收入《路翎代表作：旅途》，北京：华夏出版社；2008 年 10 月，收入《路翎代表作：旅途》，北京：华夏出版社。

  *此版本略去 1948 年 12 月 9 日、10 日、13 日记述。

《反动派一团糟》

- 剧本，1949 年 4 月作。
- 已佚失。

  *1949 年 5 月 1 日南京文工团演出（《路翎传·路翎年谱简编》，第 216 页）。1949 年 11 月 15 日信，提到稍作修改（《致胡风书信全编》，第 201 页）。

《泡沫》

- 短篇小说，1949 年 5 月 11 日作。
- 1949 年 7 月 1 日，刊于《蚂蚁小集》之七（解放号）《中国，你笑吧！》（上海）。
- 1999 年 1 月，收入《路翎代表作：旅途》，北京：华夏出版社；2008 年 10 月，收入《路翎代表作：旅途》北京：华夏出版社。

  *1999 年《路翎代表作：旅途》初版为此篇小说首次入集。
- 2014 年 6 月，收入《路翎全集》第 4 卷，上海：复旦大学出版社。

《车夫张顺子》

- 短篇小说，1949 年 5 月作。

  *此篇为集外小说。
- 1949 年 6 月 1 日，刊于《文艺报》第 2 版。

  *待查。据《路翎全集》补此书目。
- 2014 年 6 月，收入《路翎全集》第 4 卷，上海：复旦大学出版社。

《兄弟》

- 短篇小说，1949 年 6 月 14 日作。

＊此篇为集外小说。
- 1949年6月21日，刊于《新民报》（南京）。
　　　＊待查。据《路翎全集》补此书目。
- 2014年6月，收入《路翎全集》第4卷，上海：复旦大学出版社。

《喜事》
- 短篇小说，1949年6月18日作。
　　　＊此篇为集外小说。
- 1949年7月4日，刊于《新民报》（南京）。
　　　＊待查。据《路翎全集》补此书目。
- 2014年6月，收入《路翎全集》第4卷，上海：复旦大学出版社。

《试探》
- 短篇小说，1949年6月作。
- 1950年10月，收入《朱桂花的故事》（《十月文艺丛书》），天津：知识书店（初版）。
- 1955年3月，收入《朱桂花的故事》，北京：作家出版社（再版）。
　　　＊据书中所载"内容说明"："这个集子，除最后一篇外，其他都曾出版过，此次出版前曾由作者作了一些修改。"即1955年3月北京作家出版社版增收一篇《英雄事业》。
- 2014年6月，收入《路翎全集》第4卷，上海：复旦大学出版社。
　　　＊据1950年10月天津知识书店初版排印。

《在铁链中·后记》
- 序跋，1949年7月18日作，北平。
- 1949年8月，收入《在铁链中》，上海：海燕书店（初版）。
- 1954年7月，收入《在铁链中》，上海：新文艺出版社。
- 1998年10月，收入《路翎批评文集》，珠海：珠海出版社。
- 2014年6月，收入《路翎全集》第2卷，上海：复旦大学出版社。
　　　＊据1949年8月上海海燕书店版排印。

《在铁链中》
- 小说集。
　　　＊本集收有：《罗大斗底一生》《王兴发夫妇》《王炳全底道路》《两个流

浪汉》《破灭》《程登富和线铺姑娘底恋爱》《在铁链中》和《后记》。
- 1949年8月,《在铁链中》,上海:海燕书店(初版)。
- 1954年7月,《在铁链中》,上海:新文艺出版社。

《替我唱个歌》
- 短篇小说,1949年9月20日作。
- 1950年10月,收入《朱桂花的故事》(《十月文艺丛书》),天津:知识书店(初版)。
- 1955年3月,收入《朱桂花的故事》,北京:作家出版社(再版)。
- 2014年6月,收入《路翎全集》第4卷,上海:复旦大学出版社。
  *据1950年10月天津知识书店初版排印。

《朱桂花的故事》
- 短篇小说,1949年10月22日作。
- 1949年11月18日,刊于《天津日报》第5版《文艺周刊》第35期。
- 1950年10月,收入《朱桂花的故事》(《十月文艺丛书》),天津:知识书店(初版)。
- 1955年3月,收入《朱桂花的故事》,北京:作家出版社(再版)。
- 2014年6月,收入《路翎全集》第4卷,上海:复旦大学出版社。
  *据1950年10月天津知识书店初版排印。

《荣材婶的篮子》
- 短篇小说,1949年10月30日作,南京被服厂。
- 1950年1月20日,刊于《起点》(上海)第1集第1期。
- 1950年10月,收入《朱桂花的故事》(《十月文艺丛书》),天津:知识书店(初版)。
- 1955年3月,收入《朱桂花的故事》,北京:作家出版社(再版)。
- 2014年6月,收入《路翎全集》第4卷,上海:复旦大学出版社。
  *《路翎全集》:据1950年10月天津知识书店初版排印。

《女工赵梅英》
- 短篇小说,1949年11月10日作。
- 1949年12月1日,刊于《小说》(上海)第3卷第3期。
- 1950年10月,收入《朱桂花的故事》(《十月文艺丛书》),天津:

知识书店（初版）。
- 1955 年 3 月，收入《朱桂花的故事》，北京：作家出版社（再版）。
- 1986 年 3 月，收入《路翎小说选》，成都：四川文艺出版社。
- 2014 年 6 月，收入《路翎全集》第 4 卷，上海：复旦大学出版社。

*据 1950 年 10 月天津知识书店初版排印。

《"祖国号"列车》
- 短篇小说，1949 年 12 月 19 日作，北京。

*天津知识书店初版与《起点》初刊标题"祖国号"三字均未加引号，北京作家出版社再版后加上引号。

- 1950 年 3 月 1 日，刊于《起点》（上海）第 1 集第 2 期。
- 1950 年 10 月，收入《朱桂花的故事》（《十月文艺丛书》），天津：知识书店（初版）。
- 1955 年 3 月，收入《朱桂花的故事》，北京：作家出版社（再版）。
- 2014 年 6 月，收入《路翎全集》第 4 卷，上海：复旦大学出版社。

*据 1950 年 10 月天津知识书店初版排印。

《劳动模范朱学海》
- 短篇小说，署名"林羽"，1949 年 12 月作。
- 1950 年 3 月 1 日，刊于《起点》（上海）第 1 集第 2 期。
- 1950 年 10 月，收入《朱桂花的故事》（《十月文艺丛书》），天津：知识书店（初版）。
- 1955 年 3 月，收入《朱桂花的故事》，北京：作家出版社（再版）。
- 2014 年 6 月，收入《路翎全集》第 4 卷，上海：复旦大学出版社。

*据 1950 年 10 月天津知识书店初版排印。

《锄地》
- 短篇小说，1950 年 2 月 20 日作。
- 1950 年 4 月 1 日，刊于《文艺学习》（天津）第 1 卷第 3 期。
- 1950 年 10 月，收入《朱桂花的故事》（《十月文艺丛书》），天津：知识书店（初版）。
- 1955 年 3 月，收入《朱桂花的故事》，北京：作家出版社（再版）。
- 1986 年 3 月，收入《路翎小说选》，成都：四川文艺出版社。

- 2014年6月，收入《路翎全集》第4卷，上海：复旦大学出版社。

  *据1950年10月天津知识书店初版排印。

《林根生夫妇》

- 短篇小说，1950年3月11日作，北京。
- 1950年10月，收入《朱桂花的故事》(《十月文艺丛书》)，天津：知识书店（初版）。
- 1955年3月，收入《朱桂花的故事》，北京：作家出版社（再版）。
- 2014年6月，收入《路翎全集》第4卷，上海：复旦大学出版社。

  *据1950年10月天津知识书店初版排印。

《粮食》

- 短篇小说，1950年4月7日作。
- 1950年7月1日，刊于《文艺学习》（天津）第1卷第6期。
- 1950年10月，收入《朱桂花的故事》(十月文艺丛书)，天津：知识书店（初版）。
- 1955年3月，收入《朱桂花的故事》，北京：作家出版社（再版）。
- 1986年3月，收入《路翎小说选》，成都：四川文艺出版社。
- 2014年6月，收入《路翎全集》第4卷，上海：复旦大学出版社。

  *据1950年10月天津知识书店初版排印。

《英雄母亲》

- 剧本，约1950年8月作。

  *1950年8月9日胡风致信路翎，提出了对此剧的修改建议，而同年8月29日，路翎致信胡风，提到此剧的改写工作已基本完毕，过两天将提交。(分别见《胡风 路翎文学书简》第235—236页、第243—244页)

- 1951年9月，《英雄母亲》，上海：泥土社（初版）。
- 1986年2月，收入《路翎剧作选》，北京：中国戏剧出版社。
- 2014年6月，收入《路翎全集》第4卷，上海：复旦大学出版社。

  *据1951年9月上海泥土社版排印。

《第三连》

- 小说／报告文学，1950年10月17日夜作。

- * 此篇为集外小说。文末附记:"这篇报告是据二野战斗英雄周福祺同志的谈话写成的。应该声明的是:一,某些细节,某些人物的形象,是由作者加以补充和增加了;二,人物的姓名,有的是据原来谈话的样子,有的都是由作者虚拟的。作者企图表现的,是这英雄谈话底基本精神,因此细节的地方有了变动。"
- 1951年8月1日,刊于《天津文艺》第1卷第6期。
- 2014年6月,收入《路翎全集》第4卷,上海:复旦大学出版社。

《军布》

- 剧本,1950年10月作。
- 已佚失。取材自天津国棉二厂的体验。
  - * 据《路翎传·路翎年谱简编》:"10月,去天津国棉二厂体验生活,写成反应抗美援朝的剧本《军布》。"(第217页)

《朱桂花的故事》

- 小说集。
  - * 本集收有:《试探》《替我唱个歌》《朱桂花的故事》《荣材婶的篮子》《女工赵梅英》《祖国号列车》《劳动模范朱学海》《锄地》《林根生夫妇》和《粮食》。
- 1950年10月,《朱桂花的故事》(《十月文艺丛书》),天津:知识书店(初版)。
- 1955年3月,北京:作家出版社(再版)。

《迎着明天》

- 剧本,原题《人民万岁》,1949年7月初稿,1950年11月整理。
- 1951年8月,《迎着明天》(《大众文艺丛书》),北京:天下出版社(初版)。
- 1986年2月,收入《路翎剧作选》,北京:中国戏剧出版社。
  - * 此版以"人民万岁"为题。
- 2014年6月,收入《路翎全集》第4卷,上海:复旦大学出版社。
  - * 据1951年8月北京天下出版社版排印。

《祖国在前进》

- 剧本,1950年12月作,北京。

*《后记》写于1951年8月，大连。
- 1952年1月，《祖国在前进》，上海：泥土社（初版）。
- 1986年2月，收入《路翎剧作选》，北京：中国戏剧出版社。
- 2014年6月，收入《路翎全集》第4卷，上海：复旦大学出版社。
   *据1952年1月上海泥土社版排印。

《青年机务队》
- 剧本，又题《祖国儿女》，1951年7月作。
   *据1951年7月27日信，为随团去大连访问志愿军伤员医院期间赶写成。（见《致胡风书信全编》，第243页）
- 已佚失。
   *据《路翎传·路翎年谱简编》："夏，随田汉的写作参观学习团去大连，访问志愿军伤员医院。访问期间赶写剧本《青年机务队》，又名《祖国儿女》，'青艺'讨论了该剧本，但未上演。"（第217页）；另据《路翎书信集·路翎年谱简编》有相似说法，并指出"以抗美援朝为题材"（第234页）。

《祖国在前进·后记》
- 序跋，1951年8月作，大连。
- 1952年1月，收入《祖国在前进》，上海：泥土社（初版）。
- 1986年2月，收入《路翎剧作选》，北京：中国戏剧出版社。
- 1998年10月，收入《路翎批评文集》，珠海：珠海出版社。
- 2014年6月，收入《路翎全集》第4卷，上海：复旦大学出版社。
   *据1952年1月上海泥土社版排印。

《英雄事业》
- 短篇小说，1950年3月初稿，1951年11月整理。
- 1955年3月，收入《朱桂花的故事》，北京：作家出版社（再版）。
   *1950年10月天津知识书店初版《朱桂花的故事》无此篇。
- 2014年6月，收入《路翎全集》第4卷，上海：复旦大学出版社。
   *据1955年3月北京作家出版社版排印。

《平原》
- 小说集。
   *本集收有：《平原》《易学富和他底牛》《泥土》《歌唱》《送草的乡人》

《重逢》《饥渴的兵士》《屈辱》《码头上》《在一个冬天的早晨》《学徒刘景顺》《小兄弟》《路边的谈话》《凤仙花》《预言》《初恋》《蠢猪》《人性》《高利贷》《爱好音乐的人们》《女孩子和男孩子》《客人》《张刘氏敬香记》《闲荡的小学生》《这个家伙》《契约》《天堂地狱之间》《爱民大会》和《后记》(胡风)。

- 1952年1月,《平原》,上海:作家书屋(初版)。

《春天的嫩苗》

- 报告文学,1953年3月20日作,朝鲜战地。
- 1953年6月2日,刊于《人民文学》1953年6月号(总第44期)。
- 1954年6月,收入《板门店前线散记》,北京:作家出版社(初版)。
- 1981年9月,收入《初雪》,银川:宁夏人民出版社。
  * 此版本据1954年6月北京作家出版社《板门店前线散记》,加入朝鲜前线志愿军题材小说四篇:《战士的心》《初雪》《你的永远忠实的同志》与《洼地上的"战役"》。
- 2014年6月,收入《路翎全集》第5卷,上海:复旦大学出版社。
  * 据1981年9月银川宁夏人民出版社版《初雪》排印,初刊校对。

《从歌声和鲜花想起的》

- 报告文学,1953年4月28日作,朝鲜战地。
- 1953年8月7日,刊于《人民文学》1953年7、8月号(总第45、46期)。
- 1954年6月,收入《板门店前线散记》,北京:作家出版社(初版)。
- 1981年9月,收入《初雪》,银川:宁夏人民出版社。
- 2014年6月,收入《路翎全集》第5卷,上海:复旦大学出版社。
  * 据1981年9月银川宁夏人民出版社版《初雪》排印,初刊校对。

《记李家福同志》

- 报告文学,1953年5月1日作,朝鲜战地。
- 1953年10月7日,刊于《人民文学》1953年10月号(总第48期)。
- 1954年6月,收入《板门店前线散记》,北京:作家出版社(初版)。
- 1981年9月,收入《初雪》,银川:宁夏人民出版社。
- 2014年6月,收入《路翎全集》第5卷,上海:复旦大学出版社。
  * 据1981年9月银川宁夏人民出版社版《初雪》排印,初刊校对。

《记王正清同志》
- 报告文学，1953 年 5 月 4 日作，朝鲜战地。
- 1954 年 6 月，收入《板门店前线散记》，北京：作家出版社（初版）。
- 1981 年 9 月，收入《初雪》，银川：宁夏人民出版社。
- 2014 年 6 月，收入《路翎全集》第 5 卷，上海：复旦大学出版社。

  ＊据 1981 年 9 月银川宁夏人民出版社版《初雪》排印，初刊校对。

《记新人们》
- 报告文学，约 1953 年 5 月作。
- 1953 年 12 月 15 日，刊于《中国青年报》。
- 1954 年 6 月，收入《板门店前线散记》，北京：作家出版社（初版）。
- 1981 年 9 月，收入《初雪》，银川：宁夏人民出版社。
- 2014 年 6 月，收入《路翎全集》第 5 卷，上海：复旦大学出版社。

  ＊据 1981 年 9 月银川宁夏人民出版社版《初雪》排印，初刊校对。

《板门店前线散记》
- 报告文学，1953 年 6 月至 7 月记于板门店前线，1953 年 9 月在北京整理。
- 连载于：1953 年 11 月 30 日《文艺报》1953 年第 22 号；1953 年 12 月 15 日，《文艺报》1953 年第 23 号。
- 1954 年 6 月，收入《板门店前线散记》，北京：作家出版社（初版）。
- 1981 年 9 月，收入《初雪》，银川：宁夏人民出版社。
- 2014 年 6 月，收入《路翎全集》第 5 卷，上海：复旦大学出版社。

  ＊据 1981 年 9 月银川宁夏人民出版社版《初雪》排印，初刊校对。

《战士的心》
- 短篇小说，1953 年 10 月 4 日作，北京。
- 1953 年 12 月 7 日，刊于《人民文学》1953 年 12 月号（总第 50 期）。
- 1981 年 9 月，收入《初雪》，银川：宁夏人民出版社。
- 2014 年 6 月，收入《路翎全集》第 5 卷，上海：复旦大学出版社。

  ＊据 1981 年 9 月银川宁夏人民出版社版《初雪》排印，初刊校对。

《初雪》
- 短篇小说，1953 年 10 月 16 日作，北京。

- 1954 年 1 月 7 日，刊于《人民文学》1954 年 1 月号（总第 51 期）。
- 1981 年 9 月，收入《初雪》，银川：宁夏人民出版社。
- 1986 年 3 月，收入《路翎小说选》，成都：四川文艺出版社。
- 2014 年 6 月，收入《路翎全集》第 5 卷，上海：复旦大学出版社。

*据 1981 年 9 月银川宁夏人民出版社版《初雪》排印，初刊校对。

《你的永远忠实的同志》

- 短篇小说，1953 年 10 月 26 日作，北京。
- 1954 年 2 月 12 日，刊于《解放军文艺》1954 年 2 月号（总第 30 期）。
- 1981 年 9 月，收入《初雪》，银川：宁夏人民出版社。
- 2014 年 6 月，收入《路翎全集》第 5 卷，上海：复旦大学出版社。

*据 1981 年 9 月银川宁夏人民出版社版《初雪》排印，初刊校对。

《从七月二十七日下午十时起》

- 报告文学，1953 年 10 月作，北京。
- 1954 年 1 月 15 日，刊于《文艺报》1954 年第 1 号。
- 1954 年 6 月，收入《板门店前线散记》，北京：作家出版社（初版）。
- 1981 年 9 月，收入《初雪》，银川：宁夏人民出版社。
- 2014 年 6 月，收入《路翎全集》第 5 卷，上海：复旦大学出版社。

*据 1981 年 9 月银川宁夏人民出版社版《初雪》排印，初刊校对。

《洼地上的"战役"》

- 短篇小说，1953 年 11 月 5 日作，北京。
- 1954 年 3 月 7 日，刊于《人民文学》1954 年 3 月号（总第 53 期）。
- 1981 年 9 月，收入《初雪》，银川：宁夏人民出版社。
- 1986 年 3 月，收入《路翎小说选》，成都：四川文艺出版社。
- 2014 年 6 月，收入《路翎全集》第 5 卷，上海：复旦大学出版社。

*据 1981 年 9 月银川宁夏人民出版社版《初雪》排印，初刊校对。

《板门店前线散记》

- 报告文学集。

*本集收有：《春天的嫩苗》《从歌声和鲜花想起的》《记李家福同志》《记新人们》《记王正清同志》《板门店前线散记》和《从七月二十七日下午十时起》。

- 1954 年 6 月，《板门店前线散记》，北京：作家出版社（初版）。

《战争，为了和平》
- 长篇小说，原题《朝鲜的战争与和平》，1954 年 8 月完稿。
  * 原 50 余万字。1955 年被缴后遗失第一、二章；1981 年易题《战争，为了和平》；1985 年 12 月中国文联版补入"引子"。
- 在《江南》(杭州)、《创作》(长沙)、《雪莲》(西宁)、《北疆》(哈尔滨)等刊物分章发表。
- 1981 年，《江南》1981 年第 2—4 期连载第一部《群峰顶端的雕像》第三至六章（为 1985 年 12 月中国文联版的第一章至第四章）。如下：《江南》1981 年第 2 期，第三章、第四章；1981 年第 3 期，第五章（未完）；1981 年第 4 期，第五章（续完）、第六章。
- 1982 年 9 月，《雪莲》1982 年第 3 期（总第 12 期）刊载《战争，为了和平》第十章（为 1985 年 12 月中国文联版的第七章）。
- 1985 年 12 月，《战争，为了和平》，北京：中国文联出版公司。
- 2014 年 6 月，收入《路翎全集》第 5 卷，上海：复旦大学出版社。
  * 据 1985 年 12 月北京中国文联出版公司《战争，为了和平》版排印。

《为什么会有这样的批评？——关于对〈洼地上的"战役"〉等小说的批评》
- 评论，1954 年 11 月 10 日作，北京。
- 连载于：1955 年 1 月 30 日，《文艺报》1955 年第 1、2 号；1955 年 2 月 15 日，《文艺报》1955 年第 3 号；1955 年 2 月 28 日，《文艺报》1955 年第 4 号。
- 1998 年 10 月，收入《路翎批评文集》，珠海：珠海出版社。
- 2014 年 6 月，收入《路翎全集》第 6 卷，上海：复旦大学出版社。
  * 据 1998 年 10 月广东珠海出版社版《路翎批评文集》重编重校。

《初雪·后记》
- 序跋／回忆录，1981 年 3 月 23 日作。
- 1981 年 7 月 20 日，刊于《文汇月刊》1981 年 7 月号。
- 1981 年 9 月，收入《初雪》，银川：宁夏人民出版社。
- 1998 年 3 月，收入《路翎晚年作品集》，上海：东方出版中心。
- 1998 年 10 月，收入《路翎批评文集》，珠海：珠海出版社。

- 2014年6月,收入《路翎全集》第5卷,上海:复旦大学出版社。
    * 据1981年9月银川宁夏人民出版社版《初雪》排印,初刊校对。

《诗三首·刚考取小学一年级的女学生》
- 诗歌,1981年7月10日作。
- 1981年10月,刊于《诗刊》1981年第10期。
- 1998年3月,收入《路翎晚年作品集》,上海:东方出版中心。

《诗三首·城市和乡村边缘的律动》
- 诗歌,1981年7月12日作。
- 1981年10月,刊于《诗刊》1981年第10期。
- 1998年3月,收入《路翎晚年作品集》,上海:东方出版中心。

《诗三首·果树林中》
- 诗歌,1981年7月作。
- 1981年10月,刊于《诗刊》1981年第10期。
- 1998年3月,收入《路翎晚年作品集》,上海:东方出版中心。

"In the Orchard"(《果树林中》英译)
- 诗歌,1981年7月作。
- 1982,*Chinese Literature*(Madison:University of Wisconsin),No. 3.

《初雪》
- 小说、报告文学集。
    * 本集收有:《战士的心》《初雪》《你的永远忠实的同志》《洼地上的"战役"》《春天的嫩苗》《从歌声和鲜花想起的》《记李家福同志》《记新人们》《记王正清同志》《板门店前线散记》《从七月二十七日下午十时起》和《后记》。
- 1981年9月,《初雪》,银川:宁夏人民出版社(初版)。

《春来临》
- 诗歌,1981年9月作。
- 1981年11月29日,刊于《光明日报》第4版。
- 1998年3月,收入《路翎晚年作品集》,上海:东方出版中心。

《诗二首·阳光灿烂》
- 诗歌,1981年10月作,北京。

- 1982 年 1 月 12 日，刊于《新晚报》（香港）副刊《星海》。
- 1998 年 3 月，收入《路翎晚年作品集》，上海：东方出版中心。

《诗二首·鹏程万里》
- 诗歌，1981 年 10 月作，北京。
- 1982 年 1 月 12 日，刊于《新晚报》（香港）副刊《星海》。
- 1998 年 3 月，收入《路翎晚年作品集》，上海：东方出版中心。

《月芽》
- 诗歌，约 1982 年 1 月前作。
  *与《白昼》以《月芽·白昼》合题发表。
- 1982 年，刊于《青海湖》1982 年第 1 期。
- 1998 年 3 月，收入《路翎晚年作品集》，上海：东方出版中心。

《白昼》
- 诗歌，约 1982 年 1 月前作。
  *参见《月芽》条目。
- 1982 年，刊于《青海湖》1982 年第 1 期。
- 1998 年 3 月，收入《路翎晚年作品集》，上海：东方出版中心。

《黎明篇·星》
- 诗歌，约 1982 年 3 月前作。
- 1982 年 3 月 10 日，刊于《雪莲》1982 年第 1 期。
- 1998 年 3 月，收入《路翎晚年作品集》，上海：东方出版中心。

《黎明篇·黎明》
- 诗歌，约 1982 年 3 月前作。
- 1982 年 3 月 10 日，刊于《雪莲》1982 年第 1 期。
- 1998 年 3 月，收入《路翎晚年作品集》，上海：东方出版中心。

《解冻（外一首）·解冻》
- 诗歌，约 1982 年 7 月作。
- 1982 年 7 月 29 日，刊于《文学报》。
- 1998 年 3 月，收入《路翎晚年作品集》，上海：东方出版中心。

《解冻（外一首）·村镇》
- 诗歌，约 1982 年 7 月作。

- 1982 年 7 月 29 日，刊于《文学报》。
- 1998 年 3 月，收入《路翎晚年作品集》，上海：东方出版中心。

《桥》
- 诗歌，约 1982 年 8 月前作。
- 1982 年，刊于《星星》1982 年第 8 期。
- 1998 年 3 月，收入《路翎晚年作品集》，上海：东方出版中心。

《〈路翎小说选〉自序》
- 序跋／回忆录，1984 年 3 月 9 日作。
- 1986 年 3 月，收入《路翎小说选》，成都：四川文艺出版社。
- 1998 年 3 月，收入《路翎晚年作品集》，上海：东方出版中心。
- 1998 年 10 月，收入《路翎批评文集》，珠海：珠海出版社。
- 2014 年 6 月，收入《路翎全集》第 6 卷，上海：复旦大学出版社。

＊据 1998 年 10 月广东珠海出版社版《路翎批评文集》重编重校。

《诗二首・早晨》
- 诗歌，1984 年 6 月 1 日为儿童节而作。
- 1984 年，刊于《诗刊》1984 年第 11 期。
- 1998 年 3 月，收入《路翎晚年作品集》，上海：东方出版中心。

《诗二首・姊妹》
- 诗歌，1984 年 8 月 3 日作。
- 1984 年，刊于《诗刊》1984 年第 11 期。
- 1998 年 3 月，收入《路翎晚年作品集》，上海：东方出版中心。

《池塘边上》
- 诗歌，1984 年 8 月 7 日作。
- 1998 年 3 月，收入《路翎晚年作品集》，上海：东方出版中心。

《平原》
- 诗歌，1984 年 8 月 9 日作。
- 1998 年 3 月，收入《路翎晚年作品集》，上海：东方出版中心。

《像是要飞翔起来》
- 诗歌，1984 年 8 月 9 日作。

- 1998 年 3 月，收入《路翎晚年作品集》，上海：东方出版中心。

《月亮》
- 诗歌，1984 年 8 月 11 日作。
- 1998 年 3 月，收入《路翎晚年作品集》，上海：东方出版中心。

《井底蛙》
- 诗歌，1984 年 8 月 12 日作。
- 1998 年 3 月，收入《路翎晚年作品集》，上海：东方出版中心。

《乌鸦巢》
- 诗歌，1984 年 8 月 13 日作。
- 1998 年 3 月，收入《路翎晚年作品集》，上海：东方出版中心。

《龟兔赛跑》
- 诗歌，1984 年 8 月 28 日作。
- 1998 年 3 月，收入《路翎晚年作品集》，上海：东方出版中心。

《拔草》
- 诗歌，约 1984 年 8 月作。

 *《路翎晚年作品集》编者谓据手稿笔迹估定，见第 37 页。
- 1998 年 3 月，收入《路翎晚年作品集》，上海：东方出版中心。

《拌粪》
- 短篇小说，1982 年初稿，1984 年 9 月整理。
- 1985 年，刊于《中国》文学双月刊 1985 年第 2 期。
- 1998 年 3 月，收入《路翎晚年作品集》，上海：东方出版中心。

《颂建筑工地》
- 诗歌，1982 年 2 月初稿，1984 年 10 月 20 日整理。
- 1998 年 3 月，收入《路翎晚年作品集》，上海：东方出版中心。

《昼与夜》
- 诗歌，1984 年 10 月 23 日作。
- 1998 年 3 月，收入《路翎晚年作品集》，上海：东方出版中心。

《春雨》
- 诗歌，1982 年 2 月 18 日作，1984 年 10 月 24 日整理。

- 1985 年 5 月，刊于《文汇月刊》1985 年第 5 期。
- 1998 年 3 月，收入《路翎晚年作品集》，上海：东方出版中心。

《杏枝歇鸟》
- 诗歌，1982 年初稿，1984 年 10 月 24 日整理。
- 1998 年 3 月，收入《路翎晚年作品集》，上海：东方出版中心。

《烟囱》
- 诗歌，1984 年 10 月 25 日作。
  ＊未收入《路翎晚年作品集》。
- 1985 年 6 月，刊于《中国作家》1985 年第 3 期。

《护士》
- 诗歌，1984 年 10 月 25 日作。
- 1998 年 3 月，收入《路翎晚年作品集》，上海：东方出版中心。

《槐树落花》
- 诗歌，1982 年初稿，1984 年 10 月 26 日整理。
- 1998 年 3 月，收入《路翎晚年作品集》，上海：东方出版中心。

《河滩》
- 诗歌，1982 年 2 月初稿，1984 年 10 月改作。
- 1984 年 11 月，刊于《文汇月刊》1984 年第 11 期。
- 1998 年 3 月，收入《路翎晚年作品集》，上海：东方出版中心。

《红梅》
- 诗歌，1982 年初稿，1984 年 10 月整理。
- 1985 年 1 月，刊于《文汇月刊》1985 年第 1 期。
- 1998 年 3 月，收入《路翎晚年作品集》，上海：东方出版中心。

《拉车行》
- 诗歌，1984 年 11 月 8 日作。
- 1998 年 3 月，收入《路翎晚年作品集》，上海：东方出版中心。

《杂草》
- 散文，约 1984 年 12 月作。
- 1984 年 12 月 6 日，刊于《今晚报》第 3 版。
- 1998 年 3 月，收入《路翎晚年作品集》，上海：东方出版中心。

《天亮前的扫地》
- 散文，约 1984 年 12 月作。
- 1984 年 12 月 24 日，刊于《北京晚报》第 3 版。
- 1998 年 3 月，收入《路翎晚年作品集》，上海：东方出版中心。

《垃圾车》
- 散文，约 1985 年 1 月作。
- 1985 年 1 月 10 日，刊于《今晚报》，第 3 版。
- 1998 年 3 月，收入《路翎晚年作品集》，上海：东方出版中心。

《我与外国文学》
- 散文／回忆录，1985 年 1 月 20 日作。
- 1985 年，刊于《外国文学研究》1985 年第 2 期。
- 1998 年 3 月，收入《路翎晚年作品集》，上海：东方出版中心。
- 1998 年 10 月，收入《路翎批评文集》，珠海：珠海出版社。
- 2014 年 6 月，收入《路翎全集》第 6 卷，上海：复旦大学出版社。

  * 据 1998 年 10 月广东珠海出版社版《路翎批评文集》重编重校。

《红鼻子》
- 散文／回忆录，1985 年 2 月 18 日作。
- 1997 年，刊于《新文学史料》1997 年第 4 期。

  * 总题《路翎遗稿选》，另三则为《种葡萄》《安定医院》和《喷水与喷烟》。
- 1998 年 3 月，收入《路翎晚年作品集》，上海：东方出版中心。

《江南春雨》
- 长篇小说，1985 年 1 月初稿，1985 年 2 月定稿。
- 未刊，约 25 万字。

  * 据徐朗《路翎晚年未刊小说简介》，见《路翎晚年作品集》，第 473 页。
- 拟收入《路翎全集》第 9 卷，上海：复旦大学出版社，计划出版。

《愉快的早晨》
- 散文，约 1985 年 3 月作。
- 1985 年 3 月 9 日，刊于《北京晚报》第 3 版。
- 1998 年 3 月，收入《路翎晚年作品集》，上海：东方出版中心。

《城市一角》
- 散文，约 1985 年 5 月作。
- 1985 年 5 月 25 日，刊于《北京晚报》第 3 版。
- 1998 年 3 月，收入《路翎晚年作品集》，上海：东方出版中心。

《湖》
- 诗歌，约 1985 年 6 月作。
- 1985 年 6 月 5 日，刊于《诗书画》。
- 1998 年 3 月，收入《路翎晚年作品集》，上海：东方出版中心。

《看修包的少年》
- 散文，约 1985 年 6 月作。
- 1985 年 6 月 24 日，刊于《北京晚报》第 3 版。
- 1998 年 3 月，收入《路翎晚年作品集》，上海：东方出版中心。

《哀悼胡风同志》
- 散文／回忆录，1985 年 7 月 30 日作。
- 1985 年 9 月，刊于《文汇月刊》1985 年第 9 期。
- 1998 年 3 月，收入《路翎晚年作品集》，上海：东方出版中心。

《胡风谈他的文学之路》
- 散文／回忆录，1985 年 8 月 12 日作。
- 1986 年，刊于《鲁迅研究动态》1986 年第 6 期。
- 1998 年 3 月，收入《路翎晚年作品集》，上海：东方出版中心。
- 1998 年 10 月，收入《路翎批评文集》，珠海：珠海出版社。

《〈七月〉的停刊——纪念胡风逝世》
- 散文／回忆录，1985 年 8 月 14 日作。
- 1985 年，刊于《读书》1985 年第 10 期。
- 1998 年 3 月，收入《路翎晚年作品集》，上海：东方出版中心。

《老枣树（外二首）·老枣树》
- 诗歌，1985 年 11 月 28 日改旧作。
- 1986 年 1 月 21 日，刊于《诗歌报》。
- 1998 年 3 月，收入《路翎晚年作品集》，上海：东方出版中心。

《老枣树（外二首）·葡萄》
- 诗歌，1985 年 11 月改旧作。
- 1986 年 1 月 21 日，刊于《诗歌报》。
- 1998 年 3 月，收入《路翎晚年作品集》，上海：东方出版中心。

《老枣树（外二首）·风在吹着》
- 诗歌，1985 年 12 月 8 日作。
- 1986 年 1 月 21 日，刊于《诗歌报》。
- 1998 年 3 月，收入《路翎晚年作品集》，上海：东方出版中心。

《胡风热爱新人物》
- 散文／回忆录，约 1986 年 1 月作。
- 1986 年 1 月 15 日，刊于《北京晚报》第 3 版。
- 1998 年 3 月，收入《路翎晚年作品集》，上海：东方出版中心。

《忆望都之行》
- 散文／回忆录，约 1986 年 2 月前作。
- 1986 年，刊于江苏淮阴教育学院《文科通讯》1986 年第 2 期。
- 1998 年 3 月，收入《路翎晚年作品集》，上海：东方出版中心。

《路翎剧作选》
- 剧本集。
  * 本集收有：《我读路翎的剧本（代序）》(胡风)、《云雀》、《人民万岁》(即《迎着明天》)、《英雄母亲》、《祖国在前进》、《一个受难者的灵魂——为〈路翎剧作选〉出版而作》(杜高)。
- 1986 年 2 月，《路翎剧作选》，北京：中国戏剧出版社（初版）。

《路翎小说选》
- 小说集。
  * 本集收有：《自序》《家》《卸煤台下》《在铁链中》《英雄的舞蹈》《棋逢敌手》《滩上》《中国胜利之夜》《英雄与美人》《程登富和线铺姑娘的恋爱》《小兄弟》《张刘氏敬香记》《平原》《人性》《凤仙花》《爱民大会》《送草的乡人》《饥渴的兵士》《女工赵梅英》《锄地》《粮食》《初雪》《洼地上的"战役"》和《作家小传》。
- 1986 年 3 月，《路翎小说选》，成都：四川文艺出版社（初版）。

《红果树（外二首）·红果树》
- 诗歌，1986 年 4 月 13 日作。
- 1986 年，刊于《红岩》1986 年第 6 期。
- 1998 年 3 月，收入《路翎晚年作品集》，上海：东方出版中心。

《园林里》
- 散文，约 1986 年 4 月作。
- 1986 年 4 月 28 日，刊于《北京晚报》第 3 版。
- 1998 年 3 月，收入《路翎晚年作品集》，上海：东方出版中心。

《野鸭洼》
- 长篇小说，1985 年 12 月初稿，1986 年 4 月整理。
- 未刊，约 33 万字。
  * 据徐朗《路翎晚年未刊小说简介》，见《路翎晚年作品集》，第 473 页。
- 拟收入《路翎全集》第 9 卷，上海：复旦大学出版社，计划出版。

《红果树（外二首）·听一曲歌唱起来》
- 诗歌，约 1986 年 4 月至 5 月间作。
- 1986 年，刊于《红岩》1986 年第 6 期。
- 1998 年 3 月，收入《路翎晚年作品集》，上海：东方出版中心。

《残余的夜》
- 诗歌，1986 年 5 月 2 日作。
- 1987 年，刊于《诗刊》1987 年第 4 期。
- 1998 年 3 月，收入《路翎晚年作品集》，上海：东方出版中心。

《红果树（外二首）·风吹过屋脊时想到》
- 诗歌，1986 年 5 月 3 日作。
- 1986 年，刊于《红岩》1986 年第 6 期。
- 1998 年 3 月，收入《路翎晚年作品集》，上海：东方出版中心。

《忆刘参谋》
- 散文／回忆录，1986 年 6 月 24 日作。
- 1998 年 3 月，收入《路翎晚年作品集》，上海：东方出版中心。

《悼念路曦同志》
- 散文／回忆录，1986 年 7 月 3 日作。

- 1998 年 3 月，收入《路翎晚年作品集》，上海：东方出版中心。

《钢琴学生》
- 短篇小说，1986 年 8 月 17 日作。
- 1987 年，刊于《人民文学》1987 年第 1、2 期合刊。
- 1998 年 3 月，收入《路翎晚年作品集》，上海：东方出版中心。

《汽车站（外一首）·汽车站》
- 诗歌，约 1986 年 9 月前作。
- 1986 年，刊于《新时代人》文学季刊 1986 年第 3 期。
- 1998 年 3 月，收入《路翎晚年作品集》，上海：东方出版中心。

《汽车站（外一首）·秋》
- 诗歌，约 1986 年 9 月前作。
- 1986 年，刊于《新时代人》文学季刊 1986 年第 3 期。
- 1998 年 3 月，收入《路翎晚年作品集》，上海：东方出版中心。

《答问路的老人》
- 散文，约 1986 年 10 月作。
- 1986 年 10 月 31 日，刊于《北京晚报》第 3 版。
- 1998 年 3 月，收入《路翎晚年作品集》，上海：东方出版中心。

《我读鲁迅的作品》
- 散文／回忆录，约 1986 年作。
- 1986 年 12 月，收入《当代作家谈鲁迅——续集》，西安：西北大学出版社。
- 1998 年 3 月，收入《路翎晚年作品集》，上海：东方出版中心。
- 1998 年 10 月，收入《路翎批评文集》，珠海：珠海出版社。

《雨伞》
- 短篇小说，约 1987 年 2 月作。
- 1987 年 2 月 11 日，刊于《精神文明报》。
- 1998 年 3 月，收入《路翎晚年作品集》，上海：东方出版中心。

《王小兰》
- 诗歌，约 1987 年 3 月前作。
- 1987 年，刊于《乐园》1987 年第 3 期。

- 1998 年 3 月，收入《路翎晚年作品集》，上海：东方出版中心。

《〈燃烧的荒地〉新版自序》
- 序跋／回忆录，1987 年 5 月 26 日在北京作。
- 1987 年 10 月，收入《燃烧的荒地》，北京：作家出版社。
- 1998 年 3 月，收入《路翎晚年作品集》，上海：东方出版中心。
- 1998 年 10 月，收入《路翎批评文集》，珠海：珠海出版社。
- 2014 年 6 月，收入《路翎全集》第 6 卷，上海：复旦大学出版社。
    * 据 1998 年 10 月广东珠海出版社版《路翎批评文集》重编重校。

《忆杭州之行——纪念胡风逝世两周年》
- 散文／回忆录，1987 年 5 月 27 日作。
- 1987 年，刊于《东方纪事》1987 年第 9、10 期合刊。
- 1998 年 3 月，收入《路翎晚年作品集》，上海：东方出版中心。

《看一座房屋盖起来（外一首）·看一座房屋盖起来》
- 诗歌，1987 年 5 月作。
- 1987 年，刊于《诗刊》1987 年第 9 期。
- 1998 年 3 月，收入《路翎晚年作品集》，上海：东方出版中心。

《看一座房屋盖起来（外一首）·高层楼房》
- 诗歌，1987 年 5 月作。
- 1987 年，刊于《诗刊》1987 年第 9 期。
- 1998 年 3 月，收入《路翎晚年作品集》，上海：东方出版中心。

《种葡萄》
- 散文／回忆录，1985 年 10 月初稿，1987 年 5 月整理。
- 1997 年，刊于《新文学史料》1997 年第 4 期。
    * 参见《红鼻子》条目。
- 1998 年 3 月，收入《路翎晚年作品集》，上海：东方出版中心。

《袁秀英、袁秀兰姊妹》
- 中篇小说，1982 年秋初稿，1987 年 5 月整理。
- 未刊，约 2.8 万字。
    * 据徐朗《路翎晚年未刊小说简介》，见《路翎晚年作品集》，第 473 页。

《海》
- 短篇小说,约 1987 年 8 月作。
- 1987 年 8 月 23 日,刊于《北京晚报》第 3 版。
- 1998 年 3 月,收入《路翎晚年作品集》,上海:东方出版中心。

《画廊前》
- 短篇小说,约 1987 年 9 月前作。
- 1987 年 9 月,刊于《文汇月刊》1987 年第 9 期。
- 1998 年 3 月,收入《路翎晚年作品集》,上海:东方出版中心。

《月亮停留在屋脊上》
- 诗歌,约 1987 年 10 月前作。
- 1987 年,刊于《北京文学》1987 年第 10 期。
- 1998 年 3 月,收入《路翎晚年作品集》,上海:东方出版中心。

《地面上的云(外二首)·地面上的云》
- 诗歌,1987 年 11 月 18 日作。
- 1990 年,刊于《银河系》1990 年第 4 期。
- 1998 年 3 月,收入《路翎晚年作品集》,上海:东方出版中心。

《地面上的云(外二首)·城市边缘》
- 诗歌,约 1987 年 11 月作。
- 1990 年,刊于《银河系》1990 年第 4 期。
- 1998 年 3 月,收入《路翎晚年作品集》,上海:东方出版中心。

《地面上的云(外二首)·从湖边望过去》。
- 诗歌,约 1987 年 11 月作。
- 1990 年,刊于《银河系》1990 年第 4 期。
- 1998 年 3 月,收入《路翎晚年作品集》,上海:东方出版中心。

《渡口(外一首)·渡口》
- 诗歌,约 1987 年 12 月前作。
- 1987 年,刊于《红岩》)1987 年第 6 期。
- 1998 年 3 月,收入《路翎晚年作品集》,上海:东方出版中心。

《渡口(外一首)·苹果树》
- 诗歌,约 1987 年 12 月前作。

- 1987年，刊于《红岩》1987年第6期。
- 1998年3月，收入《路翎晚年作品集》，上海：东方出版中心。

《旅行者》
- 诗歌，约1988年初作。
    *据《路翎晚年作品集》此篇的"编者附记"：初稿约300行，所署写作日期1987年11月24日，修改稿主要约在1988年初（约630行——引者），但稿面仍多有改动，最近的改动笔迹近于1992年11月底撰写的《忆朝鲜战地》原稿；由于未见其他修改稿版本，仍将写作日期定于1988年初（第138—139页）。
- 1998年3月，收入《路翎晚年作品集》，上海：东方出版中心。

《横笛街粮店》
- 中篇小说，1988年2月9日作。
- 未刊，约8万字。
    *据徐朗《路翎晚年未刊小说简介》，见《路翎晚年作品集》，第474页。
- 1998年3月，收入《路翎晚年作品集》，上海：东方出版中心。
    *选载了6000余字的片段。

《饥饿的郭素娥　蜗牛在荆棘上》
- 中篇小说集。
    *本集收有：《饥饿的郭素娥》《蜗牛在荆棘上》。
- 1988年2月，《饥饿的郭素娥　蜗牛在荆棘上》，北京：人民文学出版社。
- 2001年1月，《饥饿的郭素娥　蜗牛在荆棘上》（《新文学碑林》），北京：人民文学出版社。

《米老鼠手帕》
- 中篇小说，1987年初稿，1988年4月整理。
- 未刊，约2.7万字。
    *据徐朗《路翎晚年未刊小说简介》，见《路翎晚年作品集》，第474页。

《白昼》
- 诗歌，约1988年6月前作。
    *与《夜》以《白昼·夜》合题发表。

- 1988 年，刊于《红岩》1988 年第 3 期。
- 1998 年 3 月，收入《路翎晚年作品集》，上海：东方出版中心。

《夜》
- 诗歌，约 1988 年 6 月前作。
  *参见《白昼》条目。
- 1988 年，刊于《红岩》1988 年第 3 期。
- 1998 年 3 月，收入《路翎晚年作品集》，上海：东方出版中心。

《吴俊美》
- 长篇小说，1988 年 4 月 12 日初稿，1988 年 9 月 8 日整理。
- 未刊，约 17 万字。
  *据徐朗《路翎晚年未刊小说简介》，见《路翎晚年作品集》，第 474 页，小说题为《吴俊英》，上海复旦大学版《路翎全集》已出版的上编各卷编目则题为《吴俊美》。现从后者。
- 拟收入《路翎全集》第 10 卷，上海：复旦大学出版社，计划出版。

《安定医院》
- 散文／回忆录，约 1988 年作。
  *据《路翎晚年作品集》编者："约作于 1988（据笔迹估定）。"（第 379 页）
- 1997 年，刊于《新文学史料》1997 年第 4 期。
  *参见《红鼻子》条目。
- 1998 年 3 月，收入《路翎晚年作品集》，上海：东方出版中心。

《喷水与喷烟》
- 散文／回忆录，约 1988 年作。
  *据《路翎晚年作品集》编者："约作于 1988（据笔迹估定）。"（第 382 页）
- 1997 年，刊于《新文学史料》1997 年第 4 期。
  *参见《红鼻子》条目。
- 1998 年 3 月，收入《路翎晚年作品集》，上海：东方出版中心。

《盼望》
- 诗歌，约 1989 年 1 月作。

- 1989年1月3日，刊于《人民日报》副刊《大地》。
- 1998年3月，收入《路翎晚年作品集》，上海：东方出版中心。

《路翎书信集》
- 书信集。

  *张以英编。本集收有：1941—1955年间路翎与亲友往复书信共123封（路翎信85封，另选编友人信38封，分别附于路翎信后作为附录），《路翎的生平、小说和书信——代序》（张以英）、《路翎年谱简编》、《编后记》（张以英）。
- 1989年2月，《路翎书信集》，桂林：漓江出版社（初版）。

《新建区域》
- 诗歌，1989年3月12日作。
- 1989年，刊于《诗刊》1989年第7期。
- 1998年3月，收入《路翎晚年作品集》，上海：东方出版中心。

《一起共患难的友人和导师——我与胡风》
- 散文／回忆录，1989年4月23日作。
- 1993年1月，收入《我与胡风——胡风事件三十七人回忆》，银川：宁夏人民出版社。
- 1998年3月，收入《路翎晚年作品集》，上海：东方出版中心。
- 1998年10月，收入《路翎批评文集》，珠海：珠海出版社。
- 2003年12月，收入《我与胡风》，银川：宁夏人民出版社。

  *1993年1月银川宁夏人民出版社《我与胡风——胡风事件三十七人回忆》之增补版。据此书编者晓风：全书约加入16万字左右。

《忆阿垅》
- 散文／回忆录，约1989年6月前作。
- 1989年，刊于《传记文学》（北京）1989年第5、6期合刊。
- 1998年3月，收入《路翎晚年作品集》，上海：东方出版中心。
- 1998年10月，收入《路翎批评文集》，珠海：珠海出版社。

《陈勤英夫人》
- 长篇小说，1988年5月初稿，1989年11月30日完成。
- 未刊，约131万字。

* 据徐朗《路翎晚年未刊小说简介》，见《路翎晚年作品集》，第 474 页。

《在阳台上》

- 诗歌／组诗，1990 年 3 月作。
- 1998 年 3 月，收入《路翎晚年作品集》，上海：东方出版中心。
  * 据《路翎晚年作品集》第 177 页编者注与第 179 页"编者附记"：此组诗原稿均有编号，第十九首原缺，《二十、丧失者》原稿页码另起，为 1—3 页。且"第二十首《丧失者》中所表达的情感状态与前 18 首有所不同，而近于下载《诗七首》中的《盗窃者》与《失败者》两首，请注意依据稿末所注写作日期参照阅读"。
- 各首题名与写作时间如下：《一、女排球手》(1990 年 3 月 1 日)、《二、女歌唱家》(1990 年 3 月 1 日)、《三、京剧女演员》(1990 年 3 月 1 日)、《四、中学老教师》(1990 年 3 月 1 日)、《五、图书馆女馆员》(1990 年 3 月 1 日)、《六、成功的医生》(1990 年 3 月 2 日)、《七、青年工程师》(1990 年 3 月 2 日)、《八、陆军军官》(1990 年 3 月 2 日)、《九、空军军官》(1990 年 3 月 2 日)、《十、海军军官》(1990 年 3 月 2 日)、《十一、女记者》(1990 年 3 月 2 日)、《十二、经过了患难》(1990 年 3 月 3 日)、《十三、工厂的统计师》(未署写作日期，约 1990 年 3 月)、《十四、农业技师》(1990 年 3 月 3 日)、《十五、通俗女歌唱家》(1990 年 3 月 3 日)、《十六、电视台的时代——电视工作人员》(1990 年 3 月 4 日)、《十七、年轻的女干部》(1990 年 3 月 4 日)、《十八、女诗人》(1990 年 3 月 4 日)、《二十、丧失者》(1990 年 3 月 10 日)。

《诗七首·落雪》

- 诗歌，1990 年 3 月 5 日作。
- 1996 年，刊于《作品》1996 年第 8 期。
  * 总题《遗诗七首》。
- 1998 年 3 月，收入《路翎晚年作品集》，上海：东方出版中心。
  * 据《路翎晚年作品集》此篇的"编者附记"：七首诗按贾植芳所藏的路翎原稿（已移赠上海图书馆的"中国文化名人手稿馆"珍藏）抄写付排，字句与《作品》所载不完全相同（第 190—192 页）。

《诗七首·雨中的街市》
- 诗歌，1990年3月6日作。
- 1996年，刊于《作品》1996年第8期。
  *参见《诗七首·落雪》条目。
- 1998年3月，收入《路翎晚年作品集》，上海：东方出版中心。

《诗七首·雨中的青蛙》
- 诗歌，1990年3月6日作。
- 1996年，刊于《作品》1996年第8期。
  *参见《诗七首·落雪》条目。
- 1998年3月，收入《路翎晚年作品集》，上海：东方出版中心。

《诗七首·马》
- 诗歌，1990年3月6日作。
- 1996年，刊于《作品》1996年第8期。
  *参见《诗七首·落雪》条目。
- 1998年3月，收入《路翎晚年作品集》，上海：东方出版中心。

《筑巢》
- 诗歌，1990年3月6日作。
- 1998年3月，收入《路翎晚年作品集》，上海：东方出版中心。

《诗七首·蜻蜓》
- 诗歌，1990年3月7日作。
- 1996年，刊于《作品》1996年第8期。
  *参见《诗七首·落雪》条目。
- 1998年3月，收入《路翎晚年作品集》，上海：东方出版中心。

《都市的精灵》
- 诗歌，1990年3月7日作。
- 1998年3月，收入《路翎晚年作品集》，上海：东方出版中心。

《麻雀》
- 诗歌，1990年3月7日作。
- 1998年3月，收入《路翎晚年作品集》，上海：东方出版中心。

《蜜蜂》
- 诗歌，1990年3月7日作。

- 1998年3月，收入《路翎晚年作品集》，上海：东方出版中心。

《高的楼房》
- 诗歌，1990年3月8日作。
- 1998年3月，收入《路翎晚年作品集》，上海：东方出版中心。

《狐狸》
- 诗歌，1990年3月8日作。
- 1998年3月，收入《路翎晚年作品集》，上海：东方出版中心。

《刺猬》
- 诗歌，1990年3月8日作。
- 1998年3月，收入《路翎晚年作品集》，上海：东方出版中心。

《诗七首·盗窃者》
- 诗歌，1990年3月9日作。
- 1996年，刊于《作品》1996年第8期。
    *参见《诗七首·落雪》条目。
- 1998年3月，收入《路翎晚年作品集》，上海：东方出版中心。

《葵花》
- 诗歌，1990年3月9日作。
- 1998年3月，收入《路翎晚年作品集》，上海：东方出版中心。

《炊烟》
- 诗歌，1990年3月9日作。
- 1998年3月，收入《路翎晚年作品集》，上海：东方出版中心。

《雾中车队》
- 诗歌，1990年3月9日作。
- 1998年3月，收入《路翎晚年作品集》，上海：东方出版中心。

《诗七首·失败者》
- 诗歌，1990年3月10日作。
    *与组诗《在阳台上》第二十首《丧失者》作于同日。
- 1996年，刊于《作品》1996年第8期。
    *总题《遗诗七首》。

- 1998 年 3 月，收入《路翎晚年作品集》，上海：东方出版中心。

《宇宙》
- 诗歌，1990 年 3 月 11 日作。
- 1998 年 3 月，收入《路翎晚年作品集》，上海：东方出版中心。

《泥土》
- 诗歌，1990 年 3 月 12 日作。
- 1998 年 3 月，收入《路翎晚年作品集》，上海：东方出版中心。

《错案 20 年徒刑期满后，我当扫地工》
- 散文／回忆录，1991 年 10 月 26 日作。
- 1992 年 1 月 5 日，刊于《香港文学》(香港) 1992 年第 1 期（总第 85 期）。
- 1998 年 3 月，收入《路翎晚年作品集》，上海：东方出版中心。

《表》
- 中篇小说，1992 年 4 月完成。
- 未刊，约 10 万字。

  *据徐朗《路翎晚年未刊小说简介》，见《路翎晚年作品集》，第 475 页。

《乡归》
- 长篇小说，1992 年 6 月 28 日完成。
- 未刊，约 20 万字。

  *据徐朗《路翎晚年未刊小说简介》，见《路翎晚年作品集》，第 475 页。
- 拟收入《路翎全集》第 10 卷，上海：复旦大学出版社，计划出版。

《早年的欢乐》
- 长篇小说，1992 年 8 月 31 日作。
- 未刊，约 114 万字。

  *据徐朗《路翎晚年未刊小说简介》，见《路翎晚年作品集》，第 475 页。

《监狱琐忆》
- 散文／回忆录，1992 年 9 月 12 日作。
- 2011 年，刊于《新文学史料》2011 年第 3 期。
- 2011 年 10 月，收入《路翎作品新编》，北京：人民文学出版社。

《忆朝鲜战地》
- 散文／回忆录，1992 年 11 月 21 日作，北京。
- 1998 年 3 月，收入《路翎晚年作品集》，上海：东方出版中心。

《路翎小说选》
- 小说集。
  *朱珩青编。本集收有：《作者小传》、《序》(朱珩青)、《谷》、《青春的祝福》、《黑色子孙之一》、《王家老太婆和她的小猪》、《草鞋》、《瞎子》、《一封重要的来信》、《人权》、《英雄的舞蹈》、《翻译家》、《一个商人怎样喂饱了一群官吏》、《天堂地狱之间》、《小兄弟》、《平原》、《在铁链中》、《预言》、《蠢猪》、《爱民大会》、《初雪》、《洼地上的"战役"》、《"要塞"退出以后》。
- 1992 年 9 月，《路翎小说选》，北京：作家出版社(初版)。

《英雄时代和英雄时代的诞生》
- 长篇小说，1993 年 10 月 5 日完成。
- 未刊，约 191 万字。
  *据徐朗《路翎晚年未刊小说简介》，见《路翎晚年作品集》，第 475 页。

《胡风　路翎文学书简》
- 书信集。
  *晓风编。本集收有：《我与胡风(代序)》(路翎)、胡风和路翎往来书信共 278 封(包括 1939 至 1953 年间通信计 277 封，1983 年 11 月 28 日胡风致信路翎 1 封)、《编后记》(晓风)。
- 1994 年 5 月，《胡风　路翎文学书简》，合肥：安徽文艺出版社(初版)。

《路翎》
- 小说集。
  *朱珩青编。本集分为"作品"和"资料"二部分，书前有《序》(绿原)。"作品"部分收有：《黑色子孙之一》、《祖父的职业》、《卸煤台下》、《王家老太婆和她的小猪》、《饥饿的郭素娥》(节选)、《瞎子》、《草鞋》、《英雄的舞蹈》、《俏皮的女人》、《滩上》、《翻译家》、《两个流浪汉》、《王兴发夫妇》、《一个商人怎样喂饱了一群官吏》、《易学富和

他的牛》、《老的和小的》、《求爱》、《初雪》、《洼地上的"战役"》;"资料部分"收有:《〈财主的儿女们〉序》(胡风)、《路翎小说的形象与美感》(赵园)、《路翎:在心灵史诗的探索途中》(杨义)、《路翎新论》(朱珩青)、《路翎年谱简编》(朱珩青)。

- 1994年10月,《路翎》,香港:三联书店,北京:人民文学出版社(初版)。

《路翎文集》

- 作品集。

  *林莽编。四卷本。第一卷《财主底儿女们(第一部)》(书前有《出版说明》[安徽文艺出版社]、《〈路翎文集〉序》[绿原])、第二卷《财主底儿女们(第二部)》、第三卷《饥饿的郭素娥》(收《饥饿的郭素娥》《燃烧的荒地》和《云雀(四幕悲剧)》)、第四卷《洼地上的"战役"》(收小说16篇:《卸煤台下》《青春的祝福》《棺材》《罗大斗的一生》《人权》《中国胜利之夜》《王家老太婆和她的小猪》《在铁链中》《小兄弟》《平原》《预言》《蠢猪》《爱民大会》《女工赵梅英》《初雪》和《洼地上的"战役"》,附录7篇:《路翎的生活与创作道路》[林莽]、《为〈云雀〉上演写的》[胡风]、《什么是人生战斗——理解路翎的关键》[舒芜]、《路翎和他的〈求爱〉》[唐湜]、《蒋纯祖的胜利——〈财主底儿女们〉读后》[鲁芋]、《对一个熟悉的陌生人的问候——向路翎致意》[野艾]、《路翎著作年表》)。

- 1995年8月,《路翎文集》,合肥:安徽文艺出版社(初版)。

《路翎晚年作品集》

- 作品集。

  *张业松、徐朗编。本集收录路翎晚年作品,分为"诗歌""散文""小说"和"回忆录"四类。诗歌细目详见本表前文,散文有:《杂草》《天亮前的扫地》《垃圾车》《愉快的早晨》《城市一角》《看修包的少年》《园林里》和《答问路的老人》,小说有:《拌粪》《钢琴学生》《雨伞》《海》《画廊前》和《横笛街粮店(片断,未刊)》,回忆录有:《〈初雪〉后记》《〈路翎小说选〉自序》《我与外国文学》《红鼻子(未刊)》《哀悼胡风同志》《胡风谈他的文学之路》《〈七月〉的停刊——纪念胡风逝世》《胡风热爱新人物》《忆望都之行》《我读鲁迅的作品》《忆刘参谋(未刊)》《悼念路曦同志(未刊)》《〈燃烧的荒地〉新版自

序》《忆杭州之行——纪念胡风逝世两周年》《种葡萄（未刊）》《安定医院（未刊）》《喷水与喷烟（未刊）》《一起共患难的友人和导师——我与胡风》《忆阿垅》《错案20年徒刑期满后，我当扫地工》和《忆朝鲜战地（未刊）》。书前有：《总序：现代人不应该遗忘什么？》（陈思和）、《序：灵魂在飞翔》（李辉）、《编集说明》（张业松），另有数则编者附记，以及4篇附录：《致中国（长诗）》（路翎）、《路翎与我》（余明英）、《心灵解放的春天——父亲的晚年》（徐朗）、《路翎晚年未刊小说简介》（徐朗）。

- 1998年3月，《路翎晚年作品集》，上海：东方出版中心（初版）。

《路翎批评文集》

- 评论集。

  *张业松编。本集收有：《〈世纪的回响〉丛书序》（钱谷融）、《一双明亮的充满智慧的大眼睛》（贾植芳），第一辑外国文学评论《〈欧根·奥尼金〉与〈当代英雄〉》《〈何为〉与〈克罗采长曲〉》《认识罗曼·罗兰》和《纪德底姿态》，第二辑当代文学批评《评〈突围令〉》《对舒芜〈论主观〉的几条意见》《谈"色情文学"》《〈淘金记〉》《市侩主义底路线》、《〈王贵与李香香〉》《两个诗人》和《评茅盾底〈腐蚀〉兼论其创作道路》，第三辑文学（文化）论争《林语堂博士在美国搞些什么？》《敌与友》《对于大众化的理解》《对文艺创造底几个基本问题》《文化斗争与文艺实践》《吃人的和被吃的理论》和《为什么会有这样的批评》，第四辑创作日记《危楼日记》，第五辑作品序跋《〈财主底儿女们〉题记》《〈求爱〉后记》《〈云雀〉后记》《〈在铁链中〉后记》《〈祖国在前进〉后记》《〈初雪〉后记》《〈路翎小说选〉自序》和《〈燃烧的荒地〉新版自序》，第六辑文学回忆录《我与外国文学》《胡风谈他的文学之路》《我读鲁迅的作品》《一起共患难的友人和导师——我与胡风》和《忆阿垅》，以及《编后记》（张业松）。

- 1998年10月，《路翎批评文集》，珠海：珠海出版社（初版）。

《路翎代表作：旅途》

- 作品集。

  *中国现代文学馆编、朱珩青编选。本集收有：《谷》《棺材》《罗大斗的一生》《两个流浪汉》《嘉陵江畔的传奇》《"要塞"退出以后——一个年轻"经纪人"的遭遇》《契约》《人权》《可怜的父亲》《王家老太婆

和她的小猪》《瞎子》《感情教育》《一封重要的来信》《幸福的人》《旅途》《老的和小的》《屈辱》《泡沫》《从重庆到南京》《危楼日记》《路翎小传》和《路翎主要著作书目》。

- 1999 年 1 月,《路翎代表作:旅途》(《现代文学百家・沉钟书系》),北京:华夏出版社。
- 2008 年 10 月,《路翎代表作:旅途》(《现代文学百家》),北京:华夏出版社。

《致胡风书信全编》

- 书信集。

  *徐绍羽整理。可与胡风《致路翎书信全编》(张晓风整理,郑州:大象出版社,2004 年 4 月初版)对照参看。本集收有:《"大象人物书简文丛"总序》(李辉)、《历史的见证——〈致胡风书信全编〉序》(贾植芳)、1939 年至 1953 年间路翎写给胡风的信件 346 封、《心雨(代跋)》(徐朗)、《整理说明》(徐绍羽)。

- 2004 年 4 月,《致胡风书信全编》,郑州:大象出版社(初版)。

《旧时记忆 —— 遗作二首・卖花女》

- 诗歌,写作时间不详。
- 2006 年,刊于《扬子江诗刊》2006 年第 4 期。

  *题名《旧时记忆——遗作二首》应为编者所加。

《旧时记忆 —— 遗作二首・蝙蝠》

- 诗歌,写作时间不详。
- 2006 年,刊于《扬子江诗刊》2006 年第 4 期。

  *参见《旧时记忆——遗作二首・卖花女》条目。

《洼地上的"战役"》

- 作品集。

  *张业松编。本集收有:《编选说明》、《作者简介》、《洼地上的"战役"》、《初雪》、《读〈初雪〉》(巴人)、《与路翎谈创作》(杨朔)、《为什么会有这样的批评?》、《对一个熟悉的陌生人的问候》(野艾)、《路翎自传》、《路翎与我》(余明英)和《路翎创作年表》。

- 2009 年 8 月,《洼地上的"战役"》,广州:花城出版社(初版)。

《路翎作品新编》

- 作品集。

  *朱珩青编。本集收有：《前言》（朱珩青）、《"要塞"退出以后——一个年轻"经纪人"的遭遇》、《谷》、《棺材》、《王家老太婆和她的小猪》、《卸煤台下》、《英雄的舞蹈》、《滩上》、《易学富和他的牛》、《蠢猪》、《初雪》、《洼地上的"战役"》、《从重庆到南京》、《忆阿垅》、《错案二十年徒刑期满后，我当扫地工》、《监狱琐忆》、《云雀》、《为什么会有这样的批评？》。

- 2011年10月，《路翎作品新编》，北京：人民文学出版社（初版）。

《路翎全集》

- 全集。

  *张业松编。十一卷本。上编六卷：《第一卷 小说1940—1946》（收小说集《青春的祝福》和《求爱》，中篇《饥饿的郭素娥》《蜗牛在荆棘上》和《嘉陵江畔的传奇》）、《第二卷 小说1944—1948》（收小说集《在铁链中》和《平原》，长篇《燃烧的荒地》）、《第三卷 小说1945—1948》（收长篇《财主底儿女们》第一部、《财主底儿女们》第二部）、《第四卷 小说、话剧1938—1951》（收小说集《朱桂花的故事》、1938—1950年集外小说九篇、1947—1951年话剧四部）、《第五卷 小说、特写1953—1955》（收小说、特写集《初雪》，长篇《战争，为了和平》）、《第六卷 书信、文论1939—1993》（收1939—1993年书信、1940—1985年文论），各篇详见本表；下编五卷（计划出版中）：《第七卷 诗歌、散文1938—1992》（收1938—1942年早年诗作辑存、1981—1990年晚年诗歌、1938—1992年散文）、《第八卷 晚年小说1982—1992》（收1982—1992年晚年中短篇小说）、《第九卷 晚年小说1985—1986》（收《江南春雨》《野鸭洼》）、《第十卷 晚年小说1988—1992》（收《吴俊美》《归乡》）、《附卷 路翎生平及研究资料》（收《路翎与我：余明英口述历史》[黄美冰]、路翎研究资料[徐绍羽、康凌]和《路翎创作论》[张业松等]）。

- 2014年6月，《路翎全集》，上海：复旦大学出版社（初版）。

参考文献

一、路翎主要相关著作（作品集、书信集、传记、研究资料集）

1. 作品集

《饥饿的郭素娥》（中篇小说），桂林：南天出版社，1943年。
《青春的祝福》（短篇小说集），重庆：南天出版社，1945年。
《财主底儿女们》（上）（长篇小说），重庆：希望社（初版），1945年；上海：希望社（再版），1948年。
《蜗牛在荆棘上》（中篇小说），上海：新新出版社，1946年。
《求爱》（短篇小说集），上海：海燕书店（初版），1946年；上海：新文艺出版社（再版），1954年。
《财主底儿女们》（下）（长篇小说），上海：希望社，1948年。
《云雀》（剧本），上海：希望社，1948年。
《在铁链中》（短篇小说集），上海：海燕书店（初版），1949年；上海：新文艺出版社（再版），1954年。
《燃烧的荒地》（长篇小说），上海：作家书屋，1950年。
《朱桂花的故事》（短篇小说集），天津：知识书店（初版），1950年；北京：作家出版社（再版），1955年。
《迎着明天》（剧本），北京：天下出版社，1951年。
《英雄母亲》（剧本），上海：泥土社，1951年。
《平原》（短篇小说集），上海：作家书屋，1952年。
《祖国在前进》（剧本），上海：泥土社，1952年。
《板门店前线散记》（报告文学集），北京：作家出版社，1954年。
《初雪》（作品集），银川：宁夏人民出版社，1981年。

《财主底儿女们》(上、下)(长篇小说),北京:人民文学出版社,1985年。

《战争,为了和平》(长篇小说),北京:中国文联出版公司,1985年。

《路翎剧作选》(剧本集),北京:中国戏剧出版社,1986年。

《路翎小说选》(短篇小说集),成都:四川文艺出版社,1986年。

《燃烧的荒地》(长篇小说),北京:作家出版社,1987年。

《饥饿的郭素娥 蜗牛在荆棘上》(中篇小说集),北京:人民文学出版社,1988年。

朱珩青编:《路翎小说选》,北京:作家出版社,1992年。

朱珩青编:《路翎》(短篇小说集),香港:三联书店,北京:人民文学出版社,1994年。

《路翎文集》(四卷本),合肥:安徽文艺出版社,1995年。

张业松、徐朗编:《路翎晚年作品集》(作品集),上海:东方出版中心,1998年。

张业松编:《路翎批评文集》(作品集),珠海:珠海出版社,1998年。

朱珩青编:《路翎代表作:旅途》(作品集),北京:华夏出版社,1999年(初版),2008年(再版)。

张业松编:《洼地上的"战役"》(作品集),广州:花城出版社,2009年。

朱珩青编:《路翎作品新编》(作品集),北京:人民文学出版社,2011年。

路翎著、张业松编:《路翎全集》(十一卷本),上海:复旦大学出版社,2014年。

《路翎全集》上编

第一卷 小说 1940—1946

第二卷 小说 1944—1948

第三卷 小说 1945—1948

第四卷 小说、话剧 1938—1951

第五卷 小说、特写 1953—1955

第六卷 书信、文论 1939—1993

《路翎全集》下编(计划出版中)

第七卷 诗歌、散文 1938—1992

第八卷 晚年小说 1982—1992

第九卷 晚年小说 1985—1986

第十卷 晚年小说 1988—1992

附 卷 路翎生平及研究资料

2. 书信集

张以英编：《路翎书信集》，桂林：漓江出版社，1989年。

晓风编：《胡风　路翎文学书简》，合肥：安徽文艺出版社，1994年。

路翎著、徐绍羽整理：《致胡风书信全编》，郑州：大象出版社，2004年。

3. 传记

朱珩青：《路翎》，北京：中国华侨出版社，1997年。

朱珩青：《路翎：未完成的天才》，济南：山东文艺出版社，1997年。

张业松编：《路翎印象》，上海：学林出版社，1997年。

朱珩青：《路翎传》，郑州：大象出版社，2003年。

4. 研究资料集

杨义、张环、魏麟、李志远编：《路翎研究资料》，北京：北京十月文艺出版社（初版），1993年；北京：知识产权出版社（再版），2010年。

二、相关专著

北京鲁迅博物馆编：《胡风主编期刊汇辑》（五册），北京：国家图书馆出版社，2010年。

常彬：《硝烟中的鲜花：抗美援朝文学叙事及史料整理》，北京：人民出版社，2018年。

陈顺馨：《社会主义现实主义理论在中国的接受与转化》，合肥：安徽教育出版社，2000年。

程抱一：《天一言》，台北：联经出版事业公司，2001年。

丁玲：《莎菲女士的日记》，台北：人间出版社，2015年。

郝明工：《陪都重庆文化与文学考论》，北京：中国社会科学出版社，2015年。

何满子：《鸠栖集》，上海：华东师范大学出版社，1998年。

贺桂梅：《"新启蒙"知识档案：80年代中国文化研究》，北京：北京大学出版社，2010年。

贺桂梅：《女性文学与性别政治的变迁》，北京：北京大学出版社，2014年。

贺桂梅：《转折的时代——40—50年代作家研究》，济南：山东教育出版社，2003年。

洪子诚：《1956：百花时代》，北京：北京大学出版社，2010年。

洪子诚：《当代文学的概念》，北京：北京大学出版社，2010年。

洪子诚：《问题与方法——中国当代文学史研究讲稿》，北京：北京大学出版社，2010年。

洪子诚：《我的阅读史》，北京：北京大学出版社，2011年。

洪子诚：《中国当代文学概说》，北京：北京大学出版社，2010年。

洪子诚：《中国当代文学史》，北京：北京大学出版社，2010年。

洪子诚：《作家姿态与自我意识》，北京：北京大学出版社，2010年。

胡风编著：《罗曼·罗兰》，上海：新新出版社，1946年。

胡风著，梅志、张小风辑注整理：《胡风评论集》（三卷本），北京：人民文学出版社，1984年。

胡风著，梅志、张小风整理辑注：《胡风全集》（十卷本），武汉：湖北人民出版社，1999年。

胡风著、张晓风整理：《致路翎书信全编》，郑州：大象出版社，2004年。

黄晓武：《马克思主义与主体性——抗战时期胡风的"主观论"研究》，北京：中央编译出版社，2012年。

贾植芳：《历史的背面——贾植芳自选集》，济南：山东教育出版社，1998年。

邝可怡：《黑暗的明灯——中国现代派与欧洲左翼文艺》，香港：商务印书馆（香港）有限公司，2017年。

李欧梵：《中国现代作家的浪漫一代》，王宏志等译，北京：新星出版社，2005年。

李宪瑜：《三四十年代·英法美卷》，杨义主编：《二十世纪中国翻译文学史》（六卷本），天津：百花文艺出版社，2010年。

刘康：《对话的喧声——巴赫金的文化转型理论》，北京：北京大学出版社，2011年。

刘挺生：《一个神秘的文学天才——路翎》，上海：华东师范大学出版社，1997年。

鲁迅：《鲁迅杂文全编》（三），北京：人民文学出版社，2006年。

鲁迅先生纪念委员会编：《鲁迅先生纪念集（评论与记载）》，上海：上海书店，1979年。

鲁迅著，止庵、王世家编：《鲁迅著译编年全集》，北京：人民出版社，2009年。

罗大冈编：《认识罗曼·罗兰——罗曼·罗兰谈自己》，北京：中国社会科学出版社，1988年。

马良春、张大明编：《三十年代左翼文艺资料选编》，成都：四川人民出版社，

1980年。

梅志:《往事如烟——胡风沉冤录》,台北:晓园出版社,1990年。

倪慧如、邹宁远:《当世界年轻的时候——参加西班牙内战的中国人(1936—1939)》,台北:人间出版社,2015年。

钱理群、温儒敏、吴福辉:《中国现代文学三十年》(修订本),北京:北京大学出版社,1998年。

钱林森:《法国作家与中国》,福州:福建教育出版社,1995年。

《人民日报》编辑部编:《关于胡风反革命集团的材料》,北京:人民出版社,1955年。

沈志华:《朝鲜战争再探——中苏朝的合作与分歧》,香港:三联书店,2013年。

施淑:《理想主义者的剪影》,新北:新地文学出版社,1990年。

施淑:《历史与现实》,台北:人间出版社,2012年。

舒芜:《舒芜集》(第1卷),石家庄:河北人民出版社,2001年。

舒允中:《内线号手:七月派的战时文学活动》,上海:上海三联书店,2010年。

宋学智:《翻译文学经典的影响与接受——傅译〈约翰·克利斯朵夫〉研究》,上海:上海译文出版社,2006年。

江宏伦主编:《战争与社会——理论、历史、主体经验》,台北:联经出版事业公司,2014年。

王丽丽:《七月派研究》,北京:新华出版社,2017年。

王丽丽:《在文艺与意识形态之间——胡风研究》,北京:中国人民大学出版社,2003年。

王瑶:《中国新文学史稿》,上海:上海文艺出版社,1982年。

王烨:《二十年代革命小说的叙事形式》,昆明:云南人民出版社,2005年。

温儒敏:《中国现代文学批评史》,北京:北京大学出版社,1993年。

文贵良:《话语与生存——解读战争年代的文学(1937~1948)》,上海:上海书店出版社,2007年。

文天行编:《国统区抗战文艺运动大事记》,成都:四川社会科学院出版社,1985年。

晓风:《九死未悔——胡风传》,台北:业强出版社,1996年。

晓风选编:《胡风家书》,上海:复旦大学出版社,2007年。

晓风主编:《我与胡风》(增补本),银川:宁夏人民出版社,2003年第2版。

晓风主编:《我与胡风——胡风事件三十七人回忆》,银川:宁夏人民出版社,

1993 年。

谢慧英:《强力的"挣扎"与主体性"突围"——路翎创作研究》,北京:中国社会科学出版社,2012 年。

谢冕、洪子诚主编:《中国当代文学史料选(1948—1975)》,北京:北京大学出版社,1995 年。

严家炎:《中国现代各流派小说选(四)》,北京:北京大学,1986 年。

严家炎:《中国现代小说流派史》,北京:人民文学出版社,1989 年。

杨根红:《论路翎文本创作的文化机缘与现代意识》,太原:山西人民出版社,2010 年。

杨义:《中国现代小说史》(第 3 卷),北京:人民文学出版社,1998 年。

姚一苇:《姚一苇剧作六种》,台北:书林出版有限公司,2012 年。

查建英:《八十年代访谈录》,香港:牛津大学出版社,2006 年。

张若名著、杨在道编:《纪德的态度》,北京:生活・读书・新知三联书店,1996 年。

张新颖:《20 世纪上半期中国文学的现代意识》,北京:生活・读书・新知三联书店,2001 年。

张中晓著、路莘整理:《无梦楼随笔》,台北:台湾商务印书馆,1998 年。

赵园:《艰难的选择》,上海:上海文艺出版社,1986 年。

赵园:《论小说十家》,上海:华东师范大学出版社,2014 年。

赵园:《中国现代小说家论集》,台北:人间出版社,2008 年。

周荣:《超拔与悲怆——路翎小说研究》,北京:中国社会科学出版社,2017 年。

朱光潜:《悲剧心理学》,合肥:安徽教育出版社,1989 年。

[奥] 茨威格:《罗曼・罗兰》,杨善禄、罗刚译,合肥:安徽文艺出版社,2000 年。

[德] 瓦尔特・本雅明:《莫斯科日记・柏林纪事》,潘小松译,北京:商务印书馆,2012 年。

[俄] 法捷耶夫:《毁灭——新人诞生的诗》,鲁迅译,台北:慧明文化事业有限公司,2001 年。

[俄] 高尔基:《母亲》,夏衍等译,台北:光复书局企业股份有限公司,1998 年。

[俄] 理定等:《竖琴——苏联同路人小说选》,鲁迅译,台北:慧明文化事业有限公司,2002 年。

[俄] 契诃夫:《契诃夫戏剧集》,焦菊隐译,上海:上海译文出版社,1980 年。

［俄］陀思妥耶夫斯基：《穷人》，磊然译，石家庄：河北教育出版社，2010年。

［法］艾吕雅、策兰等著：《众树歌唱——欧洲与拉丁美洲现代诗选译》（增订版），叶维廉译，台北：台湾大学出版中心，2011年。

［法］安德烈·纪德：《从苏联归来——附：答客难》，郑超麟译，沈阳：辽宁教育出版社，1999年。

［法］安德烈·纪德：《访苏联归来》，朱静、黄蓓译，广州：花城出版社，1999年。

［法］安德烈·纪德：《关于陀思妥耶夫斯基的六次讲座》，余中先译，桂林：广西师范大学出版社，2006年。

［法］路易·阿尔都塞：《来日方长：阿尔都塞自传》，蔡鸿滨译，上海：上海人民出版社，2013年。

［法］罗曼·罗兰：《莫斯科日记》，袁俊生译，桂林：广西师范大学出版社，2003年。

［法］罗兰（罗曼·罗兰）：《约翰·克利斯朵夫》，傅雷译，台北：远景出版社，1978年。

［美］彼得·盖伊：《现代主义：异端的诱惑——从波特莱尔到贝克特及其他》，梁永安译，新北：立绪文化事业有限公司，2009年。

［美］哈罗德·布鲁姆：《比较文学影响论——误读图示》，朱立元、陈克明译，板桥：骆驼出版社，1992年。

［美］勒内·韦勒克、奥斯汀·沃伦：《文学理论》，刘象愚、邢培明等译，北京：文化艺术出版社，2010年。

［美］马克·赛尔登：《革命中的中国：延安道路》，魏晓明、冯崇义译，北京：社会科学文献出版社，2002年。

［日］木山英雄：《文学复古与文学革命——木山英雄中国现代文学思想论集》，赵京华译，北京：北京大学出版社，2004年。

［日］丸山升：《鲁迅·革命·历史——丸山升现代中国文学论集》，王俊文译，北京：北京大学出版社，2005年。

［苏联］贝奇柯夫：《托尔斯泰评传》，吴均燮译，北京：人民文学出版社，1959年。

［苏联］绥拉菲摩维支：《铁流》，曹靖华译，北京：人民文学出版社，1973年北京第3版（1951年北京第1版，1957年北京第2版）。

［英］大卫·洛吉：《小说的五十堂课》，李维拉译，新北：木马文化事业股份

有限公司，2006年。

[英] 雷蒙德·威廉斯：《马克思主义与文学》，王尔勃、周莉译，开封：河南大学出版社，2008年。

[英] 泰瑞·伊果顿：《文学理论导读》，吴新发译，台北：书林出版有限公司，1993年。

Kirt A. Denton（邓腾克），*The Problematic of Self in Modern Chinese Literature: Hu Feng and Lu Ling*. Stanford University Press, 1998.

Shu Yunzhong（舒允中），*Buglers on the Home Front: The Wartime Practice of the Qiyue School*. State University of New York Press, 2000.

与路翎相遇
（代后记）

机遇之歌

是偶然开启了这则路翎研究故事。第一个偶然与施淑老师的一篇研究论文有关，这篇论文是发表在1976年香港《抖擞》杂志上的《历史与现实——论路翎及其小说》。[①]阅读的过程中，我隐约感觉到在批评的同时，青年施老师似乎也被路翎的作品深深吸引，评述间有种很奇特的张力，在第六、七节犀利的批判最后，以如下的话收束：

> 这样的小说，就像它在思想上是时代的放逐者的异端语言一样，它的形式，可能反映出某部分的时代精神现实，反映出被历史进程注定死亡的阶级在客观世界发展规律前的盲目的恐惧和战栗，因此成为一面历史的镜子。同样可能的是，它会被简单地盖上"恨人类、非道德、虚假……疯人的谵妄"[②]

---

① 施淑，台湾淡江大学中文系教授。文章原载1976年5月《抖擞》（香港）杂志。初收入施淑《理想主义者的剪影》（新北：新地文学出版社，1990年），后收入施淑《历史与现实：两岸文学论集（二）》（台北：人间出版社，2012年）以及施淑《两岸：现当代文学论集》（北京：清华大学出版社，2014年）。
② 此处有原注40，谓引自布洛夫：《马克思列宁主义的美学反对艺术中的自然主义》，金诗伯、吴富恒译，载《文学理论学习小译丛》第一辑第6分册，上海：新文艺出版社，1952年，第2页。原注文中并谓："这是苏联文学评论批评西方现代文学，特别是形式主义的作品所加的卷标。"

等等的验印，如果文学应该是而且只能是某一权威和正宗思想之下的苦行僧侣的话。①

这篇论文里引述的每一则小说段落，都十分好看，于是我开始找路翎的作品来读，最初即是朱珩青老师编的《路翎》短篇小说集。②读着读着，我萌生进一步探究的兴趣，开始考虑撰写一篇期刊论文。2011年暑假，我尽可能地阅读此前的相关论著，主要是中国大陆的研究论文，其中，最让我不满的，是路翎中篇小说《蜗牛在荆棘上》所受到的批评。相对于80年代以来对于路翎40年代作品的重新评价和肯定，《蜗牛在荆棘上》从40年代到80年代，都被重要的评论家视为小资产阶级知识分子投影的臆想之作："不真实"。我产生了一个强烈的念头，想为路翎的创作辩护，特别是针对他一再被批评为描写"不真实"的作品。后来我才知道，"真实性"的问题，是马克思主义文艺理论建制过程的一个重大争执点，环绕着"真实性"相关论题的不同看法，汇集成现实主义文艺内部的潜在矛盾。

第二个偶然得追溯到2009年洪子诚老师在台湾交通大学社会与文化研究所的一场演讲，讲题"大陆文学界的八〇年代反思"。记得那天下午，我走进交大的人社二馆，一贯是处在很累很累的状态，入门看见海报，刚好快到演讲时间，我决定放自己一马，听场演讲补充能量，就这样溜进教室找个位子坐下。此前我对于中国现当代文学的认识极为有限，母亲生病，硕士班休学在家当看护期间，读过《持灯的使者》《八十年代访谈录》《七十年代》和一些朦胧诗——主要就是顾城

---

① 施淑：《历史与现实——论路翎及其小说》，载《理想主义者的剪影》，第156页。
② 朱珩青编：《路翎》，香港：三联书店，北京：人民文学出版社，1994年。

的诗。① 那天的演讲听得很愉快，获得了些许生活的力气。回去后，我寄了一本书给洪老师：卡尔·洛维特的《一九三三：一个犹太哲学家的德国回忆》。②

《一九三三》是我任职台湾行人出版社期间责编的书，当时从书中择选的书腰文字是："由于人们不断地被迫妥协，这种软弱扩大为一种普遍的人格特质，一种由于对善的荒废而来的罪行。"我直觉想，洪老师会对这本书感兴趣，可能我也想借此表达对演讲的谢意吧，于是就这样冒失地寄出。这个愚勇带来了一个惊喜，洪老师后来把这件事写进了《我的阅读史》。③ 演讲结束之后，我找了北京大学出版社系列书《洪子诚学术作品集》④ 来读，就是当成睡前和醒来后的休闲读物（我想洪老师一定觉得很不可思议），慢慢地一本本读过去，觉得很有意思。洪老师的著述，让我对中国当代文学研究和相关重要论题有了初步的轮廓和认识，像是通过书本听讲，让前辈学者点拨了吧。

第三个偶然也同洪老师和彭明伟老师有关。2013 年，洪老师至台湾交通大学任客座教授⑤，讲《大陆当代文学生产与文学形态》。明

---

① 查建英：《八十年代访谈录》，香港：牛津大学出版社，2006 年。北岛、李陀编：《七十年代》，香港：牛津大学出版社，2008 年。刘禾编：《持灯的使者》，香港：牛津大学出版社，2001 年。顾工编：《顾城诗全编》，上海：上海三联书店，1995 年。

② [德]卡尔·洛维特：《一九三三：一个犹太哲学家的德国回忆》，区立远译，台北：行人出版社，2007 年。

③ 洪子诚：《我的阅读史》，北京：北京大学出版社，2011 年。另有《阅读经验》（台北：人间出版社，2015 年）和《文学的阅读》（北京出版社，2017 年）。

④ 《洪子诚学术作品集》共 8 册，2010 年北京大学出版社出版，包括《当代中国文学的艺术问题》《作家姿态与自我意识》《中国当代文学史》《中国当代文学概说》《1956：百花时代》《问题与方法——中国当代文学史研究讲稿》《当代文学的概念》和《中国当代新诗史》。后来陆续也读了洪老师的《文学与历史叙述》（开封：河南大学出版社，2005 年）、《学习对诗说话》（北京：北京大学出版社，2010 年），以及《材料与注释》（北京大学出版社，2016 年）和《读作品记》（北京大学出版社，2017 年）等。

⑤ 洪子诚老师曾三度至台湾讲学：2009 年彰化师范大学国文学系、台湾文学研究所；2013 年台湾交通大学社会与文化研究所；2014 年 8 月至 2015 年 2 月，台湾清华大学中国文学系。

伟老师是课程的组织者。他为大家的学习谋福利，请洪老师于课堂讲授之外，在另一个下午提供讨论时段。有一次，我正在《人间思想》的编务①中焦头烂额，突然发现隔壁的讨论室只有洪老师和明伟两人，迟疑了一会儿，决定丢下工作跑到隔壁，想说充个人场。我相对有较多认识的中国现当代作家只有路翎，所以大概是以路翎作品为话题，和老师胡说了一通。散场洪老师步出讨论室时，对我说，如果你的"疯狂研究"一直做不出来，要不要试试做路翎研究。当时我就读于台湾清华大学博士班四年级，在刘人鹏教授指导下学习文学与文化研究方面的课题。考完资格考一年，博论想做"疯狂研究"，却迟迟未有具体进展。之后，同刘人鹏老师提起，刘老师觉得做具体的作家作品也很好，让我要把握机会多跟洪老师请教。洪老师很快写了千余字详实的章节规划建议信给我，这样，我便开始进入对路翎的研究。在修改专著（也就是《蜗牛在荆棘上：路翎及其作品研究》，以下简称《蜗牛书》）的过程中，洪老师的建议信几次重读，依然觉得十分受用。接着2014年春天，刘老师到北京和上海做移地研究，把我也拎捎过去，一个月的时间在各大图书馆和研究机构拼命找路翎作品的原刊。同年夏天，上海复旦大学召开"《路翎全集》发布及现代文学文献整理座谈会"和"左翼文学诗学研究前沿工作坊"，我前往发表了会议论文，并很幸运获赠《路翎全集》（上编六卷）。②

---

① 2013年2月至2015年9月，我在台湾交通大学亚太／文化研究室工读，参与《人间思想》（台北：人间出版社）的编务。
② "《路翎全集》发布及现代文学文献整理座谈会"，2014年6月6日，当天与会参与"世界视野中的左翼文学"座谈会，发言稿《小地方小政治的小阅读》；"左翼文学诗学研究前沿工作坊"，2014年6月7—8日，发表会议论文《解放了的大地上的"烂渣渣"——路翎四十年代的小说》之外，参与6月8日最后一场的圆桌论坛"左翼文学的诗学研究：问题与可能"，发言稿《戴着镣铐跳舞》。

青春的祝福

施淑的《论端木蕻良的小说》(1972)、《历史与现实——论路翎及其小说》(1976)、《理想主义者的剪影——青年胡风》(1977) 和《中国社会主义文艺理论的发展 (1923—1932)》(1977) 等文,是对"三、四〇年代中国左翼作家及文艺理论的一些试探性理解"①。而放回 70 年代台湾的历史语境,其时诸般艰难的研究和论说状态,更显为文立论的种种不易。《历史与现实》敏锐地指出:"路翎可能是第一个在作品里表现卡夫卡式的极权恐怖的中国作家"②,将路翎小说辨识为"抗战后方文学中的现代主义的先声"③。该文深入路翎 40 年代小说中"叛逆与败北"的"劳动人民世界",一方面肯定"这些作品是相当称职地表现出当时激化的社会矛盾和新的历史现实的"④,另一方面更检讨强调以"主观精神说明客观世界"的路翎,其创作方法和叙事意识的问题,指出路翎小说存在"个人狂热和玩味情绪"⑤的倾向,严词批评《蜗牛在荆棘上》《王兴发夫妇》部分的心理描写,认为在《两个流浪汉》和《程登富和线铺姑娘底恋爱》中,"现实世界几乎失去它作为实际行动的场所的意义,而只成了一些破碎的、乖戾的感觉和反应的赋形 (incarnation) 的舞台了"⑥。

不难读出《历史与现实》立足左翼的批判立场,对于现代主义流弊的高度警惕,有接受马克思主义文艺理论的思想积淀,而对于路翎

---

① 施淑:《理想主义者的剪影》后记,第 269 页。写于 1990 年 4 月。
② 施淑:《历史与现实——论路翎及其小说》,载《理想主义者的剪影》,第 145 页。"作品"系指《财主底儿女们》。
③ 同上书,第 152 页。
④ 同上书,第 181 页。
⑤ 同上书,第 151 页。
⑥ 同上书,第 156 页。

及其小说的严格度量，会否也有评论家未尝言明的自警和追求？"现实主义""马克思主义"和"社会主义"所连缀指涉的文艺理论，内涵从不止及于"文艺"，也不仅止于"理论"，而更意味着"实践""介入"和"改变"的念想，就因为奴役和不公义的存在，希望世界可以变好。相对于此（我刻意分殊二者），"现代主义"文艺同样感知着世界的不好，只是未必有同等强烈的愿望，有相信未来并投身行动的追求。而路翎成色不纯的现实主义创作，迫使二者交锋，让我们必须一同经历诸多创作者和评论家所面对的难题，持续追问：现代派能否容身于左翼文学的队伍？现实主义可否吸纳现代主义的表现手法，多大程度可以、怎样的状态可以？现实主义和现代主义必然互不相容吗？虽然路翎不会愿意和现代派作家并列，也肯定会拒绝以现代主义的标准来肯定他的创作。

希望前述关于《历史与现实》的内容，表达的是我的敬意而非自以为是。对我而言，青年施淑老师的文章，特别体现出特定时代视野下的"突围/限制"，没办法超然也不可能超然。超然需要物质基础、需要人身余裕，而不曾亲历恐怖年岁的我，难以真正体会那样的刻苦探索和挣扎。我只能想象，风雨行舟，每一下的划动，都是一次冒险，同时遭遇政治恶浪和桨身断裂的危险。这是一种"评论家的承担"，或者说，智识人的稀有品格吧。多年之后，在关于台湾乡土文学论战的一场基调演讲中，施老师这么说："没有现代主义，不知何时现实主义才会出来。"[①] 求索的旅途，何其修远迢遥。文学可以坦然不作为"某一权威和正宗思想之下的苦行僧侣"，后来者之所以可能"轻苦"[②]，挣脱断然二分的思路，总是受惠于前人的披荆斩棘。

---

① "文学论战与记忆政治：亚际视野"研讨会，2019年9月7—8日，台湾清华大学人文社会学院。
② 台湾有俗谚："吃好做轻苦。""轻苦"大概接近"轻松"之意。

从博论到专著，施淑《历史与现实》着重时代思想和精神土壤的评述方式，赵园《路翎小说的形象与美感》(1984)、《未完成的探索——路翎与外国文学》(1983)和《蒋纯祖论——路翎和他的〈财主底儿女们〉》(1985)开辟"知识分子心灵史"的研究路径，从不同方面带给我深刻的启迪，也仿佛路标，让我免于歧行。针对路翎及其作品，我在《蜗牛书》中表述了一些不同的看法，但两位老师的研究，对我来说始终是最好的路翎作品评论，极有个性，洋溢着评论家的个人风格，蕴有后来学院论文少见的感受性笔触。比喻来说，学院写作渐渐变得像是"盆栽"，规束于方寸之地，两位前辈学人的叙述则仿佛野地草木。而我想试着表达：学术书写可以是盆景修枝疏叶、缠线雕塑出的龙盘虎踞，也可以是在野地生长的露天峥嵘。

在《蜗牛书》里，我尝试用"落后书写"来标帜路翎创作。我的研究出发点，是全力为路翎创作辩护，这是《蜗牛书》的局限，或者说，不求持平也设限了我的论述视野，而这样的"偏颇"也因为：相较于路翎一生的创作成果，他所受到的肯定评价太不相称；相对于政治上的平反，路翎的文学尚未获得完全的平反。我希望通过对作品的研读，蠡测他和时代主潮的较量，尝试靠近路翎复杂的现实主义创作观，他的左翼世界观和立场，探索路翎"落后书写"的洞见和契机。那些干扰时代进步主调的杂音——或者借用日本政治思想史学家丸山真男的词语："执拗的低音"[①]——让（左翼）文学的声纹更为丰富。

"攀住历史底车轮的葛藤"里面，"也有着历史力量底本身"[②]。通过一则则"落伍的故事"，路翎叩问"进步性"的内涵，结构着革命另一

---

① 详参王汎森：《执拗的低音：一些历史思考方式的反思》，台北：允晨文化实业股份有限公司，2014年。该书简体字版于2014年由生活·读书·新知三联书店出版。
② 路翎：《〈求爱〉后记》，载张业松编《路翎批评文集》，第206页。此后记写于1946年7月20日南京。

面的真实。路翎不认为革命能一蹴而就，他一生艰难的文学溯洄，正说明了革命之路的道阻且跻。阅读路翎及其作品的过程，掺入许多个人生活的时代感受，这是《蜗牛书》无可回避的时代刻痕。从40年代到90年代，承受长久磨难的路翎，通过创作实践一再表述着"相信人民"，在这个诸神远离不再有信、追求深思多疑的"个人时代"，如此的念想格外动人，这也是一种文学的力量吧。

之所以絮叨了这许多前世今生，也是想试着表达，"偶然"其实是研究和写作的一部分，论述的生产过程，或多或少都唱着机遇之歌。更且多数时候，研究和写作看似很"个人"，通常也归功于个人，实际上我们都知道，任何研究都不可能独力完成，恒常是"众志成城"才可能有些许推进。诚挚希望大家一起来阅读路翎的作品，也希望《蜗牛书》能充当路翎创作和读者、研究者之间的桥梁。这样一个终生努力创作、因创作获罪的作家，为我们留下了许多不可取替的文学情感。路翎的创作或许总是不合时宜，但我相信他的作品，无论在怎样的历史时刻阅读，都能带来意想不到的启发，这是路翎通过创作所给予我们的青春的祝福。

感谢诸多前辈师友的指点和协助，特别是路翎研究的前行者朱珩青老师和张业松老师。感谢吕正惠老师、陈光兴老师、苏敏逸老师和贺桂梅老师在关键时刻的批评和肯定，驱策我继续前进。对于指导教授洪子诚老师和刘人鹏老师，以及施淑老师的感激，不在话下，是三位老师让我明白了专心致志的道理，还有书斋知识分子的力量。研究期间有赖张婧、温思晨、罗雅琳、许晓迪和中国社会科学院的何吉贤老师、北京师范大学的仝卫敏老师帮忙搜集研究材料，陈冉涌和吴宝林协助核实多笔路翎著作初刊本和书目资料，谨致谢忱。

感谢黄子平老师惠赐书序，让这本专著有个让人期待的开始。《蜗牛书》能通过北大出版社与大陆读者相遇，是极大的幸运，过程中黄维政老师细致的勘误和编校工夫,黄敏劼老师的支持和建议,衷心感谢!也必须感谢个人目前任职的台湾"中央大学"中国文学系,以及台湾阳明交通大学①文化研究国际中心和台湾清华大学亚太/文化研究中心提供研究支持。陈筱茵在繁体版《蜗牛书》成形过程中的讨论与鞭策,许霖协助简体版书稿的文字修订,诚挚感谢。本书部分章节内容曾于《台湾社会研究季刊》和《现代中文学刊》发表,亦在此一并致谢。当然,书中所有的疏失和阙漏,都是我自己的责任。

---

① 2021年,台湾阳明大学与台湾交通大学合并为台湾阳明交通大学。